KB163035

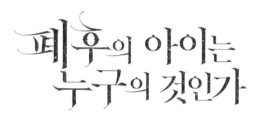

폐후의 아이는 누구의 것인가

손가지 장편소설

I

동아

폐후의 아이는 누구의 것인가 I

초판 1쇄 인쇄일 | 2022년 04월 01일
초판 1쇄 발행일 | 2022년 04월 12일

지은이 | 손가지
펴낸이 | 박성면
펴낸곳 | (주)동아

출판등록 | 제406-3960100251002007000071호
주소 | 경기도 파주시 문발동 223-1 2층
전화 | (031)8071-5201
팩스 | (031)8071-5204
E-mail | bear6370@hanmail.net

정가 | 13,000원

ISBN 979-11-6302-571-9 (04810)
       979-11-6302-570-2 (set)

I

ZERO NOVEL

폐후의 아이는
누구의 것인가

손가지 장편소설

동아

목　차

Prologue ································· 007

01 ································· 011

02 ································· 103

03 ································· 177

04 ································· 238

05 ································· 307

06 ································· 387

07 ································· 457

08 (1) ································· 520

Prologue

아이는 큰 소리로 울었다. 테네르는 숨을 크게 들이마셨다. 뚜벅, 뚜벅, 발소리가 점점 가까워졌지만 우는 아이를 달랠 생각조차 들지 않았다. 발밑에 드리워진 그림자가 짙어질수록 그녀의 어깨가 움츠러들었다.

"오랜만입니다, 황후."

울음소리의 한가운데서 들려온 것은 너무도 익숙한 목소리였다. 그러나 웃음기 없는 음성은 지독히도 낯설었다. 테네르는 간신히 입을 뻐끔거리며 뒤늦게 아이의 등을 쓸어내렸다.

"……폐하."

"기어이 내게서 도망치셨으면 잘 사셔야지, 이런 꼴로."

테네르는 아무 말도 하지 못했다. 레온하르트는 그녀가 단 한 번도 본 적 없는 표정을 짓고 있었다. 다정하던 얼굴은 빛을 등지고 있어 짙은 어둠이 드리워 있었고, 그 안에 또렷이 박힌 금안만이 형형하게 빛났다.

테네르는 헝클어진 머리를 정리할 생각도 하지 못한 채 멍청하게 그를 올

려다보았다. 초라한 옷차림과 부르튼 손이 부끄러웠지만 감출 엄두조차 들지
않았다.

"왜⋯⋯."

더듬더듬 흘러나온 목소리는 끝까지 이어지지 않았다. 왜 당신이 이곳에
있나. 어떻게 나를 찾았나. 하고픈 말은 많았지만, 입 안에서 맴돌 뿐이었다.

차가운 시선이 자신과 아이를 훑었다. 테네르는 그 시선을 오래 보지 못하
고 고개를 숙였다. 피가 뚝뚝 흐르는 검 끝이 눈에 들어오자, 아이를 안은 팔
에 절로 힘이 들어갔다.

"누구의 아입니까."

"⋯⋯."

"누구의 아이입니까, 황후."

테네르는 대답하지 못했다. 뒤늦게 느껴지는 피비린내에 들이마시는 숨결
이 가늘게 떨렸다.

"저는⋯⋯ 이미 폐해진 몸입니다."

"그 아이가 누구의 아이냐고 물었습니다."

낮고 건조한 목소리였다. 그러나 그 안에 느껴 본 적 없는 열망이 들어차
있음은 착각인가. 테네르는 아이를 빼앗기지 않으려는 듯 꼭 껴안았다. 손 귀
한 황실의 아이였다. 아이의 아비가 밝혀지는 순간 분명 빼앗길 테다.

"⋯⋯제 아이입니다."

레온하르트는 대답이 없었다. 테네르는 몸을 한껏 옹송그린 채 재차 말
했다.

"제가 낳았으니, 제 아입니다."

"아이의 아비는⋯⋯."

"모릅니다."

긴 침묵이 흘렀다. 레온하르트가 짧게 헛웃음 쳤다.

"누군지도 모를 남자의 아이라, 이 말씀입니까?"

"정부를 들여도 된다고 말씀하지 않으셨습니까. 하물며 저는 이미 폐위된 몸입니다. 그러니……."

"이젠 부부도 뭣도 아니니, 그대에게 참견하지 말라고요?"

노골적인 말에 테네르는 차마 고개를 끄덕이지 못했다. 그러나 그 말을 부정하지도 않았다. 그녀의 손길은 여전히 아이만을 다독이고 있었다. 레온하르트의 미간이 일그러졌다. 머뭇거리던 테네르가 입을 열었다.

"……저를 찾아오신 걸 알면 살바토르 영애가 서운해할 겁니다."

"그대와 결혼하면서 그녀와는 이미 파혼했습니다."

"황후의 자리를 너무 오래 비워 두셨습니다."

테네르가 폐위된 지 벌써 2년이었다. 그 말인즉슨 황후의 자리를 2년이나 비워 두었다는 의미였다. 이제는 태후도 없는 황실에서 황후가 공석이라는 건 안 될 일이었다.

"그대의 말이 맞습니다."

레온하르트는 선뜻 그녀의 말을 긍정했다.

"황후의 자리가 너무 오래 비었지요."

나직한 목소리는 테네르가 기억하는 것만큼 다정했다. 그러나 아이를 훑는 눈길은 전에 없이 싸늘했다. 테네르는 낯선 표정을 보지 않으려는 듯 고개를 돌렸다.

"이제 살바토르 영애가 돌아왔으니, 원래대로……."

"무슨 말씀을 하십니까, 황후."

커다란 손이 테네르의 뺨을 감쌌다. 울다 지쳐 잠든 아이가 품 안에 있었다. 뜨거운 온기가 닿는 자리에 쿵쿵 맥박이 뛰는 것만 같았다.

"내게 황후는 그대뿐인데."

아이를 다독이던 손이 맥없이 멈추었다. 테네르는 천천히 고개를 들었다. 그는 정말로 단 한 번도 본 적 없는 표정을 짓고 있었다. 늘 따스하지만, 그저 그뿐이던 눈엔 전에 없던 열기가 들어찼고, 다디단 목소리는 정말로 사랑

9

하는 이를 대하듯 애정이 어려 있었다. 그것이 너무도 낯설고 설레어, 테네르는 떨리는 목소리로 입을 열었다.

"무슨······ 의미인가요?"

제 얼굴에 기대감이 들어찬 것을 들키고 싶지 않았다. 그를 떠나기로 했으면서, 고작 이 정도 말에 흔들리는 것을 들키고 싶지 않았다.

그러나 그가 제 손끝에 부드럽게 입을 맞추자 테네르는 더는 아무 말도 할 수가 없었다. 거친 손끝이 부끄럽고 손에 묻은 피가 신경이 쓰였지만 옴짝달싹할 수가 없었다. 그녀가 할 수 있는 일이라곤 그저 그의 입이 열리기를 기다리는 것뿐이었다.

01

테네르가 레온하르트를 처음 만난 것은 열아홉 살 무렵이었다.

사실 정말로 그때 처음 본 것은 아니었다. 에반 후작의 딸인 그녀는 다른 영애들과 마찬가지로 열일곱쯤 데뷔탕트를 치렀고, 그 후 사교 파티에도 드물지 않게 참여했으니까.

다만 테네르에게 레온하르트가 너무 멀리 있는 존재라는 게 문제였다. 제국의 황태자, 그리고 완벽한 숙녀이자 예비 황후인 알레이나 살바토르의 약혼자. 누구에게나 친절하지만 단지 그뿐인 사람.

테네르에게 있어 레온하르트는 사람이라기보다는 종종 인사를 받아 주는 조각상에 가까웠다. 그러니 알레이나가 초대한 사냥터에서 그가 먼저 말을 걸어왔을 때, 테네르는 당황할 수밖에 없었다.

"일부러 그런 겁니까?"

그의 목소리는 나직하지만 분명했다. 보기 좋게 다듬은 검은 머리가 주황빛 석양을 받아 붉은빛을 띠었다. 옅은 그림자가 진 얼굴에 금빛 눈동자가 선명했다.

"무엇을 말씀하시는 건지……."

테네르는 부러 다른 곳을 보며 말끝을 흐렸다. 약혼자가 있는 사내와 단둘이 오래 이야기를 나누는 것은 그리 좋지 않았다. 사교계는 조금만 방심해도 구설에 오를 수 있는 곳이었다. 더군다나 천한 핏줄인 어미를 둔 것치고는 얌전하고 정숙하다는 평을 듣는 자신이었다. 알레이나 살바토르의 약혼자와 염문이라도 난다면 다른 이들보다도 큰 타격을 받으리라.

그러나 정작 상대방인 레온하르트는 그녀가 자신을 피하려는 것조차 모르는 듯 속 편하게 입을 열었다.

"파트로나의 딸인 그대가 토끼 한 마리 잡지 않은 게 의아해서요."

"그건……."

테네르는 조금 머뭇거렸다. 그의 말이 사실이기 때문이었다. 숲에서 나고 자란다고 알려진 유랑 민족 파트로나는 하나같이 명궁이었고, 그 피를 이어받은 테네르 또한 어릴 때부터 활쏘기에 재능을 보였다. 아마 마음만 먹는다면 알레이나는 물론 눈앞의 황태자보다도 많은 짐승을 잡을 수 있을 터였다.

그런 그녀가 사냥이 끝나도록 허탕을 친 게 의아할 만했다. 거기다 여우를 쓰다듬는 모습마저 보인 듯하니, 의심받지 않는 게 이상할 지경이었다.

"제 실력이 미진하여 황태자 전하께 심려를 끼쳐 드린 듯합니다. 아무래도 사냥은 처음인지라 어려웠을 뿐, 다른 의도가 있었던 건 아닙니다."

테네르는 공손히 머리를 조아렸다. 레온하르트는 대답 없이 그녀를 보았다. 시선이 느껴졌지만, 테네르는 눈치채지 못한 척 눈을 내리깔 뿐이었다.

"……그렇습니까."

한참이 지나 들려온 목소리는 늘 그래 왔듯 부드러웠다. 테네르는 그제야 고개를 들었다. 보석 같은 황금빛 눈동자는 부드럽게 휘어진 입술과 함께 옅은 웃음을 머금고 있었고, 우뚝한 콧대와 강인한 턱선이 유약한 인상을 덜어 주었다. 얇은 셔츠는 땀에 젖은 상체에 달라붙어 몸의 굴곡을 여실히 드러냈다.

타인의 미추에 큰 관심이 없는 테네르였지만, 그 순간만큼은 그를 흘깃거리던 영애들의 심정을 단박에 이해하고야 말았다. 물론 테네르에게 있어 그는 사람이라기보다는 잘생긴 조각상에 가까웠지만, 조각상을 보며 경탄하는 것은 그것대로 당연한 일이 아닌가.

"에반 영애?"

"아…… 네, 전하."

들려온 목소리에 테네르는 그제야 퍼뜩 정신을 차렸다. 레온하르트가 의아한 얼굴로 그녀를 바라보고 있었다.

"이제 돌아가는 게 좋지 않을까 하는데, 어디 불편한 곳이라도 있습니까?"

"아닙니다."

"혹 몸이 좋지 않다면 함께 타고 가도 좋습니다."

레온하르트는 친절하게도 자신의 말을 가리켰다. 윤기 흐르는 백마가 테네르를 보며 푸르르 콧김을 뿜었다.

"괜찮습니다."

테네르는 여전히 공손하게 대답했다. 약혼녀가 있는 황태자와 같은 말을 탄다니 안 될 말이었다. 레온하르트 또한 과한 배려라는 것을 깨달았는지 더 묻지 않고 말에 올랐다. 테네르도 말의 갈기를 몇 번 쓰다듬어 준 후 안장에 올라앉았다.

* * *

철썩.

커다란 소리와 함께 고개가 거세게 돌아갔다. 테네르는 붉어진 뺨을 감싸 쥘 생각도 하지 못하고 머리를 조아렸다. 에반 후작이 그 모습을 보며 혀를 찼다.

"……하여간 답답한 것."

황태자의 약혼녀인 알레이나 살바토르가 초대한 사냥이었다. 적당히 실력을 보여 호감을 사도 모자랄 판에 빈손으로 돌아왔다니. 딸의 멍청한 행동에 그는 화가 머리끝까지 나 있었다.

"살바토르 영애가 사냥에 초대했다기에 그 천한 피도 쓸모가 있나 했더니, 쥐새끼 한 마리도 못 잡아?"

테네르가 활을 드는 것만으로도 질책하던 것이 바로 자신이었지만, 후작은 그런 일은 기억조차 나지 않는 듯 윽박질렀다. 그는 파트로나의 피가 얼마나 진한지 알고 있었다. 테네르가 아무것도 잡지 못한 게 아니라 잡지 않은 것뿐이라는 사실도.

"……살아 있는 것들을 그저 여흥으로 죽이고 싶지 않았어요."

테네르가 작게 대답했다. 그녀 또한 이번 사냥이 기회라는 것을 모르지는 않았다. 그간 아비의 명령대로 알레이나와 친분을 쌓으려 했지만 내내 지지부진했지 않나. 그러니 이번 사냥을 계기로 그녀와 친해지려 했었다.

그러나 막상 사냥터에 발을 들이자 테네르는 아무것도 할 수가 없었다. 알레이나의 화살에 맞아 고통스러워하는 사슴을 보았기 때문이었다. 화살이 꽂힌 자리에서 피가 흐르는 것을 본 순간, 테네르는 시위를 당기기는커녕 고개를 돌리고 헛구역질할 뻔했다.

어떻게 죄 없는 짐승을 재미로 죽일 수 있나. 어떻게 이런 게 놀이가 될 수 있단 말인가.

가벼이 생각했던 것들을 눈앞에서 보게 되자 짙은 거부감이 일었다. 그러나 그녀는 화기애애한 분위기를 깨뜨릴 용기가 없었다. 그녀가 할 수 있는 일이라곤 일부러 화살을 아슬아슬하게 빗맞히어 짐승들을 도망가게 하는 것뿐이었다.

"하여간 제 어미를 빼닮아선……!"

후작이 다시금 손을 들었다. 테네르는 찾아올 고통을 각오하고 눈을 질근 감았다. 이복 오라비인 에리히가 후작을 만류했다.

"아버지. 때리는 건 안 된다고 말씀드렸잖아요. 쓸 만한 건 얼굴밖에 없는 계집애, 흠집이라도 나면 어쩌시려고."

빈정거리는 말에 에반 후작은 간신히 손을 내렸다. 그러나 그의 화가 풀렸다는 의미는 아니었다.

"누가 너더러 황제 폐하의 정부라도 되라고 하더냐? 네게 그런 건 기대도 하지 않으니, 하다못해 살바토르 영애와 친분이라도 쌓으라고 누차 말하지 않았느냐!"

"죄송해요, 아버지."

테네르는 얌전히 고개를 숙였다. 아마 황제가 조금만 방탕했어도, 혹은 테네르가 조금만 약삭빠른 성격이었어도, 후작은 자신의 딸을 마흔이 훌쩍 넘은 황제의 정부로 밀어 넣는 데 주저하지 않았을 것이다.

그러나 교태스럽지도 꾀바르지도 못한 테네르가 황제의 정부가 되어 봤자 가문에 큰 이익을 가져다줄 리가 없었다. 알레이나가 황후 자리에 오르기 전에 미리 친분을 쌓으란 말조차 이행하지 못하는 멍청한 딸이 아닌가.

에리히는 달래듯 아비의 팔을 붙잡았다.

"이제 그만하세요, 아버지. 꾸짖어도 못 알아듣는 거 아시잖아요. 괜히 열 올리지 마시고……."

"헨타온 백작이 네게 구혼서를 보냈다."

그 말에 에리히의 얼굴이 확 일그러졌다. 테네르는 표정 변화 하나 없이 천천히 고개를 끄덕였다.

"……네."

"쓸모도 없는 너 같은 계집애, 비싼 값에 쳐 준다는데 마다할 이유가 있겠느냐? 늙은이 후처로 팔려 가기 싫거든 처신 똑바로 하거라!"

말을 마친 후작은 그대로 문밖으로 나가 버렸다. 사용인들은 안절부절못하며 머리를 조아렸다. 에리히는 문이 닫히고 한참 뒤에야 테네르 쪽으로 고개를 돌렸다.

"넌 정말, 머리가 안 돌아가냐?"

"……."

"적당히 둘러대면 될 거 아냐. 사냥은 처음이라 긴장했다든가, 활을 너무 오랜만에 들어서 실수한 거라든가. 그럼 아버지가 저택에서 연습이라도 하게 해 주실 수 있잖아. 그걸 그렇게 곧이곧대로 말하면 어쩌자는 건데?"

"아버진 이미 알고 계셨는걸요."

"알고 계셨다고 하더라도!"

에리히는 답답하다는 듯 언성을 높였다. 그러나 테네르가 그저 얌전히 앉아 있는 것을 보곤 한숨을 내쉬며 머리를 몇 번 헤집었다.

"그래서, 이제 어쩔 건데?"

"……."

"그 늙은 돼지 새끼랑 결혼해도 상관없어? 너보다 스무 살도 더 많은 놈인데."

에반 후작이 테네르를 헨타온 백작과 결혼시키겠다고 하는 것은 진심이 아니라 협박에 가까웠다. 말을 듣지 않으면 평판이 바닥을 치는 난봉꾼과 결혼시키겠다는 의미였다. 에리히 또한 그 사실을 잘 알고 있었지만, 얌전히 앉아 있는 테네르가 답답한 건 마찬가지였다.

"아버지께서 결혼하라 하시면 해야지요. 그리고……."

"……."

"……누구나 나이는 드는걸요. 살이 찔 수도 있고."

차분하고 나긋한 목소리였다. 에리히는 숨을 크게 들이마셨다가 길게 내쉬었다.

"나이 든 놈이랑 결혼할 거면 헨타온 백작보단 차라리 확실히 늙은 놈이랑 해. 몇 년만 견디면 유산 받고 재혼이라도 할 수 있으니."

"……."

"후처라는 거, 알지?"

"제 어머니도 후처셨죠."

내리깔린 눈이 미동도 없이 고요했다. 에리히가 으득 이를 물었다.

"네 나이의 영애들 모두에게 구혼서를 보냈는데도?"

"……."

"사용인들을 건드린다는 소문도 있어."

테네르는 입을 다물었다. 길게 드리운 밀 색 속눈썹이 파르르 떨렸다. 그러나 그것도 잠깐, 입술이 무기력하게 달싹거렸다.

"그저 소문일 뿐이잖아요. 막상 살아 보면 장점이 많은 분일지도……."

"멍청한 소리 좀 그만해, 테네르."

에리히의 얼굴이 와작 일그러졌다. 그가 성큼성큼 다가왔지만, 테네르는 의자에 얌전히 앉아 있을 뿐 도망가지 않았다.

"그래, 하녀들 건드린다는 거야 소문이라고 치자. 하지만 마흔 살도 넘은 놈이 아직 스무 살도 안 된 네게 구혼서를 넣은 건 소문이 아니라 사실이지. 그런 놈에게 장점? 미련한 것도 정도가……."

"제가 싫다고 하면."

테네르가 천천히 고개를 들었다. 옅은 자색의 눈동자는 늘 그래 왔듯 잔잔한 호수 같았다. 에리히의 모습이 그 안에 가만히 담겼다.

"그럼…… 뭔가 달라지나요?"

"……."

에리히는 말문이 막혔다. 테네르는 읊조리듯 말했다.

"전 누구와 결혼하든 상관없어요."

테네르의 목소리에는 악의가 담기는 법이 없었다. 그녀의 목소리는 언제나 조곤조곤하고 나긋했으며, 옅은 웃음기가 어려 있었다. 마치 그 외에는 할 수 있는 게 없는 사람처럼.

"전 그냥…… 평온하게 지낼 수 있으면 그걸로 좋아요."

언제나 고요한 두 눈이 습관처럼 호선을 그렸다. 아무 일도 없었다는 듯 평화로운 얼굴이었다. 많은 것을 포기한 얼굴이기도 했다. 그 표정이 매번 에리히의 심기를 거슬렀다.

"……멍청하긴."

에리히는 한참이나 할 말을 찾다가 간신히 입을 열었다. 테네르는 그저 화병에 꽂힌 꽃처럼 얌전히 앉아 있을 뿐이었다. 에리히는 그 모습을 한참 노려보다가 몸을 돌렸다. 그가 방을 나가자, 테네르는 반짇고리를 꺼냈다. 크게 들이마시는 숨결이 가늘게 떨렸다.

* * *

제도의 귀족들이 일시적으로 사교활동을 멈춘 것은 그즈음이었다. 황제의 임종이 가까워진 탓이었다.

전쟁에서 입은 부상이 지나치게 악화되어 손쓸 수 없는 지경이라고 했다. 마지막 정복 전쟁에서 대승을 거머쥔 것치고는 퍽 초라한 최후이기도 했다. 황제가 임종을 앞두고 먹는 약으로 유언 남길 시간이나마 번 것이 고작이었다.

에반 후작은 황궁으로 가는 마차에 오른 후에도 테네르가 모든 일을 망쳤다며 길길이 날뛰었다. 국상을 치르고 나면 모든 사교 행사가 일시 중지될 거고, 그럼 알레이나와 친분을 쌓을 기회도 없어지지 않겠느냐는 거였다. 테네르가 할 수 있는 일은 그저 고개를 숙이고 죄송하다 말하는 것밖에 없었다. 그나마 다행인 점은, 곧 다른 귀족들 앞에 서게 될 테니 손찌검을 하지는 않았다는 사실이었다.

황궁에 도착한 후, 그들은 다른 이들과 함께 복도에서 차례를 기다렸다. 제국의 세 공작이 죽음을 앞둔 황제의 침소에 차례로 발을 들였다. 가장 먼저 들어간 것은 단연 황후의 친정인 트라벨 공작가였고, 그다음은 황태자와 약혼 관계인 살바토르 공작가였다.

"……황후 폐하께선 울지 않으셨다네요."

테네르가 닫힌 문을 멍하니 보고 있자, 등 뒤에서 몇몇 이들이 소곤거렸다.

"하긴, 폐하께선 황후 폐하를 그리……."

그 뒤로는 목소리가 줄어들어 정확히 듣지는 못했지만, 그 내용을 예상 못 할 바는 아니었다. 황제가 황후를 사랑하지 않는다는 이야기는 이미 널리 알려져 있었으니까.

황제 하인리히는 성군이라고도 폭군이라고도 불리는 사람이었다. 열여덟의 어린 나이에 부모를 죽이고 황위에 오른 사람이었고, 동시에 무능한 아비가 잃어버린 영토를 되찾아 대륙에 에브게니아의 이름을 다시금 떨친 사람이기도 했다. 사적으로는 상당히 엄하고 무뚝뚝한 사람이었는데, 그것은 황후인 베아트리스에게도 마찬가지라고 했다.

테네르는 들려오는 이야기를 듣지 않으려 애쓰며 문이 열리기만을 기다렸다. 슬슬 살바토르 공작가가 침소 밖으로 나올 시간이었다. 그러나 한참이 지나도 문은 열리지 않았다.

"……폐하께서 살바토르 공작가에 하실 말씀이 많은 모양이네요."

누군가 작게 소곤거렸다. 알현이 길어지는 것에 대한 불만의 표현이었다. 문이 열린 건 그러고도 한참이나 지나서였다.

열린 문 사이로 살바토르 공작과 알레이나가 모습을 드러냈다. 알레이나는 평소와 달리 장식도, 노출도 없는 검은 드레스를 입은 채 고개를 푹 숙이고 있었다.

"알레이나."

살바토르 공작이 작게 읊조렸으나, 알레이나는 들은 척도 하지 않고 성큼성큼 발을 옮겼다. 완벽한 숙녀이며 예비 황후로 불리던 그녀가 단 한 번도 보이지 않던 모습이었다. 공작이 황급히 그녀의 뒤를 따랐다.

"알레이나."

공작의 목소리가 조금 높아졌다. 황제의 임종을 앞두고 있었기에 그리 크다고 할 수는 없는 목소리였지만, 조용한 복도에서는 고작 그 정도로도 시선이 모였다.

"……징그러워."

알레이나의 목소리는 낮고도 분명했다. 황제를 만나고 난 후 내뱉기에는 지나치게 무례한 말이었다. 누군가 헉하고 숨을 들이마셨다.

알레이나는 더는 입을 열지 않았다. 대신 고개를 푹 숙인 채 어딘가로 내달릴 뿐이었다. 공작이 그녀의 뒤를 쫓았다. 복도에 한참 동안 침묵이 내리깔렸다.

"……폐하께 한 말은 아니겠죠?"

누군가 조심스레 입을 열었다. 짧은 말실수로도 온갖 소문이 번진다는 것을 누구보다도 잘 알고 있을 알레이나였기에 그녀가 내뱉은 말의 여파는 상당했다.

"설마 폐하께 그런 불충한……."

"하지만 폐하를 뵙고 난 다음 한 말이잖아요."

몇몇이 알레이나가 지나간 자리를 보며 혀를 찼다.

과년한 딸이 있는 이들은 알레이나를 걱정하는 척 그녀의 무례를 입에 담았다. 그녀가 황태자의 약혼녀 자리에서 내려가게 된다면 자신의 딸을 그 자리에 밀어 넣을 수 있으리란 얄팍한 속내였다.

그러나 얌전히 듣고 있던 테네르는 고개를 갸우뚱했다.

"왜 그래?"

에리히가 작게 물었다. 테네르는 입을 열었지만, 주위의 시선이 느껴지자 하려던 말을 꿀꺽 삼켰다.

"……아니에요."

"실없긴."

머리 위에서 들려오는 중얼거림을 흘려들으며 테네르는 묘한 예감을 떨쳐 내려고 했다. 일그러진 얼굴과 빨개진 눈, 아비인 살바토르 공작을 뿌리치던 손길, 그리고 그를 노려보던 찰나의 순간.

'화가 난 것 같았는데…….'

테네르가 알기로, 그건 분명 화가 난 얼굴이었다. 알레이나는 분노하고 있었다. 자신의 아버지에게.

'……잘못 본 거겠지.'

짧게 스쳐 지나간 표정만으로 그 심정을 억측하려는 건 어리석은 일이었다. 테네르는 아무것도 추측하지 않으려고 했다. 어차피 자신과는 상관없는 일이었다. 설령 상관이 있다 하더라도 자신이 할 수 있는 일은 아무것도 없었다.

그걸 알면서도 테네르의 시선은 한참 동안 알레이나가 사라진 자리를 좇았다. 알레이나는 돌아오지 않았다.

* * *

알레이나는 그대로 종적을 감추었다. 황태자 레온하르트는 황후 없이 홀로 황위에 올랐다.

황실에서는 관대하게도 한동안 황후의 자리를 공석으로 비워 두었다. 알레이나가 어린 시절부터 황실에 드나들며 황후가 될 준비를 해 오던 인재이기 때문이었다. 알레이나를 특별히 아끼던 태후가 황후의 빈자리를 대신했다.

그러나 알레이나 살바토르가 사라진 지 일 년이 되어 가자, 황실에서도 더는 황후의 자리를 비워 둘 수 없다고 했다. 곧 있을 황실 파티에서 알레이나를 대신할 새 황후감을 찾을 거라는 소문이 파다하게 번졌다.

테네르는 평소보다 훨씬 화려하게 치장한 채 파티장에 서 있었다. 친우인 소피아 클로디와 함께였다.

"황제 폐하께선 늦으시네요."

"정무가 바쁘신 분이니까요."

파티장의 벽에 마련된 의자에는 파트너가 없거나 휴식을 취하고 싶은 영애들이 삼삼오오 모여 이야기꽃을 피우고 있었다. 한참 파티장을 둘러보던 소피아가 입을 열었다.

"꼭 사냥터 같아요."

테네르가 그녀를 돌아보았다.

"그렇지 않나요? 괜찮은 배우자를 잡기 위한 사냥터요."

"……."

"테네르는 활을 잘 쏘니 사냥도 잘할 것 같은데."

소피아가 테네르의 눈을 마주 보며 장난스레 웃었다. 테네르도 푸스스 웃음을 흘렸다.

"잘하긴요. 다람쥐 한 마리 못 잡았는데."

"내가 당신 실력을 몰라요?"

말도 안 된다는 듯한 목소리에 테네르는 슬며시 시선을 돌렸다. 소피아는 일전에 테네르가 활을 쏘는 모습을 본 적이 있었다. 말을 탄 채로 화살 두 개를 동시에 쏘아 명중시키는 것을 보고 얼마나 감탄했던가. 그랬던 테네르가 사냥터에서 빈손으로 돌아왔다는 건 그야말로 고의가 아니라면 말이 되지 않는 이야기였다.

"황제 폐하와 태후 폐하께서 입장하십니다!"

황제와 태후의 입장을 알리는 목소리가 들려왔다. 앉아 있던 귀족들이 일제히 자리에서 일어나 예의를 갖추었다. 황제가 태후와의 첫 춤으로 파티의 시작을 알리자, 귀족들이 기다렸다는 듯 댄스홀로 몰려들었다.

파트너가 정해지지 않은 미혼의 영애들은 대부분 젊은 황제에게 모여들었다. 소피아는 테네르의 팔꿈치를 가볍게 두드렸다.

"테네르도 가 봐요. 그래야 에반 후작께서도 혼내지 않으실 테니까."

"클로디 자작께선 별다른 말씀 없으셨나요?"

"다행히도, 우리 아버진 일찌감치 포기하셨어요. 살바토르 영애를 곁에 두셨던 분이 제게 성이 찰 리가 없다면서. 허튼 생각 말고 유학 갈 준비나 하라고 하시던걸요."

소피아는 부채로 입을 가린 채 웃었다.

실상 귀족 간의 결혼이란 사랑보다는 가문의 결합인지라, 황후의 자리 또한 공작이나 후작, 못해도 백작 가문쯤은 되어야 노려봄 직했다. 자작 영애인 소피아는 일찌감치 포기하는 편이 낫다는 의미였다.

거기다 클로디 자작은 자식 교육에 온 신경을 쏟아붓는 사람이라, 딸을 솔렌 왕국 아카데미에 유학을 보내고 싶어 안달이 나 있었다. 물론 한가롭게 늘어져 있는 것을 가장 좋아하는 소피아는 그리 내키지 않아 했지만.

"어서요. 후작께서 무시무시한 얼굴로 이쪽을 보고 계시잖아요."

소피아가 속살거렸다. 고개를 들자, 자신을 노려보며 턱짓하는 후작의 모습이 눈에 들어왔다. 테네르는 한숨이 나오려는 것을 꿀꺽 삼키곤 후작이 가리킨 방향으로 발을 옮겼다. 손에는 손수건을 꼭 쥔 채였다.

* * *

황제는 이미 많은 영애들에게 둘러싸여 있었다. 곁을 지키던 알레이나가 사라지고 정식으로 파혼까지 하게 되자 많은 이들이 뒤늦게 그의 눈에 들기 위해 애썼다.

테네르는 조용히 영애들 무리에 섞였다. 알레이나와 친밀하게 지내던 몇몇이 그녀를 반기며 자리를 내어주었다. 테네르는 조금 의아했지만, 고위 귀족인 아비 덕이려니 했다.

"……에반 영애도 후작께서 보내신 건가요?"

뒤페라크 백작가의 제니스가 슬쩍 말을 걸어왔다. '에반 영애도'라는 말은, 그녀와 같은 처지인 사람이 여럿 있다는 의미였다. 테네르가 고개를 끄덕이자, 제니스는 주위의 눈치를 살피곤 테네르의 귓가에 입을 가져갔다.

"아마 절반은 비슷한 처지일 거예요."

"네?"

"다들 아버지가……."

제니스는 난처하다는 듯 고개를 설레설레 저었다. 알레이나와 절친하던 영애들은 다들 비슷한 표정을 짓고 있었다. 조금이라도 눈에 띄고 싶은 듯 화려하게 치장하고 그림처럼 웃고 있었지만, 진심이 아닌데도 진심처럼 웃는 건 나이가 찬 귀족이라면 누구나 할 수 있는 일이었다.

"황후도 좋지만, 아무래도 친구의 약혼자를 꿰차는 게 마음 편할 리가 없잖아요? 물론 아버지들이야 계집애들 얄팍한 우정은 결혼 전까지만이라고 생각하겠지만."

"우린 아직 결혼도 하지 않았으니 철없는 우정 놀음 정도는 이해하시겠죠."

빈정거리는 말에 테네르는 슬며시 황제 쪽을 바라보았다. 황제는 로라 헤일과 이야기를 나누고 있었다. 1년 전 즉위식을 거치고 황위에 오른 그는 금빛 휘장이 달린 제복 위에 붉은 망토를 두르고 있었다. 머리에 쓴 왕관이나 바닥에 끌리는 망토가 춤을 추기에는 다소 불편할 듯했다.

"그럼 다들 같은 생각이신 건가요?"

테네르가 조심스레 물었다. 제니스는 황제를 붙잡고 조잘거리는 로라를 흘깃 보았다. 작년까지만 해도 알레이나에게 찰싹 붙어 테네르에게 눈을 흘기던 그녀는 들뜬 얼굴로 볼을 발갛게 물들이고 있었다.

"적어도 알레이나를 진심으로 좋아하던 사람들은 그렇죠. 예비 황후에게 어떻게든 들러붙으려던 찰거머리가 아니라면."

로라 헤일을 겨냥한 말이었지만, 그간 아비의 명령으로 알레이나에게 접근하던 테네르로서는 뜨끔할 수밖에 없었다.그러나 제니스도, 그 외의 영애들도 테네르에게 큰 악감정이 있어 보이진 않았다.

"이러니 황후는 젊은 여자가 아니라 나이 든 남자 중에서 뽑아야 한다니까요. 그렇게만 되면 아버지들은 기꺼이 드레스도 입고 화장도 하실 텐데."

"저희 아버지는 기권할게요. 요즘 배가 많이 나오셔서 드레스가 안 맞을 거예요."

"코르셋으로 어떻게든 조이면 되지 않을까요?"

"안 돼요. 터져요, 터져."

달리아가 과장된 몸짓으로 손을 내저었다. 영애들 사이에 잔잔한 웃음이 번졌다. 나이가 찬 영애들이 권위적인 아버지에게 불만을 품는 건 드문 일이 아닌지라, 그녀들의 대화는 한참이나 이어졌다.

"뒤페라크 백작께서는 그윽한 눈매가 매력적이시니, 고혹적인 붉은 드레스가 어울릴 것 같아요."

"전 청순한 아버지가 좋은데……. 붉은색은 오베론 후작과 어울리지 않을까요?"

"어머, 저희 아버지가 붉은색 좋아하는 거 어떻게 아셨어요?"

달리아가 입을 가리고 웃었다. 테네르는 차마 자신의 아버지를 도마 위에 올릴 수 없었기에 그저 웃음을 참을 뿐이었다. 제니스의 시선이 그녀를 스쳤다.

"에반 후작께서는 화려한 드레스를 좋아하실 것 같아요. 레이스와 리본이 풍성하게 달린 크리놀린……."

"푸흡."

드레스에 구두를 신고 뒤뚱거리는 아비의 모습을 상상하자 참았던 웃음이 기어이 튀어나오고야 말았다. 내내 조용하던 그녀가 웃음을 터뜨리자 영애들의 얼굴에 장난스러운 미소가 번졌다. 그러나 그 순간 문득 들려온 목소리가 있었다.

"에반 영애?"

테네르와 다른 영애들은 놀라 고개를 들었다. 그들을 바라보고 있는 것은 다름 아닌 황제 레온하르트였다.

"……폐, 폐하."

영애들의 얼굴이 사색이 되었다. 혹 목소리가 너무 크진 않았나 서로의 눈치를 살피기도 했다. 그러나 황제는 그리 불쾌한 기색이 아니었다.

"재미난 이야기들을 하고 있었던 모양이네."

황제가 된 레온하르트는 황태자 시절과 달리 당연한 듯 말을 낮추었다. 황제란 나이 든 고위 귀족에게도 존대하지 않기에 당연한 일이었지만, 테네르로서는 조금 낯선 모습이기도 했다.

말투야 어찌 되었건, 황제의 표정은 여느 때와 다름없이 부드러웠다. 그렇기에 아비에게 드레스를 입히는 상상을 하며 속닥거리던 영애들은 조금 안심한 듯했다. 그들을 둘러보던 황제가 돌연 테네르 쪽으로 고개를 돌렸다.

"에반 영애."

"예, 폐하."

"괜찮다면, 한 곡 추는 게 어떤가?"

그 말에 황제를 붙잡고 이야기를 나누던 로라 헤일의 얼굴이 일그러졌다. 테네르는 자신이 무슨 말을 들었는지 금방 이해하지 못하고 눈을 끔뻑일 뿐이었다. 로라를 흘깃 본 제니스가 그녀의 팔을 가볍게 쳤다. 테네르는 그제야 정신을 차리고 고개를 들었다.

"영광입니다, 폐하."

테네르는 얼른 황제의 손을 맞잡았다. 그의 손은 그녀의 양손을 한 번에 감싸 쥘 수 있을 정도로 컸다. 레이스로 짠 장갑 아래 단단한 감촉이 느껴졌다.

태후 다음 상대가 자신이라니. 로라와 퍽 다정히 이야기하던 것치고는 의외의 선택이었다. 테네르는 자신을 쏘아보던 로라의 시선을 생각하며 조금은 착잡한 기분이었다. 실상 일개 자작 영애인 로라에게 위협을 느낄 리야 없지만, 누군가의 미움을 받는다는 사실이 씁쓸하지 않을 리도 없었다. 어쩌면 자신에게 흰자위를 보이고 있는 게 로라 한 명이 아닐지도 모른다는 것도 마찬가지였다.

"그대가 웃는 건 처음 본 것 같네."

황제는 자연스럽게 테네르를 이끌었다. 낯선 상대와의 춤이 어색한 그녀와 달리, 그는 처음 파트너가 된 테네르를 리드하는 데에도 익숙해 보였다.

"송구합니다, 폐하."

테네르는 예의 바르게 대답했다. 황제의 말은 그 또한 그녀에게 큰 관심을 두지 않았다는 것과 같은 의미였다. 테네르는 늘 습관적인 미소를 짓고 있었고, 파티장에서 마음 맞는 이들과 담소를 나눌 때면 작게 소리 내어 웃기도 했으니까.

"그런데……."

황제는 중요한 이야기를 하려는 듯 조금 뜸을 들였다.

"에반 후작의 드레스에는 리본보다는 꽃이 어울릴 듯한데."

"예?"

담담하게 들려온 목소리에 테네르는 놀라 고개를 들었다. 황제는 소리 없이 웃으며 검지를 입술에 가져갔다. 차분하지만 장난기가 묻어나는 얼굴은 황제라기보다는 그녀 또래의 싱그러운 청년 같았다. 그 당연한 사실이 왜 그토록 당혹스럽게 느껴지는지.

테네르가 발을 헛디디자, 황제는 얼른 그녀의 허리를 단단하게 받쳤다. 머리 위에서 웃음소리가 낮게 들려왔다.

"내가 놀라게 했나 보군."

황제는 대수로운 일이 아니라는 듯 태연한 태도였다. 그러잖아도 몸이 굳어 있던 테네르는 큰 죄라도 지은 양 얼어붙었다.

"일부러 들으려고 한 건 아니네. 본의 아니게 귀가 좀 밝아서."

"소, 송구합니다, 폐하."

"아닐세. 영애들 마음을 이해하지 못하는 건 아니니."

황위에 오른 지 고작 1년이었지만, 레온하르트에 대한 평은 나쁘지 않았다. 그는 젊은 나이답지 않게 충동적이기보다는 신중했으며, 다소 차갑고 엄격하던 선황과 달리 온화한 황제라 여겨졌다. 거기다 빼어난 외모에 무예까지 뛰어나니, 로라를 포함한 몇몇 영애들이 그 옆자리를 노리는 것도 충분히 이해가 갔다.

"그대에게 궁금한 점이 있네."

"하문하십시오, 폐하."

테네르는 이런 식으로 남자와 춤을 추며 대화해 본 적이 거의 없었다. 혹 그녀가 결혼하기도 전에 연애라도 할까 봐 눈을 부라리던 에반 후작 때문이었다. 그녀의 표정은 평소와 다를 바 없이 부드러웠지만, 말투는 사교댄스 파트너를 향하는 것보다는 군주를 대하는 가신의 것에 가까웠다.

"솔직히 답해 줄 수 있겠나?"

"물론입니다."

즉각적인 대답이었지만, 테네르는 그가 무엇을 물을지 몰라 조금 긴장했다. 만약 황제가 가문에 대한 민감한 것을 물으면 어쩌나 하는 걱정 때문이었다. 물론 테네르는 자신의 가문에 대해 눈앞의 황제보다도 모르겠지만.

그러나 걱정이 무색하게도, 황제가 물은 것은 테네르의 예상과는 전혀 달랐다.

"그날, 정말로 일부러 그랬던 게 아닌가?"

"……예?"

테네르는 놀라 되물었다. 황제와 사적인 교류가 있었던 적이 거의 없으니, 그가 무엇을 말하는 것인지 예상 못 할 바는 아니었다. 그러나 마찬가지로 사적인 교류가 없었으니 왜 이제 와서 그 일을 끄집어내는지도 알 수 없었다. 황제는 그녀의 예감에 쐐기를 박듯 덧붙였다.

"살바토르 영애와 사냥을 갔을 때 말이네."

"……."

"오해는 말게. 그저 궁금해서 묻는 것뿐이니."

그 말이 사실이라는 것을 증명하듯 황제의 표정은 시종일관 부드러웠다. 그러나 테네르는 그가 이미 모든 것을 알고 있다는 생각이 들었다. 왜 그것이 새삼 궁금한지는 알 수 없었지만.

"……폐하의 말씀이 맞습니다."

테네르는 작게 대답했다. 이유를 물어 올 것이라 생각했지만, 황제는 그 화제를 오래 끌지 않았다.

"그렇군."

"……."

그 후로는 그저 일상적인 대화가 이어졌다. 황제는 테네르의 드레스에 놓인 자수를 칭찬했고, 에반 후작이나 에리히의 안부를 묻기도 했다. 대화가 이어질수록 테네르 또한 조금씩 긴장을 풀었다.

긴장이 풀리자 손목에 감아 둔 손수건이 그제야 눈에 들어왔다. 황제의 눈에 들어야 한다는 아비의 성화에 직접 수를 놓은 손수건이었다. 에반 후작은 그깟 손수건으로 무엇을 하겠느냐며 비웃었지만, 이것마저 전하지 않으면 또 윽박지를 게 뻔했다.

"즐거웠네, 에반 영애."

"저, 폐하."

음악이 끝나고 작별하려던 순간, 테네르는 얼른 손목의 손수건을 풀어냈다. 인파를 등지고 있기에 낼 수 있는 용기였다.

"……부족한 실력이지만, 폐하께서 받아 주신다면 제게는 큰 기쁨이 될 것입니다."

세련된 방식의 구애는 아니었다.

향수를 뿌린 손수건으로 마음을 고백하는 것은 후작조차도 코웃음 칠 예스러운 방식이었다. 어쩌면 테네르 에반이 태후 베아트리스를 흉내 냈다는 비웃음 섞인 소문이 돌지도 몰랐다. 누군가는 그녀의 몸 반절을 채우고 있는 피를 운운할지도 몰랐다.

그 사실을 되새기자 뒤늦게 심장이 목구멍으로 튀어나올 듯 쿵쾅거렸다. 연회장의 웅성거림이 꼭 자신을 향하는 것만 같았다. 눈앞의 황제를 차마 볼 수가 없었다.

"……직접 만든 건가?"

질근 감긴 눈이 번쩍 뜨였다. 황제가 자신을 바라보고 있었다. 테네르는 그 시선을 마주 보지 못하고 천천히 고개를 끄덕였다. 흰 장갑에 덮인 큰 손이 손수건을 받아 들었다.

"고맙네."

그나마 체면은 지켜 주는구나. 테네르는 그가 손수건을 내동댕이치거나 짓밟거나 큰소리로 망신을 주지 않는 것에 감사했다. 웃음 섞인 목소리가 들려왔다.

"곧 사례하지."

짧게 스쳐 지나간 목소리에 봄바람이라도 분 양 가슴께가 살랑거렸다. 그 사실이 너무도 낯설었기에, 테네르는 그 말의 내용은 그만 잊어버리고 말았다.

* * *

황실 파티에 다녀온 지 한 주가 지난 날이었다.

"테네르!"

이른 시간부터 후작은 노크도 없이 딸의 방문을 열어젖혔다. 과년한 딸에게 할 행동은 아니었지만, 그는 거리낌이 없었다.

"무슨 일이세요, 아버지?"

"화…… 황실에서, 전보가 왔다."

"예?"

테네르는 놀라 되물었다. 아비가 제게 달려온 것을 보면 자신과 관련이 있는 소식인데, 그것이 무엇인지 그녀로서는 도통 알 수가 없었다.

"황제 폐하께서 구혼서를, 구혼서를 보내오신단 말이다!"

후작이 꽥 소리를 질렀다. 테네르는 놀란 표정조차 제대로 짓지 못했다. 자신이 무슨 말을 들었는지 실감이 나질 않았다.

"제게…… 말씀이신가요?"

"그럼 폐하께서 내게 청혼하셨겠느냐? 헛소리 말고, 관리가 도착하기 전에 얼른 준비하고 내려오기나 해라."

그는 답답하다는 듯 역정을 내고는 방을 나가 버렸다.

하녀들이 얼른 그녀를 단장했다. 테네르는 가벼운 실내용 드레스 대신 황궁에 출입할 때 입는 짙은 색의 드레스로 갈아입고 머리를 손질했다. 볼이 발갛게 달아오른 하녀들이 무어라 재잘거렸으나 아무 생각도 들지 않았다.

구혼서를? 청혼을? 왜 내게?

테네르는 눈에 띄지 않는 사람이었다. 그와 인사치레 이외의 말을 섞어 본 것은 작년 사냥터에서와 얼마 전 파티에서가 고작이었다. 돌이켜 생각할수록 어설프게 손수건을 건네던 제 모습만 떠오를 뿐이었다.

'곧 사례하지.'

설마하니 그 손수건 때문일까. 혹 헨타온 백작처럼 그녀 또래의 영애들 모두에게 구혼서를 보낸 건 아닐까. 아비의 세력이 필요한가. 계단을 내려가면서도 테네르는 자신에게 무슨 일이 일어난 것인지 이해할 수가 없었다.

황실의 관리는 정중한 태도로 구혼서를 전달했다. 후작은 그가 돌아가자마자 점잖은 표정을 지우고 테네르에게 달려들었다.

"도대체 무슨 일이 있었던 거냐? 폐하께서 왜 네게…… 너 같은 천한 핏줄에게……!"

그간 황제의 눈에 들어야 한다며 방방 뛰던 것을 생각하면 이해가 되지 않는 반응이었다. 그러나 철이 든 이후부터 테네르는 아비를 이해하려고 드는 것이 얼마나 멍청한 짓인지를 알고 있었다. 그녀가 해야 할 일은 그의 말에 대답하는 것뿐이라는 사실도.

"……손수건을, 드렸어요."

테네르는 작게 대답했다. 그 손수건을 받아 들던 황제의 모습을 떠올리기도 했다. 정중하던 손길, 좋은 냄새, 나직한 웃음. 생각해 보면 참 잘 웃는 사람이었다.

"고작 손수건을……?"

후작은 믿을 수 없다는 듯 중얼거렸다. 그는 황제의 친필이 적힌 구혼서를 몇 번이고 훑었다. 유려한 필체만큼이나 아름다운 글귀가 쓰여 있었지만, 실상 테네르가 아닌 다른 영애의 이름이 적혀 있더라도 위화감이 없을 내용이기도 했다.

"혹 알고 있었느냐?"

후작은 구혼서에 숨은 뜻이 없는지 한참이나 살펴본 후에야 입을 열었다. 테네르는 영문도 모른 채 이어질 말을 기다렸다.

"폐하께서 그런…… 예스러운 취향을 가지셨다는 거 말이다."

차마 구식이라든가 고리타분하다는 말은 할 수 없었는지, 후작은 다소 조심스럽게 말을 바꾸었다. 그러나 테네르가 대답이 없자 그럴 줄 알았다는 듯 코웃음 쳤다.

"……하긴, 네가 그런 생각을 할 리 없지."

테네르는 말없이 고개를 숙였다. 후작이 다시금 입을 열었다.

"어찌 되었건, 넌 이제 황후가 될 몸이니 앞으로 몸가짐을 단정히 하거라. 행여 흠 잡힐 일 벌이지 말고."

"예, 아버지."

"뭐, 화병에 꽂힌 꽃처럼 얌전히 있는 거야 네가 가장 잘하는 일이니 어련히 알아서 하겠느냐마는."

후작은 빈정거렸다. 테네르는 늘 그래 왔듯 고분고분하게 미소 지었다.

* * *

신부를 제외한 모든 것이 이미 준비되어 있었기에, 약혼도 결혼도 상당히 빠른 속도로 진행되었다.

새로운 예비 황후를 위해 황실에서 여러 선물을 보내왔다. 그러나 후작은 그것만으로는 부족하다 여겼는지 테네르를 데리고 나가 값비싼 보석과 드레스를 사 주었다.

"넌 앞으로 황후가 될 몸이다. 그러니 격에 맞는 것을 걸쳐야 한다."

그는 꼭 흠집 있는 선물을 화려한 포장지로 감추려는 것처럼 굴었다. 더 화려하게, 아름답게 그녀를 치장하려고 했다.

그러나 화려한 것을 덧붙일수록 테네르는 오히려 우스꽝스러운 몰골이 되었다. 어깨를 커다랗게 부풀린 소매, 온갖 꽃과 보석을 알록달록하게 장식한 모자, 프릴과 리본이 주렁주렁 달린 풍성한 드레스에 파묻히는 꼴이었다.

"넌 정말…… 황후다운 위엄이라곤 없구나."

후작은 테네르를 보며 못마땅한 듯 혀를 찼다. 보다 못한 에리히가 나섰다.

"폐하의 취향은…… 검소한 쪽 아닐까요?"

"하지만 이토록 비싼 것들을 걸쳤는데 이런 꼴이라니……."

후작은 에리히가 최고의 요리사가 만든 송아지 구이와 훈제 연어와 레몬 타르트를 비벼 먹는 것과 마찬가지라고 하자 간신히 욕심을 거두었다. 그러나 알레이나였다면 분명 어울렸을 거라며 아쉬워하기도 했다.

"너 같은 걸 거두어 주신 황제 폐하께 늘 감사하거라. 그리고 황제 폐하께도, 태후 폐하께도 잘 보이도록 해라. 네가 두 분의 마음을 사로잡을 수 있으리란 기대는 하지도 않을 테니, 밉보이지라도 말아라."

에반 후작은 몇 번이고 당부했다. 테네르는 그것이 불안 때문임을 알고 있었다. 혹 사라진 알레이나가 돌아와 다시금 황후의 자리를 탐낼까 봐. 그리고 유약하고 욕심 없는 딸이 그 자리를 빼앗기고 말까 봐.

결혼식 날까지 테네르는 후작의 잔소리를 들어야 했다. 그녀의 피부가 조금 상한 것 같다는 에리히의 언질이 없었다면, 분명 식장에 발을 들이기 직전까지 시달려야 했을 터였다.

* * *

테네르는 얼핏 태연해 보였다. 차분한 얼굴도, 조용한 걸음걸이도, 짬이

33

날 때마다 방 안에서 수를 놓는 것도 전과 다를 바가 없었다. 에리히는 그런 그녀를 보며 신기하다는 듯 말했다.

"넌 참, 속도 좋다. 긴장되지도 않아?"

"긴장돼요."

"입에 침이나 바르지 그래."

"거짓말 아니에요. 정말 긴장돼요."

테네르는 웃으면서 말했다. 실을 매듭짓는 손길이 여전히 섬세하고 차분했다.

"오라버니께는…… 늘 감사하고 있어요."

나긋한 목소리에 에리히의 표정이 묘해졌다.

"또 무슨 호구 같은 소리를 하고 있어. 하도 멍청하다고 했더니 진짜 멍청해졌나?"

"매번 도와주셨잖아요."

테네르는 후작이 윽박지를 때마다 에리히가 그의 편을 드는 척 자신과 떨어뜨려 준 것을 알고 있었다. 결혼 시장에 내놓아야 한다는 핑계로 아비의 손찌검을 막아 주었다는 것도. 친절하거나 다정한 오라비는 아니었지만, 그가 아니었더라면 화가 난 후작을 견디기가 더 힘들었으리라.

"……반은 진심이었어. 멍청하다고 했던 거. 하는 짓 보면 답답해서."

"고마워요, 걱정해 주셔서."

"넌 내 말을 콧구멍으로 듣냐? 이럴 땐 좀 맞받아쳐야 할 거 아냐."

"죄송해요."

"……내가 말을 말자."

에리히는 머리를 설레설레 흔들었다. 테네르가 그 모습을 보며 소리 없이 웃었다. 순하기만 한 얼굴을 보며 에리히는 표정을 굳혔다.

"황궁에 들어가면, 그런 식으로 굴지 마라."

"……"

"너도 알잖아. 살바토르 영애가 어떤 사람이었는지. 파티장에서 네가 폐하랑 처음으로 춤출 때, 너 노려보던 영애들 기억 안 나?"

로라 헤일의 얼굴이 머리를 스쳤지만, 테네르는 대답하지 않았다. 방 안에 침묵이 내리깔렸다.

"정신 똑바로 차려. 사람들은 아마 살바토르 영애랑 너랑 숨 쉬는 것조차 비교하려고 들 테니까."

어린 시절부터 황궁에 출입하며 정무를 배우던 알레이나는 당장이라도 황후의 일을 대신할 수 있을 정도로 유능한 사람이었다. 방 안에서 책을 읽거나 수를 놓으며 아비가 골라 주는 정혼자와 결혼할 날만 기다리던 테네르와는 전혀 달랐다.

"어쩔 수 없죠. 틀린 말도 아니니."

"……너 나 열 받으라고 일부러 그러는 거냐?"

에리히는 짜증스럽게 얼굴을 구겼다. 그러거나 말거나 테네르의 표정은 평온했다. 에리히의 시선이 바늘을 쥔 손에 가 닿았다. 기다란 손끝 군데군데에 붉은 점 같은 상처가 부풀어 오른 게 눈에 들어왔다.

"야, 너……."

"죄송해요."

테네르가 얼른 손을 감추며 사과했다. 에리히는 무언가 말하려는 듯 입을 열었지만 결국 아무 말도 하지 않았다.

* * *

웅장한 음악 소리가 어깨를 짓누르는 듯했다. 테네르는 조심스레 발을 옮겼다. 얼굴을 가린 베일 탓에 시야가 흐릿했다. 그러나 얼마나 많은 이들이 자신을 주시하고 있는지는 확연히 알 수 있었다.

황태자 레온하르트가 즉위한 후, 일 년간 비어 있던 황후의 자리가 채워지는 날이었다. 제국의 귀족들은 한자리에 모여 그 광경을 지켜보았다. 원래는 테네르 또한 그저 하객 중의 하나여야 했을 터였다.

붉은 주단을 걷는 것이 실감이 나질 않았다. 자신이 향하는 곳이 바로 황제의 옆자리라는 것도.

"멍청하게 굴지 마라."

"……."

"예반 후작가에 먹칠하지 말란 말이다."

차가운 목소리에 테네르는 자신이 아비의 옷깃을 꽉 쥐고 있었다는 것을 뒤늦게 깨달았다. 그녀의 손에서 힘이 풀렸다. 바늘에 찔린 손끝이 뒤늦게 욱신거렸다.

"……죄송해요."

테네르는 늘 그래 왔듯 고분고분하게 말했다. 발을 디딜 때마다 드레스 자락이 바닥을 부드럽게 쓸었다.

주단의 한가운데는 황제가 그녀를 기다리고 있었다. 보기 좋게 다듬은 흑발이 샹들리에의 불빛을 받아 붉은빛을 띠었다. 신부의 드레스와는 대조되는 검은 연미복이 곧게 뻗은 몸 위를 덮으며 보기 좋은 맵시를 뽐냈다.

"부족한 딸아이를 잘 부탁드립니다, 폐하."

후작은 젊은 황제에게 머리를 조아렸다. 그것은 정중이라기보다는 비굴에 가까웠다. 자신의 딸이 예비 황후라 불리던 알레이나 살바토르의 대용품일 뿐이라는 사실을 알기 때문이었다.

황제는 말없이 테네르에게 팔을 내밀었다. 테네르는 떨지 않으려 애쓰며 그 위에 손을 올렸다. 황제의 팔은 예상외로 두툽고 단단했으나 단지 그뿐이었다. 상대의 강인함이 자신을 위협할지 지켜 줄지는 알 수 없는 일이었으니.

"너무 긴장하지 말게."

황제의 목소리가 들려왔다. 퍽 너그러운 목소리였다. 테네르는 혹 저도 모르게 그의 팔을 세게 움켜쥐었을까 봐 부러 손에 힘을 풀었다.

"……송구합니다, 폐하."

들릴 듯 말 듯 자그마한 목소리였지만 황제는 되묻지 않았다. 다만 커다란 손이 레이스 장갑을 낀 손등을 감쌀 뿐이었다. 예기치 못한 접촉에 테네르는 흠칫 놀랐지만, 황제를 밀어낼 수 있을 만큼 간이 큰 것도 아니었다.

다행스럽게도, 황제는 테네르의 손등을 몇 번 토닥이고는 손을 거두었다. 불편하던 온기가 거두어지자 테네르는 그제야 조금 안심했다.

* * *

결혼식은 그야말로 정신없이 지나갔다. 결혼식도, 피로연도 어떻게 치렀는지 가물가물할 지경이었다.

테네르는 침대에 덩그러니 앉아 있었다. 목욕을 마치고 정성스러운 마사지까지 받았던지라 지친 몸이 노곤했다. 그러나 몸과는 달리 바짝 긴장한 정신은 또렷하기만 했다.

그러니까…… 첫날밤이었다.

후사를 낳아야 한다는 것을 모르지는 않았다. 에브게니아의 황후로서 제위를 이을 건강한 아이를 낳아야만 했다. 그러니까 황제의 아이를. 알레이나 살바토르의 약혼자였던 사람의 아이를.

"황후 폐하, 황제 폐하께서 오셨습니다."

방으로 들어온 시녀가 머리를 조아렸다. 테네르는 황제를 맞이하기 위해 자리에서 일어나 옷매무새를 정리했다. 시녀가 그런 그녀의 모습을 조심스레 살피고는 준비가 되었는지를 물었다. 테네르는 작게 고개를 끄덕였다.

문이 열리고 어둑한 방 안에 복도의 불빛이 부채꼴 모양으로 펼쳐졌다. 그리고 그 빛 위에 황제가 천천히 발을 들였다.

"황후."

결혼식을 마친 후 피로연에서부터 질리도록 들어 온 호칭이었다. 이제는 제 이름보다 황후라 불릴 날이 많다는 사실이 조금은 막막하게 느껴지기까지 했다.

"황제 폐하를 뵙습니다."

테네르는 천천히 무릎을 굽혀 인사했다. 황제는 들고 있던 은촛대를 선반 위에 올려 두었다.

"일어날 필요 없습니다. 식을 치르느라 내내 고단했을 텐데."

결혼식이 끝난 후 변한 것은 호칭뿐만이 아니었다. 테네르는 황제가 자신에게 존대한다는 것이 영 어색하고 낯간지러웠다.

"……송구합니다."

쭈뼛쭈뼛 침대에 몸을 붙이고 앉자, 황제는 테이블에 놓여 있던 과일주를 따라 그녀에게 건넸다. 테네르는 얼른 잔을 받아 들었지만, 긴장으로 손이 미끈거려 꼭 쥐고 있는 게 고작이었다. 황제가 그녀의 옆에 앉자 긴장한 몸이 가볍게 출렁였다.

"약혼식 전후로 함께 차라도 마실까 했는데, 도통 시간이 나질 않았습니다."

"정무에 바쁘신 폐하께서 마음을 써 주시는 것만으로도 제게는 큰 기쁨입니다."

테네르는 늘 그래 왔듯 고분고분 머리를 조아렸다. 그러나 들려오는 대답은 없었다. 무언가 잘못 대답한 걸까. 원하는 대답이 있었던 걸까. 테네르는 잔을 꼭 잡은 채 침묵을 견뎠다. 그녀가 아무 말도 하지 않자, 황제가 먼저 입을 열었다.

"내게 묻고 싶은 건 없습니까."

그의 말은 궁금한 것을 물어도 좋다는 허락의 의미보다는 하고 싶은 말이 있다는 뜻으로 들렸다. 테네르는 머뭇거렸다.

"제가 황후로서…… 알아 두어야 할 일이 있습니까?"

'황후'. 그 말을 제 입으로 뱉는 것만으로도 남의 것을 강탈한 양 입 안이 찝찝했다. 황제는 불편한 낯을 빤히 보다가 잔을 입에 가져갔다. 목울

대가 작게 꿀렁거렸다.

"직무에 관한 일이라면 어머니께서 알려 주실 겁니다. 그보다는……."

황제는 잠시 말을 멈추었다. 그의 입가에는 결혼식 때와 다를 바 없는 미소가 그려져 있었다. 낯설지 않은 웃음이었다.

"내가 그대를 황후로 들인 이유를 알고 있습니까?"

"……."

테네르는 대답하지 않았다. 알 리가 없었다. 그녀는 후작 영애였지만, 파트로나를 어미로 둔 사람이었다. 거기다 어미가 다시 숲으로 도망쳐 버리는 바람에 사실상 사생아나 다를 바 없는 처지였다.

그러니 그가 왜 많은 영애 중 하필이면 자신을 택한 건지 감히 추측조차 할 수가 없었다. 가장 완벽한 영애를 앉혀도 모자랄 황후의 자리에 왜 고작 자신을 앉힌 건지.

"……잘 모르겠습니다."

"……."

"파트로나의 딸인 저를 왜…… 황후로 삼으신 건지."

"그대의 어미가 누구인지는 중요하지 않습니다."

황제는 잘라 말했다.

"그대는 에반 후작의 딸이지 않습니까."

하지만 내 몸의 절반은 어미가 준 것인데……. 테네르는 말없이 제 발끝만 바라보았다.

"그대가 황후인 것에 모친의 태생이 문제 되진 않습니다."

"……."

"난 욕심이 없는 사람을 바랐습니다."

담담한 목소리에 테네르는 고개를 들었다. 눈이 마주치자 황제는 빙긋 웃었다. 습관에 가까운 웃음이었다. 테네르는 그 말뜻을 가만히 생각했다.

"사치하지 말라는…… 말씀이신가요?"

조심스러운 물음에 황제의 눈이 놀란 듯 커졌다. 그러나 그것도 잠깐, 이내 여상히 휘어졌다.

"그 정도로 무능력하지는 않습니다."

"……."

"황후의 품위는 중요합니다. 그러니 그런 점은 염려하지 않아도 좋습니다. 다만……."

머뭇거리는 모습을 보며 테네르는 그가 몹시 어려운 것을 요구하리라 생각했다. 그러나 그가 꺼낸 말은 그녀가 예상한 것과는 너무도 달랐다.

"내게 사랑을 요구하지 마세요."

황제의 목소리는 부드럽지만 단호했다. 테네르의 눈이 천천히 깜빡거렸다.

"사랑……을요?"

"예."

황제는 묵묵히 고개를 끄덕였다. 테네르는 조금 당황했지만, 상처를 받은 건 아니었다. 애초에 정략결혼에서 사랑을 기대하는 것부터가 어리석은 일이 아닌가. 하물며 사라진 약혼자 대신 이 자리에 있는 자신이 감히 그런 것을 바랄 리 없었다. 오히려 당연한 것을 새삼스레 말하는 것이 의아할 지경이었다.

"그게…… 전부인가요?"

"약속할 수 있겠습니까?"

여전히 다정한 목소리였다. 욕심이 없는 사람, 황제의 사랑을 욕심내지 않는 황후. 그저 평온한 삶을 원해 왔던 테네르로서는 그의 바람을 어렵지 않게 들어줄 수 있었다.

"그렇게 하겠습니다."

테네르는 부드럽게 웃었다. 황제 또한 그녀가 스스럼없이 고개를 끄덕인 것에 안심하는 듯했다. 그의 손이 천천히 그녀의 뺨을 감쌌다.

"고맙습니다, 황후."

다정한 목소리가 귓가를 간질였다. 테네르는 천천히 눈을 감았다. 입술이 부드럽게 맞닿았다 떨어졌다. 이미 예상했던 일이기에 그리 거북하지는 않았다. 다만 짧은 입맞춤 후 제 안색을 살피는 황제의 모습이 민망하고 어렵게 느껴질 뿐이었다.

"폐……. 폐하."

"예, 황후."

딱히 용건이 있어서 부른 게 아니라는 걸 아는 듯, 황제는 짧게 대답한 후 다시 입을 맞추었다. 이번에는 아까보다 조금 더 길었다. 맞닿은 입술의 감촉이나 온기를 느낄 수 있을 정도였다.

이제 어쩌지? 뭘 하라고 했더라? 분명 나이 든 하녀에게 몇 가지 당부를 들었었는데. 입맞춤이 길어질수록 머릿속이 하얘지는 것만 같았다.

다행스럽게도, 테네르의 고민은 길게 이어지지 않았다. 맞닿은 입술이 벌어지며 그녀의 입술을 가볍게 머금은 탓이었다. 조심스레 입을 벌리자 기다렸다는 듯 축축한 혀가 입 안으로 밀려 들어왔다.

"흐으……."

붉은 혀가 그녀의 혀를 부드럽게 옭았다. 테네르는 이런 식의 입맞춤을 경험해 본 적이 없었다. 뜨겁게 와닿는 숨결도, 제 입안을 헤집는 혀도, 머리를 쓸어내리는 손길도 마찬가지였다. 테네르는 나이트 가운을 꼭 움켜쥔 채 더듬더듬 그에게 호응했다. 부디 제 어설픔이 함께 밤을 보내기에 거슬리지 않기를 바랐다.

얼굴을 감싸고 있던 손이 어깨와 허리를 받쳤다. 몸이 천천히 뒤로 기울었다. 시트에 등이 닿고, 그다음은 푹신한 베개에 머리가 뉘어졌다. 황제는 그녀의 양옆에 손을 짚은 채 입맞춤을 이어 나갔다. 몸이 조금씩 달아오르는 것은 정말로 다행스러운 일이었다.

나누는 숨결이 점차 뜨거워지기 시작하자, 황제는 조심스레 나이트가운의 끈을 풀어내었다. 가운의 안쪽은 입으나 마나 한 얇은 슬립 한 장뿐이었다. 드러난 맨살에 찬 공기가 스치자, 테네르는 저도 모르게 몸을 움찔했다.

"아……. 자, 잠깐……."

테네르가 몸을 뒤틀자, 황제는 순순히 그녀에게서 입술을 떼어 냈다. 그 또한 숨이 조금 거칠어진 채였다. 누구의 것인지 모를 타액에 번들거리는 입술을 보자, 테네르는 얼굴이 붉어진 채 잠깐 시선을 피했다. 그 모습을 본 황제가 입을 열었다.

"……합방을 하지 않을 수는 없습니다."

"소, 송구합니다. 싫은 게 아니라……."

타이르는 듯한 말에 테네르는 황급히 변명했다. 큰 거북함이 없는 건 사실이었다. 황제의 갑작스러운 청혼이 없었다고 해도 언젠가 결혼을 하리라는 건 알고 있었고, 결혼을 하게 되면 이런 일을 하리라는 것도 알았으니.

"그저 경험이 없어…… 긴장했을 뿐입니다."

"그렇습니까."

황제는 대수롭지 않게 고개를 끄덕였다. 반응을 보아하니 상대의 경험 여부에 그리 신경을 쓰지는 않는 듯했다. 아니, 관심이 없다고 해야 할까.

"경험이라면 나도 없으니 너무 걱정하지 않으셔도 됩니다."

"……네?"

뜻밖의 대답에 테네르는 놀라 눈을 동그랗게 떴다. 황제가 그녀를 보고 나직한 웃음을 터뜨렸다.

"놀랄 일인 줄은 몰랐습니다."

"아, 그게……."

젊은 나이에 즉위한 적통의 황제였다. 연회에서 그에게 말 한마디라도 걸기 위해 안달하던 이들이 얼마나 많았었던가. 거기다 알레이나와도 약혼 관계였으니, 경험이 아주 없지는 않으리라 생각했는데.

"불필요한 일이라고 생각했습니다."

황제의 목소리는 담담했다. 아까까지 자신과 입 맞추고 있던 사람이라고는 생각되지 않을 정도였다. 그러니까, 이런 일에 큰 흥미는 없다는 의미일까. 그저 후계를 생산하기 위한 행위일 뿐인데, 그것도 모르고 혼자만 몸이 달아올랐던 걸까.

어쩌면 저쪽은 입을 맞추면서도 별 느낌이 없었을지도 모른다고 생각하자 괜스레 낯이 뜨거워졌다. 황제는 그런 그녀를 물끄러미 보다가 천천히 입꼬리를 올렸다.

"싫은 게 아니라면, 계속해도 되겠습니까?"

"네, 네?"

테네르는 놀라 되물었지만, 황제는 허락을 기다리는 듯 그녀를 바라보고 있을 뿐이었다. 쳐다보는 시선이 부끄러워 테네르는 얼른 고개를 숙였다. 그 모습에 무슨 생각을 했는지 황제는 그대로 몸을 일으켰다.

"결혼식을 급하게 치르긴 했지요."

테네르는 어쩔 줄 모르고 덩달아 일어나 앉았다. 벌어진 가운을 여미지도 못한 채였다. 황제는 노여운 기색도 없이 말했다.

"후사를 낳는 건 황가의 의무이니 피할 수는 없겠지만, 밤이 오늘만 있는 것도 아니니 며칠 정도는 미뤄도 큰 무리가 없을 듯합니다."

"하지만……."

"준비가 되면 그때 말씀해 주세요, 황후."

그렇게 말한 황제는 손을 뻗어 벌어진 가운을 추슬러 주었다. 아무리 그래도 초야를 이대로 넘긴다고? 첫날밤의 흔적이 없는 건 분명 시녀들이 알아챌 텐데. 만약 그 사실이 아버지에게 전해진다면…….

"괜찮습니다, 폐하."

테네르는 얼른 그의 손을 잡았다. 장갑을 끼지 않은 맨손을 잡은 건 처음이라, 입을 맞춘 것과는 다른 민망함이 있었다. 굵직한 손마디가 선명하게도 느껴졌다. 황제가 말없이 그녀를 돌아보았다.

"준비가 되었다는 말씀을 드리기가 더 부끄러울 것 같아서요."

테네르는 머뭇거리다 그가 여며 준 가운을 천천히 끌어 내렸다. 유혹이라기엔 역시나 어설픈 행위였지만, 속이 비치는 얇은 슬립 차림이었으니 그 의도는 전해졌으리라.

"······그런가요."

황제는 천천히 고개를 끄덕였다. 입술이 다시금 맞닿았다. 테네르는 조심스레 그의 목을 끌어안았다. 단단한 손이 허리를 쓰다듬는가 싶더니 몸을 쓸며 올라왔다. 가슴을 받치듯 움켜잡은 손길에 테네르는 또다시 몸을 움찔했지만 몸을 뒤로 물리지는 않았다.

"아······."

입술이 목을 타고 느리게 움직였다. 목에서 어깨로 내려와 어깨끈을 이로 가볍게 물어 끌어 내렸다. 얇은 천 한 장에 간신히 가려져 있던 가슴이 가볍게 출렁이며 모습을 드러내었다. 황제는 그 모습을 잠깐 보다가 아주 조심스럽게 그 위에 입을 맞추었다.

타액에 젖은 입술이 예민한 살결 위에 내려앉았다. 테네르는 시트를 꼭 움켜쥔 채 그 모습을 보았다. 둥그런 가슴에 입을 맞추던 입술이 벌어지고, 어느덧 곤두선 유두가 그 사이로 모습을 감추었다.

"흐읏······."

익숙하지 않은 감각에 테네르가 다시금 몸을 뒤틀었다. 커다란 남자가, 그것도 황제가 자신의 가슴에 얼굴을 묻고 있는 모습이 너무도 이상하고 부끄럽게 느껴졌다. 혀끝이, 혓바닥이, 입술이, 커다란 손이 둥근 살결 위를 느리고도 집요하게 희롱했다.

"아, 으응······."

입술 사이로 보이는 정점이 타액에 젖어 꼿꼿하게 서 있는 것을 보자, 테네르는 더는 보지 못하고 눈을 질근 감았다. 곤두선 젖꼭지를 빨아 대는 소리가 들려왔다. 허리가 조금씩 들썩이기 시작하자 황제는 이를 세워 예민한 유두를 긁었다. 등줄기가 오싹해 몸을 흠칫 떨었다.

황제의 손이 허리를 쓸고 내려오는가 싶더니 허벅지를 붙잡았다. 테네르는 순순히 다리를 벌렸다. 상체를 일으킨 황제가 벌어진 다리를 들어 올리더니 종아리부터 허벅지까지 입을 맞추었다. 다리 사이가 적나라하게 보이는 모양새에 부끄러움을 느낄 새도 없이 그의 손이 옅은 음모 사이를 쓸었다.

"훗, 폐……."

"젖었습니다."

굵직한 손가락이 살짝 벌어진 음부 사이를 문질렀다. 황제의 말을 증명이라도 하듯 찔꺽찔꺽 물기 어린 소리가 적나라하게도 들려왔다. 테네르는 간신히 눈을 떴다. 달빛만이 내려앉은 어둑한 침실, 황제의 금안이 그녀를 주시하고 있었다. 벌어진 가운 사이로 탄탄한 가슴이 얼핏 보였다.

테네르는 얼른 고개를 돌렸다. 그러자 애액에 젖은 중지가 갈라진 틈새에 숨어 있던 음핵을 조심스레 문질렀다. 낯선 느낌에 테네르는 화들짝 놀라 몸을 비틀었다.

"아흑, 잠깐……. 아!"

축축한 손가락이 위아래로 움직이며 예민한 음핵을 자극했다. 쾌락에 익숙하지 않은 몸은 낯선 감각에서 벗어나려는 듯 버둥거렸지만, 한쪽 다리가 단단히 붙들려 불가능한 일이었다. 테네르는 어쩔 줄 몰라 얼굴을 가렸다.

"……황후."

"예, 예?"

느릿하게 이어지던 애무가 멈추었다. 테네르는 그제야 얼굴을 가린 손을 떼어 냈다. 벌어진 다리 사이에 자리를 잡고 앉은 황제가 그녀를 바라보고 있었다. 꼭 그녀에게서 한순간도 눈을 떼지 않았던 것처럼.

"얼굴, 가리지 마세요."

"네, 네? 왜……."

사랑을 요구하지 말라는 말만 아니었다면 착각이라도 했을까. 어쩌면 황제가 제게 청혼한 것에 다른 이유가 있을지도 모른다고. 자신이 오랫동안 눈치채지 못했을 뿐, 그가 자신을 마음에 담아 온 걸지도 모른다고 생각했을까.

하지만 함께 밤을 보내는 데에는 사랑이 필요하지 않았다. 입맞춤에 사랑이 필요하지 않은 것처럼. 그러니 그가 자신을 어루만지는 것도, 입을 맞추는 것도 전부 황제로서의 의무를 치르기 위한 과정에 불과하리라. 얼굴을 가리지 말라고 하는 건 글쎄, 반응을 확인하기 위해서일까.

"그냥…… 그편이 더 좋을 것 같습니다."

나직한 음성이 가까워졌다. 또다시 입맞춤이었다. 아까보다 좀 더 진하고 깊었다. 질척한 혀가 허락조차 구하지 않고 입 안으로 밀려 들어왔다. 가지런한 치열을 훑고 혀를 감았다. 테네르는 얼른 그의 목에 팔을 감고 입술을 움직였지만, 굵직한 손가락이 다시금 음부를 문지르자 대번에 굳어 버리고 말았다.

"흐읏, 으읍……."

고개를 기울여 깊게 파고드는 입술에 숨이 막혔다. 음핵을 누른 손가락이 위아래로 길게 움직였다. 테네르는 쉴 새 없이 신음을 뱉었지만, 입술이 막혀 있어 앓는 소리만 흐느끼듯 새어 나올 뿐이었다. 발가락이 곱아들며 시트에 주름이 생겼고, 얇은 실크 가운이 그녀의 손안에 말려 들어갔다. 입술이 부딪히는 소리, 젖은 음부를 문지르는 소리가 선명하게도 들려왔다.

이 사람은 무슨 생각을 하고 있을까. 테네르는 허리를 들썩이며 생각했다. 이토록 오랫동안 공을 들여 풀어 줘야 하는 게 성가시지는 않을까. 고작 손가락 하나에 바르르 떠는 모습이 한심해 보이지는 않을까. 앞뒤가 맞지 않는 상념이 이어지며 맞붙어 있던 입술이 떨어졌다.

"하읏……!"

입을 막고 있는 것이 사라지자 막혀 있던 신음이 속절없이 터져 나왔다. 동시에 젖은 입구와 음핵을 문지르던 손가락이 갈라진 틈 사이를 파고들었다. 굵직한 손가락이 좁은 질구로 밀려 들어오자, 테네르는 황제의 목을 끌어안은 채 숨을 참았다. 황제는 그런 그녀를 달래듯 입술과 이마에다 입을 맞추었다.

"아픕니까?"

그 물음에 테네르는 질근 감았던 눈을 떴다. 걱정스러운 시선이 그 자리에 있었다. 테네르는 그와 눈을 맞추고 있다는 것이 아직도 믿기지 않았다. 황제와 한 침대에서 몸을 섞고 있는 것도 마찬가지였다.

"괜, 찮습니다. 저는……. 흐읏!"

밭은 숨을 몰아쉬며 대답하자, 손가락이 쑥 빠져나가는가 싶더니 더 깊은 곳을 찔렀다. 고개가 뒤로 젖혀지며 허리가 크게 들렸다. 황제는 그대로 고개를 숙여 다시금 가슴을 입에 머금었다. 세게 빨아들이자 발끝이 오그라지며 침대를 긁었다. 손가락이 진퇴를 반복하며 쾌감을 부추겼다.

"훗, 아앙, 잠깐……."

입술이 닿는 부근에서 후끈하게 열이 올랐다. 손가락이 질 안을 부드럽게 자극할 때마다 솜털이 곤두서고 아랫배가 저릿했다. 질척하게 들려오는 소리는 황제의 입술에서 나는 것일까, 제 다리 사이에서 나는 것일까.

테네르의 몸에서 조금씩 긴장이 풀리자, 황제는 손가락을 다시 빼내더니 이번에는 두 개를 한 번에 밀어 넣었다. 다시금 느껴지는 이물감에 테네르는 또다시 숨을 참았다. 가슴을 애무하던 입술이 점점 아래로 내려오며 엄지가 음핵을 둥글리듯 문질렀다.

"아, 흐응, 폐하……."

테네르는 낯선 쾌감에서 벗어나려는 듯 몸을 뒤틀었지만 한쪽 허벅지가 단단히 잡혀 어림도 없었다. 손가락이 몸 안팎으로 예민한 부위를 번갈아 가며 자극하자 고개가 젖혀지며 새된 신음이 터져 나왔다. 허리가 들리며 바짝 힘이 들어간 허벅지가 덜덜 떨렸다.

"하으윽……!"

제멋대로 수축한 질이 내부를 세게 조였다. 몸 안쪽 깊은 곳을 자극하던 손가락이 단번에 빠져나가며 애액이 실처럼 길게 늘어졌다. 테네르는 숨을 헐떡이며 흠뻑 젖은 손가락을 보았다. 가쁜 숨을 따라 걸친 것 하나 없는 가슴이 거세게 오르내렸다. 하지만 숨을 고를 수 있는 시간은 길지 않았다.

"아, 폐하, 잠깐……."

다리 사이에 자리를 잡은 황제가 축축히 젖은 밀부 쪽으로 몸을 굽혔다. 테네르는 화들짝 놀라 버둥거렸지만, 양쪽 허벅지를 잡아 벌린 손은 미동조차 없었다. 녹진하게 풀린 은밀한 부위에 숨결이 와 닿았다. 그가 무엇을 하려는지 깨달은 테네르는 황급히 몸을 뒤로 물렸다.

"아, 안 돼요. 거긴, 더럽⋯⋯. 흐으읏!"

혀끝이 갈라진 부분을 길게 쓸어 올리자, 테네르의 허리가 다시금 크게 들썩였다. 저항의 말은 신음에 묻혀 무색해졌다. 손가락이 드나들던 자리를 훑은 혀가 단단하게 선 돌기를 감싸듯 머금었다. 한껏 부푼 음핵을 입술 사이에 넣고 빨아들였다. 테네르는 이런 감각을 느껴 본 적이 없었다. 수음은커녕 제 몸을 제대로 만져 본 적도 없었기에, 제멋대로 찾아오는 쾌감이 두렵기까지 했다.

"훗, 그만, 잠깐, 아⋯⋯!"

테네르는 거세게 도리질했지만, 황제는 말없이 그녀의 음부를 핥고 빨아댈 뿐이었다. 입술과 혀의 움직임이 지나치게 선명했다. 파도처럼 넘실거리는 쾌감이 금방이라도 거세게 일어 그녀를 집어삼킬 것만 같았다.

눈앞이 희게 점멸한 것은 순식간이었다. 발끝에서부터 어깨까지 오싹오싹 소름이 돋았고, 허리는 물론 엉덩이까지 번쩍 들리며 온몸이 바들바들 떨렸다. 벌어진 음부가 꿈틀거리며 맑은 애액을 뱉어 냈다.

"아⋯⋯. 흐윽⋯⋯."

테네르는 축 늘어진 채로 숨을 골랐다. 엉덩이 아래에 닿은 시트가 축축하게 젖은 것이 선명하게 느껴졌다. 난잡하게 벌어진 다리를 추슬러야 할까. 몸을 일으켜 황제를 만족시키기 위해 봉사해야 할까. 머리가 뜨거워 아무 생각도 들지 않았다. 서늘한 공기가 열기 어린 얼굴을 식혀 주기를 기다릴 뿐.

황제는 지친 얼굴을 보며 가운의 끈을 풀었다. 그 모습에 뒤늦게 정신이 드는 것 같았다. 그래, 이건 그저 전희에 불과했다. 애무에 공을 들인 것은 그저 경험 없는 자신에 대한 배려일 터.

테네르는 힘이 들어가지 않는 몸을 간신히 일으켰다. 황제의 가운이 침대 아래로 툭 떨어지며 벗은 상체가 드러났다. 잘 단련된 널찍한 어깨와 근육으로 탄탄한 가슴, 선명하게 갈라진 복부가 눈에 들어왔다. 그리고 그 아래에는…….

"……힉."

테네르는 저도 모르게 입을 가리고 짧은 비명을 내질렀다. 점잖은 얼굴과는 당최 어울리지 않는 육중한 물건을 본 탓이었다.

핏줄이 곤두선 성기는 한 뼘은 족히 넘을 것처럼 길었고, 굵기 또한 상당해 한 손에 잡히지도 않을 것 같았다. 체격이 큰 편이니 비례를 따지자면 저것도 커야 하긴 하겠다만, 도대체가 저런 걸 어떻게 감추고 다니는 건지도 의문이었다. 더 큰 문제는 저게 제 몸이 들어와야 한다는 거겠지만.

"워, 원래 다들…… 이런 크기인가요?"

테네르는 묵직하게 꺼떡거리는 페니스에 손댈 엄두조차 내지 못하고 몸을 움츠렸다. 황제가 곤란한 듯 웃었다.

"모르겠습니다. 딱히 볼 일이 없다 보니."

"……아."

하기야 남의 성기를, 그것도 단단하게 발기한 걸 볼 일은 없겠지. 테네르가 민망해하자, 황제는 그녀의 이마에 입을 맞추었다.

"아마 비슷할 겁니다. 사람 몸이야 다 거기서 거기일 테니."

어째 신뢰가 가지 않았지만, 테네르는 천천히 고개를 끄덕였다. 황제는 이미 쿠퍼액으로 축축하게 젖은 페니스를 손으로 훑었다. 무엇을 할지 알고 있었기에, 테네르는 조심스럽게 다리를 벌렸다. 흠뻑 젖은 음부가 다리를 따라 벌어지자 그 사이로 서늘한 공기가 닿는 게 느껴졌다. 옅은 수치심에 고개를 돌리고 싶었지만 얼굴을 가리지 말라던 말이 떠올라 그럴 수도 없었다.

불행인지 다행인지, 부끄러움은 그리 길지 않았다. 황제가 그녀의 다리 사이에 자리를 잡자 긴장감이 몰려온 탓이었다. 액으로 축축한 귀두가 젖은 틈새를 느릿하게 문질렀다. 이게 정말 들어갈까. 찢어지는 건 아니겠지. 두툼한 선단이 질구에 닿을 때마다 테네르는 새삼스럽게도 긴장했다.

"정말 괜찮겠습니까?"

불안이 티가 났던가. 걱정스러운 물음에 테네르는 고개를 들었다. 괜찮다. 괜찮을 거다. 첫날밤을 치르다 죽은 신부는 없지 않은가. 그렇게 곱씹으며 마른침을 삼켰다.

"네, 폐하."

그 와중에도 굵직한 기둥이 질구부터 음핵까지를 질척하게 문지르며 성감을 자극했다. 테네르는 젖은 소리를 들으며 시트를 꼭 움켜잡았다. 얼마 지나지 않아 축축한 성기가 그녀의 몸 안을 비집고 들어오기 시작했다.

"윽……."

가장 먼저 느껴지는 건 묵직한 둔통이었다. 흐물하게 풀어졌던 몸이 바짝 긴장했다. 테네르는 숨을 훅 들이마셨다가 짧게 내뱉었다. 천천히 밀려 들어오는 고통에 몸이 뻣뻣하게 굳어 갔다. 찢어질 것 같은 통증에 밑이 후끈거렸다. 숨을 쉬기가 힘들었다.

"아, 악……."

정말 찢어지는 게 아닐까. 혹시 잘못된 곳에 들어간 게 아닐까. 이렇게 아프면 안 되는 게 아닐까. 아비의 손찌검도 익숙해졌으니 분명 견딜 수 있을 거라 생각했는데. 테네르는 이를 악물고 필사적으로 비명을 참았다. 시트를 쥔 손에 힘이 들어가고 눈가에 눈물이 그렁그렁 고였다.

"괜찮으십니까?"

걱정스러운 목소리에 테네르는 간신히 눈을 떴다. 큰 손이 그녀의 눈가를 부드럽게 쓸었다. 좁은 틈을 비집고 들어오던 페니스도 그 자리에 멈추었다. 젖은 볼 위에 입술이 가볍게 내려앉았다. 사랑을 바라지 말라던 남자의 손길에 안도가 되는 건 무슨 이유인지.

"무리하지 않아도 됩니다. 그러니……."

"다…… 됐나요?"

테네르는 숨을 몰아쉬며 물었다. 어차피 익숙해져야 할 일이었다. 지금 미뤄 봤자 다음에 똑같은 고통을 겪을 터. 황제 또한 그렇게 생각하는지 접합부 쪽으로 시선을 주었다.

"……거의요."

테네르는 그 말을 믿고 싶었지만, 어째 상대의 표정을 보니 영 신뢰가 가지 않긴 했다. 망설이던 황제가 입을 열었다.

"힘을 조금…… 뺄 수 있겠습니까?"

숨조차 편하게 쉴 수 없는 입장에서는 무리한 요구였다. 테네르는 말없이 도리질했다. 차라리 한 번에 아프고 끝내는 게 낫지 않을까. 머뭇거리던 그녀는 이내 괜찮다는 듯 다리를 그의 허리에 감았다. 그렇다고 그를 제 쪽으로 당길 엄두가 나는 건 아니었지만.

황제는 조금 망설이더니 몸을 앞으로 굽혔다. 그 바람에 박혀 있던 성기가 좀 더 안쪽으로 밀려 들어왔다. 하지만 고통의 신음은 황제의 입술에 그대로 삼켜졌다. 벌어진 입술 사이를 비집고 들어온 혀가 혀끝을 스쳤다. 황제는 테네르의 입천장과 치열을 훑으며 가슴을 움켜쥐었다. 타액이 말라 건조해진 젖꼭지를 손가락 끝으로 문지르자, 테네르의 아랫배에 다시금 힘이 들어갔다.

"흐앗……."

입술이 떨어지자 막혀 있던 신음이 그대로 터져 나왔다. 황제는 상기된 볼을 감싸듯 쥐더니 벌어진 입안으로 엄지를 밀어 넣었다. 마디가 굵직한 손가락이 혓바닥처럼 입 안을 침범해 들어왔다. 테네르는 입 안을 휘젓는 손가락에 헐떡거리다 입술을 모았다. 서툴게 그의 손가락을 빨았고, 혀를 움직여 손끝을 핥기도 했다. 이렇게 하는 게 아닌가. 빤히 보는 시선에 새삼스럽게도 낯이 뜨거워지는 건 왜인지.

"흐……. 폐하."

"……."

황제는 젖은 엄지를 그대로 아래로 가져갔다. 접합부 위쪽의 음핵을 조심스레 문지르자, 쾌감을 기억하는 몸이 그대로 바르작거렸다.

"하, 으응……."

테네르의 몸에서 힘이 빠지자, 황제는 제 것을 조금 더 밀어 넣었다. 밑이 다시금 찢어질 것처럼 후끈거렸다. 그가 깊게 들어올수록 숨쉬기가 어려웠지만, 신음이 날카로워질 때면 진입을 멈추고 기다려 주니 아주 못 버틸 것도 아니었다.

"거의 다 됐습니다."

아까도 분명 저 말을 들은 것 같은데. 테네르는 숨을 몰아쉬며 눈을 들었다. 눈이 마주치자 황제가 멋쩍은 듯 웃었다. 다정한 입맞춤이 이마와 눈꺼풀에 와 닿았다.

"……이번엔 정말입니다."

"네, 흣, 네에……."

테네르는 흐느끼듯 고개를 끄덕였다. 그 말이 정말 사실인지, 몸 안쪽 깊숙한 곳을 채운 것이 쑤욱 하고 빠져나가는 것이 느껴졌다. 그리고 다시 푹.

"아……!"

전신이 꿰뚫리는 듯한 충격에 눈이 번쩍 뜨이고 고개가 젖혀졌다. 분명 축축하게 젖어 있던 음부가 불에 덴 듯 쓰라렸다. 분명 느리게 움직이고 있는데 왜. 온몸이 녹진하게 풀렸던 게 까마득히 먼 일인 것만 같았다.

달게 느껴지던 쾌감은 온데간데없이 사라지고, 그 자리를 차지한 건 묵직한 둔통과 쓰라림이었다. 생살을 사포질하면 이런 느낌일까. 밑이 찢어진 건 아닐까.

테네르는 입술을 꾹 깨물고 신음을 참았다. 하지만 가득 차오른 눈물이 흘러내리는 것을 막을 수는 없었다. 아팠다. 정말 지독하게 아팠다. 고작 이 정도도 이렇게 아픈데 도대체 아이는 어떻게 낳는 걸까 싶을 정도로.

"흐으윽, 아……."

그나마 눈물을 닦아 주는 손길이 있는 게 다행일까. 테네르는 흐느끼며 그의 손을 움켜잡았다. 커다란 손이 제 손을 깍지 껴 잡았다. 입술이 손등에, 손가락에, 얼굴 위에 몇 번이고 내려앉았다.

"내가…… 많이 서툽니다."

황제가 미안한 듯 말했다. 그렇게 말하는 그 또한 숨이 가빠져 있는 건 매한가지였다. 여전히 지독히도 아팠지만, 테네르는 그가 자신을 제법 신사적으로 안고 있다는 것을 알고 있었다. 어쩌면 이 여유는 사랑이 없기 때문에 가능한 걸까. 사랑하는 사람과 함께였다면 오히려 마음이 앞서 성급하게 굴지도 모를 일이었다.

원했던 일이 아닌데도 괜한 죄책감이 일었다. 남의 자리에 올라앉아 남의 남자와 놀아나는 것만 같았다. 그 손수건을 건네는 게 아니었는데. 알레이나의 친우들과 말을 섞는 게 아니었는데. 저택에 돌아가 아비에게 혼쭐이 날지언정 평소처럼 벽의 꽃으로 남아 있었어야 했는데. 그럼 누구의 눈에도 띄지 않았을걸.

어린아이 팔뚝만 한 것이 안쪽 깊은 곳을 느리게 오갔다. 황제는 조심스레 추삽질하면서도 그녀에게 입을 맞추었고, 가슴을 주무르거나 음핵을 둥글리며 조금이라도 아픔을 덜어 주려 했다. 고통 외의 감각이 느껴지기 시작한 건 오랜 시간이 지나지 않아서였다. 여전히 쓰리고 아팠으나, 몸 안 깊은 곳에서 기이한 열기가 피어나는 것만 같았다.

"아, 폐하. 잠……."

몸의 반응은 목소리에서 먼저 드러났다. 흐느낌이 잦아들고 내뱉는 숨결이 뜨거워졌다. 단단한 것이 안쪽 깊은 곳을 치받자 생경한 감각에 아랫배가 저릿했다. 애단 신음이 잇새로 번지기 시작했다.

"아, 흐앗, 아앙……."

느리게 오가는 페니스가 기분 좋은 곳을 찔러 오는 게 이상했다. 허릿짓이 조금씩 빨라지는데도 아프지 않은 게 이상했다. 황제가 자신에게서 눈을 떼지 않는 게 너무도 이상했다.

테네르는 손으로 얼굴을 가리는 대신 고개를 돌렸다. 난잡하게 일그러졌을 얼굴이 부끄러운 탓이었다. 그의 허릿짓을 따라 출렁이는 가슴도, 멋대로 흘러나오는 신음도 마찬가지였다. 하지만 그녀가 할 수 있는 일이라곤 시트를 움켜쥐거나 열이 오른 몸을 비트는 것뿐이었다.

다행스러운 건 그가 다시금 몸을 굽혀 입을 맞춰 왔다는 사실이었다. 제 모습이 보이지 않게 되자, 테네르는 그제야 안심하고 그를 껴안았다. 허겁지겁 입을 벌리고는 입 안을 헤집는 혀에 혀를 얽었다. 그러는 사이에도 추삽질은 점차 깊고 빨라졌다. 빠져나갔던 성기가 안쪽을 비집고 들어올 때마다 숨이 턱턱 막혔다. 꼿꼿하게 선 유두가 단단한 가슴팍에 문질러졌다.

"흐읍, 으읏……."

몇 번이나 입을 맞추는 걸까. 그런 생각이 든 건 입술이 떨어진 다음이었다. 벌어진 입술 사이로 길게 이어진 타액이 실처럼 늘어졌다. 테네르는 가쁜 숨을 몰아쉬며 그를 보았다. 눈을 마주치는 것조차 조심스럽던 사람이었다. 감히 손끝조차 닿을 생각 없던 사람이 제 안을 오가고 있었다. 그 사실에 아랫배가 저릿해지는 건 자신이 주제를 모르는 사람이라서일까.

그 순간 황제가 페니스를 길게 빼더니 단번에 치받았다. 끝까지 들어왔다고 생각한 것이 더 안쪽을 쑤셨다. 새된 신음이 입에서 터져 나왔다. 길이 들지 않은 안쪽이 지독히도 아팠고, 또 그 이상으로 좋았다. 허리가 절로 들썩이고 가슴이 아플 정도로 크게 흔들렸다.

"흐읏, 폐하, 너무, 깊……. 흐으응……!"

엉덩이가 번쩍 들리며 무릎이 어깨를 깊게 눌렀다. 양 허벅지에 눌린 가슴 사이로 골이 깊게 파였다. 쿵, 쿵, 그가 깊게 들어올 때마다 몸이 울리는 것만 같았다. 이렇게까지 깊게 들어와도 될까. 테네르는 새된 신음을 내지르면서도 덜컥 겁이 났다. 하지만 황제는 그녀의 말을 듣지 않았다. 몸이 맞닿을 때마다 접합부에서 일어난 하얀 거품이 부딪혀 허벅지와 엉덩이에 튀었다. 머리털이 쭈뼛 곤두섰고, 머리부터 발끝까지 찌르르하게 전율이 일었다.

"아아……!"

좁은 내벽이 수축하며 경련했다. 허벅지는 물론 턱까지 덜덜 떨리며 눈앞이 하얗게 흐려졌다. 질 안쪽을 쑤셔 대던 것이 덩달아 꿈틀거렸다. 윽, 하고 황제가 짧게 신음했다. 테네르는 숨을 몰아쉬며 일그러진 얼굴을 보았다. 처음에는 고통에, 그다음에는 쾌감에 절어 제대로 보지 못했지만, 그 또한 얼굴이 제법 상기되어 있었다.

"끝……났나요?"

테네르는 좁아졌던 미간이 다시 편평해지는 것을 멍하니 보며 물었다. 그 물음에 안에 있던 것이 쑥 빠져나갔다. 테네르가 몸을 가볍게 떨자, 황제는 말없이 그녀의 어깨를 끌어안았다. 맞닿은 가슴에서 심장이 뛰는 게 고스란히 느껴졌다. 이마와 볼, 어깨에 입술이 가볍게 내려앉았다.

"……고생 많으셨습니다."

등을 쓸어내리는 손길은 지극히 다정했지만, 정작 나오는 말은 협업을 마친 동료를 대하는 것만 같았다. 테네르는 그 사실을 실감했지만 새삼 서운한 것은 아니었다.

"폐하께서도요."

속삭이듯 말하자, 등을 다독이던 손이 엉덩이 사이로 미끄러지듯 들어왔다. 열기가 가시지 않은 몸이 나직한 탄식을 뱉었다. 뜨뜻한 것이 허벅지를 타고 흐르는 것이 느껴졌다. 그리고…… 배에 닿는 단단한 것도.

"……."

테네르는 조심스레 시선을 아래로 내렸다. 그 자리에 있는 것은 아까와 다를 바 없이 흉흉하게 서 있는 물건이었다. 분명 그녀가 배운 바로는, 한 번 사정을 마치고 나면 다시 커지기까지는 시간이 걸린다고 했었는데…….

"신경 쓰지 마세요."

시선을 느낀 황제가 말했다. 하지만 신경을 쓰지 않기에는 너무…… 크지 않은가.

"원래…… 그러니까, 평소에도…… 이런 건가요?"

스스로 생각하기에도 어처구니없는 물음이었다. 그럼 바지를 입을 때는 저걸 붕대로 감아 두기라도 한단 말인가. 다행스럽게도 비웃음은 들려오지 않았다. 굵직한 손가락이 정액이 흐르는 음부를 문질렀다. 테네르가 다시금 몸을 꼬았다.

"흐으……."

"그대와 밤을 보내는 게 좋았던 모양입니다. 이런 게 처음이다 보니."

황제는 꼭 남의 이야기를 하듯 말했다. 그러다 스스로도 멋쩍은 듯 민망하게 웃었다. 그 또한 만족했다는 말에 테네르는 조금 안도했고, 한편으로는 여전히 뻣뻣하게 서 있는 것을 보니 괜히 신경이 쓰이기도 했다.

"저기…… 폐하."

내내 누워만 있었던 것에 생각이 미치자, 테네르는 손가락을 작게 꼼지락거렸다. 무엇을 해야 할지는 알았지만, 정작 행하기에는 부끄러움이 앞섰다. 차라리 저쪽에서 먼저 봉사를 요구하면 그에 응하면 될 터인데. 하지만 황제는 그녀의 말을 기다리고 있을 뿐이었다.

"고단하실 텐데, 편히 누워 계세요. 제가……."

테네르는 머뭇거리다 결심한 듯 손을 뻗었다. 손끝이 닿자, 아직 정액을 제대로 닦아 내지 않은 굵직한 페니스가 꺼떡거리며 맑은 액을 쏟아 냈다. 테네르는 흠칫 놀랐지만 이내 조심스럽게 그것을 손에 쥐었다. 천천히 손을 움직이자 기둥에 묻어 있던 정액과 옅은 피가 손바닥에 묻어났다. 아마 제 허벅지에도 흐르고 있을 것들이었다.

"……황후."

황제는 서툴게 움직이던 손을 붙잡았다. 테네르는 천천히 고개를 들었다. 굳게 다물렸던 턱이 꿈틀거리는 게 눈에 들어왔다.

몸이 뒤집힌 것은 순식간이었다. 무슨 일이 일어났는지 깨달은 것은 골반을 쥐어 잡는 손길에 엉덩이가 번쩍 들린 다음이었다. 테네르는 놀라 뒤를 돌아보려 했지만, 축축한 페니스가 다시금 안쪽으로 밀려 들어오는 게 더 빨랐다.

"아, 폐……. 흐읙!"

갑작스러운 삽입에 숨이 턱 막히고 몸이 바르르 떨렸다. 아직 정액으로 축축하게 젖어 있었지만, 아직 삽입에 익숙하지 않은 음부는 커다란 것을 버겁게 받아들였다. 몸을 바르작거리자 황제는 잠시 그 자리에 멈추어 그녀가 적응하기를 기다렸다.

"헉, 허억……."

테네르는 시트를 꼭 움켜쥔 채 숨을 골랐다. 큰 손이 둔부를 가볍게 토닥였다. 헐떡이는 숨소리가 잦아들자 테네르는 그제야 자신이 무슨 자세로 그를 받아들이고 있는지를 깨달았다. 뒤늦은 수치심에 얼굴이 달아올랐다.

"폐하, 왜……. 왜 이런 식으로……."

"얼굴을 보이는 걸 부끄러워하시는 듯하여."

"그건…… 하읙……!"

부정의 말은 길게 이어지지 못했다. 황제가 허리를 길게 뺐다가 다시 쳐올린 탓이었다. 허리가 바르르 떨릴 만큼 강한 삽입 후에는 다시 부드러운 허릿짓이 이어졌다. 테네르는 베개에 얼굴을 파묻은 채 신음했다. 그가 밀려 들어올 때마다 뱃속이 저릿했고, 시트 위에 짓눌린 가슴이 위아래로 문질러져 젖꼭지가 쓰라렸다.

"흑, 아앙, 읏……."

안쪽을 깊게 쑤실 때마다 신음이 속절없이 터져 나왔다. 커다란 손이 엉덩이를 꽉 움켜잡았다. 애액이 마르지 않은 틈새에 서늘한 공기가 간지럽게 와 닿았다. 뒷구멍까지 보이고 싶지는 않다는 생각이 몸을 비틀었지만, 그것은 재촉하듯 엉덩이를 흔드는 꼴밖에 되지 않았다. 허릿짓이 화답하듯 빨라졌다. 철썩, 철썩, 새된 신음 사이로 젖은 살결이 부딪히는 소리가 거세게 들려왔다. 벌어진 입술 사이에서 삼키지 못한 타액이 흘렀다.

테네르가 고개를 뒤로 젖히며 신음하자, 황제는 그대로 몸을 기울여 그녀의 어깨와 목덜미에 입을 맞추었다. 그러고는 뭉개지듯 눌린 가슴을 움켜잡았다. 당기는 힘에 테네르는 상체를 세웠다. 황제는 그녀의 고개를 돌려 또다시 입을 맞추었다. 아랫배가 제멋대로 조여들며 허리가 바르르 떨렸다. 등뒤에서 낮은 신음이 들려왔다.

첫 정사의 흔적이 사라지지 않은 자리에 또다시 정액이 꿀렁이며 쏟아졌다. 제 몸을 채운 성기가 꿈틀거리는 것이 고스란히 느껴졌다. 사정이 멎은후에도 황제는 테네르의 안에서 빠져나오지 않고 목덜미에다 한참 입을 맞추었다. 온몸에 힘이 빠진 그녀를 꼭 안은 채였다.

"아, 흐응……."

황제는 한참이 지나서야 그녀의 몸에서 빠져나왔다. 테네르는 자신을 눕히는 손길에 불현듯 정신을 차렸다.

"……제가, 제가 닦아 드리겠습니다, 폐하."

목이 조금 쉬었나. 테네르는 손을 억지로 들어 목을 만져 보았다. 머리 위에서 웃음소리가 들렸다.

"괜찮습니다. 누워 계세요."

황제는 그대로 협탁에 놓인 수건을 집어 들었다. 테네르는 일어나려고 했지만 몸에 도통 힘이 들어가질 않았다. 황제가 제 허벅지와 다리 사이를 꼼꼼하게 닦아 주는 것이 느껴졌다. 당장 일어나야 하는데, 이대로 잠들면 안되는데, 몸이 물먹은 솜처럼 축 늘어져 아무것도 할 수가 없었다. 무거운 눈꺼풀이 자꾸만 감겼다.

"폐……. 제가, 너무…… 피곤하여……."

변명의 말이 끝을 맺지 못하고 웅얼웅얼 흘러나왔다. 테네르는 그대로 잠들었다. 머리를 쓰다듬는 손길이 얼핏 느껴진 것 같기도 했다.

* * *

아침이 되어 먼저 눈을 뜬 것은 레온하르트 쪽이었다.

평소의 기상 시간을 훨씬 넘긴 시각이었다. 원래라면 동이 트기도 전에 잠을 깨우러 와야 했을 시종들은 햇살이 침실을 내리쬘 때까지도 오지 않았다. 첫날밤을 치른 신혼부부를 위한 나름의 배려였다. 물론 그러거나 말거나 레온하르트는 당장 오늘부터 다시 정무를 봐야 했지만.

'······오래간만에 푹 잤군.'

결혼식 준비와 피로연으로 내내 바빠 피로가 쌓여 있던 참이었다. 간만에 늦잠을 자고 일어나자 어제보다는 몸이 가뿐해진 것만 같았다. 레온하르트는 그대로 일어날까 하다가 옆을 돌아보았다. 고요히 잠든 얼굴이 그 자리에 있었다. 평온한 얼굴을 보고 있자니 간밤에 제 품 안에서 신음하던 것이 거짓말처럼 느껴졌다.

그간 별다른 접점이 없던 사람이었다. 알레이나와 그 무리가 종종 입에 올리긴 했지만, 그뿐. 언제나 존재감 없이 스쳐 지나가던 사람.

파트로나의 딸이라는 사람이 사냥터에서 아무것도 잡지 않는 걸 보고 호기심이 일기야 했지만 단지 그뿐이었다. 테네르 또한 그에게 큰 관심이 없는 듯했다.

그러니 파티에서 그녀가 자신 쪽으로 다가오는 것을 발견하고 조금은 의아했었다. 제니스 뒤페라크를 비롯한 알레이나의 친구들이 그녀에게 말을 거는 듯했지만, 그에게까지 들려오지는 않았다.

'······러니 황후는 젊은 여자가 아니라 나이 든 남자 중에서 뽑아야 한다니까요.'

불만스러운 목소리가 들려온 것은 한참이 지나서였다. 소곤거리던 영애들의 목소리가 조금 커져 있었다.

'저희 아버지는 요즘 배가 많이 나오셔서······.'

'뒤페라크 백작께서는 고혹적인 붉은 드레스가······.'

영애들은 자신의 아버지를 곱게 단장해 황후로 만드는 이야기를 하고 있었다. 레온하르트는 성가시게 말을 걸어오는 로라 헤일을 대충 상대하며 그들의 대화에 귀를 기울였다.

……어째 내 입장은 아무도 생각해 주지 않는 모양이군.

헛웃음이 나왔지만, 아비에게 시달렸을 영애들의 입장을 생각 못 할 바도 아니었다. 거기다 이야기를 주도하는 이들은 약혼녀였던 알레이나 살바토르의 절친한 친구들이었으니, 그 반감이야 십분 이해했다.

그러나 그가 그들을 이해하고 말고를 떠나, 목소리가 점점 커지는 것은 주의를 줄 필요가 있었다. 레온하르트는 고개를 돌렸다. 그들에게 말을 걸어 화제를 돌리려던 순간이었다.

'푸흡.'

내내 조용하던 사람이 웃음을 터뜨리는 것이 눈에 들어왔다. 그 웃음이 왜 시선을 잡아끌었는지는 알 수 없었다. 그저 조금 당황한 채로 저도 모르게 그녀를 불렀을 뿐이었다.

그리고 웃음기가 지워지지 않은 옅은 보랏빛 눈이 동그래진 채 자신을 향하는 순간, 우습게도 그는 무슨 말을 꺼내야 할지 몰라 조금 당황하고야 말았다. 그 순간 툭 튀어나온 말은…….

'괜찮다면, 한 곡 추는 게 어떤가?'

그러니까, 전부 그 웃음 때문이었다. 고작 그 웃음 때문에.

그의 제안에 테네르는 당황한 듯 얼어붙었으나, 이내 스스럼없이 그의 손을 잡았다.

황후감을 골라야 하는 자리인 만큼, 레온하르트는 춤을 추는 내내 눈앞의 영애를 꼼꼼히 관찰했다. 긴장한 기색은 역력하나 춤이 서툰 편도 아니고, 대화를 나눠 보니 기본 소양이 부족하지도 않은 듯하고, 가문 또한 너무 크지도 작지도 않은 적당한 규모고.

한마디로 말하자면, 나쁘지 않은 황후감이었다.

'어차피 누구든 상관없으니…….'

그래, 누군들 어떤가. 알레이나 살바토르만 아니라면 누구라도 상관없다고 생각하지 않았던가.

슬슬 정무를 보러 가야 할 시간이었지만, 레온하르트는 모로 누운 채 잠든 얼굴을 바라보고 있었다. 아침 인사도 없이 훌쩍 가 버리는 것은 아무래도 마음에 걸리기 때문이었다.

깨어 있을 때와 달리 긴장도 두려움도 없는 얼굴이었다. 레온하르트는 고른 숨소리를 따라 어깨가 위아래로 오르내리는 것을 지켜보다가 이불을 끌어당겼다. 목까지 이불을 덮어 주자, 고요히 내리깔린 밀 색 속눈썹이 작게 움찔거렸다.

"……폐하?"

테네르가 들릴 듯 말 듯 입을 열었다. 졸음에 반쯤 감겨 있던 눈이 놀란 듯 커지고, 이내 정신을 차리려는 듯 크게 몇 번 깜빡였다. 레온하르트가 그녀의 어깨를 가볍게 두드렸다.

"내가 깨웠나 봅니다. 피곤할 텐데 좀 더 주무세요."

"아……. 아닙니다. 폐하야말로……."

테네르는 몸을 일으키려다 보일 듯 말 듯 이맛살을 찌푸렸다. 침대를 짚지 않은 반대쪽 손으로 허리를 가볍게 몇 번 두드렸다. 결혼을 했으니 초야를 보내는 거야 당연한 일이었지만, 간밤 기절하듯 잠든 모습을 떠올리자 괜히 미안한 마음이 들기도 했다.

"괜찮으십니까?"

"……네. 괜찮습니다."

민망한 듯 웃은 테네르가 이불로 몸을 가리곤 상체를 세워 앉았다. 레온하르트는 얼핏 보이는 속살을 의식하지 않으려는 듯 잠깐 다른 곳을 보았다. 후사를 낳아야 하니 정욕이야 없는 것보다 있는 게 낫겠지만, 뭐든 과한 건 좋지 않았다.

"바로 정무를…… 보러 가시나요?"

"예. 황후께서는 다음 주부터 직무를 배우실 테니, 더 주무셔도 됩니다. 혹 필요한 게 있다면 시녀장에게 말씀하시고요."

테네르는 느릿하게 고개를 끄덕였다. 아침잠이 많은 건지, 전날 무리를 했던 탓인지, 얼굴에 졸음이 덕지덕지 붙어 있었다. 단정하던 낮과는 다른 모습이 어쩐지 우스웠다.

"참, 황후."

"……네?"

"결혼 선물로 받고픈 건 없습니까?"

사실 꽤 민망한 물음이었다. 원래 결혼 선물이란 상대의 취향에 맞추어 알아서 준비하는 거였으니. 무엇을 받고 싶은지 묻는 건 '당신 취향을 전혀 모른다'와 같은 의미였다.

"아직 그대에 대해 잘 알지 못하니, 무엇이든 원하는 거로 준비하겠습니다."

"……아아."

테네르의 눈이 곱게 휘었다.

"무엇이든…… 기쁘게 받겠습니다."

"후작은 주로 무엇을 줬습니까?"

직접 무엇을 달라고 말하기가 민망한 듯했기에, 레온하르트는 넌지시 물었다. 느릿하게 깜빡거리던 눈이 움직임을 멈추었다. 테네르는 조금 당황한 듯 다른 곳을 보았다가 입술을 작게 우물거렸다.

"늘 부족함 없이 대해 주셨기에…… 특별한 선물이 필요했던 적이 없습니다."

레온하르트는 그 말뜻을 금방 이해하지 못했다. 부족함 없이 지내는 거야 귀족 대부분이 그러하지 않나. 선물은 필요하여서 받는 게 아닌데.

"……에반 후작에게 선물을 받아 본 적이 없다는 말입니까?"

테네르는 한동안 대답이 없었다. 제비꽃 같은 눈동자가 아비의 핑곗거리라도 찾는 듯 대구루루 굴렀다.

"송구합니다. 아버지께선 바쁘셨던지라 시간을 내기가 어려우셨습니다. 결혼 선물 또한 정무로 바쁘신 폐하께 괜한 부담을 드릴까 저어됩니다만……. 마음을 써 주신다면 무엇이든 기쁘게 받겠습니다."

테네르는 황제가 황후에게 결혼 선물을 주지 않는 것은 황실의 체면에 누가 되는 일임을 알고 있는 듯했다. 레온하르트는 내리깔린 눈을 한참 보았다. 사냥터에서도 딱 저런 얼굴이었다. 모아 쥔 손을 꼼실거리는 꼴도 그때와 같았다.

대꾸할 말이 없는 건 아니었다. 제국에서 가장 바쁜 재상조차도 딸아이의 생일 선물은 손수 챙겨 주며, 정 시간이 나지 않으면 집사에게 전달하게 했다. 바빠서 챙겨 주지 못했다는 건 그야말로 말도 안 되는 핑계였다.

그러나 그렇다고 해서 자신이 어찌할 수 있는 일도 아니었다. 딸의 생일을 챙기지 않았다고 벌을 주기도 우스운 일이 아닌가. 거기다 당사자가 요구하는 일도 아니고.

잠깐 고민하던 레온하르트는 이내 평소와 다를 바 없이 웃었다.

"그럼 조엘 왕국에서 좋은 보석을 진상했다고 하니, 목걸이를 만들라 이르겠습니다."

"감사합니다, 폐하."

"다음 합방일에 다시 오겠습니다. 이만 편히 쉬십시오."

레온하르트는 천천히 몸을 일으켰다. 테네르 또한 자리에서 일어나 그를 배웅했다.

* * *

황후의 침실에서 나온 레온하르트는 몸을 단장한 후 곧바로 집무실에 발을 들였다.

먼지 한 톨 없는 집무실은 엄격하던 선황의 흔적이 그대로 남아 있었다. 벽면을 가득 채운 책꽂이에는 온갖 서류와 서적이 한 치의 어긋남도 없이 빼곡하게 정리되었고, 책상 또한 꽤 오랫동안 사용했는데도 잉크 자국 하나 없이 말끔했다.

결혼식 준비로 바빠 일거리가 쌓여 있었지만, 그래도 유능한 관리들을 둔 덕에 뒤처리가 그리 힘들지는 않았다. 레온하르트는 평소보다 두툼해진 서류를 찬찬히 들여다보았다.

'아버지께선 바쁘셨던지라 시간을 내기가 어려우셨습니다.'

글씨를 훑던 눈이 멈추었다. 아주 사소한 것들이 떠오른 탓이었다. 차분하던 목소리, 자신을 똑바로 바라보지 못하던 제비꽃 같던 눈, 짐짓 태연하던 낯빛과 꿈실거리던 작은 손까지. 가늘게 미간을 좁힌 레온하르트가 입을 열었다.

"사이언 경."

"예, 폐하."

보좌관이 고개를 들었다. 레온하르트는 서류의 하단에 서명을 하며 지나가듯 말했다.

"황후께서 그간 후작가에서……."

아니, 아니다.

레온하르트는 말을 끝맺지 않고 고개를 저었다. 지나친 참견이었다. 황후가 그간 후작가에서 어떻게 지냈는지 뭐가 중요하단 말인가. 본인이 요구하는 것도 아닌데.

"……아닐세."

보좌관은 고개를 갸우뚱하곤 다시 하던 일에 열중했다. 레온하르트는 큼큼, 목을 가다듬고는 비스킷 하나를 집어 들었다. 아침 식사 대신 먹는 비스킷은 별다른 맛이 나지 않았다. 레온하르트는 비스킷을 씹으며 서류를 넘겼다.

'그래도 첫날인데…….'

부드럽게 휜 눈이 떠올랐다.

'……아침은 같이 먹고 올 걸 그랬나.'

멍하니 생각하던 레온하르트는 얼른 도리질하곤 서류를 넘겼다. 비스킷은 여전히 별맛이 나지 않았다.

* * *

황제가 방을 나가고 얼마 지나지 않아 시녀들이 소셋물과 아침 식사를 가져왔다. 테네르는 혼자서 아침을 먹고 궁의가 준 약을 챙겨 먹었다. 익숙하지 않은 일들을 한 탓인지 온몸이 아직도 찌뿌둥했다. 결혼식도, 첫날밤도, 겪어본 적 없는 일이라 당연했다.

"사랑을 바라지 말라고……."

테네르는 작게 중얼거렸다. 몸을 움직이자 아래도 조금 쓰린 것 같았다.

황제는 첫날밤에 그런 말을 한 사람답지 않게 함께 있는 내내 친절하고 신사적인 사람이었다. 물론 아프긴 했어도 마구잡이로 덤벼들거나 제 욕심만 채우지는 않았으니. 사랑을 주지는 않겠다고 했지만, 태도를 보아선 그녀를 홀대하려는 것도 아닌 듯했다.

"살바토르 영애를 많이 좋아하셨나……."

알레이나가 돌연 사라지고도 한 해가 지난 다음에야 황후를 들였으니, 그 마음의 깊이야 이해 못 할 바 아니었다. 거기다 알레이나 살바토르가 어떤 사람이던가. 얼떨결에 이 자리에 오게 된 자신과 달리 어린 시절부터 황후가 될 준비를 해 온 사람이 아니던가.

테네르는 숨을 크게 들이마시고 책을 펼쳤다. 천천히 책장을 넘겼지만, 글씨가 영 눈에 들어오지 않았다.

'살바토르 영애였다면 분명 어울렸을 텐데…….'

'정신 똑바로 차려. 아마 살바토르 영애랑 너랑 숨 쉬는 것조차 비교하려고 들 테니까.'

아비와 오라비의 말들이 자꾸만 그녀의 가슴을 쿡쿡 찔러 왔다. 후작 저택에서보다 훨씬 넓고 아름다운 방이었지만, 이 모든 것이 제게는 어울리지 않는 것만 같아 낯설기만 했다.

똑똑.

노크 소리에 테네르는 읽던 책을 덮고 고개를 들었다. 곁문을 열고 들어온 것은 다름 아닌 시녀들이었다.

'오늘은 일정이 없다고 들었는데…….'

테네르가 고개를 갸웃하자, 시녀장이 머리를 조아렸다.

"태후께서 오찬을 함께 할 수 있는지 여쭈라고 하셨습니다."

"태후께서?"

"예. 편히 말씀해 주십시오."

시녀는 시종일관 정중한 태도였으나, 이제 막 황후가 된 자신이 태후의 초대를 거절할 수 있을 리 없었다. 테네르는 천천히 고개를 끄덕였다.

"……준비를 도와주렴."

깍듯이 허리를 굽힌 시녀들이 테네르를 단장하기 시작했다. 테네르는 시녀들의 손길에 몸을 맡긴 채 불안한 표정을 갈무리했다.

'살바토르 영애를 특별히 아끼셨을 텐데…….'

알레이나보다 한참 부족한 자신을 미워하지는 않을까. 그녀를 대신하여 이 자리에 앉은 자신을 껄끄럽게 여기지는 않을까. 두려운 일이야 많았지만, 테네르는 아무 말도 하지 않았다. 그녀는 이 넓은 황궁에서 혼자였고, 의지할 사람은 아무도 없었으니.

* * *

태후 베아트리스가 기거하는 별궁은 황궁의 안쪽에 자리해 있었다.

청회색 첨탑이 까마득히 솟아 있는 황궁에서 장밋빛 지붕을 머리에 인 작은 건물은 금방 눈에 띄었다. 별궁은 레온하르트의 조부인 에드윈이 고향을 그리워하는 타국 출신의 황후를 위해 지은 건물이었다. 붉은 지붕 때문인지, 주위를 둘러싼 화려한 장미 정원 때문인지, 별궁은 장미 궁이라는 별칭을 가지고 있었다.

그러나 황후에 대한 깊은 총애를 상징하던 별궁은 선황의 살아생전 베아트리스에게는 주어지지 않았다. 선황이 승하한 다음에야 황제 레온하르트가 어미를 위해 황량한 궁과 정원을 보수하게 했고, 그 후 베아트리스는 장미 궁으로 거처를 옮겨 생활하고 있었다.

"태후 폐하, 황후께서 기다리고 계십니다."

"……그래요."

뒤페라크 백작 부인의 말에 베아트리스는 바늘을 내려놓고 몸을 일으켰다. 감은 눈꺼풀을 손으로 꾹 누르자 부인이 작게 웃었다.

"무리하지 마시라 말씀드렸는데도요."

"그간 못 해 온 게 아쉬웠던 모양입니다. 한번 시작하면 시간 가는 줄을 모르겠으니……."

선황은 베아트리스가 바늘을 드는 것을 허락하지 않았다. 직접 수놓은 손수건을 받아 줬으면서, 막상 그녀를 황후로 들인 다음에는 더없이 차가운 목소리로 말했다.

'황후가 할 일은 한가로이 수나 놓는 게 아닙니다.'

그에게 어떻게든 도움이 되고 싶어 바늘 대신 펜을 든 것이 이십여 년이었다. 선황이 명을 달리한 후에야 간신히 다시 바늘을 들었지만, 그간 실력이 녹슬어 영 예전 같지가 않았다.

"황후께서도 수놓기를 좋아하신다고 하니, 이젠 종종 함께하셔도 좋을 듯합니다."

"그간 손이 굳어 황후의 성에 찰지 모르겠습니다. 폐하께 드린 손수건을 보았는데, 실력이 아주 좋더군요."

베아트리스는 씁쓸하게 웃었다. 선황이 죽음을 맞은 지 일 년, 이제는 덤 덤해질 법도 한데 그간의 서러움은 아직도 가슴 속에 꽉 들어차 있었다.

"……살아 계셨다면 원망이라도 할 수 있었을 텐데."

"……."

"혼자만 털어 버리고 가시다니, 정말 너무하시지요."

자신을 외롭게 하고, 아프게 하고, 죄짓게 한 사람이었다. 그랬던 주제에 그간 흘렸던 눈물을 채 닦아 주지도 않고 떠나 버린 사람이기도 했다.

베아트리스는 무심하던 얼굴을 생각하며 천천히 발을 옮겼다.

새로운 황후는 응접실에서 태후를 기다리고 있었다. 고요히 앉아 있던 그 녀는 베아트리스가 나타나자 얼른 자리에서 일어나 예를 갖추었다.

"태후 폐하를 뵙습니다."

"어서 오세요, 황후."

테네르의 입가에는 차분한 미소가 걸려 있었으나, 베아트리스는 그 웃음 에서 거울을 보듯 긴장한 기색을 알아챌 수 있었다. 그녀가 다정히 웃었다.

"아직 피로가 풀리지 않았을 텐데 이렇게 와 주어 고맙습니다."

"아닙니다. 태후께서 찾아 주시니 기쁩니다."

테네르는 공손히 대답했다. 베아트리스는 그런 그녀를 다이닝 룸으로 이 끌었다.

베아트리스와 테네르가 마주 보고 앉자, 시종들이 테이블에 음식을 내려 놓았다. 프로슈토를 올린 샐러드는 상큼한 드레싱이 뿌려져 입맛을 돋웠다.

"황후의 입맛을 잘 알지 못해 음식이 입에 맞지 않을까 걱정이 됩니다. 불 편한 점이 있다면 거리낄 것 없이 이야기해 주세요."

베아트리스의 말과 달리, 줄지어 나온 음식들은 테네르의 입맛에 잘 맞 았다. 눈치를 주거나 빈정거리는 사람도 없었다. 알레이나의 자리를 대신 차지해 미움받을 각오를 하고 있던 테네르로서는 기대 이상의 호의가 그저 감사할 뿐이었다.

베아트리스는 자연스럽게 일상적인 화제를 꺼냈다. 날씨와 옷차림 이야기, 꽃과 음식과 미술품 이야기. 무겁지 않은 주제들에 테네르는 긴장이 조금은 풀어지는 듯했다.

"참, 혹 후작가에서 데려오고픈 사람이 있습니까? 유모라든가⋯⋯. 사이가 각별했던 하녀라든가. 낯선 곳에서 지내기 적적할 테니 데려오는 것도 좋을 텐데요."

다정히 건네진 말에 테네르는 저도 모르게 포크질을 멈추었다.

"송구합니다. 유모는 4년 전 휴가를 받아 고향에 갔다가 전염병에 걸려 명을 달리했습니다."

전담 하녀가 없었다는 말은 아비에게 흉이 될 게 뻔했기에, 테네르는 부러 죽은 유모 이야기만 꺼내었다. 사실 유모도 제게 그리 살갑게 대하지는 않았지만, 굳이 할 필요 없는 이야기였다.

차분한 목소리에 태후의 손도 덩달아 멈추었다.

"그럼⋯⋯."

입술이 작게 달싹거렸다.

"⋯⋯외로웠겠네요."

그 말에 테네르는 고개를 들었다. 베아트리스가 그녀를 바라보고 있었다. 안쓰러운 듯 내리깔린 눈에는 한 점의 악의도 보이지 않았다.

그런가? 외로웠나?

익숙해진 일들에 딱히 새삼스러운 감정을 느끼지는 않았다. 어차피 무슨 감정을 느끼든 자신이 할 수 있는 일은 아무것도 없었으니.

"괜찮습니다."

옅은 자색 눈이 부드럽게 휘어졌다. 베아트리스로서는 자신의 것처럼 익숙한 웃음이었다.

"타샤가 숲으로 돌아간 게 십오 년쯤 전이던가요."

그녀의 말에 흐릿하던 눈이 번쩍 뜨였다. 테네르는 놀란 듯 고개를 들었다.

"어머니를…… 아시나요?"

"알다마다요. 얼마나 아름다운 사람이었는데."

테네르는 어미에 대한 이야기를 제대로 들은 적이 없었다. 에반 후작은 그녀가 어미 이야기를 꺼내는 것을 질색했으니까.

그녀가 어미에 대해 들을 수 있는 건 아비의 눈에 거슬릴 때뿐이었다. 어미를 닮아 답답하고 멍청하다, 천한 핏줄은 숨기려 해도 티가 난다, 그 여자를 따라 숲으로 가 버려라. 테네르는 그런 말을 들을 때마다 몸을 웅크리곤 했다.

"사교계에 적응하지 못하셨다고 들었습니다."

숲에서 자라 온 어미는 화려하고 웅장한 제도에 끝내 적응하지 못했다고 했다. 테네르 또한 아주 어린 시절 후작과 어미가 다투는 모습을 어렴풋이 기억했다. 파티에 가고 싶지 않다고 하던 어미와 그런 그녀를 다그치던 아비의 모습을.

'날 사람으로 보긴 하는 거야?'

'난 고작 당신의 장식품이 아니란 말이야!'

울부짖던 어미의 말뜻은 나이를 먹은 후에야 간신히 깨달았다. 그녀가 저택에서의 생활을 얼마나 고통스러워했는지도.

"타샤가 미웠나요?"

베아트리스가 물었다. 테네르는 고개를 저었다. 철모르던 어린 시절이야 자신을 두고 떠난 어미를 원망해 본 적이 있었지만, 지금은 그녀를 충분히 이해했다. 아니, 돌아갈 곳이 있었다는 게 조금은…… 부러운가.

"어머니께서도 사정이 있었으리라 생각합니다. 이미 떠나신 분이니…… 행복하시길 바랄 뿐입니다."

테네르는 습관처럼 이해했고, 습관처럼 웃었다. 미움도 외로움도 서글픔도 그저 지나간 계절과 같았다. 이제 와 돌이키기에 그녀는 너무 커 버렸으니.

"……내 나이 스물에 황궁에 들어왔습니다."

태후가 가만히 입을 열었다.

"공작가에서 자라 먹는 것도 입는 것도 황실과 큰 차이가 없었고, 황궁의 사용인들도 안면이 있었습니다. 그런데도 이곳에 오고 한동안은 적응하기가 힘이 들더군요."

직접 수놓은 손수건을 선황이 받아 줬을 때까지만 해도, 트라벨 공작가에 황실의 구혼서가 날아들 때까지만 해도, 베아트리스는 세상을 다 가진 것처럼 기뻤다.

그러나 선황은 황후가 된 그녀에게 사랑은커녕 웃음 한 점 지어 주지 않았다. 황제의 눈 밖에 난 유약한 황후는 사교계에서도 먹잇감일 뿐이었다. 한 떨기 꽃처럼 자라 온 그녀는 홀로 단단해져야만 했다.

"아마 타샤도 마찬가지였을 겁니다. 지방 영지도 아니고 숲에서 자라 왔는데 오죽했을까요. 나야 곁에 있어 줄 사람이 있었지만, 그녀는 마음 나눌 친구도 없었을 테고."

베아트리스의 말은 테네르에게는 꼭 위로처럼 들려왔다. 어미가 떠나 버린 것에 대한 위로, 그리고 홀로 황궁에 온 것에 대한 위로. 테네르는 이런 식의 말들이 너무도 낯설었다. 다정함도 따스함도 익숙지 않아 소화하기가 어려웠다.

그녀가 어쩔 줄 모르고 시선을 돌리자, 태후는 부드럽게 웃었다.

"황후도 갑작스럽게 황궁에 오게 되어 어려운 일이 많겠지만, 내가 곁에서 도울 테니 너무 염려 마세요."

"……."

"황후께서 잘 적응해야 나 또한 여생을 편히 보내지 않겠나요. 다 나 편하자고 하는 말이니 어려워 마세요."

장난스레 휜 눈꼬리가 아들인 레온하르트를 꼭 닮아 있었다. 테네르는 천천히 고개를 끄덕였다. 뒤이어 나온 음식들은 여전히 맛있었고, 왜인지 가슴이 조금 울렁거렸다.

* * *

오찬을 마친 후, 테네르는 태후와 함께 아름다운 장미 정원을 거닐었다. 별궁에 발을 들일 때의 긴장감은 이미 무색해져 있었다.

"폐하께 손수건을 선물하셨다지요."

태후는 활짝 핀 장미 꽃잎을 만지작거리며 물었다. 테네르가 얼굴을 조금 붉혔다.

"부족한 실력이지만 가진 재주가 그뿐이라……."

"부족하기는요. 보기 드문 실력이던데."

칭찬의 말이 간지럽고 낯 뜨거웠다. 테네르가 할 말을 찾지 못해 고개를 숙이자, 태후가 손을 들었다. 중지에 굳은살이 단단히 박인 손이 얼굴 가까이 다가왔다. 순간적으로 테네르의 어깨가 움츠러들었다.

"……."

베아트리스는 의아한 표정으로 그녀를 보았다. 그러나 그것도 잠깐, 그녀는 테네르의 옆머리를 손수 귀 뒤로 넘겨 주었다. 테네르는 그제야 움츠린 몸을 바로 세웠다.

"나도 황궁에 들어오기 전까지는 수놓기를 참 좋아했답니다. 선황께서 금지하시어 오랫동안 하지 못했지만, 최근엔 시간을 내어 종종 바늘을 들고 있지요."

"……."

"황후께서도 자수를 좋아한다면, 가끔 이곳에서 함께 수를 놓는 건 어떠신가요? 황후께서 와 주신다면 나도 적적함을 달래기 좋을 듯한데."

부드러운 음성에 반가움보다는 놀라움이 앞섰다. 방에서 자수를 놓고 있으면 아비는 언제나 빈정거리곤 했으니까.

'너는 장식품 같은 안주인을 원하는 고리타분한 가문에 들어가면 되겠구나. 물론 천한 핏줄인 너를 그런 가문에서 받아 줄지는 모르겠지만.'

비웃음 섞인 목소리가 아직도 귓전에 아른거렸기에, 눈앞의 다정함은 쉬이 와닿지 않았다. 한참을 멍하니 있던 테네르는 태후가 대답을 기다리고 있다는 걸 뒤늦게서야 깨달았다.

"태후께서 괜찮으시다면 얼마든지요."

조금 늦은 대답이었지만 태후는 기분 좋게 웃음 지었다. 호선을 그린 입꼬리 아래에 보조개가 옅게 팼다.

* * *

청회색 첨탑이 높게 솟은 황궁은 거대한 규모와 양옆으로 대칭을 이루는 소첨탑들이 그 위용을 과시했다. 벽면은 회백색 화강암으로 만들어져 있었는데, 각진 외견과 달리 창문은 상단이 둥근 돔형으로 되어 부드러운 느낌을 더해 주었다.

테네르는 커다란 건물 안으로 발을 들였다. 긴 복도를 걸으며 찬찬히 주위를 둘러보았다. 이곳이 자신의 집이라는 것이 새삼스레 느껴졌다.

기둥과 천장 사이의 주두에는 황가의 상징인 사자와 독수리가 정밀하게 아로새겨져 있었다. 높이 솟은 천장에는 격자무늬가 화려하게 그려졌고, 벽면의 패널에는 입체적으로 새겨진 나무와 꽃, 물고기와 짐승이 각각의 정교한 모습을 뽐냈다.

자신을 짓누르는 것만 같던 커다란 황궁에는 어느 것 하나 사람의 손을 타지 않은 부분이 없었다. 아마 태후도, 그 이전의 황후들도 이곳에 살았겠지. 자신처럼 불안과 두려움을 안은 채.

'내가 곁에서 도울 테니 너무 염려 마세요.'

테네르는 그 말을 몇 번이고 곱씹었다. 가슴 한구석이 마시멜로처럼 말랑

말랑해진 것만 같았다.

"……황후?"

들려온 목소리에 테네르의 발이 그 자리에 멈추었다. 그녀의 뒤를 따르던 시녀들이 일제히 머리를 조아렸다. 고개를 들자, 그 자리에는 황제가 서 있었다.

"폐하."

"기분이 좋아 보입니다."

낮지만 기분 좋은 음색이 귓가를 부드럽게 간질였다.

'아깐 표정이 안 좋았나?'

습관처럼 웃었던 것 같은데. 테네르는 잠깐 고민하다가 눈을 접어 웃었다.

"태후 폐하를 뵙고 오는 길입니다."

"벌써요?"

황제는 조금 놀란 듯 고개를 기울였다.

"직무는 다음 주부터 천천히 배우셔도 될 텐데요."

"오찬을 함께 하자고 하셔서요."

"아……."

테네르의 말에 커진 눈이 다시금 사르르 접혔다.

"혹 불편하다면 다음엔 거절해도 좋다고 말씀드리려 했는데……. 표정을 보니 그럴 필요가 없을 듯합니다."

"불편은요. 즐거운 시간이었습니다."

테네르는 진심으로 말했다. 조금은 낯설고 어색했지만 곱씹을수록 좋았던 시간이었다. 푸근하게 휘어진 눈매나 머리를 넘겨 주던 손길도 마찬가지였다. 그 웃음이, 온기가, 다정한 말씨가 괜스레 가슴을 몽글몽글하게 했다.

"저, 폐하."

"예."

"태후께서…… 가끔 시간을 내어 함께 자수를 놓자고 하셨는데……."

테네르는 조금 머뭇거렸다. 선황이 수놓기를 금지했다는 태후의 말 때문이었다. 혹 황제 또한 그런 일로 시간을 낭비하는 걸 싫어하지는 않을까. 뒤늦게 알고 화를 내진 않을까.

조마조마한 심정으로 테네르는 그의 대답을 기다렸다. 머뭇거리던 황제가 입을 열었다.

"나도…… 말입니까?"

"……예?"

고개를 들자, 황제가 그녀만큼이나 놀란 표정을 짓고 있었다. 동그래진 두 쌍의 눈이 서로를 보며 깜빡거렸다.

어색한 공기가 두 사람을 갈랐다. 침묵을 깬 것은 황제 쪽이었다.

"자수에는 그리 재주가 없지만, 가끔 시간을 내어 보겠습니다."

"아……. 네, 폐하."

테네르는 얼떨떨하게 서 있다가 얼른 고개를 끄덕였다. 황제는 그녀의 손 등에 가볍게 입을 맞추곤 발을 옮겼다.

"……"

발소리가 들리지 않게 된 다음에야 테네르는 정신을 차렸다. 지금 무슨 일이 일어난 거지? 무슨 대화를 했던 거지? 그녀는 레온하르트가 사라진 자리를 슬쩍 돌아보았다. 자수를 놓는 자리에 황제가 온다는 건, 그러니까…….

'……허락받을 필요가 없었구나.'

뒤늦은 깨달음에 볼이 조금 달아올랐다. 입술이 닿았던 부위가 조금 후끈거리는 것 같았다.

* * *

"아."

한참을 걷던 레온하르트는 문득 발을 멈추었다. 곁을 따르던 시종이 그의 지시를 기다리며 머리를 조아렸다. 그러나 그는 아무 명령도 하지 않았다.

'왜 그런 말을 하나 했더니.'

불현듯 깨달은 사실에 레온하르트는 슬그머니 뒤를 돌아보았다. 갑자기 별궁에서 함께 자수를 놓는 이야기를 꺼내기에 당연히 초대하는 건 줄 알았는데.

'허락을 받으려고 한 거였구나.'

어쩐지 뭐가 좀 이상하더라니.

레온하르트는 멋쩍은 듯 볼을 긁었다. 그러나 시종의 시선이 느껴지자 두어 번 헛기침하곤 다시금 발을 옮겼다.

* * *

　.

황제와 황후의 집무실은 업무의 효율을 위해 본궁의 중앙에 나란히 붙어 있었다. 반면 침실을 포함한 개인적인 방들은 건물의 양쪽 끝에 자리해 있었는데, 이는 서로의 사적인 영역을 존중한다는 의미였다.

물론, 좀 더 노골적으로 말하자면 '서로의 눈치를 보지 않고 연인을 들일 수 있는' 구조에 가깝기는 했다. 황제가 자신의 침실에 정부를 들이더라도 황후는 관여하지 않았으며, 황후 또한 후계를 생산한 다음에는 황제의 암묵적 허락하에 마음에 드는 청년을 정부로 삼을 수 있었다.

황후의 응접실에는 손님이 와 있었다. 즉위한 지 얼마 되지 않은 황후를 찾는 사람들은 단연 그녀의 가족이나 친지였다.

"늦었구나."

테네르가 사용인들을 물리자, 에반 후작은 기다렸다는 듯 그녀를 나무랐다. 에리히가 그의 어깨 너머에서 소리 없이 한숨을 내쉬었다.

"황후의 자리에 올랐다고 아비를 무시하는 것이냐? 네가 그 자리에 오른 게 누구 덕인데!"

연락도 없이 다짜고짜 찾아와 기다린 지 30분도 채 되지 않았지만, 에반 후작은 한나절은 기다린 것처럼 역정을 내었다. 혹 황후가 된 딸아이가 자신에게 콧대를 세울까 기를 꺾어 놓으려는 심산이었다. 테네르는 고분고분하게 고개를 숙였다.

"죄송해요, 아버지. 잠깐 별궁에 다녀오느라…….."

머리를 조아리는 딸을 보며 우쭐한 표정을 짓던 후작은 별궁이라는 말이 들리자 반색했다.

"……태후 폐하께 말이냐? 분명 직무는 다음 주부터 배운다고 했을 텐데."

"오찬을 함께하고 싶다고 말씀하셔서요. 기다리게 해서 죄송해요. 다음엔 기별을 주시면 좀 더 일찍 돌아…….."

"멍청한 소리!"

후작이 언성을 높이자 테네르가 어깨를 움츠렸다. 저택에 있을 때와 다를 바 없는 태도를 보며 후작은 만족스러운 웃음을 가리려는 듯 헛기침했다.

"별궁에 가는 거라면, 염려 말고 오래 있다가 오거라."

한층 누그러진 목소리에 테네르는 그제야 안심했다. 후작은 목을 고르며 자신의 딸을 위아래로 훑어보았다.

"……그래도 황후가 되었다고 제법 태가 나는구나. 황제 폐하와 태후 폐하께서는 잘해 주시더냐?"

퍽 다정한 물음이었다. 제 아비에게 들으리라곤 생각지도 못한 말이기도 했다. '내게 사랑을 요구하지 마세요.' 그 말이 떠올랐으나, 테네르는 천천히 고개를 끄덕였다.

"네. 두 분 다 정말 잘해 주셨어요."

"태후 폐하와는 무슨 이야기를 그리 오래 나누었느냐?"

태후와의 대화를 떠올리자 저도 모르게 테네르의 입가에 미소가 번졌다. 그러나 어미에 대해 이야기했다고 말하면 후작은 역정을 낼 게 뻔했다.

"어려운 일은 도와주겠다고 하셨고, 그리고…… 종종 함께 자수를 놓자고 하셨어요."

"자수를?"

후작의 표정이 묘해졌다. 태후가 바느질을 즐긴다는 이야기를 들은 적이 없기 때문이었다. 턱을 만지작거리던 그가 혼자서 결론을 지었다.

"……하긴 선황 폐하께 손수건을 드렸다고 했지."

"……."

"그래서, 황제 폐하께 허락은 받은 거냐?"

테네르는 조금 머뭇거리다 고개를 끄덕였다.

"네. 폐하께서도 종종 함께하시기로……."

"……뭐라고?"

후작은 말도 안 되는 소리를 들은 듯 되물었다.

"폐하께서…… 그런 걸 왜?"

"……모르겠어요."

테네르가 작게 대답했다. 허락을 구하는 말을 착각한 거라고 치더라도 왜 시간을 내 보겠다고 대답한 건지 이해가 가지 않았다.

'어색할까 봐 일부러 와 주시려는 건가?'

도움이 필요하면 말하라더니, 그 일환일까. 그렇게 생각하니 기분이 조금 이상한 것 같기도 했다. 후작이 또다시 헛기침했다.

"큼. 어쨌거나…… 줄 것이 있어서 왔다."

후작이 눈짓하자, 에리히가 품에서 작은 약병을 꺼냈다. 손가락 정도 길이의 병 안에는 작은 알약이 여러 개 들어 있었다.

"이게 뭔가요?"

"회임에 좋은 약이다. 황실엔 손이 귀하니, 황손을 낳고 나면 살바토르 영애가 돌아오더라도 널 내치진 못할 게다."

후작이 가장 걱정하는 것은 알레이나 살바토르의 귀환이었다. 그는 혹시라도 알레이나가 돌아와 황후의 자리를 빼앗으려 할까 봐 불안해했다. 그의 눈에 완벽한 황후는 테네르가 아닌 알레이나였으니.

"귀한 재료를 써 만들었다고 하니, 합방일 전에 꼭 챙겨 먹거라."

"합방일 전후로 먹는 약이 있긴 한데……. 함께 먹어도 될지 궁의에게 물어볼게요."

"궁의라면 그 새파랗게 젊은 여자 말이냐?"

날카로운 목소리에 테네르는 천천히 고개를 끄덕였다. 후작은 의처증에 걸린 남편처럼 눈을 새치름하게 떴다.

"혹 그 여자, 폐하와 부적절한 관계인 건 아니겠지?"

"부적절한…… 관계요?"

"……폐하의 정부라거나, 옛 연인이라거나, 그런 거 말이야."

내내 가만히 있던 에리히가 후작 대신 대답했다.

황제가 죽음을 맞으면 그 전담 궁의는 책임을 지고 황궁을 나가기 마련이었다. 그렇기에 지금의 궁의 또한 선황의 승하 후 새로 들어온 사람이었는데, 아직 서른도 되지 않은 젊은 나이였다. 후작은 궁의가 젊은 여자라는 사실이 상당히 불만스러운 듯했다.

"하지만…… 그 사람은 궁의인걸요."

"궁의이기 이전에 젊은 여자 아니냐! 황후라는 것이 이리 무심해서야……."

"……."

"잘 들어라, 테네르. 사내란 짐승과도 같아서, 곁에 부인이 있더라도 다른 여인이 향내를 풍기면 고개를 돌리기 마련이다. 그러니 다른 여자들이 폐하 가까이 가지 못하도록 바짝 경계해야 할 것 아니냐!"

'이러니 황후는 젊은 여자가 아니라 나이 든 남자 중에서 뽑아야 한다니까요.'

'그렇게만 되면 아버지들은 기꺼이 드레스도 입고 화장도…….'

안달복달하는 후작을 보며 테네르는 저도 모르게 제니스와의 대화를 떠올렸다. 그러자 방방 뛰는 아비의 모습이 어쩐지 조금은 달리 보이는 것 같기도 했다.

"내 말 듣고 있는 거냐? 폐하께서 다른 계집에게 눈길을 주지 않도록 네가 잘 붙잡으란 말이다!"

"네? 아, 네. 죄송해요. 그렇게 할게요."

테네르는 허튼 생각을 지워 버리려 얼른 대답했다. 그녀가 약을 손에 쥐자, 후작은 그제야 만족한 얼굴로 콧수염을 만지작거렸다.

"그래, 약은 챙겨 먹도록 하고……. 혹 폐하께서 다른 말씀은 없으시더냐?"

은근한 물음에 테네르는 눈을 동그랗게 떴다. 순진한 표정을 보며 후작은 짐짓 점잖게 뜸을 들였다.

"뭐, 우리 가문과 관련한 이야기 말이다."

"어떤 이야기를……."

"하여간 답답하긴. 이제 황후가 됐으니 가문도 좀 챙기라는 말씀이시잖아."

에리히가 또다시 불쑥 입을 열었다. 처음부터 그 말을 하고 싶었던 건지 에반 후작의 입꼬리가 슬며시 올라갔다.

"어허. 뭐, 꼭 그런 이야기는 아니고……."

"너만 호의호식하지 말고 아버지도 좀 챙겨 드리라고. 키워 준 은혜는 갚아야 할 거 아냐."

에리히가 날카롭게 쏘아붙였다. 테네르는 고개를 숙였고, 후작은 그런 딸을 흘깃 보더니 부러 에리히에게 큰소리를 냈다.

"그만하거라. 어련히 알아서 할까."

후작은 탐욕스러웠지만, 한편으로는 귀족으로서의 체면을 중요하게 생각하는 사람이었다. 원하는 것이 있을 때면 직접적으로 말하지 않고 점잔을 떨다가 테네르가 끝내 알아듣지 못하면 벌컥 화를 내곤 했다.

그럴 때마다 도와주는 것은 언제나 에리히였다. 그는 후작이 하고픈 말을 보다 노골적으로 늘어놓았고, 후작은 그런 에리히를 말리는 척하며 체면을 챙겼다. 덕분에 후작이 정말로 이성을 잃고 날뛸 때가 아니면 이쯤에서 상황이 수습되기 마련이었다.

"아버지도 아시잖아요. 멍청해서 못 알아듣는 거."

"뭐……. 이쯤 말했으면 알아들었겠지."

후작은 들으란 듯 중얼거리고는 몸을 일으켰다. 테네르도 그를 배웅하기 위해 일어났지만, 웬일인지 에리히는 여전히 소파에 몸을 붙이고 있었다. 노려보는 눈이 매서웠다.

"아버지 먼저 들어가세요. 전 귀여운 동생이랑 이야기 좀 하고 갈게요."

말투와는 달리 목소리는 여전히 싸늘했다. 예반 후작은 크게 헛기침하곤 응접실을 나섰다.

다리를 꼰 채 거만하게 앉아 있던 에리히는 문이 닫히자마자 소파에 드러눕듯 몸을 축 늘어뜨렸다. 테네르는 지친 얼굴을 보며 웃었다.

"피곤하시죠?"

"……네가 날 걱정할 입장이냐?"

에리히는 부정하지 않고 깊은 한숨을 내쉬었다. 널찍한 응접실 안에는 한동안 침묵이 맴돌았다. 에리히는 반쯤 드러누운 채로 기지개를 켰다. 테네르가 그의 찻잔에 차를 따라 주었다.

"하여간 욕심도 많으시다니까. 영지도 하나 받아 놓곤."

테네르는 대답이 없었다. 에리히는 몸을 벌떡 일으켰다.

"아니, 다이아 광산까지 있는 영지라고. 그 정도면 됐지, 뭘 더 바라시는 거지?"

"폐하께 한번 말씀드려 볼게요."

"아서라. 아버지 욕심 알잖아. 뭐라도 받고 나면 더 큰 거 달라고 하실걸."

에리히는 지긋지긋하다는 듯 머리를 흔들었다. 테네르가 가만히 미소했다.

"호구처럼 웃지만 말고. 응? 단호하게 거절 못 할 거면 그냥 말씀드린 척하고 끝내. 괜히 아버지 말에 휘둘리다가 폐하께 밉보이지 말라고."

"……고마워요."

"폐하께서 혹시라도 우리 가문에 뭔가 챙겨 주시면 네 덕인 척도 하고.

아니……. 아니다."

그런 식으로 거짓말할 수 있었으면 진작 했겠지. 에리히는 착잡한 얼굴을 몇 번 쓸어내리곤 고개를 저었다. 그의 시선이 테네르의 안색을 살폈다.

"그래도 잘해 주신다니 다행이네."

에리히의 목소리는 퍽 가벼워져 있었다. 혹 황제가 사라진 알레이나를 잊지 못하고 테네르를 홀대할까 봐 걱정했던 탓이었다. 그러나 테네르의 표정은 생각보다 훨씬 밝았다.

"그간 널 계속 마음에 두고 계셨던 거야? 그렇게 보이진 않던데."

"그런 건 아니에요."

"야, 그거야 모르는 거지. 여쭤보기라도 했나?"

장난스럽게 물었지만, 테네르는 대답하지 않았다. 묘한 정적에 에리히는 입을 다물었다. 한참이나 침묵하던 테네르가 입술을 떼었다.

"사랑을 기대하진 말라고 하셨어요."

"뭐라고?"

"자세한 내용은 여쭙지 않았지만, 욕심 없는 사람을 바라셨다고……."

그 말에 에리히는 옅게 인상을 썼다. 그 표정을 본 테네르가 얼른 덧붙였다.

"그래도 정말 잘해 주세요. 태후 폐하도 마찬가지고요."

"……."

테네르의 말에도 에리히의 표정은 영 풀어지지 않았다. 기껏 결혼해 놓고 욕심 없는 사람을 바랐다고? 사랑을 기대하지 말라고? 그게 무슨 의미란 말인가.

"넌 뭐라고 했는데?"

입 닥치고 얌전히 살라는 의미인가. 다른 여자와 놀아나도 참견 말라는 의미인가. 결혼할 날만 기다리다 얼떨결에 황후가 된 사람이 황제의 사랑 없이 어떻게 살라고.

"그냥…… 그러겠다고 했어요."

"야, 너……."

에리히가 발끈하자, 테네르가 작게 어깨를 움츠렸다. 그 꼴을 본 그는 하려던 말을 멈추고 머리를 헤집었다.

"……됐다. 네 일이니 네가 알아서 하겠지."

테네르가 할 수 있는 일이 없었다는 것도 모르지는 않았다. 주지 않겠다는 사랑을 내놓으라고 협박을 할 수도, 눈물을 줄줄 흘리며 매달릴 수도 없지 않나.

울컥하는 마음을 갈무리하며 에리히는 식은 차를 들이켰다. 테네르가 그런 그를 보며 작게 웃었다.

"저도 처음부터 사랑을 기대한 적 없는걸요."

"……."

"너무 걱정 마세요. 사랑 없이 잘 지내는 부부도 많잖아요. 황제 폐하와도 태후 폐하와도 잘 지내볼게요."

곱게 휘어진 눈은 악의도 의심도 모르는 듯 그저 부드럽기만 했다. 에리히는 결국 아무 말도 하지 못하고 자리에서 일어났다. 그는 언제나 아무 말도 하지 못했다. 저택에서도, 이곳에서도.

테네르가 그를 배웅하기 위해 함께 몸을 일으켰다.

"……태후 폐하 말인데."

문고리를 붙잡은 에리히가 문득 입을 열었다.

"적당히 가깝게 지내는 건 좋지만, 너무 마음 주지 마라."

"네?"

"지금은 어떨지 모르겠지만, 그분……. 살바토르 공작이랑 절친했다고 들었거든."

"……."

"잘해 주더라도 속내는 다를 수 있다고."

거기까지 말한 에리히는 대답을 듣기도 전에 문을 열어젖혔다. 테네르는 그저 그 자리에 서 있을 뿐이었다.

펜을 든 손이 부지런히 움직였다. 때로는 글씨를 썼고, 줄을 그었고, 하단에 서명을 하기도 했다.

태후 베아트리스는 황후의 집무실에 앉아 있었다. 새 황후가 아직 직무를 배우지 않았으니, 아직은 황후가 해야 할 일 모두가 그녀의 몫이었다.

똑똑.

노크 소리에 베아트리스는 고개를 들었다. 황제의 집무실 쪽에서 난 소리였다.

황제와 황후의 집무실은 업무의 효율을 위해 작은 문을 사이에 두고 있었다. 그 문을 통해 출입할 수 있는 건 황족뿐이니, 누구인지는 묻지 않아도 자명했다.

"……들어오세요."

베아트리스의 목소리는 아들을 향하는 어미의 것이라기엔 지나치게 긴장이 어려 있었다. 이윽고 문이 열렸다.

"어머니."

레온하르트는 늘 그래 왔듯 입가에 미소를 걸친 채 황후의 집무실에 발을 들였다. 베아트리스 또한 마주 웃었지만, 테네르를 대할 때와는 달리 조금 어색한 웃음이었다. 레온하르트는 모른 척 서류를 그녀의 책상 위에 올려 두었다.

"북부에서 구휼을 추가로 요청하고 있습니다."

"알겠습니다."

고개를 끄덕였으나 레온하르트는 돌아가지 않았다. 침묵이 짙게 내리깔렸다.

"황후는…… 마음에 드십니까."

정적을 견디지 못하는 건 언제나 베아트리스 쪽이었다. 레온하르트가 빙그레 웃으며 소파에 몸을 붙이고 앉았다.

"제 마음에 들고 말고는 그리 중요하지 않습니다, 어머니."

"……."

"분에 넘치는 욕심을 부리는 사람은 아닌 듯하니, 그걸로 족합니다."

자신의 반려를 설명하는 것치고는 다소 무심한 말이었다. 그는 언제나 친절하고 다정했지만, 이럴 때는 꼭 선황을 떠올리게 했다.

"매정히 대하진 않을 겁니다."

들려온 목소리에 베아트리스는 고개를 들었다. 레온하르트가 그녀를 바라보고 있었다.

"어머니께서도 그래 주셨으면 하고요."

당연한 요구였다. 애초에 베아트리스는 그 누구도 매정히 대해 본 적 없는 사람이었다. 심지어 살바토르 공작의 딸조차도 그토록 살뜰히 챙겨 주지 않았던가.

베아트리스는 장미 궁에서 보았던 황후의 모습을 떠올렸다. 곧게 뻗은 밀색 머리에 신비로운 보랏빛 눈동자를 지닌 미인이었다. 사교계에서는 늘 무난하고 수수한 드레스만 입고 있어 그리 눈에 들어오지 않았지만, 황후의 격에 맞춘 옷을 갖춰 입으니 제법 우아한 태가 났다.

"황후와 오찬을 함께 했습니다."

"예. 들었습니다."

"가끔 함께 수를 놓기로 했고요."

"예."

레온하르트는 여상히 고개를 끄덕였다. 그리고 다시금 침묵이 이어졌다. 베아트리스는 조금 망설이다 입을 열었다.

"머리카락이 흘러내렸기에 넘겨 주려 손을 들었는데, 겁을 먹더군요."

그 말에 호선을 그리던 입술이 딱딱하게 굳었다. 베아트리스가 덧붙였다.

"저택에서 친한 하녀나 유모를 데려와도 된다고 말했더니, 죽은 유모 이야기만 하고 하녀 이야기는 꺼내지 않았습니다. 성정이 무던한 듯한데 황궁에 데려올 하녀 하나 없는 건 조금 의아하지요."

"……."

"명색이 후작 영애인데 과할 정도로 주눅이 든 것도 그렇고요."

결국, 후작가에서 그리 평온히 지내지는 못한 것 같다는 의미였다. 레온하르트의 미간이 보일 듯 말 듯 좁혀졌다.

'늘 부족함 없이 대해 주셨기에 특별한 선물이 필요했던 적이 없습니다.'

'태후께서…… 가끔 시간을 내어 함께 자수를 놓자고 하셨는데…….'

차분하던 목소리, 그린 듯 단정한 웃음, 그리고 긴장한 듯 움찔거리던 손. 긴 시간 만나 온 게 아닌데도 그 모습이 눈에 밟혔다.

"알아 두겠습니다."

"그리고……."

베아트리스는 조금 뜸을 들였다. 레온하르트는 그녀가 무슨 말을 꺼낼지 알 것만 같았다.

"황후가 직무에 익숙해지는 대로……. 어미는 이만 물러나겠습니다."

"어머니."

뚜벅, 뚜벅, 발소리가 점점 베아트리스와 가까워졌다. 잉크가 묻은 커다란 손이 죄지은 이의 손을 부드럽게 감쌌다.

"그 일은 묻기로 하지 않았습니까."

그의 말은 사실이었다. 이미 묻기로 한 일이었고, 레온하르트 또한 그날 이후 단 한 번도 그 이야기를 꺼낸 적이 없었다. 그러나 그의 어미는 아직도 그 일을 잊지 못하는 모양이었다. 레온하르트는 익숙하게 그녀를 다독였다.

"일어나지 않은 일입니다. 새로운 황후를 들였으니, 앞으로도 일어나지 않을 일이고요."

달래듯 다정한 속삭임이었지만 베아트리스는 차마 고개를 들 수가 없었다. 자신의 욕심과 비겁과 두려움이 어떤 결과를 초래할 뻔했는지 알기 때문이었다.

"절 위하신다면, 지난 일은 잊고 앞으로의 일들만 생각해 주세요, 어머니."

레온하르트는 꼭 쥔 손에 힘을 주었다. 그러나 베아트리스는 여전히 고개를 숙이고 있었다. 그녀는 자신이 이 자리에 아직 앉아 있는 것부터가 믿어지지 않았다. 어떻게 이렇게 염치없을 수가 있을까. 그런 짓을 한 자신이 어떻게.

"황후가 아직 정무에 익숙하지 않습니다."

"……."

"어머니께서 많이 도와주셔야지요."

레온하르트는 베아트리스의 속내를 읽기라도 한 듯 말했다. 베아트리스는 그제야 보일 듯 말 듯 고개를 끄덕였다.

테네르 에반. 알레이나 살바토르가 아닌 새로운 황후.

그녀가 자신의 뒤를 무사히 잇기 전까지 베아트리스 에브게니아는 죽을 수 없었다.

＊ ＊ ＊

며칠간의 휴식을 끝낸 테네르는 직무를 배우기 위해 황후의 집무실을 찾았다. 긴장으로 가슴이 쿵덕거려 몇 번이고 심호흡했다.

전처럼 잘해 주실까? 부족한 게 많다고 싫어하시진 않을까?

테네르의 머릿속은 걱정으로 꽉 차 있었다. 문을 두드릴 때는 속이 울렁거리릴 지경이었다.

'잘해 주더라도 속내는 다를 수 있다고.'

오라비의 조언 때문이었다. 고작 그 말이 뭐라고. 사교계에 속내가 다른 사람이 한둘이 아닐 텐데 새삼스럽게…….

태후 베아트리스는 이미 집무실에 앉아 있었다. 테네르는 그녀를 보고 화들짝 놀라 고개를 숙였다.

"늦어서 죄송합니다, 태후 폐하."

"아닙니다. 내가 일찍 온 것을요. 어서 앉으세요."

다행스럽게도 베아트리스는 전과 마찬가지로 미소 짓고 있었다. 테네르는 내심 안도하며 테이블에 쌓여 있는 책들을 흘깃 보았다. 고개가 습관처럼 아래를 향하고 있었다.

"후작가에서도 안살림을 해 오셨으니, 아마 크게 어렵지는 않을 겁니다. 황후는 궁내의 일들을 관할하고, 동시에 황제 폐하의 동반자가 되어야 합니다. 그러기 위해선……."

베아트리스가 하는 말들은 하나하나 귀에 또렷하게 박혔지만, 그럴수록 테네르는 움츠러들었다. 황제의 동반자라니, 평온하고 소박한 삶을 원하던 그녀에게는 너무도 무겁고 두려운 이야기였다.

"……황후?"

문득 들려온 목소리에 테네르는 얼른 고개를 들었다. 베아트리스가 하던 말을 멈추고 그녀를 바라보고 있었다.

"지금 황후께 필요한 건 이런 게 아닐 것 같네요."

"……예?"

영문을 모를 이야기에 눈을 끔뻑이고 있자, 베아트리스의 손이 그녀의 얼굴을 향해 날아들었다. 테네르는 저도 모르게 고개를 숙이고 몸을 움츠렸다. 그러나 그것도 잠깐, 베아트리스는 아랑곳하지 않고 테네르의 턱을 붙잡아 올렸다.

"태, 태후 폐하……?"

"좋네요."

테네르는 당황하여 눈을 동그랗게 떴지만, 베아트리스는 퍽 만족스러운 얼굴이었다. 빤히 보는 시선이 민망하기 그지없었다. 테네르는 태후를 감히 밀어내지 못하고 그 자리에 고정되었다.

"황후께서 죄 없이 고개를 숙여도 되는 경우는 딱 두 가집니다."

베아트리스는 말해 보라는 듯 고개를 까딱거렸다. 여전히 그녀의 턱을 놓아주지 않은 채였다. 테네르가 뻐끔뻐끔 입을 열었다.

"황제 폐하와 황후 폐하를…… 뵈었을 때요?"

"아니죠."

베아트리스는 그럴 줄 알았다는 듯 단박에 말했다. 테네르의 큰 눈이 열없이 끔뻑였다. 얼빠진 표정이 우스웠는지 베아트리스는 소리 없이 웃었다. 그러나 상냥한 표정과 달리 이어진 말은 단호했다.

"아침에 세안할 때. 그리고 죽은 사람에게 묵념할 때."

턱을 쥐었던 손이 뺨을 부드럽게 쓸었다. 지극히 따뜻한 손길이었다. 테네르는 여전히 아무 말도 하지 못했다.

"황후께서는 폐하께서 잘못된 선택을 하셨을 때 가장 가까운 곳에서 간하셔야 합니다. 폐하께서 부재하실 때는 폐하를 대신하여 중요한 결정을 내리셔야 하고요. 그러니 누구에게도 함부로 고개를 숙여선 안 되지요."

"……."

뺨을 쓰다듬던 손길은 이미 거두어졌지만, 테네르는 여전히 고개를 숙이지 못했다. 평소보다 높아진 눈높이가 어쩐지 어색하게 느껴졌다.

"황후께서 자신을 낮추면 황제 폐하의 격도 함께 낮아집니다. 그러니 앞으론 고개를 숙이지 마세요."

"명심하겠……."

"또."

베아트리스의 지적에 테네르는 화들짝 놀라 다시 고개를 들었다. 빤히 보는 시선이 어쩐지 부끄러웠다.

베아트리스는 한동안 아무 말도 하지 않았다. 고개를 빳빳이 든 채로 시선을 견디는 것은 상당히 고역스러웠다. 얼마 지나지 않아 시종이 차와 다과를 내왔지만, 상황은 영 달라지지 않았다.

"눈 피하지 마시고."

"……."

테네르는 눈을 질근 감고 싶은 것을 꾹 참았다. 하다못해 대화라도 나누면 괜찮을 듯한데, 이건 흡사 태후와 눈싸움이라도 하는 듯한 모양새였다.

긴 침묵을 견디지 못한 것은 테네르 쪽이었다.

"저, 직무는 언제쯤······."

"허리 세우세요. 어깨와 가슴도 펴고."

"······네."

테네르는 고분고분 그녀의 말에 따랐다. 베아트리스는 여전히 미동도 없이 테네르를 바라보고 있었다. 그녀가 흘깃 시계를 보았다.

"5분 지났네요."

'······고작?'

체감상으론 적어도 삼십 분 정도는 이러고 있었던 것 같은데······.

테네르는 낭패스러웠지만, 베아트리스의 시선 탓에 여전히 그 자리에 굳어 있을 뿐이었다.

한참이나 그러고 있던 베아트리스는 이내 자리에서 일어났다. 그녀는 서랍에서 무언가를 꺼내더니 다시 테네르에게 다가왔다.

"이제 됐습니다."

베아트리스의 허락이 떨어지자, 테네르는 그제야 숨을 크게 내뱉으며 등받이에 몸을 반쯤 기대었다. 그러나 그것도 잠깐, 다시 허리를 세우고 고개를 들었다. 그 모습이 우스웠는지 베아트리스가 작게 웃었다.

"잘했습니다, 황후."

짤막한 칭찬 다음 또다시 손이 얼굴 가까이 다가왔다. 그리고 살짝 벌어진 입술 사이로 무언가가 쏙 들어왔다.

"······."

"사탕입니다."

태후의 말보다 먼저 와 닿은 것은 단맛이었다. 저도 모르게 혀를 굴리자, 입 안에 든 동그란 것이 이에 달그락달그락 부딪히는 게 느껴졌다. 테네르는 갑자기 사탕을 먹게 된 것에 당황해야 할지, 태후가 제게 직접 무언가를 먹였다는 것에 당황해야 할지 알 수 없을 지경이었다.

당황한 기색을 숨기지 못하는 테네르와 달리 베아트리스는 아주 태연했다.

"맛은 괜찮은가요?"

"예? 아, 예……. 마, 맛있습니다."

"다음에도 잘 해내면 딸기 맛으로 드리겠습니다."

테네르는 베아트리스의 눈꼬리가 장난스레 접혀 있다는 것을 뒤늦게서야 깨달았다. 입 안의 사탕이 괜히 달았다.

* * *

베아트리스는 한동안 테네르를 가르쳤다. 직무에 관해 알려 주기 전에는 꼭 고개를 빳빳이 들고 자신을 똑바로 바라보게 했다.

테네르는 오전에는 베아트리스에게 직무를, 오후에는 가정교사들에게 역사와 지리, 궁정 예법과 군사학을 비롯한 교양을 배웠다. 처음에는 어렵고 부담스러웠던 것들은 날이 갈수록 익숙해졌다. 그녀는 직무를 배우면서도 의식적으로 고개를 들려고 했고, 그럴 때마다 태후는 칭찬을 하거나 어린아이에게 하듯 작은 사탕을 건넸다.

"내가 아직 건강하니, 급하게 생각 말고 차근차근 배우시면 됩니다. 귀한 몸 상하지 않게 조심하셔야죠."

베아트리스의 앞에서 테네르는 꼭 아주 어린 아이가 된 것만 같았다. 그녀는 칭찬을 잘하는 사람이었다. 그날의 옷차림, 자세, 말투, 표정, 모든 것에 다정한 말을 건넸다. 자신이 무엇을 하든 화를 내거나 비웃던 아비와는 다르게.

"참, 어제는 뒤페라크 영애와 만났다지요."

"예."

서류를 정리하던 테네르는 천천히 고개를 끄덕였다. 황후가 된 이후 많은 귀부인이나 영애들이 테네르를 찾았다. 태후와 함께 수를 놓는다는 사실이 알려진 후론 원래부터 수놓기가 취미였던 척하며 친한 척 굴기도 했다.

테네르는 그런 상황이 조금 불편했지만, 티를 내지는 않으려 했다. 그녀 자신 또한 작년까지만 해도 아비의 명령에 따라 알레이나에게 접근하려 했기 때문이었다.

알레이나의 무리였던 제니스와 달리아, 스텔라 또한 테네르를 찾아와 결혼을 축하한다는 말을 전했다. 혹 친우 대신 황후의 자리에 앉은 자신을 불쾌해하지 않을까 생각했으나, 그들의 태도는 내내 호의적이었다. 물론 속내까지 그런지는 알 수 없었지만.

"뒤페라크 영애와는 좋은 관계를 유지하는 게 좋을 듯합니다. 뒤페라크 백작 부인을 닮아 눈치가 빠르고 영민하거든요."

베아트리스가 말했다. 테네르는 고개를 끄덕였지만, 사실 확신할 수는 없었다. 좋은 관계라는 게 한쪽의 의사만으로 이루어지지는 않으니.

"수고했습니다. 이제 이걸 폐하께 전해 드리세요."

베아트리스는 다 작성한 서류를 테네르에게 건네주었다. 그녀는 중요한 서류는 비서관을 통하지 않고 직접 전달하는 버릇이 있었는데, 테네르가 직무를 배우기 시작한 후에는 그녀에게 맡기고 있었다. 새로운 황후에 대한 신뢰의 의미였다.

테네르는 쥐고 있던 펜을 내려놓고 베아트리스에게서 서류를 받아 들었다. 그러나 몸을 일으키려던 순간, 치렁치렁한 치맛자락이 발에 밟히고야 말았다.

"아……!"

테네르의 몸이 기울어지며 길게 늘어진 소매가 찻잔에 걸렸다. 그녀가 그 자리에 고꾸라진 것도, 찻잔이 요란한 소리를 내며 깨어진 것도, 모두 순식간에 일어난 일이었다.

"괜찮은가요?"

놀란 베아트리스가 얼른 그녀에게 다가왔다. 테네르는 황급히 바닥에 흩어진 서류를 정리하려 했다. 그러나 황후의 직인이 찍힌 서류에 찻물이 흠뻑 젖어 있는 것을 보자 얼굴이 하얗게 질렸다.

"……죄송합니다. 제가, 다시……."

테네르는 어쩔 줄 모른 채 젖은 종잇장을 집어 들었다. 깨진 조각이 손등을 스치는 것도 몰랐다. 멍청하다고 소리를 지르지는 않을까, 중요한 일을 망쳤다며 뺨을 때리지는 않을까. 저택에 있을 때보다 훨씬 화려하고 고급스러운 옷을 입고 있는데도 몸의 기억은 그녀의 안에 고스란히 남아 있었다. 테네르는 얼른 고개를 숙였다.

"태후 폐하, 황후 폐하, 무슨 일이십니까?"

큰 소리에 놀란 시종들이 문을 두드렸다. 테네르는 태후의 시선이 자신을 살피고 있음을 알고 있었다. 손등에 아릿한 통증이 느껴졌다.

"……황후?"

문득 들려온 목소리에 테네르는 고개를 들었다. 어느덧 문을 열고 들어온 황제가 자신을 바라보고 있었다.

"큰 소리가 들려서 와 보았는데……."

"……."

"괜찮으십니까?"

레온하르트는 테네르에게 다가와 손을 내밀었다. 테네르는 조금 망설이다 그의 손을 잡았다. 그의 미간이 보일 듯 말 듯 좁혀진 게 눈에 들어왔다.

"송구합니다, 제가 부주의하여……."

"다치셨네요."

그 말에 테네르는 그제야 그가 자신의 손등을 보고 있다는 것을 깨달았다. 깨진 잔이 스친 부위가 하얗게 긁혀 핏방울이 옅게 올라오고 있었다.

"궁의를 부르겠습니다."

"예?"

테네르가 놀라 물었다. 그러나 레온하르트는 대답을 기다리지 않고 몸을 돌렸다. 복도로 통하는 문이 활짝 열렸다.

"폐하, 이 정도는……."

상처라 하기에도 민망한 흔적이었다. 그냥 약을 바르고 나면, 사실 약을 바르지 않아도 상관없는 아주 자그마한 상처가 아닌가.

"괜찮습니다. 가만히 계세요."

입을 연 것은 베아트리스 쪽이었다. 테네르를 향한 말이었다.

"황후께서 다치셨으니 응당 궁의를 불러야지요."

"하지만……."

베아트리스는 곤란한 얼굴을 못 본 척하며 그녀를 소파 쪽으로 이끌었다. 시종들이 집무실로 들어와 깨진 찻잔을 치우고 바닥을 닦았다.

얼마 지나지 않아 궁의가 집무실로 들어왔다. 궁의는 테네르의 상처를 살피고는 약을 발라 주었다. 깊은 상처가 아니니 흉터가 생기진 않을 거라고도 덧붙였다. 그러거나 말거나 테네르는 민망해서 어디든 숨고 싶은 심정이었지만.

"어미가 실수로 찻잔을 떨어뜨렸습니다. 황후께서 바닥에 떨어진 서류를 주워 주려다 다치셨지요."

베아트리스가 담담하게 말했다. 테네르는 놀라 입을 열었지만, 그녀의 손이 손등을 감싸는 게 더 빨랐다.

"서류 하나를 못 쓰게 됐는데, 금방 다시 작성하여 드리겠습니다."

"예. 천천히 주셔도 됩니다."

레온하르트는 웃으며 대답하곤 멀쩡한 서류를 집어 들었다. 테네르는 그가 자신의 집무실로 돌아간 후에야 간신히 입을 열었다.

"태후께서 왜……."

"그리 큰 실수가 아닌데 너무 긴장하신 듯해서요."

베아트리스의 표정은 여느 때와 다를 것 없이 부드러웠다. 테네르는 그것이 지극히 낯설었다.

"화내지 않으시나요?"

테네르는 조심스럽게, 그러나 조금은 충동적으로 물었다.

이런 물음이 긁어 부스럼이라는 건 알고 있었다. 실수한 것을 나무라지 않고 넘어가 준다면 그저 감사히 여기면 될 일이었다. 하지만 테네르는 이 다정함이 너무도 불편하고 어색했다. 아니, 어쩌면 불안일까.

베아트리스는 그런 그녀를 보며 고개를 갸우뚱했다.

"화내야 할 일인가요?"

"……."

"서류야 다시 작성하면 될 것을."

담백한 끝맺음이었다. 태후는 다시 책상 앞에 앉아 펜을 들었다. 사각, 사각, 펜촉이 종이 위를 긁는 소리가 들려왔다. 테네르는 조금 머뭇거리다 입을 열었다.

"……감사드려요, 태후 폐하."

"별말씀을요."

들려오는 대답은 여전히 웃음기를 머금고 있었다.

* * *

오후에 가정교사들을 만났지만, 낮의 일이 머릿속을 떠나질 않았다. 하루의 일과를 마치고 욕조에 앉아 있으면서도 어쩐지 멍하기만 했다.

'아버지가 오셨다고 했는데…….'

테네르는 욕조에 쪼그리고 앉아 작게 한숨을 내쉬었다. 내내 마음이 붕 떠 있었기에, 자신을 찾아온 아비를 만나지도 못하고 바쁘다는 핑계로 돌려보냈다. 아마 다음에 만나면 불같이 화를 내리라.

두려운 와중에 다정한 말들이 자꾸만 떠올랐다. 부드러운 손길과 웃음, 칭찬과 작은 사탕, 손등을 감싸던 온기. 지금껏 경험해 보지 못한 따스한 것들이 자꾸만 마음을 흔들었다.

'……살바토르 공작과 친하셨다고 했는데.'

테네르는 오라비의 조언을 잊지 않으려고 했다. 입에 넣어 주던 사탕처럼 다디단 사람이었지만, 사교계에는 속내와 달리 행동하는 이들이 많았다. 테네르를 싫어하던 로라 헤일조차도 그녀가 황후가 되자 수놓기가 취미라며 찾아오지 않았던가.

'너무 마음을 놓진 말아야지.'

새삼스러운 다짐이었다. 마음이 풀어질라치면 몇 번이고 새로 해 오던 다짐이기도 했다. 실상 자신이 마음을 놓지 않는다 하더라도 할 수 있는 일이야 없겠지만.

"황후 폐하, 태후께서 선물을 보내셨는데, 잠깐 들어가도 될까요?"

문밖에서 들려오는 소리에 테네르의 머릿속에서 상념이 뚝 끊어졌다. 그녀가 출입을 허락하자 바구니를 든 시녀가 욕실 안으로 발을 들였다. 바구니 안에 든 것을 확인하자 테네르의 눈이 조금 커졌다.

"장미꽃?"

"일전에 별궁에서 장미꽃이 아름답다고 하셨기에 보낸다고 말씀하셨습니다. 꽃잎을 뜯어 욕조에 띄울까요?"

바구니에 든 장미꽃들은 얼핏 보기에도 하나같이 흠집 하나 없이 활짝 피어 있었다. 테네르는 탄성을 지르고픈 걸 꾹 참고 작게 고개를 끄덕였다.

시녀들 몇이 꽃잎을 뜯어 수면 위에다 흩뿌렸다. 따뜻한 물이 휘저어지자 꽃잎에서 장미 향이 풍겨 왔다. 장미수를 조금 붓자 향은 훨씬 짙어졌다.

짙게 풍기는 향기를 맡으며 테네르는 눈을 지그시 감았다. 꼭 별궁에 다시 온 것만 같았다. 붉은 장미가 활짝 피어 있던 정원, 머리를 넘겨 주던 다정한 손길…….

'황후께서 와 주신다면 나도 적적함을 달래기 좋을 듯한데.'

'다음에도 잘 해내면 딸기 맛으로 드리겠습니다.'

그 목소리가 귓가에 아른거렸다. 어쩐지 가슴이 울렁거려, 테네르는 몸을 물에 더 깊게 담갔다. 장미꽃이 덮인 수면에서 뽀글뽀글 거품이 일었다.

익숙해지면 안 되는데.

낯선 다정함에 이토록 매몰되어 버리면.

그걸 알면서도 짙게 풍기는 향기에 마음이 편안해지는 건 왜인지.

* * *

테네르는 목욕을 끝내자마자 옷을 갈아입고 황제의 방을 찾았다. 레온하르트는 조금 놀란 듯했지만, 기꺼이 그녀를 맞이했다.

"어서 오세요, 황후."

레온하르트는 테네르에게 왜 합방일도 아닌데 자신을 찾아왔느냐 묻지 않았다. 무안하게 하지 않으려는 건지, 그녀가 찾아온 이유를 알고 있는 건지는 알 수 없었다.

그는 그저 시종에게 차를 내어오게 했고, 태후가 그랬던 것처럼 아주 사소한 이야기를 주고받았다. 날씨와 음식 이야기, 황궁에서 공연이 예정된 극단 이야기, 재미있게 읽었던 책 이야기. 황제의 방은 황후의 방과 분위기가 비슷했기에 테네르는 비교적 편안하게 이야기를 나눌 수 있었다.

"……후작가에서는 어떻게 지내셨습니까?"

레온하르트가 물었다. 테네르가 조금 당황한 듯하자 얼른 덧붙였다.

"그대에 대해 아는 게 그리 많지 않은 것 같아서."

그건 테네르 쪽도 마찬가지였다. 애초에 대화는커녕 만남조차 제대로 가지지 않는 사이였다. 기껏해야 복도를 스쳐 지나가며 인사하거나, 하루에 한두 번 함께 식사하거나, 집무실에서 서류 심부름을 하며 가끔 마주칠 뿐이었다. 그리고 그런 경우는 황궁의 사용인들이 주변에 있어 내밀한 이야기를 꺼내지도 않았다.

"지루하게 여기실까 걱정이 되지만……. 주로 자수를 놓거나 책을 읽었습니다."

"승마에도 능숙하신 것 같던데."

"클로디 영애가 종종 별장에 초대해 주어 함께 말을 타기도 했습니다."

후작이 저택을 비우면 에리히가 마구간 문을 열어 주기도 했다는 말은 굳이 하지 않았다. 딸에게 승마조차 허락하지 않은 것은 아비에게 흉이 될 수도 있기 때문이었다.

"활을 쏘는 건 좋아하지 않습니까?"

테네르는 황제의 물음이 작년 사냥터에서의 일을 의미한다는 사실을 알았다. 그녀는 조금 머뭇거렸지만 이제 와 숨길 일도 아니었다.

"과녁에 쏘는 건 좋아하지만……. 재미를 위해 살아 있는 것들을 맞추는 건 내키지 않았습니다."

그 말을 뱉었을 때 윽박지르던 목소리가 있었다. 답답하고, 한심하고, 천한 피를 가진 어미를 빼닮았다던 모진 말들이. 그러나 레온하르트는 그녀에게 화를 내지도 한심하다고 핀잔하지도 않았다. 그저 가만히 듣다가.

"그랬군요."

라고 대답할 뿐이었다.

테네르는 저도 모르게 찻잔을 쥔 손에 힘을 주었다. 고작 그 대답에 가슴이 괜히 울렁거렸다. 이런 말이 뭐라고. 쿵, 쿵, 심장 소리가 들려왔다.

"……드릴 말씀이 있어서 왔습니다."

꾹 다물렸던 입이 뻐끔뻐끔 움직였다. 레온하르트는 차분하게 그녀의 말을 기다렸다. 테네르는 긴장한 숨을 들이마셨다.

"사실 오늘 일은…… 제 실수입니다. 태후께서 절 감싸 주셨지만……."

"알고 있습니다."

그 대답에 테네르가 말을 멈추었다. 레온하르트는 여전히 웃는 낯으로 그녀를 보았다.

"아까도 그대가 이런 표정을 짓고 있어서요."

"아……."

"이 말씀을 하려고 오신 거지요?"

테네르의 얼굴이 조금 붉어졌다. 다 알고 있었구나. 이곳에 찾아온 이유도, 곧바로 말하지 못하고 내내 다른 소리만 늘어놓았던 것도.

심장이 빠르게 두방망이질했다. 속내를 들켰다는 부끄러움과 모른 척해 준 그에 대한 민망함에 귓불이 후끈거렸다. 그녀가 한참을 우물쭈물하자 레온하르트가 낮게 웃었다.

"후작이 꽤 엄했던 모양입니다."

테네르의 입장에서는 긍정하기도 부정하기도 곤란한 물음이었다. 아니라고 답하면 황제에게 거짓을 고하는 꼴이고, 그랬다고 답하면 아비를 욕보이는 꼴이기 때문이었다.

"제가 살바토르 영애에 비해 많이 부족하다 보니…… 염려가 많으셨습니다."

테네르는 씁쓸하게 웃었다. 아비의 말대로 자신에게는 도통 어울리지 않는 자리였다. 알레이나였다면 분명 결혼식을 치르자마자 완벽한 황후가 되었을 테지. 어쩌면 황제에게 완벽한 연인이 되었을지도 모른다. 오늘 같은 멍청한 실수를 하지도 않았을 테고.

간신히 들고 있던 고개가 다시금 숙여졌다. 따스한 것들에 매몰되려는 순간이면 언제나 현실이 그녀를 잡아챘다. 이건 모두 네 것이 아니다, 이 모든 것이 원래는 알레이나의 몫이다, 하고 누군가 속삭이는 것만 같았다.

"난 그대를 살바토르 영애와 비교할 생각 없습니다."

나직이 들려오는 목소리에 테네르는 고개를 들었다. 눈이 마주치자 레온하르트는 익숙하게 웃었다. 그러나 그 웃음이 조금은 달리 느껴지는 건 그저 기분 탓일까.

"그대도 그랬으면 하고요."

"하지만 살바토르 영애는……."

"황후."

레온하르트의 목소리가 조금 가라앉았다. 웃음이 지워진 목소리에 테네르는 조금 당황했다.

"그녀에 관한 이야기는 꺼내지 않았으면 합니다."

"……."

"살바토르 영애가 어떤 사람이었건, 지금의 황후는 그대이지 않습니까."

무감정한 목소리 위에 옅은 다정이 덧씌워졌다. 테네르는 레온하르트가 알레이나의 이름을 부르지 않는다는 것을 깨달았지만, 그게 중요한지 아닌지 구별할 수가 없었다.

"……밤이 늦었네요."

황제는 시계를 흘깃 보았다. 어느덧 잠자리에 들 시간이었다. 테네르는 얼른 자리에서 일어났다. 그녀가 막 인사하고 자신의 방으로 돌아가려던 순간이었다.

"그냥 가시게요?"

"예?"

"주무시고 가시지."

"……."

테네르의 눈이 아주 느리게 끔뻑거렸다. 그러니까, 뭐라고?

그녀가 대답하지 못하자, 레온하르트는 무언가 깨달은 듯 아, 소리를 냈다.

"……불순한 의도가 아니라."

"……."

"신혼에 찾아오신 황후를 밤중에 돌려보내면, 내가 그대를 홀대한다 여길 텐데요."

레온하르트가 멋쩍은 듯 볼을 긁었다. 명색이 합방까지 치렀던 부부 사이에 저렇게 쑥스러워하는 것이 조금은 우스웠다. 물론 테네르도 민망한 건 마찬가지였지만.

"알겠습니다, 폐하."

테네르는 고개를 끄덕였다. 사랑을 바라지 말라는 말이야 들었지만, 겉으로는 금실 좋은 부부 사이로 보이는 편이 좋다는 건 알고 있었다. 특히나 갑작스러운 정략결혼이니만큼 친밀하게 보이는 것이 황실의 체면을 위해서도, 테네르의 입지를 위해서도 좋으리라.

시종들이 테이블을 정리한 후 두 사람은 나란히 침대에 누웠다. 침대는 넓었기에 연인도 아닌 사람끼리 누웠는데도 큰 불편함이 없었다.

"황후."

불 꺼진 침실에서 레온하르트가 작게 입을 열었다. 테네르는 그를 돌아보았다.

"예, 폐하."

"그대는 황후입니다."

"……."

갑작스러운 당부에 테네르는 조금 당황했지만, 이내 천천히 고개를 끄덕였다.

"명심하겠습니다."

테네르 또한 자신의 모습이 황후의 모습에 걸맞지 않다는 걸 알고 있었다. 그녀가 황제나 태후의 다정함을 불편하게 여기는 건 오롯이 자신의 부족함 때문이라는 것도.

그러니 완벽한 황후가 되어야 한다. 가문에도, 황실에도 누가 되지 않을 황후가 되어야 한다. 오늘 같은 일은 더 이상 없도록…….

레온하르트가 말없이 손을 잡아 오자, 테네르는 흠칫 놀랐다. 한 번도 찌푸려진 적 없는 금빛 눈이 그녀를 다정히 바라보았다.

"……그러니 곤란한 일이 있다면 내게 말씀하세요. 기꺼이 도울 테니."

"……."

"연인이 될 수는 없지만, 부부이지 않습니까."

꼭 쥔 손에서 온기가 느껴졌다. 긴장으로 몸이 뻣뻣하게 굳었다. 첫날밤

느낀 것과는 다른 종류의 긴장이었다. 조금 더운가, 그게 아니면…….

"가, 감사합니다, 폐하."

혼란스러운 마음을 지워 버리려는 듯 테네르는 얼른 대답했다. 손등을 몇 번 다독이던 손이 거두어졌다.

"그럼 좋은 꿈 꾸세요, 황후."

"……폐하께서도요."

테네르는 마른침을 삼키고 대답했다. 온기가 사라진 손이 괜히 허전했다. 슬쩍 고개를 돌리자 잘생긴 옆얼굴이 눈에 들어왔다. 감긴 눈 아래로 길게 드리워진 까만 속눈썹과 우뚝하게 솟은 코, 일자로 다물린 입매와 다부진 턱선 아래 굴곡진 목젖이 어둠 속에서도 선명히 보였다.

'아…….'

안 되는데.

테네르는 허전한 손등을 만지작거렸다. 고작 손을 잡은 것뿐인데. 그보다 더한 일도 했는데. 갑자기 왜…….

쿵. 쿵. 심장 소리가 유달리 크게 들려왔다. 테네르는 자신의 가슴을 꾹 누르며 고동을 가라앉히려고 했다. 그러나 시간이 지나도 붉게 달아오른 얼굴은 여전히 홧홧하기만 했다.

잠이 오지 않았다.

02

오랜만에 만난 에반 후작은 잔뜩 골이 나 있었다. 이번에는 에리히도 따라오지 않았기에 테네르는 그야말로 막막한 심경이었다.

"죄송해요, 아버지. 배워야 할 게 많아서⋯⋯ 당분간 찾아오셔도 뵙기가 어려울 것 같아요."

"멍청한 것. 그간 방에 틀어박혀서 그렇게 읽어 댔으면서 고작 그런 것 하나 금방 배우지 못해선."

"⋯⋯."

"되지도 않는 일은 그만두고 폐하의 총애를 받을 생각부터 하거라. 정무에 고단하실 테니 어깨라도 좀 주물러 드리고, 옷에다 자수도 좀 놔 드리고."

테네르는 황제의 총애를 얻는 것이 불가능하다고 차마 말하지 못했다. 사랑을 기대하지 말라는 말을 들었다고 한다면 아마 불같이 화를 내리라.

"폐하께서는 젊은 분이란 말이다. 그러니 지루하게 굴지 말고⋯⋯."

그러거나 말거나 에반 후작은 황제의 총애를 받는 방법을 줄줄이 이야기하고 있었다. 오늘은 에리히가 오지 않아서인지 그의 이야기는 끝도 없이 길어졌다.

후작은 사랑받았던 황후들의 말씨와 행동과 옷차림에 대해 열변을 토했다. 테네르는 늘 그랬듯이 고개를 끄덕였지만 사실 귀에 잘 들어오지는 않았다.

'……직접 하시면 좋을걸.'

사랑받는 법을 그렇게 잘 알고 계시니, 굳이 자신에게 시키지 않고 본인이 직접 황후가 되어서 폐하를 사로잡으면 되지 않나. 거기까지 생각한 테네르는 얼른 정신을 차렸다.

내가 무슨 생각을 하는 거지. 갑자기 왜…….

"오늘 고개가 묘하게 빳빳하구나."

들려온 목소리에 테네르는 다시금 아비를 보았다. 후작이 못마땅한 얼굴로 그녀를 바라보고 있었다. 테네르의 어깨에 바짝 힘이 들어갔다.

"죄송……해요. 태후 폐하께서 함부로 고개를 숙이지 말라고 일러 주셔서……."

"난 네 아비다. 널 지금껏 키우고 이렇게 황후로 만들어 준 아비에게도 그런 식으로 굴라고 하시더냐?"

"……죄송해요, 아버지."

테네르는 고분고분 머리를 조아렸다. 에반 후작이 그녀에게 무어라 더 잔소리하려던 순간이었다.

똑똑.

노크 소리에 두 사람의 고개가 동시에 돌아갔다. 문을 열고 들어온 시녀가 공손히 말했다.

"황후 폐하, 태후 폐하께서 뵙기를 청하십니다."

"……태후께서?"

"예, 후작 각하도 함께……."

"어, 어서 들어오시라고 이르거라."

허겁지겁 대답한 것은 후작 쪽이었다. 시녀는 테네르를 돌아보았고, 그녀가 고개를 끄덕이자 그제야 태후를 안으로 모셨다.

"루드비히 에반, 태후 폐하를 뵙습니다."

"오랜만입니다, 후작. 황후를 찾아왔다기에 인사라도 할 겸 들렀습니다."

태후 베아트리스는 평소와 다를 바 없이 입가에 미소를 띠고 있었다. 보는 이를 편안하게 하는 웃음이었다.

"영광입니다, 태후 폐하. 그러잖아도 부족한 딸아이를 신경 써 주신다고 들어 감사 인사를 드리고 싶었습니다."

후작은 테네르와 함께 있을 때와는 완전히 다른 사람이 된 것만 같았다. 정중한 목소리, 점잖은 듯 비굴한 웃음, 입에 발린 소리. 황후가 되었음에도 테네르에게는 향하지 않을 것들이었다.

베아트리스는 자신의 찻잔에 차를 따르려는 테네르를 제지했다. 그리고 에반 후작을 돌아보았다.

"황후께 부족하다 말하는 건 폐하와 황실의 안목이 부족하다 말하는 것과 마찬가지입니다. 앞으로는 주의하는 게 좋을 듯하네요."

"……예, 예?"

후작은 베아트리스의 말을 금방 알아듣지 못했다. 차분한 목소리와 미소 띤 얼굴 때문이었다. 그러나 그는 자신보다 강한 이들의 눈치를 살피는 데에 익숙했기에, 얼른 허리를 굽혀 사죄하고 딸을 아끼는 태후에게 감사 인사를 하려고 했다.

"후작."

베아트리스가 빈 찻잔을 후작 쪽으로 밀었다. 당황한 후작은 어찌할 바를 모르고 찻잔과 태후의 얼굴을 번갈아 보았다. 그런 그를 물끄러미 보던 태후가 웃음기 어린 목소리로 말했다.

"찻잔이 비었는데."

그 말에 일순 정적이 일었다. 에반 후작의 얼굴이 하얗게 질렸다.

때로 가장 높은 자리에 있는 이들이 아랫사람에 대한 애정을 표현하기 위해 손수 차를 따라 주기도 했으나, 차를 따르는 것은 일반적으로는 사용인들이 하는 일이었다. 사적인 이야기를 하기 위해 그들을 물리는 경우에는 직급이 가장 낮은 이가 그 일을 했다.

그러니 후작에게 빈 찻잔을 내보이는 건 당신이 이 자리에서 가장 낮은 위치에 있다는 것을 확인시켜 주는 것과 같았다. 더불어 그 사실을 인지하지 못하던 그의 태도를 지적하는 의미이기도 했다.

"……송구합니다, 태후 폐하."

후작은 얼른 찻주전자를 들고 태후의 잔에다 차를 따랐다. 라일락이 그려진 찻잔에 주황색 찻물이 가득 찼다. 베아트리스는 여전히 불쾌한 기색이 없었다.

"그러고 보니 황후의 잔도 빈 듯하네요."

흘리듯 내뱉은 말이었지만 그 의미는 명백했다. 후작은 숨을 크게 들이마시고는 만면에 미소를 띠었다. 그리고 천천히 딸의 찻잔에 차를 따랐다. 테네르는 그의 얼굴을 차마 보지 못하고 고개를 숙였다.

"황후께선 얼마 전까지만 해도 후작의 딸이었으니 아직 적응되지 않을 만하지요. 생부로서의 염려는 십분 이해합니다. 하지만 황후는 이제 어엿한 황실의 일원이니 너무 걱정하지 마세요."

'걱정'이라 돌려 말했지만, 그 안에 여러 가지 뜻이 담겨 있음을 테네르도, 후작도 모르지 않았다. 테네르는 어쩔 줄 모른 채 두 사람의 눈치를 살폈고, 후작은 얼른 허리를 굽혔다.

"새겨듣겠습니다, 태후 폐하."

"그래요. 그나저나 황후께서는……."

베아트리스는 대수롭지 않다는 듯 대답하곤 테네르 쪽으로 고개를 돌렸다. 잔뜩 얼어 있는 테네르를 보며 고개를 갸웃했다.

"어제까지만 해도 내가 시키는 대로 잘하셨던 것 같은데, 내 말을…… 제대로 이해하지 못하신 건가요?"

"……예?"

"황후는 황제의 옆자리에 서는 사람이니 누구에게도 함부로 고개를 숙이지 말라고 말씀드렸던 것 같은데."

베아트리스의 말에 테네르는 자신이 지금껏 이전처럼 눈을 내리깔고 있었던 것을 깨달았다. 그녀는 얼른 허리를 바로 세우고 고개를 들었다. 시뻘게진 아비의 얼굴이 너무도 적나라하게 눈에 들어왔다.

"앞으로는 주의하도록 하세요. 황후가 부친을 만나는 자리에서 몸을 낮추는 건 오해의 소지가 있지 않겠습니까? 이를테면 황후께서 황제 폐하보다 부친을 더 높게 여긴다든가, 혹은…… 내 당부조차 잊을 정도로 후작가에서 그간 황후를 엄격하게 대해 왔다든가."

마지막 말을 하면서 베아트리스의 시선은 후작을 향하고 있었다. 눈꼬리에 짙어져 있던 주름이 어느덧 사라져 있었다. 그러나 그것도 잠깐, 온기가 사라졌던 얼굴에 다시금 미소가 번졌다.

"물론 황후께서 부친을 지극히 아끼는 마음 때문이겠지만요."

담백한 끝맺음에 후작은 얼른 어색한 웃음을 지었다. 테네르는 고개를 치켜든 채로 이러지도 저러지도 못하고 앉아 있을 뿐이었다.

* * *

얼마 지나지 않아 후작은 저택으로 돌아갔다. 길지 않은 시간이었지만, 테네르는 내내 살얼음판을 걷는 듯한 심정이었다.

아비의 얼굴을 정면으로 본 것은 처음이었다. 에반 후작의 앞에서 테네르는 언제나 머리를 조아렸고, 행여 그의 기분을 거스를까 봐 눈조차 마주 보지 못했으니까.

그러니 턱을 들고 아비의 모습을 똑바로 바라보는 것조차 괜히 죄를 짓는 것처럼 조마조마하고 겁이 났다. 어떤 표정을 지어야 할지, 어디를 봐야 할지조차 알 수가 없었다.

"어렵지요?"

베아트리스가 물었다. 목소리도 표정도 아까와는 달라진 것 하나 없었지만, 바짝 긴장되던 아까와는 달리 어쩐지 마음이 놓였다.

"두려움은 때로 눈과 입을 막아 버리지요. 하지만 막상 마주 보고 나면 별 것 아닌 경우가 많답니다."

웃음 섞인 목소리는 그녀를 다독이는 듯 위로하는 듯했다. '별것 아닌'. 테네르는 그 말을 가만히 곱씹었다. 아비의 모습은 어땠던가. 정면에서 바라본 에반 후작의 모습은.

그는 테네르의 예상보다 훨씬 작은 사람이었다. 체격이 큰 편인 황제나 태후는 물론 비슷한 연배의 귀족들과 비교해서도 작았다. 단련을 게을리하여 왜소해진 어깨와 주름진 얼굴, 검버섯이 옅게 피어나기 시작한 손등. 움푹 들어간 두 눈과 양 뺨, 불거진 광대뼈…….

만약 길거리에서 마주쳤더라면 그야말로 스쳐 지나갈 행인에 불과했을 외양이었다.

"……태후께 누를 끼쳤습니다."

테네르는 이런 상황이 너무도 송구스럽고 불편했다. 아비의 이야기를 대놓고 꺼내지 않는 베아트리스의 배려가 고마웠고, 그녀가 직접 나서게 만든 것이 죄스러웠다.

"누라니요, 난 그저 후작에게 인사를 하러 온 것뿐인데."

"……"

"참, 선황 폐하를 모신 감실에 갈까 하는데 바쁘지 않다면 함께 갈까요?"

베아트리스의 손이 테네르의 손을 가볍게 잡았다. 테네르는 천천히 고개를 끄덕였다.

* * *

역대 황제와 황후, 국서들의 유골이 안치된 감실에는 선대의 모습을 새긴 조각상이 놓여 있었다.

수많은 왕국을 복속시키고 에브게니아를 제국으로 칭제한 초대 황제는 무릎 꿇은 타국의 왕들 앞에 근엄하고도 늠름한 모습으로 앉아 있었다. 레온하르트의 아비인 선황 또한 갑옷을 입고 검을 높게 든 채 군사를 이끄는 모습으로 조각되어 있었다.

그러나 선황의 아비인 에드윈은 그토록 사랑했던 자신의 황후를 끌어안고 죽음을 기다리는 무력한 모습이었다.

"황후가 되었던 날, 선황께서 나를 이곳에 데려오셨습니다."

베아트리스는 선반에서 익숙하게 마른행주를 꺼내었다. 아직 물기가 축축한 꽃을 걷고 화병과 유골함을 꼼꼼히 닦은 후 새 꽃을 꽂았다. 테네르가 도우려 했지만 만류했다.

"선황께선 이 조각상들에 대해 하나하나 설명해 주셨고, 마지막엔 사랑을 기대하지 말라고…… 그렇게 말씀하셨지요."

베아트리스의 목소리는 아주 먼 추억에 잠긴 것만 같았다. 아마 그날은 그녀가 선황과 가장 오랜 대화를 나눈 날일 것이다. 유약하던 그녀가 가지고 있던 기대와 설렘이 산산이 조각나 버렸던 날이기도 했다.

"혹 지금의 폐하께서도 그렇게 말씀하셨나요?"

베아트리스는 테네르를 돌아보지 않고 물었다. 매일 찾아와 닦아 준 덕에 마른행주에는 먼지 하나 제대로 묻어 있지 않았다. 테네르는 천천히 고개를 끄덕였다.

"……네."

"선황께서 지금의 폐하를 데리고 이곳을 자주 찾으셨답니다. 그리고 일러 주셨지요. 이 감실에 있는 수많은 선조들의 가장 위대하고 한심한 모습들을요."

마지막 말을 내뱉는 태후의 시선은 에드윈의 자리에 머물러 있었다. 가장 한심한 황제의 모습이었다.

황제의 조부인 에드윈은 지독한 로맨티시스트이면서 동시에 지독히도 무능한 황제였다. 조엘 왕국의 볼모였던 공주를 사랑하여 황후로 들였고, 모국에 기밀을 넘긴 그녀를 끝내 내치지 못했던 사람. 친아들에게 목이 베이던 순간에도 황후만을 끌어안고 있었다던 사람.

선황 하인리히가 베아트리스에게 냉랭했던 것은 에드윈의 영향이라고 말들이 많았다. 여자에 미쳐 수도까지 빼앗길 뻔한 무능한 황제가 되지 않기 위해서.

"선황께선 황위에 있는 이가 그런 감정에 휘둘려선 안 된다고 줄곧 당부하셨습니다. 황제 폐하께서 아주 어린 시절부터요. 누가 황후가 되었건 폐하께선 같은 말씀을 하셨을 겁니다. 그렇게 배워 오신 분이니."

알레이나에게도 같은 말을 했을까?

테네르는 찬찬히 감실을 둘러보며 생각했다. 약혼녀였던 알레이나에게도 마찬가지도 사랑을 기대하지 말라고 말했을까? 욕심을 부리지 말라고 말했을까?

테네르는 아무것도 궁금해하지 않으려고 했다. 레온하르트가 알레이나에게 어떤 말을 했건 그녀가 상관할 바 아니었다. 알게 된다고 해서 무언가 달라지는 것도 아니지 않은가.

"선황께선 내게 언제나 강해지라고 말씀하셨습니다. 당신께 필요한 건 품에 안고 지켜야 할 꽃줄기가 아니라 함께 싸워야 할 전우라고요. 당신이 부재할 때는 그 빈자리를 대신해야 하며, 당신이 잘못된 선택을 했을 때 가장 앞장서 말려야 한다고도 하셨지요."

베아트리스의 눈은 먼 추억에 잠겨 있는 듯했다. 선황이 승하했을 때 눈물 한 방울 보이지 않은 것과는 다른 모습이었다.

"태후께선……."

작게 운을 떼었던 테네르는 말을 끝맺지 못하고 입을 다물었다. 긴 침묵이 이어졌지만 베아트리스는 무슨 말을 하려고 했던 거냐고 묻지 않았다.

"선황께서 아주 차갑고 냉랭한 분이었다고 알고 계시지요?"

"……송구합니다."

차마 긍정도 부정도 할 수 없는 물음이었다. 태후의 말은 사실이었으나, 감히 선황에 대한 세간의 평가를 그 배우자 앞에서 이야기할 수야 없었으니까. 베아트리스 또한 답을 원하고 던진 물음은 아닌 듯했다.

"사실이긴 했지만, 꼭 그런 것만은 아니었답니다."

반질반질하게 윤이 나는 유골함은 뚜껑에 화려한 보석이 박히고 모서리에는 금장식이 유려하게 새겨져 있었다. 베아트리스의 손이 그 위를 부드럽게 쓸었다.

"너그러운 분이었지요. 그땐 미처 알지 못했지만……."

베아트리스의 목소리는 거기서 끝이었다. 죽은 이들을 모신 감실에 또다시 무거운 정적이 내려앉았다. 테네르는 작은 목소리로, 아주 조심스레 입을 열었다.

"태후께선…… 선황 폐하를 사랑하셨나요?"

그 말에 베아트리스가 고개를 돌렸다. 다정하던 눈에 물기가 어린 것을 보며 테네르는 짧게 숨을 참았다.

"……예."

금방이라도 울음을 터뜨릴 것 같은 얼굴이 습관적인 웃음을 머금었다. 테네르는 아무 말도 하지 못했다.

* * *

테네르가 조금 달라진 것은 그날부터였다.

완전히 다른 사람이 된 것은 아니었다. 그저 두려움이 조금 옅어졌을 뿐이었다. 그것이 태후가 자신을 감싸 주었기 때문인지, 그녀에게 동질감을 느꼈기 때문인지는 알 수 없었다. 어쩌면 그날 이후 아비가 자주 찾아오지 않아서인지도 몰랐다.

시녀들은 후작께서 많이 바쁘신 모양이라며 위로의 말을 건넸지만, 테네르는 괘씸하게도 아비가 자신을 찾지 않는 것이 오히려 안심되었다.

'……이래도 되는 걸까?'

아비에 대한 죄책감이 없지는 않았지만, 그보다는 베아트리스나 레온하르트에 대한 고마움이 더 컸다.

그들과 함께 있을 때면 테네르는 누구보다도 귀한 사람이 된 것만 같았다. 그녀는 자신을 귀히 여겨 주는 그들에게 무엇이든 보답하고 싶었다. 더 나은 사람이 되고 싶었고, 더 나은 황후가 되고 싶었다.

그것은 아비의 바람이 아닌 테네르 자신의 의지였다. 처음으로 와 닿은 따스함을 잃고 싶지 않았고, 그들이 내어 준 자리에 어울리는 사람이 되고 싶었다.

테네르는 여전히 얌전하고 말수가 없었지만, 전처럼 움츠러들지 않았다. 궁금한 것을 물어도 핀잔하는 사람이 없으니 마음껏 물었고, 어쩌다 실수를 해도 눈치를 살피기보다는 대처할 방법을 찾았다. 더 공부할 것이 있으면 늦은 밤까지 잠들지 않고 온갖 책과 오래된 서류를 뒤적거리기도 했다.

베아트리스와 레온하르트는 그녀의 변화를 반가워했지만, 혹 무리하여 몸이 상할까 걱정하기도 했다. 레온하르트는 테네르가 며칠째 공부할 거리를 침실에 가지고 들어가자 합방일이 아닌데도 그녀의 방을 찾았다. 놀라 동그래진 눈을 보고는 잔잔히 웃었다.

"부부 관계가 좋은 건 흠 잡힐 일은 아니지요."

"……."

"쫓아내신다면 돌아가겠습니다. 돌아가는 길이 쓸쓸하기야 하겠지만."

레온하르트는 언제나 다정했지만, 가끔은 이런 식으로 능청을 부릴 때가 있었다. 그가 자신에게 친밀하게 굴 때마다 테네르는 착각하지 않으려 애써 야 했다.

"어서 들어오세요, 폐하."

테네르는 레온하르트를 방으로 들였다. 그러나 레온하르트가 향한 곳은 침대가 아니라 책과 서류가 놓여 있는 테이블 위였다.

"일이 많은 모양입니다."

의자를 끌어당기는 모양새가 꼭 옆에 앉아서 도와주겠다는 꼴이었다. 테 네르는 얼른 손을 내저었다.

"아닙니다. 그리 급한 건 아니라……."

"그럼 같이 일찍 잘까요?"

레온하르트는 여전히 웃는 얼굴로 테네르를 침대로 이끌었다. 강제라고 보기 힘들 만큼 부드러운 손길이었지만, 이대로 침대에 누이겠다는 의지만은 완고해 보였다.

"……폐하."

"예."

"먼저 주무시면…… 저도 조금만 있다가……."

"주인 없는 침대에 혼자서 누우라고요?"

"……."

"쓸쓸하게."

그 말에 테네르는 결국 미약한 저항을 포기하고 얌전히 자리에 누웠다. 레 온하르트는 만족스러운 얼굴로 그녀의 옆자리에 몸을 누였다.

레온하르트는 테네르의 입지를 위해 합방일이 아닌 날에도 종종 그녀의 방을 찾았다. 하지만 정식 합방일이 아닌 날은 그저 누운 채로 몇 마디 대화 만 하다가 잠들 뿐이었다.

덕분에 테네르는 그가 온 날마다 괜히 잠을 설쳤다. 최근에는 며칠 동안 늦게 잤더니 더욱 눈이 말똥말똥했다.

'조금만 읽고 잘까……'

곧 북대륙에서 사절단이 줄줄이 도착할 예정이라 테네르는 마음이 급했다. 혹 타국의 문화를 제대로 알지 못해 무례를 범하게 된다면 자신뿐 아니라 황실에 누가 될 수 있기 때문이었다.

테네르는 슬그머니 옆을 돌아보았다. 레온하르트는 눈을 감고 잠들어 있었다. 고른 숨결을 따라 단단한 가슴이 위아래로 천천히 오르내렸다. 조심스레 손을 뻗어 레온하르트의 눈앞에 대고 몇 번 흔들었다. 감은 눈은 미동도 없었다.

"……폐하."

작게 속삭였지만, 레온하르트는 대답이 없었다. 테네르는 천천히 이불을 걷어 내고 몸을 일으켰다. 소리가 나지 않도록 발뒤꿈치를 들고 살금살금 침대를 벗어났다.

조심스레 초를 켠 다음 다시 의자에 앉았다. 바닥에는 푹신한 카펫이 깔려 있었지만, 혹시나 의자가 끌리는 소리가 나지 않도록 조심했다. 그녀가 다시 책을 펼친 순간이었다.

"……황후."

"……!"

등 뒤에서 들려온 목소리에 테네르는 소스라치게 놀랐다. 뒤를 돌아보자, 레온하르트가 팔짱을 낀 채 그녀를 보고 있었다.

"날 이렇게 외롭고 쓸쓸하게 두시다니."

"……."

"그대가 이렇게 무리하면 어머니께서 속상해하실 텐데요."

비록 열정적인 사랑이 있는 부부는 아니었지만, 레온하르트는 테네르가 무엇에 가장 약한지 알고 있었다. 베아트리스가 테네르를 아끼는 만큼 테네르 또한 그녀를 잘 따랐으니.

"잠이…… 안 와서요."

테네르는 작게 변명했다. 그러나 빤히 보는 시선은 거두어지지 않았다. 테네르는 결국 눈을 질근 감았다.

"……잘게요."

"아주 좋은 생각입니다, 황후."

레온하르트는 어쩐지 뿌듯한 얼굴로 테네르를 침대에 눕혔다. 그러고는 옆에 나란히 누워 손을 잡았다. 커다란 손의 온기가 느껴지자 테네르는 흠칫 놀라 레온하르트 쪽을 돌아보았다.

"폐하?"

"또 도망가실까 봐."

레온하르트는 꼭 쥔 손에 가볍게 힘을 주며 말했다. 테네르는 잡히지 않은 손으로 얼굴을 가렸다가 원망스레 그를 바라보았다.

"하지만…… 정말 잠이 안 오는걸요."

"그럼 재워 드릴까요?"

테네르가 대답하기도 전에 레온하르트의 손이 그녀의 배 위에 올라갔다. 이불 위를 토닥거리는 손길에 괜히 얼굴이 달아올랐다.

"후사를 낳고 그대가 정부를 들이게 된다면 미리 말해 두어야겠습니다. 황후께서 푹 주무실 수 있도록 자장가라도 연습해 두라고."

다정한 목소리에 후끈거리던 얼굴에서 열기가 가라앉았다. 테네르는 고개를 돌렸다. 자신을 바라보는 금안을 보았다.

"……정부요?"

"마음에 둔 이라도 있습니까?"

한 침대에 나란히 누운 이가 하기에는 매정하게까지 느껴지는 이야기였다. 테네르가 놀란 얼굴로 고개를 젓자 레온하르트가 작게 웃으며 그녀의 머리를 귀 뒤로 넘겨 주었다.

"내가 사랑을 드리지는 못하니 당연하지요. 아직은 후사가 없어 허락하기 어렵지만, 나중에라도 마음에 드는 이가 생긴다면 자리를 만들어 드리겠습니다."

테네르는 대답하지 못했다. 들뜬 마음이 차분하게 가라앉았다.

무슨 대답을 해야 한단 말인가. 괜찮다는 말? 배려해 주셔서 감사하다는 말? 어떤 말도 꺼내고 싶지 않았다.

"폐하께서는 정부를 들이지 않으시나요?"

테네르는 조심스레 물었다. 레온하르트가 작게 웃었다.

"후사가 계속 생기지 않는다면 어쩔 수 없겠지만……. 굳이 정부를 둘 생각은 없습니다."

차분한 대답에 테네르는 또다시 입을 다물었다.

'내게 사랑을 요구하지 마세요.'

잊었던 말이 다시금 떠올랐다.

* * *

레온하르트가 자신을 사랑하지 않는 게 새삼 서운한 것은 아니었다. 이미 결혼 첫날밤부터 알고 있던 사실이었고, 정략결혼 한 부부가 친구처럼 원만히 지내면서 각자의 정부와 열정적인 사랑을 즐기는 건 드문 일이 아니었다.

그러니 서운하지 않았다. 그래선 안 되는 일이었다. 레온하르트가 자신에게 친절히 대해 주는 것은 황후의 체면과 품위를 위해서일 뿐이었다. 그걸 사랑이라 착각해서는 안 되었다.

'……누가 황후가 되었건 똑같이 대하셨을 거야.'

그러나 착각하지 않으려 해도 마음이 끌리는 것은 어쩔 수 없는 일이었다. 아침이슬에 젖은 옷깃을 뒤늦게 발견한 것처럼. 활짝 피어난 개나리를 보고 나서야 봄이 왔다는 것을 깨달은 것처럼. 테네르는 자신의 시선이 레온하르트를 향하고 있다는 것을 깨달았다.

혼란은 짧았고 인정은 빨랐다. 테네르는 레온하르트를 사랑했다. 자신의 사랑이 언제부터 스며들었는지도 알 수 없었지만, 너무도 선명하게 깨달은 감정을 부정할 수가 없었다.

그러나 사랑을 기대하지 말라던 레온하르트에게 부담을 주고 싶지는 않았다. 테네르는 평소와 다를 바 없이 행동하려고 했다. 레온하르트는 그녀가 욕심내지 않더라도 많은 것을 주고 있었으니까.

'폐하께서 잘 대해 주시니 견제하던 이들도 줄어든 거고.'

귀족들은 총애받는 황후에게 굳이 밉보이려고 들지 않았다. 심지어 알레이나의 아버지인 살바토르 공작조차도 언제나 정중히 그녀를 대했다.

살바토르 공작과 마주칠 때면 때때로 오라비의 경고가 떠올랐으나 테네르는 잊어버리려고 했다. 태후를, 베아트리스를 의심하고 싶지 않았다. 설령 오라비의 우려가 사실이라 해도, 그녀는 겉으로도 속으로도 자신을 경멸하는 아비보다는 겉으로나마 자신에게 사랑을 주는 베아트리스가 더 좋았다.

테네르가 그렇게 말했던 날, 에리히는 자신도 잘 모르겠다며 짜증스레 머리를 긁었다. 그러나 크게 나무라지는 않았다.

'그래도 조심해라.'

그것이 에리히가 할 수 있는 유일한 말이었다.

에리히의 우려와는 달리 베아트리스는 시간이 지나도 계속 테네르를 아꼈다.

테네르를 알레이나 살바토르와 비교하던 우려의 목소리도 차차 줄어들었다. 오히려 차분하고 온화한 분위기의 황실에 테네르가 잘 어울린다고 했다.

테네르는 진심으로 지금의 삶에 감사했다. 자신을 아껴 주는 사람들과 새롭게 가족이 된 것이 못내 기뻤다. 그렇기에 이런 평온함이 아주 오랫동안 이어지길 바랐다.

그러나 그녀의 바람은 이루어지지 않았다.

테네르가 황후가 되고 3년, 태후 베아트리스가 갑작스러운 마차 사고로 명을 달리했기 때문이었다.

황궁에서의 3년은 빠르게 지나갔다.

직무에 익숙해진 테네르는 태후의 도움 없이도 혼자서 일을 해 나갔다. 신년 파티를 비롯한 황궁의 행사를 주관하는 것은 물론, 타국에서 온 사절단을 대하는 것에도 부족함이 없었다.

"이젠 내가 없어도 잘하시네요."

베아트리스는 그런 그녀를 보며 흡족해했다. 테네르는 칭찬을 받을 때면 여전히 쑥스러웠지만, 이런 상황이 전처럼 불편하진 않았다.

"그간 태후께서 가르쳐 주신 덕분입니다."

"그거야 사실이긴 하지만."

베아트리스는 장난스레 웃으며 수틀을 집어 들었다.

"참, 이번에도 같이 자수를 놓고 싶다는 사람들이 있었다면서요?"

"예. 아무래도 폐하께서 종종 찾으시니까요."

레온하르트는 가끔 시간이 나면 별궁에 얼굴을 비추곤 했다. 물론 그는 정말로 자수에 재주가 없어 대개 곁에 앉아 실없는 이야기만 나눌 뿐이었지만, 신기하다는 듯 구경하는 걸 보고 있자면 테네르는 자신이 대단한 일이라도 하는 것처럼 괜히 뿌듯해지기도 했다.

"······황후께서 괜찮으시다면 정기적으로 모임을 가져도 될 듯합니다."

황족들과 사석에서 만날 수 있으리란 기대 때문인지, 아직도 몇몇 귀족들은 자수가 취미인 척 함께하고 싶다는 의사를 넌지시 밝혔다. 테네르는 작게 고개를 끄덕였다.

"예, 함께할 만한 사람들을 추려 보겠습니다."

"그래요."

베아트리스는 웃으며 그녀의 볼을 쓰다듬었다. 그녀가 겁을 먹지도 움츠리지도 않는 게 기특하다는 듯이.

"이젠 고개도 잘 들고, 일도 잘하고, 내가 자리를 비워도 잘 해내시겠죠."

"그런 말씀 마세요. 꼭 어디로 가 버리실 것처럼……."

테네르는 불안한 듯 말끝을 흐렸다. 베아트리스가 작게 소리 내어 웃었다.

"바다를 좀 보고 싶긴 합니다."

"바다를요?"

"황궁에 들어오고 나선 여행을 다닐 기회가 거의 없었으니까요."

테네르와 같은 나이에 황궁에 들어온 베아트리스는 여행을 자주 다니지 못했다. 여행이 금지된 것은 아니었지만, 황후의 신분으로는 한 번 외출할 때마다 온갖 호위와 시종들이 따라붙어 여간 번거로운 게 아니었다. 그마저도 레온하르트를 낳은 후에는 가지 않았으니 20년 넘게 수도에서만 살아온 셈이었다.

"그럼……."

테네르는 작게 입을 열었다.

"이참에 다녀오시는 건 어떠신가요? 편히 다녀오실 수 있도록 제가 준비하겠습니다."

* * *

얼마 지나지 않아 베아트리스는 남부로 여행을 떠났다. 여행 준비는 베아트리스가 직접 했다. 바쁜 황후에게 누를 끼치고 싶지 않을뿐더러, 여행은 준비하는 것도 나름의 재미라며 웃었다.

베아트리스가 황궁을 떠나던 날 아침, 테네르는 그녀를 꼭 껴안으며 조심히 다녀오시라 말했다. 베아트리스는 조금 놀란 듯했지만, 그녀를 마주 안아 주었다.

"혹 어려운 일이 있거든 내게 전보를 보내세요."

그것이 태후가 남긴 마지막 말이었다.

저녁이 되자 천둥이 치고 비가 쏟아지기 시작했다. 테네르는 폭포수처럼 쏟아지는 빗줄기를 보며 오랫동안 잠들지 못했다. 바람 소리가 거셌다.

"황후 폐하!"

비명 같은 외침이 빗소리에 묻혔다. 창밖이 번쩍거렸다. 읍소하는 목소리가 천둥소리에 묻혀 잘 들리지 않았다. 아니, 듣고 싶지 않은 거였을까.

"……뭐라고 했니?"

테네르의 물음에 시녀는 바닥에 엎드린 채 울먹거렸다.

"태, 태후 폐하께서……."

빗소리가 여전히 거셌다. 다시금 빛이 어둑한 방 안을 비추었다. 시녀의 입 모양도, 목소리도 지나치게 또렷했다.

그 뒤로 어떻게 되었는지는 잘 기억나지 않았다. 다리에 힘이 풀렸고 눈앞이 흐려졌을 뿐이었다.

아니라며 고개를 저었던가. 그럴 리 없다며 악을 썼던가. 혹은 자신을 진정시키려는 시녀를 끌어안곤 숨도 제대로 쉬지 못하고 끅끅대며 울었던가.

그간 배워 온 황후의 품위도, 체면도 모두 내던지고 어미 잃은 짐승처럼 울부짖었다. 이별은 만남만큼이나 갑작스러웠고, 죽음은 더더욱 그랬다.

테네르가 정신을 차린 것은 국상이 끝난 다음이었다.

그녀가 눈을 뜨자 곁을 지키고 있던 시녀가 놀라 궁의를 불러왔다. 궁의가 진료를 끝냈을 때쯤 레온하르트 또한 다급히 그녀의 침실을 찾았다.

"황후."

레온하르트는 몸을 일으키려는 그녀를 만류하며 다른 이들을 물렸다. 머리를 쓸어 넘기는 손길이 지극히 조심스러웠다.

"몸이 많이 상했습니다. 누워 계세요."

"태후……께서는요?"

테네르는 떨리는 목소리로 물었다. 레온하르트의 얼굴은 눈에 띄게 초췌해져 있었다. 내리깔린 금안 아래 짙어진 눈 밑을 보자, 테네르의 눈에 다시금 눈물이 고였다.

"국상은 무사히 치렀습니다. 유골은 감실에 안치했으니……."

레온하르트는 말을 잇지 못하고 아랫입술을 물었다. 그러나 그것도 잠깐, 늘 그래 왔듯 천천히 입꼬리를 올렸다.

"황후께서는 아무 생각 말고 푹 쉬세요."

목소리가 조금 떨리는 것만 같았다. 끝내 울지 않는 그를 보며 테네르는 눈물만 뚝뚝 흘렸다.

"폐하께서는, 괜찮으신가요?"

테네르는 천천히 손을 뻗었다. 떨리는 손이 황제의 얼굴을 감쌌다.

"잠은…… 제대로 주무신 건가요?"

"난 괜찮습니다."

"……."

"괜찮아야지요."

그 대답에 테네르는 말없이 흐느꼈다. 차라리 그가 정말로 차갑고 무감정한 사람이었다면 이토록 서럽지는 않았을 텐데.

"송구합니다. 제가…… 정신을 차렸어야 했는데."

황후 된 몸으로 국상 내내 침대에 누워만 있었다는 게 너무도 염치없고 죄스러웠다. 이토록 무능한 황후가 어디에 있을까. 황제에게 도움을 주지는 못할망정 짐만 얹어 주는 황후라니.

"황후께서는 나 대신 울어 주셨지 않습니까."

따뜻한 손이 눈물을 닦아 주었다. 위로를 받아야 할 사람이 도리어 위로하는 이상한 모양새였다. 그러나 테네르는 울음을 멈출 수가 없었다. 그저 악몽이길 바랐던 일이 꿈이 아니라는 사실에 서러웠고, 눈앞의 사내가 어미의 죽음에도 눈물 한 방울 흘리지 못하는 것이 서글펐다. 괜찮아야 한다는 말이, 대신 울어 주지 않았느냐는 말이, 그에게 애도의 시간조차 주어지지 않은 것이 원망스러웠다.

제위에 앉은 이는 응당 견뎌야 하는 일이었다. 황제의 어미가 죽었다 해도 세상은 무너지지 않았으니, 그 또한 결코 무너져서는 안 되었다. 그 사실이 왜 이토록 억울하게 느껴지는지.

"폐하께서는…… 울지 않으시나요?"

내뱉는 목소리에 흐느낌이 섞였다. 레온하르트는 대답이 없었다. 처음으로 보는 일그러진 얼굴이 그 자리에 있었다. 테네르는 저도 모르게 그의 얼굴을 당겼다. 커다란 몸이 저항 없이 이끌려 왔다.

"오늘만 울어요. 딱 오늘만."

품 안에서 느껴지는 숨결이 거칠었다. 레온하르트는 밭은 숨만 한참을 몰아쉬다가 천천히 고개를 끄덕였다. 테네르는 그의 등을 부드럽게 쓸었다.

"아……."

내뱉는 숨결에 물기가 어렸다. 둥글게 말린 등이 가늘게 떨렸다. 침대를 짚고 있던 손이 테네르의 허리를 세게 안았다. 지탱할 것을 찾듯이 그렇게.

품 안이 조금씩 젖어 들었다. 레온하르트는 천천히 흐느꼈다. 어머니, 어머니, 울음소리가 오랫동안 들려왔다.

* * *

테네르는 간간이 그날의 레온하르트를 생각했다. 커다란 몸이 제게 안겨 흐느끼던 것을 생각했다. 한참을 울고 나서 이제는 괜찮다며 몸을 일으키던 남자를 생각했다.

붉어진 눈가와 코끝, 습관처럼 휘어지던 입술. 눈물이 얼룩진 옷을 만지작거리며 그가 뭐라고 했었던가.

'황후께 민망한 꼴을 보였습니다.'

그리고 또.

'고맙습니다, 황후.'

레온하르트는 테네르의 몸이 회복될 때까지 매일 그녀를 찾았다. 식사는 잘하고 있는지, 잠은 잘 자고 있는지, 다른 불편한 곳은 없는지 물었고, 침대에 오래 누워 있던 그녀를 직접 부축해 산책을 시키기도 했다. 그럴 때마다 테네르는 생각했다. 어쩌면 그를 사랑하지 않는 건 애초부터 무리였지 않을까, 하고.

그에게 짐이 되고 싶지 않았기 때문에 테네르는 몸이 회복되자마자 자리를 털고 일어났다. 레온하르트는 그녀에게 더 쉬어도 된다고 했지만, 고개를 저었다.

테네르는 태후가 없는 집무실에서 전처럼 일했다. 그런 나날이었다.

"황후 폐하. 후사에 관한 이야기가 나오고 있습니다."

태후의 친우이자 부관이었던 뒤페라크 백작 부인은 조심스레 사교계의 소식을 전해 왔다.

"딸아이가 막아 보려곤 하지만 한계가 있을 겁니다. 회임이 더 늦어지면 문제 삼는 이들이 생길지도 모릅니다."

뒤페라크 부인은 혹 테네르가 상처를 받을까 돌려 말했지만, 황후가 오랫동안 후사를 낳지 못하는 건 크나큰 문제였다. 오히려 지금껏 문제 삼는 이들이 없었던 것이 이상할 지경이었다.

"지금까지는 태후께서 막아 주셨던 모양이네요."

테네르는 씁쓸하게 웃으며 말했다. 부인은 아무 말도 하지 못했다.

"궁의도 몸에 별문제는 없다고 했는데……. 뭐가 문제일까요."

"약은…… 꼬박꼬박 챙겨 드시는 거지요?"

"예. 얼른 후계를 낳아야 폐하께서도 마음을 놓으실 텐데 걱정입니다."

말을 뱉으면서도 테네르는 이상한 기분이었다. 하루빨리 아이를 낳아 황실의 피를 이어야 한다는 것을 알고는 있었지만, 동시에 후사를 낳고 나면 정부를 들여도 된다던 레온하르트의 말이 떠올라 괜히 씁쓸해지기도 했다.

아이를 낳고 나면 의무적인 합방일을 치를 필요는 없겠지. 애초에 사랑으

123

로 비롯된 관계가 아니었으니.

사랑을 자각한 후에도 테네르는 그리 고통스럽지 않았다. 레온하르트는 변함없이 다정했고, 다정은 사랑과 너무도 비슷한 모양새였으니까. 그의 웃음과 따뜻한 손길이 자신을 향한다는 것만으로도 충분히 만족하려고 했다.

그러나 후사가 생긴 후 그가 더는 자신을 찾지 않게 된다면 어떨까. 그간의 합방에 사랑이 없었음을 새삼스럽게도 확인하게 된다면. 그렇게 된다면 테네르는 상처받지 않을 자신이 없었다.

"……만약에, 아이가 계속 생기지 않는다면……. 어떻게 해야 할까요?"

테네르는 조심스레 물었다. 이기적인 욕심을 걷어 내려고 했다. 그녀는 에브게니아의 황후였다. 그리고 그녀가 사랑하는 사람은 제 어미의 죽음조차도 제대로 애도하지 못하고 정무에 임할 정도로 제국을 위하는 사람이었다. 그러니 그녀 또한 제국을, 황실을 위해야 했다. 레온하르트가 원하는 것은 사랑을 요구하는 연인이 아니라, 그의 곁에서 함께 에브게니아를 지탱할 황후였으니.

"보통은 정부를 들여 후사를 보게 됩니다."

"……."

"황제 폐하께서 여성이신 경우 직접 출산을 하시니 공식적인 정부를 들이지 않지만, 그렇지 않은 경우는 미혼의 영애를 정부로 들여 황손을 낳게 한답니다."

테네르도 이미 알고 있는 내용이었다. 황후가 국서보다 융숭한 대접을 받는 것은 황실의 피가 섞인 아이를 낳을 수 있기 때문이었다. 그러니 황후가 황손을 낳을 수 없다면 다른 이를 통해서라도 황제의 피를 이은 아이를 낳아야만 했다.

"……그렇군요."

알고 있는 사실인데도 남의 입을 통해 들으니 맥이 탁 풀리는 것만 같았다. 그는 누구에게나 신사적인 사람이니, 아마 정부에게도 마찬가지이리라. 다정히 웃어 주고, 입을 맞추고, 그리고…….

테네르는 착잡한 심경을 감추기 위해 얼른 입꼬리를 올렸다. 뒤페라크 부인이 안쓰러운 듯 그녀를 바라보았다.

* * *

베아트리스가 죽고 처음으로 아비를 만나는 날이었다.

그간 에반 후작은 테네르를 잘 찾지 않았다. 그가 왔다는 소식이 들리면 반가운 얼굴로 찾아오던 태후 때문이었다.

물론 베아트리스가 후작에게 화를 내거나 무례하게 대한 것은 아니었다. 그러나 그녀가 살가운 태도로 테네르와 나란히 앉아 있는 것만으로도 후작을 압박하기는 충분했다.

후작은 테네르에게 황후 폐하라 부르며 말을 높여야 했고, 공손한 태도로 그녀에게 차를 따라 주어야 했다. 그러니 태후가 죽고 테네르를 찾아온 그는 지금껏 쌓아 온 것을 쏟아 내고 싶어 안달이 나 있었다.

"아직도 소식이 없는 거냐?"

에반 후작은 테네르가 시종들을 물리자마자 다짜고짜 물었다. 테네르는 습관적으로 고개를 뻣뻣이 든 채 그를 보았다.

"……무슨 소식이요?"

"임신 말이다, 임신! 내가 준 약은 꼬박꼬박 먹고 있겠지? 내가 매번 시녀를 통해 보내지 않았느냐!"

3년 전과 다를 바 없이 발을 동동 구르는 아비를 보며 테네르는 한숨을 내쉴 뻔했다. 그는 정말로 변함없는 사람이었다. 혼절했다가 일어난 지 얼마 되지도 않은 자신에게 괜찮으냐는 말 한마디 없는 것부터가 그랬다.

"궁의가 처방해 준 약 말고는 먹지 말라고 했어요. 예기치 못한 부작용이 생길 수 있다고."

이전에 같은 대답을 하지 않았느냐는 말은 굳이 꺼내지 않았다. 전처럼 굽실거리는 딸의 모습을 기대하던 후작은 테네르가 자신의 말을 고분고분 따르지 않는 것만으로도 얼굴이 새빨갛게 달아올랐으니.

"새파랗게 어린 계집의 말을 어떻게 믿고! 잔말 말고……."

그나마 후작 또한 그간 테네르를 함부로 대하지 못했던 게 습관이 되었는지, 제멋대로 손을 올리지는 않았다. 그리고 테네르 또한 언성을 높이는 그에게 고개를 숙이고 싶지 않았다.

"궁의는 제국 최고의 의사예요, 아버지."

테네르의 얼굴에는 웃음기가 없었다.

"궁의의 자격을 의심하시는 건……. 황실의 안목을 무시하는 것과 마찬가지고요."

여느 때와 다를 바 없는 조곤조곤한 목소리였지만, 낯선 표정에 후작의 얼굴에 당혹감이 스쳤다.

"뭐, 뭐라고?"

"오늘은 무슨 일로 오신 건가요?"

테네르는 차갑게 식은 눈으로 자신의 아비를 보았다. 단지 자신이 고개를 빳빳이 들고 있는 것만으로도 당황하는 모습이 눈에 들어왔다.

고작 이런 사람이었다.

고작 제 앞에서 눈을 마주 보며 또렷한 목소리로 대화하는 것만으로 당혹감을 감추지 못하는 사람. 왜소한 몸집을 감추려는 듯 언제나 언성을 높이던 사람.

"이, 이 배은망덕한 계집애가 감히 아비 앞에서……!"

단지 찾아온 용건을 물었을 뿐인데, 루드비히 에반은 당장이라도 테네르의 뺨을 후려칠 듯 손을 번쩍 들었다. 에리히가 황급히 그를 껴안았다.

"아버지, 여기 황궁이에요. 예? 야, 얼른 사과드려."

"……전 단지 무슨 일로 오신 건지 여쭈었을 뿐이에요."

에리히가 만류했지만 테네르는 얼굴빛 하나 변하지 않았다. 어처구니없다는 듯 그녀를 보던 후작이 코웃음 쳤다.

"네가 황후가 되었다고 이제는 아비를 개보다 못하게 취급하는구나. 네가 그 자리에 오를 수 있었던 건 모두 내가……."

"폐하께서 부족한 저를 황후로 들여 주신 덕분이죠."

딱 잘라 대답하자, 후작의 얼굴이 다시금 붉으락푸르락해졌다. 부릅뜬 눈에 핏발이 섰다.

"지금껏 낳아 주고 키워 준 게 누군데……!"

"아버지, 일단 진정하시고……."

에리히는 필사적으로 아비를 말렸고, 후작은 여전히 테네르를 삿대질하며 소리를 질렀다.

그러나 테네르는 겁내지 않았다. 그녀는 황후였고 이곳은 황궁이니, 그가 자신에게 손찌검을 한다면 황족에게 상해를 입힌 죄로 처벌받을 테니까. 그러니 그저 자신의 아비가 황궁에서 제게 손을 올릴 정도로 분별력이 없어졌다는 사실이 내심 의아할 뿐이었다.

"폐하께서 널 언제까지 총애하실 것 같으냐? 아이도 낳지 못하는 석녀 따위를!"

"아버지!"

놀란 에리히가 소리를 질렀으나 후작은 아랑곳하지 않았다. 평온하던 얼굴에 실금이 간 것을 발견한 그는 그제야 만족한 듯 입꼬리를 올렸다.

"요즘 사교계에서 무슨 말이 오가는지 알고 있느냐? 황손도 낳지 못하는 쓸모없는 황후라고, 정부를 들여야 한다고들 한다. 폐하께서 정부를 통해 아이를 낳으셔도 그렇게 기고만장할 수 있겠느냐?"

"……."

테네르는 말문이 막혔다. 황궁에 들어온 지 3년, 궁의가 준 약을 꼬박꼬박 챙겨 먹고 있는데도 아직 아이는 들어설 기미조차 보이지 않았다. 베아트리스도, 레온하르트도 후사를 재촉하지는 않았지만, 황후 된 몸으로 신경이 쓰이지 않을 리 없었다.

테네르의 낯빛이 어두워지자 후작은 거보라는 듯 킬킬 웃었다.

"네가 아이를 낳지 못해 폐위라도 되면 어쩌려고 이러느냐? 그때가 되면 널 받아 줄 곳은 에반 후작가밖에 없을 텐데."

황후가 아이를 낳지 못하면 정부를 통해 낳거나 입양하기 마련이었다. 설령 불임을 이유로 폐위된다고 하더라도 에반 후작가에 썩 좋은 일은 아니었다.

그러나 후작은 그런 사실은 안중에도 없어 보였다. 그는 꼭 테네르에게 상처를 주고 싶어 안달이 난 사람 같았다. 죽은 베아트리스나 레온하르트는 단 한 번도 이런 식으로 말한 적이 없었는데⋯⋯.

"⋯⋯받아 주시긴 할 건가요?"

테네르는 표정을 갈무리하고 다시 차분히 물었다. 후작의 눈썹이 움찔 떨렸고, 에리히는 이제 그만하라는 듯 테네르를 향해 세차게 도리질했다. 그러나 한 번 터져 나온 말은 멈추지 않았다.

"만약 제가 폐위되어 후작가로 돌아가게 된다고 해도⋯⋯ 아버진 절 받아 주지 않으실 거잖아요. 아이도 낳지 못하니 어디 팔아먹지도 못한다고 하시겠죠. 나이를 먹었으니 헨타온 백작에게 넘기지도 못할 테고요."

헨타온 백작의 구혼서로 협박하던 일을 꼬집자 후작이 뜨끔한 듯 헛기침을 했다. 테네르는 천천히 몸을 일으켰다.

"용건이 없으신 듯하니 전 이만 가 볼게요. 그리고⋯⋯ 사용인들에게도 귀가 있으니 황궁 안에서 언성을 높이는 건 삼가 주세요."

"이 계집애가!"

후작은 꽥 소리를 질렀다. 테네르는 허리를 곧게 편 채로 소파에 앉아 있는 아비를 내려다보았다.

"전 황후예요, 아버지. 다음에 뵐 때는 예의를 지켜 주시길 부탁드릴게요."

"저, 저……!"

후작은 다시금 테네르에게 삿대질했다. 테네르는 덧붙이는 말 없이 그대로 응접실을 나가 버렸다. 두 사람의 시선이 닫힌 문에 한참을 머물렀다.

* * *

테네르는 길게 이어진 복도를 걸었다. 발을 옮길수록 싸늘했던 얼굴이 뒤늦게 화끈하게 달아오르기 시작했다. 심장이 주체할 수 없을 정도로 쿵덕거렸다.

'……내가.'

그런 말을 할 수 있을 줄은 몰랐다. 자신이 태후 없이 그를 똑바로 바라볼 수 있으리란 것도, 그에게 겁먹지 않고 대꾸할 수 있으리란 것도 마찬가지였다.

뒤늦은 두려움에 손끝이 가늘게 떨렸다. 괜찮을까. 이래도 되는 걸까. 불안의 한구석에는 되먹지 못한 뿌듯함이 있었다. 그토록 두렵던 아비를, 베아트리스 없이도 마주 볼 수 있었던 것이 괜히 벅차올라서.

'태후께서 살아 계셨다면 칭찬해 주셨겠지.'

슬픔은 예기치 못한 곳에서 그녀의 발목을 붙잡았다. 아마 그녀가 이 광경을 봤다면 잘했다며 웃었으리라. 그녀는 테네르가 무엇을 하든 좋아해 주는 사람이었으니, 분명 환히 웃으며 추켜세워 주고, 민망하여 고개를 돌리면 그 모습을 보며 또 웃고…….

……그런 사람을 잃었는데도 위로는커녕 기다렸다는 듯 자신을 찾아온 아비를 떠올렸다.

애도의 말도, 위로의 말도, 하다못해 혼절했다 깨어난 자신에 대한 걱정의 말도 없었다. 탐욕이 번들거리는 얼굴에는 그저 안도감이 있었다. 태후가 죽었다는 안도감, 그러니 거리낌 없이 딸 위에 다시 군림할 수 있다는 기대감.

테네르는 그것이 너무도 역했다.

"황후."

집무실로 향하던 테네르는 자신에게 다가오던 레온하르트를 보고 그 자리에 멈춰 섰다. 반가운 듯 웃고 있던 레온하르트는 테네르와 눈이 마주치자 의아한 얼굴로 성큼성큼 다가왔다.

"후작이 왔다는 말에 가 보려던 참인데……."

가까워진 얼굴만큼 숨결 또한 지나치게 가까웠다. 걱정스러운 눈길이 그녀의 얼굴을 낱낱이 훑었다.

"얼굴이 붉습니다."

"……."

"궁의를 부를까요?"

"……괜찮습니다."

테네르는 긴장한 숨을 삼키곤 간신히 대답했다. 그러나 레온하르트의 시선은 거두어지지 않았다.

"아직 자리를 털고 일어난 지 한 주도 지나지 않았습니다. 무리하지 마세요."

베아트리스를 지나치게 닮은 얼굴이었다. 까만 머리도, 황금을 박아 넣은 듯한 금안도, 다정한 시선과 습관적인 미소도 전부. 이 얼굴이 그녀를 설레게 했고, 동시에 죽은 이를 떠올리게 했다.

"괜찮습니다. 그냥 조금…… 더워서요."

드레스가 얇아지는 계절이었으니 그럭저럭 괜찮은 핑계였다. 레온하르트 또한 그리 이상하게 여기지는 않는 듯했다.

"그럼 잠깐 산책이나 할까요."

그가 팔을 내밀자 테네르는 천천히 그 위에 손을 올렸다.

두 사람이 산책로를 천천히 걸었다. 길을 따라 줄지어 이어진 나무들이 햇빛을 가려 주고 있었다. 레온하르트는 시종들을 조금 떨어져 걷게 했다.

"후작과 무슨 일이 있었습니까?"

시종들이 대화를 듣지 못할 만큼 멀어지자, 레온하르트는 조금 걱정스레 물었다. 처음부터 이걸 물으려고 산책을 권했구나 싶어, 테네르는 민망하게 웃었다.

"제가 표정 관리가 능숙하지 못한 듯합니다."

"황후께서 매번 괜찮다고만 하시니, 제가 눈치가 빨라져야 하지 않겠습니까."

레온하르트는 당연하다는 듯 말했다. 그 정도는 아니었던 것 같은데. 테네르가 작게 중얼거렸지만, 그는 모른 척했다.

"응접실에서 큰소리가 났다고 들었습니다."

그 말에 테네르는 레온하르트가 후작을 만나러 오던 것이 자신을 돕기 위해서임을 깨달았다. 생전 베아트리스가 그랬던 것처럼, 아비에게 말 한마디 제대로 하지 못하던 자신을 위해 직접 와 주려던 것임을.

'내내 누만 끼치는구나.'

황후로서 제 아비 하나 관리하지 못해 태후와 황제를 신경 쓰게 하다니. 염치없고 부끄러웠지만, 베아트리스도, 레온하르트도 지금껏 단 한 번도 그녀를 탓하거나 나무란 적이 없었다는 걸 알고 있었다.

"제가 아직 황손을 잉태하지 못하여 아버지께서 걱정이 많으신 듯합니다."

괜찮다는 말보다는 솔직히 털어놓는 게 나을 테다. 아비에 대해 말하는 것도, 지금껏 회임하지 못한 것을 제 입으로 말하는 것도 치부를 들킨 양 부끄러웠지만, 테네르는 그런 사사로운 감정에 신경 쓰지 않으려고 했다.

"회임에 좋다는 약을 몇 번 보내 주셨는데 궁의가 먹지 말라고 해서…….
서운함에 언성을 높이신 모양입니다."

"……."

"폐하께서 더는 신경 쓰실 일 없도록, 아버지께는 제가 잘 말씀드리겠습니다. 다만……."

테네르는 말끝을 흐렸다. 아비를 단속하는 것은 당연한 일이었으나, 석녀라는 말이 아직도 귓가에 선했다.

"제가 황궁에 온 지 벌써 삼 년입니다, 폐하. 아직도 회임하지 못한 건 어쩌면……."

"궁의는 그대 몸에 큰 문제는 없다고 했습니다."

레온하르트는 잘라 말했다. 후사는 아주 중요한 문제였고, 황후나 황제의 몸에 문제가 있다면 궁의가 말하지 않았을 리 없었다.

"우리는 아직 젊으니 급하게 생각하지는 않았으면 합니다."

"하지만……."

"거기다 우리가…… 그간 합방이 그리 잦았던 것도 아니고요."

정식 합방일이 아닌 날에도 종종 황후의 침실을 찾았던 건 사실이었지만, 그것은 황제의 총애를 받지 못한 황후가 어떤 취급을 받는지 알기 때문이었다. 레온하르트는 자신의 황후가 어미처럼 되기를 바라지 않았다. 누구도 믿을 수 없는 사람은 의지하지 말아야 할 사람에게 의지하기 마련이었으니.

"황후께서 싫지 않으시다면 좀 더 노력해 볼까 하는데, 어떠십니까?"

자신과 눈도 제대로 마주치지 못하던 사람에게 굳이 손대고 싶지 않아 잠만 청하던 것이 습관이 되어 있었다. 하지만 이제는 테네르 또한 자신을 전보다 편히 대하는 데다, 계속 후사가 없으면 불안해할 것을 알고 있었다.

"노력이라면……."

레온하르트의 말에 테네르는 조금 당황한 듯했다. 그러나 얼굴이 새빨개진 거로 보아 그의 말을 못 알아들은 기색은 아니었다.

국상이 끝난 지 얼마 되지 않아 정식 합방일 또한 계속 미뤄 온 실정이었다. 조만간 귀족들의 사교 활동도 재개할 테니, 그때쯤이면 모양새가 썩 나쁘진 않으리라.

테네르는 천천히 고개를 끄덕였다. 발개진 귓불이 눈에 들어왔다. 그래도 싫은 기색은 아니었기에 레온하르트는 조금 안심했다.

* * *

루드비히 에반은 기분이 좋지 않았다. 황궁에서 딸을 만나고 온 이후 그는 계속 저기압이었다. 덕분에 에반 후작가의 사용인들은 내내 납작 엎드려 그의 눈치를 살폈다. 후작은 시뻘게진 얼굴로 사용인들의 트집을 잡았고, 혼자서 무언가를 중얼거리기도 했다.

'자업자득이긴 하다만…….'

에리히는 여전히 분이 풀리지 않는 듯 씨근덕거리는 아비를 보았다. 그 얼굴을 보니 불안한 와중에 괜히 비죽비죽 웃음이 흘러나왔다.

'미리 언질이라도 해 줄 것이지.'

지난 삼 년간, 테네르는 단 한 번도 에반 후작을 단둘이 만난 적이 없었다. 후작이 테네르를 찾아가면 기다렸다는 듯 찾아오는 태후 때문이었다. 덕분에 후작이 테네르에게 황후 폐하라 하며 존대를 하거나 정중하게 차를 따라 주는 진풍경도 많이 봐 왔다.

그러니 한편으로는 국상이 끝나고 테네르를 찾아가겠다는 후작을 보며 불안했던 게 사실이었다. 그간 그가 테네르를 얼마나 벼르고 있었는지 알기 때문이었다.

하지만 아비를 따라갔던 그가 본 것은 우려와는 전혀 다른 모습이었다.

'전 황후예요, 아버지. 다음에 뵐 때는 예의를 지켜 주시길 부탁드릴게요.'

늘 고개를 숙이고 죄송하단 말만 뱉던 무기력한 동생이었다. 하지만 오늘은 무슨 바람이 불었는지 눈 한 번 내리깔지 않고 아비의 말을 맞받아쳤다. 당시에야 놀라 말리려고 했지만, 시간이 지나자 어쩐지 통쾌한 마음이 드는 건 어쩔 수 없었다.

'하긴, 이제 황족인데.'

아무리 피를 나눈 부녀지간이라 하더라도 일개 후작이 황후의 윗사람처럼 구는 걸 내버려 둬선 안 될 일이었다. 이번 일이 그저 잠깐의 반항으로 끝날지, 계속 이어질지는 모르지만.

'전자라면 오히려 더 위험하겠지.'

만약 다음에 만났을 때 테네르가 전처럼 겁을 먹는 모습을 보인다면, 아비는 분명 틈을 놓치지 않고 또다시 딸의 위에 군림하려고 들 것이다.

"……배은망덕한 계집애 같으니. 지금껏 낳아 주고 키워 준 은혜도 모르고……."

후작이 입술을 짓씹으며 으르렁거렸다. 사실 낳아 준 건 타샤고, 키워 준 건 유모가 아니었냐고 묻고 싶었지만, 그런 말을 했다간 분명 불같이 화를 내리라. 에리히는 고민하다가 입을 열었다.

"당분간은 몸을 사리는 게 좋지 않을까요? 테네르가 황궁에 들어간 지 벌써 3년이에요. 이제 어느 정도는 맞춰 주는 편이……."

"난 그 애의 아비다. 아비가 되어서 딸년 비위나 맞추며 살란 말이냐?"

달래듯 말했지만, 후작은 오히려 버럭 역정을 냈다. 그에게 있어서 에리히의 말은 부리던 하인의 시중을 들라는 것만큼이나 어처구니없고 자존심 상하는 소리였다.

"하지만 아버지, 테네르는 황족이잖아요. 황족의 몸에 고의로 상처를 냈다간……."

"난 그 애의 아비란 말이다! 태어나게 해 준 것도 모자라 그 천한 핏줄을 에반 후작가의 딸로 인정해 주기까지 했다. 황후로 만들어 주었으면 그 은혜를 갚을 생각부터 해야지, 그 못된, 배은망덕한 것이!"

"아버지 말씀 다 맞아요. 하지만 법이 그렇잖아요, 법이."

에리히는 답답하다는 듯 말했다. 후작은 그제야 입을 다물었다. 에리히가 조금 안심하려고 하던 찰나, 움푹 들어간 눈이 한곳에 고정되지 못하고 이리저리 움직였다.

"……그래. 법이……. 그런 법이 있었지."

"네, 그러니까 조금만 진정하시고……."

"그런……. 내가 아비인데, 그따위 법이 나를……."

"아버지?"

에리히는 놀라 아비를 불렀지만, 들려오는 대답은 없었다. 후작은 자신의 아들을 쳐다보지도 않은 채 혼자서 무어라 중얼거렸다. 꽉 쥔 서류가 볼품없이 구겨졌다.

"내가, 내가 아비인데……. 감히 날, 나를……."

후작은 구겨진 서류를 움켜쥔 채 어깨를 부들부들 떨었다. 희번덕하게 뜨인 눈이 그 자리에 있었다. 에리히는 저도 모르게 한발 뒷걸음질 쳤다. 한참을 중얼거리던 후작이 몸을 일으켰다.

"나갔다 오마."

"예? 아버지, 이 시간에 어디로……."

"에반 후작가의 흥망을 그깟 계집애에게 맡길 수야 없지."

그는 외투를 입더니 행선지조차 말하지 않고 방을 나가 버렸다. 에리히는 닫힌 문을 보며 멍하니 보며 중얼거렸다.

"와, 씨……. 눈이 왜 저래?"

괜스레 목덜미가 싸늘했다.

＊ ＊ ＊

"미친 사람 같았다고, 응?"

오래간만에 찾아온 에리히는 그날 후작의 모습을 묘사하며 호들갑을 떨었다. 테네르는 쓸쓸하게 웃었다.

"상심이 크셨나 보네요."

"상심한 정도가 아니라니까? 똑같은 말을 몇 번이나 중얼거리던데. 눈에 초점도 없고, 무서워서 울 뻔했잖아."

"죄송해요, 괜히 저 때문에."

에리히는 다시 온순해진 테네르를 힐끔 보았다. 입가에 그려진 잔잔한 웃음이나 차분한 말씨가 그가 알던 것과 다를 바 없는 모습이었다.

"……뭐, 네가 잘못한 건 아니고. 근데 언질이라도 하지 그랬냐. 나까지 놀랐잖아."

"저도 그러려고 했던 건 아니었어요."

테네르는 잠깐 말을 멈추었다. 옅은 눈동자가 데구루루 굴렀다. 가느다란 손가락이 찻잔의 손잡이를 톡톡 두드리며 뜸을 들였다.

"그냥 좀…… 화가 났어요."

그 말에 에리히가 눈을 동그랗게 떴다. 못 들을 말이라도 들은 듯 멍청한 표정이었다.

"네가…… 화가 나?"

하기야 그간 당해 온 게 있으니 화가 날 법도 하다만, 순하기만 하던 동생과 살아온 에리히로서는 금방 이해가 가지 않는 말이었다.

"너 화도 낼 줄 아냐?"

"태후께서 돌아가시니 기다렸다는 듯 오신 것도 그렇고, 위로 한마디 없으신 것도 그렇고, 그리고……."

후작은 태후의 죽음에 충격을 받고 쓰러진 딸에 대한 걱정은 안중에도 없는 듯했다. 그는 그저 테네르를 지켜 줄 태후가 사라지자 다시금 아비로서 그녀의 위에 군림하려고 할 뿐이었다. 덕분에 테네르는 새삼스럽게도 알 수 있었다.

"어차피 아버진…… 제가 뭘 하든 미워하실 거잖아요?"

에리히는 대답이 없었다. 긍정의 의미였다. 후작은 자신의 후처였던 타샤를 미워했고, 그녀가 낳은 테네르를 미워했다.

테네르가 무엇을 하든 예뻐하던 베아트리스와 달리 루드비히 에반은 테네르가 무엇을 하든 미워하는 사람이었다. 아비에게 사랑받을 수 있다고 기대했던 것도 아니면서 그 사실을 이제야 깨달은 것이 조금은 우스웠다.

"그냥…… 받아들이기로 한 거예요. 전 아버지께 미움받을 수밖에 없다는 걸."

"야, 그건……."

"폐하께 폐가 되고 싶지도 않고요."

무어라 말하려던 에리히는 이어진 말에 결국은 입을 다물었다.

그도 알고 있었다. 황후를 어느 정도 규모 있는 가문에서 들이는 것은 황권을 더욱 공고히 하기 위해서지, 황실의 권력을 황후의 가문에 빼앗기기 위해서가 아니었다. 거머리처럼 황실에 들러붙어 피를 빨아먹으려는 아비와는 선을 긋는 편이 나으리라.

하지만 괜찮을까?

에리히는 걱정스러운 얼굴로 테네르를 보았다. 그가 기억하는 테네르는 아비가 조금만 언성을 높여도 죄지은 것처럼 고개를 숙이던 사람이었다. 괜히 어설프게 화를 돋워 더 나쁜 결과를 초래할까 우려하지 않을 수 없었다.

"……네가 알아서 하겠지."

그러나 에리히는 늘 그래 왔듯 한발 물러나서 말했다. 그는 언제나 방관자였다. 단 한 번도 테네르보다 앞에 나선 적이 없었고, 그녀를 감싸는 것 또한 에반 후작의 눈 밖에 나지 않을 정도가 고작이었다.

아비가 화를 낼 때면 맞장구치고, 때로는 앞장서 빈정거리고, 점잖은 척하는 아비를 대신해 쏘아붙이고. 아직 작위를 물려받지 않았으니, 드러내 놓고 감싸기보다는 아비와 척지지 않는 것이 더욱 가장 합리적이라고 생각했다. 그러나 그 합리 속에 일말의 비겁도 없었다고 장담할 수 있는가.

그러니 에리히는 죄인이었다. 테네르가 저택에 있을 때나, 지금이나 마찬가지로.

"내가…… 도울 일은 없고?"

"평소처럼 하셔도 돼요. 오라버니까지 밉보일 필요는 없으니까요."

테네르는 평소처럼 온순하게 웃었다. 그녀의 얼굴에는 한 점 미움도 없었다. 에리히는 그제야 조금 안심했다.

"그런데 아버지는 어디로 가신 건가요?"

"네가 황후가 된 다음 접근하는 귀족들이 워낙 많았어야지. 란데르크 자작이 아버지 비위를 잘 맞췄나 봐. 요즘 그 사람이랑 같은 클럽에 드나드는 것 같던데. 가끔 도박도 하는 모양이고."

에리히는 난처하다는 듯 말했다. 귀족들이 사교 클럽에 드나드는 거야 이상할 것 없는 일이었지만, 그 상대방이 문제였다. 테네르가 그의 말뜻을 알아듣고 입을 열었다.

"란데르크 자작이라면……. 살바토르 공작의 사람 아니던가요?"

"그러니까 말이야. 조심하라고 말씀드려도 듣지도 않으셔. 오히려 살바토르 공작의 사람이 공작을 버리고 아버지에게 옮겨 탔다고 생각하는 모양이던데."

에반 후작은 황실과 약혼 관계였던 살바토르 가문에 묘한 경쟁심을 가지고 있었다. 테네르에게 알레이나처럼 굴라고 윽박지르는 것과 별개로, 황후의 자리를 결국은 테네르가 차지했다는 것에 상당한 우월감을 느끼는 모양이었다.

"……전에 태후 폐하 조심하라고, 말했었잖아."

에리히는 태후 이야기를 꺼내며 슬쩍 눈치를 보았다. 테네르가 그녀를 마음 깊이 따랐다는 것도, 그녀의 비보에 며칠간 혼절했던 것도 알기 때문이었다.

"지금 와서 하는 말이지만, 내가 괜한 말을 했었다 싶다. 자식들 혼담이 오가는데 친하지 않은 게 더 이상한 거겠지. 폐하께서 태어나시기도 전부터 친했다고도 하고."

"……."

"아버지가 계속 공작 속을 긁어 놓는 모양이야. 틈만 나면 살바토르 영애는 찾았느냐 묻고……. 그런데도 네게 화풀이하지 않는 걸 보면 그쪽도 제법 신사적인 사람이지."

"살바토르 영애에 대해서 물으신다고요?"

테네르는 놀라 물었다. 에리히가 한숨을 푹 내쉬었다.

"그것만 물으면 말도 안 하지. 영애가 돌아오면 혼처는 어떻게 되는 거냐고 묻는데……. 빌어먹을, 난 공작이 장갑을 던지지 않은 게 신기할 지경이야."

실종된 딸의 이야기를 입에 올리는 것조차 무례한 일인데, 혼처까지 운운했다는 말에 테네르는 경악할 수밖에 없었다. 심지어 그녀의 원래 혼처를 차지하고 앉은 게 테네르 자신이니 더욱 그랬다.

"어떻게 그런 말을……."

"공작이 문제 삼지 않고 넘기니 점점 도를 지나치고 있어. 내가 말려도 듣지를 않으시니."

에리히는 착잡한 얼굴로 머리를 헤집었다. 테네르의 미간에 가늘게 주름이 졌다.

"원래 그렇게까지 심하진 않으셨잖아요."

"작년까지만 해도 그랬지. 올해부터 갑자기 왜 그러시는지……."

후작의 주위에는 아첨을 좋아하거나 잘하는 사람이 많았다. 그는 아랫사람들에게 입발린 소리를 듣는 걸 좋아했고, 높은 직급의 사람들에게 알랑거리는 데에도 거리낌이 없었다. 아무리 황후의 아비가 되었다고 해도 공작에게 그런 말을 할 사람은 아니었다.

"그러니까 이상하다는 거야. 혹시 공작의 약점이라도 잡은 건 아닌가 싶을 지경이라니까."

"……."

"어쨌거나, 그럼 넌 이제 아버지에게서 돌아서겠다는 거지?"

에리히는 골치 아프다는 듯 화제를 돌렸다. 테네르는 조금 머뭇거렸지만, 고개를 끄덕였다.

"전 황후잖아요. 언제까지고 아버지에게 휘둘릴 수는 없으니까……."

죄책감이 없는 것은 아니었다. 아무리 홀대받았다고 한들 후작가에서 배곯지 않고 살아온 건 아비의 덕이었다. 딱히 사랑을 받은 적은 없었지만, 자신이 받아 주지 않으면 자존심 강한 아비가 얼마나 성을 낼지 걱정하지 않을 수 없었다.

그러나 그녀는 황후였고, 그녀가 가장 우선시해야 할 것은 아비의 기분이나 자존심 따위가 아니었다. 황후의 권력은 제국을 지탱하기 위함이지 친정 아비의 탐욕을 위한 것이 아니었다. 그러니 이쯤에서 선을 긋는 것이 제국을, 그리고 레온하르트를 위하는 길이었다.

"죄송해요. 저택에 있는 오라버니께만 짐을 지워 드리는 것 같네요."

이러나저러나, 저택에서의 유일한 숨구멍이었던 오라비가 혼자서 아비의 분노를 감당해야 하는 건 마음이 쓰였다. 에리히는 못마땅한 얼굴로 그녀를 보았다.

"넌 황후라는 게 담이 그렇게 작아서 어쩌려고 그러냐? 저택 일은 내가 알아서 할 테니, 넌 신경 끄고 네 일이나 잘해."

늘 그래 왔듯 투덜거리는 목소리였다. 베아트리스나 레온하르트와는 다른 종류의 온기이기도 했다. 그 사실을 알고 있었기에 테네르는 작게 미소했다.

* * *

그 뒤로도 후작은 황궁에 자주 출입했지만, 테네르는 바쁘다는 핑계로 그의 알현 요청을 번번이 거절했다. 미리 약속을 잡고 오시라고 시종을 통해 말하기도 했다.

그러나 에반 후작은 그녀의 말을 듣는 법이 없었다. 그는 꼭 테네르의 말을 듣는 것이 그녀에게 지는 거라고 생각하는 것 같았다. 언제나 말도 없이 황궁에 찾아와 테네르를 불러오게 했고, 그녀가 끝내 오지 않으면 저택으로 돌아가 역정을 냈다.

그 외에는 그리 큰일이 일어나지 않았다. 테네르는 황후였고 루드비히 에반은 후작이었으니, 그녀가 황궁에 있는 한 아비의 역정을 받아 낼 일도, 손찌검을 당할 일도 없었다.

'……진작 이랬어야 했는데.'

아비를 홀대한다는 죄책감의 한편에는 부정할 수 없는 홀가분함이 있었다. 어렵기만 하던 거절은 금방 익숙해졌고, 반년이 훌쩍 지나자 테네르는 아비가 기다리고 있다는 말에도 조바심을 내지 않고 직무에 임할 수 있었다.

그러나 태후가 사라진 황궁에서의 생활이 마냥 편하지만은 않았다. 자신의 딸을 황후로 밀어 넣고 싶어 하던 몇 귀족들이 정무 회의에서까지 테네르의 회임을 운운하기 시작한 탓이었다.

"두 분 폐하께서 결혼하신 지 벌써 3년이 훌쩍 넘었습니다. 한데 아직 후사에 관한 소식이 없으니, 우려가 되지 않을 수 없습니다."

"……하고 싶은 말이 뭔가?"

레온하르트는 불쾌한 기색을 숨기지 않았다. 늘 부드럽게 휘어져 있던 입꼬리가 일자로 굳어져 있었다. 귀족들은 일제히 머리를 조아렸다.

"정부를 통해서라도 황손을 낳으셔야 합니다."

"그대의 딸을 정부로 밀어 넣고 싶다, 이건가?"

노골적인 물음에 말을 꺼낸 이의 어깨가 움찔 떨렸다. 레온하르트는 턱을 괸 채 그를 빤히 보았다.

"……종마가 된 기분이군."

"폐하."

"난 자작의 가문에서 후계가 태어나지 않아도 나무랄 생각이 없는데, 왜 그대는 내게 자꾸만 후사를 운운하나?"

자로 잰 듯 엄격하고 냉정하던 선황과 달리 레온하르트는 융통성이 있고 온화한 황제였다. 덕분에 비교적 부드러운 분위기에서 다양한 의견이 개진되는 것은 큰 장점이었지만, 가끔은 선을 지키지 못하는 이들도 있기 마련이었다.

"황실의 존속이 곧 제국의 안녕임을 아시지 않습니까. 부디 저희의 충언을……."

"두 분 폐하께서는 아직 젊으십니다."

자작의 말을 막아선 이는 다름 아닌 살바토르 공작이었다. 묵직한 목소리에 좌중이 침묵했다.

"그러니 정부를 들이시라 닦달하기보다는 좀 더 여유를 가지고 기다리는 게 좋지 않겠습니까."

"하지만 공작."

"황후께서 마음을 편히 드셔야 후사가 들어서기도 쉬울 텐데, 자꾸만 독촉들을 하니 더 부담스럽게 느끼지 않으시겠습니까?"

한때 황실과 약혼 지간이었던 살바토르 공작이 황후의 편을 들자 뻗대던 귀족들도 눈치를 보며 입을 다물었다. 그러나 레온하르트는 공작을 흘깃 볼 뿐 그리 고마운 기색을 보이지는 않았다. 오히려 늘 부드러운 빛을 띠던 금안이 싸늘하게 식어 있었다.

'무슨 꿍꿍이로.'

차가운 시선이 공작의 옆얼굴을 훑었다. 그러나 그것도 잠깐, 이내 다시 평소와 다를 바 없는 웃음기를 머금었다.

"이 이야기는 이쯤에서 마무리하지."

레온하르트는 더 덧붙이지 않고 다음 안건을 꺼내었다. 살바토르 공작은 늘 그래 왔듯 회의가 끝날 때까지 내내 정중한 태도였다.

* * *

레온하르트는 일과가 끝난 후 언제나처럼 테네르의 침실을 찾았다. 테네르는 익숙하게 그를 맞이했다. 잔잔히 웃는 얼굴을 보자 복잡하던 마음이 조금은 풀어지는 것 같기도 했다.

"오늘은 자수 모임을 하셨다고요."

"예, 폐하."

테네르는 태후가 기거하던 별궁을 관리하며 종종 그곳에서 모임을 했다. 직급에 구애받지 않고 취미가 비슷한 이들 대여섯 명 정도가 주기적으로 모여 수를 놓는 모양이었다. 부인 두 명에 영애 하나, 영식 둘. 영식 중 하나는 아직 약혼하지 않았던가.

"저, 폐하."

"예."

레온하르트는 웃으며 대답했다. 열정적인 사랑이 없다 해도 함께 있을 때면 마음이 편해지는 사람이었다. 특별한 대화 없이도 어색하지 않고, 힘든 일이 있을 때면 품을 나누어 주고. 어미마저 사라진 지금, 레온하르트에게 테네르는 부인이자 유일한 가족이었다.

"오늘 후사에 관한 이야기가 또 나왔다고 들었습니다."

들려온 목소리에 레온하르트는 멈칫했다. 딱히 알게 하고 싶지 않았지만, 귀가 있는 이상 듣지 못할 리도 없는 이야기였다.

"신경 쓰지 않으셔도 됩니다. 그나저나……."

"폐하."

화제를 돌리려 했지만, 테네르가 그의 팔을 붙잡아 왔다. 굳게 다물린 입술이 천천히 움직였다.

"정부를 들이셔야 합니다."

듣고 싶지 않은 이야기였다. 황후의 입에서 나오는 거라면 더욱.

"누가 황후께 그런 말을 했습니까?"

"정무 회의에서 나온 이야기가 제게 전달되는 건 이상한 일이 아닙니다."

테네르는 잘라 말했다. 틀린 말은 아니었다. 그러나 그리 달가운 이야기도 아니었다.

"만약 정부를 통해 아이를 낳게 된다면 그대의 입장이 난처해질 겁니다."

자신의 딸을 황제의 정부로 들이려는 속내야 알 만했다. 만약 황후가 끝내 아이를 낳지 못하고 정부를 통해 황손을 보게 된다면 황후를 트집 잡아 끌어내리고 정부를 새로이 그 자리에 올리려 들 것이다. 설령 정부가 끝까지 정부로 남는다 하더라도, 만약 정부의 아이가 황위에 오르게 된다면 친모도 아닌 황후를 잘 대우하리라 장담할 수 없었다.

그러나 테네르는 고개를 저었다.

"그건 중요하지 않습니다."

"중요합니다."

"황실의 피를 잇는 것보다 중요한 게 어디에 있을까요."

시종일관 차분한 목소리에 레온하르트는 괜스레 속이 답답했다. 꼭 쥔 손이 보기에 거슬렸다. 그러나 그는 단 한 번도 테네르 앞에서 얼굴을 굳혀 본 적이 없었다.

"그대가 먼저 정부를 들인다면 나도 생각해 보겠습니다."

가볍게 내던진 말이었다. 말도 안 되는 소리라며 거절하면 마찬가지라며 좀 우겨 볼 심산이었다. 혹 자수 모임에서 만나는 영식 중 마음에 차는 이가 있을까 떠보려는 속셈이기도 했다.

그러나 테네르는 무슨 말씀을 하시는 거냐며 발끈하지 않았다. 상처라도 받은 양 굳어진 얼굴에 레온하르트는 조금 당황했다.

"폐하께서는……."

테네르는 말을 잇지 못했다. 꼭 깨문 입술이 파리했다. 처연히 내리깔리는 눈은 더 이상 그를 향하지 않았다.

"……아닙니다."

테네르는 고개를 돌렸다. 그러니까 갑자기 왜. 레온하르트는 당혹감을 감추지 못하고 그녀를 보았다. 눈이 마주치자 테네르가 다시금 미소했다.

"제가 주제넘은 말씀을 드린 모양입니다."

"조금만 더 기다려 보자고 드린 말씀입니다."

레온하르트가 얼른 변명했지만, 테네르는 별다른 반응이 없었다. 그녀는 그저 여느 때와 다를 바 없이 차분하게 웃고 있을 뿐이었다.

"고단하실 텐데 어서 주무세요. 숙면에 좋은 사셰를 준비했습니다."

테네르는 그를 침대로 이끌었다. 머리맡에는 허브를 넣어 만든 향주머니가 놓여 있었다. 자수를 놓으며 함께 만든 모양이었다. 레온하르트는 은은한 향내를 풍기는 사셰를 만지작거렸다.

"황후."

나직한 부름에 테네르는 다시금 그를 보았다. 레온하르트는 손을 뻗었다. 혈색 좋은 장밋빛 뺨을 감싸 쥐었다.

옅은 자색 눈이 천천히 감겼다. 레온하르트는 그대로 그녀에게 입을 맞추었다. 당연한 듯 벌어지는 입술 사이로 혀를 밀어 넣었다. 부드럽게 얽히는 혀의 감촉이 익숙하고도 선명했다.

옷을 끌어 내리자 민망한 듯 눈을 내리까는 모습이 그 자리에 있었다. 벌써 수도 없는 밤을 함께 보내 왔는데도 테네르는 새삼스럽게도 부끄럼을 탔다. 하지만 먼저 요구해 오지는 않을지언정 그녀는 단 한 번도 그를 거절한 적이 없었다. 그 사실을 깨달을 때마다 레온하르트는 기분이 조금 이상해지곤 했다.

입술이 목을 타고 느리게 내려갔다. 레온하르트는 흠칫거리는 허리를 받쳐 안은 채 그녀의 몸 곳곳에 입을 맞추었다. 부드러운 살결은 입술이 닿을 때마다 작게 움찔거렸다. 힘이 바짝 들어갈 때도 그리 단단해지지 않는 몸이었다. 함부로 만지기 조심스러울 정도로 약한 몸.

"아……. 폐하."

하지만 저 작은 입술에서 앓는 소리가 흘러나올 때면 몸이 동하는 것도 사실이었다. 후사를 낳기 위해서라는 명목이었지만, 레온하르트는 그녀의 밤을 보내는 게 싫지 않았다. 아니, 좀 더 솔직히 말하자면 좋은 쪽에 가까웠다.

황가의 의무에 좋고 싫고를 따지는 것부터가 우스운 일이라곤 하지만.

그의 손이 테네르의 가슴을 부드럽게 움켜잡았다. 둥근 살덩이가 힘을 주는 대로 이리저리 모양을 바꾸었다. 큰 손에 가득 잡히는 가슴 위에는 이미 그가 남겨 둔 흔적으로 울긋불긋했다. 그 모양새가 썩 나쁘지 않았다. 레온하르트는 그 위에다 입술을 가져갔다. 시간이 지나 누레진 자국 위에 새로운 흔적을 덧입혔다. 나직하게 들려오는 신음이 떠올리고 싶지 않은 목소리를 덮어 주었다.

'정부를 통해서라도 후사를 낳으셔야 합니다.'

'정부를 들이셔야 합니다.'

"아, 흐응……."

다행스럽게도 예민한 몸은 빠르게 달아올랐다. 레온하르트는 단단하게 곤두선 젖꼭지를 꼬집듯 문지르며 물었다.

"여기가 좋으십니까?"

부끄러워하는 것을 알면서도 굳이 묻는 것은 일종의 심술일까. 신경 쓸 가치도 없는 말에 흔들려 스스로 정부를 들이라 권하는 것에 대한. 그는 대답을 기다리듯 테네르를 보았다. 테네르는 목까지 새빨갛게 달아오른 채로 고개를 끄덕였다.

"네, 네. 흣……. 좋아요……."

먼저 입 맞춰 온 적은 없었지만, 테네르는 언제나 불평 없이 그의 요구에 응했다. 좋으냐 물으면 좋다고 답했고, 허벅지로 손을 미끄러뜨리면 기꺼이 다리를 벌렸다. 얼굴을 가리지 말라고 하면 가리지 않았고, 입을 맞추면 조심스레 그의 입술을 머금었다. 그것이 정사의 기쁨을 알기 때문인지 그저 제 말에 따르는 것뿐인지는 알 수 없었지만.

"으응……."

레온하르트는 손가락으로 만지작거리던 유두를 입에 머금었다. 세게 빨아들이자 영락없이 신음이 터져 나왔다. 달뜬 얼굴이 그를 바라보고 있었다. 그러다 눈이 마주치면 흠칫 놀라 고개를 돌리는 것도 우스웠다.

한참 동안 가슴을 애무하던 레온하르트는 천천히 아래로 내려갔다. 납작한 복부에 입을 맞추고 골반을 가볍게 물었다. 맞닿은 허벅지가 퍽 자연스럽게 벌어졌다. 레온하르트는 벌어진 틈새를 보았다. 아마 손가락을 밀어 넣으면 빠듯하게 조여 오겠지. 잘 느끼는 부분을 문지르면 흐느끼듯 신음하며 발뒤꿈치를 시트에 문질러댈 테다.

레온하르트는 그 모습을 보는 것을 좋아했다. 제 입맞춤에, 손길에 속절없이 붉어지는 얼굴과 쾌감에 젖어 바르작거리는 몸을. 촉촉하게 젖은 눈과 가쁜 숨소리를. 그것은 수컷으로서의 정복감일까, 혹은 일말의 양심일까. 그녀가 황후로서의 의무감에 억지로 응하는 게 아니라는 것을 확인받고 싶어서.

입술이 허벅지를 쓸었다. 부러 음부 주위를 지분거리며 괜히 애를 태웠다. 입김이 예민한 부위에 닿을 때마다 움켜잡은 허벅지에 힘이 들어갔다. 젖은 틈새가 뭔가를 기대하기라도 하는 것처럼 혼자서 빠끔거렸다. 하지만 레온하르트는 성급하게 손가락을 밀어 넣지도 입술을 가져가지도 않았다. 그저 테네르의 숨결이 거칠어지기를 기다릴 뿐.

"흐으, 폐하……."

애달픈 목소리가 그를 부추기듯 흘러나왔다. 부끄럼 많은 황후는 무엇을 어떻게 해 달라 노골적인 말을 뱉는 법이 없었다. 그저 신음했고, 몸을 들썩였고, 목을 끌어안았고, 그를 부를 뿐이었다. 그것만으로도 응할 이유는 충분했기에, 레온하르트는 기꺼이 젖은 음부를 길게 핥아 올렸다.

"아흑……!"

움찔거리던 엉덩이가 가볍게 들썩였다. 레온하르트는 허벅지를 단단히 받친 채 벌어진 틈으로 혀를 밀어 넣었다. 오돌토돌한 입구를 지나 더 깊은 곳까지 파고들었다. 야릇한 냄새가 숨결을 타고 들어왔다. 줄줄 흘러나오는 애액을 거리낌 없이 핥고 삼켰다. 쌉싸래한가, 아니 조금 단가. 수없이 맛보았는데도 설명하기 어려운 묘한 맛이었다. 하기야 설명하려고 해도 그리 듣고 싶어 하지는 않을 테지만.

달빛이 내려앉은 침실에서 젖은 소리가 쉼 없이 들려왔다. 타액에 뒤섞인 맑은 액이 엉덩이까지 흘러 시트를 더럽혔다. 레온하르트는 발갛게 달아오른 돌기에 입술을 가져다 대었다. 가볍게 머금은 음핵을 혀끝으로 살살 건드리는 것만으로도 신음이 비명처럼 터져 나왔다. 허공에서 파닥거리던 발이 제 등을 몇 번 쳤지만, 그는 아랑곳하지 않고 예민한 살점을 혀로 굴리다 빨아들였다.

"흐웃, 아……!"

절정을 맞은 몸이 바르르 떨렸다. 작은 손에 잡힌 시트가 사정없이 구겨졌다. 레온하르트는 실금이라도 한 듯 흥건하게 젖어드는 시트를 보곤 몸을 일으켰다. 테네르가 몸을 움찔움찔 떨며 가쁜 숨을 뱉어 내고 있었다. 옅은 눈에 열락이 스며 있는 것을 확인하자, 그는 재깍 허리를 굽혀 그녀를 껴안았다. 다급하게 입술을 겹치며 바지춤을 끌어 내렸다.

조금 애태울까. 곧바로 쑤셔 넣을까. 고민하는 것도 나름대로의 즐거움이었다. 입구에 대고 비비적거리며 시간을 끌면 재촉이라도 하듯 앓는 소리를 내는 것도 좋았고, 단번에 삽입하면 절정을 느낀 몸이 바르르 떨리는 것도 좋았다.

고민의 시간을 짧았다. 레온하르트는 정신없이 테네르의 입 안을 헤집으며 젖은 틈 안으로 제 것을 찔러 넣었다. 좁은 내부가 익숙한 침입을 반겼다.

"하윽……!"

테네르가 그의 등을 껴안은 채로 짧게 경련했다. 레온하르트는 느릿하게 허리를 움직이기 시작했다. 젖은 살갗이 닿았다가 떨어지며 질척이는 소리를 냈다. 허리를 쳐올릴 때마다 달뜬 얼굴이 일그러지며 신음을 내뱉었다. 기다란 속눈썹에 눈물이 그렁그렁 맺혀 있었다.

'황실의 피를 잇는 것보다 중요한 게 어디에 있을까요.'

차분하던 목소리가 거짓말 같았다. 레온하르트는 몸을 굽혀 그녀의 눈가를 핥았다. 황실의 핏줄을 이어 줘야 하는 사람이었다. 이 몸 안에 제 씨를 품어 줘야 할 사람이었다. 다른 이를 정부로 들이라 간하는 것이 아니라, 차라리 밤마다 제게 매달려 와야 하는 게 아닌가.

레온하르트는 묵직하게 출렁이는 가슴을 움켜쥐었다. 허리를 세게 쳐올리며 유두를 비틀자 날카로운 교성이 터져 나왔다. 젖은 살결이 부딪힐 때마다 녹진하게 풀린 질벽이 그의 것을 빈틈없이 조여 왔다.

"눈 뜨세요, 황후."

"흐윽, 아……."

레온하르트의 요구에 테네르는 간신히 눈을 떴다. 늘 고요하던 눈이 쾌감에 젖어 그를 바라보고 있었다. 침대 위에 흩어진 머리카락과 발갛게 물든 볼, 가쁜 숨을 내뱉는 입술을 보았다. 그 모습이 왜 이토록…….

"아, 폐하, 잠, 흐으윽……!"

빨라지는 허릿짓에 테네르가 버둥거렸다. 신음에 울먹임이 섞여들었지만 레온하르트는 아랑곳하지 않고 빠르게 쳐올렸다. 회임만 하게 된다면 누구도 감히 정부 같은 말을 꺼내지 못하리라. 주제도 모르는 귀족들도, 제 품 안에서 신음하는 이 사람도.

단단히 선 페니스가 깊은 곳을 찌르자, 질벽이 그의 것을 문 채 경련하듯 꿈틀거렸다. 레온하르트는 안쪽 깊은 곳에 정액을 쏟아내었다. 움찔움찔 떨리는 몸을 꼭 안고 입을 맞추었다. 이번에는. 이번에는 부디. 달뜬 숨소리가 잦아들 때까지 그는 테네르의 안에서 나오지 않았다.

* * *

에리히가 알현을 청한 것은 몇 달이 지나서였다.

테네르가 만나 주지 않자 에반 후작은 돌연 영지로 내려갔다. 아비 대신 저택의 대소사를 책임지게 된 에리히가 종종 테네르를 찾아와 아비의 근황을 전했다.

후작은 란데르크 자작을 비롯한 다른 귀족도 만나지 않고 영지에 틀어박혀 있는 모양이었다. 에리히는 아비가 도대체 무슨 생각인지 모르겠다며 투덜거리곤 했다. 그래도 테네르의 입장에서는 아비가 황궁에 찾아올 일이 없으니 훨씬 마음이 편했다.

테네르는 몇 달간 그래 왔듯 스스럼없이 에리히를 만났다. 그러나 오늘 오라비의 표정은 지극히 어두웠다.

"안색이 안 좋아요, 오라버니. 무슨 걱정이라도 있나요?"

테네르는 걱정스레 물었다. 에리히는 대답이 없었다.

"오라버……."

"아버지가 좀 이상해."

대뜸 내뱉은 말에 테네르는 당황하여 눈을 동그랗게 떴다. 에리히는 테이블을 손끝으로 톡톡 두드리며 뜸을 들였다.

"아버지가 영지에서 군사를 모으고 있어."

"……네?"

테네르는 놀라 되물었다. 에리히가 난처한 듯 얼굴을 몇 번 쓸었다.

"갑자기…… 군사는 왜요?"

"이유도 몰라, 빌어먹을. 일단 네가 모르는 걸 보니 떳떳한 이유는 아니겠지."

본디 군대를 증설하기 전에는 황실의 허락을 구해야 했다. 허가받은 징집이라면 황후인 테네르에게도 보고가 올라왔을 터였다. 그러나 그녀는 그런 말을 들은 적이 단 한 번도 없었다. 불길한 예감에 순식간에 뒷덜미가 싸늘해졌다. 설마. 설마. 아닐 거라 생각했지만, 드레스를 쥔 손에 힘이 들어가는 건 어쩔 수 없었다.

"이해가, 안 돼요."

"정신이 나간 것 같아."

에리히는 냉소적으로 말했다.

"에반 영지에 군사가 필요할 일이 뭐가 있냐는 거야. 예전처럼 마물이 나오는 것도 아니고, 영지전이라도 벌이려는 건지. 아니면……."

두 사람 모두 차마 입에 올리지 못하는 단어가 있었다. 말도 안 되는 억측이길 바라고, 또 아닐 거라고 믿고 싶지만, 황실 몰래 군사를 모으는 이유야 명백하지 않은가.

"……폐하께 말씀드릴게요."

"아버지를 먼저 만나 보는 게 좋지 않겠어? 혹시 다른 이유가 있을지도 모르니……."

에리히는 말을 끝맺지 못했다. 테네르의 표정 때문이었다. 힘 빠진 웃음 속에는 어떠한 기대감도 없었다.

"아버지께서 제 말을 들으실 리 없잖아요."

"……."

"폐하께서도 곧 아시게 될 일이니, 미리 말씀드리는 편이 나을 거예요. 행여 아버지께서 정말 나쁜 목적으로 군사를 모으시는 거라면……."

떠올리고 싶지 않은 가정이었다. 테네르는 숨을 삼켰다.

"응당한 벌을 받으셔야 하는 거고요."

단호한 목소리였다. 기껍지만 기껍지 않았다. 만약 후작이 정말로 반역을 꾀하는 거라면, 그 죄를 그 혼자만이 짊어지지는 않을 테니까.

반역의 대가는 멸문이었다. 주동자는 처형되고 그 식솔은 재산이 몰수되어 길에 나앉기 마련이었다. 그나마 아비의 죄를 밀고한다면 그 공이 참작되기야 하겠지만, 반역자를 아비로 둔 불명예는 지워지지 않을 멍에로 남으리라.

"정말이라면, 무슨 일이 생길진 아는 거지?"

에리히가 물었다. 테네르는 천천히 고개를 끄덕였다. 미소 띤 얼굴이 그 자리에 있었다.

"몰랐다면 모를까, 알고 있는 걸 숨길 순 없어요. 오라버니도 그래서 제게 말씀하신 거잖아요."

에리히는 착잡한 표정이었지만, 그녀의 말을 부정하진 않았다. 테네르의 입매가 조금 굳어 있었다.

* * *

에리히가 돌아간 후, 테네르는 레온하르트의 집무실을 찾았다. 사용인들을 물린 그녀는 지체하지 않고 오라비에게 들은 이야기를 털어놓았다. 레온하르트는 한참 동안 아무 말도 하지 못했다.

"……사실입니까?"

"오라버니가 영지의 재정을 확인하며 미심쩍은 구석을 발견하신 모양입니다."

테네르는 눈을 내리깔았다. 그나마 오라비가 지체하지 않고 자신에게 알려 주어 다행이었다. 만에 하나 아비가 불순한 목적을 지닌 게 사실이라 할지라도 황실에는 큰 피해를 주지 않을 테니.

"그게 무슨 의미인지는 알고 있습니까?"

테네르는 천천히 고개를 끄덕였다. 아무것도 모르던 시절이라면 모를까, 몇 년이나마 황후로 살아온 그녀가 그것을 모를 리 없었다. 레온하르트는 무겁게 입을 열었다.

"확실히 징집에 대한 허가를 받은 적은 없습니다. 하지만 그것만으로 단정할 수는 없습니다. 반역이라 확신하기엔 허술한 구석이 많아서."

제도에 있는 에리히가 금방 알아차릴 만큼 어설픈 행각이었다. 하다못해 비밀스럽게 움직였다면 대번에 수상쩍다고 여겼을 텐데, 숨기려는 노력조차 하지 않는 걸 보니 혹 영지에 다급한 사정이 있었던 건가 싶기도 했다. 하지만 테네르는 고개를 끄덕이지 않았다.

"최근 아버지께서 좀 이상하셨습니다. 오라버니의 말을 들어 보면…….

최근 들어 판단력이 많이 흐려지신 것 같았습니다. 지난번에는 제게 손을 올리기도…… 하셨고…….”

거기까지 말하며 테네르는 슬쩍 레온하르트의 눈치를 살폈다. 이런 이야기까지 하고 싶지는 않았다. 그러나 아비에 대해 설명하기 위해선 필요한 이야기였다. 레온하르트의 눈썹 사이에 가느다란 주름이 생겼다.

“손을 올렸다고요?”

“오라버니가 말려 주셔서 큰일은 없었습니다. 다만 아무리 화가 나도 밖에서는 정도를 지키는 분이었는데, 황궁에서 그런 행동을 하셨던 게 의아해서…….”

괜한 말을 꺼냈던 걸까. 테네르는 굳은 얼굴을 보며 조금 후회했다. 그러나 이미 뱉은 말을 주워 담을 수도 없는 노릇이었다.

“그런 짓을 했는데 왜 지금껏…….”

레온하르트의 언성이 높아지자, 테네르는 화들짝 놀라 몸을 움츠렸다. 그 모습에 레온하르트는 입을 다물었다. 깊게 들이마시는 숨결을 따라 그의 가슴이 크게 부풀었다 꺼졌다.

“……일단 알아보겠습니다.”

“예, 폐하.”

“만약 그대가 우려하는 게 사실이라 할지라도, 그대와 에반 소후작에게는 최대한…… 불이익이 가지 않게끔 하겠습니다.”

간신히 목소리를 가라앉힌 레온하르트는 테네르를 다독이듯 말했다. 테네르는 고개를 끄덕였다.

얼마 지나지 않아 루드비히 에반이 처형되었다. 반역을 도모하기 위해 영지에서 군사를 모으던 것이 밝혀진 탓이었다. 제도로 끌려온 그는 황제의 앞에서 눈에 핏발을 세우며 고래고래 소리를 질렀다.

내 딸은 태후를 어미처럼 모셨는데 왜 황제는 나를 선황처럼 극진히 모시지 않는가. 천한 핏줄을 타고난 그 계집은 황후로 귀하게 대접받는데, 왜 자

153

신은 딸보다 못한 대접을 받는가. 낳아 주고 키워 준 아비를 나 몰라라 하는 황후를 폐위해야 한다. 사흘을 굶기고 매질해야 한다. 제 어미를 닮아 은혜를 모르는 계집이다.

누구를 원망하는 건지, 무엇을 원하는지도 알 수 없는, 그저 원망만이 남은 말들이었다. 그는 테네르가 아이를 낳을 수 없을 거라며 고래고래 소리를 질렀다. 생떼와 다름없는 모습에 지켜보던 이들의 얼굴이 일그러졌다.

'정신이 나갔군.'

레온하르트는 이맛살을 찡그리며 손을 들었다. 간수들이 그의 입을 틀어막으려던 순간이었다.

"그 계집은 분명 제 어미처럼 도망칠 것이다. 은혜도 모성도 모르는 그년, 제 자식 버리고 달아난 그년처럼……!"

간수들은 우악스러운 손길로 그의 입에 재갈을 물렸다. 레온하르트는 차갑게 식은 얼굴로 그를 내려다보았다.

"집행하라."

잘려 나간 머리가 바닥을 굴렀다. 반역자의 죽음에는 예우가 필요하지 않았다.

* * *

황후의 아비가 실성하여 반역을 꾀했다. 루드비히 에반이 자신을 대우해 주지 않는 딸에게 불만을 품었다. 그 이야기는 귀족들은 물론 평민들 사이에서도 퍼져 나갔다.

몇몇은 황후가 자신을 찾아온 아비를 만나 주지 않았던 것을 운운했고, 몇몇은 황후가 에반 후작 영애이던 시절 비교적 수수한 행색이었던 점이나 첫 밀고자가 에리히인 점을 들어 후작이 애초부터 좋은 아비가 아니었다고 추측하기도 했다.

어느 쪽이든 금방 사그라질 소문이었다. 더 큰 문제는 후작이 남긴 다른 말이었다.

'*황후는 석녀다. 앞으로도 황손을 잉태하지 못할 것이다.*'

그간 황제의 눈치를 살피느라 드문드문 나오던 이야기였다. 에반 후작이 남긴 저주는 도화선이 되어 황후의 불임설에 불을 붙였다. 황후의 입지를 위해 가졌던 잦은 합방일은 오히려 그녀의 발목을 잡았다.

이참에 황후를 폐위하고 새로운 황후를 들여야 한다. 반역자의 딸 대신 충정이 지극한 가문의 영애를 새로이 들여 황실의 후사를 이어 가야 한다. 죄 없는 황후를 동정하는 시선도 있었지만, 그 자리를 탐내는 이들은 더 많았다.

테네르는 집무실에 앉아 오가는 말들을 전해 들었다. 테네르에게 호의적이던 이들은 그녀가 상처받지 않도록 돌려서 말했으나, 그렇다고 해서 그 내용이 달라지는 건 아니었다.

"……폐하께 누가 되지 않아야 할 텐데요."

테네르는 평소와 다를 바 없이 웃었다. 시종일관 차분한 목소리에 뒤페라크 부인을 비롯한 보좌관들은 그저 침묵할 뿐이었다.

"다른 이야기는 없나요?"

"소후작의 작위 계승에 관해서도 말이 나오고 있습니다."

반역자의 말로는 멸문이었지만, 황제는 에반 후작가의 작위를 회수하는 대신 소후작인 에리히에게 계승하게 했다. 아비의 반역에 아무런 관련이 없다는 점, 그리고 수상쩍은 정황을 발견하고는 지체 없이 고한 점이 참작된 덕이었다. 그러나 반역자의 자식이 작위를 물려받은 점을 문제 삼는 이들도 없지 않았다.

"지나치게 편파적인 게 아니냐는 말이 간간이 나오고 있습니다. 아무래도 선대의 일이 있다 보니……."

혹 사랑에 눈이 멀었던 조부의 전철을 그대로 밟는 것이 아닌가. 우려 섞인 목소리가 겨냥하는 바는 명백했다. 테네르의 손이 멈추었다.

"쉽게 가라앉진 않겠지요?"

나직한 물음에 대답하는 이는 없었다. 송구스러운 표정을 보며 테네르는 그저 미소할 뿐이었다.

* * *

레온하르트는 여전히 일과가 끝나면 황후궁을 찾았다.

그는 아무 일 없는 듯 다정히 굴었지만, 입맞춤은 평소와 달리 조급하게 느껴지기도 했다. 아마 그도 알고 있으리라. 테네르의 폐위를 운운하는 것의 절반은 아비의 반역 때문이고, 나머지 절반은 후사가 없기 때문이라는 것을. 그러니 지금이라도 황손을 잉태하면 그들의 입을 막을 수 있을 것이다.

그는 아무 일 없는 듯 다정히 굴었지만, 입맞춤은 평소와 달리 조급하게 느껴지기도 했다. 무언가에 쫓기기라도 하는 것처럼 입을 맞추었고, 혀를 얽었고, 옷을 벗겨 내었다. 성급한 손길에 얇은 침의가 찢어지면 레온하르트는 그제야 정신을 차린 듯 고개를 들었다. 사과의 말도 잠깐, 초조함을 감추려는 듯 느린 애무는 금방 다시 급해지곤 했다.

그와의 흔적이 지워지지 않는 나날이었다. 어떤 날은 대화 한마디 없이 흘레붙기 바빴고, 어떤 날에는 침대가 아닌 곳에서 몸을 섞기도 했다. 아침에 눈을 뜨자마자 입을 맞춰 오는 것은 예삿일이었고, 심하게는 삽입한 것을 빼지도 못하고 기절하듯 잠든 적도 있었다.

제 살결을 움켜잡는 손길도, 아래를 치받는 것도, 간혹 거칠게까지 느껴지는 섹스였지만 테네르는 그것이 싫지 않았다. 하루라도 빨리 후사를 잉태하게 하려는 그의 마음을 알기 때문이었다. 황손만 낳게 된다면 제 폐위를 운운하는 목소리도 가라앉을 테니.

그의 조바심이 고마웠고, 설렜고, 한편으로는 죄스러웠다. 혹 끝까지 회임하지 못하면 어떻게 될까, 테네르는 그와 닿아 있는 내내 불안했다.

"조만간 시간을 내어 별장에라도 다녀올까요?"

테네르는 옷을 추스르다 말고 고개를 들었다. 레온하르트는 덜 잠긴 단추를 마저 잠그고 이어 말했다.

"느긋하게 쉴 시간도 필요할 것 같아서."

사람이 죽으면 장례를 치르며 애도의 시간을 가지기 마련이었지만, 반역자의 죽음에는 그런 것이 허락되지 않았다.

그의 목은 효수되었고, 몸뚱어리는 들짐승의 밥이 되었다. 그래도 그간 부대끼며 살아온 가족이 그렇게 되었으니 마음을 추스를 시간을 주고 싶다는 의미였다.

"괜찮습니다."

"황궁에만 계시니 답답하지 않습니까."

"워낙 넓으니 아직 둘러보지 못한 곳도 많은걸요."

사실 둘러보지 못한 곳이라기보단 굳이 가 볼 필요가 없어 가지 않은 곳에 가깝겠지만.

황궁은 집이라기엔 충분히 넓었기에 테네르는 그리 답답함을 느낀 적은 없었지만, 이렇게 마음을 써 주는 것은 참 고마웠다.

언제나 한결같은 사람이었다. 사랑을 기대하지 말라는 말이 야속하게 느껴질 만큼 사랑받는 기분을 주는 사람.

"제가 폐하께 도움을 드려야 하는데……. 매번 폐만 끼치는 것 같습니다."

"이미 충분히 도움이 되고 있습니다."

"요즘 저 때문에 말들이 많다고 들었습니다."

테네르는 옅게 웃으며 말했다. 꺼내고 싶지 않았던 화제를 입에 올리자 레온하르트의 얼굴이 조금 굳었다.

"말씀드리지 않았습니까, 그대와 소후작에게는 불이익이 가지 않게 하겠다고."

"……."

"난 그대를 저버릴 생각 없습니다."

이런 일이 벌어질 것을 알면서도 지체하지 않고 제게 먼저 알려 준 사람이었다. 레온하르트는 그 믿음을 배신하고 싶지 않았다. 그의 손이 테네르의 어깨를 감쌌다.

"좋지 않은 말들이 들리겠지만……. 분명 시간이 지나면 사그라질 겁니다."

"하지만……."

테네르는 조금 머뭇거렸다. 시간이 지나도 아비가 반역자인 것이 달라지진 않을 텐데. 아이도 계속 생기지 않는다면……. 확신 없는 표정을 보며 레온하르트가 입을 열었다.

"내가 그대를 지킬 테니, 날 믿고 버텨 줄 수 있겠습니까."

부드럽지만 단단한 목소리였다. 이런 말에 괜한 기대를 품게 되는 게 싫었다. 그저 누구에게나 다정한 사람이란 걸 알면서도 괜히 착각하고 싶어지는 것이.

"예, 폐하."

테네르는 천천히 고개를 끄덕였다. 어쩌면 정말로 그렇게 될 수 있을지 모른다는 기대감이 일었다. 들리는 것도 못 들은 척, 보이는 것도 못 본 척하다 보면, 아비에 대한 말도 사그라지고 황손도 잉태하게 되지 않을까 하고.

* * *

시간이 지났지만, 상황은 테네르의 바람처럼 흘러가지 않았다. 지금까지는 테네르를 감쌌던 살바토르 공작이 태세를 바꾸어 그녀의 폐위를 청한 탓이었다. 에리히의 작위 승계 또한 덩달아 반대에 부딪혔다.

레온하르트는 아무 말도 하지 않았지만, 시간이 지날수록 그의 얼굴에 피로감이 보이는 것은 어쩔 수 없었다. 그 모습을 볼 때마다 테네르는 그저 죄스러울 뿐이었다.

"염치가 없지 않습니까?"

정원을 산책하던 테네르는 문득 들려온 목소리에 발을 멈추었다. 황궁을 찾은 귀족들 몇이 멀지 않은 곳에서 이야기를 나누고 있었다.

"황손도 낳지 못한 데다 반역자의 딸입니다. 폐하께서 감싼다 하더라도 양심이 있다면 스스로 물러나야지요."

"폐하께서도 그렇습니다. 아무리 마음이 깊다고 해도 반역자의 딸을…… 선대의 전철을 밟을까 두렵습니다."

"어허, 말조심하십시오."

"틀린 말은 아니지 않습니까? 선황 폐하였다면 분명 지체하지 않고 내치셨을 텐데요."

테네르는 그 자리에 멈춰 선 채 그들의 말을 듣고 있었다. 시녀들이 그녀의 안색을 살폈다.

"황후 폐하, 이만 돌아가심이……."

"아니다."

테네르는 고개를 젓고 그들에게 다가갔다. 대화를 나누던 이들이 황후를 발견하고 놀라 머리를 조아렸다.

"화, 황후 폐하를 뵙습니다."

"황궁에는 보는 눈이 많습니다. 정원은 남이 듣기에 곤란한 말을 하기 좋은 장소가 아니고요. 그리고……."

차분하게 말한 테네르는 눈앞의 귀족들을 찬찬히 훑었다. 시선이 닿은 이들이 움찔거렸다. 아무리 뒷담을 하고 있었다고 해도 황제의 총애를 받는 황후인지라 그리 당당하지는 않은 모양이었다.

그리고 당당하지 않은 것은 테네르 또한 마찬가지였다. 자신이 지금껏 레온하르트의 뒤에 숨어 있었다는 것을 알기 때문이었다.

"너무 염려하지 마세요. 나 또한 경들과 같은 생각이니."

그 말에 듣고 있던 시녀들 몇이 놀라 고개를 들었다. 테네르는 더 덧붙이지 않고 몸을 돌렸다.

테네르는 그대로 레온하르트가 있을 집무실로 향했다. 걷는 속도가 빨라졌다가 느려졌다가를 불규칙하게 반복했다. 숨을 크게 들이마셨다.

'내게 사랑을 요구하지 마세요.'

오래전 들었던 말이 방금 들은 것처럼 생생했다.

'욕심이 없는 사람을 바랐습니다.'

테네르는 발을 멈추었다. 욕심. 그래, 지금껏 욕심을 부리고 있었다. 그가 힘겨워하는 것을 알면서도 그 뒤에 숨어서, 그가 모든 상황을 해결해 주기만을 바라고 있었다. 그가 조부의 전철을 밟을지 모른다는 말을 듣는 걸 알면서도, 그저 그의 곁에 남고 싶어서.

레온하르트는 마침 회의를 끝내고 집무실에 돌아온 참이었다. 피로감이 역력한 얼굴이었지만 눈이 마주치자 그 위에 웃음이 덧그려졌다.

"어서 오세요, 황후."

이 웃음 때문에 그간 미적거렸다. 이 온기를 포기하고 싶지 않아서 지금껏 질질 끌어왔다.

그러나 테네르는 알고 있었다. 누가 황후가 되었건 그는 똑같은 온기를 나눠 주었을 것임. 따뜻하고 다정한 사람이었지만 지금껏 자신의 이름을 불러 준 적이 단 한 번도 없다는 것을.

"버티지 못하겠다는 말씀을 드리러 왔습니다."

불쑥 내뱉은 말에 레온하르트가 천천히 눈을 끔뻑거렸다. 테네르는 망연해진 얼굴을 보며 차분하게 말했다.

"저를 폐해 주세요."

갑갑하던 속이 그 말을 내뱉고 나서야 겨우 시원해졌다. 그래, 이 말만 뱉으면 되었을 것을. 이게 당신에게도 내게도 옳은 길인데.

"갑자기 무슨 말입니까?"

레온하르트가 낮게 물었다. 테네르는 머리를 조아렸다.

"말 그대로의 의미입니다. 저를 폐해 주세요."

"내가 못 미더워 그러십니까?"

커다란 손이 뺨을 감쌌다. 익숙한 온기였다. 당신은 알까, 이 온기가 나를 바꾸었다는 것을. 당신을 사랑하게 하고, 당신을 욕심내게 하고, 당신을 포기 하게 한다는 것을. 테네르는 레온하르트의 손을 천천히 떼어 냈다.

"제가 힘들어서 그렇습니다. 더는…… 버티지 못할 것 같아서."

"……."

"송구합니다."

레온하르트는 말이 없었다. 그는 이전처럼 제게 고개를 숙인 테네르를 빤 히 보다가 입을 열었다.

"진심으로 하는 말입니까?"

"네."

대답은 짧았다. 머리 위에서 시선이 느껴졌지만, 테네르는 고개를 들지 않 았다. 어떤 표정을 짓고 있을까. 무슨 생각을 하고 있을까. 궁금했지만 알고 싶지 않았다.

"……그래요."

들려온 목소리에 테네르는 저도 모르게 고개를 들었다. 그러나 그의 표정 을 확인하는 것보다 그가 몸을 돌리는 게 더 빨랐다.

"그대가 원하는 대로 하겠습니다."

레온하르트는 그 말을 마치고 자신의 자리로 돌아갔다. 테네르는 발코니 에 혼자 남아 그가 사라진 자리를 한참 동안 보았다. 담백한 대답이 귓가에 아른거리는 듯했다. 헛웃음이 나왔다.

'뭘 기대한 거야.'

붙잡아 주기라도 바랐나. 혹은…… 그에게서 일말의 애정이라도 보고 싶었던 걸까. 그럴 리 없다는 걸 알면서도 한심하게도.

그날 밤, 레온하르트는 테네르의 방에 오지 않았다.

너무도 당연한 일이었지만 넓은 침대가 허전하게 느껴지는 건 어쩔 수 없었다. 괜한 짓을 했나. 모른 척할 걸 그랬나. 그가 말했던 대로 잠잠해지길 기다렸어야 했나.

그러나 레온하르트에게 누가 되는 일이었다. 자신이 이곳에 버티고 있을수록 그를 선대와 비교하는 목소리는 커질 테니, 그와 제국을 위해 하루빨리 물러나야 하는 일이었다.

"욕심내지 말자."

테네르는 몇 번이고 되뇌었다. 포기라면 이미 수도 없이 해 보았지 않나. 익숙한 일을 다시 하는 건데 이제 와 새삼스럽게.

* * *

황후의 폐위가 결정되었다.

에반 후작가가 멸문하지 않았기에 그녀는 에반 후작 영애로서 후작 저택에 돌아가게 되었다. 그녀가 황궁을 나가게 되자, 에리히의 작위 승계를 반대하던 목소리 또한 잦아들었다. 세습이야 어렵겠지만, 그것만으로도 반역자의 자식들로서는 드문 호사였다.

테네르는 보좌관들에게 인계를 마친 후, 더 이상 집무실에 가지 않았다. 그저 방 안에서 수를 놓으며 출궁일이 되기를 기다렸다. 간간이 그녀에게 호의적이던 귀족들이 찾아와 위로의 말을 건넸지만, 잔잔히 웃을 뿐이었다.

"황후 폐하. 살바토르 공작께서 뵙기를 청하십니다."

폐위가 결정되었지만, 아직 서류상으로는 황후인 몸이었다. 시녀들은 여전히 그녀를 정중히 대했다. 간간이 눈물을 흘리는 시녀들을 보며, 테네르는 그래도 자신이 썩 못난 주인은 아니었구나 싶었다.

"그래."

테네르는 고개를 끄덕이곤 응접실로 향했다. 시녀들은 조금 불안한 얼굴이었다. 아마 살바토르 공작이 테네르의 폐위를 운운했던 것을 알기 때문이겠지. 테네르 또한 그 사실을 알고 있었으나, 이미 폐위가 결정된 마당에 거리낄 것도 없었다.

문이 열리자 앉아 있던 공작이 일어나 정중히 인사했다. 테네르는 알레이나와 꼭 닮은 붉은 머리의 공작을 보았다.

"아이작 살바토르, 황후 폐하를 뵙습니다."

"편히 앉으세요."

테네르는 그의 맞은편에 자리를 잡고 앉았다. 공작이 입을 열었다.

"황후 폐하께 감사 인사를 드리러 왔습니다."

조롱조의 목소리는 아니었다. 분명 태세를 바꾸어 황후를 폐위해야 한다고 주장했다고 들었는데. 호의적인 태도가 조금 의아했다. 그 사실을 알고 있는지, 살바토르 공작이 씁쓸하게 미소 지었다.

"황후께 유감이 있어서 그랬던 것은 아닙니다. 황후 폐하도, 에반 소후작도 반역과는 관련이 없다는 것을 충분히 알고 있습니다."

"……."

"다만 황제 폐하의 신하 된 도리로, 무엇이 폐하를 위하는 길일지 생각하지 않을 수 없었습니다."

황제, 레온하르트를 위하는 길.

그것이 자신을 내치는 일이라는 게 괜히 씁쓸했다. 그에게 도움이 되고 싶어서, 그에게 어울리는 사람이 되고 싶어서 노력했었는데.

그러나 테네르는 그의 말을 부정할 수 없었다. 황제에게는 후사가 필요했고, 반역자가 아닌 힘을 실어 줄 가문이 필요했으니. 하다못해 아이라도 낳았다면 이렇게 되지는 않았을 텐데.

"경을 원망하지 않습니다."

테네르는 입꼬리를 올렸다. 웃는 것밖에 할 수 없던 시절로 돌아간 것처럼.

"내가 결심이 늦었으니 경들이 우려하는 것도 당연하지요."

"……송구합니다."

"그대 잘못이 아니라는 데도요."

테네르가 작게 웃자 공작은 고개를 숙였다. 테네르는 차분히 그를 바라보다 입을 열었다.

"아버지께서 생전에 살바토르 경에게 실례를 범했다지요."

이러나저러나 갑작스레 딸을 잃은 아비였다. 예비 황후였던 딸을 잃고 제아비에게 조롱당했는데도 이렇게 찾아와 준 것이 고맙고 미안했다.

"……이미 지나간 일입니다."

"영애를 꼭 다시 찾을 수 있기를 바라겠습니다."

테네르는 진심으로 말했다. 공작은 그녀를 보며 미소 지었다.

"감사합니다, 황후 폐하. 알레이나는 곧 돌아올 겁니다."

어쩐지 확신에 찬 목소리였다. 그것이 조금 의아했지만 테네르는 구태여 묻지 않았다.

* * *

출궁을 앞둔 마지막 밤이었다.

궁의는 마지막으로 그녀를 진찰했다. 마지막 합방일 후 달거리가 있었다고 했으나 막무가내였다. 시녀들은 정성껏 테네르의 시중을 들었다. 욕조에 따뜻한 물을 받아 목욕 시중을 들고, 목욕이 끝난 후에는 머리를 빗겨 한쪽으로 땋아 주었다.

"기사들이 저택을 지키겠지만, 감시의 의미는 아니니 편히 지내라 하셨습니다. 제국 안 어디든 자유롭게 오가셔도 좋고요."

폐후의 말로는 황제와의 관계에 따라 달라졌다. 보통은 큰 죄를 짓고 폐위되는 경우가 많았기 때문에 사가로 돌아간 후에도 황실에서 내려온 기사들에게 평생 감시받으며 사는 운명이었다. 그나마 한때 황후였던 사람에 대한 예우로 품위 유지비가 나오긴 하지만, 화려한 생활에 익숙해진 이들은 그마저도 고통스러워했다.

그러나 폐후와 황제의 관계가 그리 나쁘지 않았던 경우는 조금 달랐다. 원한다면 황실 기사들을 대동한 채 거취를 옮길 수도 있었고, 품위 유지비 또한 넉넉하게 지급되었다. 원한다면 다시 사교계에 발걸음 할 수도 있었고, 황제의 허락으로 재혼하는 경우도 있었다.

"많이 배려해 주셨구나."

테네르는 작게 말했다. 폐위가 결정된 후 레온하르트는 한 번도 그녀를 찾지 않았지만, 그가 노력해 주고 있다는 것은 자신에 대한 대우를 보면 충분히 알 수 있었다.

"폐하께서 황후 폐하를 마지막까지 잘 모시라고 당부하셨습니다."

시녀가 머리를 조아리며 말했다. 테네르는 고개를 끄덕였다.

"폐하께 감사 인사를 드리고 싶구나."

"황제 폐하께 알현을 청할까요?"

시녀가 조심스레 물었다. 테네르는 어둑한 창밖을 보며 대답했다.

"……그래."

알현을 요청하기야 했지만, 마지막 날이니만큼 거절당할 거라는 생각은 들지 않았다. 테네르는 어깨에 숄을 걸치고 황제 궁으로 갈 준비를 했다.

그러나 황제 궁으로 갔던 시녀는 혼자 돌아온 게 아니었다.

"……폐하?"

레온하르트를 발견한 테네르는 놀란 얼굴로 자리에서 일어났다. 그의 입꼬리가 쓸쓸한 호선을 그리고 있었다.

"인사라도 나눌까 해서요."

"아……."

테네르는 짧게 탄식했다. 오늘이 황궁에서의 마지막 밤이라는 게 새삼스러웠다.

"긴히 할 이야기도 있고요."

"제가…… 찾아뵈려고 했는데요."

목소리가 조금 떨리나. 테네르는 숄을 꼭 여민 채 고개를 숙였다. 시녀들은 차를 준비해 놓곤 황급히 방을 나갔다. 두 사람만 남은 방 안에는 침묵만이 내리깔렸다. 먼저 입을 연 것은 테네르 쪽이었다.

"보살핌에 감사드립니다, 폐하."

"……."

"오라버니의 승계를 허락해 주신 것도요."

테네르는 눈을 접어 웃었다. 내치는 쪽은 얼굴을 굳히고, 내쳐지는 쪽은 태연히 미소 짓는 기이한 광경이었다. 레온하르트는 입술을 몇 번 달싹이다 어렵게 입을 열었다.

"더 필요한 게 있다면 뭐든 말씀하세요."

그의 목소리는 변함없이 다정했다. 필요한 것, 글쎄. 테네르가 바라는 것은 레온하르트가 주지 않겠다 말했던 것이니 없는 거나 마찬가지였다. 테네르가 대답이 없자 레온하르트가 말했다.

"기사들을 보내겠지만, 호위의 의미이지 감시의 의미는 아닙니다. 제도에 머무르는 게 부담스럽다면 영지에 내려가도 좋고, 기사들만 대동한다면 타국에 다녀오셔도 괜찮습니다."

테네르는 아직도 저택에 돌아가는 것이 실감이 나지 않았다. 황궁을 완전히 떠나는 것이 아니라 잠깐 여행을 다녀오는 것만 같았다. 그래서 눈물이 나지 않는 걸까, 생각하며 테네르는 고개를 숙였다.

"감사합니다."

"혹 데려가고픈 시녀가 있다면 데려가셔도 좋고요."

"사용인이라면 저택에도 있는걸요."

테네르는 웃으며 대답했다. 황궁에서 일하는 시녀들을 굳이 저택에 데려가고픈 마음은 없었다. 황족의 시중을 든다는 자부심이 있는 이들을 고작 폐후의 곁에 둘 수야 없는 일이었으니.

"밖에서도 모시는 데 부족함 없이 하라고 기사들에게 전해 두었습니다. 종종 사람을 보낼 테니 불편한 점이 있다면 말씀하세요."

"예, 폐하."

거기까지 말한 후, 두 사람은 또다시 입을 다물었다. 마주 보고 있었지만, 서로의 눈을 보지 않으려는 듯 시선은 각각 다른 곳을 향하고 있었다.

"그리고 그대가 원한다면……."

레온하르트는 조금 머뭇거렸다.

"시간이 조금 지난 다음엔…… 재혼을 하셔도 좋습니다."

들려온 말에 테네르는 그제야 고개를 들었다. 놀란 얼굴을 보며 레온하르트가 빙그레 웃었다.

"혹 마음에 드는 이가 있습니까?"

테네르는 대답이 없었다. 저 다정한 물음을 이전에도 들은 적이 있었다.

그는 그런 사람이었다. 첫날밤 사랑을 기대하지 말라 말하고, 그 대가라도 된 양 정부로 삼고픈 이가 있으면 자리를 만들어 주겠다고 했었다. 그 배려가 제 가슴에 비수를 꽂는 것도 모른 채로.

"있습니다."

테네르는 작게 대답했다. 정말로 그렇게 말할 줄은 몰랐던 듯, 레온하르트는 조금 당황한 얼굴이었다.

"……누굽니까?"

"……."

테네르는 대답하지 않았다. 고개를 저어야 했다. 아니라고, 그저 농이라고 말하며 웃어야 했다. 머리로는 알고 있었지만, 벌어진 입은 제멋대로 말을 뱉어 냈다.

"죄송합니다."

그 말에 레온하르트는 여전히 당황한 듯했다. 그가 얼른 입꼬리를 끌어 올렸다.

"정부를 들여도 된다고 내가 먼저 말씀드리지 않았습니까. 그대가 사죄할 일은……."

"……제가."

테네르는 말을 잇지 못했다. 들이마시는 숨결이 가늘게 떨렸다. 괜한 말을 하는 건 아닐까. 괜히 짐만 지우게 되는 건 아닐까. 그렇게 생각하면서도 마지막이라는 생각에 절로 입이 벌어졌다.

"약속을 지키지 못했습니다."

간신히 내뱉은 말이었지만 레온하르트는 여전히 이해할 수 없는 듯한 표정이었다. 그녀가 자신을 사랑하리라는 걸 예상조차 하지 못하는 듯이. 그것이 괜히 야속하고, 또 죄스러웠다.

"분명 처음부터 말씀하셨는데, 저도 그러겠다 말씀드렸는데……."

처음 맛본 다정을 사랑이라 착각이라도 했던 걸까. 굶주린 아이처럼 허겁지겁 삼킨 온기가 그리도 좋았을까. 누가 황후가 되었건 똑같이 대해 주었을 것을 알면서도, 사랑해서 그런 게 아니라고 되뇌고 또 되뇌어도 마음이 끌리는 건 어쩔 수 없어서.

"제가 바라지 말아야 할 것을 자꾸만, 바라게 되어서……."

울컥 터져 나오려는 울음을 간신히 삼켰다. 테네르는 천천히 고개를 들었다. 혼란스러운 얼굴이 그 자리에 있었다. 그녀가 사랑했고, 또 포기하려는 사람이.

"사랑했습니다, 폐하."

군내가 나지 않을까 싶을 정도로 오래 묵혀 두기만 했던 감정이었다. 떠나기 전 처음이자 마지막으로 말한 사랑이었다. 고작 이 말 한마디 뱉었다고 오랜

짐을 벗어 던진 듯 홀가분해진 것이 우스웠다. 레온하르트는 대답이 없었다.

"제가 폐하를…… 사랑했습니다."

그 짧은 말에 레온하르트의 얼굴에 당혹감이 들어찼다. 꼭 듣지 말아야 할 말을 들은 사람 같았다. 그러거나 말거나 테네르는 말을 이었다.

"폐하를 만났던 게 제게는 가장 큰 행복이었습니다."

한 치의 거짓도 없는 진심이었다. 그가 자신에게 청혼하지 않았더라면, 그와 베아트리스를 만나지 못했더라면, 그녀는 아직도 아비와 눈조차 마주 보지 못하는 무력한 사람으로 남아 있었을 테니.

"언제부터였습니까?"

한참을 침묵하던 레온하르트가 무겁게 입을 열었다. 테네르는 고개를 숙였다.

"송구합니다."

언제부터였는지는 테네르 자신조차도 알 수 없었다. 짧게 느껴지던 설렘이나 부끄러움을 모른 척 넘겼던 게 도대체 몇 번이었던지.

"왜 지금껏 아무 말도……."

레온하르트는 말을 멈추었다. 큰 손바닥이 얼굴을 성마르게 쓸었다.

"왜 내게…… 정부를 들이라고 하셨습니까?"

"……."

"왜 그대를 폐해 달라고……."

테네르는 대답하지 않았다. 레온하르트 또한 그 답을 알고 있었다. 사랑을 요구하지 말라 말했던 것도 자신이고, 욕심이 없는 사람을 바랐다고 한 것 또한 자신이었으니까.

"제가 폐하께…… 누가 될 것 같아서요."

테네르가 담담히 대답했다. 예상한 대답이었는지, 레온하르트는 아무 말도 하지 못했다. 굳게 다물린 입술이 뻐끔거렸다. 테네르는 그런 그를 보며 부드럽게 웃었다.

"그러게 왜 그렇게 잘해 주셨나요. 제가 착각하게⋯⋯."

분위기를 풀어 보려 뱉은 말이었지만 레온하르트는 웃지 않았다. 변명할 거리라도 찾는 듯 한참 동안 입을 우물거릴 뿐이었다.

"⋯⋯그대는 좋은 사람입니다."

"예, 폐하."

"그대가 부족해서가 아니라, 내가 부족해서⋯⋯."

"⋯⋯."

"미안합니다."

레온하르트는 무겁게 대답했다. 대답이야 이미 예상하고 있었기에 테네르는 그저 고개를 끄덕였다. 그녀는 그가 제게 단 한 번도 화를 내거나 언성을 높인 적 없다는 것을 알고 있었다. 약속을 지키지 못한 건 이쪽인데도 도리어 사과하는 사람이었다.

테네르는 이 사람을 사랑했다. 욕심 없는 사람을 바란다고 말한 사람이었지만, 동시에 테네르에게 처음으로 욕심을 품게 한 사람이었다. 그 욕심만큼 그에게 어울리는 사람이 되고 싶게 만들었던, 그에게 도움을 줄 수 있는 사람이 되고 싶게 만들었던.

"필요한 게 있다면 말하라고 하셨지요."

테네르가 나직이 입을 열었다. 레온하르트는 말이 없었다. 테네르는 숨을 크게 들이마셨다가 토해 내듯 내뱉었다.

"한 번만 저를⋯⋯ 연인처럼 대해 주시면 안 될까요."

좋은 황후가 되고 싶다는 것도, 그에게 도움이 되고 싶다는 것도, 모두 그를 위한 욕심이었다. 그러니 단 한 번이라도 그를 위해서가 아니라 자신을 위해 무언가 바랄 수 있다면.

"제가 미련을 털어 버리고 떠날 수 있도록, 잠깐이라도 좋으니⋯⋯."

거절당하리라 생각하고 내뱉은 말이었다. 그가 미안하다 말하면 그저 괜찮다고 민망하게 웃을 생각이었다. 그렇기에 그가 제게 가까이 다가온 것도,

제 뺨을 감싸 쥔 것도 믿어지지 않았다.

"……알겠습니다."

달빛이 쏟아지는 밤이었다. 야심한 시각, 단둘이 남은 연인이 입맞춤하는 것은 이상한 일이 아니었다. 테네르는 눈을 감고 기꺼이 그의 목을 끌어안았다. 닿았던 입술이 떨어지고, 레온하르트가 그녀와 눈을 맞추었다.

"테네르."

레온하르트가 처음으로 불러 주는 이름이었다. 그 사실이 서럽고 설레어, 테네르는 울음을 꾹 참고 웃었다.

"……레온."

작게 속삭이자 다시금 입술이 맞닿았다. 불조차 꺼지지 않은 방 안, 흘러내린 옷자락이 살갗을 스치며 바닥에 떨어졌다. 테네르, 테네르, 다디단 목소리가 숨결에 뒤엉켰다.

테네르는 레온하르트를 끌어안고 정신없이 입을 맞추었다. 크라바트를 헤집고 단추를 풀어내었다. 단단한 가슴팍에 손을 올리자 긴장한 근육이 꿈틀거렸다. 그와의 밤에서 긴장하는 건 언제나 자신 쪽이었기에, 테네르는 저도 모르게 작게 웃었다.

"사랑해요."

"……."

"사랑해요, 레온."

부끄러움도 잊고 내뱉은 고백에 레온하르트는 대답 없이 입을 맞추었다. 부드럽게 닿은 입술이 벌어지며 숨결이 오갔다. 혀끝이 서로를 간질이듯 닿았다. 느릿한 입맞춤에는 성급함이 없었다. 그저 조심스럽게 서로의 입술과 혀를, 입 안을 헤집을 뿐이었다.

언성 한 번 높이지 않았는데도 두 사람의 가슴이 크게 오르락내리락했다. 가쁜 숨을 고르며 발개진 얼굴을 가라앉히던 것도 잠깐, 누가 먼저랄 것도 없이 또다시 입술이 부딪혔다. 테네르는 레온하르트의 목을 껴안았고, 레온하르트는 그녀의 허리를 받쳐 번쩍 들어 올렸다. 입술이 떨어진 것은 테네르가 침대에 뉘어진 다음이었다.

"⋯⋯테네르."

제 이름이 이토록 달게 느껴진 적이 있었을까. 테네르는 대답 없이 그의 이마와 볼에다 쪽쪽 입을 맞추었다. 셔츠를 벗겨내고 바지의 버클을 풀자, 벌써 단단해진 성기가 그녀의 손길을 반기듯 물을 뚝뚝 흘리고 있었다. 테네르는 아주 조심스럽게 그것을 손으로 훑었다. 질척한 액이 손바닥에 묻어나며 나직한 한숨 소리가 들려왔다.

테네르는 천천히 상체를 일으켰다. 늘 그래 왔듯 그녀의 몸 위에 자리를 잡고 있던 레온하르트는 덩달아 침대 위에 몸을 붙이고 앉았다. 테네르는 그에게 다시금 입을 맞추며 벗은 상체를 어루만졌다. 입술이 떨어지자 자신을 바라보는 다정한 금안이 그 자리에 있었다.

한때는 마주 보는 것조차 어려웠지만, 언제나 따스한 온기가 어려 있던 눈이었다. 테네르는 그 눈에서 눈을 떼지 않았다. 그 모습을 담아 가기라도 하려는 것처럼.

"⋯⋯사랑해요."

하고픈 말이야 많았지만, 할 수 있는 말은 고작 이것뿐이었다. 얼마나 사랑하는지, 언제부터 사랑했는지, 당신의 곁을 떠나게 되어 얼마나 가슴 아픈지, 부담만 안겨 줄 말들을 구구절절 늘어놓고 싶지 않았다. 그저 이런 식으로라도 마음을 전할 수 있다는 것에 감사할 뿐.

테네르는 레온하르트의 위에 올라 앉았다. 부끄럼 많은 그녀로서는 처음 있는 일이었다. 쾌감에 익숙해진 몸은 입맞춤만으로도 젖어 들었기에, 그녀의 음부는 벌써 질척해진 지 오래였다. 테네르는 허리를 들어 단단해질 대로 단단해진 남성을 느리게 문질렀다. 찔꺽, 찔꺽, 젖은 틈새를 문지르는 소리가 선명하게 들려왔다.

그사이 레온하르트 또한 그녀에게 입을 맞추거나 등줄기를 쓸어내렸다.

울긋불긋한 흔적이 사라진 목덜미와 가슴 위에 자국을 남기기도 했다. 입술이 예민한 부위를 자극할 때마다 테네르는 작게 신음하며 그를 보았다.

이 밤이 지나면 다시는 이런 모습을 볼 수 없겠지. 이 사람은 내가 아닌 다른 사람을 새로운 황후로 맞이할 거고, 그 사람과 밤을 보낼 거고, 그 사람이 낳은 아이를 품에 안을 테니.

눈물이 왈칵 솟구치려고 할 때마다 테네르는 그의 귓가에 사랑을 속삭였다. 사랑해요, 레온. 사랑해요. 정말로……. 레온하르트는 말없이 그녀에게 입을 맞출 뿐이었다. 거짓으로나마 답해 주지 않는 건 그답다고 해야 할지.

테네르는 천천히 허리를 낮추었다. 굵직한 것이 젖은 틈 사이를 비집고 들어오자 저도 모르게 낮은 탄식이 새어 나왔다. 흠뻑 젖어 있다고 해도 단번에 넣기에는 역시 버거운 크기였다. 가쁜 숨을 내뱉으며 그를 삼키자 몸 안 깊숙한 곳이 문질러졌다. 등골이 오싹오싹 저려 왔다.

"테네르……."

레온하르트는 낮게 읊조리며 그녀를 당겨 안았다. 테네르는 그의 이마와 볼, 입술에다 차례로 입을 맞추었다. 장난을 치듯 코끝을 부비며 웃음을 흘리기도 했다. 레온하르트는 그녀를 따라 입꼬리를 올렸지만 곧게 뻗은 눈썹이 안쓰러운 듯 휘어져 있는 건 어쩔 수 없었다. 그걸 알면서도 테네르는 천천히 허리를 움직였다. 다가올 쾌감이 미련을 삼켜주기를 바라며.

긴 밤이 지날 때까지 레온하르트는 사랑을 말하지 않았다. 그러나 수도 없이 그녀의 이름을 불러 주었기에 테네르는 그것으로 만족했다.

* * *

테네르는 날이 밝자 마차를 타고 다시 에반 후작가로 돌아갔다. 떠나올 때는 여행을 떠나는 듯 홀가분한 마음이었지만, 막상 마차가 저택 앞에 멈춰 서자 울컥하게 되는 건 어쩔 수 없었다.

테네르는 심호흡을 하고 문을 열었다. 사용인들과 마중을 나온 에리히를 보자, 꾹 참았던 눈물이 그제야 터져 나왔다.

"……저 왔어요, 오라버니."

차분하던 목소리가 흐느낌에 묻혔다. 에리히는 그런 테네르에게 화를 내지도, 면박을 주지도 않았다. 그저 조금은 엉거주춤하게 그녀를 껴안고 다독일 뿐이었다.

울음이 잦아든 후, 테네르는 레온하르트의 보좌관인 델루스 사이언에게 주의 사항을 전해 들었다. 델루스는 발개진 눈을 못 본 척하며 차분히 당부했다.

"안전을 위해, 외출하실 때는 가급적 기사들을 대동해 주십시오."

폐후는 쓸데없는 호기심의 대상이 되었다. 그녀가 서른도 되지 않은 젊은 여자라면 더욱 그랬다. 테네르 또한 그 말뜻을 알고 있었기에 고개를 끄덕였다.

"알겠습니다."

"그리고 폐하께서 금지하신 사항은 아니지만……."

델루스는 조금 머뭇거렸다.

"사교 활동은 시간이 조금 지난 후에 하시는 걸 권하겠습니다. 지금은 테네르 님의 행보에 관심이 쏠려 있다 보니 가급적 눈에 띄지 않는 것이 좋을 듯합니다."

"그러겠습니다."

"그리고 만약의 경우라는 게 있으니……. 재혼은 적어도 두어 달 후에……."

"이봐요, 사이언 경."

에리히가 얼굴을 구겼다. 재혼 시기를 말하는 것은 혹시 모를 회임 때문이었다. 만에 하나라도 테네르가 황손을 잉태한 채로 다른 이와 재혼하면 곤란하다는 의미였다. 물론 그간 회임하지 못했으니 이제 와서 임신할 가능성도 적겠지만.

"아무리 폐위되었다고 해도 어제까지 황후였는데, 그 정도 상식도 없겠습니까? 폐하께서 금지하신 게 아니라면 불필요한 말씀은 하지 마십시오."

날카로운 목소리에 델루스는 난감하게 웃었다. 테네르는 괜찮다는 듯 오라비의 팔을 잡고 그에게 고개를 돌렸다.

"염려하지 않으셔도 됩니다. 저도 당분간은 저택에서 쉬고 싶어서요. 재혼할 생각도 없으니……. 아마 황실에 누가 될 일은 없을 겁니다."

불쾌한 기색 없는 차분한 목소리에 델루스는 미안한 듯 고개를 숙였다. 테네르가 부드럽게 웃었다.

"그간 황제 폐하와 살아왔는데, 이제 와 다른 사람이 눈에 들어올 리가 있나요."

농담처럼 내뱉어진 말에도 델루스는 웃지 않았다. 그는 조금 머뭇거리다 입을 열었다.

"시녀들도, 황후궁의 보좌관들도, 다들 안타까워하고 있습니다."

"……."

"저 또한 마찬가지이고요."

델루스의 말은 진심이었다. 그는 아무것도 모르던 테네르가 황궁에 들어와 얼마나 노력했는지 알고 있었다. 배우는 것만으로도 버거울 텐데도 언제나 웃는 낯으로 아랫사람을 대하던 사람이었다. 다정하고 온화한, 황제와 꼭 닮은 사람.

그런 사람이 죄 없이 폐위되었다는 것이 달갑지 않았다. 몇몇 이들은 폐후에 대한 대우가 과하지 않으냐 묻기도 했지만, 델루스는 전혀 그렇게 생각하지 않았다.

"제가 도울 일이 있다면 말씀해 주십시오. 할 수 있는 일이라면 무엇이든 도울 테니."

"고맙습니다."

델루스가 허리를 깊게 숙여 인사하자, 테네르는 부드럽게 웃으며 대답했다. 황궁에 있을 때와 별다를 바 없는 웃음이었다.

"……우리도 들어가자."

델루스가 황궁으로 돌아가고, 에리히는 테네르에게 팔을 내밀었다. 그간 아비의 눈치를 살피느라 공식적인 자리 외에는 동생을 에스코트해 본 적이 없었기에, 어쩐지 조금 어색한 모습이었다. 테네르는 고개를 끄덕이고 그의 팔에다 손을 올렸다. 그녀의 눈이 저택의 모습을 찬찬히 훑었다. 20년간 살아온 저택을 다시 마주하니 새삼 낯설게 느껴졌다.

"……작네요."

"황궁에 비하면야 성냥갑이지."

테네르가 작게 중얼거리자 에리히가 받아쳤다. 테네르는 작게 웃었다. 이 저택이 작게 느껴지는 것이 그간 커다란 황궁에서 지내 온 탓인지 무섭기만 하던 아비가 사라진 탓인지는 알 수 없었다.

03

테네르의 방은 새롭게 꾸며져 있었다. 비록 황후궁만큼 넓고 화려하지는 않았지만, 황궁으로 가기 전보다 훨씬 넓은 방에 푹신해 보이는 침구가 놓여 있었다. 테네르가 의아한 얼굴로 돌아보자, 에리히가 픽 웃었다.

"왜, 전 황후 폐하 성에는 안 차나?"

"아뇨, 그게 아니라…… 여긴 오라버니가 쓰셔야죠."

에리히가 새로이 안내한 방은 원래 가주인 루드비히 에반이 쓰던 곳이었다. 저택에서 가장 넓고 햇빛이 잘 드는 방. 원래라면 작위 승계를 앞둔 에리히가 사용해야 할 방이기도 했다. 그러나 에리히는 어깨를 으쓱했다.

"가주가 있으면 가주 방이지, 그게 별거냐? 난 그냥 내 방 쓸 거야."

"하지만 오라버니."

"아버지 물건은 싹 다 버리고 새로 산 거니 걱정 마라."

"그게 문제가 아니라……."

테네르는 난감하다는 듯 말했으나, 에리히는 그녀의 말을 무시하곤 사용인들에게 짐을 풀도록 명령했다. 하인들과 하녀들이 일제히 황궁에서 보내온 짐을 방 안에 옮기기 시작했다.

"저도 원래 쓰던 방을 쓸게요. 그러니까……."

"햇빛도 제대로 안 드는 방을 쓰겠다고? 너 그 방에 나 몰래 뭐 좋은 거라도 숨겨 놨냐?"

에리히는 어림없다는 듯 고개를 저었다. 테네르도 얼른 도리질했다.

"그럼 제가 오라버니 방을 쓰고 오라버니가 이 방을 쓰시면 되잖아요."

"싫어. 내 방엔 너 몰래 보석 오백 개쯤 숨겨 놨으니 자꾸 탐내지 마라."

"……."

어린애처럼 우기는 말에 말문이 막혔다. 짐을 정리하던 하녀들 몇이 웃으며 말했다.

"주인님께서 아가씨 돌아오신다고 얼마나 공들여 준비하셨는데요."

"가구는 물론이고 커튼과 벽지까지 싹 다 바꿨어요. 방에 햇빛이 안 들어오면 우울해진다고 일부러……."

"아오, 저것들은 쓸데없는 말을 하고 있어. 너희 싹 다 해고야, 해고."

에리히가 짜증스럽게 말했지만, 하녀들은 그저 까르르 웃으며 짐을 나를 뿐이었다. 테네르는 늘 무거웠던 저택의 분위기가 가벼워졌다는 것을 깨달았다. 언제나 저택의 폭군으로 군림하던 아비가 사라진 덕이었다. 에리히가 사용인들을 스스럼없이 대하는 것도 한몫하는 듯했다.

"어쨌거나 군말 말고 이 방 써. 코딱지만 한 방에 틀어박혀 있지 말고."

"……감사해요."

테네르가 고개를 끄덕이자, 에리히는 그제야 만족스러운 표정이었다.

짐 정리가 모두 끝나자, 사용인들은 너나 할 것 없이 테네르의 앞에 섰다. 그간 아비 때문에 데면데면하던 그들이 갑자기 자신에게 다가오자 테네르는 조금 의아했다. 쭈뼛거리던 집사장이 입을 열었다.

"그간 죄송했습니다, 아가씨."

"……."

"아무리 전 주인님이 두려웠다고 해도, 그간 아가씨를 살뜰히 모시지 못했던 건 저희의 잘못입니다."

정중한 목소리였다. 테네르는 오라비를 보았다가 다시 고개 숙인 하녀들을 보았다.

테네르는 저택의 사용인들에게 큰 유감이 없었다. 아비는 애초에 그녀에게 전담 하녀를 배정해 주지도 않았고, 하녀들 또한 그녀를 괴롭히기보다는 괜히 잘못 엮일까 피해 다닌 것이 고작이었다. 거기다 파티에 가는 날은 돌아가며 단장을 돕기도 했으니 테네르로서는 그들이 밉지도 원망스럽지도 않았다.

"나도 두려웠는데, 너희라고 달랐겠니."

테네르의 목소리에는 한 점 노여움도 없었다. 오라비도, 자신도, 이 저택의 모두가 루드비히 에반을 두려워했었으니.

테네르가 용서의 뜻을 밝히자 사용인들이 다시금 머리를 조아렸다. 지켜보던 에리히가 입을 열었다.

"그래서 테네르, 늦었지만 이제 네 전담 하녀도 뽑을까 하는데."

"그건 하녀장에게……."

테네르가 대답하려던 순간, 누군가 손을 번쩍 들었다.

"저, 제가 아가씨를 모시고 싶어요!"

옅은 갈색 머리를 단정히 틀어 올린 하녀가 다급하게 소리쳤다. 테네르와 에리히의 시선이 그녀를 향했다.

"너는……."

"카밀라입니다! 성심을 다해서 모시겠습니다!"

눈매가 둥글고 목소리가 우렁찬 하녀였다. 통통한 볼에 주근깨가 그려진 사랑스러운 얼굴을 보며 테네르는 고개를 끄덕였다.

"그래, 카밀라. 부탁할게."

"감사합니다!"

발랄한 목소리에 테네르는 저도 모르게 미소 지었다. 괜한 우울감에 빠지지 않기 위해선 밝은 아이가 좋겠지. 에리히 또한 퍽 만족스러운 얼굴이었다.

* * *

레온하르트는 집무실에 앉아 있었다. 펜을 쥔 손이 쉼 없이 움직였다. 그러다 갑작스레 멈추기도 했다. 펜촉이 닿은 부분에 잉크가 둥글게 번지면 화들짝 놀라 펜을 떼어 내는 것도 여러 번이었다.

'사랑했습니다.'

잠깐만 한눈을 팔면 전날의 일이 머릿속을 어지럽혔다. 자신을 올려다보던 젖은 눈이 부드럽게 휘어지던 것을 떠올렸고, 단정한 목소리가 처연히 떨리던 것을 기억했다.

'사랑했습니다, 폐하.'

그 짧은 한마디가 가슴 한구석을 묵직하게 짓누르는 것만 같았다. 도대체 왜. 언제부터.

길지 않은 밤 동안 테네르는 몇 번이고 사랑을 말했다. 그간 말하지 못했던 것을 모두 토해 내려는 듯 사랑한다 말했다. 세상에서 가장 사랑스러운 이를 대하는 눈으로 자신을 보았고, 가장 소중한 것을 다루듯 쓰다듬었다.

그리고 레온하르트는 그 밤 동안 단 한 번도 그녀의 사랑에 화답해 주지 않았다. 그녀가 사랑을 말할 때마다 입을 맞추었고, 몇 번인가 이름을 불러 주었을 뿐이었다.

'말만이라도 해 줄 것을.'

고작 하룻밤이었는데, 거짓으로라도 사랑한다 말해 주는 것이 무엇이 어렸다고. 그러나 입술을 뗄 때마다 무언가가 목구멍을 틀어막는 것만 같았다.

'무엇도 너를 흔들게 두지 마라.'

아주 오랫동안 들어온 목소리였다. 조부의 유골을 앞에 둔 아비가 몇 번이고 들려주었던 이야기이기도 했다.

'널 약하게 하는 것들을 가까이하지 마라.'

레온하르트는 그 당부를 잊지 않았다. 잊을 수가 없었다. 넓디넓은 제국을 지키는 것보다 고작 타국 출신인 황후의 마음을 얻고자 아등바등하던 조부를 알고 있었다. 황위에 있는 이가 단지 한 여자만을 위한 사람이 되려는 건 그저 지독한 이기심일 뿐이라는 것도.

'네가 짊어진 이들을 생각해야 한다.'

귓전을 울리는 목소리에 레온하르트는 다시금 펜을 들었다. 그는 에브게니아의 황제였다. 누구도 그를 흔들어서는 안 되었다.

똑똑, 노크 소리가 들려왔다.

"황제 폐하, 살바토르 공작이 알현을 청합니다."

시종의 말에 종잇장을 넘기던 손이 멈추었다. 편편하던 미간이 가늘게 일그러졌다. 레온하르트는 불쾌감을 숨기지 않고 자리에서 일어났다. 보좌관들이 눈치를 살피는 것을 알았지만 신경 쓰고 싶지 않았다.

"내려간다고 전해라."

하필이면 테네르의 출궁 날 기다렸다는 듯 찾아오는 심보야 알 만했다. 그러나 레온하르트는 그의 알현을 거절할 수가 없었다.

살바토르 공작은 응접실에서 레온하르트를 기다리고 있었다. 레온하르트는 드물게 굳은 표정을 지은 채 그의 맞은편에 앉았다. 불쾌감이 여실히 드러나는 얼굴이었지만 공작은 아랑곳하지 않았다.

"아이작 살바토르, 제국의 주인이신 황제 폐하를 뵙습니다."

"이제 만족하나?"

레온하르트는 날카롭게 물었다. 그러나 공작은 퍽 공손한 태도로 그의 잔에다 차를 따라 줄 뿐이었다. 조르륵 떨어지는 찻물이 찻잔을 가득 채웠다.

"황후 폐하께서 결단을 내려 주신 덕에 저 또한 마음이 놓입니다."

"……."

"아, 이제는 폐후이시지요."

그것이 재미난 농담거리라도 되는 양 아이작의 입꼬리가 올라갔다. 레온하르트는 여전히 불쾌한 얼굴이었다.

"고작 그런 말을 지껄이려고 온 건 아닐 텐데."

그러니까, 용건만 말하고 꺼져 버리라는 의미였다. 아이작은 여전히 겁먹은 기색도, 불쾌한 기색도 없었다. 그가 찻잔을 소리 없이 내려놓았다.

"폐후께서도 출궁하셨으니, 서둘러 새 황후를 맞아들이셔야지요."

레온하르트는 웃음기 없는 얼굴로 그를 보았다. 피식, 비웃음이 입술 사이로 흘러나왔다.

"왜, 알레이나 살바토르를 찾기라도 했나?"

"찾기야 진작 찾았습니다. 설득에 시간이 걸릴 뿐."

아이작은 대수롭지 않다는 듯 말했다. 그녀를 찾았으리라 예상하지 못했던 듯 레온하르트는 얼굴을 구겼다. 그러나 그것도 잠깐, 이내 헛웃음을 지었다.

"돌아오겠다고 할 리 없네."

"그럴 리가요."

아이작이 소리 내어 웃었다.

"황후가 되리라 믿고 자라 온 아입니다. 공작가에서의 화려한 삶에 익숙해진 아이이기도 하지요. 그런 아이가 초라한 곳에 숨어 지내는 것을 오래 견딜 리 없지 않겠습니까?"

"……."

"돌아오라 설득하고 있습니다."

그는 확신에 찬 목소리로 말했다. 레온하르트는 그런 그를 한참 노려보다 입을 열었다.

"살바토르 영애는 나와 결혼하는 걸 역겨워할 거다. 물론 나도 마찬가지고."

"부부가 꼭 살을 맞대고 살 필요 있겠습니까. 동침이야 시늉만 하고 각자 정부를 두고 살면 될 것을."

그는 문제 될 것 없다는 듯 말했다. 자신을 쏘아보는 험악한 표정을 발견했지만, 낯빛 하나 변하지 않았다. 그는 황제를, 레온하르트를 두려워하지 않았으니.

"다들 믿고 있지 않습니까? 태후께서 낳으셨으니, 황제 폐하께서는 당연히 선황 폐하의 자식이라고. 그러니 설령 비렁뱅이의 씨라고 할지라도 황후의 배에서 나오면 황제 폐하의 아이임을 의심하지 않을 겁니다."

"……."

"물론 귀한 제 딸에게 한낱 비렁뱅이를 붙여 주지야 않겠지만요."

아이작은 아주 유쾌한 농담을 하듯 덧붙였다. 황제의 아이가 아닌 다른 이의 아이를 감히 황손으로 삼겠다는 불순한 이야기였지만 레온하르트는 그의 무례를 벌하지 않았다. 아이작 또한 그가 자신을 해칠 수 없다는 사실을 잘 알고 있었다.

"내 아버지는……."

한참을 침묵하던 레온하르트가 무겁게 입을 열었다.

"내 아버지는 선황 폐하다."

단호하지만 확신 없는 목소리였다. 아이작은 빙그레 웃었다.

"그거야 모를 일이지요."

* * *

후작 저택에서의 생활은 평화로웠다. 햇빛이 잘 들어오는 넓은 방은 우울감을 덜어 주었고, 밝고 경쾌한 하녀 또한 분위기를 띄워 주었다.

"우와아, 이게 다 황제 폐하께서 주신 거예요?"

카밀라는 번쩍거리는 보석함을 보며 탄성을 질렀다. 테네르는 조금 어색하게 웃었다.

"……두고 오려고 했었는데, 다시 보내 주셨구나."

보석함에는 그간 받아 온 선물이 가득했다. 결혼 선물로 받은 목걸이와 매생일 때, 그리고 특별하지 않은 날에도 종종 주었던 작은 선물들.

비단 레온하르트뿐 아니라 죽은 베아트리스가 준 것도 있었다. 각양각색의 목걸이와 귀걸이, 팔찌와 반지, 머리핀과 펜던트. 그간 받았던 것이 왜 이리도 많은지…….

테네르는 늘 끼고 다니던 결혼반지를 빼내어 그 안에 넣었다.

"황실에서 보내 주신 거니 잘 보관해 주렴."

귀하게 여기되 다시 착용하지는 않을 거라는 의미였다. 카밀라는 좋은 보석들을 묵혀 두는 것이 아까운 듯했지만, 토를 달지는 않았다. 대신 활짝 웃으며 말했다.

"폐하께서 아가씨를 정말 사랑하셨나 봐요."

"그래 보이니?"

"그럼요. 저희 아버지가 항상 그러셨는걸요. 남자가 날 사랑하는지 알고 싶으면 돈과 정성을 얼마나 쏟는지 봐야 한다고."

"……재미있는 사람이구나."

카밀라는 종종 테네르의 옆에 붙어 앉아 조잘조잘 이야기를 건네었다. 덕분에 테네르는 지루할 틈이 없었다. 에리히는 테네르와 함께 식사했고, 하녀들은 언제나 친절했고, 황실에서 온 기사들 또한 언제나 정중하게 그녀를 대했다. 가끔은 저택에만 있는 그녀가 신경이 쓰였는지 함께 외출해도 된다고 재차 말하기도 했다.

그녀가 원하던 삶이었다. 큰 굴곡 없이 평온한, 어떤 위협도 갈등도 없는 삶. 그러나 한편으로는 이 평화가 허전하게 느껴지는 이유를 알고 있었다.

"참 아가씨, 달거리 하실 때가 되지 않았나요?"

빨랫감을 정리하던 카밀라가 입을 열었다. 마지막 합방일과 월경일을 알려 주었던지라, 혹시 모를 회임에 대한 기대감보다는 건강을 걱정하는 듯한 뉘앙스였다.

"환경이 바뀌어서 조금 늦어지는 모양이야. 황궁에 처음 들어갔을 때도 보름 정도 늦어졌던 것 같은데."

테네르는 그와의 마지막 밤에 대해 굳이 말하지 않았다. 이제 와서 회임할 리도 없으니, 행여 괜한 기대를 하게 하고 싶지 않았다.

카밀라는 자신도 낯선 곳에 가면 종종 그런다며 맞장구쳤다. 수다스러운 하녀는 한 가지 화제를 던지면 끝도 없이 이야기를 늘어놓곤 했다. 테네르는 그녀의 수다를 흘려들으며 레온하르트를 생각했다. 폐위시켜 달라는 말에 더 붙잡지 않고 고개를 끄덕이던 사람. 처음으로 내뱉은 사랑을 거절하던 사람.

'……잊어야 하는데.'

미련을 털고 가고 싶다고 청했던 거면서 아직도 그날 밤의 일들이 떠오르는 것이 우스웠다. 부드러운 목소리와 다정한 손길, 달콤한 입맞춤과 열기.

그는 마지막까지 좋은 사람이었다. 그렇지 않은 적이 없었다.

"참, 아가씨. 방문 요청은 언제까지 거절하실 건가요? 방문하고 싶어 하는 분들이 많은데. 클로디 영애도 곧 제도로 오신다고 하고요."

솔렌 왕국 아카데미에 유학을 간 소피아 클로디는 종종 테네르에게 서신을 보내어 안부를 전했다. 편지를 통해 드문드문 연락을 주고받는 게 고작이었는데, 테네르가 폐위되자 걱정이 되는 모양이었다.

"마음이야 고맙지만, 아직 다른 사람들을 만나기에는 이른 것 같구나. 자중하는 모습을 보여야지."

"하지만…… 그건 아가씨 잘못도 아니었잖아요."

카밀라가 입술을 비죽 내밀고 투덜거렸다. 테네르는 작게 웃었다.

"그게 중요하지 않을 때도 있단다."

"그런 게……."

"사실 아직은 좀 쉬고 싶기도 하고."

테네르는 매듭지은 실을 잘라 내며 말을 마쳤다. 카밀라는 여전히 불만이 가득한 얼굴이었다. 제 일도 아니면서 토라져 있는 모습이 조금은 우습기도 했다.

"정원에 산책이나 갈까?"

"네!"

카밀라는 기다렸다는 듯 대답했다. 테네르는 반짇고리를 정리하고 자리에서 일어났다.

* * *

테네르가 황궁을 떠난 지 한 달하고도 보름이 지났다.

폐후의 소식은 간간이 들려왔다. 계승식을 마친 에리히도, 저택에 돌아간 테네르도 모두 외출도 제대로 하지 않고 칩거한 모양이었다.

'편히 지내라 말했는데…….'

외출을 권해도 테네르 쪽에서 계속 거절하는 모양이었다. 차라리 간간이 다른 귀족들과 교류하거나 가벼운 여행이라도 다녀온다면 그러려니 할 텐데, 꼭 자택 근신을 명령받은 죄인처럼 굴고 있으니 신경이 쏠리지 않을 수가 없었다.

"다른 소식은 없나?"

"내일 저택에 의사가 방문한다고 합니다."

"……의사?"

무심한 듯 움직이던 손이 멈추었다. 레온하르트가 고개를 들자 델루스는 얼른 허리를 굽혔다.

"의사는…… 왜?"

"별다른 이야기는 없습니다. 급하게 부르지 않은 걸 보면 병이 나서라기보다는…… 정기적인 검진 차원이 아닐까 합니다."

그 말에 레온하르트의 어깨가 그제야 내려앉았다.

"주치의는 아직 새로 구하지 않은 건가?"

"작위 계승이 되지 않으니 주치의를 새로 구하기가 어려운 듯합니다."

루드비히 에반의 반역으로 절반 이상의 사용인들이 저택을 떠났다. 그나마 집사장이나 하녀장을 비롯한 몇몇 이들이 남은 책임을 다하고 있었지만, 반쯤 몰락한 가문에서 새 주치의를 구하는 것이 쉽지는 않은 모양이었다.

"그럼 궁의를……."

거기까지 말한 레온하르트는 입을 다물었다. 폐후에게 궁의를 보내는 것은 아무리 생각해도 과한 처사였다.

'……한 달이나 지났는데.'

신경 쓰지 않을 때도 되지 않았나. 꼭 무언가에 홀리기라도 한 것처럼……. 레온하르트는 얼른 고개를 저었다.

"앞으로는 황후에 관하여 일일이 보고할 필요 없다. 특별한 일만 알리도록."

레온하르트는 단호하게 말하곤 다시 펜을 들었다. 서걱서걱, 빠르게 움직이는 손을 따라 유려한 글씨가 그려졌다.

보좌관 델루스 사이언은 다시금 허리를 굽혔다. 황제가 이미 지난주에 비슷한 말을 했다는 것도, 폐후를 아직도 종종 황후라 지칭하는 것도, 그는 굳이 지적하지 않았다.

* * *

오후가 되자 후작 저택에 의사가 찾아왔다.

의사는 마흔 언저리의 중년 여성이었다. 짧게 자른 곱슬머리가 눈에 들어왔다.

"처음 뵙겠습니다, 아가씨. 의사 에블린이라고 합니다."

테네르는 침대에 걸터앉아 그녀를 맞이했다. 카밀라의 말에 따르면, 에블린은 부인과 질환에 정통한 것은 물론 입이 무겁기로 유명한 의사였다.

"반가워요, 에블린."

"건강 상태를 검진하고 싶으시다고요."

"달거리가 늦어져서요."

테네르는 간단하게 대답했다. 에블린은 그녀의 곁으로 다가와 맥을 짚었다.

"마지막 달거리는 언제였나요?"

나직한 물음에 카밀라가 얼른 대답했다.

"두 달 전이요."

"그 후 관계를 가진 적은 없나요?"

"달거리를 시작하기 열흘 전이 마지막이었다고 하셨어요."

카밀라가 테네르의 눈치를 살피며 대답했다. 에블린은 아리송한 얼굴로 고개를 갸웃했다. 카밀라는 조심스레 물었다.

"무슨 문제라도 있나요?"

"……아아."

에블린은 이맛살을 가늘게 찌푸리며 맥을 몇 번 다시 짚었다. 평소의 건강 상태나 운동량, 월경 주기, 월경통 유무를 묻기도 했다. 주로 카밀라가, 그리고 그녀가 알지 못하는 내용은 테네르가 직접 대답했다. 한참을 고민하던 에블린이 슬쩍 입을 열었다.

"아가씨, 혹시 따로 이야기를 나누어도 될까요?"

조심스러운 물음에 테네르는 고개를 끄덕였다. 그녀가 손짓하자 카밀라는 걱정스러운 표정을 숨기지 못하고 방을 나갔다.

넓은 침실에 남은 것은 테네르와 에블린 단 두 사람이었다. 무슨 이야기를 하려고 하녀까지 내보냈나. 테네르는 조금 긴장된 마음으로 그녀를 보았다.

"지금부터 제가 여쭙는 말에 솔직히 대답해 주셔야 합니다, 아가씨."

"그럴게요."

순순히 대답했지만, 테네르의 머릿속은 엉망이었다. 궁의는 몸에 큰 문제는 없다고 했었는데, 혹 제게 문제가 있는 걸 감싸 주려고 그간 거짓말해 왔던 건 아닐까. 긴장감에 말도 안 되는 생각마저 들었다. 머뭇거리던 에블린이 입을 열었다.

"마지막 관계일이…… 달거리 열흘 전이 확실한가요?"

에블린의 물음은 지극히 조심스러웠다. 그 의미를 알 것만 같아, 테네르는 저도 모르게 자신의 배에 손을 올렸다.

"……태기가 있나요?"

그 물음에 에블린은 아주 천천히 고개를 끄덕였다. 심장이 바닥으로 쿵 떨어진 것만 같았다. 태기라니, 회임이라니. 왜 이제야……. 에블린은 머리를 조아렸고, 테네르는 한참 침묵하다가 입을 열었다.

"한 달하고도 보름 전이에요. 그간 꽤 오랫동안 회임하지 못해서……."

"회임 시기야 사람마다 다르답니다."

에블린은 간단하게 대답했다. 다른 환자의 예시를 들어 줄 거라 생각했지만, 그녀는 더 입을 열지 않았다. 입이 무겁다고 했던가. 테네르는 그녀를 유심히 보았다.

"함구를 부탁해도 될까요?"

"환자의 이야기를 함부로 떠벌릴 만큼 몰지각한 사람은 아닙니다. 다만 그 아이가 황제 폐하의 아이라면……."

"폐하께는 말씀드릴 겁니다. 다만 저도 마음을 추스를 시간이 필요해서요."

테네르는 차분하게 대답했다. 에블린은 조금 머뭇거렸지만, 천천히 고개를 끄덕였다.

의사가 돌아간 후, 테네르는 오라비인 에리히와 카밀라를 방으로 불렀다. 의사가 다녀간 직후라 두 사람 모두 조심스러운 태도였다.

"무슨 일이에요, 아가씨? 혹시 무슨 안 좋은 일이라도……."

"의사가 뭐라는데?"

에리히가 조급하게 물었다. 테네르는 그들을 찬찬히 둘러보며 입을 열었다.

"오라버니, 이 이야기는 절대 비밀로 해 주셔야 해요. 카밀라, 너도 마찬가지란다."

평소보다도 가라앉은 분위기에 두 사람은 천천히 고개를 끄덕였다. 테네르의 시선이 에리히를 향했다.

"……태기가 있대요."

"뭐라고?"

"아가씨!"

에리히의 눈이 커졌고, 카밀라는 놀라 비명을 질렀다. 테네르는 웃으며 아직 납작한 배를 쓰다듬었다. 카밀라의 입이 뻐끔거렸다.

"하, 하지만 아가씨. 분명 임신 가능성은 없다고……."

"4년이나 회임하지 못했으니 이번에도 아닐 거라고 생각했단다. 어차피 아닐 테니 괜히 민망해질까 봐 말하지 않았구나."

에리히도, 카밀라도 말을 잇지 못했다. 할 말을 찾지 못하고 허둥대던 에리히가 간신히 진정하고 입을 열었다.

"당장 황궁에 전보를 보낼게. 지금 기사들에게……."

"아뇨, 오라버니."

테네르는 얼른 방을 나가려는 에리히를 붙잡았다.

"말씀드렸잖아요. 비밀로 해 달라고."

"무슨 소리야. 황손을 잉태했는데 왜……."

에리히는 이해할 수 없는 듯한 표정이었다. 테네르는 그의 옷깃을 쥔 손에 힘을 주며 고개를 저었다.

"며칠만 마음을 추스르고 말씀드리려고요. 아직 초기인 데다 유산 위험도 있고요."

"그럼 더더욱 폐하께 말씀드려야지. 황실의 보호를 받아야……."

"전 폐후예요, 오라버니."

테네르가 미소했다. 에리히는 입을 다물었다.

"의사가 스트레스를 받지 말라고 한걸요. 당장 회임을 알리면 소란스러워질 텐데, 감당할 자신이 없어요."

에리히는 여전히 이해할 수 없는 듯한 얼굴이었지만, 테네르의 완고한 태도에 결국 고개를 끄덕이고야 말았다. 그가 수긍한 기색을 보이자 테네르는 카밀라 쪽으로 고개를 돌렸다.

"카밀라, 너도 이 일은 반드시 비밀로 해 주렴. 다른 하녀들에게도 알리지 말고."

"무, 물론이에요, 아가씨. 혹시 뭐 필요한 건 없으세요?"

"······글쎄. 신선한 과일을 많이 먹으라고는 하던데······."

"당장 가서 사 올게요!"

그렇게 외친 카밀라는 말릴 새도 없이 쌩하니 방을 나가 버렸다. 제법 충실한 하녀의 모습이었다. 테네르는 닫힌 문을 빤히 보고는 오라비 쪽으로 고개를 돌렸다.

"부탁이 있어요, 오라버니."

에리히는 테네르의 목소리가 아까보다 무거워졌다는 것을 깨달았다.

"카밀라를 잘 살펴 주세요."

"어?"

"알아보고 싶은 게 있어서요."

에리히는 어리둥절했지만, 테네르의 표정을 보고는 묵묵히 고개를 끄덕였다. 테네르는 납작한 배를 천천히 쓸었다.

* * *

후작 저택을 나온 카밀라는 한 골목으로 들어갔다. 발랄하던 얼굴에 전에 없던 조바심이 들어차 있었다.

인적이 드문 골목 안에는 창틀에 거미줄이 쳐진 낡은 건물이 있었다. 카밀라는 그 안으로 발을 들였다. 로브를 뒤집어쓴 남자가 익숙하게 그녀를 맞이했다.

"……함부로 찾아오지 말라고 했을 텐데."

동굴에 있는 듯 낮게 울리는 저음에 카밀라는 저도 모르게 어깨를 움츠렸다. 그러나 그를 찾아온 목적을 잊지는 않았다.

"급하게 전할 말이 있어서요."

남자는 말없이 그녀를 보았다. 카밀라는 내내 초조한 얼굴이었지만 남자는 그저 태연할 뿐이었다.

"아가씨가 회임하셨대요. 곧 황궁에 알릴 거래요."

카밀라가 내던진 말에 남자의 얼굴에 그제야 실금이 갔다.

"임신 가능성은 없다고 하지 않았나."

"……."

"그렇게 자신만만하더니, 신뢰를 얻지는 못했던 모양이군."

비웃듯 내던져진 말에 카밀라가 입술을 물었다.

"부끄럼이 많은 분이라서요. 지금껏 회임하지 못했으니 괜히 민망하게 수선을 부릴까 봐 말씀하지 않으신 거래요."

"혹은 황제가 아닌 다른 사내의 아이일 수도 있을 거고."

남자는 재미난 농담이라도 하는 양 키득거렸다. 그리고는 작은 병을 꺼내어 그녀에게 건넸다. 무슨 약인지는 말하지 않아도 알 수 있었다.

"극약은 아니니 걱정 마. 당장은 황제가 계속 관심을 쏟고 있으니 죽일 수야 없지. 다시 회임하기야 어렵겠지만……. 폐위된 마당에 그게 중요하겠나."

"하지만 직접 먹이기는 위험 부담이 너무 큰데요."

"그래서, 못 하겠다?"

남자는 그럴 리 없다는 듯 삐딱하게 입꼬리를 올렸다. 카밀라 또한 씩 웃으며 손을 내밀었다.

"추가 수당 주셔야죠. 어딜 은근슬쩍 넘어가시려고."

"하여간 일관성 하나는 끝내준다니까."

남자는 호쾌하게 웃고는 묵직한 주머니 하나를 꺼내었다. 안쪽을 확인한 카밀라의 눈이 번득였다.

* * *

돈만 주면 무엇이든 하는 사람들이 있었다. 카밀라는 그중 하나였다.

그녀의 꿈은 지긋지긋한 하녀 일을 때려치우고 평생 돈 걱정 없이 사는 거였다. 마음에 들지 않는 사람에게 억지로 살갑게 웃는 것도, 황후도 아닌 폐후의 시중을 들며 굽실거리는 것도 질색이었다.

'멍청한 게.'

카밀라는 테네르가 저택에 있을 때부터 그리 좋아하지 않았다. 그녀는 조용하고 지루하고 멍청한 사람이었다. 그녀가 후작의 화를 돋우는 바람에 저택의 분위기가 가라앉은 적이 한두 번이 아니었다. 얼핏 지나가다 들은 바로는, 살바토르 공작가의 영애와 친해지지 못한 탓이라고 했다.

자존심 굽히고 맞춰 주면 되는 것 아닌가.

평생 굽히며 살아온 카밀라로서는 고작 그 정도도 하지 못하는 테네르가 그저 한심할 뿐이었다. 아비에게 혼나거나 간간이 손찌검을 당하는 걸 봤지만 일말의 동정조차 들지 않았다.

'굽실대는 게 어려운 거지? 하여간 고고한 척하기는.'

아비에게 뺨 몇 대 맞는 게 뭐가 대수라고. 배곯아 본 적도, 잠자리를 걱정해 본 적도 없는 귀족 영애를 하녀가 동정할 이유가 어디에 있나.

그러다 황제의 청혼을 받았다고 하기에 뒤늦게 살갑게 굴었다. 혹 그녀의 눈에 들면 황궁으로 데려가 주진 않을까 하는 속내였다. 그러나 그녀는 저택의 하녀들에겐 관심조차 없었다. 황궁에 들어가 저 혼자 호의호식할 뿐이었다.

테네르가 황궁에 들어가고 얼마 지나지 않아 카밀라는 하녀 일을 그만두려 했었다. 에반 후작가의 봉급은 규모에 비해 그리 많지 않았고, 어느 정도 경력을 쌓았으니 봉급을 많이 주는 다른 저택에 지원할 작정이었다. 그러다 남자를 만났다.

'돈이 필요한가?'

남자는 카밀라에게 그간 쥐어 본 적 없는 돈을 내밀며 후작가의 정보를 캐 오게 했다. 카밀라는 조금 망설였지만, 그것은 남자의 말을 들었을 때의 이득이 더 클지, 그의 존재를 후작가에 고했을 때의 이득이 더 클지에 대한 고민일 뿐이었다. 오래 지나지 않아 카밀라는 남자의 손을 잡았다. 남자가 내미는 돈이 너무도 유혹적인 탓이었다.

남자는 카밀라에게 루드비히 에반에 관한 정보를 알아 오게 했고, 그의 반역으로 테네르가 폐위된 후에는 그녀의 전담 하녀가 되어 감시하라고 했다. 말이 많지도, 바깥출입을 하지도 않았기에 전달할 내용은 없다시피 했지만. 정말이지 도움이 안 되는 여자였다. 그런 주제에 무슨 보석은 그렇게도 많은 건지.

보석함을 보고 감탄하면 제게 한두 개쯤 내어 줄 거라 생각했지만, 나눠 주기는커녕 구석에 넣어 두고 쳐다보지도 않았다.

'한두 개쯤 없어져도 모를 것 같은데.'

물론 실현에 옮기지는 못한 생각이었다. 그러나 카밀라는 저택을 떠나기 전 반드시 그 보석함에 손을 댈 작정이었다. 그러니까 테네르에게 약을 먹이고, 남자에게 추가 수당과 입막음 비용을 받은 후에.

'꼬리가 길면 잡히기 마련이니까.'

카밀라는 저택에 돌아오자마자 싱싱한 제철 과일을 가득 안아 든 채 테네르를 찾았다. 테네르는 말갛게 웃으며 그녀를 맞아 주었다.

"과일 깎아서 차랑 같이 가져다드릴게요, 아가씨. 조금만 기다려 주세요."

"고맙구나."

하여간 의심이라곤 모르고 살아온 듯한 여자였다. 루드비히 에반이 틀린 말을 한 게 아니었다. 멍청하고, 미련하고, 그저 방 안에 틀어박혀 수를 놓을 줄밖에 모르는 그런 여자.

카밀라는 콧노래를 부르며 과일을 깎고 찻주전자에 뜨거운 물을 부었다. 그리고 약병을 꺼내었다. 그녀가 막 병을 열려던 순간이었다.

"뭘 넣으려는 거니, 카밀라?"

부드러운 목소리가 들려왔다. 귀에 익은 목소리에 카밀라는 그대로 얼어붙었다.

"……아가씨?"

카밀라는 얼른 손에 든 약병을 등 뒤로 숨기려 했다. 그러나 어느덧 나타난 에리히의 손이 그것을 낚아채는 것이 더 빨랐다.

"주, 주인님……."

"너, 뭐 하는 짓이야."

땅거미가 지기 시작할 시간이었다. 아직 기름 등을 켜지 않아 험악하게 일그러진 얼굴에 어둠이 드리워 있었다. 카밀라가 대꾸하지 못하자, 에리히는 그녀를 노려보며 테네르에게 약병을 건네었다. 카밀라는 뒤늦게 테네르를 돌아보았다.

"아, 아가씨. 이건 그냥……!"

"날 죽이는 약이니? 아니면…… 아이를 죽이는 약이니?"

담담한 목소리에 말문이 막혔다. 대꾸하지 못하는 그녀를 보며 테네르가 나직이 중얼거렸다.

"후자일 가능성이 높겠구나. 내 회임 소식을 듣자마자 벌인 일이니."

"아, 아니에요, 주인님, 아가씨. 무슨 말씀을……."

"이게 뻔뻔하게……!"

당장 무릎 꿇고 용서를 구하지는 못할망정 발뺌하려는 모습에 에리히가 언성을 높였다. 어둑해진 와중에 분노로 터질 듯 붉어진 얼굴이 눈에 선했다. 카밀라가 다급히 변명했다.

"그냥, 그냥 영양제예요. 아가씨가 회임하셨다고 해서 제가 특별히……."

"그럼 네가 먹어 보겠니?"

테네르의 목소리는 시종일관 차분했다. 어떤 분노도 격앙도 느낄 수가 없었다. 그러나 오히려 그것이 카밀라의 등골을 오싹하게 했다. 저 무감정한 목소리의 안에 무엇이 들어 있는지 알 수 없었기에.

테네르는 긴장한 얼굴을 빤히 보다가 잔잔히 웃었다.

"내가 그간 황궁에서 헛살았던 건 아니란다."

황궁에서 살아온 지 4년, 그중 베아트리스와 가까이 지내 온 것이 3년이었다. 그동안 베아트리스가 가르쳐 준 것은 비단 황후의 직무만은 아니었다.

"아무래도 그간 황궁에 내 회임을 바라지 않는 이가 있었던 모양이구나."

잦은 합방일에도 생기지 않던 아이가 폐위된 직후에 생겼다는 것이 의아하지 않을 수 없었다. 의사는 회임 시기가 사람마다 다르다고 했지만, 하필이면 레온하르트와 보냈던 마지막 밤에 생긴 아이라는 게 마음에 걸렸다.

그 밤이 다른 합방일보다 다른 점이야 많았다. 충동적이었다는 점, 사랑을 고백했다는 점, 서로의 이름을 불렀다는 점, 그리고…… 레온하르트와 자신 외에는 누구도 그날 밤에 대해 알지 못한다는 점.

그러니까, 그간 누군가 합방일에 맞추어 회임을 방해한 걸지도 모른다는 의미였다.

매일 먹던 식사, 자주 마시던 차, 합방일 전후로 먹던 약. 의심 가는 것들이야 많았지만, 지난 일들을 따지는 것은 의미가 없었다. 다만 황궁에서까지 자신의 회임을 방해하던 사람이라면 분명 저택에도 사람을 심어 두었을 거라 예상했을 뿐이었다.

"만약 첩자가 있다면 가장 가까이에 있을 거라고 생각했단다. 저택에서 나와 갑자기 가까워진 사람은 너뿐이지 않니."

소란스러워지는 게 싫다는 핑계로 황궁에 알리는 것을 미루고, 부러 며칠 후 알리겠다고 말을 흘렸다. 황손의 존재가 알려진다면 적어도 출산 전까지는 황실의 보호를 받을 테니, 자신이 황손을 낳길 바라지 않는 이가 정말로 있다면 분명 그 전에 움직임을 보이리라 생각했다.

"왜 그랬니?"

테네르는 나직하게 물었다. 카밀라의 얼굴이 하얗게 질렸다.

"난 폐후란다, 카밀라. 이제 내가 가진 건 이 아이밖에 없는데……. 이 아이마저 그렇게 앗아 가야 했니?"

차분하고 느릿한 목소리였다. 그 목소리에 담긴 것은 분노보다는 슬픔이었다. 그간 아이가 들어서지 않은 것이 자신의 탓이 아니었음을 깨닫자 괜한 안도감과 서글픔이 동시에 몰려왔다.

도대체 누가. 왜. 자신이 무엇을 그리 잘못했기에.

"혀, 협박당한 거예요, 아가씨."

카밀라가 다급히 무릎을 꿇었다. 그녀는 자신이 누구에게 매달려야 할지 알고 있었다. 새로운 후작은 당장이라도 자신의 목을 분질러 버릴 것처럼 분노에 차 있었으니, 싫은 소리 한 번 할 줄 모르는 폐후에게 매달려야 했다.

"약을 넣지 않으면 가족들을 죽이겠다고 했어요. 그래서 저도 어쩔 수 없었어요."

"이게 어디다 대고 거짓말을……."

"정말이에요, 아가씨. 제발 용서해 주세요."

카밀라는 테네르의 치맛자락을 붙잡고 눈물을 흘렸다. 에리히가 그녀를 동생에게서 떼어 놓으려 했으나, 테네르가 그를 만류했다. 그녀는 천천히 무릎을 굽혀 카밀라와 눈높이를 맞추었다.

"정말이니?"

"야, 너……!"

"정말 협박을 당해서, 어쩔 수 없이 한 행동이니?"

에리히가 언성을 높였지만, 테네르는 아랑곳하지 않았다. 그녀의 시선은 오롯이 카밀라에게 가 있었다. 카밀라는 그것이 붙잡을 희망이라도 된 것처럼 느껴졌다.

"정말이에요. 저도 어쩔 수 없었어요. 고향에 굶고 있는 동생들이 있는 데……."

"그래서 내 아이를 죽이려고 한 거니?"

카밀라는 고개를 들었다. 눈물을 짜내어 흐려진 시야에 언제나처럼 온화한 얼굴이 들어왔다.

"아가씨……?"

"네 말이 사실이라면……. 넌 네 가족을 지키기 위해 내 아이를 해치려고 한 거겠지."

협박을 당했다는 증거가 있냐는 말도, 왜 그런 일을 말하지 않았냐는 질책도 없었다. 카밀라는 그것이 조금 의아했다. 테네르의 시선이 그녀를 물끄러미 향했다.

"그러면 내가 내 아이를 해치려고 한 너를 용서할 수 없다는 것도 충분히 이해하겠구나."

"……예?"

카밀라가 멍청하게 되물었다. 테네르는 천천히 자리에서 일어났다.

"네게 가족이 소중한 만큼 나도 내 아이가 소중하단다. 사적인 처벌은 하지 않겠지만……. 네 죄를 물어 줄 수는 없구나."

어차피 황제의 아이를 해치려고 했으니, 테네르가 그녀를 벌하지 않더라도 황족을 시해하려 한 죄로 처벌받을 터였다. 그 말뜻을 알아들은 카밀라의 얼굴이 파랗게 질렸다.

"아, 아가씨. 아가씨!"

다급히 소리쳤으나, 몸을 일으킨 테네르는 카밀라를 돌아보지 않고 방으로 돌아가 버렸다. 대신 에리히가 그녀의 뒷덜미를 잡아챘다. 카밀라가 놀라 힉, 소리를 냈다.

"이야, 너 정말 간도 크다. 감히 황제 폐하의 아이를 건드리려고 해?"

언성을 높이던 아까와 달리, 에리히의 입꼬리는 비죽 올라가 있었다. 테네르가 카밀라의 변명에 넘어가지 않은 게 어지간히 기쁜 모양이었다.

"주, 주인님……."

"그래. 착해 빠진 내 동생이 사적인 처벌은 안 하겠다고 했으니 나도 어쩔 수 없지. 변명할 게 있으면 내일 황제 폐하께 해 봐."

에리히는 그녀를 질질 끌고 복도로 향하는 문을 열었다. 복도에 있던 사용인들이 놀라 그들을 바라보았다. 에리히는 그들에게 카밀라를 끌고 가게 했다. 하녀의 울부짖음이 뒤늦게 복도를 울렸다.

* * *

방으로 돌아온 테네르는 크게 심호흡을 했다. 그녀의 손에는 카밀라에게서 빼앗은 약병이 있었다. 심장이 연신 쿵덕거리고 머리가 지끈거렸다.

'잘한 거겠지.'

그래, 잘한 것이다. 누군가 제 회임을 방해하고 있었다는 게 밝혀졌으니, 날이 밝으면 레온하르트에게 그 사실을 전하고 보호를 요청하면 될 일이었다. 그럼 레온하르트는 분명 황궁 안을 철저히 조사하고 출산할 때까지는 누구도 그녀와 아이에게 손대지 못하도록 보호해 줄 것이다. 하지만…….

'……그 뒤엔 어떻게 되는 거지?'

아이를 낳고 난 후에는 어떻게 되는 것인가. 테네르의 손끝이 굳었다.

황실의 피를 이은 아이가 황녀 혹은 황자로서 황궁에서 살게 될 것임은 명백했다. 그러나 레온하르트가 만약 새로운 황후를 들이게 된다면, 새 황후가 아이를 낳게 된다면…….

반역자를 조부로 둔, 폐후의 아이였다. 아이가 황궁에서 잘 지낼 수 있을까. 그저 태어나기만 했을 뿐인데 천덕꾸러기로 살게 되는 것은 아닐까. 테네르는 자신의 배를 천천히 쓰다듬었다.

'그리고 난…… 내가 낳은 아이를 황실에 내어주고…….'

레온하르트는 사랑을 바라지 말라고 했던 사람이었고, 그녀의 사랑을 거절한 사람이었다. 자신을 사랑하지도 않는 남자의 아이를 낳아 내어주어야 한다는 것이 새삼 이상하게 느껴졌다. 낳는 것은 다름 아닌 자신인데도 자신이 어미가 되지 못한다는 것이.

'설령 복권을 권하신다 해도 날 사랑해서 그런 건 아닐 테지.'

복권에 대한 기대가 없는 것은 아니었다. 폐위의 이유 중 하나는 임신 때문이었으니, 어쩌면 황손을 낳은 후 다시 황후로 복위하게 될지도 몰랐다.

그러나 그것은 사랑 때문이 아니라 그녀가 낳을 아이의 입지 때문일 터였다. 그는 황후가 된 자신을 위해 황후궁을 자주 찾아 주었으니, 어쩌면 황손을 위해 사랑하지도 않는 자신을 다시 황후로 들여 줄지도 몰랐다.

테네르는 그런 그와 얼굴을 마주할 자신이 없었다. 그의 곁에서 살아갈 자신도 없었다. 차라리 그날 그런 말을 하지 않았더라면, 그의 다정을 사랑이라 계속 착각할 수 있었을 텐데. 사랑한다는 말만 주고받지 않을 뿐 사실은 서로를 사랑하고 있는 거라 생각할 수 있었을 텐데.

'……그랬더라면 아이가 생기지도 않았겠지만.'

테네르는 자신의 배를 쓰다듬었다. 아직 납작하기만 한 이 안에 생명이 자라고 있다는 것이 믿어지지 않았다. 자신이 사랑하던 사람의 가장 큰 흔적이 바로 이 안에 있다는 것이.

'어차피 새 황후를 들이시면……. 그 사람을 통해 또 황손을 보실 텐데.'

말도 안 되는 욕심이 스멀스멀 일어났다. 어차피 황실에 들어가 봤자 천덕

꾸러기 신세를 면하지 못할 아이라면. 그렇다면 차라리…….

생각이 뚝 끊어졌다. 배를 문지르던 손이 멈추었다. 내가 지금 무슨 생각을 하는 건가. 테네르는 정신을 차리려는 듯 도리질했다.

"……폐하의 아이야."

테네르는 스스로에게 되뇌었다. 이 아이는 내 아이가 아니다. 이 아이는 황제의 아이다. 그러니 그에게 알려야만 했다. 그러니 날이 밝는 대로 황제에게 알현을 청하고…….

"욕심내지 말자."

그녀는 다짐하듯 중얼거렸다. 포기하는 거야 익숙하지 않나. 황궁에 들어가기 전에는 수도 없이 해 오던 일을 다시 하는 것뿐인데.

* * *

테네르는 뜬눈으로 밤을 지새웠다. 아이를 위해서라도 눈을 붙여야 한다는 것을 알았지만, 머릿속이 복잡해 도무지 잠들 수가 없었다. 날이 밝자마자 테네르의 방을 찾은 에리히는 그녀의 눈 밑에 그늘이 진 것을 보고 못 볼 꼴이라도 본 듯 얼굴을 구겼다.

"너, 얼굴이 왜 그래?"

테네르는 대답이 없었다. 그녀가 말없이 다른 곳을 보자, 에리히는 문득 깨달은 듯 말했다.

"걘 네 아이를 해치려고 했잖아. 호구같이 죄책감 가질 거 없어."

에리히는 테네르가 카밀라의 처분을 신경 쓰고 있다고 생각하는 듯했다. 그의 눈에 자신이 얼마나 무른 사람으로 보이는지 새삼 알게 된 기분이라, 테네르는 작게 웃었다.

"카밀라를 용서할 생각은 없어요. 마음 같아선 직접 처벌하고 싶지만…….
황실에 인도하는 편이 더 큰 처벌을 받게 될 테니까요."

"……어? 어, 응. 그렇지."

직접 처벌하고 싶다는 말에 에리히는 당혹감을 숨기지 못했다. 낯선 사람을 보듯 동생을 바라보던 그는 문득 생각난 듯 물었다.

"그럼 뭐가 문젠데?"

에리히는 정말로 이해가 가지 않았다. 회임을 했으니 석녀가 아니라는 게 증명되었지 않나. 잡음이야 있겠지만 황제가 마음만 먹으면 다시 황후가 될 수도 있을 텐데, 뭐가 그리 고민인 건지.

"폐하께서 새로운 황후를 통해 다른 황손을 보시게 되면 어쩌죠?"

"그건 또 뭔 소리야. 살바토르 영애가 돌아온 것도 아니고."

에리히는 쓸데없는 걱정을 한다는 듯 말했다.

"회임했으니 복위를 청하면 되는 거잖아. 폐하랑 사이가 나빴던 것도 아닌데."

테네르가 폐위된 이유 중 하나는 불임이라는 의혹 때문이었다. 그마저도 황제가 직접 폐위한 것이 아니라 테네르 스스로 물러나겠다 청했으니, 그녀가 복권을 청하면 들어주지 않을 이유가 없었다. 그러나 테네르는 그저 쓸쓸히 웃을 뿐이었다.

"제가 이 아이의 어미가 될 수 있느냐 없느냐는 오로지 폐하의 뜻에 달린 거군요."

"……."

테네르의 말에 에리히는 아무 말도 하지 못했다. 그녀의 말이 사실이기 때문이었다. 만에 하나라도 황제가 그녀의 복권을 거부한다면, 아이만 빼앗기게 될지도 몰랐다. 잠시 침묵하던 에리히는 이내 무슨 소리를 하냐는 듯 입을 열었다.

"폐하께서 그렇게 모진 분은 아니잖아."

반역자의 자식들에게 최대한의 배려를 해 주고 있는 사람이었다. 후계였던 자신에게는 단승 작위나마 유지할 수 있게 해 주고 폐위된 테네르에게도 거주나 재혼의 자유를 보장해 준 사람이니, 아이만 빼앗아 가지는 않을 터였다.

에리히는 테네르의 고민이 단순히 이전의 버릇이 남은 탓이라고 생각했다. 황궁에 들어가기 전 쓸데없이 눈치를 보는 버릇이 남은 탓이라고.

"하지만…… 이젠 제가 불편하실 거예요."

테네르는 그저 쓸쓸하게 웃을 뿐이었다. 레온하르트가 제게 품고 있는 감정은 아마 일말의 동정이나 그간 함께 살아온 것에 대한 의리 정도가 고 작이리라. 마지막 부탁을 들어주기야 했지만, 끝내 그녀의 사랑에 화답해 주진 않았으니.

"사랑한다고 말씀드렸거든요. 폐하께선 거절하셨지만……."

예기치 못한 말에 에리히의 얼굴이 망연해졌다. 테네르는 고개를 숙이고 눈을 내리깔았다.

"설령 폐하께서 절 다시 받아 주신다 하더라도……. 이젠 제가 그분 곁에 있을 자신이 없어요."

방 안에는 침묵이 맴돌았다. 에리히는 할 말을 찾지 못하고 얼굴을 쓸어내 렸고, 테네르가 머뭇거리다 입을 열었다.

"이 아이 말이에요, 오라버니."

옅은 보랏빛 눈동자가 한참을 데록데록 굴렀다. 조심스레 내뱉어진 말이 있었다.

"그냥 제가 키우는 건…… 안 되겠죠?"

"뭐라고?"

에리히는 놀라 되물었다. 테네르가 작게 웃었다.

"제 아이잖아요. 제가 품고 제가 낳을…… 제 아이요."

"……."

"죄송해요. 그냥 해 본 말이에요. 그냥…… 괜히 욕심이 나서."

테네르는 멋쩍은 얼굴로 말했다. 에리히가 그녀를 물끄러미 보았지만 못 본 척 고개를 돌릴 뿐이었다.

* * *

테네르는 황궁에 전보를 보내 알현을 청했다. 알현 허락이 떨어지면 곧바로 출발할 수 있도록 짙은 색의 드레스를 입고 머리를 단장했다.

단장에는 꽤 오랜 시간이 걸렸다. 폐후로서 화려하게 치장할 수 없었으나, 그렇다고 레온하르트에게 너무 초라한 모습을 보이고 싶지도 않은 탓이었다. 불안한 와중에 그에게 아름답게 보이고 싶다는 욕심이 참 우스웠다.

"아름다우세요, 아가씨."

구금된 카밀라 대신 그녀를 단장해 주는 하녀들이 살갑게 말했다. 으레 하는 말이라는 걸 알고는 있었지만, 테네르는 그들의 말이 사실이길 바랐다.

근 한 달하고도 보름만의 만남이었다. 다시 만난 그에게 어떤 표정을 지어야 할지, 황손을 잉태했다고 말했을 때 그가 어떤 표정을 지을지 예상이 가지 않았다.

'기뻐하실까?'

아니, 어쩌면 그 전에 그간 회임을 방해하는 이들이 있었다는 사실에 분노할지도 모른다. 테네르는 그의 화난 얼굴을 본 적이 없었지만, 그 또한 울기도 웃기도 하는 사람이니 이번만큼은 화를 내리라.

'복권을 허락하실까?'

자신을 사랑하지 않는 그를 더는 버틸 수 없다고 생각했으면서, 테네르는 우습게도 그가 자신에게 복권을 청하는 것을 상상했다. 막상 황궁으로 돌아가면 두 사람 다 아무 일 없었던 것처럼 서로를 대할 수 있지 않을까 하고.

노크 소리가 들린 것은 입술에 옅은 색의 루주를 바른 직후였다. 테네르는 입술 안쪽을 손수건으로 닦아 내며 출입문 쪽을 돌아보았다.

열린 문 사이에는 집사가 서 있었다. 곤란해 보이는 얼굴을 보며 테네르는 고개를 갸웃했다.

"아가씨. 말씀하신 대로 황궁에 전보를 보내 알현을 청했습니다만……."

집사의 시선이 단장을 마친 테네르에게 가닿았다. 허용된 선 안에서 가장 아름답게 꾸민 모습을 보며 그는 천천히 고개를 숙였다.

"오늘 급한 일정이 있어 알현이 어렵다고 하셨습니다."

그 말에 테네르의 손이 멈추었다. 예기치 못한 거절이 당황스러웠다. 황궁에 있을 때는 알현을 거절당한 적이 한 번도 없었는데…….

"바쁘신 모양이구나."

테네르는 애써 태연하게 말했다.

"예. 조만간 다시 전보를 보내겠다 하셨습니다. 그리고……."

집사는 다시금 테네르의 눈치를 살폈다. 꼭 아주 어려운 말을 꺼내려는 듯이. 그리고 마침내 그가 입을 연 순간, 테네르는 당황할 수밖에 없었다.

"폐하께서 지금…… 살바토르 영애를 알현하고 계십니다."

무언가 뒤통수를 세게 치고 지나간 것만 같았다. 테네르는 자신이 무엇을 들었는지 금방 이해하지 못했다. 누구를 만나고 있다고? 누가 돌아왔다고? 입 밖으로 나오는 말소리가 조금 떨렸다.

"살바토르 영애가, 언제……."

"어제 제도로 돌아와 살바토르 공작과 아침부터 폐하를 알현하는 중이라고 합니다."

알레이나 살바토르. 황제의 전 약혼녀. 잊고 있었던 이름이 들려오자, 테네르의 어깨에 힘이 풀렸다. 급한 일정이라는 게 살바토르 영애를 만나는 거였나? 자신의 알현을 거절한 게…….

두려움과 불안, 질투, 자조. 엉킨 실타래 같은 감정들이 어지러이 뒤엉켰다. 집사는 송구스러운 얼굴로 연신 머리를 조아렸다. 그리고 복도에서 익숙한 목소리가 들려왔다.

"준비는 끝났어?"

들려온 목소리에 테네르는 고개를 들었다. 알현 준비를 끝낸 에리히가 어리둥절한 얼굴로 그녀와 집사를 보고 있었다.

"뭐야. 표정들이 왜 그래? 오늘은 안 된다셔?"

"……오라버니."

테네르는 맥없이 제 오라비를 불렀다. 떨리는 목소리에 에리히의 얼굴이 굳었다. 그가 성큼성큼 방으로 들어왔다. 테네르는 그의 옷깃을 붙잡았다.

"살바토르 영애가 돌아왔대요."

"……누가 돌아와?"

에리히는 듣지 말아야 할 것을 들은 것처럼 멍한 얼굴이었다. 테네르가 재차 말했다.

"살바토르 영애요."

지난 5년간 종적을 감추었던 황제의 약혼녀였다. 그런 그녀가, 하필이면 테네르의 폐위 후에 돌아왔다는 소식에 에리히는 당혹감을 감추지 못했다. 에리히 또한 테네르와 저택에 칩거하느라 다른 귀족들과 교류하지 않았으니 그 말이 너무도 갑작스럽게 느껴졌다.

"지금 폐하를 알현 중이래요. 오늘은 알현이 어렵다고……."

"……다들 나가 있어."

에리히가 무겁게 말하자, 사용인들이 일제히 방을 나갔다. 테네르는 문이 닫히자마자 고개를 떨어뜨렸다. 에리히는 바닥에 내리깔린 눈을 보며 무겁게 입을 열었다.

"확실한 건 아무것도 없잖아."

"……."

"살바토르 영애는 폐하와 약혼 중에 갑자기 종적을 감췄던 사람이야. 덕분에 황후 자리가 1년 동안 공석이었고. 돌아왔다면 곧바로 폐하를 알현하는 게 당연하지."

알레이나가 레온하르트와 사이가 나쁘지 않았던 것도, 예비 황후로 자라왔다는 것도, 다시금 공석이 된 황후의 자리에 올라가기 가장 적합한 인물이라는 것도, 에리히는 모른 척하려고 했다. 그러나 모른 척한다고 해서 그 사실이 지워지는 것은 아니었다.

"제가 제 아이를 빼앗길지 아닐지도⋯⋯. 확실하지 않은 거겠죠."

테네르는 자신의 배를 감싸 안은 채 말했다. 에리히로서는 본 적 없는 모습이었다. 무엇 하나 욕심내지 않던, 빼앗기는 것에 익숙하던 그녀가 자신의 것이라 주장하는 것.

에리히는 단 한 번도 앞에 나서 본 적이 없었다. 아비가 동생을 괴롭힐 때 그의 편을 드는 척 상황을 무마하기야 했지만, 에리히는 언제나 아비에게 밉보이지 않는 선을 지켜야 했다. 척을 져서는 안 되니까. 아직 작위를 물려받지 않았으니까. 그 빌어먹을 합리가 언제나 그를 비겁하게 했다. 아비와 함께, 혹은 아비보다 먼저 윽박지르고, 빈정거리고. 사실은 제 동생을 돕고 있는 거라고 자위하면서.

"제 아이잖아요. 제 아인데⋯⋯."

테네르는 억지를 부리듯 말했다. 그러나 그것은 억지가 아니었다. 아이는 테네르의 배 속에 있었다. 그녀의 배 속에서 자라날 그녀의 아이였다. 욕심 없던 그녀가 남의 것도 아닌 자신의 것을 욕심내고 있었다.

"같이 도망갈래?"

저도 모르게 툭 튀어나온 말이었다. 놀란 테네르의 얼굴을 보며 에리히는 그제야 자신이 무슨 말을 내뱉은 건지 깨달았다. 그러나 아주 불가능한 일도 아닐 것만 같았다.

"어차피 기사들은 정문에만 있으니 몰래 빠져나가는 게 어렵진 않을 거야. 너나 나나 그동안 저택에 얌전히 칩거했으니, 며칠 정도는 시간을 벌 수 있을걸."

"오라버니."

테네르는 말도 안 되는 소리 말라는 듯 그를 불렀으나, 에리히는 그녀의 눈동자가 흔들리는 것을 놓치지 않았다. 그가 마른침을 꿀꺽 삼켰다.

"어때? 나도 계승도 못 할 작위 붙잡고 있고 싶진 않은데."

"하지만 오라버니, 오라버니는 결혼도 하셔야 하고……."

"누가 반역자의 아들이랑 결혼하려고 하겠냐?"

에리히는 씩 웃었다. 테네르는 여전히 당황한 얼굴이었지만, 배를 움켜쥔 손을 놓지는 않았다.

"어느 쪽이든 도박이야, 테네르. 아이를 빼앗길지, 복권할지를 폐하의 결정에 맡기거나, 아니면 나랑 같이 어디든 도망치거나."

"……."

"도망치다가 잡히더라도 임산부를 크게 처벌하진 않으실 거야. 뭐하면 낳고 나서 알리려 했다고 우겨도 되고."

"하지만 오라버니는……."

테네르는 말끝을 흐렸다. 그의 말대로 자신은 붙잡힌다 하더라도 핑계 댈 것이 있었다. 황손을 잉태한 산부였고, 가까이 지내던 하녀가 제게 약을 먹이려던 것을 발견하기도 했다. 그러니 저택도, 황궁도 위험하다고 생각했다고 말한다면, 황손을 잃을까 두려워 비이성적으로 판단한 거라 우긴다면 참작이 될 테다.

그러나, 에리히는 달랐다. 그는 에반 후작가의 주인이었고, 테네르의 잘못된 선택을 막아야 하는 입장이었다. 우려 섞인 시선에 에리히는 자신의 어깨를 감싸 쥐며 눈썹을 시옷 자로 휘었다.

"난 뭐……. 악독한 동생에게 납치당한 연약한 오라비 할게."

"……."

"사람이 농담을 하면 좀 웃어라. 넌 어째 유머 감각이라는 게 없냐?"

테네르가 아무 반응이 없자 에리히는 멋쩍은 듯 투덜거렸다. 테네르는 그를 멍하니 보다가 뒤늦게서야 입을 가리고 웃었다.

"저도 재미있는 농담에는 웃는걸요."

"뭐라고?"

"말씀만이라도 감사해요. 그래서…… 어디로 가는 거예요?"

여행이라도 계획하는 듯 가벼운 목소리였다. 꼭 이루어지지 않을 상상을 읊조리는 것 같기도 했다. 에리히 또한 여행지를 말하듯 가볍게 말했다.

"영지로 가면 편하겠지만, 그 하녀에게 사주한 자가 쫓아오지 않으리란 법도 없지. 그자의 눈도, 폐하의 눈도 피해야 하니까, 아예 인적 드문 시골로 가도 될 것 같은데……."

"시골이라면……."

"북쪽 숲은 어때? 운 좋으면 거기서 네 어머니를 만날 수 있을지도 모르잖아."

어미의 이야기를 꺼내는 걸 질색하던 아비 때문에, 테네르는 어미에 관한 이야기를 먼저 입에 올린 적이 없었다. 아비가 반역으로 처형된 후에도 마찬가지였다. 그녀에 대해 말하지 않는 것이 습관이 되어, 먼저 그 이야기를 꺼낼 생각조차 하지 못했다.

"그동안은 꿈도 못 꿨지만 말이야. 이젠 아버지도 없겠다, 누가 뭐라고 하겠어? 거기다 파트로나 무리랑 있으면 군대를 끌고 오지 않는 이상은 위험할 일도 없을 거고."

그 말에 괜히 가슴이 울렁거렸다. 어머니를 만날 수 있을까. 당신의 딸이 아이를 가졌다고 하면 어머니는 뭐라고 할까.

"정말…… 만날 수 있을까요?"

"나도 몰라. 아버지가 네 어머니를 만난 것도 우연이랬으니, 운 좋으면 만날 수도 있겠지."

에리히는 어깨를 으쓱했다. 오히려 그 대답이 어미를 반드시 만날 거라는 확답보다 더한 현실감을 주었다. 테네르는 긴장한 얼굴로 자신의 배를 쓸다가, 생각에 잠긴 듯 눈을 내리깔았다가, 다시 고개를 들었다.

"그래요. 갈게요."

정말로 떠나고 싶어서인지, 이제야 어미에 대한 그리움이 샘솟기라도 한 건지, 그것도 아니면 제 마음 거절한 그에게 이런 식으로 복수라도 하고 싶은 것인지는 알 수 없었다. 어쩌면 정말로 어리석고 비이성적인 충동일지 모르지만, 그 충동을 함께해 주는 이가 있다는 것만으로도 불안이 덜어지는 것은 왜인지.

"그래. 그럼 준비해."

에리히는 어쩐지 후련한 얼굴로 말했다. 나들이를 가듯 여전히 가벼운 목소리였다.

* * *

황제의 전 약혼녀, 알레이나 살바토르는 아비의 곁에 앉아 있었다. 언제나 당당하게 정면을 바라보던 눈은 내리깔린 채 바닥을 향해 있었고, 생기 있던 얼굴은 핏기 없이 초췌했다. 거칠어진 손과 피부는 그간의 고생을 여실히 짐작게 했다.

"……알레이나 살바토르, 황제 폐하의 약혼자 된 몸으로 그간 책임을 다하지 못했습니다. 심려를 끼쳐드린 것에 대하여 합당한 처벌을 내려 주세요."

넋이라도 나간 듯한 목소리였다. 알레이나는 여전히 레온하르트의 눈을 쳐다보지 않았다. 그러거나 말거나 살바토르 공작은 그저 사람 좋은 웃음만 흘릴 뿐이었다.

"처벌이랄 게 있겠습니까. 폐후께서 물러나시고 황후의 자리가 비었으니 지금이라도 원래 있어야 할 자리에서 책임을 다하면 될 것을."

알레이나를 예정대로 다시 황후의 자리에 올리라는 의미였다. 그러나 레온하르트의 얼굴은 그저 싸늘할 뿐이었다.

"황후의 자리는 살바토르 영애의 몫이 아니다."

그 말에 알레이나의 어깨가 크게 움찔거렸다. 겁먹은 표정이 의아했다. 그러나 공작은 전과 달라진 딸의 모습에도 아랑곳하지 않았다.

"폐후의 몫은 더더욱 아니겠지요."

왜 공작이 달라진 딸의 모습을 신경 쓰지 않는 건지, 폐위된 테네르를 아직도 운운하는 건지 레온하르트는 알 수 없었다. 다만 분명한 것은 그의 모습이 지독히도 불쾌하다는 사실이었다.

"이미 폐해진 사람을 운운할 거 없다."

"아직도 폐후에게 관심을 두고 계시니 드리는 말입니다."

그 말에 레온하르트가 이마를 구겼다. 주치의가 없다는 말에 궁의를 보내려던 제 모습이 떠오른 탓이었다.

"정 미련이 남으시면 폐후를 정부로 두시면 될 것 아닙니까."

노크 소리가 들린 것은 그 순간이었다. 눈치를 보며 들어온 시종이 얼른 허리를 굽혔다.

"무슨 일인가?"

"송구합니다, 폐하. 에반 영애가 오늘 알현을 청해서……."

"황……."

습관적으로 황후께서, 라고 되물으려던 레온하르트는 얼른 입을 다물었다. 이런 식이니 폐후를 정부로 들이라는 말도 안 되는 소리를 듣는 것이 아닌가. 살바토르 공작의 시선이 여실히 느껴졌다. 레온하르트는 그를 돌아보지 않으려 애쓰며 명령했다.

"오늘은 급한 일정이 있으니 추후 사람을 보내겠다고 전하라."

단호한 말에 시종은 머리를 조아리며 방을 나갔다. 살바토르 공작은 문이 닫히자마자 피식 웃음을 흘렸다. 레온하르트는 그를 노려보았다.

미련이라니, 가당찮은 말이었다. 그가 테네르에게 가지는 감정은 지난 4년 간 함께 살아오며 켜켜이 쌓여 온 우정과 우애, 가족애에 가까웠다. 그리고 그 감정은 그를 결코 흔들 수 없었다. 테네르를 운운하며 수작을 부리는 것에 넘어갈 리가 없었다.

"무슨 소리를 지껄여도 그대의 딸을 새 황후로 들일 일은 없을 거다. 영애 또한……."

"알레이나가 승낙하면 되는 겁니까?"

살바토르 공작이 말을 잘랐다. 레온하르트의 시선이 순간적으로 알레이나를 향했다. 퀭해진 눈이 정처 없이 흔들리는 것이 보였다.

"……영애."

도대체 무슨 일이 있었던 것인가. 레온하르트는 언제나 콧대를 세우고 있던 알레이나의 모습을 기억하고 있었다.

누구나 두려워하던 선황의 앞에서조차 꼿꼿하던 사람이었다. 칭찬에 박한 선황 또한 그런 그녀를 보며 황후 될 이가 저 정도 배포쯤은 있어야 한다고 말하기도 했다. 그런 사람이 왜 이런 꼴로 있단 말인가.

"……절 황후로 맞아 주세요, 폐하."

머뭇거림이 여실한 목소리였다. 레온하르트는 제 귀를 의심했다. 그가 눈을 돌려 살바토르 공작을 쏘아보았다.

"영애에게 무슨 짓을 한 건가?"

"정혼자로서의 걱정입니까?"

살바토르 공작이 너털웃음을 터뜨리며 물었다. 그의 손이 딸의 어깨를 감쌌다. 실로 다정한 아비의 모습이었다.

"아니면…… 오라비로서의 걱정입니까?"

레온하르트의 얼굴이 다시금 일그러졌다. 찻잔을 쥔 손에 힘이 들어갔다.

"개소리 지껄이지 말라고 분명 말했을 텐데."

전에 없는 거친 말투였지만, 공작은 아랑곳하지 않았다.

"저 또한 말씀드리지 않았습니까. 제 말이 거짓이라 믿으신다면 폐하를 능멸한 죄로 저를 처형하시면 된다고."

그는 레온하르트가 절대로 자신을 벌할 리 없다는 듯 뻔뻔했다.

"폐하께서도 절 아비라 생각하시니 제가 이토록 불순히 굴어도 너그러이 용서해 주시는 것 아닙니까."

"누가……!"

"저는 폐하께 기회를 드리는 겁니다."

살바토르 공작이 말을 잘랐다.

"제가 폐하의 친부라 밝히게 된다면 돌아가신 태후 폐하의 명예는 물론 폐하께도 누를 끼치지 않겠습니까. 그러니 폐하께서 제 딸아이를 황후로 맞아 주신다면 저 또한 더는 욕심을 부리지 않겠습니다."

선심 쓰는 듯한 목소리였지만, 그것이 협박임은 분명했다. 알레이나 살바토르를 황후로 맞이하지 않는다면 황제의 생부가 선황이 아니라고 폭로하겠다는.

휘둘려서는 안 된다는 것을 알고 있었다. 이런 말도 안 되는 소리는 처음부터 무시해야 한다는 것을. 그러나 무시할 수 없는 것은 그조차도 확신할 수 없기 때문일까. 고개 숙인 어미의 모습을 잊을 수가 없어서.

'외로워서 그랬습니다.'

울음마저 말라 버려 건조해진 목소리가 들려오는 듯했다. 지나치게 담담해진 목소리가 때때로 울음을 뱉어 내기도 했다.

'약을 먹었다고 하기에, 그렇게 믿었는데…….'

자신을 닮은 얼굴에서 눈물이 뚝뚝 흘러내리는 것을 차마 외면할 수가 없었다. 자신이 선황의 자식이 아닐지도 모른다는 것도, 어쩌면 오랜 약혼자와 같은 아버지를 두고 있을지 모른다는 것도, 그저 아무 일 없는 듯 묻고 넘어가면 되리라 여겼다.

그러나 살바토르 공작은 그 사실을 묻을 수 있도록 내버려 두지 않았다. 테네르가 폐위되고 두 달이 되지 않아 득달같이 찾아온 것만 봐도 그랬다. 그것도 5년이나 종적을 감추었던 딸을 기어코 데리고.

"더 듣고 싶지 않군."

레온하르트는 자리에서 일어났다. 그러나 공작이 다시 찾아오리라는 것을 알고 있었다. 그가 다시금 알현을 청하면 자신은 또 그를 만나게 되리라는 것도.

"오늘은 폐하께서 피로해 보이니, 저희는 이만 물러나겠습니다. 하지만 폐하, 피를 속일 수는 없다는 건 부디 기억해 주십시오."

더 물고 늘어지는 것은 화를 돋우리라 판단했는지, 살바토르 공작은 순순히 몸을 일으켰다. 알레이나는 여전히 넋 나간 얼굴로 함께 자리에서 일어났다. 그녀의 시선이 레온하르트의 뒷모습을 향했지만, 정작 레온하르트도 살바토르 공작도 그 사실을 알지 못했다.

* * *

알현실을 나온 레온하르트는 빠르게 발을 옮겼다. 사용인들이 쩔쩔매며 뒤따라오는 것이 느껴졌지만 그리 신경 쓰고 싶지 않았다. 속이 갑갑하고 분노가 치밀었지만 쏟아 낼 곳을 찾을 수 없었다. 죄 없는 사용인들에게 화풀이를 할까. 죽은 어미에게 하소연할까. 주둥이에 폭탄을 안고 있는 살바토르 공작을 벌할까.

레온하르트의 발이 멈춘 것은 비어 있는 황후의 방 앞이었다. 닫힌 문을 발견한 그는 그제야 자신이 어디에 와 있는지 깨닫고 얼굴을 굳혔다.

"……."

"폐하, 문을 열까요?"

시종이 머리를 조아렸다. 그 물음에 레온하르트는 그만 한숨을 내쉴 뻔했다. 이러니 황제가 폐후를 잊지 못했다는 소문이 도는 거다. 주인도 사라진 방에, 꼭 주인 잃은 개처럼 발걸음 하는 모양새라니.

"……그래."

그러나 아니라고 고개를 젓기에는 피로감이 지나쳤다. 황제의 명령이 떨어지자 시종들은 천천히 문을 열었다. 열린 문 사이로 익숙한 공기가 번져 왔다.

황후의 방 안에는 부정할 수 없는 평온함이 맴돌았다. 가구도 침구도 사소한 장식물마저 달라진 것 없는 방이었다. 방을 정리하라 명령하지 않았으니 당연한 일이었다.

'사랑했습니다.'

이 방에서 그 말을 들었다. 그리고 마지막 밤을 보냈다. 합방일이 더는 불필요하다는 걸 알면서도, 줄 수 없는 사랑을 바랐다는 그녀가 안쓰러워서.

'정신이 나갔었지.'

제정신이었다면 하지 않았을 행동이었다. 그러나 다시 그날로 돌아간대도 자신이 똑같이 행동했으리란 것은 자명했다.

'울었던가.'

아니, 눈물 한 방울 흘리지 않았다. 그러나 왜 꼭 울음소리를 들은 것처럼 그 목소리가 처연하게 느껴지는지.

레온하르트는 천천히 침대를 쓸었다. 머리맡에는 테네르가 직접 만들었던 사셰가 놓여 있었다. 은은히 풍기던 향은 이미 다 날아가 코를 가져다 대어야 간신히 날 듯 말 듯 했다. 이런 물건은 버렸을 법도 한데, 그녀의 시녀들이 차마 버리지 못한 모양이었다.

차분하던 성정만큼이나 아랫사람들에게 모질지 못하던 사람이었다. 덕분에 그녀의 폐위가 결정되었을 때 시중들던 시녀 여럿이 눈물을 쏟았다고 했다. 정작 본인은 떠나는 날까지 담담하게 시녀들을 위로했다고.

"……."

커다란 손이 사셰를 천천히 주물렀다. 수놓인 천 안쪽으로 말린 허브가 바스러지는 것이 느껴졌다. 그의 뒷모습을 지켜보던 시종이 입을 열었다.

"폐하."

"……."

"아까 폐후께서 알현을 청하셨는데……."

그 말에 레온하르트의 손이 멈추었다. 기억하지 못할 리가 없었다. 그러나 폐후의 부름에 쪼르르 달려가는 게 모양새가 좋지 않다는 것도 알고 있었다.

"급한 일이라면 후작가에서 다시 사람을 보낼 것이다. 다시 청하지 않는다면 중요한 일은 아닐 테니, 연락이 없다면 사흘 후 사람을 보내라."

레온하르트는 부러 단호하게 말했다. 그러나 손은 여전히 향이 날아간 사셰를 만지작거리고 있었다.

이건 폐후에 대한 그리움이 아니었다. 그저 평화로웠던 일상에 대한 그리움일 뿐이었다. 자신은 일과가 끝나면 황후궁을 찾고, 황후는 언제나처럼 편안히 웃으며 자신을 맞이해 주고, 마주 앉아서, 혹은 나란히 누운 채 중요하거나 사소한 이야기를 시시콜콜하게 주고받고. 때로는 위로하고, 또 때로는 위로받고, 때로는 서로를 마주 보며 웃음을 흘리고.

누군가 행복했느냐 묻는다면 부정하지 않을 정도는 되리라. 그러나 지나간 평화는 그저 과거의 일일 뿐이고, 그의 삶은 현재에 있었기에.

'잊어야겠지.'

레온하르트는 새삼스레 다짐했다. 떠나간 사람이 생각날 때마다, 그녀의 목소리와 말씨, 손길, 표정, 사소한 습관, 그 모든 것들이 문득문득 떠오를 때마다 해 오던 결심이었다.

그는 사셰를 침대에 내려놓은 채 몸을 돌렸다. 익숙한 향기는 이미 사라진 지 오래였고, 코를 가져다 대어야 간신히 맡을 수 있는 잔향은 아무런 의미가 없었다.

자신을 보며 말갛게 웃던 얼굴도, 자신을 안아 주던 작은 품도, 레온하르트는 떠올리지 않으려고 했다.

* * *

살바토르 공작가의 외동딸, 알레이나 살바토르는 마차에 앉아 있었다. 인형처럼 멍한 얼굴에는 생기라곤 찾아볼 수 없었다. 그러나 그녀가 돌아온 것만으로도 만족스러웠기에 아이작 살바토르는 입가에서 미소를 지우지 않았다.

"그래, 알레이나. 고분고분하게 구니 얼마나 좋으냐."

"……."

"이번 일로 세상이 험하다는 것은 충분히 느꼈을 테니, 이젠 잔말 말고 황후가 될 준비나 하거라."

알레이나는 묵묵히 고개를 끄덕였다. 그간 골치를 썩이던 딸이 얌전하게 굴자, 공작은 더할 나위 없이 만족스러운 얼굴이었다.

"황후가 되면 이 제국의 절반이 네 것이다. 배곯을 일도, 추위에 떨 일도 없지. 내가 널 최고의 자리에 올려 줄 테니, 너는 아무 생각 말고 그 자리에 올라앉기만 하면 된다."

알레이나가 다시금 고개를 끄덕이자, 공작은 흐뭇한 얼굴로 그녀의 어깨를 다독이곤 고개를 돌렸다. 알레이나는 그를 힐끔 보았다. 하지만 창문으로 자신의 표정이 비치고 있음을 모르지는 않았다. 그러니 여전히 멍한 표정을 지은 채로.

'⋯⋯역겨워 죽겠네.'

라고 생각할 뿐이었다.

아비가 자신을 오라비와 결혼시키려 했었다는 것을 알고 그대로 도망쳤던 것이 5년 전이었다. 아비는 자신이 견디지 못하고 금방 돌아올 거라고 생각했겠지만, 알레이나 살바토르는 미래의 황후로서 살아온 사람이었다.

'메실리에서 이름을 바꾸고 무역업을 할 거예요.'

황후가 될 수 없대도 그간 쌓아 온 것들이 사라지는 것은 아니었다. 예비 황후로서 쌓아 온 인맥도, 사교계의 동향이나 유행의 흐름을 파악하는 눈도 마찬가지였다.

그녀는 오랜 친우들의 도움을 받아 가짜 이름과 신분을 샀다. 그들은 그간 모아 둔 사재로 메실리에 머무를 거처까지 마련해 주었다.

'다시 돌아올 거죠?'

'아버지 장례식에나 오려고요.'

'음, 우리도 살인은 힘든데⋯⋯.'

실없는 말들을 뒤로하고 떠난 지 1년, 황제는 새로운 황후를 찾았고 알레이나는 메실리에서 한 남자를 바지 사장으로 내세워 무역업을 했다. 자본과 인맥,

감각과 운이 모두 따라 주니 사업은 생각했던 것보다 더 순탄하게 흘러갔다.

그러나 1년 전, 아비가 자신을 찾아온 후 모든 것이 달라지기 시작했다.

'돌아오거라, 알레이나.'

'전 아버지가 역겨워요.'

황제가 자신의 이복 오라비일 수도 있음을 알면서도 모른 척 그와 약혼시켰던 사람이었다. 아무것도 모른 채 그와 결혼하여 후사를 보았을지도 모른다고 생각하니 새삼스러운 구역감이 일었다.

'다 널 위해서다, 사랑하는 내 딸아. 지금은 네 자리를 다른 이가 차지하고 앉았지만, 네가 돌아오는 대로 돌려받을 수 있도록 준비하고 있단다.'

알레이나는 완고히 거절했다. 그러나 그가 다녀간 후 평온하던 사업이 조금씩 삐걱거리기 시작했다.

신분을 감추기 위해 바지 사장으로 내세웠던 동업자는 돌연 자금을 들고 도망쳤고, 이국의 비단과 향신료를 실은 배는 풍랑을 견디지 못하고 침몰했다. 투자를 약속했던 이들이 갑자기 말을 바꾸었고, 죽은 선원의 가족들과 대부업자들이 몰려와 아우성쳤다.

아비의 짓이라는 걸 알고 있었다. 어쩌면 경험해 본 적 없는 사업이 그리 순탄하게 흘러갔던 것조차 자신을 무너뜨리려는 그의 수작이었을지도 몰랐다. 알레이나는 친우들과 황제에게도 서신을 보내려 했지만, 그조차도 중간에 막혔는지 답장은 오지 않았다.

하녀를 내보내고 웃풍 드는 허름한 셋집으로 거처를 옮겼지만, 상황은 나빠지기만 할 뿐이었다.

'돈을 못 갚으면 아가씨를 광산에다 팔아 버려야지 별수 있겠어?'

'거기선 할당량을 못 채우면 곧바로 채찍을 맞거든. 아가씨처럼 귀하게 자란 사람은 열흘도 못 견디고 죽어 버릴걸.'

빚쟁이들은 알레이나가 살길을 찾을 때까지 기다려 주지 않았다. 그들은 약속한 기한이 되자마자 그녀를 광산에 끌고 가 정말로 노예로 팔아 버렸다.

그리고 알레이나는 처음 보는 세상을 마주해야 했다.

제대로 씻기는커녕 채찍을 맞아 너덜너덜해진 살점을 그대로 드러낸 사람들. 시퍼런 곰팡이가 핀 딱딱한 빵과 구더기가 든 수프. 커다란 채찍으로 위협하듯 바닥을 내리치는 감독관들. 웃음 한 점 없는 더럽고 냄새나고 구역질나는 세상.

길게 길렀던 머리는 아무렇게나 잘리고, 공작가의 외동딸이자 예비 황후로 살아왔던 알레이나의 발목에는 무거운 족쇄가 걸렸다. 고된 노동과 더러운 모포, 무기력한 사람들, 추위와 허기. 온통 절망뿐이라 현실이라는 것이 실감 나지 않았다. 그러나 할당량을 채우지 못했다는 이유로 채찍질을 당하는 이들의 모습은 당장 눈앞에 놓인 현실이었다.

노예들은 짐승처럼 울부짖었다. 할당량의 반의반조차 채우지 못한 알레이나는 그들의 모습이 곧 제 모습이 될 것을 직감했다. 그리고 자신의 앞에 선 감독관이 손을 높게 치켜든 것을 보며 다른 노예들처럼 몸을 웅크린 순간이었다.

'아직도 돌아올 생각이 없느냐?'

귀에 익은 목소리에 알레이나는 고개를 들었다. 눈앞에는 멀끔한 차림의 아비가 있었다. 머리부터 발끝까지 시커먼 검댕이 묻은 자신과는 너무도 대조된 모습이었다.

그래. 당신이 올 줄 알았지.

막연하던 예감이 맞아떨어지자 알레이나는 내심 코웃음 쳤다. 동업자의 도주, 갑작스러운 배의 침몰, 투자자들의 돌변과 유예기간 한 번 주지 않는 빚쟁이들까지. 그리고 교활한 아버지는 그녀에게 말했다.

'네 자리는 이미 마련해 두었다. 밑바닥에서 살지, 꼭대기에서 살지는 네가 결정하거라.'

알레이나가 돌아오리라는 걸 확신하는 듯, 아이작 살바토르는 의기양양했다. 그의 생각대로였다. 아비가 자신을 찾아냈을 때부터 그녀의 패배는 예정되어 있었다. 그러니 어떻게 그를 증오하지 않을 수 있을까.

알레이나는 눈에 힘이 들어가는 것을 간신히 참았다. 티를 낼 때가 아니었다. 지금은 몸을 사리고 또 사려야 했다. 충격에서 벗어나지 못한 척 눈을 흐리게 뜨고, 숨을 죽이고, 기회를 노려야 할 때였다.

* * *

폐후가 사라졌다는 소식이 들려온 것은 이튿날이었다. 알현을 다시 요청하리라 생각했던 레온하르트는 예기치 못한 소식에 저도 모르게 벌떡 일어났다.

"무슨 소린가."

"송구합니다, 폐하. 그게⋯⋯. 어제부터 두 분이 보이지 않는다고⋯⋯."

"어제부터 보이지 않았는데 그걸 지금에서야 보고해?"

"송구합니다."

전에 없이 높아진 언성에 보좌관 델루스 사이언은 어쩔 줄 모르며 머리를 조아렸다. 그 모습에 레온하르트는 숨을 크게 들이마셨다 내뱉으며 마음을 진정시켰다.

"⋯⋯상세히 보고하라."

"예, 폐하. 어제 오찬 후 두 분 모두 할 일이 있다며⋯⋯ 부르기 전에는 아무도 방에 아무도 들어오지 말라고 말씀하셨다고 합니다. 한데 오늘 오후가 되도록 아무도 부르지 않아 혹시나 하는 마음에 들어갔다가⋯⋯."

"저택에 사용인들이 있을 텐데 아무도 저녁 식사를 챙기지 않았단 말인가?"

"예. 그게⋯⋯ 두 분 다 속이 좋지 않으니 아무것도 드시지 않겠다고 하셨답니다. 최근 하녀 하나를 벌한 적이 있어 사용인들이 두 분의 심기를 거스르지 않으려고 든 듯합니다."

델루스는 테네르의 식사를 챙기지 않은 것이 자신의 잘못이라도 되는 양 어쩔 줄 몰라 했다. 레온하르트는 한 손으로 얼굴을 성마르게 쓸었다. 도무지 이해가 되지 않았다. 불과 어제 알현을 청하지 않았나. 내일쯤 사람을 보내 만나 보려고 했는데 왜 그새 도망을…….

"추적은 보냈나?"

"예, 폐하. 행적을 쫓고 있습니다."

"……."

레온하르트는 다시금 의자에 몸을 붙이고 앉았다. 가라앉은 모습에 델루스가 힐끔힐끔 눈치를 살폈다.

"그간 수상한 동향은 없었나?"

"예, 폐하. 두 분 모두 저택에 칩거하다시피 하셔서……."

"이전부터 도주를 염두에 두고 있었을지도 모른다는 의미군."

알현을 거절한 것을 더는 후작가에 관심을 두지 않는 의미라고 이해한 것인가. 편히 지내라고 했는데, 필요한 게 있으면 말을 할 것이지 왜.

'사랑했습니다, 폐하.'

불현듯 떠오르는 기억에 유려한 얼굴이 가볍게 일그러졌다. 미련을 털어 버리고 싶다더니, 아예 떠나 버리려 하는 건가. 혹 그 마음을 받아 주지 못한 것을 원망해서.

"……하녀는 무슨 일로 벌했나?"

"그제부터 빈방에 구금하고 이틀간 물 한 모금 주지 않았다는데, 그 이유는 사용인들 누구도 모른다고 합니다. 다만, 폐후께서 저택으로 돌아가신 후 전속 하녀로 삼은 사람이라……. 혹 도난과 관련한 건 아닐지 추측하고 있습니다."

"그런 일로 구금할 사람은 아니지 않나."

귀족가의 전속 사용인이 주인의 패물을 훔쳐 달아나는 게 아예 없는 일은 아니었다. 주인과 오랫동안 깊은 유대를 맺지 않은 경우엔 더욱 그랬다.

그러나 레온하르트가 알고 있는 테네르는 그런 일로 하녀를 벌할 사람이 아니었다. 물욕이 그리 크지도 않았고, 저택에서 내보냈으면 내보냈지 방에 가두고 굶기는 식으로 벌을 줄 리는 없었다.

"폐후가 아니라 후작께서 내린 명령이라고 합니다. 폐후의 방에서 하녀를 직접 끌어내었다고…….."

"말렸을 텐데."

"말리지 않았다고 합니다."

여전히 의아한 이야기였다. 테네르는 황궁에 있던 4년간 시녀들을 한 번도 벌하지 않았다. 오히려 잘못한 시녀를 벌하려던 시녀장을 말린 적도 있었다. 하녀가 무슨 잘못을 했기에…….

"하녀를 추궁하라."

"예, 폐하. 그러면 폐후는…….."

"황실의 기사들이 고작 폐후의 뒤를 쫓느라 시간을 낭비해선 안 되겠지."

레온하르트는 냉정하게 말했다. 그래, 차라리 잘된 걸지도 모른다. 아예 손 밖으로 벗어나게 되면 앞으로 그쪽에 신경 쓸 일은 없을지도.

"적당히 쫓는 시늉만 하다가 놓아드려라. 후작과 함께 떠났다면 위험할 일도 없을 테니."

다른 남자와 재혼을 하든 거처를 옮기든 이제는 참견할 일 없는 사이였다. 아니, 애초에 그녀가 황궁에 있었을 때도 정부를 들이라 말하지 않았던가.

그러니 더는 서로를 신경 쓰지 않고 살아가면 그만이었다.

사라진 향기를 더는 곱씹지 말고.

* * *

"이렇게 허술할 리 없는데."

에리히는 중얼거렸다. 혹 임신 초기인 테네르의 몸에 무리가 갈까 봐 도망의 속도는 그리 빠르지 않았다. 말을 탔다면 진작 제도를 벗어났겠지만, 추적을 피하기 위해 대여 마차를 여러 번 갈아탔던지라 두 사람은 이제야 제도 외곽에 들어선 참이었다.

"지금쯤 우리가 사라진 걸 알아챘을 텐데, 아직도 추적의 기미조차 안 보인단 말이지."

"……그런가요?"

테네르는 느릿하게 스푼을 들었다. 그러잖아도 아침잠이 많았는데, 최근에는 저택을 떠나온 탓인지 회임 때문인지 부쩍 아침에 비몽사몽 한 모양이었다.

"저택을 떠난 지 벌써 나흘째야. 분명 황실 기사단이……. 야, 야."

꾸벅꾸벅 졸던 테네르가 스튜 그릇에 얼굴을 처박을 뻔하자, 에리히는 놀라 그녀의 얼굴을 붙잡았다. 테네르는 코끝에 토마토 스튜를 묻힌 채 눈을 끔뻑거렸다. 에리히는 얼른 주머니에서 손수건을 꺼내서 그녀의 코를 닦아 주었다.

"아오, 이게 애 뱄다고 자기가 애처럼 굴고 있어."

"……죄송해요."

"피곤하면 하루 더 쉬었다 가고."

에리히의 말에 테네르는 말없이 배시시 웃었다. 그 꼴을 보며 에리히가 투덜거렸다.

"웃는 거 봐, 이거. 넌 꼭 너 같은 애 낳아야 해. 말 많고 시끄러운 애 낳으면 네가 감당이나 하겠냐?"

"……."

"뭐……. 누구를 닮든 얌전하기야 하겠지만."

아비인 레온하르트도, 어미인 테네르도 조용한 편이니 어느 쪽을 닮아도 비슷한 아이가 태어날 것 같기야 했다. 테네르 또한 부정하지 않고 눈을 비볐다.

"식사가 끝나면…… 바로 출발할까요?"

"무리하지 말고 방에 가서 잠이나 자. 하루 더 머물러도 되니까."

"잠은 마차에서 자도 되는걸요."

테네르는 스튜를 떠 입에 가져가며 말했다. 그래도 4년간 황궁에서 살아와 좋은 것만 먹었을 텐데, 그녀는 허름한 여관의 식사도 마다하지 않았다.

"마차에서 자는 거랑 침대에서 자는 거랑 같냐?"

"혹시 모르니…… 어서 떠나는 게 좋을 것 같아서요."

갑작스러운 말에 에리히는 조금 의아한 표정을 지었다.

"너무 걱정할 거 없어. 추적의 기미도 안 보이고, 대여 마차를 여러 번 갈아타서 금방 찾기는 어려울 거야."

"그냥……. 제가 불안해서 그래요. 혹시라도…… 카밀라에게 사주한 자들이 쫓아올지도 모르니까……."

아직 잠이 덜 깬 듯 느릿한 목소리였으나, 에리히는 그녀가 무엇을 걱정하는지 알고 있었다. 황궁에 있던 테네르의 회임을 방해하고, 그녀가 폐위되어 저택에 돌아온 후에는 낙태 약까지 먹이려고 한 자였다. 테네르가 회임한 채 도망치고 있다는 걸 알게 된다면 분명 추적해 오리라.

"고문이라도 해서 누구의 사주인지 알아냈어야 했는데."

"지나간 일인걸요. 만약 그랬다면 일이 너무 커졌을지도 모르고……."

혹 저택에 구금된 카밀라가 자신의 회임을 털어놓으면 어쩌나 하는 생각이 들었지만, 고개를 저었다. 아마 황족을 시해하려 했다는 것을 자백하면 큰 벌을 받게 될 테니 제 입으로 말하지는 않을 테다. 그러니 쓸데없는 걱정 말고 어서 도망치는 편이 나았다.

테네르는 스푼을 내려놓았다. 아직 스튜가 반쯤 남은 접시를 보고 에리히가 인상을 썼다.

"야, 너는 무슨…… 2인분을 먹어도 모자랄 판에 겨우 그것만 먹고 끝이야? 더 먹어."

"속이 안 좋아서요."

"어, 그…… 입덧인가? 그럼 어쩔 수 없긴 한데……."

에리히는 난감한 듯 머리를 벅벅 긁었다. 그는 산부를 대하는 것이 능숙하지 않았다. 입덧을 하게 되면 그냥 아무것도 먹지 말아야 하는 건지 억지로라도 먹어야 하는 건지도 알 수 없었다.

"다른 거 먹고 싶은 건 없고? 평소에 안 먹던 게 막 당긴다고 하던데."

"그것보단……"

테네르는 조금 머뭇거렸다.

"활을 하나 사고 싶은데요."

"활?"

예기치 못한 요구에 에리히는 놀라 눈을 끔뻑였다. 그러나 이내 테네르의 말뜻을 알아듣고 얼굴을 굳혔다. 혹시 모를 추적에 대비하려는 것이리라.

하지만 그는 자신의 동생이 사냥터의 짐승 하나 쏘지 못했던 것을 알고 있었다.

"……쏠 수 있겠어?"

"태교에 안 좋을까요?"

"아니 뭐……. 전사로 키우면 되지."

걱정스러운 표정을 본 에리히가 생각나는 대로 내뱉었다. 그 대답이 퍽 재미있게 느껴졌는지 테네르는 작게 웃었다.

* * *

"……도망쳤다고?"

살바토르 공작가의 주인, 아이작 살바토르는 수하의 보고에 언성을 높였다. 알레이나는 가만히 앉아 있을 뿐이었다.

"예, 각하."

"약은 제대로 먹인 건가?"

아이작의 물음에 수하는 알레이나의 눈치를 살폈다. 아이작이 괜찮다는 듯 고개를 끄덕이자 그제야 입을 열었다.

"죄송합니다. 일을 맡았던 하녀가 후작에게 들킨 것 같습니다. 후작저에 구금되어 있었으나 황제 폐하께서 비밀리에 황궁으로 들이셨다고……."

"골치 아픈 짓을 하시는군."

225

아이작은 작게 빈정거렸다. 하여간에 그 폐후가 문제였다. 그녀에게 계속 관심을 두고 있는 황제도 마찬가지였다.

누이를 황후로 들이면 뭐 어떻단 말인가. 여태 모르고 있었다면 당연한 듯 알레이나를 황후로 들이고 그녀를 통해 황손도 봤을 텐데.

알게 되었으니 합방이야 시늉만 하고 서로 정부를 들이며 무늬만 부부로 살아가면 되지 않나. 황실의 핏줄 운운하지만, 정작 황제조차도 누구의 핏줄인지 모르는 상황에 그런 게 무슨 상관이라고.

"하녀가 입을 열진 않았겠지?"

"예, 각하. 아무래도 함부로 입을 열었다간 본인도 목숨을 부지하기 어려울 테니 아무 말도 하지 않은 듯합니다."

"그래. 하지만 후환을 남겨 둘 필욘 없겠지."

공작의 말에 수하는 정중히 고개를 숙이고 방을 나갔다. 알레이나는 여전히 인형처럼 앉아 있었다. 아이작은 딸의 어깨를 다독였다.

"너무 염려 말거라. 네 자리를 되찾는 데에 방해되는 이들은 내가 처리해 줄 테니, 넌 황제를 설득해 다시 황후가 될 준비를 하거라."

"예, 아버지."

"이제 사교계에도 모습을 드러내야 하니 드레스를 몇 벌 더 맞춰야겠구나. 곧 약혼식도 다시 치러야 할 테고."

"……약혼식요?"

알레이나는 천천히 고개를 들었다. 아이작 살바토르를 꼭 닮은 붉은 머리카락 아래 짙은 녹안이 선명했다.

"폐하는…… 설득하신 건가요?"

"왜, 네가 설득해 볼 테냐?"

아이작이 껄껄 웃으며 말했다. 퍽 유쾌해 보이는 모습에 알레이나는 조금 울컥했지만, 꾹 참고 고개를 끄덕였다.

"……그럴게요."

순순한 대답에 아이작은 의외인 듯 한쪽 눈썹을 추켜세웠다. 아직은 너무 성급한가. 아비의 반응에 알레이나는 아차 싶었지만, 이내 겁먹은 척 눈을 내리깔았다.

"아버지 말씀대로 할게요. 그러니까…… 다시는 거기에 절 보내지 마세요."

"그래. 가장 귀한 자리에 올라야 할 네가 당치도 않은 고생을 했었지."

아이작은 자신과 관련 없는 일이라는 듯 딸의 어깨를 두드렸다. 알레이나는 대답하지 않았다. 그녀의 머릿속에는 한 가지 생각뿐이었다.

'폐하를 독대해야 해.'

가장 급한 것은 아비의 시선이 닿지 않는 곳에서 황제를 만나는 것이었다. 하녀를 통해 약을 먹이려다 실패했고, 그 사실이 밝혀지면 하녀는 목숨을 부지하기 어려울 것이라 했으니.

'테네르를 독살하려 했거나, 혹은…….'

그에 준하는, 혹은 더 무거운 죄라고 한다면.

'황손을 없애려 했다거나.'

* * *

알레이나 살바토르가 레온하르트에게 독대를 청한 것은 며칠 뒤의 일이었다. 에반 후작가에서 데려온 하녀가 추궁을 받던 도중 사망한 다음 날이기도 했다.

알현실에 들어온 알레이나는 살바토르 공작과 함께 만났을 때와 마찬가지로 넋이 나간 듯 멍한 얼굴이었다. 레온하르트는 그녀에게 자리를 권하고는 딱딱한 얼굴로 입을 열었다.

"무슨 일로 알현을 청했나?"

"……아버지의 전언을 전하러 왔습니다. 시종들을 물려 주세요."

낯설기 그지없는 차분하고 불안한 목소리였다. 그 모습에 시종들마저 저들끼리 눈치를 살폈다.

"물러가라."

레온하르트는 한 점 온기조차 없는 얼굴로 말했다. 황후가 없는 지금 미혼의 영애와 그것도 한때 약혼녀였던 알레이나와 단둘이 있는 것은 괜한 오해의 여지가 있기 때문이었다.

그러잖아도 황후가 폐위된 지 얼마 지나지 않아 돌아온 알레이나를 다시 황후에 올려야 한다는 말이 들리고 있는 참이었다. 그녀를 마음에 두고 있다는 오해는 그리 사고 싶지 않았다.

"용건만 짧게 말하고 돌아가게."

문이 닫히자 레온하르트는 차갑게 말했다. 그러나 알레이나가 재미있다는 듯 웃음을 터뜨리자, 단정하던 눈썹이 조금 일그러졌다.

"좀 친절하게 말씀해 주시면 안 되나요? 예전엔 겉으로나마 다정히 대해 주셨잖아요."

문이 닫히기 전과는 판이해진 모습이었다. 생기가 도는 눈도, 웃음 띤 얼굴도, 힘 있는 목소리도 마찬가지였다.

"……뭔가?"

"멋모르고 가출했다가 다신 겪고 싶지 않은 일들을 많이 겪었거든요. 보셨다시피 기가 팍 죽어서 다시는 아버지 말씀을 거스르지 않으려고 노력하는 중입니다."

알레이나는 아비를 닮은 붉은 머리를 귀 뒤로 쓸어 넘기며 말했다.

지금껏 계속 연기를 하고 있었다는 이야기였다. 넋 나간 듯 무기력한 태도도, 겁먹은 듯 움츠러든 어깨도 전부. 그 사실에 레온하르트는 그제야 조금 안심한 듯 표정을 조금 풀었다.

"그럼 황후로 삼아 달라던 말은……."

"남매끼리 무슨 결혼인가요. 폐하와 결혼하기 싫어서 도망까지 친 거 아시잖아요?"

이미 대놓고 역겹다는 말까지 했었는데도 레온하르트의 표정은 그리 좋지 않았다. 물론 그녀에게 거절당한 게 불쾌하거나, 새삼 그녀와 결혼하고픈 마음은 아니었다.

"그대의 아비는 살바토르 공작이고 내 아버지는 선황 폐하이신데, 우리가 어떻게 남매가 될 수 있겠나."

다시는 남매 운운하지 말라는 경고의 말이었다. 정말 그렇게 확신한다면 자신을 황후로 들여도 상관없을 텐데. 눈 가리고 아웅 하는 꼴이 우스웠지만, 알레이나는 그의 심기를 거스를 생각은 없었다.

"송구합니다, 폐하. 아버지의 헛소리를 하도 들어 저도 모르게 나온 말이니 부디 너그러이 용서해 주세요."

"무슨 용건으로 왔나?"

레온하르트는 불쾌한 기색 없이 본론을 꺼내었다. 알레이나는 그제야 자신이 찾아온 이유를 기억해 냈다.

"에반 영애가 도망쳤다고 들었습니다."

그 이야기를 꺼낼 줄은 몰랐던 듯 찻잔을 쥔 손이 멈칫했다. 그리고 하, 하고 짧은 탄식을 뱉었다.

"끄나풀이 생각보다 가까이 있었던 모양이군."

긍정의 의미였다. 알레이나는 대답 없이 물었다.

"후작저에 구금되어 있던 하녀는 죽었나요?"

레온하르트는 잠시 머뭇거렸지만, 고개를 끄덕였다. 폐후의 저택에 구금되어 있던 하녀를 데려온 것은 비밀리에 이루어진 일이었지만, 이미 그녀가 도망친 것도 알고 있는 마당이니 더 놀랄 것도 없었다.

"추궁하라 했는데 도통 입을 열지 않아서 골치 아프던 참이었네. 한데 고문관이 다른 죄인과 착각해 심한 고문을 했다더군. 정말 실수였는지 그대 아비의 소행이었는지는 모르겠지만."

"아버지 짓 맞을 겁니다. 하녀가 에반 영애에게 약을 먹이려다 실패해서, 살려 두면 언젠가 입을 열지도 모른다고 생각하신 모양이에요."

"……약이라니?"

레온하르트가 미간을 좁혔다. 알레이나는 늘 단정하던 얼굴이 일그러진 것을 보았다. 5년 전, 자신과 약혼 관계이던 시절엔 좀처럼 보여 주지 않던 표정이었다. 그녀가 기억하는 것은 그저 그려 낸 듯한 똑같은 미소뿐이었으니까.

'……그렇단 말이지.'

알레이나는 재촉하는 듯한 시선을 흘깃 보고는 입을 열었다. 그리고 아비와 수하가 주고받던 이야기를 털어놓았다. 약은 제대로 먹였냐는 물음, 함부로 입을 열었다간 본인도 목숨을 부지하기 힘이 들리란 이야기까지.

이야기를 듣는 내내 레온하르트의 표정은 시시각각으로 달라졌다. 단정하던 낯에 번진 것은 당혹감과 초조, 그리고 보일 듯 말 듯 한 환희였다. 한참을 침묵하던 그가 입을 열었다.

"황후가…… 황손을 잉태했다는 말인가?"

"그저 제 추측일 뿐이지만요."

알레이나는 아무렇지도 않은 척 대답했지만, 황제가 아직도 테네르를 황후라 부른다는 것을 금방 알아챘다. 그리고 레온하르트는 자신이 테네르를 뭐라고 불렀는지도 인지하지 못한 채 한 대 얻어맞기라도 한 듯 멍청하게 앉아 있었다.

아이를 가졌다고.

내 아이를.

그간 아이를 가지기 위해 얼마나 노력해 왔던가. 특히 태후가 명을 달리하고 후사에 관한 이야기가 돌기 시작하자 레온하르트는 매일 황후궁을 찾았다. 정부를 들이라 달라붙는 가신들을 무시하고 황후를 통한 적통의 황손을 보기 위해서.

"왜……."

그토록 바라 왔던 회임인데, 정작 아무 생각도 들지 않았다. 아니, 너무 많은 생각이 드는 것인가.

'왜 도망을…….'

종잡을 수 없는 감정 속에서 한 가지 의문은 분명했다.

아이가 생겼다면 당장 고해야지. 당장 제 자리를 돌려받아야지. 왜 말도 하지 않고 도망쳤나. 뭐가 그리 두려워서. 뭐가 그리 미덥지 못해서.

"알아보겠네. 황후가 떠나기 전 그녀를 진단했던 의사가 있으니 불러오도록 하지."

레온하르트는 침착하게 말했다. 그러나 여유를 잃은 표정을 감출 수는 없었다.

"테네르가 황손을 품고 있는 게 확실하다면, 다시 황후로 복권하실 건가요?"

"물론."

들려오는 대답에는 망설임이 없었다. 알레이나로서도 나쁜 일은 아니었다. 그녀는 레온하르트와 절대로 결혼하고 싶지 않았고, 황손을 낳은 황후가 그 자리에 굳건히 버티고 있다면 아비 또한 자신을 황후로 만들 수 없을 테니.

그러나 그것과는 별개로, 약혼 기간 내내 자신에게는 보이지 않던 모습을 이제야 보이는 황제가 조금 우습긴 했다.

알레이나는 레온하르트가 보좌관을 부르는 모습을 빤히 보았다. 테네르를 다시 추적하라 황급히 명령하는 것도.

"다행입니다, 폐하."

보좌관이 방을 나가자 알레이나는 웃으며 입을 열었다. 도망친 이가 황손을 품고 있을지도 몰랐기에, 레온하르트는 다행이라는 말이 조금 의아했다.

"무슨 의미인가?"

"영애를 다시 황후에 올릴 좋은 핑계를 찾으신 것 같아서요."

장난치듯 던져진 말이 레온하르트의 가슴 한구석을 쿡 찔러 왔다. 그가 대답하지 않자 알레이나는 재미있다는 듯 키득거렸다.

"그간 다른 영애들에게는 눈길 한번 주지 않으시기에 여자에게 관심이 없으신가 했더니, 에반 영애에게 이렇게 빠지실 줄은 몰랐지 뭐예요."

알레이나는 오라비의 연애질을 알게 된 동생처럼 말했다. 그러나 조금 당황한 표정이던 레온하르트는 이내 정신을 차린 듯 고개를 저었다.

"그저 황손을 품은 사람을 원래 자리로 돌려놓으려는 것뿐이네."

"그런 것치곤 많이 챙겨 주시던데요. 반역자의 자식들인데 작위나 재산을 몰수하지도 않으시고, 제도에서 내쫓지도 않으시고. 거기다 종종 황후궁에도 가신다고……."

"반역과는 관련 없는 데다 그로 인한 불이익을 감수하고 지체 없이 밀고한 이들이네. 반역을 조기에 알게 되어 진압에 큰 어려움도 없었고. 그러니 그들에게는 피해가 가지 말아야 하지 않겠나. 그리고……."

알레이나는 턱을 괸 채 그를 빤히 보았다. 답지 않게 주절거리는 꼴을 보고 있자니 속내가 뻔히 보이는 듯해 우습기도 했다. 레온하르트 또한 그녀의 시선에 찔리는 구석이 있는지 말하다 말고 입을 다물었다.

"그간 함께 살아왔으니 정이 든 거야 사실이지만, 달리 사적인 감정을 품은 건 아니네. 말하자면…… 그냥 여동생처럼 여기는 것뿐이야. 그 이상은……."

"폐하께선 여동생 같은 사람과…… 동침도 하시나요……?"

알레이나는 저도 모르게 툭 내뱉었다. 그러나 황제의 표정을 보곤 황급히 말을 바꾸었다.

"송구합니다, 폐하. 제가 제도에 돌아온 지 얼마 되지 않아 또 실언했네요."

"용건이 끝났으면 돌아가 보게."

"예, 폐하. 그리고 제 아버지 또한 테네르를 쫓고 있으니, 서두르시는 게 좋을 듯합니다."

레온하르트는 고개를 끄덕였다. 그러나 알레이나가 자리에서 일어나 문을 열려던 순간, 그는 문득 생각난 듯 입을 열었다.

"살바토르 영애."

"예, 폐하."

알레이나는 또 무슨 할 말이 있느냐는 듯 뒤를 돌아 그를 보았다. 레온하르트는 의아한 얼굴이었다.

"그대는 황후의 이름을 부르는군."

"……아."

"이전에도 그리 친하지는 않았다고 알고 있는데."

테네르가 일방적으로 말을 걸기야 했지만 끝내 친구가 되지는 못했던 사이였다. 알레이나가 그녀를 사냥 놀이에 초대했다는 말을 들었을 때는 의외라 느꼈을 정도로.

"싫어하는 건 아니에요."

알레이나가 말했다. 잠시 머뭇거리던 그녀는 이내 자존심이 상한다는 듯 눈썹을 살짝 찡그리며 웃었다.

"그쪽이야 절 기억도 못 하겠지만요."

알레이나는 더 덧붙이지 않고 알현실을 나갔다. 레온하르트 또한 몸을 일으켰다.

* * *

알레이나가 공작저로 돌아간 직후, 레온하르트는 테네르를 진단했던 의사를 불러오게 했다. 갈색 곱슬머리를 짧게 자른 중년의 의사는 레온하르트를 보자마자 머리를 조아렸다.

"황제 폐하를 뵙습니다."

"그대가 얼마 전 황후를 진단했다고 들었다."

"예, 폐하."

"황후께서 회임하신 것이 사실인가?"

의사 에블린은 테네르의 도망에 대해 알지 못했다. 그녀는 그저 폐후가 마음을 추스른 후 직접 황제에게 말하겠다고 했던 걸 기억할 뿐이었다. 왜 궁의에게 직접 진단하게 하지 않고 자신을 부른 건지는 몰랐지만.

"예, 폐하. 저는 그리 진단했습니다."

에블린은 명료하게 대답했다. 레온하르트는 얼굴을 감싸 쥐었다.

"왜……."

착잡한 목소리가 손바닥에 막혀 웅웅거렸다.

"왜 진작…… 말하지 않았나."

책망의 말에 에블린은 조금 당황했다. 그러나 황제의 물음에 답을 하지 않을 수도 없었기에, 그녀는 영문도 모른 채 대답했다.

"송구합니다, 폐하. 폐후께서 마음을 추스른 후 폐하께 직접 말씀드리겠다고 하시어 황실에 고하지 않았습니다."

"……그런가."

레온하르트는 낮게 대답했다. 사실일까. 도망갈 시간을 벌기 위해 거짓말한 걸까. 아니, 거짓말을 잘 못 하는 사람이니, 알현을 청했던 날 말하려 했던 걸지도 몰랐다.

'거절하지 말았어야 했는데.'

폐후 된 사람이 알현을 청하는 것에는 분명 큰 이유가 있을 거라고 여겼어야지. 그토록 안일하게도.

"이만 물러가라. 황궁에 거처를 마련해 줄 테니, 당분간 이곳에 머물도록 하고."

레온하르트는 명령했다. 에블린은 이해가 가지 않는 얼굴이었지만 고분고분 머리를 조아렸다.

시종들이 에블린을 거처로 데려간 후, 레온하르트는 황후궁으로 향했다. 다시 오지 않으리라 결심했던 곳에 고작 며칠 만에 다시 발을 들인 꼴이 우스웠다.

이 방에서 생겨난 아이였다. 레온하르트는 방을 둘러보며 숨을 크게 들이마셨다 내쉬었다.

"왜."

사랑한다 말했으면서. 바로 이 방에서 사랑을 말하고, 제게 입을 맞추고, 제 눈물을 닦아 주었으면서. 왜 돌아오지 않고 도망치는 것을 택했는지. 뭐가 그리도 불안하고 두려워서.

'······내가.'

내가 당신을 내칠 거라 생각했나. 내가 당신을 불안하게 했나. 당신에게 나는 고작 그 정도의 사람이었던가.

끝내 그 마음을 받아 주지 않은 것에 실망하기라도 했을까. 미련을 털어 버리겠다고 하더니, 이제는 곁에 돌아올 생각마저 하지 않는 건가. 그날 밤, 이 방에서 몇 번이고 사랑을 말했으면서, 당신에게 사랑은 그토록 떨쳐 버리기 쉬운 감정인 건가.

원망과 자책이 어지러이 뒤엉켰다. 그날 그렇게 끝내는 게 아니었는데. 하다못해 거짓으로라도 사랑을 말했더라면 안심하고 돌아왔을지도 모르는데. 도망치는 그녀를 놓아주라 말하는 게 아니었는데.

'사랑했습니다, 폐하.'

그 목소리가, 그 표정이, 끊임없이 머릿속을 메아리쳤다. 그리고 동시에 의문이 불쑥 머리를 들었다.

의아하지 않은가. 그토록 기다리던 아이가 하필이면 그날 밤 생겼다는 것이.

'그간 황후의 회임을 방해하던 이가······.'

몇 년 동안 회임하지 못한 것에 불안해하던 얼굴이, 정부를 들이셔야 한다고 말하던 목소리가, 자신처럼 조급하던 입맞춤이 아직도 선명했다.

'······살바토르 공작.'

그 모든 것들이 결국은 누군가의 소행이었을지 모른다는 사실에 레온하르트는 주먹을 꽉 쥐었다.

제 안일에서 비롯된 일이었다. 알레이나가 사라지고 새 황후를 들일 때 반대하지 않는 그를 보며 허튼 욕심을 버렸다고 생각했다. 그가 알레이나를 다시 그 자리에 올리기 위해 테네르를 해칠 거란 생각조차 하지 못하고.

꽉 움켜쥔 시트에 주름이 짙었다. 레온하르트는 다시금 보좌관인 델루스 사이언을 불렀다. 그가 허겁지겁 달려오자 숨 돌릴 틈조차 주지 않고 물었다.

"황후의 행적은 찾았나?"

"송구합니다, 폐하. 기사들에게 다시 명령하긴 했지만, 이미 추적을 중단했던지라……."

애초에 도망치는 폐후를 놓아주라 이른 것이 황제였던지라, 델루스는 그를 탓하지도 못하고 죄지은 것처럼 고개를 숙일 뿐이었다.

"대여 마차를 여러 번 갈아타신 데다 벌써 제도를 떠나신 듯합니다. 빠르게 찾기는 어려울 듯합니다, 폐하."

그 말에 레온하르트의 표정이 딱딱하게 굳었다. 가슴에 납덩이라도 올려 둔 듯 숨쉬기가 갑갑했다. 놓아주라 말한 것이 자신이면서, 이렇게 간단하게 제도를 떠나게 둔 기사들이 무능하게까지 느껴졌다.

"수단과 방법을 가리지 말고 찾아라. 조금도 지체해선 안 된다."

레온하르트는 합리적인 황제였다. 적어도 델루스가 알기론 그랬다. 그는 불가피한 경우가 아니라면 아랫사람들에게 무리한 일을 시키지 않았고, 화를 내거나 채근하는 일도 없었다.

그러나 지금의 레온하르트는 그가 알고 있는 모습이 아니었다. 델루스는 그가 이토록 조바심 내는 것을 본 적이 없었다.

"폐하. 혹 폐후께서…… 큰 죄를 지으셨습니까?"

델루스는 조심스레 물었다. 놓아주겠다 했으면서 다시금 급하게 잡아들이라는 것이 이해가 가지 않기 때문이었다. 그의 물음은 만약 그녀가 저항하면 강제로라도 끌고 와야 하는지에 관한 물음이기도 했다. 그리고 레온하르트가 대답한 순간, 델루스는 소스라치게 놀라고야 말았다.

"황후께서 황손을 잉태하셨다."

"……예?"

"살바토르 공작 또한 황후를 뒤쫓고 있으니, 반드시 그자보다 먼저 찾아야 한다."

레온하르트는 그가 되물을 틈조차 주지 않았다. 델루스는 얼른 허리를 깊게 숙였다.

"예, 예, 폐하!"

"머리카락 한 올도 상하게 하지 말고 극진히 모셔라."

엄한 명령에 델루스는 얼른 머리를 조아리곤 황급히 방을 나갔다. 레온하르트는 익숙한 향기가 지워진 방 안에 한참 동안 서 있었다.

'무엇도 너를 흔들게 두지 마라.'

죽은 아비의 목소리가 들려왔다. 수도 없이 들어온 목소리였다. 그의 발목을 붙잡고 목구멍을 막아 버리던 목소리이기도 했다.

'⋯⋯아니.'

황실을 위해서다. 그저 황가의 핏줄을 이은 아이와 그 어미를 찾으려는 것뿐.

폐후를 찾아내려는 것도, 그녀를 다시금 황후의 자리에 올리려는 것도, 단지 그녀가 황손을 품었기 때문이다.

그러니 나는 흔들리는 것이 아니다. 뒤늦게 그녀에게 사랑을 말하더라도, 그것은 단지 그녀를 달래기 위한 것일 뿐이다.

단지 그것뿐이었다.

04

북쪽 숲의 겨울은 유달리 추웠다. 에리히는 한 손으로 아이를 안은 채 숯을 넣은 난상기로 침대를 문질렀다.

문밖에서 말발굽 소리가 들려왔다. 아이는 제 어미가 돌아온 것을 알아챈 듯 버둥거렸다.

"아우. 아부우."

"그래, 조시. 네 엄마 왔다."

에리히가 팔을 들썩거리며 어르자, 아이는 재미있는지 까르르 웃음을 터뜨렸다. 에리히는 아이에게 우쭈쭈 소리를 내며 우스꽝스러운 표정을 지어주었다. 하지만 그런 모습을 동생에게 보이기는 영 부끄러웠던지라, 문이 열리는 소리가 들리자마자 얼른 점잖은 척 뒤를 돌아보았다.

"늦었네."

"네. 별일은 없었죠?"

제도를 떠나고 두 번째로 맞이하는 겨울이었다.

2년 전, 북부에 도착한 테네르와 에리히는 파트로나가 이미 북쪽 숲을 떠 났다는 소식을 들어야 했다. 유랑 민족인 그들은 한곳에 오래 정착하는 법이 없었기에 어느 정도는 예상한 결과이기도 했다.

그리고 테네르가 파트로나의 딸임을 한눈에 알아본 촌장은 그들에게 마을 의 파수꾼이 되어 줄 것을 제안했다. 달리 갈 곳을 정해 두지 않은 데다 심해 진 입덧으로 이동이 여의치 않았기에, 두 사람은 그의 말에 따라 북부의 작 은 마을에 머물게 되었다.

"앙즈 부인이 고구마를 좀 주고 갔어. 이번에는 보관 잘하라고 얼마나 잔 소리를 하던지."

"매번 감사하네요."

테네르는 웃으며 말했다. 앙즈 부인은 촌장의 딸이자 마을 산파로, 테네르 가 아이를 무사히 낳고 몸조리하는 것을 도와준 사람이었다. 인정 많고 살뜰 한 대신 오지랖이 넓고 잔소리가 심해, 틈만 나면 두 사람의 집에 찾아와 집 안일에 참견을 해 대곤 했다.

"엄마, 엄마."

아이는 엄마를 보며 팔을 휘저었다. 테네르는 눈 묻은 털옷을 벗어 의자에 걸치고 얼른 아이를 껴안았다.

"그래, 조시."

"앙즈 부인이 가져다준 고구마로 퓨레를 조금 만들어 먹였어."

"고구마는 너무 달지 않나요?"

"부인이 괜찮다고 하던데. 아직 싫다는 말 못 할 때 최대한 다양하게 먹여 보라더라."

잔소리가 심하다며 질색하는 건 사실이지만, 에리히 또한 늘 도움을 주는 그녀를 신뢰하는 건 마찬가지였다. 가끔 등짝을 아플 정도로 때릴 때만 빼고.

"참, 촌장님이 아이들에게 글을 좀 가르쳐 줄 수 있냐더라."

"글을요?"

"아빌라에 아카데미가 생길 예정인가 봐. 아이들 보내려는 집들이 많던데."

"이렇게 외진 곳까지 아카데미가 생길 줄은 몰랐네요."

"그래 봤자 마차 타고 한 시간은 더 걸리겠지만."

세간에서는 선황이 세워 둔 단단한 뼈대에 황제가 살을 붙인다고들 했다. 테네르가 제도를 떠난 지 그리 오랜 시간이 지난 것도 아닌데, 제국 이곳저곳에서 풍요가 느껴지고 있었다. 가까운 도시에 아카데미를 비롯한 큰 건물이 생기고, 울퉁불퉁하던 길이 포장되고, 외지에까지 관리가 파견되고. 아마 계속 제도에서 살았더라면 이런 변화를 체감하기 어려웠으리라.

"폐하께서 계속 잘하고 계신 듯해서 다행이에요."

자신이 옆자리에 없는데도 레온하르트가 잘 살아가고 있다는 것이 마냥 기쁜 것만은 아니었다. 특히 옛 약혼녀인 알레이나와 다시 약혼을 할 거라는 소식이 들려올 때면 더욱 그랬다. 하지만 레온하르트는 그녀를 언제나 따스하게 대해 주던 사람이기도 했다. 그러니 테네르는 그가 행복하기를 진심으로 바랐다.

"아부부. 부우."

품에 안긴 아이가 옹알거렸다. 아직 걸음마도 떼지 않은 아이가 할 수 있는 말은 알아들을 수 없는 옹알이와 '엄마'뿐이었다.

"갈수록 폐하를 닮아 간단 말이야."

마을 사람들이 억울하지 않느냐고 장난스레 물어볼 정도로 아비를 빼닮은 아이였다. 틀린 말은 아닌지라, 테네르는 소리 없이 웃었다.

"외모는 폐하를 닮았는데, 하는 짓은 딱 너 어릴 때야. 순하고, 잠도 잘 자고, 잘 울지도 않고. 한나가 자기 애도 이렇게 순하면 소원이 없겠다더라."

"폐하께서도 그러셨을 거예요."

"모르지. 의외로 폭군이셨을지는. 아기 때 온갖 폭정을 휘두르다가 지쳐서 점잖은 어른으로 자라신 거야."

"그런 말씀 마세요. 폐하께서 얼마나 순하셨다는데요."

테네르가 항변했지만, 에리히는 고개를 절레절레 저었다.

"직접 본 것도 아니잖아. 누가 감히 황후 폐하에게 황제 폐하에 대해 나쁘게 말했겠나? 내 생각엔…… 조시, 그거 먹으면 안 돼."

심술궂게 말하던 에리히는 인형을 입에 넣고 잘근잘근 씹는 아이를 얼른 제지했다. 헝겊으로 만든 인형은 침이 덕지덕지 묻어 색이 짙어져 있었다.

"이건 분명 폐하를 닮았을걸."

"……어느 아이나 이러는걸요."

테네르는 아이를 어르며 말했다. 배고프니? 맘마 먹을까? 속삭이듯 묻자, 아이는 방긋방긋 웃으며 그녀의 품에 안겼다. 테네르는 몸을 일으켰다.

"젖 좀 먹일게요."

"그래. 침대 데워 놨으니 저기서 먹여. 참, 내일 아빌라에 좀 다녀오려는데 너도 같이 가자. 교구도 사고, 올겨울은 춥다니까 겨울옷도 좀 넉넉히 사고."

"그래요."

"솥에 스튜 끓여 놨는데, 조시 재우고 좀 먹을래?"

"그럴게요."

테네르가 대답하자, 에리히는 난상기를 챙겨 방을 나갔다. 부엌 쪽에서 불을 때는 소리가 들렸다.

테네르는 옷을 걷어 올리고 아이에게 젖을 물렸다. 이유식을 함께 먹이고 있긴 하지만, 아이는 아직 어미의 품에 안겨 젖을 먹는 것을 좋아했다.

아이의 이름은 조슈아였다. 달을 꽉 채워 나온 건강한 사내아이였다. 까만 머리는 빛을 받으면 붉은빛을 띠었고, 선명한 금안은 웃을 때면 꼬리가 부드럽게 접혔다. 누가 봐도 아비를 닮은 모습을 보고 있자면 도대체 열 달간 품고 있었던 자신의 모습은 어디에 있는 것인지 궁금할 지경이었다.

"배부르니?"

양껏 배를 채운 조슈아는 기분이 좋은 듯 까르르 웃었다. 테네르는 아이를 안은 채 등을 두드렸다. 조시, 조시, 애정을 담뿍 담아 속삭이기도 했다.

"폐하께서도 우리 조시처럼 예쁘셨겠지?"

레온하르트를 꼭 닮은 얼굴이 자신을 보고 웃을 때면 테네르는 그리운 사람을 떠올렸다. 그 사람도 어릴 땐 이런 모습이었을까. 잘 지내고 계실까. 새 황후는 언제쯤 들이실까. 그래도 가끔은 날 생각하실까. 아이가 있다는 걸 알면 무슨 표정을 지으실까.

테네르는 트림을 마친 아이를 따뜻한 요람에다 눕혔다. 어떤 아기들은 잠들었다가도 침대에 누이기만 하면 울음을 터뜨린다던데, 조슈아는 요람을 흔들며 자장가만 불러 줘도 금방 잠들었다. 꼭 어미를 고생시키지 않으려는 것처럼.

아이를 길러 본 경험이 있는 사람들은 하나같이 테네르를 부러워했다. 먹이는 대로 잘 먹고, 재우는 대로 잘 자고, 잘 울지도 않고, 잔병치레도 없고. 어떤 이는 '조슈아 같은 아이라면 열 명도 키우겠다.'라고 너스레를 떨다가 부인에게 등짝을 얻어맞기도 했다.

테네르는 혹 잠든 아이가 깰까 조심스레 자리에서 일어났다. 문을 열자 고소한 스튜 냄새가 났다. 국자를 들고 있던 에리히가 작은 목소리로 물었다.

"잠들었어?"

"네."

테네르가 의자에 몸을 붙이고 앉자 에리히는 그릇에다 스튜를 듬뿍 담아 주었다. 양이 좀 많은가 싶기는 했지만, 젖을 먹이고 나면 언제나 허기가 졌으니 못 먹을 정도도 아니었다.

"맛있어요, 오라버니."

"그럼. 누가 만들었는데."

에리히는 당연하다는 듯 우쭐거렸다. 낡은 집 안에 훈기가 돌았다.

* * *

아빌라는 마차를 타고 한 시간 정도 달리면 나오는 작은 도시였다. 제도에 비할 바는 아니었지만, 트라벨 공작 영지에 속해 있어 제법 번화한 도시이기도 했다.

"한나가 그릇을 좀 사다 달래요. 싸고 예쁘고 튼튼한 거로."

"세상에 그런 게 어디 있어? 본인들이 와서 찾아보든가."

에리히는 투덜거렸지만, 수첩을 꺼내어 테네르의 말을 받아 적었다. 수첩에는 이미 다른 사람들이 부탁한 물건들도 빼곡하게 적혀 있었다. 마을에서 도시까지 거리가 있는 편이다 보니 아빌라에 한 번 나올 때마다 마을 사람들이 이런저런 부탁을 하는 탓이었다.

"이따 보자, 제임스."

테네르가 속살거리자 말은 푸르르 콧김을 뿜었다. 조슈아는 테네르를 따라 말의 콧잔등을 어설프게 쓰다듬었다.

조슈아는 막 걸음마를 배우고 있었다. 그러나 혼자 힘으로 서 있는 건 기껏해야 3초 정도가 고작이라, 외출할 때면 테네르는 아직 아기 띠 신세였다.

"교구는 어떤 걸 사시게요?"

"글자판이나 그림이 그려진 카드 같은 거. 여긴 없으려나?"

"없으면 재료를 사서 만들면 되죠."

두 사람의 발걸음은 퍽 가벼웠다. 날씨는 추웠지만 수많은 인파와 두툼한 털옷이 한기를 막아 주었다. 조슈아 또한 알록달록한 물건들에 호기심이 가는지 옹알이를 하거나 팔을 버둥거리기도 했다.

"조시도 오늘 기분이 좋은가 봐요. 기운이 넘치네요."

"너 몰래 조시 간식 사려고 한 거 눈치챘나 보다."

에리히는 키득거리며 조슈아의 통통한 볼을 톡톡 건드렸다.

두 사람은 한참을 걸었다. 아카데미가 지어지고 있는 탓인지, 몇몇 가게에서는 어린아이에게 글을 가르치기 위한 교재나 교구를 팔고 있었다. 교구와 새 옷, 마을 사람들에게 부탁받은 물건들을 사고 나자 에리히의 양손이 묵직해졌다.

"무겁지 않으세요? 저도 들게요."

"됐으니까 넌 조시나 잘 안고 있어. 이제 또 뭐 사야 하지?"

"앙즈 씨가 겨울용 담요랑 봄에 쓸 농기구를 사다 달라고 하셨고, 한스는 술을 담글 항아리를……."

"아오, 무거운 것만 골라서 시키네. 마차에 짐 좀 두고 올 테니까 조시랑 여기서 기다려. 아니면 저기 구경이라도 하고 있든가."

테네르는 그가 가리킨 방향으로 고개를 돌렸다. 그 자리에는 높게 솟은 건물이 있었다. 아카데미가 지어지는 건물인 모양이었다.

테네르는 아이를 꼭 안은 채 천천히 발을 옮겼다. 아직 완공이 되지는 않았지만, 그래도 완공되었을 때의 모습을 상상할 수 있을 만큼 그럴듯한 건물이었다.

"저기 보렴, 조시. 학교야."

"아부부……."

"으응, 학교. 학교."

테네르는 조슈아와 눈을 맞추며 입 모양을 또렷하게 했다. 아이는 어미의 말을 따라 해 보려는 듯 입을 오물거렸지만 아직은 어려운 모양이었다.

"우리 조시도 나중엔 저기에 갈 거야."

테네르는 조슈아의 이마에 입을 맞추며 말했다. 그 말을 알아듣기라도 한 건지, 아이가 까르르 웃음을 터뜨렸다. 무럭무럭 자라 교복을 입을 조슈아를 생각하니 테네르의 입가에 미소가 번졌다.

아이는 그야말로 눈 깜빡할 사이에 자라났다. 너무 작아서 안는 것조차 조심스럽던 아이는 이제 바닥을 기며 엄마, 엄마 소리를 내었다. 종종 물건을 짚고 혼자서 일어나기도 했고, 선 채로 몇 초나마 버티기도 했다.

제도를 떠나 외지에서 아이를 기르고 있었지만, 아이가 자라는 모습을 볼 때마다 걱정이 되는 것은 어쩔 수 없었다. 아이는 앞으로도 자라날 테고, 자신의 삶에 대해 스스로 생각하게 될 테니.

만약 자라난 아이가 정쟁에 휘말릴 것을 감수하고 황궁으로 가겠다고 한다면 어떻게 해야 할 것인가 생각하지 않을 수 없었다.

'간다고 한다면 보내야겠지만⋯⋯.'

그래도 아직은 그런 것들을 생각하고 싶지 않았다. 제 품에서 꼬물거리는 아이를 어딘가로 보내는 건. 언제까지고 품 안의 자식으로 기를 수 없다는 건 알고 있지만, 시간이 조금만 느리게 흘렀으면 좋겠다는 생각은 지울 수 없었다.

* * *

"예. 겨울이 지나기 전에 완공 예정으로, 늦어도 내년 봄에는⋯⋯."

황실의 유능한 관리인 제임스 폴은 그야말로 눈코 뜰 새 없이 바빴다. 아카데미를 비롯한 교육 기관은 대부분 황실에서 직접 설립하는지라, 그는 얼마 전부터 트라벨 공작 영지에 와 있었다.

"학비는요?"

"영지민들만 다닐 수 있는 건가요?"

아이가 있는 부모들은 커다란 건물을 보며 기대를 감추지 못했다. 제임스는 중앙 관리다운 점잖은 태도로 그들의 말에 일일이 대답했다.

"교육 기관은 영지가 아닌 황실의 관할이라, 제국민이라면 누구나 입학할 수 있습니다. 다만, 영지민들의 경우 영지 내에서 학비를 일정 부분 지원해 주니 부담이 덜할 겁니다."

북부 영지에는 전대 영주의 수탈로 인해 도망친 화전민들이 많았다. 선황으로부터 북부 영지를 하사받은 트라벨 공작은 그들을 다시 영지로 불러들이기 위해 노력하고 있었다. 여자가 안도하자, 제임스는 자신이 아카데미를 세운 것도 아니면서 괜히 뿌듯해졌다.

"영지민이 아니라고 하더라도 장학금 제도가 있으니 너무 걱정하지 마십시오. 그리고⋯⋯."

열심히 설명하는 그의 눈에 한 여자가 들어온 것은 그 순간이었다. 제임스는 잠시 말을 멈추었다.

'저 사람은……?'

그의 시선을 잡아끈 것은 밀 색 머리를 단정하게 올려 묶은 한 여자였다. 치마를 부풀리지 않은 수수한 드레스와 두툼한 털옷을 입은 여자는 아기를 꼭 안고 있었다.

"우리 조시도 나중엔 저기에 갈 거야."

아카데미에 가기는커녕 말을 알아듣나 싶을 정도로 작은 아이였지만 그 말을 하는 여자는 퍽 즐거워 보였다.

'전 황후 폐하와 닮았네.'

제임스는 눈을 가늘게 떴다. 하지만 제도의 저택에 있을 폐후가 저런 차림을 하고 북부에 있을 리 없었다.

'자매는 아니겠지?'

폐후의 어미는 북쪽 숲에 산다고 했으니, 혹 이곳에 폐후의 이부 자매라도 있는 것일까. 제도에는 폐후가 후작 저택을 떠나 어딘가로 사라졌다는 소문이 돌고 있었지만, 바쁜 제임스는 그 사실을 전혀 알지 못했다. 그러니 그저 여자가 폐후와 쌍둥이처럼 닮았다고 생각할 뿐이었다.

"저기……."

"그리고 뭐요?"

제임스가 막 여자에게 말을 붙이려던 순간, 그의 이야기를 기다리던 이들이 채근했다. 제임스는 자신의 설명을 기다리는 이들이 있다는 것을 깨닫고 얼른 입을 열었다.

"기숙사도 마련되어 있고, 신분과 관계없이 성적이 우수하면 황실 관리로 발탁되기도 합니다."

입가에 미소를 띤 채 이야기를 마치자 사람들은 다른 것들을 묻기 시작했다. 제임스가 그들의 질문에 모두 답변을 해 주고 고개를 돌렸을 때, 여자는 이미 사라진 뒤였다.

* * *

　황제의 보좌관인 델루스 사이언은 긴장한 숨을 삼켰다. 폐후의 행적을 보고할 때마다 일어나는 일이었다.

　원래 델루스의 삶은 이렇게 피곤하지도 팍팍하지도 않았다. 현 황제는 선황과 달리 누구에게나 인간적이며 친절한 사람이었고, 그런 그를 보필하는 일은 그리 까다롭지 않았으니까.

　하지만 폐후가 사라진 후 그의 평화로운 일상에 금이 가기 시작했다. 사라진 폐후의 행적에 대해 황제에게 보고할 때마다 그는 살얼음을 걷는 듯한 심정이었다.

　"……아직 찾지 못했나?"

　레온하르트는 손에 쥐고 있던 봉투를 서랍에 넣으며 물었다. 막 살바토르 공작을 알현한 다음이라 그는 더욱 가라앉아 있었다. 델루스는 죄지은 것처럼 머리를 조아렸다.

　"송구합니다, 폐하."

　"정말이지 잘도 숨어 계시는군."

　레온하르트는 작게 빈정거렸다.

　폐후가 사라진 후 벌써 2년이 되어 가고 있었다. 그나마 알레이나를 통해 살바토르 공작 또한 테네르를 찾지 못했다는 것을 전해 듣고 있었지만, 불안감은 날이 갈수록 짙어지기만 했다.

　"가짜 신분을 만들어 숨어 지내고 계신 듯합니다. 지방 곳곳에 관리를 파견해 두고, 신분이 일치하지 않는 이들을 우선적으로 찾아내고 있습니다."

　"소수민족이나 화전민들은?"

　선황의 정복 전쟁으로 인해, 드넓은 제국 곳곳에는 아직 융화되지 않은 소수

민족들이 있었다. 그리 위협이 될 정도는 아니었기에 제국인들에게 해를 끼치거나 제국법을 크게 어기지만 않는다면 딱히 손대지 않은 이들이었다. 그러나 델루스는 레온하르트가 말하는 소수민족이 누구를 말하는 건지 알고 있었다.

"이전에 말씀하셨던 대로 트라벨 공작 영지에 서신을 보내 확인했는데, 파트로나는 이미 북쪽 숲을 떠나 종적을 감춘 지 오래라고 합니다."

테네르의 어미인 타샤는 북쪽 숲에서 자라 온 파트로나였다. 죽은 에반 후작이 그 미모에 반해 후처로 삼았으나, 결국은 제도에 적응하지 못하고 숲으로 돌아가 버린 인물이라 했다.

아이를 품고 도망쳤으니 어미에게 몸을 의탁하고 있을지도 모른다는 생각에 내린 명령이었다. 그러나 더 생각해 보면 황궁에 있을 때도 모친에 대한 말을 꺼낸 적 없는 사람이라, 그녀에 대한 그리움이 남아 있는지조차 의문이었다.

"……계속 추적하라."

"예, 폐하. 저, 그리고 곧 순행을 가실 시기인데……."

델루스는 황제의 눈치를 보며 말끝을 흐렸다. 레온하르트의 이마가 조금 구겨졌다.

"그러고 보니 북부에 순행을 갈 때가 되었지."

"예, 폐하. 그러잖아도 겨울이 추운 지방인데, 올해는 한파가 극심하다고 합니다."

"고생들이 많겠군."

레온하르트는 짧게 말했다.

북부는 봄부터 가을까지 제법 온후한 편이었지만 겨울이 유달리 추웠다. 때문에 황실에서는 한파가 극심한 시기를 골라 직접 순행을 가기도 했다. 영주들에게는 경각심을 심어 주고, 지역민들에게는 황제가 직접 굽어살핀다는 인상을 주기 위해서였다.

비록 매해 가지는 못하지만, 레온하르트 또한 7년 전 선황과 함께 직접 순행을 간 바가 있었다.

"채비는 다 끝났나?"

"예, 폐하. 곧바로 출발하실 수 있도록 준비해 두었습니다."

"그래. 이번 주 내로 출발하지."

레온하르트의 대답에 델루스는 얼른 허리를 굽혔다. 그가 집무실을 나가자, 레온하르트는 펜을 내려놓고 뒤늦게 얼굴을 쓸어내렸다. 착잡한 한숨이 잇새로 번졌다.

"도대체 어디에⋯⋯."

아무리 초기 대응이 늦었다 하더라도 임신까지 한 몸이었다. 그리 빠르게 달아나지도 못했을 텐데 그녀가 떠난 후 벌써 두 번째 겨울을 맞이하고 있었다. 하다못해 황실에서 내려준 패물을 팔기라도 했다면 추적이 좀 더 용이했을 텐데, 그가 준 것도, 태후가 준 것도 후작 저택에 고이 보관되어 있을 뿐이었다.

이렇게까지 해야만 했나.

이야기 한 번 나눠 보지 않고, 자신이 준 선물들도 미련을 버리듯 두고 달아나야만 했던가.

그녀를 떠올릴 때마다 레온하르트는 숨이 턱턱 막히는 기분이었다. 지금까지 황후를 들이지 않는 걸 알고 있을 텐데도 여전히 숨어 지내는 그녀가 원망스럽기도 했다.

'⋯⋯만나기만 한다면.'

그럼 모든 일이 해결될 텐데. 황손을 낳은 그녀를 다시 황후에 올릴 수 있을 텐데. 모든 것이 제자리로 돌아갈 수 있을 거고, 그렇게만 된다면 그녀가 원하던 대로 사랑한다는 말쯤 수도 없이 뱉어 줄 수 있을 텐데.

레온하르트는 서랍을 열었다. 그 안에는 낡은 편지 봉투가 있었다. 살바토르 공작이 준 봉투였다.

'태후께서 보내 주신 편지도, 선물도, 하나도 빠짐없이 소중하게 간직하고 있습니다.'

조롱하듯 말하며 건넨 봉투는 텅 비어 있었다. 하지만 낡은 봉투에 남은 세월의 흔적과 겉면에 쓰인 어미의 필체를 보는 것만으로도 그를 흔들기는 충분했다.

'제 딸아이가 황후가 된다면 처분하려 했는데, 너무 오랜 시간이 걸려 혹 잃어버리게 될까 걱정입니다.'

황후의 자리를 비워 둔 지 2년, 시간이 지나도 레온하르트가 그의 요구를 들어주지 않자 살바토르 공작은 더욱 노골적으로 그를 자극하려고 했다. 아마 이 봉투를 내어준 것은 더한 증거들을 가지고 있다는 것을 과시하기 위함이리라.

진작 죽였어야 했는데.

레온하르트는 으득 이를 갈았다. 알레이나가 사라졌다고 해서 안심해선 안 되었다. 그가 얌전히 군다고 해서 마음을 놓아서도, 그가 친부일지도 모른다는 생각에 마음이 약해져서도 안 되었다. 알레이나 살바토르가 돌아오기 전에, 그가 그녀를 찾아내기 전에 제거했어야 했다. 그랬다면 아무런 문제가 없었을 텐데. 당신을 잃을 일도 없었을 텐데.

"……테네르."

레온하르트는 작게 중얼거렸다. 말갛게 웃는 얼굴이 아직도 눈에 선했다.

당신이 곁에 있었다면 모두 털어놓을 수 있었을까. 그럼 그 작은 몸으로 나를 끌어안고 다독여 주었을까.

레온하르트는 한참 동안 부질없는 것들을 생각했다. 그래 봤자 아무것도 해결될 리 없다는 것을 알면서도.

* * *

숲과 인접한 마을에는 산짐승들이 자주 내려왔다. 멧돼지들이 몰려와 기껏 심어 둔 감자나 고구마, 옥수수를 먹어 치우고 가 버리기도 했고, 가끔은 커다란 맹수가 사람이나 가축을 물어 가기도 했다. 그러니 마을에서는 실력 있는 사냥꾼이 머무르는 것을 환영할 수밖에 없었다.

부우우.

테네르는 멧돼지의 숨통이 끊어진 것을 확인하고 뿔피리를 불었다. 얼마 지나지 않아 마을 사람들 몇이 수레를 끌고 달려왔다.

"이야, 멧돼지는 오랜만이네요. 요즘은 안 오나 했더니."

"역시 타샤. 단번에 숨통을 끊어 버리셨네."

마을에서 에리히는 '엘'이라는 가명을, 테네르는 어미의 이름을 사용하고 있었다. 혹시나 도망친 폐후임을 알아챌까 봐서였다. 덕분에 테네르는 마을 사람들이 자신을 추켜세울 때마다 아주 이상한 기분이었다.

"잘 부탁드려요."

산짐승을 잡고 나면 고기는 마을 사람들끼리 나누어 먹었고, 가죽은 아빌라에 가져가 팔았다. 마을 사람들은 테네르를 대신해 가죽과 고기를 손질해 주곤 했다.

"또 가요? 잡는 거 보고 가지."

"못 보는 거 아시잖아요."

한스가 그녀를 붙잡았지만, 테네르는 웃으며 고개를 저었다.

생존을 위해 사냥하고 있다고는 해도, 죽은 짐승의 털을 태우고 살을 잘라내는 것을 멀쩡히 볼 정도로 비위가 좋지는 않았다. 딱 한 번 용기를 내어 닭잡는 것을 보러 간 적이 있었는데, 목 잘린 닭이 머리도 없이 날개를 푸드덕거리며 도망치는 것을 본 이후론 아직도 닭고기를 먹지 못했다. 하지만 한스는 그런 그녀가 답답한 모양이었다.

"어휴. 여기 욕심쟁이 아저씨들이 좋은 부위 다 가져가면 어쩌시려고요."

"늘 좋은 것들만 가져다주시던걸요."

테네르는 웃으며 말했다. 아닌 게 아니라, 테네르가 사냥감을 맡기고 돌아가면 마을 사람들은 가장 좋은 부위를 손질해 가져다주곤 했다. 테네르로서는 고마운 일이었다.

"그거야 내가 옆에서 감시하니까 그런 거죠. 오늘은 구경하러 와요. 정 무서우면 뭐……. 나한테 기대도 되고."

한스는 험험 헛기침하며 말했다. 남자들의 야유가 들려온 것은 당연한 일이었다.

"아오, 저 새끼 저거 수 쓰는 거 봐."

"그냥 쏴 버려요, 타샤. 우리가 숲에다 조용히 묻어 줄 테니까."

앙즈가 삽을 들며 말했다. 테네르는 어깨에 둘러멘 화살을 봤다가 다시 한스를 보았다.

"무거울 텐데, 괜히 폐를 끼칠 수야 없죠."

"이럴 거예요?"

한스가 발끈했다. 테네르는 조금 쑥스럽게 웃으며 말머리를 돌렸다.

"그럼 저는 이만 가 볼게요. 다들 매번 고마……."

집으로 돌아가려던 테네르는 그 자리에 멈춰 섰다. 제비꽃 같은 자색 눈동자가 죽은 나무둥치를 향했다.

"왜 그래요, 타샤?"

"저게 뭐죠?"

테네르의 시선이 닿은 것은 작은 풀이었다. 새하얀 풀은 흰 눈밭에서는 그리 눈에 띄지 않았지만, 눈에 덮이지 않은 부분 또한 눈부시게 희어 시선을 잡아끌었다. 테네르가 그쪽으로 가까이 다가가자, 한스 또한 그녀가 말하는 풀을 발견한 모양이었다. 그 또한 눈이 휘둥그레졌다.

"뭐야. 무슨 풀이 저렇게 하얘? 앙즈 아저씨!"

멧돼지의 다리를 묶던 앙즈는 한스의 부름에 심드렁하게 고개를 들었다. 그러나 그것도 잠깐, 그들이 보고 있는 걸 발견하곤 얼굴이 하얗게 질렸다.

"야, 이 미친……. 당장 떨어져!"

앙즈의 고성에 다른 남자들도 일제히 고개를 들었다. 그러나 눈밭에 파묻힌 흰 풀이 눈에 보이지 않는지 다들 어리둥절한 표정이었다. 앙즈가 쩌렁쩌렁하게 소리쳤다.

"다들 가까이 가지 마! 리바노야!"

"뭐라고?"

'리바노'라는 말에 남자들은 일제히 몸을 움츠렸다. 앙즈는 한스에게 외쳤다.

"절대 만지면 안 돼, 한스! 이쪽으로 와!"

"뭐, 뭔데요. 만지면 죽는 거야?"

한스는 주춤주춤 뒷걸음질 쳤다. 제게는 물러나란 말 한마디 하지 않는 걸 보며, 테네르는 조금 씁쓸한 심정이었다.

'이러나저러나 외지인이란 거구나.'

"타샤, 타샤도 얼른……."

한스가 얼른 그녀의 손목을 움켜잡아 제 쪽으로 당기려 했다. 그러나 앙즈는 고개를 저었다.

"아니. 타샤는 괜찮아요. 여자는 괜찮아."

"네?"

테네르가 놀라 되물었다. 앙즈와 다른 남자들이 겁먹은 듯 몸을 부르르 떨었다.

"여자는 만져도 아무런 이상 없습니다. 남자한테는 엄청나게 치명적이지만……."

"왜, 왜요? 남자가 만지면 어떻게 되는데?"

한스가 겁에 질린 얼굴로 물었다. 그러자 앙즈는 의미심장한 목소리로 말했다.

"남자가 저걸 먹으면…… 임신이 안 돼."

그 말에 한스의 몸이 그대로 굳었다. 그는 테네르를 잡은 손을 떼고 슬금슬금 남자들 무리로 갔다. 테네르는 고개를 갸웃했다.

"남자는…… 원래 임신을 못 하지 않나요?"

"그…… 그렇긴 한데……. 숙녀분에게 말하기엔 너무 노골적인 단어라……. 그, 고……."

"씨가 없어진대요, 타샤."

곤란해하는 앙즈 대신 다른 이가 말했다. 끔찍한 괴담을 이야기하는 듯 잔뜩 겁먹은 얼굴이었다.

"이건 남자로서 자존심 문제라고요."

"리바노는 육십 넘은 촌장님도 안 만져요."

"……아아."

아직 결혼하지 않은 한스야 그렇다 쳐도, 자식까지 둔 나이 든 남자들이 고작 그런 것에 오들오들 떨고 있는 게 테네르는 잘 이해가 되지 않았다. 그러나 커다랗고 우락부락한 남자들이 겁먹은 모양새가 조금 가련하기는 했다.

"제가 태울까요?"

테네르가 묻자, 남자들은 그야말로 구원자라도 발견한 양 고개를 끄덕였다. 앙즈가 얼른 삽으로 구덩이를 팠고, 다른 이가 마른 짚과 성냥을 건네었다. 테네르는 구덩이 안에 마른 짚을 깔고 흰 풀을 뿌리째 뽑아 넣었다. 불을 붙인 성냥을 던져 넣자 남자들은 겨우 안심한 얼굴이었다.

"고마워요, 타샤. 덕분에 살았습니다."

"저야말로 알려 주셔서 감사해요. 오라버니께도 조심하라고 말씀드려야겠네요."

테네르는 발로 흙을 밀어 구덩이를 덮었다. 근육질의 남자들을 공포에 몰아넣었던 하얀 풀은 땅속으로 자취를 감추었다.

"그럼 전 돌아가 볼게요. 조시가 기다릴 것 같아서. 혹시 뭔가 또 나타나면 불러 주세요."

"고, 고기 좋은 거로 가져다줄게요!"

한스가 소리쳤다. 테네르는 소리 없이 웃고는 제임스의 위에 훌쩍 올라탔다.

멀어져 가는 뒷모습을 보며 한스는 언제 겁먹었냐는 듯 헤실헤실 웃었다. 앙즈가 그런 그를 못마땅하게 보았다.

"야, 주접떨지 말고 이거나 옮겨라. 그렇게 좋나?"

"……예쁘잖아요."

한스는 뒤늦게 죽은 멧돼지의 발을 마저 묶으며 대답했다. 멧돼지의 몸집이 제법 컸기에 수레에 옮기기 위해서는 장정들 여럿이 붙어야만 했다.

"꿈 깨, 인마. 너 조시 얼굴 봤지? 애 얼굴이 그럴 정도면 아빠 미모가 장난이 아니었다는 건데, 네 얼굴이 눈에 들어오기야 하겠냐?"

앙즈가 수레를 기울이며 타박했다. 한스가 입을 삐죽였다.

"아씨, 우리 엄마가 저 잘생겼다고 했거든요?"

"우리 엄마랑 할머니는 나한테 귀엽고 깜찍하다고 그랬거든?"

앙즈는 근육으로 우락부락한 팔뚝을 보여 주며 말했다. 한스가 끙, 하며 고개를 돌렸다.

"오르지 못할 나무는 처음부터 쳐다보지를 말아야지, 인마. 딱 봐도 알잖아? 우리랑은 사는 세계가 다른 사람들인 거. 말투도 그렇고, 하는 짓도 그렇고."

"……."

"작년에 먹을 게 없어 보여서 남은 감자랑 고구마를 좀 가져다줬는데 보관할 줄도, 먹을 줄도 몰라서 그대로 썩혀서 버렸다는 거 아니냐. 아마 그게 뭔지도 몰랐을걸? 무슨 나무뿌리나 돌덩이를 가져다줬다고 생각했을지도 모르지."

오지랖 넓고 참견하길 좋아하는 부인 덕에 앙즈는 마을의 새로운 파수꾼에 대해 이런저런 이야기를 전해 들을 수 있었다. 그들이 시골에서의 삶에 익숙하지 않다는 것도, 혼자 무언가를 하기보다는 시중받는 삶을 살아왔으리라는 것도, 추측하기 어렵지 않았다.

"아니, 살림이야 뭐…… 배우면 되는 거잖아요."

"암마, 저분이 살림까지 하면서 널 왜 만나냐? 살림이 문제가 아니라니까 그러네."

앙즈는 답답한 듯 말했다.

"자고로 귀하신 분들 일에는 엮이는 거 아니라고 했다. 나중에 책잡히지 않을 정도로만 잘해 주면 돼. 괜히 설치지 말고."

앙즈의 당부에 장정들이 하나같이 맞장구쳤다. 한스는 입을 삐죽였지만, 천천히 고개를 끄덕였다.

* * *

집으로 돌아온 테네르는 뜨거운 물에 몸을 씻었다. 마을은 제도와 달리 수도 시설이 제대로 되어 있지 않아 에리히가 매일 맑은 물을 길어 오곤 했다. 도시에서 사 온 비누는 황궁에서 사용하던 고급품은 아니었지만 은은한 향이 좋았다.

힘든 일을 도맡아서 해 주는 오라비 덕에 마을에서의 삶은 그리 고되지 않았다. 물론 집안일을 직접 해 본 적이 없어 많은 어려움이 있기야 했지만, 친절한 마을 사람들을 만난 덕에 여러 도움을 받을 수 있었다. 그러니 테네르와 에리히 또한 도움이 필요한 일에 기꺼이 나섰다.

"따라 써 봐. '잘생긴 엘'."

에리히는 조슈아를 꼭 안은 채 아이들에게 글을 가르쳐 주고 있었다. 테네르가 방에 발을 들인 것은 아이들이 에리히의 말에 입을 모아 야유할 때였다.

"우웨에엑."

"난 '못생긴 엘' 쓸 거야."

에리히는 제법 잘생긴 축에 속하는 얼굴이었으나, 아이들에게 그런 사실은 중요하지 않았다. 그들은 '못생긴 엘', '대머리 엘', '오리 궁둥이 엘' 등 자신이 생각하는 가장 우스꽝스러운 수식어를 생각해 냈다. 테네르가 천천히 그들에게 다가갔다.

"제대로 쓰는 사람한테는 선생님이 사탕을 주실 거야."

이러나저러나, 아이들을 가장 의욕적으로 만드는 것은 재미있는 놀이나 맛있는 간식이었다. 테네르의 말에 아이들은 얼른 태세를 바꾸어 아부하기 시작했다.

"진짜요? 그럼 '세상에서 제일 잘생긴 엘' 쓸래."

"난 '황제 폐하보다 잘생긴 엘' 쓸 거야."

그 말에 테네르는 웃으며 에리히에게서 조슈아를 받아 들었다.

"그건 아닌 것 같은데."

테네르가 작게 중얼거리자, 에리히는 발끈하여 그녀를 돌아보았다.

"너 이제 아주 막 나간다? 응?"

"사실을 말한걸요."

이러나저러나 한때 넋 놓고 본 적도 있을 정도로 수려한 외모였다. 거기다 조슈아가 레온하르트를 꼭 빼닮은 얼굴을 하고 있었기에, 어미 된 처지에서도 오라비보다는 아들의 외모에 손을 들어 줄 수밖에 없었다.

"타샤 아주머니, 황제 폐하 만난 적 있어요?"

테네르의 목소리를 들은 한 아이가 눈을 동그랗게 뜨며 물었다. 테네르는 잠깐 멈칫했지만, 이내 웃으며 고개를 저었다.

"이야기만 전해 들은 거야. 손, 너는 만나 뵌 적 있니?"

"아뇨, 근데 우리 아빠는 본 적 있어요!"

"야, 그건 황제 폐하가 아니라 선황 폐하거든?"

"우리 아빠가 황제 폐하랬거든?"

"근데요, 타샤 아주머니. 황제 폐하가 북부에 오신대요."

"근데 황제 폐하는 몇 살이에요?"

아이들의 이야기에는 두서가 없었다. 다른 사람의 이야기가 다 끝날 때까지 기다리기보다는 중간에 끼어들기를 좋아했고, 자신의 말을 제대로 들어 주지 않는 것 같으면 목소리를 높여 주의를 끌기도 했다.

작은 어른처럼 점잔을 떠는 아이들만 보아 온 테네르는 이런 아이들을 대하는 것이 아직 미숙했다. 그렇기에 질서를 잡아 주기보다는 목소리가 더 큰 쪽이나 관심이 쏠리는 화제 쪽에 저도 모르게 고개가 돌아가곤 했다.

"폐하께서 북부에 오신다고?"

테네르의 관심을 끈 레온하르트의 소식이었다. 에리히 또한 처음 듣는 소식인지 표정이 조금 굳어 있었다.

"왜 북부까지 오시는 거니?"

"올해 날씨가 춥대서요. 근데 우리 마을엔 안 오실 거래요. 나도 황제 폐하 보고 싶은데."

"순행을 오시는 모양이구나."

재해가 일어나거나 기근이 심한 지방에는 황제가 직접 순행을 나서곤 했다. 보통은 이런 작은 마을 하나하나를 다 둘러볼 수가 없었기에 해당 지역의 영주에게 구호품을 전달해 영지와 그 인근을 돌보라 명령하는 식이었다.

테네르는 안심했고, 한편으로는 괜히 씁쓸하기도 했다. 자신이 아직 황후였다면 그와 함께 순행에 올랐으리란 헛된 생각이 들어서였다.

아무리 잊으려 해도 잊히지 않는 사람이었다. 그와 함께했던 기억들이 모두 좋은 추억이기 때문에 더욱 그랬다. 그와의 사소한 일상들이 너무도 행복했기에, 테네르는 레온하르트를 잊을 수도, 미워할 수도 없었다.

"이곳에 오지는 못하시겠지만, 제도에서 추운 북부까지 먼 길을 와 주시는 것만으로도 큰 보살핌이란다. 유능한 관리가 되어 황궁에 들어가면 만나 뵐 수 있을 테니, 너무 아쉬워하지 말렴."

"네에."

비록 이제는 황후가 아니지만, 테네르는 이곳에서 아주 작게라도 레온하르트에게 도움이 되고 싶었다. 그것은 그녀의 사랑이었고, 그리움이었고, 그의 아이를 말도 없이 앗아 왔다는 죄책감이기도 했다.

테네르는 아이들에게 인사하곤 조슈아를 꼭 안은 채 자리에서 일어났다. 에리히의 표정이 조금 굳어 있는 것 같았다.

* * *

처음 어미가 되는 것은 누구에게나 어려웠다. 내내 귀족으로 살다가 외지에 온 테네르에게는 더욱 그랬다.

잡일을 도맡아 줄 사용인도, 대신 젖을 물려 줄 유모도 없었다. 에리히가 패물을 넉넉히 챙겨 오기야 했지만, 낯선 사람들이 가득한 시골 마을에서 구태여 부유한 티를 낼 수 없으니 최소한으로만 사용했다.

고되기야 했지만, 그래도 그만큼 보람이 있는 삶이었다. 아이가 자라는 것을 볼 때마다 그랬다.

"이리 와, 조시."

테네르는 조슈아를 향해 팔을 벌렸다. 지난달까지만 해도 무릎을 끌며 기어 다니던 조슈아는 이제 짚을 것이 있으면 어렵지 않게 일어났다.

어떨 때는 선 채로 몇 초간 버티기도 했고, 위태위태하게나마 발을 떼어 걷기도 했다.

"아부, 엄마아."

조슈아는 천천히 발을 떼었다. 아주 안정적이지는 않았지만, 중심을 잡으며 한 발 한 발 내딛는 것이 기특하기 그지없었다.

테네르는 아이의 걸음에 맞추어 두어 걸음 뒷걸음질 쳤다.

"엄마, 엄마아."

조슈아는 끝내 넘어지지 않고 테네르의 품에 폭 안겼다. 사실 넘어지려는 순간 테네르가 얼른 안은 거였지만, 그래도 성공한 것으로 치기로 했다.

"잘했어, 조시."

이마와 볼에 입을 맞춰 주자 까르르 웃는 얼굴이 있었다. 황실의 아이를 데려와 버린 것에 죄책감이 들 때마다 이 웃는 얼굴이 그녀의 마음을 풀어 주었다. 한참 동안 아이를 안고 장난치던 테네르는 방에 들어온 오라비를 보며 활짝 웃었다.

"오셨어요? 오늘 조시가 다섯 걸음이나 걸었어요."

테네르는 얼른 칭찬해 달라는 듯 조슈아를 가리켰지만, 에리히는 대꾸하지 않았다. 그는 그저 아이를 흘깃 본 다음 의자를 끌어 앉을 뿐이었다. 테네르가 의아한 듯 고개를 갸웃했다.

"오라버니?"

"아직 폐하를 못 잊었어?"

에리히의 목소리가 무거웠다. 생각지 못한 물음에 테네르는 조금 놀랐지만, 이내 내리깐 눈을 부드럽게 휘었다.

"좋은 분이셨으니까요."

긍정의 의미였다. 자신과 함께 이곳까지 와 주고 지금껏 궂은일을 도맡아 준 오라비에게 죄스럽게도, 테네르는 레온하르트를 사랑했다. 그가 새로운 황후를 맞이한다고 하더라도, 그 황후를 통해 황손을 본다고 하더라도, 테네르는 그가 행복하기를 바랐다.

"……죄송해요."

테네르는 눈을 내리깔았다. 그러나 조슈아가 자신을 붙잡고 아부부 소리를 내자, 얼른 아이에게 미소 지어 주었다.

"만약…… 폐하께서 널 다시 황후로 들이겠다고 하시면 어떻게 할 거야?"

에리히는 무거운 목소리로 물었다. 테네르는 조금 망설였지만 이내 고개를 저었다.

"그럴 일은 없을 거예요."

"폐하께선 아직 새로운 황후를 들이지 않으셨어."

"……."

"네가 그 자리에서 내려온 지 2년이 되어 가는데도."

에리히는 꼭 무언가를 기대하는 것만 같았다. 알레이나 살바토르가 돌아왔는데도 황후의 자리를 두 해 가까이 비워 놓았다는 것에 무슨 의미라도 있는 것처럼.

"살바토르 영애와 곧 약혼하실 거라고 하던걸요."

"그 이야기도 벌써 일 년 넘게……."

"죄송해요, 오라버니. 오늘은 조금 피곤해서…… 일찍 쉬고 싶어요."

테네르가 말했다. 이 이야기를 더 이어 가고 싶지 않다는 의미였다. 에리히는 입을 몇 번 열었다 닫았지만 이내 고개를 끄덕였다.

"그래. 일찍 자. 조시 기저귀는 갈았고?"

"네."

테네르가 고개를 끄덕이자 에리히는 더 덧붙이지 않고 방을 나갔다. 테네르는 침대 옆의 요람에 조슈아를 누였다. 아이는 아직 자고 싶지 않은지 조금 칭얼거렸다.

"얼른 자야지, 조시. 그래야 내일 더 재미있게 놀 수 있어."

테네르는 불을 끄고 요람을 천천히 흔들었다. 배를 쓰다듬으며 자장가를 불러 주자 말똥말똥하던 눈이 스르르 감겼다. 열린 창문으로 쏟아지는 달빛이 요람을 비추었다.

테네르는 레온하르트를 꼭 닮은 검은 머리를 천천히 쓸었다. 사랑하던 사람을 떠올리게 하는 아이였다. 그래서 더욱 사랑스러운 아이.

"괜한 기대를 하면 안 되겠지?"

테네르는 작게 중얼거렸다. 기대하지 않으면 실망할 일도, 상처받을 일도 없으리라는 걸 알고 있었다. 사랑했던 사람은 그저 좋은 추억으로 남겨 놓고, 자신은 그저 자신의 삶을 살아가면 되는 일이었다.

그러니 테네르는 오라비의 말을 생각하지 않으려고 했다. 자신은 이미 그와 다른 세계에 사는 사람이었으니.

* * *

테네르의 방에서 자장가가 그쳤지만, 에리히는 여전히 잠들지 못했다. 레온하르트 이야기를 꺼냈을 때 그녀가 짓던 표정이 떠오르는 탓이었다.

아비가 살아 있을 때는 제대로 감싸 주지도 못한 동생이었다. 윽박지르고 빈정댈 줄만 알았지, 다정한 말 한마디조차 낯간지러워해 주지 못했다. 그런 주제에 사소한 일에도 위축되고 금방 포기해 버리는 모습을 볼 때마다 알량한 죄책감에 마음이 무거웠다.

테네르가 아이를 빼앗기고 싶지 않다고 말했을 때 가장 먼저 든 것은 당치 않은 반가움이었다. 욕심이 난다고 말했던가. 그 말이 그의 마음을 부채질했다.

'같이 도망갈래?'

말도 안 된다는 듯 자신을 보면서도 테네르의 얼굴에는 망설임이 들어차 있었다. 그리고 마침내 그녀가 고개를 끄덕였을 때, 조금은 기뻤던가.

저택과 작위, 영지, 아비의 비위를 맞춘 대가로 주어진 것들을 미련 없이 털어 버리며 한 점 죄책감을 씻어 내었다. 웃을 줄밖에 모르던 테네르가 마을 사람들과 스스럼없이 어울리는 걸 보며, 여느 동생들처럼 제게 농담을 던지는 걸 보며 이제야 오라비 노릇을 하는 듯해 안심했다.

그러나 종종 아이를 보며 쓸쓸한 미소를 짓는 테네르를 보고 있자면 자신의 권유가 처음부터 잘못되었던 건 아닐까 하는 생각이 들기도 했다. 테네르는 아직도 레온하르트를 잊지 못했고, 여전히 그를 사랑했으니까.

"차라리 다른 놈이라도 만나면 좋을 것을."

반은 진심이고 반은 진심이 아니었다. 에리히는 테네르가 조금 부족하더라도 다른 남자를 만나 레온하르트를 잊기를 바랐지만, 한편으로는 황후였던 동생이 성에 차지 않는 남자를 만나는 것이 영 내키지 않았다.

"폐하께서 북부로 오신다고……."

단순한 순행이라면 테네르의 말대로 이곳까지 오지는 않으리라. 하지만 그가 북부에 온다는 사실만으로도 에리히는 괜히 마음이 싱숭생숭했다. 테네르의 얼굴에서 지우지 못한 그리움을 발견한 탓일지도 몰랐다.

'별일 없어야 할 텐데.'

에리히는 딱딱한 침대에 누운 채 한참 동안 창밖을 보았다. 잠이 오지 않았다.

＊ ＊ ＊

제도에서 북부까지는 느긋하게 한 달 정도가 걸렸다. 보통 순행은 오랫동안 황궁에만 있는 황제의 갑갑함을 풀기 위한 목적도 있는지라, 보통은 주변 경관을 감상하며 느긋하게 이동하기 마련이었다. 그러나 레온하르트는 빠르게 이동하는 쪽을 택했다. 괜히 시간을 낭비하고 싶지 않기 때문이었다.

"폐하, 트라벨 공작 영지에 도착했습니다."

"그래."

레온하르트는 건성으로 고개를 끄덕이곤 창밖을 보았다.

트라벨 공작가는 죽은 태후의 친정으로, 레온하르트에게는 외가였다. 그들은 선황의 명령에 따라 화전민과 이민족이 많아 관리하기 어려운 북부를 다스리고 있었다.

"황제 폐하를 뵙니다."

트라벨 공작가의 노공작, 사무엘 트라벨은 레온하르트에게 정중히 허리를 굽혔다. 레온하르트 또한 가볍게 고개를 숙였다.

"오랜만입니다, 조부님. 그간 평안히 지내셨습니까."

황제가 경어를 쓰는 것은 황족뿐이었지만, 트라벨 공작가는 레온하르트의 외가이니만큼 다른 공작가보다 정중히 대하는 편이었다. 그들이 쓸데없는 탐욕을 부리지 않고 영지에서 조용히 살아가는 대가이기도 했다.

"폐하께서 살펴 주신 덕에 부족함 없이 지냈습니다."

트라벨 공작은 행여 외손자인 레온하르트에게 누가 될지도 모른다며 부득불 척박한 북부의 영지에 남는 것을 택한 사람이었다. 원래는 가지고 있던 작위와 영지를 유일한 손주인 레온하르트에게 넘겨주어 황권에 조금이라도 보탬이 되고자 했으나, 레온하르트의 만류로 아직은 그가 가지고 있었다.

"먼 곳까지 발걸음 하셨으니 부디 짧게라도 여가를 즐기셨으면 합니다. 안색이 좋지 않으시니 걱정입니다, 폐하."

"감사합니다, 조부님."

트라벨 공작은 인자한 얼굴로 레온하르트를 바라보았다. 그는 자신의 딸을 꼭 빼닮은 레온하르트를 각별히 여겼다. 레온하르트 또한 오랜만에 외조부를 만나자 착잡하던 마음이 조금은 편안해지는 기분이었다.

"아직도 폐후를 찾고 계십니까?"

사무엘 트라벨은 조심스레 물었다. 레온하르트는 고개를 끄덕였다.

폐후가 사라진 것은 이미 널리 알려진 이야기였다. 주인 없는 저택을 관리하던 사용인들도 하나둘 떠나, 이제는 빈 저택을 지키는 근위대만 남아 있다고 했다.

사라진 폐후에 관한 소문이야 많았다. 어린 집사나 기사, 심지어는 제 이복 오라비와 눈이 맞아 도망갔다는 말도 있었고, 황제가 남들의 이목을 두려워하는 그녀를 가련히 여겨 몰래 다른 곳으로 거처를 옮겨 주었다는 이야기도 있었다. 혹은 사라진 그녀가 다름 아닌 황제의 방 안에 있다든가 하는 허무맹랑한 이야기까지 있었다.

"저 또한 소식을 듣고 영지를 비롯한 북부를 수소문하고 있지만, 외지인이 많이 오가는 곳이라 난항을 겪고 있습니다."

북부에는 영지 밖에서 살면서도 종종 아빌라에 들러 물건을 사고파는 이들도 있었지만, 아예 영지와의 교류 없이 숨어 사는 이들도 많았다. 그러니 성채 밖의 마을들을 모두 조사하는 데에는 시일이 걸릴 수밖에 없었다. 고개를 끄덕인 레온하르트가 입을 열었다.

"……공작의 첩자들을 몇 명 데려왔습니다."

테네르가 떠난 후, 레온하르트는 알레이나의 도움을 받아 황궁 내 살바토르 공작의 끄나풀을 색출해 냈다. 시종들과 시녀들, 관리와 기사들까지. 몇몇은 일찌감치 내쳤고, 몇몇 이들은 모른 척 남겨 두었다. 어차피 제거해 봤자 새로운 이들을 들여놓으려 할 테니, 곁에 두는 척 이용하는 것도 나쁘지 않겠다는 생각이었다.

"수상한 낌새를 보이는 대로 말씀드리겠습니다."

사무엘은 레온하르트의 말뜻을 알아들었다는 듯 고개를 끄덕였다.

아직 서른도 되지 않은 젊은 황제였다. 어린 시절부터 미래의 황제로 자라 오던 사람이기도 했다. 부담을 가지고 엇나갈 수도 있었을 법한데, 레온하르트는 선황의 선정을 무사히 이어 가고 있었다. 사무엘은 그것이 너무도 기특했고, 그런 사람이 어미의 죄를 홀로 감당하고 있는 모습이 안쓰럽기도 했다.

"폐후의 모친이 파트로나였다고요."

사무엘이 입을 열었다.

"제도에서 도망쳤으니 어떻게든 생계를 꾸려야 할 텐데, 파트로나의 딸이라면 사냥꾼이나 파수꾼으로 있을 가능성도 있지 않겠습니까?"

파트로나는 최고의 사냥꾼이었다. 그들은 타고난 명궁이었으니, 생계를 유지할 가장 쉬운 방법은 활을 드는 일이었다. 그러나 레온하르트는 잠시 고민하다 고개를 저었다.

"토끼 한 마리 잡지 못하던 사람입니다. 살아 있는 것을 쏘는 게 내키지 않는다고 했고요. 거기다 아이까지 품고 있었으니, 아마 일을 하더라도 사냥보다는 자수 쪽이 가능성이 있지 않을까 싶습니다."

황후였던 사람이, 그전에도 후작 영애였던 사람이 아이까지 기르며 생계를 위해 일할지도 모른다고 생각하니 괜히 떨떠름한 심정이었다. 설마 에반후작이 테네르에게 일을 시킬까 싶다가도 그녀를 찾지 못하는 시간이 길어질수록 불안감이 일었다. 그저 곱고 여리기만 하던 사람이 황궁 밖에서 어떻게 버티고 있을까 하고.

"그렇다면 그쪽을 우선으로 찾아보겠습니다. 그리고 아빌라에 아카데미가 곧 완공이 될 듯한데, 혹 오신 김에 둘러보실지요."

"그러겠습니다."

레온하르트는 천천히 고개를 끄덕였다. 사무엘은 정중히 허리를 굽힌 후 방을 나갔다.

레온하르트의 예상은 반은 맞고 반은 틀렸다.

테네르는 짬을 내어 수놓은 자수와 산짐승을 잡아 얻은 가죽을 함께 팔았다. 상인들은 약간의 수수료를 받고 테네르 대신 그녀의 물건을 팔아 주었다.

자수도 능숙하고 가죽도 상한 곳이 없었기에 테네르의 물건은 제법 인기가 있었다. 물론 처음 거래할 때는 예의상 던진 겸손의 말을 빌미로 값을 깎으려는 이들도 있었지만, 지금은 말재간이 늘어 제값을 받고 있었다.

"생활비는 아직 넉넉하니 이번엔 이렇게만 팔아도 되겠다."

에리히는 조슈아를 바닥에 내려놓고 말했다. 아직 황제가 북부에 도착했다는 소식이 없으니, 서둘러 물건을 사고 한동안 마을에 틀어박힐 작정이었다.

"조시 장난감을 좀 살까요? 지난번에 만들어 준 인형은 너무 낡아서……."

"그래. 이참에 네 신발도 좀 사자."

에리히는 주머니에 든 돈을 세어 보며 말했다.

사실상 저택을 떠나기 전 금화도, 보석도 넉넉히 챙겨 왔으니 굳이 자수를 놓거나 가죽을 내다 팔 필요는 없었다. 하지만 굳이 일을 하는 것은 마을 사람들의 의심을 피하기 위해, 그리고 또다시 도망칠 때를 대비하기 위해서였다.

먹는 것 대부분은 마을에서 해결하고 있었기에, 세 사람의 생활비는 언제나 넉넉하게 남았다. 새 구두 하나쯤 사도 부족하지 않을 정도는 되었다. 에리히의 시선이 앞코가 매끈한 여성용 구두에 닿았다.

"이거 봐, 테네르. 이거……."

에리히가 구두를 들고 옆을 돌아보았으나, 정작 테네르가 집어 든 것은 지금 신은 것과 비슷한 가죽 신발이었다.

"또 그거 사려고?"

에리히는 볼멘소리로 물었다. 테네르는 의아한 얼굴로 그를 돌아보았다. 그의 손에 들린 것을 확인하자, 그녀의 입에서 작은 웃음이 번졌다.

"지금 입은 옷에는 어울리지도 않을 거예요."

테네르가 입은 것은 짙은 녹색의 낡은 드레스였다. 화려한 장식이 달리지도, 치마를 부풀리지도 않은 수수한 옷. 아빌라에 나오는 것은 나름의 나들이인데도 테네르의 옷차림은 단출하기 그지없었다.

"그럼 이참에 새 옷도 사자. 구두에 어울리는 거로."

아무리 도망쳐 왔다고는 해도 한때는 후작 영애로, 또 한때는 황후로 살아온 사람이었다. 그런 사람이 투박한 사냥복이나 시골 아낙들이 입는 것과 다를 바 없는 드레스를 입고 다니는 것이 에리히는 영 못마땅했다.

"이젠 입을 일도 없을 텐데요."

하지만 테네르는 웃으며 고개를 저었다. 그리고 상인을 돌아보았다.

"신어 봐도 되나요?"

"그럼요."

테네르는 조슈아를 내려놓았다. 에리히가 안으려 했지만 아이는 엉덩이를 뒤로 쭉 빼며 그의 손길에서 벗어나려고 했다.

"왜, 조시. 걷고 싶어?"

"이거, 눈."

조슈아는 바닥의 얼음을 가리키며 말했다. 물웅덩이가 얼어 얼음이 된 것이 신기한 모양이었다.

"그건 눈이 아니라 얼음이야. 얼음."

"어름."

"그렇지. 눈은 저기에……."

"아, 살 거예요, 말 거예요? 살 거면 돈을 내고, 말 거면 내려놔요."

상인이 짜증스레 말했다. 에리히는 자신이 구두를 손에 쥐고 있음을 뒤늦게 깨달았다.

"아, 죄송……."

"사지도 않을 거면서 뭐 하는 거야, 정말. 정신없을 때 돈도 안 내고 슬쩍

하는 거 내가 한두 번 본 줄 아나."

에리히는 구두를 가판대에 내려놓았지만, 상인은 여전히 짜증을 낼 뿐이었다. 에리히의 미간이 조금 일그러졌다.

북부에서의 생활에 익숙해졌다고 생각했지만, 에반 후작가의 후계자로 살던 그였다. 제도의 어느 곳에 가도 대우받는 것에 익숙하던 그는 고작 싸구려 신발 한 켤레로 핀잔을 듣는 것이 영 익숙하지 않았다.

그러나 숨어 사는 사람이 고작 이런 일에 소란을 일으킬 수도 없었다. 에리히는 뚱한 얼굴로 가판대를 살피다가 고개를 돌렸다.

"이거 얼맙니까?"

그는 바로 옆 가판대의 구두를 집어 들었다. 방금 내려놓았던 것과 비슷한 모양의 단순한 구두였다.

"동화 다섯 개요."

"이거랑 이거는요?"

"여기서부터 여기까진 다 동화 다섯 개예요."

"이건?"

"그건 좀 비싸요. 열두 개. 여기서 제일 비싼 거예요."

에리히는 구두 일곱 켤레의 가격을 물었다. 그에게 핀잔을 주었던 상인은 그를 힐끔거리며 혀를 찼다. 에리히는 아랑곳하지 않고 지갑에서 은화하나를 꺼냈다.

"방금 말한 거 전부 주시죠."

"……예?"

상인은 눈이 휘둥그레졌지만, 그가 고른 구둣값을 모두 합해 봐도 제도에서 신던 구두의 굽 가격에도 미치지 못할 수준이었다.

"신어 봐도 되겠죠?"

"무, 물론입니다."

에리히는 옆 가판대의 상인을 보며 슬며시 한쪽 입꼬리를 올려 주었다.

"더 사고 싶은데, 내 동생이 워낙 검소해서."

그 말에 상인의 얼굴이 확 일그러졌다. 그리고 테네르가 그를 돌아보았다.

"⋯⋯오라버니?"

테네르의 시선이 에리히에게 닿았고, 그다음 그의 손에 들린 구두에 닿았다. 에리히는 지레 뜨끔하여 얼른 변명했다.

"아니, 이 정도는 괜찮잖아? 이참에 나들이용 드레스도 몇 벌 장만하고, 그리고⋯⋯."

"조시는요?"

"⋯⋯어?"

"조슈아는⋯⋯."

테네르의 말에 에리히는 주위를 둘러보았다. 분명 언 웅덩이 위에 있는 걸 봤었는데⋯⋯.

"조시⋯⋯?"

간신히 입을 열었지만, 들려오는 대답은 없었다. 두 사람의 얼굴이 하얗게 질렸다.

* * *

세상에 나온 지 얼마 되지 않은 아이는 알아야 할 것도, 알고 싶은 것도 많았다.

엄마와 삼촌이 언제나 그를 안전하게 지켜 주었기에, 조슈아는 기어 다니기 시작하면서부터 어린아이다운 호기심을 마음껏 펼칠 수 있었다. 이를테면 푹신한 요람에서 탈출한다든가, 방 안 곳곳을 돌아다니며 모든 서랍을 열어젖힌다든가, 처음 보는 물건이 있으면 입으로 가져간다든가.

조슈아는 자신의 호기심을 충족하기 위해선 엄마나 삼촌 품에 안겨 있어선 안 된다는 사실을 잘 알고 있었다. 그렇기에 최근의 조슈아는 외출을 나오면 안겨 있기보다는 자신의 발로 아장아장 걸어 다니길 좋아했다.

"왜, 조시. 걷고 싶어?"

"이거. 눈."

"그건 눈이 아니라 얼음이야. 얼음."

"어름."

물이 고였던 자리에 얼음이 얼어 있었다. 발로 밟자 하얗게 변한 얼음이 와작와작 깨지는 것이 재미있고 신기했다. 한참 동안 얼음을 콩콩 밟던 조슈아는 고개를 들었다.

많은 인파가 오가는 아빌라에는 어린아이의 눈길을 잡아끄는 알록달록한 물건이 많았다. 그리고 멀지 않은 곳에 있는 가판대에는 여러 색의 뜨개실이 진열되어 있었다. 조슈아의 눈이 동그래졌다.

아장아장 걷다가, 인파에 밀려 엉덩방아를 찧었다가, 조금 기다가, 다시 일어나 걷다가. 얼마 지나지 않아 조슈아는 알록달록한 털실을 손에 쥘 수 있었다.

"엄마아."

조슈아는 늘 그래 왔듯 새롭게 발견한 물건을 들고 엄마에게 고개를 돌렸다.

"엄마, 이거. 이거어."

아이가 말하는 '이거'의 의미는 다양했다. '이게 무엇이냐.', '이것 좀 봐라.', '이걸 가져라.', '이거 갖고 싶다.' 어떤 의미로 내뱉은 말이든 엄마는 이제 이것의 이름을 알려 줄 테다.

조슈아는 엄마의 녹색 치맛자락을 잡아당겼다. 익숙한 목소리가 들려오길 기대하며. 하지만 눈앞의 커다란 여자가 고개를 돌린 순간, 조슈아는 당황할 수밖에 없었다.

분명 엄마였는데.

엄마여야 하는데.

"어머, 얜 누구야?"

크고 낯선 여자가 낯선 목소리로 물었다. 조슈아의 눈이 휘둥그레졌다.

"아가, 왜 혼자 있니? 엄마는?"

여자는 쪼그려 앉아 조슈아와 눈을 맞추었다. 퍽 다정한 얼굴이었지만, 엄마가 사라졌다는 것을 깨닫자 커다란 금색 눈에 눈물이 고였다.

"엄마, 엄마아……."

조슈아가 울음을 터뜨리기 시작하자, 여자는 난감한 얼굴로 아이를 안아 들었다.

"어쩜 좋아. 엄마를 잃어버린 모양이구나."

여자가 등을 다독이며 얼렀지만, 조슈아는 얼른 울음을 그치지 않았다. 여자는 난감하게 주위를 둘러보았다.

"쉬이. 괜찮아, 아가. 엄마 찾아 줄 테니까. 응?"

하지만 사람 많고 복잡한 아빌라에서 아이의 보호자를 찾는 것이 쉬울 리 없었다. 여자는 아이를 다독이며 어쩔 줄 모르고 서 있을 뿐이었다.

* * *

레온하르트는 천천히 발을 옮겼다. 털옷을 입은 사람들이 아빌라의 거리를 오가고 있었다. 외지인이 많은 도시인데도 거리가 깨끗하고 큰소리가 잘 나지 않는 거로 보아 치안 유지가 잘되고 있는 모양이었다.

"영지로 들어오는 이들이 많아졌다고 들었습니다."

"원래 한파가 심하면 영지에 들어오려는 이들이 많긴 하지만, 최근에는 그 수가 눈에 띄게 늘었습니다. 모두 폐하께서 굽어살펴 주신 덕입니다."

사무엘 트라벨은 겸손하게 말했다. 레온하르트는 말없이 주위를 둘러보았다.

'추위를 많이 탔었는데.'

날씨의 변화에 무던한 그가 느끼기에도 북부의 겨울은 유달리 추웠다. 찬 바람이 스쳐 지나갈 때마다 그는 어딘가에 숨어 있을 테네르를 생각했다.

네 번의 겨울을 함께 보낸 사이였다.

추위를 많이 타는 테네르를 위해 황후궁은 겨울에도 따뜻했다. 그런데도 새벽이 되면 추운 건지, 종종 잠결에 그의 품을 파고들기도 했다. 아침에 눈을 뜨고 테네르가 제게 안겨 있는 것을 보며 누가 먼저 안은 건지 고민하기도 했는데. 그러다 잠에서 깨어난 그녀가 당혹감에 얼굴이 빨개진 걸 보며 조금은 웃었던가.

지난 일들은 너무도 시시때때로, 그리고 새삼스럽게 떠올랐다. 레온하르트는 헛된 생각을 떨쳐 버리려는 듯 도리질했다.

그런 그의 눈에 한 아이가 들어온 것은 그 순간이었다. 정확하게 말하자면, 치안관의 품에 안겨 있는 아이였다.

"웬 아이인가?"

레온하르트는 이제 걸음마를 할까 싶은 자그마한 아이를 보며 물었다. 치안관은 얼른 대답했다.

"부모를 잃어버린 아이라고 합니다. 신고를 받고 보호소에 데려가는 중입니다."

인파가 붐비는 아빌라에서는 드물지 않게 일어나는 일이었다. 부모를 잃어버린 아이들이 종종 있어 아예 보호소를 차려 미아들을 보호하고 있는 모양이었다. 레온하르트는 아이의 모습을 유심히 보았다.

흔하디흔한 까만 머리의 아이였다. 치안관의 어깨에 눌린 포동포동한 볼은 추위 때문인지 빨갛게 달아올라 있었고, 부은 듯한 눈은 꼭 감겨 있었다.

테네르가 아이를 낳았다면 이 정도쯤 되지 않았을까 싶은 작은 몸집이었다. 조금 허름하지만 깨끗하게 손질된 두툼한 털옷을 보니 사랑받고 자란 티가 났다.

레온하르트는 저도 모르게 손을 뻗어 아이의 머리를 쓰다듬었다. 치안관이 조심스레 입을 열었다.

"울다가 지쳐 잠든 모양입니다. 깨울까요?"

모질이 여린 까만 머리칼이 손가락에 부드럽게 감겨 왔다. 아래로 내리깔린 기다란 속눈썹이나 또렷한 이목구비가 눈에 들어왔다.

"……아니다."

눈을 뜬 걸 보고 싶기야 했지만, 아이를 찾고 있을 부모에게 돌려주는 것이 우선이었다. 레온하르트는 눈물이 말라붙은 볼을 보며 말했다.

"부모가 걱정하겠구나. 어서 데려가라."

"예."

치안관은 아이를 단단히 안은 채 발을 옮겼다. 레온하르트는 그 뒷모습을 한참 보다가 몸을 돌렸다.

* * *

테네르는 정신없이 발을 옮겼다. 두툼한 털옷 안쪽이 땀으로 축축했다.

"조슈아!"

몇 번이고 소리를 질렀지만 대답은 들려오지 않았다.

"조시!"

기어 다니기 시작한 이후론 부쩍 호기심이 많아진 아이였다. 방에서 수를 놓고 있을 때면 이곳저곳을 돌아다니며 서랍을 열거나 물건을 꺼내어 어지럽히기도 했다.

더군다나 걸음마를 시작한 이후론 엄마나 삼촌의 손을 놓고 혼자 걷는 것을 좋아해, 외출할 때는 특별히 주의했어야 했는데.

"조시!"

잠깐의 실수라고 하기에는 그 대가가 너무도 컸다.

한참을 달렸지만 조슈아는 흔적조차 보이지 않았다.

"아이를 잃어버리셨소?"

테네르를 불러 세운 것은 한 노인이었다. 테네르는 얼른 고개를 끄덕였다.

"네. 혹시 보셨나요? 키는 이 정도고, 검은 머리에……."

"아아, 내가 봤다는 게 아니라, 저기 길 끝에 미아보호소는 가 보셨나 하고.

아빌라에는 사람이 워낙 많아서 길 잃은 아이가 있으면 저쪽으로 데려가거든."

노인이 길 끝의 건물을 가리키며 말했다. 테네르는 얼른 감사 인사를 하곤 발을 옮겼다.

* * *

아빌라의 치안관은 할 일이 많았다. 외지인이 많은 곳이니 각종 범죄를 막기 위해 자주 순찰을 돌았고, 싸움이 일어날라치면 얼른 달려가 중재하기도 했다. 또한 여행자에게 길을 안내해 주거나 길 잃은 아이를 보호소에 데려다주기도 했다.

치안관 저스틴은 보호소의 요람에다 아이를 눕혔다. 아이는 양 뺨에 눈물이 하얗게 말라붙은 채 새근새근 잠들어 있었다.

"어디서 데려온 거야?"

"사거리 쪽에서 어떤 여자가 신고했어. 안겨 주고는 바쁜 일 있다며 그냥 가 버리던데."

"혹시 자기 애인데 미아인 척 버린 거 아냐? 요즘 그런 경우도 많던데."

"설마."

저스틴은 익숙하게 요람 옆에 앉아 아이의 배를 쓰다듬었다. 보호소의 관리인 던컨은 그의 눈치를 보며 몸을 일으켰다.

"야, 사실 내가 어제 과음을 해서 그런지 아침부터 배가 좀 아프거든?"

"똥쟁이 같으니. 냄새나니까 입 열지 말고 얼른 다녀와."

저스틴이 코를 막는 시늉을 하자, 던컨은 기다렸다는 듯 밖으로 뛰쳐나갔다. 저스틴은 늘 그래 왔듯 테이블에 있던 서류에다 몇 가지를 기입했다. 아이를 발견한 시각, 장소, 옷차림과 나이대, 특이사항. 공란을 채우고 나자 부스럭거리는 소리가 들려왔다. 저스틴은 고개를 돌렸다.

"……엄마."

어느덧 눈을 뜬 아이가 엄마를 찾는 듯 주위를 살폈다.

"일어났니?"

저스틴은 얼른 비스킷 하나를 들고 아이에게 다가갔다. 그러나 눈물이 고인 눈을 본 순간, 그는 조금 당황하여 그 자리에 멈춰 섰다.

"너……?"

저스틴은 저도 모르게 손을 뻗어 아이의 얼굴을 잡았다.

"엄마. 엄마아."

아이의 눈에서 닭똥 같은 눈물이 뚝뚝 떨어졌다. 잠들어 있을 때는 미처 알지 못했는데, 눈을 뜬 아이는 저스틴이 아는 누군가와 지나치게 닮아 있었다. 빛을 받으면 붉은빛을 띠는 검은 머리와 금색 눈동자, 곧은 눈썹과 순한 눈매까지.

'황제 폐하와…….'

아직 어린아이라 레온하르트가 가진 굵직한 선은 없었지만, 황제를 닮은 얼굴은 누구도 의심하지 못하리라.

"엄마아."

저스틴이 당황하여 아이는 다시금 엄마를 부르며 울어 댔다.

"그, 그래그래. 착하지. 응?"

우는 아이를 안고 어르며, 저스틴은 헛된 생각을 떨쳐 버리려고 했다. 황금색 눈동자는 흔하지 않았지만, 그렇다고 황족만의 고유한 색도 아니었다. 거기다 지금의 황제인 레온하르트는 외탁을 심하게 해 죽은 태후를 닮지 않았나.

'설마 공작가의 사생아가…….'

저스틴의 머릿속에 온갖 망상이 피어올랐다. 그러나 문을 벌컥 열고 들어온 한 여자 때문에 금방 사그라지고 말았다.

"조시!"

허겁지겁 달려온 여자는 얼른 아이를 부둥켜안았다. 급하게 왔는지 단정히 틀어 올렸던 밀 색 머리가 반쯤 헝클어져 있었다. 그런데도 기다란 속눈썹 아래 젖은 눈과 추위로 발개진 코끝이 눈에 들어왔다.

멍청한 얼굴로 서 있던 저스틴은 여자의 볼을 타고 흐르는 눈물을 보곤 뒤늦게 손수건을 꺼내었다. 그녀와 눈이 마주치자, 그는 저도 모르게 마른침을 꿀꺽 삼켰다.

"아……. 고맙습니다."

"여, 여기다 부인과 아이의 이름을 기재해 주시면 됩니다. 영지민이 아니시라면 마을과 촌장님 이름을 함께……."

보호소 관리인 던컨 대신 안내한 것이 한두 번도 아닌데, 나오는 말이 어물어물 어설펐다. 저스틴은 조금 부끄러웠지만, 여자는 고개를 끄덕이곤 펜을 들었다. 스스럼없이 쓰는 걸 보아하니 글도 잘 아는 모양이었다.

'몰락 귀족인가?'

허름한 옷차림과 달리 차분한 말투나 곧은 자세는 잘 교육받은 귀족 영애와 다를 바 없었다. 저스틴은 그녀의 손가락에 반지가 없는 것을 확인하고 큼큼 헛기침했다.

"나, 남편분과 함께 오셨습니까?"

혹 젊은 과부일까 하는 마음에 건넨 말이었다. 여자가 막 입을 열려던 찰나였다.

"테네르!"

닫혀 있던 문이 벌컥 열리고, 잿빛 머리의 남자가 여자와 아이에게 달려들었다. 미아보호소가 있다는 말을 뒤늦게 듣고 달려왔는지, 온몸이 땀투성이였다.

"나, 남편이 왔네요. 도와주셔서 감사합니다. 그럼 저흰 이만……."

여자는 얼른 아이를 안아 들고 남자의 소매를 잡았다. 그 말에 남자는 저스틴을 힐끔 보며 눈썹을 찡그렸다. 그러고는 보란 듯이 여자의 어깨를 감싸 안았다.

"가자, 내 귀여운 종달새."

어째 연극을 하듯 과장된 어투였다. 허튼 생각 말라는 의미가 완연한 태도에 저스틴은 어색하게 웃었다.

그리고 그들이 보호소를 나간 순간, 저스틴의 눈이 여자가 작성한 서류에가 닿았다. 서류에 기입된 여자의 이름은 '타샤'였다. 하지만.

'아깐 분명 테네르라고…….'

아무리 제도에 살지 않는다고 하더라도 전 황후의 이름까지 모를 리는 없었다. 그리고 남편이라는 사람을 전혀 닮지 않은, 황제를 빼닮은 아이라면…….

"뭐 해?"

일을 보고 돌아온 던컨이 생각에 잠긴 저스틴을 불렀다. 화들짝 놀란 저스틴은 얼른 그를 돌아보았다.

"황제 폐하께선 지금 어디 계셔?"

"어? 글쎄. 아까 아카데미를 둘러본다고는 하셨는데……. 야, 어디 가?"

저스틴은 얼른 보호소를 빠져나왔다. 그러나 찾는 이들은 신기루처럼 사라진 뒤였다.

* * *

사회생활을 할 때는 눈치가 너무 빨라도 손해라고 했다. 때로는 본 것도못 본 척, 들은 것도 못 들은 척, 적당히 눈치 없는 척하라고 하지 않던가.

그러나 저스틴은 제 눈치 없음을 이렇게 원망해 본 적이 없었다. 만약 그여자가 정말로 폐후고, 그 아이가 정말로 황제의 아이라면? 그럼 자신은 황자를 황제 앞에 데려가고도 눈앞에서 놓쳐 버린 게 아닌가.

'망했다…….'

제 추측이 사실이면 어쩌나. 아니, 애당초 폐후는 석녀라 하지 않았던가.그런데 왜 아이를 데리고 있는 것인가. 그만큼 닮았으면 누가 봐도 황제의아이라 할 텐데, 왜 황실에 알리지 않고 있는 건가. 생각이 머릿속에서 빙글빙글 돌았다.

모든 것이 그저 우연일지 모른다는 생각이 든 것은 황실 관리를 마주한 순간이었다. 선한 인상의 관리는 다급히 달려온 치안관을 보며 의아한 표정을 지었다.

"무슨 일입니까?"

"아. 저, 그게……."

트라벨 공작 영지의 치안관은 결코 낮은 지위라 볼 수 없었지만, 황실의 관리에 비할 바는 아니었다. 저스틴은 조금 비굴하게 웃었다.

"황제 폐하를 좀 뵐 수 있겠습니까? 드릴 말씀이 있는데……."

"폐하께선 지금 바쁘십니다. 제게 말씀해 주시면 전달해 드리겠습니다."

"저, 그게…… 화, 확실한 건 아니지만……."

관리는 정중한 태도였지만 어쩐지 귀찮은 듯한 기색이었다. 저스틴은 조금 우물쭈물하다가 입을 열었다.

"저, 전 황후 폐하께서 종적을 감추셔서…… 폐하께서 찾고 계신다고 들었습니다만……."

"……그런데요?"

그저 착각일지 모른다는 생각이 민망하게도, 그 말을 뱉자마자 관리의 낯빛이 대번에 달라졌다.

"그, 그게……. 그분일지도 모르는 사람을 만나서……. 화, 황제 폐하와 닮은 아이를 데리고 있었습니다. 나, 남편이라는 사람이 있긴 했지만……."

"남편이요?"

퍽 진지한 얼굴이던 관리가 그 말에 작게 웃음을 터뜨렸다.

"착각이 아닐까요? 남편이 있다면 다른 사람이겠죠."

"아니, 아이가 남편과는 전혀 닮지 않았습니다. 폐하를 빼닮은걸요."

저스틴은 보호소에서의 일을 털어놓았지만, 관리는 제대로 듣는 눈치가 아니었다. 위아래로 훑어보는 꼴이, 아무래도 황제에게 말 한마디 붙여 보려고 수작을 부리는 거라 생각하는 듯했다.

"일단 폐하께 보고는 올리겠습니다. 소속이 어디라고 하셨죠, 제니퍼 씨?"

"……저스틴입니다. 아빌라 동부의 치안을 담당하고 있습니다."

"예, 저스틴 씨. 말씀이야 드리겠지만 너무 기대는 마시고……. 서류에 기입한 마을 이름은 기억하십니까?"

어차피 믿지도 않으면서 그런 건 왜 물어보는 건지.

속이 부글부글 끓었지만, 황실 관리에게 따질 배짱은 없었다. 저스틴은 마을 이름을 일러 주고 다시 근무지로 돌아갔다. 관리는 그의 뒷모습을 보다가 슬그머니 입꼬리를 올렸다.

"들었지, 방금?"

"이번에도 허탕이 아니라면 좋을 텐데."

관심 없는 척 다른 곳을 보고 있던 남자가 중얼거렸다. 관리가 고개를 끄덕였다.

"뭐가 됐든, 얼른 알아봐야지. 황제가 눈치채기 전에."

* * *

집으로 돌아가는 내내, 조슈아는 어미에게 찰싹 달라붙어 있었다. 짧은 시간이나마 어미를 잃어버렸던 것이 놀랍고 무서웠던 모양이었다. 테네르 또한 아이를 잃어버렸던 게 두려웠던 건 마찬가지라, 그런 아이를 꼭 껴안고 품에서 떼어 놓지 않았다.

"……큰일 날 뻔했어, 테네르."

붉어진 눈가를 보며 에리히가 무겁게 입을 열었다.

"조시 찾아다니다가 들은 이야기인데, 폐하께서 이미 북부에 오셨나 봐."

레온하르트가 북부에 왔다고 해도 하필이면 오늘 아빌라에 왔을지는 장담할 수 없었다. 그러나 그가 가까이 왔다는 소식에 테네르는 불안한 듯 아이를 안은 손에 힘을 주었다.

"그랬……군요."

"당분간은 마을에만 있는 게 좋겠다. 아니……. 아예 다시 떠나는 게 좋을까? 내가 말실수까지 하는 바람에……."

급한 마음에 다른 사람 앞에서 테네르의 이름을 불렀던 것이 마음에 걸리지 않을 수 없었다. 심지어 치안관의 앞이니 더욱 그랬다. 황제의 얼굴을 빼닮은 아이에 폐후의 이름으로 불리기까지 했으니, 그가 황제를 만난 적이 있다면 의심할 게 뻔했다.

"괜히 자존심 세우느라 애가 어디 가는지도 모르고……."

아이를 잃어버린 것도 모자라 이름까지 떠벌렸으니, 에리히는 차마 고개를 들 수가 없었다.

"그런 말씀 마세요. 저야말로 정신이 없어서 확인을 못 한걸요."

테네르가 아이의 등을 토닥이며 말했다.

오라비가 당연히 조슈아를 돌봐 주리라 생각했던 건 그만큼 그를 믿기 때문이었다. 황후가 되기 전에는 유일한 버팀목이 되어 주고, 아비가 죽은 후에는 자신을 위해 모든 것을 버리고 이곳에 와 준 사람. 아이를 잃어버려 놀라긴 했지만, 늘 곁에 있어 주는 그를 탓하고픈 마음은 없었다. 테네르는 축 늘어진 에리히의 어깨를 보며 입꼬리를 올렸다.

"……그런데 오라버니, 연기에는 소질이 없는 것 같아요."

"뭐?"

"종달새는…… 좀 이상하지 않나요?"

남편 없이 아이를 기르는 젊은 여자는 원치 않는 표적이 되기 마련이었다. 그러니 마을 밖에서 테네르에게 관심을 보이는 남자가 있으면 에리히가 남편 행세를 하기도 했다. 그러나 그렇다고 하더라도 '내 귀여운 종달새'는 너무하지 않은가. 테네르의 말에 에리히는 머쓱하게 뒷목을 긁었다.

"……그럼 뭐가 괜찮냐? '나의 사랑스러운 꿀벌' 같은 건 어때."

"그건 좀 징그러운 것 같은데……."

"뭐라고?"

웃음은 불안을 미루기에 좋았다. 입을 가리고 웃는 동안은 앞으로의 일들에 대해 생각하지 않을 수 있으니까. 그러나 웃음이 멎은 다음 한꺼번에 몰려드는 불안은 어떻게 해야 하는 건지.

* * *

레온하르트는 아카데미를 둘러보고 있었다.

넓은 북부 영지에 처음으로 세워진 아카데미는 하루 만에 둘러보기 어려울 정도로 넓었다. 영지 밖 이방인들도 관심을 가지는 모양이니, 그들을 정착하게 하는 데에 큰 무리는 없을 듯했다.

"……말씀드렸다시피 강사 지원자가 부족한 것을 제외하곤 원활히 준비되고 있습니다. 특히 기숙사가 있어서 외지인들 또한……."

황실의 유능한 관리인 제임스 폴은 어깨에 힘이 바짝 들어가 있었다. 어제부터 내내 무표정한 얼굴의 황제 때문이었다.

그가 알기로, 레온하르트는 언제나 그려 낸 듯한 미소를 짓고 있는 사람이었다. 보는 사람의 감탄을 자아내는 수려한 얼굴에 친절하고 온화한 성정까지 지니고 있었으니, 그를 흠모하는 사람이 많은 것도 이상한 일은 아니었다. 제임스 또한 젊은 황제를 존경하는 사람 중 하나로, 그가 제 근무지에 시찰을 온다는 소식에 아껴 둔 새 향수를 꺼내어 뿌리기까지 했다.

하지만 그의 공로를 치하하고 격려해 줘야 할 황제는 내내 다른 생각에 잠긴 듯 무덤덤하게 있을 뿐이었다.

"……폐하?"

"그래. 입학은 몇 살부터라고?"

"열 살부터인데, 더 어린아이도 들어올 수는 있습니다. 열 살 미만의 아이는 인원을 보고 반을 편성할 예정입니다."

"……그런가."

무심한 대답에 제임스는 괜스레 몸이 달았다. 혹시 무언가 마음에 들지 않는 것일까.

"혹 입학 연령이 너무 높거나 낮습니까?"

"아니다."

레온하르트는 고개를 저었다. 그저 전날 보았던 어린아이도 입학할 수 있을까 문득 궁금해졌을 뿐이었다. 곤히 잠든 얼굴을 떠올리던 그는 눈앞의 관리가 안절부절못하고 있다는 것을 뒤늦게 깨달았다.

"먼 곳까지 와서 고생이 많네. 강사는 제도에서도 지원자를 구해 볼 테니 너무 걱정 말게."

레온하르트는 익숙하게 미소 지었다. 고작 입꼬리 조금 올리는 걸 잊었다는 게 우스웠다.

공사를 구별하는 거야 당연한 일이었다. 그는 황제였고, 황제는 제국이었으니. 그가 흔들리면 제국이 흔들린다는 말을 들어 왔기에 누구에게도 약한 모습을 보이지 않으려 하지 않았나.

'……아니지.'

딱 한 명, 보이고 싶지 않은 모습을 보인 사람이 있긴 했다.

레온하르트는 자신을 안아 주던 품을 기억했다. 베아트리스가 죽은 후, 실신할 정도로 울었으면서 도리어 제게 괜찮으냐 묻던 사람이었다. 울지 않았다는 말에 울 것 같은 얼굴로 자신을 안아 주던 사람이었다. 오늘만 울라고, 그렇게 말해 주던 사람.

그녀를 생각할 때마다 레온하르트는 괜히 숨이 막히는 기분이었다. 이렇게 했으면 어땠을까, 저렇게 했으면 어땠을까. 그녀를 찾지 못하는 기간이 길어질수록 돌이킬 수 없는 일들에 대한 후회도 짙어졌다.

'……정신 차려야지.'

레온하르트는 눈을 질끈 감고 숨을 크게 들이마셨다. 다른 생각을 할 때가 아니었다. 폐후는 이미 찾고 있으니, 레온하르트는 황제로서 그가 할 수 있는 일을 해야만 했다.

"황제 폐하."

레온하르트를 부른 것은 외조부 사무엘 트라벨이었다. 인자하던 얼굴이 조금 굳어 있었다. 그는 레온하르트의 귓가에 대고 은밀히 속삭였다.

"말씀하셨던 이들이 지난밤부터 자리를 비웠습니다. 급히 행적을 추적해 보았는데, 암살 길드에 걸음 한 모양입니다."

"뭐……."

"그분을 찾은 건지, 혹은 다른 이유인지는 알 수 없으나, 추적을 명령하였으니……."

"내가 가겠습니다."

레온하르트는 더 들어 보지도 않고 말을 잘랐다. 사무엘은 묘한 얼굴로 그를 보았고, 영문을 모르는 제임스는 곁에서 눈치만 살피고 있을 뿐이었다.

"말씀드렸다시피, 다른 이유가 있을지도 모릅니다. 그러니 부디 신중하게……."

사무엘이 말했으나, 레온하르트는 더 듣지 않고 몸을 돌렸다. 옮기는 발걸음이 다급했다.

* * *

하루가 지났지만 아무 일도 일어나지 않았다. 테네르는 온종일 조슈아를 껴안고 있었다. 아빌라에서 있었던 일을 말하자, 촌장은 아이가 놀랐을 테니 며칠은 떼어 놓지 말고 집에서 잘 돌봐 주라고 했다. 테네르로서는 고마운 배려였다.

"……계속 여기 있는 건 위험하지 않을까? 마을 이름도 적어 놨다며. 그쪽에서 조금이라도 눈치챘다간 금방 들킬 거야."

에리히는 내내 불안한 모양이었다.

"하지만…… 폐하께서 절 찾고 계신 것도 아니잖아요."

"그거야 모르는 거고. 거기다 폐하께서 조슈아를 보면 황손이라는 걸 금방 알아채실 텐데, 어느 쪽이든 위험하지 않겠어?"

"……."

"빨리 결정해야 해, 테네르. 아니면 폐하께서 제도로 돌아가시기 전까지만 다른 곳에 머물러도 되고."

마지막 말에는 테네르도 조금 솔깃한 얼굴이었다. 북부에 아주 오래 있지는 않을 테니, 한 달 정도 여관에 머무르며 동향을 살피는 것도 나쁘지 않을 듯했다.

테네르의 표정을 본 에리히는 대답을 들은 듯 고개를 끄덕였다.

"일단 촌장님에게 가서 양해를 구해 볼게. 너무 오래 걸린다 싶으면 앙즈 부인에게 붙잡혀서 잔소리 듣고 있는 거니까 그렇게 알고."

"네. 다녀오세요, 오라버니."

테네르는 웃으며 대답했다. 에리히는 그녀와 조슈아의 머리를 한 번씩 쓰다듬어 주곤 집을 나섰다. 자신들을 지켜보는 이들이 있다는 것도 모른 채였다.

혼자 남은 테네르는 조슈아에게 그림책을 보여 주곤 젖을 물렸다. 원래는 단유를 위해 수유 간격을 점차 늘리고 있었지만, 아이를 조금이라도 더 안심시키고 싶은 마음이었다.

"쉬이, 조시."

아직은 품에 안겨 젖을 먹는 것만으로도 안정을 찾는 아이였다. 테네르 또한 제게 안겨 있는 아이를 보며 남은 불안을 가라앉히려 했다.

"졸리니?"

얼굴은 레온하르트를 쏙 빼닮았으면서, 잠이 많은 건 꼭 테네르를 닮은 아이였다. 테네르는 아이를 몇 번 어르고는 안은 그대로 침대에 몸을 누였다.

조슈아는 엄마의 배 위에 엎드린 게 퍽 편안한지 눈이 마주칠 때마다 배시시 웃었다.

"자장, 자장."

포동포동한 궁둥이를 토닥거리자 아비를 꼭 닮은 눈이 천천히 감겼다. 테네르 또한 품 안의 온기가 기분이 좋아 눈꺼풀이 무거워졌다.

"……."

두 사람의 숨소리가 길고 깊어졌다.

* * *

테네르는 꿈을 꾸었다. 레온하르트를 다시 만나는 꿈이었다.

꿈에서의 레온하르트는 2년 전과 다를 바 없는 모습이었다. 그는 아이를 안고 있는 테네르를 보곤 놀란 기색도 없이 팔을 벌렸다. 아이를 내어 달라는 것인지, 이리 와 안기라는 것인지, 테네르는 알 수 없었다.

"절…… 사랑하시나요?"

조심스레 물었지만, 그는 대답이 없었다. 테네르는 다시 입을 열었다.

"절 사랑해 주시면…… 안 될까요?"

그 말에 레온하르트가 입을 열었다. 표정도 손길도 보이지 않고 그저 벌어진 입만 보였다. 그에게서 막 대답을 들으려던 순간이었다.

쿵.

갑작스럽게 들려온 소리에 테네르는 꼭 감고 있던 눈을 떴다. 그리고 그녀의 잠을 깨우려는 듯 문을 두드리는 소리가 다시 한번 들려왔다.

쿵쿵.

누군가 문을 두드리고 있었다. 테네르는 조슈아가 깨지 않도록 조심히 몸을 일으켰다.

'찾아올 사람은 없을 텐데.'

"……누구세요?"

작게 물었지만, 대답은 들려오지 않았다.

잘못 들었나?

테네르는 고개를 갸웃하곤 길게 하품했다. 잠에서 깬 조슈아가 작게 칭얼거렸다.

"으응, 조시. 엄마가 잘못 들었나 봐. 다시 자러 가자."

테네르는 조슈아의 이마에 몇 번 입을 맞추곤 몸을 돌렸다. 그녀가 방으로 돌아가기 위해 몇 발자국을 떼던 순간이었다.

철컥.

등 뒤에서 들려오는 소리에 테네르의 발이 그대로 얼어붙었다. 반쯤 감겨 있던 눈이 번쩍 뜨였다.

"……."

테네르는 천천히 몸을 돌렸다. 잘못 들은 거겠지. 바람 때문이겠지. 그렇게 생각하려 했지만, 놀란 심장이 두방망이질하는 것을 막을 순 없었다.

"……오라버니?"

긴장한 목소리에 침묵이 맴돌았다. 테네르가 짧게 참았던 숨을 내뱉던 그때.

철컥. 철컥철컥. 철컥.

문고리가 요란스럽게 돌아가는 소리가 들려왔다. 테네르는 겁에 질린 채 천천히 뒷걸음질 쳤다. 출입문 바로 옆에 활이 놓여 있었지만, 금방이라도 문이 열릴 것 같아 가져올 엄두가 나지 않았다.

"누, 누구……."

테네르는 얼굴이 하얗게 질린 채 입을 뻐끔거렸다. 사고는 멈추었지만, 본능이 소리쳤다.

숨을 죽여라. 문에서 떨어져라. 도망쳐라.

테네르는 서둘러 방으로 들어갔다. 흔들의자에 놓여 있던 담요로 조슈아를 감쌌다. 선반 위에 올려 둔 화살을 움켜잡았지만, 활 없이는 무용지물이었다.

이제라도 활을 가져와야 할까. 아니, 그랬다가 문이 열리면?

소리를 질러 도움을 청해야 할까. 혹은 장롱이나 침대 밑에 숨어야 할까.

출입문을 억지로 열어젖혔는지 바깥에서 쾅 소리가 들려왔다. 발소리가 가까워지고 있었지만 아무런 판단이 서지 않았다. 심장이 뛰는 소리가 사고를 짓눌렀다.

잠긴 현관을 억지로 열었던 이들이 방문 하나 열지 못할 리 만무했다. 벌컥 열린 문으로 복면을 쓴 남자들이 모습을 드러내었다. 테네르는 비명조차 지르지 못하고 그 자리에 얼어붙었다. 아이를 꼭 안은 채 뒷걸음질 쳤지만 단지 그뿐이었다.

"누구……세요?"

사람이 있는 것을 알면서도 대낮에 가정집을 침입한 사람들이었다. 단순한 좀도둑일 리는 없었다. 그러나 아무 말도 하지 않으면 당장이라도 저 허리춤에서 검이 뽑힐 것만 같았다.

"집을, 집을 잘못…… 찾아오신 것 같아요. 처음 뵙는 분들인데……."

누군가 와 줄 때까지 시간을 끌어야만 했다. 그러나 누가 온다고 해서 달라지긴 할까? 당장 눈앞에 보이는 이들만 예닐곱은 되어 보이는데.

조슈아가 울음을 터뜨린 것은 그 순간이었다. 늘 순하기만 하던 아이는 돌연 목청을 높여 엉엉 울기 시작했다. 어미의 불안을 읽기라도 한 것일까. 테네르는 얼른 아이를 달래려 했지만, 울음소리는 당최 잦아들지 않았다.

"죄송해요. 아이가 잠투정이 심해서……. 금방 달랠게요. 잠시만……. 조금만요."

테네르는 울 것 같은 얼굴로 아이를 다독였지만, 조슈아는 쉬이 울음을 그치지 않았다. 아이가 악을 쓸수록 테네르의 머리도 덩달아 하얘지는 것 같았다.

"죄송해요. 많이 시끄러우실 텐데. 다음에, 다음에 오시면…… 안 될까요?"

맹수는 등을 돌린 순간 달려들어 목을 물어뜯기 마련이었다. 테네르는 태연한 목소리를 쥐어짜 내려 했다. 선명히 보이는 살기를 모른 척하고 싶은 것인지, 아무것도 모르는 행세를 하면 그냥 넘어가 줄 거라 생각하는 것인지.

그러나 남자들은 아무 말이 없었다. 그들이 허리춤에 찬 검에 손을 가져가자, 테네르는 얼른 손을 뻗어 장롱을 가리켰다.

"패물이라면 저 안쪽에 있어요. 두 번째 서랍 제일 안쪽에 작은 상자가 있는데, 상자째로 가져가셔도 좋아요. 전부 드릴 테니까……."

테네르는 잠시 말을 멈추었다. 숨을 삼키며 목소리의 떨림을 가라앉히려고 했다.

"저걸 가지고…… 그냥 돌아가 주시면 안 될까요?"

절박한 마음이 통한 것일까. 남자들 중 하나가 장롱의 서랍을 열어 상자를 꺼내었다. 상자 안을 확인한 그가 작게 휘파람을 불었다. 그 모습에 테네르는 간신히 안도했다. 그러나 남자들이 검을 꺼내는 순간, 그녀는 다시 뒷걸음질 칠 수밖에 없었다.

차가운 벽이 등에 닿았다. 검을 든 이들이 천천히 그녀에게 다가왔다.

"아직 젖도 못 뗀 아이예요. 말도 못 하고……. 아직 너무…… 어리잖아요."

바짝 마른 입술이 파르르 떨렸다. 왈칵 솟구친 눈물이 시야를 가렸다. 외면도 회유도 통하지 않았다. 남은 거라곤 그저 비굴뿐이었다.

"……살려 주세요."

아이는 여전히 악을 쓰며 울어 댔다. 테네르는 자그마한 몸을 다독이며 울음을 삼켰다.

"뭐든 하라는 대로 할게요. 다른 곳으로 가라고 하시면 바로 떠날게요. 눈에 띄지 않게 조용히 지낼 테니……. 한 번만 못 본 척해 주시면 안 될까요?"

손에는 화살이 쥐어져 있었지만, 고작 그것만으로 검을 든 남자들의 상대가 될 리 없었다. 활을 가져왔어야 했는데. 그럼 진작에…….

"제발요. 제발, 아이만이라도……."

"우리, 그냥 한 번에 끝내자. 그게 너도 우리도 편해. 네 오라비도 곧 같이 보내 줄 테니까……."

남자가 검을 높게 치켜들었다. 테네르는 우는 아이를 껴안은 채 눈을 질끈 감았다.

* * *

레온하르트는 쉬지 않고 말을 달렸다. 먼저 출발했던 트라벨 영지의 기사들이 그의 뒤를 따랐다.

'암살 길드라고…….'

그 말을 들은 순간 온몸의 피가 빠져나가는 것만 같았다. 애타게 찾던 이가 바로 근처에 있을지도 모른다는 희망과 그녀를 다시 허무하게 잃을지도 모른다는 절망이 그를 잡아끌었다. 늦어선 안 된다. 서둘러야 한다. 주인의 조바심을 알아챈 말이 속도를 높였다.

한참을 달려 레온하르트와 기사들은 작은 마을에 도착했다.

"……이곳인가?"

"예, 폐하."

도착한 마을은 작고 조용했다. 그나마 아빌라와 교류가 있어 아주 폐쇄적인 마을은 아니었으나, 황후가 지내기에는 지나치게 허름했다.

레온하르트는 숨을 고르며 지나가는 마을 청년 하나를 불러 세웠다.

"테네르는 어디에 있나?"

말을 오래 달려서인지 그 이름을 입 밖으로 내는 것만으로도 가슴이 울렁거렸다. 그러나 땔감을 옮기던 한스는 영문을 모르는 얼굴이었다.

"누…… 누구요?"

"테네르. 이 마을에 있을 텐데."

"여, 여긴 그런 사람 없는……. 히익!"

어리둥절하게 중얼거리던 한스의 목에 검이 겨누어졌다. 레온하르트는 소스라치게 놀란 청년을 내려다보며 차갑게 말했다.

"말하지 않으면 이 자리에서 베겠다."

"잠깐, 잠깐만요. 테네르가 누군데……."

테네르는 마을에서 타샤라는 가명을 쓰고 있었기에 마을 사람들이 그 이름을 알 턱이 없었다. 한스는 허둥지둥하다 뒤늦게 레온하르트의 얼굴을 보았다. 빛을 받으면 붉은 기가 도는 흑발에 금빛 눈동자. 그는 이 사람과 닮은 얼굴을 알고 있었다.

"조, 조시 아버지입니까?"

"조시?"

"조슈아요, 조슈아. 타샤네 아들."

익숙한 이름이었다. 레온하르트는 고개를 끄덕였다.

"어디인가."

"그, 근데 타샤는 왜 찾으시는……."

"어디냐고 물었다."

레온하르트는 검날을 그의 목에 더 가까이 들이댔다. 한스는 숨도 쉬지 못하고 손가락으로 테네르의 집 쪽을 가리켰다. 타샤와 너무 깊게 엮이지 말라던 앙즈의 조언을 떠올리며.

"저, 저, 끝 집이에요. 숲이랑 가까운."

원하는 대답을 들은 레온하르트는 뒤도 돌아보지 않고 말머리를 돌렸다. 어디선가 울음소리가 들려오는 것만 같았다. 작은 오두막집이 빠르게 가까워졌다. 말발굽 소리에 맞추어 심장이 쿵쿵 뛰었다. 등 뒤에서 기사들의 목소리가 들려왔지만 아무 생각도 들지 않았다. 테네르. 테네르. 그 이름만이 머릿속을 맴돌았다.

허름한 오두막집 안에서 비명 같은 울음소리가 들려왔다. 레온하르트는 말에서 뛰어내리곤 얼른 검을 뽑아 들었다. 억지로 뜯어진 문은 활짝 열려 있었고, 흙 묻은 발자국이 집 안까지 이어져 있었다. 울음소리가 점점 선명해졌다. 그리고 그 사이에서 들려오는 여자의 목소리.

"제발요. 제발, 아이만이라도……."

지난 2년간 수도 없이 생각했던 그 목소리였다. 늘 차분하고 고요하던, 온기가 가득하던 목소리에 두려움이 들어차 있었다. 검을 치켜든 남자가 그녀를 보며 킬킬 웃었다.

"우리, 그냥 한 번에 끝내자. 그게 너도 우리도 편해. 네 오라비도 곧 같이 보내 줄 테니까……."

레온하르트는 그대로 검을 휘둘렀다. 문과 가장 가까이 있던 이가 단칼에 나가떨어지자, 남자들이 일제히 고개를 돌렸다.

"누, 누구냐!"

"검을 놓아라."

그가 말을 내뱉기 무섭게 기사들이 집 안으로 몰려들었다. 아이를 껴안은 채 몸을 웅크리고 있던 테네르가 그제야 고개를 들었다. 젖은 눈이 그를 발견하곤 놀란 듯 커졌다.

"……폐하."

그 눈에는 반가움이나 애정과 같은 감정은 없었다. 단지 두려움과 당혹감이 들어차 있을 뿐이었다. 레온하르트는 그녀를, 그리고 그녀가 안은 아이를 흘깃 보고는 고개를 돌렸다. 푹. 머뭇거리는 이의 몸에 검이 내리꽂혔다.

그것이 신호라도 된 양 기사들이 남은 이들에게 달려들었다. 레온하르트가 막 암살자의 몸에서 검을 뽑아 들던 순간이었다.

"아악!"

"가, 가까이 오지 마!"

테네르와 가장 가까이 있던 남자가 그녀의 머리채를 휘어잡았다. 그의 검이 그녀의 목을 겨누었다.

"여, 여자와 아이를 살리고 싶으면……. 크헉!"

남자는 말을 잇지 못했다. 그의 시야에서 벗어난 순간, 테네르가 쥐고 있던 화살을 있는 힘껏 내리꽂은 탓이었다. 날카롭게 벼려진 쇠촉이 몸에 박히자, 남자는 비명을 지르며 그녀를 밀쳤다. 테네르는 엉엉 우는 아이를 꼭 껴안고 그 자리에 주저앉았다.

모든 일이 마무리되는 데에는 오랜 시간이 지나지 않았다.

테네르는 담요로 아이를 가린 채 떨리는 숨을 가라앉히려 했다. 조용해진 오두막집 안에 아이의 울음소리만 세차게 들려왔다.

"……끌고 가라."

그 말에 테네르의 어깨가 흠칫 떨렸다. 그러나 기사들은 쓰러진 이들을 포박하여 집 밖으로 끌고 갈 뿐이었다.

발소리가 가까워지며 발밑에 드리워진 그림자가 점점 짙어졌다.

"오랜만입니다, 황후."

레온하르트는 천천히 테네르에게 다가갔다. 기사들이 나간 자리에는 정적만이 내리깔렸다.

"……폐하."

테네르는 우는 아이를 끌어안은 채 고개도 들지 못하고 있었다. 겁을 먹은 모양새였다. 레온하르트의 시선이 방 안을 훑었다. 방은 지나치게 작았다.

부속실을 제외한 황후궁보다도 작은 집이었다. 이렇게 작은 집 안에 방과 욕실과 부엌이 갖춰져 있다는 것이 믿어지지 않을 지경이었다. 천장은 손을 들면 닿을 것처럼 낮았고, 침대도 한 사람이 누우면 가득 찰 만큼 작았다.

'이런 집에…….'

한때 황후였던 사람이 고작 이런 작고 허름한 집에서 살고 있다는 것이 믿어지지 않았다. 이따위 집을 정성 들여 꾸며 놓은 듯한 모양새도 마찬가지였다. 깨끗한 침대와 요람, 손수 만든 듯한 인형과 모빌을 보니 괜스레 속이 뒤틀렸다.

"기어이 내게서 도망치셨으면 잘 사셔야지, 이런 꼴로."

잘 달래서 황궁에 데려가리란 다짐은 이미 무색해져 있었다. 이게 무슨 꼴이란 말인가. 이 성냥갑만 한 집은. 저 칙칙하고 낡은 옷과 부르튼 손은.

"왜……."

테네르가 간신히 입을 열었다. 왜 왔느냐고, 그렇게 묻는 것만 같았다. 여전히 겁을 먹은 듯한 얼굴이었다. 테네르는 레온하르트의 눈을 오래 보지 못하고 고개를 숙였다. 아이를 안은 팔에 힘이 들어가는 것이 눈에 들어왔다.

아이. 그래, 아이가 있었다. 그녀가 데리고 도망친, 그의 아이가.

"누구의 아입니까."

레온하르트가 물었다. 테네르는 대답하지 않았다.

"누구의 아이입니까, 황후."

레온하르트는 조금은 초조한 마음으로 테네르가 입을 열기를 기다렸다. 그녀도 아이도 무사하니, 그는 어떤 변명이든 납득할 준비가 되어 있었다.

"저는…… 이미 폐해진 몸입니다."

"그 아이가 누구의 아이냐고 물었습니다."

달싹거리는 입을 보며 괜한 조바심이 일었다.

아니, 변명조차 필요하지 않았다. 그가 필요한 것은 딱 한 마디였다. 이 아이는 당신의 아이라고, 당신의 피를 이은 황손이라고. 그렇게만 말한다면 어떤 변명도 필요하지 않으리라.

"……제 아이입니다."

그러나 테네르는 레온하르트가 원하는 대답을 쉬이 해 주지 않았다. 아이를 빼앗기기라도 하는 것처럼 그녀의 몸이 움츠러들었다.

"제가 낳았으니, 제 아입니다."

"아이의 아비는……."

"모릅니다."

그렇게 말한 테네르는 입을 꾹 다물고 고개를 돌렸다. 손으로는 계속 아이의 등을 쓸면서였다. 낡은 담요에 싸인 아이는 머리도, 얼굴도 보이지 않았다. 그렇게 울어 젖히더니, 지쳐 잠들기라도 한 모양이었다.

레온하르트는 짧게 헛웃음을 뱉었다.

"누군지도 모를 남자의 아이라, 이 말씀입니까?"

황손을 품고 도망친 것에 용서를 구해도, 사랑을 주지 않은 것에 원망을 쏟아 내도 얼마든지 받아 줄 작정이었다. 그러나 그의 아이가 아니라고 발뺌할 리는 없다고 생각했다. 예상치 못한 상황에 레온하르트의 미간이 조금 일그러졌다.

"정부를 들여도 된다고 말씀하지 않으셨습니까. 하물며 저는 이미 폐위된 몸입니다. 그러니……."

"이젠 부부도 뭣도 아니니, 그대에게 참견하지 말라고요?"

테네르는 대답하지 않았다. 아이를 다독이는 손이 가늘게 떨렸다. 레온하르트의 시선이 그 손에 잠깐 머물렀다.

내가 무서운가.

도대체 왜.

혹 자신이 사나운 얼굴을 하고 있나 싶어, 레온하르트는 얼른 표정을 누그러트리려고 했다. 그러자 테네르가 머뭇거리며 입을 열었다.

"……저를 찾아오신 걸 알면 살바토르 영애가 서운해할 겁니다."

테네르는 여전히 그를 보지 않았다. 그러나 그녀의 말을 들은 순간 레온하르트는 안도했다. 그녀가 무엇을 두려워하는지 알아챈 탓이었다.

"그대와 결혼하면서 그녀와는 이미 파혼했습니다."

알레이나 살바토르와는 아무 사이도 아니다. 아니, 어떤 사이도 되어선 안 된다. 하고픈 말은 많았지만, 지금 해 줄 수 있는 말은 그것뿐이었다.

"황후의 자리를 너무 오래 비워 두셨습니다."

레온하르트는 그 목소리에서 일말의 기대감을 읽어 내려고 했다.

그녀의 말대로 황후의 자리를 2년이나 비워 두었다. 그러고는 이렇게 도망친 폐후를 찾아왔지 않은가. 그러니 누가 이것을 사랑이 아니라고 여기겠는가. 다섯 살 어린애라도 제 말을 의심하지는 못하리라.

"그대의 말이 맞습니다."

레온하르트는 입을 열었다.

"황후의 자리가 너무 오래 비었지요."

그러니 당신이 다시금 그 자리를 채워 줘야 할 것이 아닌가. 당신은 나를 사랑한다고 했고, 나는 지금부터 당신에게 사랑을 말할 테니.

"이제 살바토르 영애가 돌아왔으니, 원래대로……."

"무슨 말씀을 하십니까, 황후."

레온하르트는 테네르의 뺨을 감싸 쥐며 말했다. 눈물이 말라붙은 뺨에서 온기가 느껴졌다.

"내게 황후는 그대뿐인데."

레온하르트는 테네르를 달래려는 듯 부드럽게 웃었다. 그 말에 잠든 아이를 다독이던 손이 멈추었다.

"무슨…… 의미인가요?"

테네르는 조심스레 그를 바라보았다. 올려다보는 시선이 기꺼웠다. 레온하르트는 대답 없이 그녀의 손을 잡아 올렸다. 거칠어진 손끝에다 조심스레 입을 맞추었다.

사랑을 바라던 사람이었다. 어차피 눈으로 볼 수도, 손으로 잡을 수도 없는 사랑, 받고 있다고 믿게 하면 될 것 아닌가. 그까짓 말 한마디가 뭐가 그리 어렵다고.

"내가 이제 와서 그대를 사랑한다고 말하는 건 너무 늦은 걸까요."

"……."

테네르의 눈이 놀란 듯 동그래졌다. 그러나 그것도 잠깐, 그녀는 얼른 고개를 돌려 그의 시선을 피했다.

"날 쳐다보기도 싫으신 겁니까."

"그게 아니라."

"난 그동안 계속 그대를 찾아다녔는데."

레온하르트의 입술이 손등과 손끝, 손바닥에 천천히 닿았다. 테네르는 여전히 안절부절못했지만, 억지로 손을 빼지는 않았다.

"너무…… 갑작스러워서요."

붉어진 귓불이 눈에 들어왔다. 레온하르트는 그제야 조금 안심했다.

"내게 돌아와 주면 안 되겠습니까."

그 말에 테네르가 머뭇거리며 눈을 들었다. 그녀의 입술이 막 달싹거리던 순간이었다.

"테네르!"

비명 같은 외침이 들려왔다. 귀에 익은 목소리였다.

"오라버니……."

에리히를 보자 그제야 테네르의 입가에 안도의 미소가 번졌다. 레온하르트의 입매가 조금 굳었다.

"너, 너 괜찮아? 조시는?"

바닥에 남은 핏자국을 확인한 에리히는 사색이 되어 물었다. 테네르는 고개를 끄덕였다.

"폐하께서 구해 주셨어요, 오라버니."

그 말에 에리히는 그제야 뒤를 돌아보았다. 레온하르트를 발견한 순간 그의 얼굴에 낭패감이 번졌다.

"……황제 폐하를 뵙습니다."

"오랜만이네, 에반 경."

호의적으로 인사를 건넸지만, 에리히는 영 불편한 얼굴이었다. 불신이 어린 시선이 유쾌한 건 아니었지만, 황후의 오라비에게 이 정도 아량쯤이야 충분히 베풀어 줄 용의가 있었다.

"그간 경이 황후를 지켜 주었던 모양이군. 사례는 제도에서 하겠네."

"황후……라고요?"

그 말에 에리히는 설명을 요구하듯 테네르를 돌아보았다. 레온하르트가 얼른 입을 열었다.

"그러고 보니 아직 황후께 답을 듣지 못했습니다."

시선이 닿자 테네르의 어깨가 작게 움찔거렸다. 오라비와 황제의 시선 사이에서 머뭇거리던 그녀가 조심스레 입을 열었다.

"……벌하지 않으실 건가요?"

오라비 쪽을 흘깃거리는 거로 보아선 혹 에리히에게 죄를 물을까 걱정하는 모양이었다. 레온하르트는 테네르를 안심시키려는 듯 다정히 웃었다.

"그럴 리가 있겠습니까."

커다란 손이 눈물이 말라붙은 얼굴을 쓸었다. 머뭇거리던 테네르가 천천히 그 손을 잡았다.

"폐하의 말씀에 따르겠습니다."

젖은 눈이 부드럽게 휘어졌다. 레온하르트는 그녀를 보다가 낡은 담요에 싸인 아이를 보았다. 아직 테네르는 아무 말도 하지 않았지만, 저 아이가 자신의 피를 이은 황손임을 모를 리 없었다. 모든 것은 저 아이를 데려가기 위해서였다. 자신의 피를 이은 아이를 되찾기 위해서. 그러니까, 사적인 감정을 위해서가 아니라.

'영애를 다시 황후에 올릴 좋은 핑계를 찾으신 것 같아서요.'

웃음 섞인 목소리가 귓가를 맴돌았다.

* * *

세작들을 압송하고, 테네르와 레온하르트는 공작성에서 마차가 올 때까지 천천히 마을을 거닐었다.

테네르는 꼭 꿈을 꾸는 것만 같았다. 레온하르트가 자신을 찾아온 것도, 자신에게 사랑을 속삭인 것도 도무지 믿어지질 않았다. 그러나 손끝에 닿던 입술의 감촉이, 뺨을 만지던 손의 온기가 너무도 선명했다.

테네르는 애꿎은 손을 쥐었다 폈다 하며 그의 눈치를 살폈다. 긴 침묵 끝에 레온하르트가 입을 열었다.

"……그간 계속 이 마을에서 지내셨던 겁니까?"

"예, 폐하."

이런 순간을 꿈꾸지 않은 것도 아니면서, 막상 바라던 순간이 다가오자 아무것도 할 수 없었다. 그저 무슨 말을 꺼내야 할지 몰라 어색했고, 단장하지 않은 모습이 새삼스레 부끄러울 뿐이었다.

"그동안 뭘 하고 지내셨습니까?"

레온하르트는 테네르가 그리워하던 그대로의 모습이었다. 그간 조금은 여윈 듯했지만, 정중한 태도도, 다정한 목소리도 예전과 다를 바 없었다. 살수를 망설임 없이 베어 내던 모습이 믿어지지 않을 지경이었다.

"종종 산짐승들이 내려오는 마을이라…… 파수꾼으로 이곳에 머물렀습니다. 회임한 동안은 말을 타지 못해 틈틈이 자수를 놓았는데, 그때 만들어 둔 것을 아빌라에서 팔기도 했고요."

"황후께서 직접 사냥을 하셨다고요?"

레온하르트는 조금 놀란 얼굴이었다. 아마도 처음 만났던, 아니 처음으로 사적인 말을 섞었던 사냥터에서의 일을 아직 기억하고 있는 모양이었다.

"여흥으로 잡는 것은 내키지 않았지만, 이곳에서 살기 위해선 해야 하는 일이었던 걸요. 오히려 망설이면 고통만 더해 줄 테니 되도록 단번에 숨을 끊으려고 했습니다."

주절주절 내뱉으며 테네르는 어쩐지 조금 부끄러운 기분이었다. 벌써 7년도 더 지난 이야기를 그가 기억해 주는 것이 기쁘기도 했고, 혹 그런 말을 했던 게 괜한 내숭으로 여겨졌을까 민망하기도 했다.

그런 테네르의 마음을 아는지 모르는지, 레온하르트는 천천히 그녀의 손을 잡아 왔다. 커다란 손이 손등을 감싸듯 잡자, 테네르의 어깨가 작게 움찔거렸다.

"내가 미덥지 못해 그대를 고생시켰습니다."

작게 들려오는 속삭임은 북부의 한파 속에서도 지극히 따스했다. 레온하르트는 테네르가 제도에서 도망친 것을 탓하지 않았다. 아직 왜 도망친 건지도, 조슈아가 누구의 아이인지도 알려 주지 않았는데도. 그 사실이 고맙고 송구스러웠다.

"궂은일은 모두 오라버니가 해 주셔서 그리 힘들지 않았습니다. 거기다 마을 사람들도 모두 좋은 사람들이라…… 일을 시작한 건 이제 반년이 조금 넘었을 뿐입니다."

회임한 몸으로, 혹은 출산한 지 얼마 되지 않은 몸으로 말을 타는 건 무리가 가기 마련이었다. 때문에 촌장의 딸이자 마을 산파인 앙즈 부인은 몸조리를 제대로 해야 한다며 내내 잔소리하곤 했다.

"아이를 낳고 한 달 정도는 제가 아기가 된 것 같았습니다. 제 손으로 스푼도 들지 못하게 해서요."

테네르는 웃으며 말했지만, 레온하르트는 그녀의 말을 들으면서도 영 마뜩잖은 심정이었다. 마을 사람들이 아무리 잘해 주었다고 해도 이런 외지와 황궁에서의 생활이 같았을 리 없기 때문이었다.

황궁에 돌아왔더라면 조금이라도 더 편하게 아이를 낳을 수 있었을 텐데. 아이를 가졌다고 말만 했더라면 저 고운 손에 피를 묻힐 일도, 이런 척박한 마을에서 지낼 일도 없었을 텐데. 따뜻한 방 안에서 좋은 것만 보고 좋은 이야기만 들으며 갖고픈 것, 먹고픈 것 하나 참지 않게 했을 텐데.

"즐거우셨습니까?"

레온하르트는 못마땅한 마음을 꾹 억누르며 다정히 물었다. 아마 어떤 대답을 듣더라도 기분이 썩 좋지는 않으리라.

테네르가 천천히 고개를 들었다.

"예, 폐하. 하지만……."

옅은 자색 눈이 그를 보며 부드러운 호선을 그렸다.

"폐하께서 와 주셔서 더 기쁩니다."

"……."

익숙한 웃음에 레온하르트는 짧게 숨을 참았다. 곱게 휘어진 눈에는 두려움도 의심도 없었다. 언제나 그를 향하던, 지난 2년간 몇 번이고 생각했던 웃음이었다. 저 웃음에 새삼스레 가슴이 울렁거리는 것이 우스웠다.

레온하르트가 한동안 말이 없자 테네르는 민망한 듯 슬그머니 고개를 돌렸다. 레온하르트는 그제야 태연한 척 입을 열었다.

"……나야말로 그대와 함께 돌아갈 수 있게 되어 기쁩니다."

작은 손이 그의 손안에서 꼼실거렸다. 레온하르트는 조심스레 그 손에 깍지를 꼈다. 테네르는 아무 말도 하지 않았지만, 발개진 귓불이나 꼭 잡은 손이 그의 말에 화답하고 있었다.

단 한 번도 그의 손을 밀어낸 적 없는 사람이었다.

비록 회임을 하고 도망치긴 했지만, 손을 놓지 않는 걸 보면 자신이 싫어서 달아난 건 아니었다.

"아이에 대해서는…… 묻지 않으시나요?"

오랜 침묵 끝에 테네르가 물었다. 퍽 조심스러운 물음이었다. 레온하르트는 왜 언질도 없이 아이를 데리고 도망쳤냐고 물으려다 얼른 말을 바꾸었다.

"황후께서 원하실 때 말씀해 주시면 됩니다."

급하게 생각할 것 없었다. 그가 알고 있는 테네르라면 분명 조금만 기다리면 모든 것을 이야기해 줄 테니. 그러니 지난 일들을 말하라고 닦달하기보다는 그 마음을 보듬어 주는 것이 우선이었다.

"아이의 아버지는……."

테네르가 작게 입을 열었다. 흰 눈이 발에 밟혀 뽀드득 소리가 났다.

"……좋은 분이었습니다."

"……."

"제가 잘못한 게 있어도 언성 한번 높인 적 없으시고, 작은 생채기 하나에도 의사를 불러 주실 만큼 다정한 분이었습니다. 혹 누군가 제게 해코지할까 봐 걱정도 많이 하셨고요."

나직하게 이어진 목소리에는 오랜 추억과 애정이 담겨 있었다. 미움도 의심도 없는 목소리였다. 레온하르트는 조금은 민망했고, 동시에 무언가가 가슴 한구석을 콕콕 찔러 오는 것 같기도 했다.

"……그랬습니까."

알아듣지 못한 척해야 할까. 혹은 무언가 눈치챈 척해야 할까. 레온하르트는 테네르와 보폭을 맞추어 천천히 걸었다. 멀찍이 에리히와 아이가 보였다.

아이는 두꺼운 털옷을 껴입은 채 뒤뚱뒤뚱 걷고 있었다. 옷차림이나 머리색이 어쩐지 낯이 익었다. 조슈아라고 했던가. 레온하르트는 얼핏 보았던 마을 남자의 말을 떠올렸다.

"조시! 오라버니!"

레온하르트가 아이의 뒷모습을 유심히 살피는 사이, 테네르는 그의 손을 놓고 달려갔다. 어미의 목소리에 아이가 뒤뚱뒤뚱 달려오는 것이 눈에 들어왔다. 테네르는 아이를 번쩍 안아 들고는 오라비와 무어라 이야기를 나누었다. 퍽 밝은 표정이었다.

'……오라비와 친했었지.'

그렇다고 쥐고 있던 손을 이렇게 내팽개치고 갈 건 뭔가. 레온하르트는 빈손을 열없이 쥐었다 펴며 피식 웃었다. 온기가 사라진 손이 어쩐지 허전했다.

테네르가 황후가 되기 전 후작저에서 그리 좋은 대접을 받지 못한 건 알고 있었다. 그리고 에리히가 괄시받는 동생을 제대로 감싸 주지 못했다는 것도. 거기다 순하고 유약한 성정의 테네르가 쉬이 도망을 결심했을 리 없으니, 레온하르트는 그녀를 부추긴 것이 에리히라고 반쯤 확신하고 있었다.

'썩 마음에 들지는 않지만.'

사실이든 아니든, 묻고 넘어가야 할 일이었다. 에리히는 지금까지 황후와 황자를 지켜 준 사람이 아닌가. 거기다 황후의 하나 남은 친정 식구이니 그를 벌할 수야 없었다.

에리히와 이야기를 마친 테네르는 아이를 꼭 안은 채 레온하르트 쪽으로 몸을 돌렸다. 눈이 마주치자 단정한 얼굴에 미소가 번졌다. 레온하르트는 어떻게 반응해야 할지 몰라 그 자리에 못 박힌 듯 서 있었다.

"아이가 아버지를 닮아 참 잘생겼습니다."

해사하게 웃는 얼굴이 어느덧 코앞에 와 있었다. 레온하르트는 그제야 아이의 모습을 정면에서 볼 수 있었다.

아이의 모습은 낯이 익었다. 아직 모질이 여린 부드러운 흑발과 자신을 쏙 빼닮은 금안을 본 순간, 레온하르트는 전날 치안관에게 안겨 있던 미아를 기억해 냈다.

"이 아이는……."

드디어 아이를 마주했다는 기쁨과 제 아이를 눈앞에 두고도 알아보지 못했던 것에 대한 한심함이 뒤엉켰다. 레온하르트가 말을 잇지 못하자, 테네르가 쐐기를 박듯 덧붙였다.

"폐하의 아이입니다."

웃음 섞인 목소리가 귓전을 맴돌았다. 아이는 순한 눈을 끔뻑거리며 아비를 보다가 까르르 웃었다. 레온하르트는 그저 멍청하게 서 있을 뿐이었다.

왜 아무런 의심도 하지 않나.

왜 내가 거짓말할 거란 생각조차 하지 않는 건가.

왜 이렇게나 순순히…….

그토록 바라 왔던 순간인데, 막상 마주하니 몸이 굳었다. 모든 일이 그가 원하는 대로 풀리고 있는데도 가슴 한 구석이 불편한 것이 이상했다.

"안아 보실래요?"

테네르가 조심스레 아이를 건네었다. 레온하르트는 천천히 손을 뻗었다. 어색하게 아이를 품에 안자, 테네르가 자세를 고쳐 주었다.

"조슈아입니다. 조시라고 부르고 있어요."

아이는 사람이라기엔 너무 작고 가벼웠고, 사람이 낳았다기엔 너무 컸다.

낯가림이 없는 건지, 핏줄을 알아보는 건지, 조슈아는 낯선 아비의 품에 안겨서도 방긋방긋 잘 웃었다.

"……조시."

"아우우. 부우."

"조슈아."

꽉 쥐면 으스러질 듯 작은 손이 그를 만지작거렸다. 이렇게 작은 아이가 숨을 쉬고 말을 한다는 것이 도무지 믿어지지 않았다.

정말로 내 아이란 말인가.

정말 이 아이가.

이 아이를 데려가기 위해 폐후를 찾아왔으면서. 그저 자신의 핏줄을 되찾기 위해, 황위를 이을 후계를 데려가기 위해 당치도 않은 사랑을 흉내 내는 거면서, 막상 아이를 마주하니 숨이 막혔다.

"조시, 아빠야."

테네르가 조슈아의 볼을 쓰다듬으며 말했다. 아이는 천천히 입을 벌렸다. 순한 눈이 어미의 입 모양을 관찰하고, 자그마한 입술이 그 모양을 흉내 내며 오물오물 움직였다.

"아압. 아부우."

"……."

"아빠아."

까르르 웃는 웃음소리가 아주 먼 곳에서 들려오는 것만 같았다. 입을 열었지만 아무 말도 할 수가 없었다. 자신을 향한 부름이 도무지 실감이 나질 않았다.

어떻게 사람이 사람을 낳을 수 있단 말인가. 요 작은 몸이 어떻게 사람처럼 움직이고 자라난단 말인가. 여상히 여기던 일들이 너무도 낯설고 이상했다. 가슴이 한없이 울렁거려, 레온하르트는 저도 모르게 테네르의 뺨을 쓸었다.

"어떻게……."

"……."

"어떻게 낳으셨습니까."

멍청한 질문임을 모르지 않았다. 그러나 울컥하는 마음을 도무지 갈무리할 길이 없었다.

외롭고 아팠을 텐데, 이렇게 여린 사람이 어떻게 견뎠을까. 어떻게 이렇게 사랑스러운 아이를 낳았을까.

"그대도 이렇게나 작은데……."

불공평하지 않은가. 산고를 견뎌야 하는 것이 작고 약한 쪽이라니. 이 아이를 낳을 때까지 자신이 아무것도 하지 못했다니.

의아한 듯 동그랗게 뜨였던 눈이 부드럽게 휘어졌다. 테네르는 조금 쑥스러운 듯 웃었다.

"걱정하실 만큼 작지는 않은걸요."

레온하르트는 말없이 아이의 머리를 쓰다듬었다. 그러고는 테네르 쪽으로 고개를 돌렸다.

"……내 아이를 낳아 주어 고맙습니다, 황후."

"이제야 황손을 안겨 드려 송구스러울 뿐입니다."

테네르는 늘 그래 왔듯 부드럽게 웃었다. 레온하르트의 기억과 다를 바 없는 모습이었다. 조용하고, 온순하고, 아주 사소한 일에도 고마워하며, 그에게 싫은 소리 한마디 한 적 없는 사람.

그저 안도하면 될 일이었다. 하잘것없는 죄책감에 귀 기울이기보다는 무사히 황손을 데려갈 수 있는 것에 기뻐하면 되는 일이었다. 그런데 왜 바라던 일이 이루어졌는데도 가슴 한구석이 계속 뒤숭숭한 것인가.

'쓸데없이…….'

불필요한 생각이었다. 자신은 황제였고, 가장 중요한 것은 황자와 그 친모를 다시 황궁에 데려가는 일이 아닌가.

"……황후."

레온하르트는 테네르를 보았다. 그는 그녀가 무엇을 바라는지 알고 있었다. 그가 사랑을 말한다면, 그녀는 절대로 그의 곁을 떠나려 하지 않으리란 것도.

"사랑합니다."

그러니 진심이 아니었다.

단지 후계를 위해 그녀가 바라는 모습을 흉내 내는 것뿐.

진심이어선 안 되었다.

* * *

산책을 끝낸 후, 테네르는 에리히와 함께 마을 사람들에게 마지막 인사를 했다. 마을 사람들은 조금 아쉬워했지만, 스스럼없이 작별하며 그녀와 아이의 행운을 빌어 주었다. 그중 앙즈 부인은 딸아이를 보내는 것처럼 아쉬워했는데, 마차에서 먹을거리며 조슈아의 간식, 말린 차나 약초를 바리바리 챙겨 주었다.

"멀리 가는 건데, 짐은 빠트린 것 없이 잘 챙겼죠?"

"네. 고마워요, 부인."

"고맙긴. 귀한 분들이 이런 곳에 와서 고생만 하셨는데."

부인은 테네르의 손을 꼭 잡았다. 처음 만났을 때는 그저 부드럽고 곱기만 하던 손이 조금은 거칠어져 있었다.

"좋아서 돌아가는 거, 맞죠?"

아쉬움과 걱정이 담긴 목소리였다. 테네르가 웃으며 고개를 끄덕이자, 부인은 슬며시 입꼬리를 올렸다.

"하기야, 조시 아버지, 뭐 하는 분인지는 몰라도 미모가 장난이 아니더만. 그 얼굴이면 가시밭길도 따라가겠다."

"……."

"어쩌다 여기까지 오게 된 건지는 몰라도, 표정이 좋은 걸 보니 축하해 줘야겠죠. 돌아가서도 부디 잘 살아요."

"고마워요."

테네르는 진심으로 말했다.

제도에서 도망친 후 갈 곳 없던 자신들을 받아 준 마을이었다. 특히 앙즈 부인은 출산을 돕는 것은 물론 몸조리까지 도와준 고마운 사람이기도 했다.

"그이가 트라벨 공작님께 부탁해서 새 파수꾼을 보내 주실 거예요. 그러니 너무 염려 마세요."

"……고맙기도 하지."

앙즈 부인은 정말로 감동을 받은 듯 눈물을 훔쳤다. 그래도 그간 정이 들었던지라, 테네르 또한 괜히 코끝이 찡해지는 것만 같았다.

"행여 도움이 필요하거든 언제든 말해요. 내가 큰 도움이 될지는 모르겠지만."

"고마워요, 부인."

테네르는 앙즈 부인의 어깨를 꼭 껴안았다. 잘 살아요. 잘 살아야 해. 다정한 목소리가 귓전을 맴돌았다.

05

제도에 가져갈 짐은 그리 많지 않았다. 옷도 가구도 전부 황후가 쓰기에는 지나치게 허름한 것들이라, 장롱에 숨겨 두었던 보석함과 속옷, 손때 묻은 활과 사냥복을 챙겼을 뿐이었다. 낡은 집에 남겨진 것들은 마을 사람들이 나눠 가지도록 했다.

마을에서 타고 다니던 말 제임스는 한스가 돌봐 준다고 했다. 애마와 헤어지는 것이 아쉽긴 했지만, 야생마였던 아이인지라 황궁을 답답해하리라.

"활은 새로 사도 좋을 텐데요."

"이게 손에 익어서요. 추억 하나쯤은 간직하고 싶기도 하고……."

테네르는 손에 익은 활을 만지작거리며 말했다. 당연하게도 레온하르트는 쓸데없는 것을 챙긴다며 그녀를 나무라거나 핀잔하지 않았다.

"황궁에 도착하면 따로 보관함을 만들라 이르겠습니다."

"예, 폐하."

테네르는 레온하르트의 손을 잡고 마차에 올랐다. 공작 성에서 보내 준 마차는 네 사람쯤 거뜬히 타고도 남을 정도로 넓었다. 더 크고 화려한 황실 마차도 몇 번이고 탔었는데, 낡은 옷을 입고 마차에 타는 것이 어쩐지 조심스러웠다.

"오라버니, 조시를 이리……."

"저는 조슈아와 함께 뒤의 마차에 타겠습니다."

테네르가 마차 바깥으로 손을 내밀었지만, 에리히는 아이를 안은 채 고개를 숙일 뿐이었다. 레온하르트가 조금 의아한 얼굴로 그를 보았다.

"마차가 넓으니 경도 함께 타고 가지."

"그 정도로 눈치가 없진 않습니다, 폐하. 저는 아이를 챙길 테니, 두 분 오붓한 시간 보내십시오."

장난스러운 목소리에 테네르의 얼굴이 빨갛게 달아올랐다. 레온하르트는 테네르의 허리를 감싸며 기분 좋게 웃었다.

"경이 그렇게까지 말한다면야 사양하진 않겠네."

"폐하."

테네르는 조금 원망스럽게 레온하르트를 돌아보았지만, 그는 그대로 마차의 문을 닫아 버렸다. 에리히는 투명한 창문 너머 새빨개진 얼굴을 보고 낄낄거리다 부랴부랴 마차에 몸을 실었다. 아이가 작게 바둥거렸다.

"으응. 엄마아."

"네 엄마 바쁘다. 아무리 어려도 이 정도 눈치는 있어야지. 이게 바로 사회생활이라는 거야. 응?"

"엄마, 엄마. 아빠아."

"애 봐라. 너 매일 기저귀 갈아 주던 삼촌은 아직 부르지도 못하면서, 오늘 처음 본 아빠는 잘만 부르네."

에리히는 조슈아의 엉덩이를 몇 번 두드리고는 익숙하게 간식을 꺼내었다. 아이가 간식을 보고 손을 뻗었다. 하지만 에리히는 순순히 주지 않았다.

"삼촌 해 봐."

"……."

"삼촌."

"단쭈. 단쭈."

"내가 왜 단추야. 삼촌이라니까."

에리히는 투덜거렸지만, 그러면서도 과자를 하나 건네주었다. 조슈아는 자그마한 손으로 과자를 움켜잡고 얼른 입으로 가져갔다.

"네 엄마는 아직도 아빠가 좋아 죽겠나 봐."

"……."

"네가 보기도 그렇지?"

"으응."

조슈아는 고개를 끄덕였지만, 당연하게도 알아들은 기색은 아니었다. 원래 아이에게 가장 중요한 건 맛있는 간식이 아니던가. 에리히가 입술을 삐죽거렸다.

"맛있냐?"

"……으응."

"삼촌보다 과자가 더 좋지?"

"으응."

"……요 배신자 같으니."

에리히는 짐짓 억울한 얼굴로 조슈아를 쏘아보았다. 그러거나 말거나 아이는 의자 위에서 자그마한 발을 까딱거리며 입술을 오물거릴 뿐이었다.

"너 이제 황족이라고 삼촌을 배신하는 거야?"

"응."

"너 기저귀 갈 때 내 얼굴에 오줌 싼 거 아직 안 잊었다. 비밀로 해 주려고 했는데, 어디 두고 봐. 이젠 후회해도 소용없어."

"……."

"어쭈. 웃어? 웃어?"

버럭 하며 배를 간지럽히자 조슈아는 자지러지게 웃었다. 에리히는 까르르 웃는 아이를 몇 번 더 간질였다. 아이는 반복되는 놀이도 좀처럼 지겨워하지 않기에, 지치는 것은 언제나 어른 쪽이었다.

에리히는 한참 동안 조슈아와 놀아 주다가 고개를 들었다. 레온하르트를 꼭 닮은 얼굴이 눈에 들어왔다.

"……왜 널 보고도 그리 놀라지 않았을까."

에리히는 입가에 웃음을 지우고 조슈아를 쓰다듬었다. 분명 바라던 상황인데, 시간이 지날수록 기이한 찜찜함이 더해졌다. 왜 이제 와서 테네르를 찾았을까. 처음 도망쳤을 때 충분히 붙잡을 수 있었으면서. 정말로 사랑해서 찾아온 게 맞을까. 왜 아이가 있는 걸 보고도 그리 놀란 기색이 아니었을까.

'처음부터 조슈아가 있는 걸 알고 온 건…….'

거기까지 생각한 에리히는 고개를 저었다. 그저 후계를 위해서 찾아온 거라면 굳이 사랑을 속삭일 필요가 없지 않은가. 황자를 황궁에 데려갈 테니 원한다면 함께 가자고 말하는 거로도 충분할 텐데.

"내가 예민한 거겠지?"

"으응."

에리히가 묻자, 조슈아는 뜻도 모르면서 고개를 끄덕였다. 여전히 과자에 열중한 모습에 에리히는 픽 웃음을 흘렸다.

"그래. 네가 그렇다면 그런 거겠지."

그간 숨어 사느라 의심만 늘어난 것이다. 그저 바라던 일이 이루어진 것에 기뻐하면 되는 것을. 에리히는 스스로에게 몇 번이고 되뇌었다. 아이는 속없이 방긋방긋 잘도 웃었다.

* * *

테네르는 레온하르트와 함께 마차에 앉아 있었다. 여전히 실감이 나지 않았지만, 밀폐된 공간에 단둘이 있게 되니 괜히 의식하게 되는 것은 어쩔 수 없었다. 오라비의 장난질 때문에 더욱 그랬다.

'이런 꼴인데……'

레온하르트는 피가 조금 묻었을 뿐 단정한 제복 차림이었지만, 테네르는 마을 사람들과 다를 바 없는 낡고 허름한 드레스를 입고 있었다. 거기다 투박한 외투 아래로 드러난 칙칙한 녹색 치맛자락에는 피와 흙이 묻어 영 못 봐줄 꼴이었다.

"아이가 생긴 것을 왜 말하지 않으셨습니까?"

지저분한 치맛자락과 낡은 옷소매를 가리려던 테네르는 레온하르트의 물음에 그제야 정신을 차렸다.

"벌하신다면 달게 받겠습니다."

"내가 어떻게 황후께 벌을 드리겠습니까."

레온하르트가 그녀의 손을 만지작거리며 말했다. 테네르는 그 말이 거짓이 아님을 알고 있었다. 그는 자신에게 단 한 번도 화내 본 적이 없는 사람이었다. 자신이 황손을 품고 도망쳤던 것을 알게 된 지금조차도.

"처음에는…… 말씀드리려고 했습니다."

테네르는 삐져나온 소매를 외투 안쪽으로 밀어 넣으며 운을 떼었다.

모든 것을 털어놓는 건 어렵지 않았다. 테네르는 레온하르트를 사랑했고, 자신을 사랑한다 말한 그에게 무엇도 숨기고 싶지 않았으니.

"후작저로 돌아간 후 몸 상태가 좋지 않아서 의사를 불렀습니다. 그런데……."

테네르는 지난 일들을 차분히 늘어놓았다. 갑작스러운 회임 소식과 황궁의 세작을 의심하게 되었던 일까지.

"폐위되어 저택에 돌아갔을 때, 원래 별다른 접점이 없었는데도 돌연 전속 하녀가 되겠다고 나선 아이가 있었습니다. 황궁에 첩자를 두었을 정도라면 분명 저택에도 세작을 두었을 것 같아서 그 아이를 감시했고요. 그리고 그 아이가 제 찻잔에 약을 넣으려 드는 걸 보았습니다."

"약이라면……."

"제도를 떠나며 약제사에게 물어봤는데, 아이를 지우는 약이라고 했습니다. 생명에는 지장이 없지만, 유산한 뒤로도 다시 회임하기가 어려워진다고요."

그 말에 레온하르트의 손이 움직임을 멈추었다. 테네르는 슬쩍 고개를 들었다. 늘 호선을 그리던 입매가 딱딱하게 굳어 있었다.

"폐하……?"

"아아."

눈이 마주치자 레온하르트의 표정이 다시금 부드러워졌다. 테네르는 말을 이었다.

"하녀를 저택에 구금하고 날이 밝는 대로 폐하께 말씀드리려고 했습니다. 그런데 폐하께서 살바토르 영애를 알현 중이라는 걸 듣게 되어서, 겁이 나서……."

약혼녀였던 알레이나 살바토르가 돌아왔으니, 당연히 그녀를 다시 황후로 맞이하리라 생각했다. 그렇게 된다면 아이는 황궁에 가서도 폐후의 아이라 손가락질당하고, 훗날 태어날 황후의 아이들에게 견제를 당할지도 모른다고 여겼다.

"내가 그대를 내치고 아이만 빼앗아 갈 거라고 생각하셨습니까?"

"……송구합니다."

테네르는 부정하지 않았다. 레온하르트는 황제이고, 손 귀한 황실에서 대를 이을 황손은 너무도 중요한 존재였으니.

"그대에게 믿음을 주지 못한 내 잘못입니다."

레온하르트는 씁쓸하게 웃으며 말했다. 테네르는 꼭 잡은 손을 잠깐 보았다.

"절 그냥…… 보내시려는 건 줄 알았습니다."

"……."

"회임 중이라 빠르게 도망치지 못했는데, 좀처럼 추적이 붙지 않아서요. 그래서 그냥…… 폐하께서 절 놓아주라고 명령하신 줄 알았습니다."

"처음엔 그랬습니다."

레온하르트가 입을 열었다. 큰 손이 그녀의 머리를 쓸어 넘겼다.

"그대가 도망을 결심했다면 분명 합당한 이유가 있을 거라 생각했습니다. 그대의 마음에 화답하지 못했으니……. 날 떠나고 싶어 한대도 붙잡을 자격이 없다고 생각하기도 했고요."

"……."

"그게 얼마나 멍청한 짓인 줄은 뒤늦게서야 알았습니다."

잘생긴 입가에 쓴웃음이 번졌다. 테네르는 조금 머뭇거리다 조심스레 입을 열었다.

"혹시 아이가 있는 걸…… 알고 계셨나요?"

예기치 못한 물음이었는지, 레온하르트는 무슨 소리냐는 듯 그녀를 보았다. 테네르는 짧게 고민하다 말했다.

"하녀를 구금했던 걸 알고 계셨을 것 같아서요."

어쩌면 진실을 아는 하녀를 그렇게 저택에 두고 떠난 것은 마지막 미련이었을까. 아이를 가졌다는 걸 알게 되면 자신을 다시 곁에 둘지도 모른다는 기대를 버리지 못해서. 그가 자신을 붙잡으면 못 이기는 척 돌아가고 싶어서.

"……하녀는 아무 말도 하지 않았습니다."

레온하르트는 입을 열었다. 반쯤의 진실이었다.

"황손을 해치려 했다는 게 알려지면 무사하지 못할 테니 입을 다문 듯합니다. 추궁 도중 고문관의 실수로 죽었고요."

"입막음을 당한 거겠죠?"

"아마도요."

두 사람은 한동안 말이 없었다. 마차는 돌부리를 피해 부드럽게 달렸다. 아빌라에 가까워질수록 잘 포장된 길이 나왔다.

"그날 살바토르 영애를 만났던 건, 단지 그녀가 오랫동안 종적을 감추다 제도로 돌아왔기 때문입니다. 나도 마찬가지지만, 그녀 또한 나와 결혼할 생각은 없습니다."

"……."

테네르는 말없이 손톱을 만지작거렸다. 레온하르트는 꼭 쥔 손에 힘을 주었다.

"내게 황후는 그대뿐입니다. 지금까지 계속 그래 왔고, 앞으로도 그럴 겁니다."

"하지만…… 저보다는 살바토르 영애가 폐하께 도움이 될 텐데요."

반역자의 딸보다 공작가의 영애가 황제에게 힘을 실어 줄 수 있음은 당연했다. 다시 황후가 되는 것을 실감하자 현실적인 것들이 그녀의 발목을 잡아 왔다. 돌아가도 되는 걸까. 괜한 이기심에 그에게 폐를 끼치는 것은 아닐까 하고. 동시에 그가 자신의 말을 부정해 주길 바라는 유치한 속내도 있었다.

"그래서, 이제 와서 말을 바꾸시려고요?"

"그런 게……."

테네르는 말끝을 흐렸다. 레온하르트는 작게 웃으며 그녀의 손을 당겼다.

"이젠 놓아 달라고 하셔도 보내지 않을 겁니다."

구부러진 손가락에 입술이 내려앉았다. 다정하던 금안이 그녀를 주시했다.

"그대와 조슈아는 무슨 일이 있어도 내가 지킬 테니, 황후께선 계속 내 곁에만 있어 주세요."

그 말에 테네르는 망설이다 고개를 끄덕였다. 굵직한 손가락이 그녀에게 깍지를 꼈다. 마치 옭아매기라도 하려는 것 같았지만, 테네르는 그것이 싫지 않았다. 저 말이, 시선이, 손길이 모두 사랑의 척도인 것처럼 느껴져서.

"……폐하."

"예, 황후."

들려오는 목소리는 여전히 다정했다. 테네르는 머뭇거리다 입을 열었다.

"앞으로는…… 이름을 불러 주시면 안 될까요?"

레온하르트는 대답이 없었다. 테네르는 고개를 들었다. 민망한 웃음이 그녀의 얼굴에 머물렀다.

"그날 제 이름을 불러 주신 게 참 좋았습니다. 그래서…… 둘이 있을 땐……."

테네르는 말을 마치지 못했다. 커다란 몸이 자신을 안아 온 탓이었다. 맞닿은 가슴에서 쿵쿵 심장 소리가 났다.

"테네르."

몇 번이고 되새겼던 다정한 목소리가 들려왔다. 그날 밤과 다를 바 없는 목소리였다. 달라진 게 있다면, 그날 듣지 못했던 말이 덧붙여진 거였다.

"내 사랑."

테네르는 천천히 그의 등을 마주 안았다. 고개를 들자 자신을 바라보는 시선이 있었다. 그의 얼굴이 조심스레 가까이 다가왔다. 테네르는 눈을 감았다.

입맞춤에는 사랑이 필요하지 않았다. 그러나 사랑이 담긴 입맞춤은 한없이 달아서, 그간의 서운함도 노고도 모두 녹여 버리는 것만 같았다. 두 뺨이 봄꽃처럼 발갛게 물들었다.

* * *

마을에서 아빌라까지는 마차로 한 시간 정도가 걸렸고, 아빌라에서 영주성까지는 또 한 시간이 넘게 걸렸다.

두 시간 정도야 이동하는 데에 큰 무리가 없었지만, 어린 조슈아가 있었기에 레온하르트는 아빌라에 도착하자마자 휴식을 명령했다.

"엄마!"

조슈아는 마차에서 내리자마자 테네르에게 달려왔다. 두툼한 털옷을 입은 아이가 뒤뚱거리며 달려오는 모습에 레온하르트는 저도 모르게 짧은 웃음을 터뜨렸다.

"배밀이를 하던 게 벌써 엊그제 같은데, 벌써 뛰어다니기도 해요. 할 줄 아는 말도 늘었고요."

테네르는 아이에게 몇 번 입을 맞추고 설명했다. 레온하르트는 자신을 꼭 닮은 아이를 조심스레 쓰다듬었다.

"조시, 아빠야. 아빠."

"아빠. 아빠아."

테네르가 다시 한번 호칭을 알려주자, 조슈아는 레온하르트를 가리키며 그녀의 말을 따라 했다. 작은 입술이 빠끔거리는 것을 볼 때마다 레온하르트는 어쩐지 가슴이 벅차오르는 것 같았다.

"레온, 공작 성으로 갈 때는 조시도 함께 탈까요?"

"예. 마차가 넓으니 에반 경도 혼자서 쓸쓸히 올 게 아니라 같이 가는 게 좋겠습니다. 다만 그 전에⋯⋯."

레온하르트는 조슈아를 한 팔에 안고는 테네르의 손을 잡았다. 테네르는 조금 의아한 듯했지만, 순순히 그를 따라나섰다.

레온하르트가 이끈 곳은 다름 아닌 의상점이었다.

제도만큼 크지는 않았지만, 일상복으로 입을 만한 옷을 사기에는 나쁘지 않은 규모였다. 더군다나 한파가 심한 북부이니만큼 보온에 중점을 둔 옷들이 많아 추위를 많이 타는 테네르에게 좋을 듯했다.

"레온, 이건⋯⋯."

"에반 경에게도 따로 옷을 사라고 일렀으니, 우린 우리끼리 데이트나 할까요."

아이를 안고 있으니 데이트라고 하기에도 뭐하지만, 어쨌거나 그 말만으로도 테네르는 괜히 가슴이 간질간질해지는 듯했다.

레온하르트는 그 자리에서 테네르와 조슈아가 입을 외출복과 외투, 신발까지 모조리 사게 했다. 성에 찰 만큼 좋은 옷들은 아니었지만, 소매가 닳은 저 허름한 드레스보다야 훨씬 나았다.

"어차피 제도에 가면 새 옷을 맞춰야 하는걸요."

"그때는 그때고요."

테네르는 어쩔 줄 몰라 했지만, 레온하르트는 완강했다. 흙이 묻은 칙칙한 드레스 대신 밝은 색의 드레스 몇 벌을 샀고, 투박한 가죽 신발 대신 굽이 높지 않은 매끈한 부츠를 샀다. 상, 하의가 분리된 옷이나 엉덩이까지 덮는 긴 망토도 망설임 없이 구매했다.

그러잖아도 낡은 소매가 내내 눈에 거슬리던 참이었다. 더군다나 테네르 또한 마차에 있는 내내 허름한 옷을 신경 쓰는 듯했기에, 입을 만한 옷을 입게 해 주고픈 마음도 있었다.

"그간 아무것도 해 드리지 못한 것이 아쉬워서 그러니, 부디 거절하지 마세요."

사랑을 표현하는 방법에는 여러 가지가 있겠지만, 가장 눈에 보이는 것은 역시 물질이었다. 테네르에게 사랑을 말한 이상, 레온하르트는 자신의 말을 철저히 증명할 작정이었다.

가장 화려하고 아름다운 드레스, 웬만한 귀족들은 구경조차 한 적 없는 보석, 가장 비옥한 토지. 하고픈 것은 무엇이든 하게 하고, 갖고픈 것은 무엇이든 갖게 하고. 테네르가 그의 사랑을 절대로 의심하지 않도록. 다시는 그를 떠날 생각조차 하지 않도록.

그러나 사랑에 반쯤 미친놈처럼 굴려는 입장에서는 다소 맥 빠지는 가격이었다. 아무리 아빌라에서 가장 좋은 의상점이래도 제도에 비할 바 없는 데다, 연회용 드레스도 아닌 일상복이기 때문이었다. 레온하르트는 못마땅한 마음을 숨기고 새 부츠에 직접 리본을 매어 주었다.

"레온, 그렇게까지는……."

바닥에 한쪽 무릎을 꿇고 앉은 레온하르트를 보며 테네르는 여전히 어쩔 줄 몰라 했다.

"이 정도야 뭐 어떻습니까. 여기서 발등에 입을 맞추는 것도 아니고."

"그런……."

붉어진 얼굴을 보니 괜히 웃음이 나왔다. 레온하르트는 끈을 다 묶은 후 몸을 일으켰다. 아이가 테네르의 소매를 잡아당겼다.

"엄마, 이거."

조슈아는 새 옷이 조금 불편한 모양이었다. 목에 달린 리본을 잡아당기기도 하고 멜빵을 어깨 아래로 내리기도 했다. 테네르는 얼른 아이를 안았다.

"우리 조시, 예쁜 옷 입었구나."

테네르는 칭얼대는 아이에게 입을 맞추며 다독였다. 새 옷의 어디가 예쁜지를 다정히 읊어 주기도 했다. 여기 예쁜 리본이 달렸구나. 바지에는 멜빵이 있네. 단추가 하나, 둘, 셋, 넷, 다섯 개나 달렸네.

조슈아는 자그마한 손으로 단추를 만지작거렸다. 단추, 단추, 하고 어설프게 따라 하기도 했다. 테네르는 손뼉을 치며 기뻐했다. 늘 고요한 호수 같던 사람이 아이 앞에서는 수다스러운 것이 조금은 우스웠다.

한참 동안 아이에게 장난을 치며 놀아 주던 테네르는 시선을 느꼈는지 고개를 들었다. 눈이 마주치자 레온하르트는 자신이 그녀를 너무 빤히 보고 있었다는 것을 그제야 깨달았다.

"레온?"

테네르가 고개를 갸웃하자, 조슈아 또한 눈을 동그랗게 뜨고 레온하르트를 올려다보았다. 순진한 시선들에 어쩐지 숨이 막혔다. 레온하르트는 조금 망설이다 입을 열었다.

"……좋아서요."

그냥 내뱉은 말이 진심이기라도 한 것처럼 가슴이 울렁거렸다. 부끄러운 듯 휘어지는 눈을 보니 더욱 그랬다.

만약에.

만약에 이 사랑이 거짓임을 당신이 알게 된다면.

입 안이 괜스레 바짝바짝 말랐다.

'무엇도 너를 흔들게 두지 마라.'

죽은 아비의 목소리가 들려왔다. 지금에 와서는 부질없는 충고이기도 했다.

흔들리지 않으면 되는 것 아닌가. 사랑에 빠진 머저리처럼 굴더라도 진심이 아니기만 한다면. 그럼 아비처럼 죄 없는 사람을 아프게 하지도 않을 거고, 죄짓게 하지도 않을 거고, 아이에게 불안을 물려주지도 않을 테니.

레온하르트는 자신을 바라보는 테네르를 보며 함께 웃었다.

거짓으로 만들어 낸 행복이라 하더라도 당신이 행복하면 그만이었다. 하잘것없는 신념으로 상처받는 것보다는.

* * *

마차는 한참을 달려 성에 도착했다.

영주인 사무엘 트라벨은 정문까지 나와 레온하르트와 테네르를 맞이했다. 레온하르트의 품에 안긴 아이를 보자 노공작의 눈이 커졌다.

"오랜만에 뵙습니다, 트라벨 공작 각하."

황후가 될 예정이라고는 하나 아직은 폐후였기에, 테네르는 예의를 갖추어 공손히 인사했다. 공작 또한 같은 이유로 테네르를 어떻게 대해야 할지 고민하는 듯했다.

"황후께서 황자와 편히 지내실 수 있도록 신경 써 주십시오."

레온하르트가 먼저 입을 열었다. 그것은 트라벨 공작가에서도 지금부터 테네르를 황후로 대하라는 의미였다. 테네르가 놀라 레온하르트를 돌아보았다.

"폐하, 그래도 아직은⋯⋯."

사용인들에게라면 모를까, 공작에게 하는 말이었다. 테네르가 레온하르트의 옷깃을 잡았으나 그는 그저 빙그레 웃을 뿐이었다.

"싫으십니까?"

"⋯⋯."

"난 그대가 잠깐이라도 그대에게 어울리는 대접을 받지 못하는 게 싫은데."

레온하르트는 보란 듯이 테네르의 손등에 입을 맞추었다. 단연 주위의 시선을

319

의식한 행동이었다. 그리고 트라벨 공작은 그의 말뜻을 아주 잘 알아들었다.

"성심을 다해 황후 폐하를 모시겠습니다."

공작은 테네르에게 아주 정중하게 인사했다. 테네르는 조금 민망한 듯했지만, 결국은 고개를 끄덕였다.

"고맙습니다, 공작."

트라벨 공작은 레온하르트의 외조부인 만큼 나이에 비해 꽤 수려한 외모의 소유자였다. 하얗게 센 백금발 아래에는 레온하르트와 베아트리스를 꼭 닮은 금안이 선명하게 자리해 있었다.

일흔이 넘은 나이임에도 허리가 곧고 눈빛이 맑은 사람이었다. 큰 키와 햇볕에 그을린 피부, 노익장을 과시하는 근육질의 몸이 위압감을 주었다. 제도에는 잘 오지 않아 테네르와는 자주 만나지 못했으나, 태후 베아트리스의 아비라는 사실만으로도 그녀의 호감을 사기는 충분했다.

"어서 들어오십시오. 만찬을 준비했습니다."

공작은 지극히 정중한 태도로 레온하르트와 테네르, 에리히를 안내했다. 그는 어린 조슈아에게도 황자 전하라 부르며 존칭했는데, 정작 조슈아는 자신을 부르는 말인지 알아듣지 못해 눈만 말똥말똥 뜨고 있을 뿐이었다.

만찬은 평화로운 분위기에서 이루어졌다. 언제나 조슈아를 챙기느라 번갈아 가며 식사해야 했던 에리히와 테네르는 모처럼 여유로운 식사 시간이 조금은 어색하게 느껴졌다. 테네르는 사용인이 조슈아에게 밥을 먹이는 걸 자꾸만 힐끔거렸고, 에리히도 마찬가지였다.

"황후께서 이토록 가까이 계셨는데, 일찍 모시지 못해 면구스럽습니다."

트라벨 공작은 내내 호의적인 태도였다. 베아트리스를 닮은 눈 때문인지, 테네르는 그와 식사하는 것이 그리 불편하지 않았다.

"북부에 계시는 동안 황자 전하를 모실 유모를 뽑으려는데, 혹 원하는 조건이 있으십니까?"

공작이 물었다. 아이에게 젖을 물리고 기르는 것은 원래 유모가 해야 할 일이었다. 그러니 황궁에 돌아가게 되면 아이를 돌볼 유모를 뽑아야 함은 당연했다.

하지만 테네르는 아직 남의 손에 아이를 맡기고 싶지 않았다. 오늘처럼 자신과 아이를 노리던 이들이 공작 성에도 있지 않을까 하는 두려움도 있었고, 제도에 가서 또 새로운 유모를 구하게 되면 아이가 혼란을 겪지 않을까 염려하는 마음도 있었다.

"지금껏 손수 길러 오느라 품에서 오래 떼어 둔 적이 없습니다. 어차피 황궁에 가게 되면 새로 유모를 뽑을 테니, 남의 손을 타기보다는 제 방에 두고 직접 돌보고 싶습니다."

테네르는 황궁에 있을 때처럼 말하려고 했다. 허리를 바로 세우고, 고개를 숙이지 않고, 말의 높낮이를 고르게 하며 말끝을 흐리지 않도록.

다시 황후로 불리는 이상, 테네르는 그 격에 맞게 행동해야만 했다. 레온하르트를 위해서, 그리고 황자가 된 자신의 아이를 위해서.

"황제 폐하께선 괜찮으시겠습니까?"

트라벨 공작은 레온하르트를 돌아보며 물었다. 테네르는 자신이 조슈아를 데리고 있는 것에 왜 레온하르트의 허락을 받아야 하나 잠깐 고민했다. 유모를 뽑는 것도, 황손의 방을 배정하는 것도, 모두 황후가 결정하는 일이 아니던가.

'항의해야 하나?'

아마 베아트리스가 살아 있었다면, 이런 경우엔 불쾌감을 표현하게 했을 것이다. '황후가 어린 황자를 데리고 있는 것에 폐하의 허락이 필요하냐.'라고 묻거나, 좀 더 공격적으로 말하고 싶다면 '황실의 법도가 바뀐 줄은 미처 몰랐다'라며 빈정거리거나. 그러나 죽은 베아트리스의 아비에게 싫은 소리를 하고 싶지 않은 것도 사실이라, 테네르는 레온하르트가 대답하기를 기다렸다.

"난 괜찮습니다."

"편히 주무시기 어려울 수도 있습니다."

"내 아이이지 않습니까."

그러나 두 남자의 이야기는 테네르의 고민과는 조금 동떨어져 있었다. 한참 동안 그들의 이야기를 듣던 테네르는 무언가 깨달은 듯 레온하르트를 돌아보았다.

"폐하."

"예, 황후."

"제가 폐하와…… 같은 방을 쓰나요?"

설마 하며 던진 물음에 레온하르트는 의아한 얼굴이었다. 왜 당연한 것을 묻느냐는 듯한 표정이라, 테네르는 당황하고야 말았다.

* * *

여행을 온 부부가 같은 방을 쓰는 것은 지극히 당연했다. 집에서는 각방을 쓰며 데면데면하게 구는 부부라 할지라도 여행을 가게 되면 같은 방을 쓰며 좋은 금실을 연기하곤 했다. 하물며 곧 복위할 폐후와 재회하게 되었으니, 제도에 도착하기 전부터 한 방을 쓰며 복권을 기정사실화하려는 듯했다.

물론 아이도 함께 머물기로 했기에 말 그대로 잠만 함께 자는 것이겠지만, 다시 만나자마자 곧바로 같은 침대에서 잠을 자게 된 것이 민망하지 않을 수 없었다.

"아직…… 식도 올리지 않았는데요."

"내가 그대를 황후라 부르고 황후로 대접하라고 했는데, 남처럼 각방을 쓰면 안 되지 않겠습니까."

어쩔 수 없다는 식의 말투와 달리 레온하르트는 기분이 꽤 좋아 보였다. 테네르 또한 민망하고 부끄러울 뿐 기분이 나쁜 것은 아니었다. 오히려 그가 자신과 함께 있고 싶어 하는 게 조금은 기쁘기도 했다.

"어서 자자, 조시."

테네르는 목욕을 마친 조슈아를 아기 침대에 누였다. 그러잖아도 꾸벅꾸벅 졸고 있던 아이인지라 담요를 덮고 몇 번 다독여 주자 금방 잠이 들었다.

"오늘 많이 피곤했나 봐요. 마차도 오래 탔고, 많이 울기도 했고……."

"그대도 피곤할 텐데, 어서 주무세요."

레온하르트가 그녀를 침대로 이끌며 말했다. 그 모습을 보니 황후궁에 있을 당시가 떠올라, 테네르는 조금 웃었다.

"내일은 뭘 하시나요?"

"남은 시찰을 하루빨리 마무리하려고 합니다. 마음 같아선 순행을 다음으로 미루고 내일이라도 당장 그대와 조시를 황궁으로 데려가고 싶지만……."

레온하르트는 말끝을 흐렸다. 그의 입술이 테네르의 볼에 가볍게 닿았다 떨어졌다.

"그대가 말릴 것 같으니, 빨리 끝내도록 하겠습니다."

"제가 도울 일은 없나요?"

"금방 끝낼 테니, 며칠만 여기서 기다려 주세요. 또 어딘가로 도망가지 마시고."

깍지 낀 손이 그녀를 단단히 옭았다. 테네르는 2년 전처럼 그의 옆자리에 나란히 누웠다.

"미안해요, 말도 없이 가 버려서."

"……."

"이젠 아무 데도 안 갈게요."

두 사람은 시간을 거슬러 올라간 것처럼 두런두런 이야기를 하다가 잠들었다. 달라진 것이 있다면 그와 자신의 사이에 사랑이 있고, 또 아이가 있다는 것뿐이었다.

* * *

테네르는 며칠 동안 레온하르트와 함께 트라벨 공작 성에 머물렀다. 가끔은 트라벨 공작과 차를 마시거나 에리히와 산책을 즐기며 느긋한 시간을 보냈다.

사냥도, 집안일도 할 필요가 없었기에 그 어느 때보다도 여유로운 시간이었다.

"이야, 이제 다시 황후 폐하야. 응? 폐하 봤냐? '난 그대가 잠깐이라도 그대에게 어울리는 대접을 받지 못하는 게 싫은데.' 아주 그냥⋯⋯."

에리히는 남들 앞에서는 점잖은 척했지만, 테네르와 둘만 남게 되면 언제 그랬냐는 듯 낄낄거리며 동생을 놀리기 바빴다. 그가 레온하르트를 흉내 내며 제 손등에 입 맞추는 시늉을 하자, 테네르는 얼굴이 새빨개진 채 손을 뺐다.

"봤어요. 저도 봤으니까 이제⋯⋯."

"아주 네 옆에 딱 붙어 가지곤. 응? 넌 앞으로 밀크 티 마실 때 다른 거 넣지 마라. 폐하 눈에서 꿀이 뚝뚝 떨어지니까 그거 받아서 넣어. 그치, 조시?"

"으응."

조슈아는 말린 블루베리를 오물거리며 대답했다. 테네르는 달아오른 얼굴을 가렸고, 에리히는 그런 그녀를 보며 한참을 낄낄거렸다.

"⋯⋯오라버니도 이제 제도로 돌아가시니 좋은 분 만나셔야죠."

"왜. 그럼 너도 나 놀리려고?"

테네르는 대답이 없었다. 긍정의 의미였다. 에리히는 픽 웃었다.

지극히 평화로운 나날이었다. 숨어 지낼 필요도 없고, 신발을 오래 구경한다고 무시당하지도 않는 나날. 더럽고 귀찮은 일들을 대신해 주는 사용인들이 있으니 조금 불편하고 아름다운 옷을 입고 한가로운 시간을 보내는 일상. 그런 일상으로 돌아온 것이 아직도 잘 믿어지지 않았다.

"⋯⋯괜히 도망쳤다 싶지 않아?"

에리히가 입을 열었다. 내내 하고팠던 말이었다.

"이렇게 될 줄 알았으면 너한테 그런 말 안 했을 텐데, 그간 괜히 고생만 시켰네."

"힘든 일은 오라버니가 다 해 주셨잖아요."

테네르가 배시시 웃으며 말했다. 조슈아가 블루베리를 하나 집어 건네자 냠냠 먹는 시늉도 했다. 에리히는 턱을 괸 채 그 모습을 빤히 보았다.

"······오라버니?"

"응."

"제 얼굴에 뭐가 묻었나요?"

시선이 느껴진 것이 민망했던 모양이었다. 에리히는 고개를 저었다.

"그냥, 지금 행복한가 해서."

"······."

테네르는 조금 당황한 듯 눈을 동그랗게 떴다. 그의 질문이 너무도 새삼스럽기 때문이었다. 그녀의 눈이 부드럽게 접혔다.

"폐하께서 절 사랑하신다는데, 행복하지 않을 리가요."

레온하르트는 좋은 연인이며 좋은 아버지였다. 그가 매일 사랑한다고 말해 줄 때마다, 추운 겨울날 어디에서 구했는지도 모를 붉은 장미 꽃다발을 한 아름 안겨 줄 때마다 테네르는 구름 위를 걷듯 몽실한 기분이었다. 손을 꼭 잡고 산책할 때는 더욱 그랬다.

"매일 꿈을 꾸는 것 같아요. 정말 꿈이면 어쩌나 싶을 만큼요."

눈을 뜨고 나면 이 모든 것들이 사라지는 건 아닐까. 자신을 사랑한다고 말한 레온하르트는 어디에도 없고, 자신은 그저 도망친 폐후로, 반역자의 딸로 남아 있는 것은 아닐까.

그러나 아침에 눈을 뜨면 옆자리에는 어김없이 레온하르트가 있었다. 잘 잤느냐고, 더 자도 된다고, 사랑한다고 입 맞춰 주는 사람이 있었다.

그러니 꿈이라면 깨지 않았으면 했다. 이 행복이 그저 영원하기를.

* * *

북부의 겨울은 추웠다. 난방시설이 잘되어 있는 공작 성에서조차 종종 한기를 느낄 만한 추위였다. 이제 한파도 절정을 지나 날이 조금씩 풀리고 있다고는 하지만, 볕이 들지 않는 지하 감옥은 여전히 얼음 창고처럼 추웠다.

"누구의 사주인가."

지하 감옥에 구금된 이들은 좀처럼 입을 열지 않았다. 레온하르트는 피투성이가 된 세작들을 찬찬히 둘러보았다. 몇 번이고 반복된 물음이었지만 그저 고통에 찬 신음만 들려올 뿐이었다.

"졸고 있는 걸 보니, 아무래도 여긴 버러지들에겐 과분할 정도로 안락한 모양이군."

모진 고문에 지쳐 꾸벅꾸벅 조는 이를 보며 레온하르트는 코웃음 쳤다. 그가 고문관을 향해 턱짓했다.

"얼음물을 가져와라."

"폐하."

보좌관 델루스 사이언이 그를 말리려는 듯 머리를 조아렸다. 얼마 지나지 않아 하인들이 양동이에 얼음물을 가득 담아 왔다.

"계속 고문을 이어 간다면 죽을지도 모릅니다."

"그저 잠을 깨우려는 것뿐이다."

레온하르트는 양동이에서 얼음물을 떠 남자들에게 대충 흩뿌렸다. 그러잖아도 추위에 몸이 얼어 있던 이들은 고통스럽게 몸을 비틀며 눈을 떴다.

"편히 잠들 기회를 왜 마다하는지 모르겠군."

그의 말이 잠을 자게 해 준다는 건지, 더 이상의 고통을 겪지 않도록 깔끔하게 죽여 주겠다는 말인지는 알 수 없었다. 황실의 관리였던 벤 허드슨이 피딱지가 앉은 입술을 천천히 움직였다.

"이, 이러실 수는 없습니다, 폐하."

"……."

"제대로 된 재판도 없이 이렇게 무자비하게……. 크헉!"

레온하르트는 그대로 벤의 배를 걷어찼다. 심약한 몇몇 이들이 고개를 돌리고 눈을 질끈 감았다.

"황자와 황후를 시해하려 드는 걸 내 눈으로 봤는데, 네 사지를 멀쩡히 두고 있는 것만으로도 충분한 선정이 아닌가."

"허, 허억……."

"네놈들이 살바토르 공작의 사주를 받아 온 걸 내가 지금껏 모를 거라 생각했나?"

레온하르트의 말에 남자들은 일제히 입을 다물었다. 그의 입꼬리가 비죽 올라갔다.

"스스로 입을 열면 기회를 주려 했는데, 그 기회마저 걷어차 버리다니."

"기, 기회라고 한다면……."

"글쎄."

레온하르트는 어깨를 으쓱하고는 자리에서 일어났다. 물론 그 기회라는 건 알고 있는 모든 정보를 뱉고 편히 죽을 기회를 말했다. 감히 제 황후와 황자를 죽이려 든 것을 살려 둘 수야 있나.

"마, 말하겠습니다. 아는 것 전부, 전부 말하겠습니다!"

그러나 그의 말을 살 기회로 받아들인 것인지, 몇몇 이들이 얼른 입을 열었다. 레온하르트는 기사단장에게 가볍게 턱짓하곤 몸을 일으켰다.

지하 감옥을 나오자 탁 트인 공기가 레온하르트를 반겼다. 보좌관이 그의 뒤를 따랐다.

"폐하. 그럼 살바토르 공작을 구금하라고 명령할까요?"

"아니."

능구렁이 같은 자이니, 세작들의 증언을 얻어 낸다 해도 발뺌할 게 뻔했다. 거기다 궁지에 몰리면 분명 쓸데없는 말을 할 테니 정식으로 구금할 수야 없었다.

"사이언 경."

레온하르트는 걸음을 멈추었다. 보좌관 델루스가 명령을 기다리며 머리를 조아렸다.

"……내 어머니는 마차 사고로 돌아가셨지."

"……."

"공작의 마차는 좀 괜찮은가?"

그 말에 보좌관은 멈칫했다. 그러나 그것도 잠깐, 금방 말뜻을 알아듣고 고개를 숙였다.

"……알아보겠습니다."

황후도 황자도 무사히 찾았으니, 이제 더는 거리낄 이유가 없었다. 알레이나 살바토르 또한 아비가 '우연한 사고'로 죽는다면 잡음 없이 공작위를 잇게 될 테니, 큰 불만은 없을 터.

그를 해치우고 나면 모든 것이 해결된다. 황후와 황자의 안전도, 핏줄의 문제도…….

"레온!"

어디선가 들려온 목소리에 레온하르트는 고개를 들었다. 그를 애칭으로 부르는 이는 세상에 단 한 명밖에 없었다. 얼핏 굳어 있던 얼굴에 미소가 번졌다.

"……테네르."

테네르가 아이를 꼭 안은 채 이리로 다가오고 있었다. 새삼스럽게도 꿈만 같은 일이었다.

"날이 추운데 방에 계시지 않고요."

"그냥…… 보고 싶어서요."

테네르는 예나 지금이나 수줍음이 많았지만, 애정을 표현하는 데에는 의외로 적극적인 구석이 있었다. 보기에 나쁘지 않다고 생각하는 건 그저 순순한 모습이 기꺼워서일까.

레온하르트는 그녀에게 다가갈까 했지만 멈칫했다.

"레온?"

"아……."

고문이야 고문관에게 맡겼지만, 아침부터 지하 감옥에 있었으니 불쾌한 냄새가 뱄을 게 뻔했다. 거기다 피투성이가 된 이를 걷어차기까지 했으니, 옷자락에 묻은 피가 신경 쓰이지 않을 리 없었다.

테네르는 레온하르트의 시선이 향하는 곳을 흘깃 보았다. 핏자국이 묻은 바지 자락을 본 그녀가 스스럼없이 그에게 다가왔다.

"······죄인들을 직접 심문하셨다고요."

레온하르트는 조금 멈칫했지만, 자신이 지하 감옥에 갔었다는 사실을 테네르가 전해 듣지 못할 이유도 없었다.

'조심스러울 이유도 없는데······.'

북부에서 사냥도 하며 지냈다는 사람이 고작 죄인 심문에 거부감을 가질 리 없었다. 그것도 습격을 당했던 당사자가 아닌가.

"곧 자백을 받게 될 듯합니다."

"다행이에요."

테네르는 웃으며 아이에게 입을 맞추었다. 조슈아는 간지러운지 까르르 웃고는 어미의 품에 폭 안겼다.

"레온, 오늘 시찰은 같이 가도 괜찮을까요?"

"물론입니다."

조심스러운 물음에 레온하르트는 당연한 듯 고개를 끄덕였다. 그는 얼른 테네르에게서 아이를 받아 들고 그녀의 손을 잡았다.

* * *

황궁의 유능한 관리인 제임스 폴은 놀란 얼굴을 감추지 못했다. 눈앞에 있는 폐후, 그리고 레온하르트를 꼭 빼닮은 아이 때문이었다.

황제가 북부에서 폐후와 황자를 만났다는 말이야 익히 들었지만, 그들을 이렇게 마주한 건 처음이었다. 그는 얼마 전 아카데미에서 얼핏 본 여자를 떠올렸다.

'그냥 닮았다고 생각했는데······.'

329

눈치가 없어도 이렇게 없을 수 있을까. 하지만 지금 그 이야기를 꺼내 봤자 폐후를 눈앞에 두고도 그냥 보낸 눈치 없는 사람이 될 뿐이었다.

"화, 황후 폐하와 황자 전하를 뵙습니다. 저는 아카데미 설립을 담당하고 있는 제임스 폴이라고 합니다."

"제임스요?"

테네르는 조금 당황한 얼굴로 그를 보았다. 황후가 돌연 제 이름을 부르자 제임스는 당황하여 눈치를 살폈다. 곁에 서 있던 레온하르트가 그들을 슬쩍 보았다. 테네르가 조금 어색하게 웃었다.

"아……. 오랜만이에요, 폴 경."

"저, 절 기억하십니까?"

"물론이에요. 이전에 서관 증축에도 참여했던 것 같은데."

"기억해 주시니 영광입니다."

제임스는 감동한 듯 말했지만, 사실 테네르가 그의 이름까지 기억한 건 아니었다. 황궁의 이런저런 행사에서 마주쳐 얼굴만 알 뿐 모르는 사람에 가까웠다. 그녀가 멈칫한 것은 그저 마을에서 타고 다니던 말과 똑같은 그의 이름 때문이었다.

'오라버니와 함께 오지 않길 잘했네.'

타고 다니던 말과 같은 이름이라고 한다면 저쪽도 창피해할 게 뻔했다. 거기다 에리히가 이 자리에 있다면 웃음을 참지 못할 테니.

테네르는 짧은 인사를 마친 후 레온하르트를 돌아보았다. 묘한 얼굴로 그들을 보던 레온하르트는 테네르와 눈이 마주치자 태연히 웃으며 그녀의 손을 잡았다. 크고 단단한 손은 북부의 한파에도 변함없이 따뜻했다.

* * *

"면책을요?"

테네르는 놀라 되물었다. 시찰에서 돌아온 두 사람은 실내복으로 갈아입은 후 함께 방에 있었다. 조슈아가 작은 병의 구멍에다 동전을 넣는 걸 지켜보던 레온하르트는 테네르를 돌아보았다.

"당연하지 않겠습니까. 반역을 지체 없이 고한 것도 모자라 지금껏 그대와 조시를 지켜 주었으니, 응당 보답해야지요."

반역자의 말로는 멸문이었지만, 에리히는 아비의 반역을 즉각 밀고했던 것이 참작되어 작위를 그대로 승계했다. 그나마 세습이 불가능한 단승 작위였는데, 레온하르트는 그마저도 면책하여 에반 후작가의 명맥을 이어 주겠다고 말하고 있었다.

"너무 빠르지 않을까요? 식도 올리지 않았는데, 절차가……."

"내가 황제인데, 그깟 절차가 무슨 소용일까요."

"……."

"불필요한 멍에는 하루빨리 지우는 것이 그대에게도, 조시에게도 좋을 겁니다."

"하지만……."

황후의 친정은 장차 황자에게 힘을 실어 줘야 했다. 그러니 아이를 낳은 후 면책이 되는 것도 당연한 일이었다.

그러나 테네르는 혹 레온하르트가 자신을 위해 너무 무리하는 것이 아닐지 마음에 걸렸다.

"……기뻐하실 줄 알았는데."

"마음 써 주시는 것만으로도 충분히 기뻐요. 하지만 책봉식도 하기 전에 면책부터 한다면 말이 나올 것 같아서……."

레온하르트는 영 마뜩잖은 기색이었지만 결국 고개를 끄덕였다.

"그럼, 면책은 식을 올리며 진행하겠습니다."

"고마워요, 레온."

두 사람이 타협점을 찾고 얼마 지나지 않아 누군가 문을 두드렸다. 하인이

작은 소쿠리가 올라간 트레이를 끌고 방으로 들어왔다.

"말씀하셨던 것을 가져왔습니다, 폐하."

"수고했네."

테네르는 의아한 얼굴로 레온하르트를 보았다.

"이게…… 뭔가요?"

"열어 보세요."

레온하르트는 무언가 기대하는 것 같기도 했고, 조금은 쑥스러워하는 것 같기도 했다. 테네르는 조심스레 뚜껑을 열었다.

바구니에 들어 있는 것은 싱싱한 딸기였다. 겨울에 보리라고는 생각지도 못했던 거라, 테네르는 눈을 동그랗게 떴다.

"이건……."

"에반 경에게 물어보니, 회임했을 때 드시고 싶어 하셨다고요."

"……"

"공작 성의 온실에서 재배하고 있다기에 조부님께 따로 부탁했습니다. 맛도 나쁘지 않은 것 같아서. 내일은 디저트를 만들어 준비하라고 했습니다."

레온하르트는 알이 굵은 딸기 하나를 집어 손수 그녀의 입에 넣어 주었다. 한입에 먹기에는 컸기에 앞니로 베어 물자 새콤달콤한 과즙이 입 안에 들어왔다.

"곁에 있었다면 내가 직접 챙겼을 텐데, 이제야 남편 흉내를 냅니다."

"……이렇게까지 신경 쓰지 않으셔도 되는데요."

테네르는 입술을 작게 오물거리며 민망한 듯 말했다.

"그간 조시가 자라는 모습도 보여 드리지 못했는데……."

"그건 내 잘못이고요."

"매번 받기만 하는 것 같아요."

레온하르트가 매일같이 사랑을 표현할 때마다, 조슈아에게 좋은 아비의 모습을 보여 줄 때마다 테네르는 기쁘면서도 죄스러운 심정이었다. 그간 꽤

한 오해로 아비와 아이를 떼어 놓았다는 생각이 들어서였다.

성급하게 도망치지 않았더라면 더 많은 모습을 보여 줄 수 있었을 텐데. 아이가 눈을 뜨고, 젖을 먹고, 뒤집기하고, 배밀이하고, 기어 다니고, 첫걸음마를 떼던 순간에 함께할 수 있었을 텐데.

"난 그대가 기뻐하는 모습을 보는 거로 충분합니다."

레온하르트는 딸기 하나를 집어 조슈아에게 가져다주었다. 굵직한 딸기는 아이에게는 두 손으로 잡아야 할 만큼 컸다.

테네르는 조심스레 몸을 일으켰다. 레온하르트는 아이의 턱밑에 손수건을 받쳐 주고 있었다. 아이를 돌보는 손길이 아직은 조금 어설펐지만, 매일 조금씩 익숙해지고 있는 모양이었다.

"······레온."

작은 부름에 레온하르트는 고개를 돌렸다. 테네르는 쭈뼛쭈뼛 그에게 다가갔다. 뒤꿈치가 가볍게 들렸다가 다시 바닥에 닿았다.

입맞춤은 순식간이었다. 갑작스레 다가온 온기에 레온하르트는 당황한 듯 눈을 끔뻑거렸다. 테네르는 놀란 얼굴을 보다가 민망한 듯 고개를 돌렸다.

"드릴 게 이런 것밖에 없어서요."

붉게 달아오른 귓불이 레온하르트의 눈에 들어왔다. 입맞춤 정도야 수도 없이 해 왔으면서, 뺨에 닿은 온기가 새삼스러웠다. 그는 아이의 턱에 과즙이 흐르는 것도 모른 채 멍청하게 서 있었다.

"······충분합니다."

지극히 평화로운 순간이었다. 자신을 떠나지 않겠다고 하는 테네르와 아이가 있는 방 안, 깨어지리란 생각조차 들지 않는 일상에서 모든 현실적인 문제들은 그저 낙관적으로 느껴질 뿐이었다. 레온하르트는 뒤늦게 아이의 얼굴을 닦아 주었다.

노크 소리가 들려온 것은 바로 그때였다. 어색하고도 말랑말랑한 정적이 깨어지고, 하인이 방 안에 발을 들였다.

"폐하, 트라벨 공작이 뵙기를 청합니다."

하인은 자신이 불청객이라는 것을 알고 있는 듯 지극히 조심스러운 태도였다.

"급한 일인가?"

레온하르트는 이 좋은 분위기를 깨고 싶지 않았다. 아니, 이런 분위기에 테네르를 혼자 두고 가는 것이 내키지 않았다. 황제의 심기가 불편하다는 것을 알아챈 하인은 차마 대답하지 못하고 고개를 숙였다. 테네르가 얼른 레온하르트는 붙잡았다.

"어서 다녀오세요. 제도에 자주 오지도 않는 분이니, 영지에 와 있을 때 자주 뵈어야죠."

"하지만 테네르, 그대는……."

"저랑은 이제 매일 볼 수 있는 걸요."

부드러운 웃음에는 지울 수 없는 애정이 담겨 있었다. 레온하르트는 탐탁잖은 기색으로 고개를 끄덕였다. 테네르는 조슈아를 안아 들었다.

"아빠는 할아버지 보고 오실 거야. 인사해야지."

"아빠, 바바."

아이는 먹던 딸기를 꼭 쥔 채 손을 흔들었다. 레온하르트는 웃으며 아이의 머리를 쓰다듬었다.

* * *

'둘째를 만들까.'

레온하르트는 계단을 성큼성큼 내려가며 생각했다. 볼에 닿았던 입술의 감촉이 아직 선명했다.

그간 꽤 많은 밤을 함께 보냈지만, 부끄럼이 많은 성정 탓에 테네르 쪽에서 먼저 입 맞춰 온 적은 그리 많지 않았다. 아니, 그날 밤을 제외하면 처음인가.

'황궁에 돌아가서 유모를 구하고, 그다음에…….'

첫째가 아들이니 둘째는 딸이어도 좋겠다. 테네르를 꼭 닮은 아이가 태어나도 퍽 사랑스럽겠지. 레온하르트는 발을 옮기며 아직 생기지도 않은 아이를 상상했다. 부른 배를 안고 뒤뚱거리는 테네르를 상상하기도 했다.

그러나 헛된 상상은 길게 이어지지 않았다. 아이가 나무에서 열리는 것도 아니고, 정수리가 제 턱쯤 닿는 작은 사람에게 어떻게 다시 산고를 겪게 한단 말인가. 후계는 이미 조슈아가 있으니 더 낳으려 하는 건 그저 욕심일 뿐이었다.

레온하르트는 한참을 걸어 정원에 도착했다. 달빛조차 없는 저녁이었지만 저택의 유리창에서 번지는 불빛이 사무엘이 있는 자리를 밝혀 주고 있었다.

"사무엘 트라벨, 제국의 주인이신 황제 폐하를 뵙습니다."

"찾으셨다고 들었습니다, 조부님."

공작 성에서 사무엘은 꽤 자주 알현을 청했다. 제도에 잘 오지 않다 보니 레온하르트가 영지에 와 있을 때 가급적 많은 시간을 보내고 싶은 모양이었다. 그렇다고 쓸데없는 잡담을 좋아하는 사람은 아니라, 황제를 아무런 용건 없이 부르는 경우는 없었다.

"세작들이 자백했습니다. 살바토르 공작의 사주를 받았다고요. 그러나 진술뿐이라, 빠져나갈 구멍은 많을 겁니다."

"살바토르 공작은 곧 불의의 사고로 명을 달리할 겁니다."

레온하르트는 아무래도 상관없다는 듯 입을 열었다. 테네르가 황궁에 있을 때부터 회임을 방해해 온 자였다. 내버려 두었다간 분명 그녀와 아이를 다시금 해치려고 들 테다. 그가 자신의 친아비이건 말건, 황실의 후계를 해하려는 이를 좌시할 수는 없었다.

사무엘이 조심스레 물었다.

"황후께는…… 아무것도 말씀하지 않으실 겁니까?"

"금방 해결될 일을 굳이 말할 필요 있겠습니까."

구태여 할 필요 없는 이야기였다. 당신이 각별히 따르던 베아트리스가 선황이 아닌 다른 이의 씨를 품었을지 모른다고, 내가 사실은 황실의 핏줄이 아닐지도 모른다고, 알아 봤자 실망만 하게 될 말을 늘어놓고 싶지 않았다.

"알겠습니다, 폐하."

사무엘 트라벨은 고개를 끄덕였다. 그는 퍽 자연스럽게 화제를 돌렸다. 한파로 얼어붙은 호수나 영지 밖의 이민족들, 아빌라에 새로 짓는 아카데미나 그와 관련된 문제들에 관한 이야기였다. 밤하늘이 캄캄해서인지 두 사람의 대화는 시간 가는 줄도 모르고 이어졌다.

'기다리고 있을 텐데.'

레온하르트는 시시때때로 시계를 꺼내 보았다. 금방 돌아가리라 생각해서 먼저 자라고 말하지 못했는데, 아직 깨어 있을까. 지금이라도 사용인을 보내는 게 좋을까.

"폐하."

그가 대화에 집중하지 못하는 게 느껴졌는지, 사무엘이 말을 멈추었다. 레온하르트는 그제야 고개를 들었다. 그가 변명하려던 순간이었다.

"황후 폐하를 시찰에 데려가셨다고 들었습니다."

사무엘은 그가 다른 생각을 하던 것을 지적하지 않았다. 그러나 황후에 관한 이야기를 꺼낸 것만으로도 그의 의사는 충분히 전달되었다.

"북부에 올 일이 드무니 나들이를 겸한 것뿐입니다. 황제가 황후와 함께 시찰을 가는 것이 이상한 일은 아닐 텐데요."

"아직 식도 올리지 않으셨습니다."

사무엘은 공손하게 말했다. 레온하르트는 대답이 없었다.

"황후께 매일 꽃을 가져다주신다고 들었습니다. 에반 경 또한 면책하신다고요."

"황손을 위해서라도 필요한 일입니다."

황후의 가문은 황실에 위협이 되지 않되 보탬이 될 정도는 되어야 했다.

황후의 오라비라는 사람이 승계도 못 할 단승 작위만 가지고 있는 것이 가당키나 한가.

그러니 레온하르트는 지극히 이성적이고 합리적인 결정을 내렸을 뿐이었다. 사적인 감정에 휘둘려서가 아니라, 단지 황손과 황실을 위해서였다.

"송구합니다만 폐하, 정말로 그게 전부입니까?"

사무엘의 시선은 잘 벼려진 검처럼 날카로웠다. 그가 단지 에리히의 면책만으로 이런 말을 꺼낸 것은 아니었다.

사무엘이 바라보는 레온하르트는 그야말로 사랑에 빠진 청년 그 자체였다. 그의 시선은 언제나 테네르를 향하고 있었고, 그녀가 작게 미소라도 지으면 그 또한 함께 입꼬리를 올렸다. 시선과 말투, 손길과 행동. 그를 볼 때마다 타국 출신 황후에게 절절매던 선대의 모습이 떠올랐다.

"내 황후이며, 내 아이를 낳아 준 사람입니다. 박하게 대할 이유가 없습니다."

"홀대하시란 의미가 아닙니다, 폐하."

사무엘이 달래듯 말했다.

"아직까지는 폐후가 아닙니까. 아랫사람들에게 보이기 위한 것이라면 같은 방을 쓰시는 것만으로도 충분합니다."

"……."

"지금은 과하십니다. 마음이야 어찌 되었건, 다른 이들 앞에서는 자중하셔야 합니다."

아직 황궁에 돌아가지도 않았는데 계속 이런 모습을 보인다면 세간에서는 분명 선대의 망령을 떠들어 댈 터였다. 사무엘은 선황이 간신히 지켜 온 것들이 무너지는 것을 바라지 않았다. 그러나 당연하게도 레온하르트는 그의 간언이 달갑지 않은 모양이었다.

"선황께도 이렇게 간하셨다면, 조부님께 서운하지는 않았을 텐데요."

"……."

짐짓 의연한 낯빛이었지만, 사무엘은 레온하르트가 자신을 원망하고 있음을 알고 있었다. 그는 베아트리스가 선황에게 홀대받을 때 트라벨 공작가에서 아무것도 하지 않은 것을 똑똑히 기억했으니.

"그래도 선황께서는 제 딸아이가 황궁에서 부족함 없이 지내도록 해 주셨습니다."

"시녀들에게도 무시당하게 내버려 둔 것이 말입니까?"

"그자들은 모두 베아트리스에게 벌을 받고 쫓겨났습니다. 폐하께서도 용인하신 일입니다."

"……."

"제 딸은 모두 감수하겠다고 했습니다. 그러니 저 또한 그 아이의 말에 따랐고요."

사무엘 또한 황후로 살던 딸의 모습을 기억했다. 황실에서 구혼서가 왔을 때 뛸 듯이 기뻐하던 베아트리스는 막상 황궁에 들어가게 되자 시든 꽃처럼 생기를 잃었다. 좋아하던 수 놓기조차 하지 못하고 홀로 황제의 냉대를 감수했다.

그래도 종종 괜찮으냐고 물으면 괜찮다며 웃던 딸이었다. 그렇기에 사무엘 트라벨은 황제의 홀대를 받는 황후가 어떤 취급을 받는지 알면서도 그 대답에 숨었다. 선황은 냉정한 사람이었고, 행여 그의 눈 밖에 나게 되면 가문에 영향이 갈까 두려웠으니.

'괜찮지 않다고 말했어도 달라질 건 없었을 거예요.'

'어차피 아버진 제 행복보다 더 중요한 게 있으시잖아요.'

홀로 참던 그녀가 무슨 짓을 저질렀는지 알게 되고, 왜 이야기하지 않았냐고 닦달했을 때 처연히 들려오던 목소리가 있었다. 사무엘은 그 말에 반박하지 못했다.

뒤늦은 후회는 부질없었다. 딸은 이미 세상을 떠났고, 그는 그저 실패한 아버지로서 그녀의 하나뿐인 아들을 섬기고 있을 뿐이었다. 그런 주제에 이런 식의 간언을 하는 것도 참으로 우습기는 했지만.

"선황께서는 황권을 굳건히 하시기 위해 어쩔 수 없는 선택을 하신 겁니다."

"황후를 박대한다고 굳건해지는 하찮은 황권이라면 차라리 무너지는 편이 낫겠지요."

"폐하."

사무엘이 놀라 언성을 높였지만, 레온하르트는 아랑곳하지 않았다. 그는 늘 다정하던 어미가 남몰래 눈물을 닦아 내던 것을 똑똑히 기억했다. 어미는 괜찮다, 그러니 폐하를 미워하지 말렴. 습관처럼 다정한 목소리였지만, 눈가가 붉게 물든 것을 감출 수는 없었다.

돌이켜 보면 그랬다. 공작가의 딸이자 황후인 그녀가 괜찮다는 말 외에 어떤 말을 할 수 있었을까. 레온하르트는 그 말을 곧이곧대로 믿은 외조부가 원망스러웠다.

"……선황께서는 선대의 과오를 반면 삼으신 것뿐입니다."

사무엘이 입을 열었다. 그는 꼭 향락에 빠진 황제에게 충언하는 충신처럼 보였다. 그것이 못마땅한 건 비단 그 내용 때문만은 아니었다. 하필이면 방관자였던 외조부가 하는 말이기 때문이었다. 가문을 위해서 제 딸의 고통을 방관하던 그가 아직도 선황을 감싸는 것이 불쾌해서.

"난 아버지의 과오를 반면 삼는 것뿐입니다."

"폐하."

"황후에게 휘둘리지 않기 위해 일부러 박하게 대할 필요도 없고, 황손을 낳아 준 사람에게 원하는 것을 내어 주지 않을 이유도 없습니다."

레온하르트의 말은 단호했다. 사무엘이 미간을 좁혔다.

"원하는 것이라니요?"

"최선의 방법이 아닙니까. 어차피 사랑이라는 건 눈에 보이지도 잡히지도 않으니, 그렇게 느끼도록 만들어 주면 될 일입니다."

어쩐지 의미가 조금은 이상하게 들리는 말이었다. 마치 사랑하지 않는데

339

도 그런 척한다는 것처럼.

"그분을…… 속이고 계신 겁니까?"

사무엘은 조금 당황한 채 물었다. 레온하르트는 그런 그를 보며 입꼬리를 올렸다. 재물을 원한다면 재물을, 명예를 원한다면 명예를, 그리고 사랑을 원한다면 사랑을 내어 주면 그만이었다. 그걸로 그 사람을 묶어 둘 수 있다면.

어디선가 바람이 부는지 부스럭 소리가 났다. 레온하르트는 입을 열었다.

"나는 내 피를 이은 황손을 얻었고, 그분 또한 원하는 것을 얻고 계시니, 결과적으론 누구 하나 손해 볼 것 없지요."

"하지만……."

"아버지가 어머니를 그렇게 대하신 결과가 바로 접니다, 조부님."

그 말에 사무엘도 입을 다물었다. 제위에 있는 이가 황실의 핏줄이 아닐 수도 있다는 것이 얼마나 큰 결함인지 두 사람 모두 알고 있었다. 그 사실이 밝혀진다면 황실의 체면은 땅에 떨어질 것이고, 선황이 공고히 해 둔 황권 또한 흔들릴 테다.

그러니 레온하르트는 자신의 선택이 틀리다고 생각하지 않았다. 사랑한다 말하면 부끄러운 듯 얼굴을 붉히는 모습을 볼 때마다, 그 얼굴에 해사한 웃음이 번지는 걸 볼 때마다 그랬다.

그녀도 이토록 행복해하지 않는가. 진심이 아니라 하더라도 죽을 때까지 단꿈을 꾸게 된다면 그녀에게는 진실이 되지 않겠는가. 매일 사랑을 속삭이고, 입을 맞추고, 좋아하는 것들을 마음껏 하게 해 주며.

"조부님이 걱정하는 게 무엇인지 충분히 알고 있습니다. 하지만 그저 흉내를 내는 것뿐이니 너무 심려치 마세요."

"하지만, 폐하."

"어차피 이전에도 그리 박하게 대하지는 않았습니다. 그러니 연인 흉내 내는 것쯤 그리 어렵지 않습니다."

레온하르트는 퍽 단호하게 말을 마쳤다. 태연한 얼굴을 보며 사무엘은 결국 할 말을 찾지 못하고 입을 다물었다.

* * *

모든 일이 잘 풀리는데도 어쩐지 불안한 날이 있었다. 테네르는 어둑한 창밖을 멍하니 보았다.

"폐하께서 늦으시네."

"아빠아?"

조슈아는 자신의 아빠를 남들이 '폐하'라 칭하는 것을 아는 모양이었다. 이 정도 나이엔 이해하는 것이 보통일까, 혹은 자신의 아이가 유별나게 똑똑한 것일까. 잘은 모르지만, 후자이길 은근히 바라는 것은 어미의 욕심이었다.

"응, 조시. 아빠가 많이 바쁘신가 봐."

테네르는 아이의 잠옷을 정리해 주며 말했다. 조슈아는 테네르의 대답을 알아듣기라도 한 듯 문 쪽을 흘깃 보고는 병에 든 동전을 다시 쏟아 냈다. 자그마한 손이 동전을 꼭 쥐고 병의 주둥이를 찾았다.

"이제 자야지, 조시."

"으으응."

테네르는 아이를 눕히려고 했지만, 조슈아는 전에 없이 고집을 부렸다. 테네르는 아이를 안아 들었다.

"왜, 자기 싫으니?"

"아빠, 아빠아."

"아빠가 없어서 잠이 안 와?"

"응."

아이는 순순히 대답했다. 요즘은 모든 질문에 '응'으로 대답해 알아들은 건지는 알 수 없었지만, 레온하르트와 같은 방에서 자는 것이 습관이 되긴 한 모양이었다.

"아빠는 좀 늦으실 텐데, 기다리려고?"

"으응."

조슈아는 테네르의 품에 꼭 안긴 채 고개를 끄덕였다. 잠시 고민하던 테네르는 복도의 하인을 불러 에리히가 자고 있는지 물었다.

에리히는 아직 잠들지 않은 모양이었다. 테네르는 아이를 안고 오라비의 방으로 향했다. 그는 조금 놀란 듯했지만, 순순히 조슈아를 받아 들었다.

"죄송해요, 오라버니. 금방 올게요."

"내 조카 내가 본다는데 뭐가 죄송해. 우리 그렇게 어색한 사이 아니다."

그치, 조시? 에리히가 묻자, 조슈아는 또 고개를 끄덕거렸다. 테네르는 웃으며 아이의 볼을 쓰다듬었다.

"그래, 조시. 그럼 삼촌이랑 놀고 있어. 아빠랑 금방 올게."

테네르는 아이에게 손을 흔들고는 몸을 돌렸다. 벌써 잘 시간이 되었는지 복도의 불이 하나씩 꺼지고 있었다. 날도 추운데 너무 무리하는 건 아닐까. 하루라도 빨리 자신과 조슈아를 황궁에 데려가고 싶다며 쉼 없이 일하던 사람이라, 조금이라도 더 쉬게 하고 싶었다.

긴 계단을 내려간 테네르는 이내 하인들이 일러 준 정원으로 발을 옮겼다. 북부의 겨울밤은 여전히 살을 에는 듯 추웠지만, 마을과 비교하면 한결 나은 것 같기도 했다.

춥다고 엄살을 부려 보는 건 어떨까. 테네르는 그가 자신의 손을 꼭 잡아 주거나 따뜻한 품에 안아 주는 상상을 했다. 어쩌면 외투를 벗어 어깨에 걸쳐 줄지도 몰랐다.

'……주책은.'

사랑이 이루어지니 당치도 않은 어리광이 생긴 모양이었다. 테네르는 고개를 저으며 들뜬 발걸음을 차분하게 했다.

정원의 나무들 사이로 두 사람의 모습이 눈에 들어왔다. 레온하르트와 사무엘은 심각한 얼굴로 무언가 이야기를 나누고 있었다. 행여 중요한 이야기를 하는 데에 방해가 될까 조심스레 발을 옮겼다. 그녀가 막 인기척을 내려던 순간이었다.

"황후께 매일 꽃을 가져다주신다고 들었습니다."

사무엘의 목소리가 그녀를 잡아끌었다. 테네르는 얼른 입을 다물고 그 자리에 멈춰 섰다.

"에반 경 또한 면책하신다고요."

"내 황후이며, 내 아이를 낳아 준 사람입니다. 박하게 대할 이유가 없습니다."

"홀대하시란 의미가 아닙니다, 폐하."

테네르는 저도 모르게 숨을 삼켰다.

사무엘 트라벨은 큰 몸집과 과묵한 성격 때문에 위압감이 느껴졌지만, 종종 웃을 때면 접히는 눈매가 베아트리스와 레온하르트를 꼭 닮아 호감을 가지고 있던 사람이기도 했다. 그런 사람이 자신에 대한 이야기를 하고 있으니 어쩐지 긴장이 되는 것은 어쩔 수 없었다. 타이밍을 잘못 맞춘 것 같았지만 지금에 와서 어찌할 수도 없었다.

"지금은 과하십니다. 마음이야 어찌 되었건, 다른 이들 앞에서는 자중하셔야 합니다."

서운한 것과는 별개로 틀린 말은 아니었다. 아직 복위한 것도 아닌데 매일 함께 시간을 보내고, 꽃을 선물하고, 입덧 때 먹고팠던 것을 알아내어 가져다주고, 사용인들 앞에서도 거리낌 없이 입을 맞추고.

황제와 황후의 금실이 좋은 건 나쁜 일이 아니었지만, 선대의 일이 있었던 만큼 쓸데없는 우려를 불러올 여지가 있었다.

'남들 앞에선 자제하시라고 해야지.'

그가 자신에게 사랑을 속삭이는 게 꿈만 같아 말릴 생각조차 하지 못했었다. 그를 생각했다면 진작 했어야 하는 말인데, 이제야 깨달은 것이 민망하고 부끄러웠다.

테네르는 나무에 몸을 숨긴 채 그들의 이야기가 끝나기만을 기다렸다. 허탈한 웃음소리가 들려왔다.

"선황께도 이렇게 간하셨다면, 조부님께 서운하지는 않았을 텐데요."

이어진 말들은 죽은 태후에 관한 이야기였다. 절반은 이미 알고 있는 내용이었다. 하지만 원망 섞인 말들을 듣고 있자니 꼭 들어서는 안 될 말을 듣고 있는 것만 같았다.

두 사람은 언성을 높이기도 했고 침묵하기도 했다. 그냥 돌아갈까. 조금만 더 기다릴까. 테네르는 왔던 길을 보았다. 혹 들키게 되면 민망한 꼴이 되겠지만, 이곳에서 계속 엿듣는 것보다야 나을 것 같기도 했다.

"최선의 방법이 아닙니까. 어차피 사랑이라는 건 눈에 보이지도 잡히지도 않으니, 그렇게 느끼도록 만들어 주면 될 일입니다."

막 돌아가려던 그녀의 발을 붙잡은 것은 바로 그 말이었다. 머리로 이해하는 것보다 몸의 반응이 더 빨랐다. 침묵 속에서 심장이 홀로 철렁 내려앉았다.

"그분을…… 속이고 계신 겁니까?"

사무엘의 목소리가 아주 먼 곳에서 들려오는 것만 같았다. 테네르는 조마조마한 심정으로 레온하르트의 말을 기다렸다.

자신이 무언가 잘못 들은 것이기를. 날이 추우니 귀도 얼고 머리도 얼어붙어 그가 뱉은 것과 전혀 다른 말을 들은 것이기를.

"나는 내 피를 이은 황손을 얻었고, 그분 또한 원하는 것을 얻고 계시니, 결과적으론 누구 하나 손해 볼 것 없지요."

냉정한 목소리가 그녀를 현실로 잡아끌었다. 들려오는 말들을 믿을 수가 없었다.

사랑한다고 말했으면서. 그게 전부 거짓말이었다고.

'내가 이제 와서 그대를 사랑한다고 말하는 건 너무 늦은 걸까요.'

애정이 담긴, 아니 담겼다고 여겼던 그 목소리가 전부 거짓임을 믿고 싶지 않았다. 그의 시선과 손길, 말투와 행동 하나하나가 자신을 속이기 위함이었다는 것을.

"어차피 이전에도 그리 박하게 대하지는 않았습니다. 그러니 연인 흉내 내는 것쯤 그리 어렵지 않습니다."

거기까지 들은 테네르는 몸을 돌렸다. 속이 울렁거리고 다리가 휘청거렸다.

어떻게 정원을 빠져나왔는지는 기억조차 나지 않았다. 그저 도망치고 싶을 뿐이었다. 터벅터벅 걷다가, 뛰다가, 힘이 빠져 주저앉았다가, 다시 일어나 걷다가.

정신을 차리고 보니 테네르는 오라비의 방 앞에 와 있었다. 문을 두드리자, 얼마 지나지 않아 에리히가 문을 열어 주었다.

"쉿, 잠들었어. 안 잔다고 고집부리더니……."

세상모르고 잠든 아이를 보며 킬킬거리던 에리히는 들려오는 대답이 없자 고개를 들었다. 테네르는 아무 말도 없었다.

"테네르."

"……."

"고개 들어 봐."

테네르는 도리질했다. 그리곤 잠든 아이를 받아 들려는 듯 손을 뻗었다. 그러나 에리히는 순순히 아이를 내어 주지 않았다.

"고개 들어, 테네르."

"……안 울어요."

"알아. 아는데, 엄마 얼굴도 확인 안 하고 어떻게 애를 주겠냐."

"……."

"얼굴만 보여 줘. 내 동생 맞는지만 보게."

그 말에 테네르는 간신히 고개를 들었다. 그러나 오라비의 얼굴을 오래 보지는 못했다. 에리히의 입매가 딱딱하게 굳었다.

"나한텐 말하기 싫어?"

"그런 거 아니에요."

"그럼 뭔데."

채근하는 말에 테네르는 고개를 푹 떨어뜨렸다.

"그냥…… 큰일은 아니에요."

작게 내뱉는 목소리인데도 괜스레 목이 메었다. 에리히가 잠든 아이를 건넸다.

"위험한 건 아니지?"

에리히의 목소리는 한결 누그러져 있었다. 테네르는 아이를 받아 들고는 얼른 고개를 끄덕였다. 오라비의 손이 머리 위에 툭 얹혔다.

"그래. 그럼 당장 말할 필요는 없겠네."

"……."

"말하고 싶어지면 말해. 어디 안 갈 테니까."

퍽 다정한 목소리였다. 테네르는 아이를 꼭 안은 채 고개를 끄덕일 뿐이었다.

* * *

조슈아는 곤히 잠들어 있었다. 테네르는 잠든 아이를 조심스레 아기 침대에 누였다. 혼란스러운 와중에도 잠든 아이는 너무도 사랑스러웠다.

차분히 돌이켜 보면 이상한 일이 한두 가지가 아니었다. 아이의 아비가 누구인지 모른다고 발뺌했을 때도 조금 어처구니없는 기색일 뿐이었고, 누구의 씨인지도 모를 아이를 낳았다고 말했을 때도 당연한 듯 황후로 대했다.

아이가 황손이라고 뒤늦게 고백했을 때도 그는 크게 놀란 기색이 아니었다. 단지 자신의 아이를 낳아 주어 고맙다고 말했고, 그 후 사랑한다고 말해 주었을 뿐이었다.

'……바보 같긴.'

그가 뒤늦게나마 자신을 사랑한다고 말하는 것이 기쁘고 설레어, 모든 미심쩍은 것들을 사랑으로 덮었다. 그를 의심하고 싶지 않았고, 기껏 찾은 행복을 잃고 싶지 않았으니.

그러니 그 꼴이 얼마나 우스웠을까. 마음에도 없는 말 몇 마디 던져 주었다고 좋아서 헤실대던 모습이. 그에게 자신의 마음이란 그저 이용하기 편리한 도구일 뿐이었을 텐데.

꿈을 꾸듯 둥실 떠올랐던 마음이 바닥으로 곤두박질쳤다. 말도 없이 도망쳤던 것에 대한 죄책감과 뒤늦은 고백에 대한 설렘은 짙은 수치심으로 남았다. 사랑한다는 그 속삭임도, 다정한 손길도, 모두 자신을 속이기 위한 것임을 알게 되어서.

"아가, 조시."

테네르의 손이 조슈아의 배를 부드럽게 쓸었다. 오늘 일을 없었던 일로 한다면 레온하르트는 꽤 오랫동안 자신을 사랑하는 척해 줄 것임을 알고 있었다. 그는 늘 다정한 사람이었으니, 평생 황자의 친모이자 황후로서 부족함 없이 대해 줄 게 자명했다.

그럼 그의 말대로 누구 하나 손해 볼 것 없을 것이다. 레온하르트는 후계를 얻고, 조슈아는 황자의 자리를 되찾고, 오라비는 가문의 명맥을 이어 갈 수 있고, 그리고 자신은…….

'……다시 황후가 되겠지.'

아이를 빼앗기지 않고 계속 그의 곁에 있을 수 있을 테지. 비참함이야 한순간일 뿐, 시간이 지나면 무뎌지고 무뎌져 아무렇지도 않게 될 것이다. 그는 자신을 사랑하는 척하고, 자신은 그에게 속아 넘어간 척하면서.

조금은 억울한가? 아니, 서로를 속이는 거니 꽤 공평한 관계가 아닌가.

테네르는 헛웃음을 뱉었다. 사실 다른 선택지가 있는 것도 아니면서, 제 선택인 척하는 꼴이 조금은 우습기도 했다. 결국은 모두 그의 의도대로 되는 것이 아닌가. 단 한 번도 자신을 사랑한 적 없는, 앞으로도 그럴 일 없는 사람의.

인기척이 들린 것은 그때였다. 문이 열리는 소리가 들렸지만 테네르는 뒤를 돌아보지 않았다. 등 뒤에서 발소리가 들려왔다.

"테네르."

들려오는 목소리는 애정이 담긴 듯 달았다. 그저 흉내를 내는 것뿐이란 냉랭한 말이 믿어지지 않을 정도로.

"먼저 주무시지 않고요."

"……이제 자려고요."

테네르는 다시금 입꼬리를 억지로 끌어 올렸다. 끝까지 그를 돌아보지 않는 것은 자신이 괜찮지 않음을 티 내려는 유치한 속내일까.

차분한 발소리가 점점 가까워졌다. 커다란 그림자가 자신을 덮었다. 익숙한 온기가 어깨를 조심스레 감쌌다.

"몸이 차갑습니다, 테네르."

"……."

"제도에 돌아가기 전에 외투를 몇 벌 더 살까요? 북부의 겨울은 추워서 질 좋고 따뜻한 옷감이 많습니다."

테네르는 여전히 레온하르트를 돌아보지 않았다. 그녀가 대답이 없자, 레온하르트는 그녀를 껴안은 그대로 목덜미에 얼굴을 묻었다. 드러난 피부에 숨결이 느껴지자 테네르는 저도 모르게 몸을 비틀어 그를 떼어 냈다.

"테네르……?"

"아……."

이런 식으로 거절한 건 처음인지라, 레온하르트는 조금 놀란 듯 그녀를 보았다. 테네르 또한 지레 놀라 그를 보았다가 얼른 시선을 피했다.

"……간지러워서요."

눈에 뻔히 보이는 핑계였다. 레온하르트의 입매가 조금 굳었다. 그의 시선이 아이를 향했다가 다시 테네르에게 와 닿았다.

"내가 늦어서 화가 나셨습니까?"

들려오는 목소리는 여느 때와 같이 다정했다. 테네르는 대답하지 않았다.

아무 말도 하고 싶지 않았다.

"테네르."

"……."

"나와 대화하기 싫으십니까?"

"……그럴 리가요."

테네르는 그제야 고개를 들었다. 그러나 그의 눈을 오래 마주 보지는 않았다.

"듣고 있으니 말씀하세요."

"테네르, 내 사랑."

레온하르트는 테네르의 손을 끌어당겨 몇 번 입을 맞추었다. 꼭 화난 연인을 달래는 듯한 모양새였다. 제국의 황제라기보다는 그저 사랑에 빠진 청년의 모습.

그러나 이 모습이 거짓임을 알기에 테네르는 오히려 비참해질 뿐이었다.

"내가 잘못한 게 있다면 부디 말씀해 주세요. 날 애타게 하지 마시고."

애가 타다니. 도대체 누가? 테네르는 헛웃음을 삼켰다. 한참 동안 침묵하던 그녀가 입을 열었다.

"……억지로 노력하실 필요 없습니다."

입꼬리가 습관처럼 올라갔다. 테네르는 레온하르트의 표정을 보고 싶지 않았다. 그의 말을 듣고 싶지도 않았다. 그저 아무 생각도 하지 않고 아이와 조용히 쉬고 싶을 뿐이었다.

"무슨…… 말씀이십니까?"

들려오는 목소리에는 당혹감이 섞여 있었다. 테네르가 작게 입을 열었다.

"일부러 엿들으려고 했던 건 아닙니다."

"……."

"근래 너무 무리하시는 것 같아서……. 시간이 늦었으니 급한 일이 아니면 내일 마저 말씀하시라 권하려고 했습니다."

그 말에 레온하르트는 잠시 숨을 멈추었다. 그녀의 말이 무엇을 의미하는

지 대번에 알아들었으리라. 그가 다급히 입을 열었다.

"내가, 내가 다 설명하겠습니다. 그대가 들은 말은……."

테네르는 당황한 낯을 보며 그가 내뱉을 변명을 생각했다. 기실 그가 무엇을 내뱉든 상관없는 일이었다. 어차피 답이 정해진 대화가 아닌가. 그는 변명하고, 자신은 납득한 척 받아들여야 하는 것 아닌가.

"……어디서부터 들은 건지는 모르겠지만, 그저 조부님을 안심시키려고한 말일 뿐입니다."

들려온 대답은 테네르의 예상에서 크게 벗어나지 않았다. 테네르는 얌전히 선 채로 이 대화가 끝나기만을 기다릴 뿐이었다.

"그대도 선대의 일을 들어 알지 않습니까. 조부님이 그 일을 꺼내며 걱정하기에 적당히 둘러댄 것뿐입니다."

당신을 속인 것이 아니다. 나는 정말로 당신을 사랑하고, 그저 외조부의 노파심을 달래 준 것뿐이다. 그의 말이 이어질수록 테네르는 피가 차갑게 식는 것만 같았다. 레온하르트는 온기 없는 눈을 보며 다급히 말을 이었다.

"난…… 그대를 찾아다니느라 지금껏 약혼조차 하지 않았습니다. 사랑이 아니라면 왜 황후의 자리를 이토록 오랫동안 비워 두었겠습니까."

테네르는 그가 차마 꺼내지 못하는 말이 무엇인지 알고 있었다. 이성적인 황제라면 석녀라고 불리던 여자를, 반역자의 딸을 2년 동안 찾아다니는 정신 나간 짓은 하지 않을 것이다. 그 비이성적인 짓거리를 정당화해 주는 것은 사랑이란 감정밖에 없었다.

"아이가 있다는 걸…… 정말 모르셨나요?"

꾹 다물렸던 입술이 천천히 움직였다. 테네르는 다시금 고개를 들고 레온하르트를 마주 보았다. 당황한 낯이 눈에 들어왔다.

"하녀에게서 정말로 아무것도 듣지 못하셨나요? 혹은…… 하녀의 배후에 대해서는 전혀 모르시나요?"

추궁을 받은 하녀가 죽은 후 그에 대해 알아보지 않았을 리가 없지 않은가.

2년간 자신을 찾아다녔다면, 분명 자신을 진료한 의사도 함께 조사하지 않았겠는가. 아무리 입이 무거운 의사라 할지라도 황명을 거부할 수는 없었을 텐데.

조금만 정신을 차리면 금방 알아챌 것들을 지금에 와서야 생각해 내다니. 이토록 아둔할 수가 있을까. 애써 숨기고 있던 것이 명료해질수록 제 꼴이 우스워질 뿐이었다.

"……하녀에게서는 아무것도 듣지 못했습니다. 배후에 관해서도…… 추측은 하고 있지만 확실치 않고요."

"정말로 아이 때문이 아니라, 절 사랑해서 오신 건가요?"

테네르는 꺼내고 싶지 않은 물음을 기어코 꺼내었다. 지금이라도 솔직하게 대답하길 바라는 마음의 한편에는 끝까지 거짓말해 주기를 바라는 마음이 있었다. 차라리 다시 속을 수밖에 없도록 그럴듯한 말을 지어내 주기를. 다시 단꿈에 빠질 수 있게 해 주기를. 테네르는 제 마음의 갈피도 잡지 못한 채 레온하르트의 말이 이어지길 기다렸다.

"……예."

"…….."

"사랑해서 찾아왔습니다."

그의 대답은 거기서 끝이었다. 꼭 변명할 말이 떨어지기라도 한 듯이. 그 사실에 어쩐지 울컥하는 건 왜인지.

예정된 패배의 순간이었다.

진실이 무엇이건 테네르에게는 선택지가 없었으니, 그녀가 할 수 있는 것은 이쯤에서 그의 변명을 받아들이고 장단을 맞춰 주는 것뿐이었다. 그러나 억울하지 않은가. 눈에 뻔히 보이는 거짓을 그저 받아들여야 하는 것이.

"……제가 착각한 모양입니다."

테네르가 입을 열었다. 맥 빠진 목소리에 레온하르트는 조심스레 그녀에게 다가왔다. 커다란 손이 붉어진 얼굴을 부드럽게 감쌌다.

다정한 손길을 뿌리치고 싶었다. 지금껏 모른 척해 온 것들을 요목조목 짚으며 거짓말하지 말라고 따져 묻고 싶었다.

그러나 레온하르트는 황제였고 테네르는 고작 폐후였다. 그 사실이 왜 이
토록 서럽고, 또 억울하게 느껴지는지.

"괜한 오해를 하게 해서 미안합니다. 난 정말로 그대를 사랑하고 있으니,
부디……."

"제가 지금껏…… 사람을 잘못 봤나 봅니다."

"……."

"제가 사랑했던 폐하는, 제 마음에 화답하지 못해 미안하다고 하실지언
정…… 이용하려 들진 않으셨는데."

울컥하여 내뱉어진 말에 레온하르트의 손끝이 뻣뻣하게 굳었다. 억울하고
화가 났다. 이런 사람이 아니었지 않나. 적어도 남의 진심을 함부로 기만하는
사람은 아니었지 않은가. 테네르는 천천히 그의 손을 떼어 냈다.

"차라리 처음부터 솔직하게 말씀하시지 그러셨나요. 황손을 품고 도망친
걸 알고 있었다고, 아이의 어미로서 복위를 허락할 테니 함께 돌아가자고. 그
렇게만 말씀해 주셨어도 전, 조금 서운할지언정…… 폐하께 이렇게 실망하
지는 않았을 텐데요."

테네르는 울지 않으려는 듯 아랫입술을 사리물었다. 그러나 붉게 달아오
른 얼굴이나 젖은 눈가는 금방이라도 울음을 터뜨릴 것만 같았다. 지금껏 그
에게 감쪽같이 속아 왔다는 것이 아직도 믿어지지 않았다. 다른 사람도 아닌
그가 자신의 마음을 기만했다는 것이.

"왜 마음에도 없는 사랑을 말씀하셨나요. 왜 저를 기만하시고, 절 이토
록…… 우습게 만드시나요."

테네르가 사랑했던 것은 이런 사람이 아니었다. 그는 그녀를 지키기 위해
하루빨리 후계를 만들려고 했지, 후계를 얻기 위해 그녀의 마음을 이용한 적
은 없었다. 배신감과 수치심, 모멸감이 어지러이 뒤엉켰다.

레온하르트는 아무 말도 하지 않았다. 정말 사랑한다고 우겨 대지도, 지금

껏 속여 와서 미안하다고 말하지도 않았다. 그의 얼굴에는 그저 혼란이 들어차 있을 뿐이었다. 꼭 이렇게 들키리라곤 생각지도 못한 것처럼. 아니, 들키더라도 이런 식으로 원망하리란 생각을 하지 못한 걸까.

정말 어지간히도 아둔한 사람으로 보인 모양이었다. 사랑한다는 말 한마디에 아무런 의심 없이 아이를 안겨 주었으니 그렇게 보일 만도 했지만. 테네르는 작게 자조하며 입을 열었다.

"······황궁에 가지 않겠습니다."

나지막한 선언에 레온하르트는 놀라 고개를 들었다. 테네르는 당혹감이 어린 눈을 마주 보았다.

"아이와 함께 마을로 돌아가겠습니다."

짧은 침묵이 이어졌다. 레온하르트는 그녀의 말을 이해하지 못한 듯 멍청하게 있다가 입을 열었다.

"무슨 말도 안 되는 말씀을 하십니까. 조슈아는 황손입니다. 당연히 그대와 함께 황궁으로······."

"폐하의 아이가 아닙니다."

테네르는 덤덤하게 말했다. 레온하르트의 얼굴이 일그러졌지만 아랑곳하지 않았다.

"탐욕스러운 폐후가 권력에 눈이 멀어 감히 황제 폐하께 거짓을 고했습니다."

말도 안 되는 소리라는 건 스스로도 잘 알고 있었다. 빛을 받으면 붉은 기를 띠는 검은 머리와 웃을 때면 눈꼬리가 부드럽게 접히는 선명한 금안, 또렷한 이목구비와 순한 성정까지 그를 꼭 닮은 아이였다.

그러나 그걸 알면서도 우겨 대는 것은 정말로 화가 나기 때문이었다. 아이를 얻기 위해 자신의 사랑을 이용하려고 들었던 그에게 순순히 조슈아를 넘겨주고 싶지 않아서. 끝내 이길 수 없을지언정 하잘것없는 발버둥이라도 쳐 보고 싶어서.

"사생아를 감히 황제 폐하의 아이라 속인 벌은 달게 받겠으니, 부디 저를 엄히 벌하시고 원래 있던 곳으로 돌려보내 주세요."

테네르의 허리가 깊게 숙여졌다. 그것은 그녀가 할 수 있는 최대의 반항이었다. 레온하르트는 그 모습을 한참 보다가 성마르게 얼굴을 쓸었다.

"그대가 돌아갈 곳은 황궁입니다. 조슈아도 마찬가지고요. 화가 난 건 알겠으나……."

"애당초 저는 폐후이며, 아이는 폐위된 후 낳았으니 황자가 아닙니다. 황궁으로 가야 할 하등의 이유가 없습니다."

"언제 낳았건, 누가 봐도 내 아이가 아닙니까. 그렇게 억지 부릴 일이 아닙니다."

"제가 품고 제가 낳은 제 아이입니다. 직접 낳으신 것도 아니면서, 어떻게 닮았다는 이유만으로 폐하의 아이라고 확신하시나요?"

눈 하나 깜짝하지 않고 거짓말하는 모습에 레온하르트는 말문이 막혔다. 테네르는 뻔뻔하게도 말을 이었다.

"아이가 폐하를 닮았다면…… 제가 폐하에 대한 마음이 깊어 닮은 이의 씨를 품은 거겠지요."

"……."

"마지막 합방일 후 달거리가 있었다는 건 궁의도 시녀들도 알고 있을 겁니다. 만약을 대비해 출궁 전날 궁의가 진찰하기도 했고요. 만약 이 아이가 폐하의 아이였다면 그때 알았겠지요."

말도 안 되는 고집이었으나 사실상 틀린 말도 아니었다. 문제는 그들의 마지막 밤이 궁의의 진찰 이후에 이루어졌다는 거겠지만, 궁내에는 그 밤에 대해 아는 이가 없으니.

그러니 레온하르트는 그녀의 말을 흘려들을 수가 없었다. 만약 그녀가 공개적으로 이런 주장을 이어 간다면, 이 말도 안 되는 소리에 동조하는 이들이 생긴다면 어떻게 될지 생각하지 않을 수가 없었다.

고위 귀족과 하룻밤을 보낸 여자들이 뒤늦게 아이를 데려와 책임을 요구하는 경우는 있었지만, 황제의 아이를 낳은 이가 그 씨를 부정하는 것은 전례조차 없는 일이었다. 레온하르트는 혼란스러운 얼굴로 테네르를 보았다. 온기 없는 얼굴은 여전히 낯설기만 했다.

"아이를 데리고 마을로 돌아가겠습니다."

테네르는 다시금 말했다. 늘 웃음기를 머금고 자신을 바라보던 눈은 그를 쳐다보기조차 싫은 듯 내리깔려 있었다.

다시 떠나겠다고.

그깟 낡아 빠진 외지 마을로, 성냥갑만 한 집으로 다시 가 버리겠다고.

저딴 말을 허락할 리 없었다. 간신히 다시 찾은 그녀를 보낼 리 없었다. 그러나 고집스럽고 완고한 모습은 그가 알던 것과 너무도 달랐기에, 어떻게 달래야 할지조차 알 수가 없었다. 아니, 그런 곳을 제집인 양 돌아가겠다고 하는 게 화가 나서인가.

"……황궁에서 자라야 할 아이를 고작 사생아로 키우시겠다고요."

아이에 대한 이야기가 나오자 테네르의 손이 작게 움찔거렸다. 레온하르트는 그 순간 그녀의 눈에 망설임이 스친 것을 놓치지 않았다.

"설령 그 말도 안 되는 소리를 내가 받아들인다고 하더라도, 그대를 노리던 이들은 아닐 텐데요."

"……."

"그대 혼자서 조슈아를 지킬 수 있단 말입니까?"

테네르는 대답이 없었다. 필시 세작들이 집에 들이닥쳤을 때의 일을 떠올리는 것이리라. 레온하르트는 그녀에게 한 발 가까이 다가갔다.

"또한, 그대의 오라비는요?"

테네르는 뒤로 물러나려 했지만, 등 뒤에 아기 침대가 있어 반걸음 정도가 고작이었다. 한풀 꺾인 모습에 레온하르트는 조금 안심한 채 입을 열었다.

"에반 후작가를 면책하려는 건, 그대가 황자를 낳은 황후이기 때문입니다.

355

그대가 황궁에 돌아오지 않고 조슈아 또한 황자가 아니라면, 반역자의 가문을 면책할 이유가 없습니다."

레온하르트의 목소리는 지극히 차분했다. 테네르는 한참 동안 침묵하다가 입을 열었다.

"지금 저를…… 협박하시는 건가요?"

"난 그저 사실을 말한 것뿐입니다. 그대가 어리석은 선택을 하지 않도록."

꼭 다물린 입술이 잘게 떨렸다. 레온하르트는 테네르가 제 치맛자락을 움켜쥐는 것을 보았다. 쓸데없는 고집을 부린 적도, 누구에게든 화를 낸 적도 없는 사람이었다. 그런 그녀가 제게 화가 나 있다는 것이 새삼 씁쓸하게 느껴졌다.

"……차라리 황명으로 결혼을 명령하지 그러시나요."

무릇 신사의 결혼이란 상대의 동의 없이 진행되지 않았다. 설령 집안의 격차가 크거나 주종에 가까운 관계라 할지라도 명령이나 강요로 결혼을 강제하는 것은 야만이라 여겨졌다.

황제라 하여 달라질 건 없었다. 결혼할 상대가 생기면 구혼서를 보냈고, 상대방이 승낙하지 않으면 결혼도, 약혼도 진행되지 않았다. 그저 지금껏 황제의 구혼을 거절한 이가 없었을 뿐.

"그대가 원치 않는 결혼을 강제할 순 없지만, 동행을 명령할 수는 있습니다."

제도에서 도망친 것을 벌할 수도 있다는 말은 구태여 하지 않았다. 아이와 오라비에 대한 이야기를 꺼낸 것만으로도 테네르는 한결 수그러들어 있었으니.

"……제국의 주인이신 황제 폐하의 명령을 어떻게 거부할까요."

꾹 다물려 있던 입술에서 맥 빠진 목소리가 흘러나왔다. 그러나 그리 기껍지는 않았다. 생기 없는 표정 때문인지, 내리깔린 눈이 젖어 있어서인지는 알 수 없었다. 레온하르트는 뒤늦게라도 그녀를 달래기 위해 손을 뻗었다.

"다만……."

테네르가 작게 입을 열었다. 레온하르트의 손이 그 자리에 멈추었다.

"앞으로는…… 방을 따로 써도 될까요."

"……"

"아무리 폐하께서 허락하셨다고는 하나, 저는 지금 폐후인 몸입니다. 폐하와 반드시 같은 방을 써야 할 이유는 없을 것 같아서요."

아마 좀 더 솔직하게 말하자면, 그와 함께 있고 싶지 않다는 의미이리라. 레온하르트는 대답하지 않았다. 테네르는 얼굴을 일그러뜨리지 않으려는 듯 입술을 물었다.

"……제발요."

숫제 애원하는 목소리에 가슴에 납덩이라도 올려놓은 듯 갑갑해졌다. 그러나 이쯤에서 한 발쯤 물러나 주는 게 맞다는 건 알고 있었다.

레온하르트는 천천히 고개를 끄덕였다. 테네르는 꾸벅 인사하곤 조슈아를 조심스레 안았다. 그녀가 막 몸을 돌리던 순간이었다.

"테네르."

"예, 폐하."

테네르는 군말 없이 그 자리에 멈춰 섰지만, 레온하르트는 쉬이 입을 열지 못했다. 그는 그녀가 아까부터 자신의 이름을 부르지 않는 것을 알고 있었다.

"내가…… 미우십니까?"

충동적으로 내던진 말이었다. 왜 그런 질문을 던졌는지는 레온하르트 자신조차도 알 수 없었다. 다만 그는 어쩐지 조마조마한 심정으로 그녀의 대답을 기다렸다.

"……어떻게 감히 황제 폐하께 그런 말씀을 드릴 수 있을까요."

에둘러 대답했지만, 긍정의 의미임은 명백했다. 레온하르트가 대답하지 않자, 테네르는 잠시 기다리다 그대로 방을 나갔다. 레온하르트는 닫힌 문을 바라보며 덩그러니 서 있을 뿐이었다.

* * *

레온하르트는 뜬눈으로 밤을 지새웠다. 자신을 쳐다보지도 않는 얼굴과 울먹이던 목소리가 너무도 선명했다.

'아이가 있다는 걸…… 정말 모르셨나요?'

'하녀에게서 정말로 아무것도 듣지 못하셨나요? 혹은…… 하녀의 배후에 대해서는 전혀 모르시나요?'

처연한 목소리가 귓가에서 떨어지질 않았다. 레온하르트의 시선이 아기 침대가 놓여 있던 자리를 스치곤 아무도 없는 옆자리에 아주 오랫동안 머물렀다.

홀로 눕는 침대는 지나치게 넓었다. 2년간 혼자서 잠자리에 들었으면서, 고작 일주일 남짓한 시간 함께한 것이 익숙해진 게 우스웠다. 옆에 누워 두런두런 이야기를 주고받던 것도, 허리를 당기면 폭 안겨 오던 작은 몸도, 아이를 재울 때면 간간이 들려오던 자장가도 마찬가지였다.

'무엇도 너를 흔들게 두지 마라.'

레온하르트는 죽은 조부를 조롱하듯 새겨진 조각상을 떠올렸다. 부모를 죽인 아비를 찬양하던 궁인들과 눈물을 삼키던 어미의 모습이…….

아비처럼 살지 않겠다는 결심은 처음부터 가당치도 않았던 것일까. 레온하르트는 금방이라도 울음을 터뜨릴 것처럼 젖어 있던 눈을 생각했다.

어디에서부터 잘못되었던 걸까. 어떻게 했어야 당신이 그런 표정을 짓지 않았을까. 어떻게 했어야 다시 떠나겠다는 말을 하지 않았을까.

레온하르트는 주인 잃은 자리를 만지작거리며 지난 일들을 되새겼다.

외조부에게 그런 말을 하지 않았더라면 어땠을까. 아니, 테네르가 저택에서 도망쳤을 때 곧바로 추격을 명령했더라면.

'차라리 처음부터 솔직하게 말씀하시지 그러셨나요.'

'그렇게만 말씀해 주셨어도 전, 조금 서운할지언정…… 폐하께 이렇게 실망하지는 않았을 텐데요.'

울 것 같은 목소리가 몇 번이고 반복되었다. 그러나 레온하르트는 고개를 저었다.

'……아니.'

솔직하게 말했더라면 그런 식으로 웃어 주지도 않았을 것 아닌가. 그렇게 기뻐하지도, 행복해하지도 않았을 거면서.

가장 큰 실책은 그런 게 아니었다. 살바토르 공작을 진작 처리하지 못한 것이 가장 큰 잘못이었다. 알레이나 살바토르가 도망치고 그가 얌전해졌다고 해서 안심해서는 안 되었는데. 그가 친아비일지도 모른다는 생각에 마음이 약해져서는 안 되었는데. 그가 몸을 사리고 있을 때 진작 처리해 어떻게든 후환을 없앴어야 했는데.

그랬다면 테네르는 진작 황후로서 황손을 낳았을 터였다. 그럼 루드비히 에반이 반역을 저지르든 말든, 황손의 어미로서 계속 황후의 자리를 지키고 있었을 것 아닌가.

간신히 되찾은 그녀가 돌아선 것이 모두 공작의 탓인 것만 같았다. 비록 살바토르 공작이 거짓으로 사랑을 속삭이라고 말한 적은 없었지만, 그가 처음부터 헛된 욕심을 부리지만 않았더라면 아무것도 잃을 일 없었을 것 아닌가.

날이 밝아 올 때까지 레온하르트는 제대로 잠들지 못했다. 혹 그녀가 다시 도망치려고 하면 어쩌나. 조슈아가 황손이 아니라며 끝까지 고집을 부리면 어쩌나. 그는 아침이 되자마자 사용인을 불러 테네르의 행방을 물었다.

"황후께서는 방에 잘 계시는가?"

"예, 폐하. 황자 전하와 함께 방에서 조찬을 들고 계십니다."

테네르가 방에 있다는 말에 불안하던 마음이 조금은 가라앉은 듯했다. 자신을 밤새 고민하고 만들곤 태연하게 아침을 먹고 있다는 게 조금은 야속하기도 했고, 끼니를 챙기는 것만큼 중요한 게 어디 있나 싶어 안도가 되기도 했다.

"……그렇군."

"저, 폐하. 주제넘은 말씀입니다만……."

하인이 운을 떼자 레온하르트가 그를 돌아보았다.

"황후 폐하께서는 황제 폐하께서 피곤하실까 봐 방을 옮겨 달라고 하신 거니, 너무 서운해하지 않으셨으면 합니다."

그간 어지간히도 팔불출처럼 굴었던지, 하인은 레온하르트가 황후와 각방을 쓰게 되어 서운해하는 거라고 생각하는 모양이었다.

"그렇게 말씀하시던가?"

"예, 폐하. 황자 전하가 아직 어리시니, 폐하께서 숙면하시는 데에 방해가 되는 것 같다고 말씀하셨습니다."

그래도 남들 앞에서 조슈아가 황손이 아니라 운운하거나 도망치려고 들지는 않은 모양이었다. 레온하르트로서는 다행스러운 일이었다.

'……도망치려 한대도 놓아주지 않을 테지만.'

그는 황제였고 테네르는 폐후였으니, 거부한대도 강제로 데려갈 방법은 얼마든지 있었다. 아마 에리히에게 도주의 책임을 물어 이틀만 구금하더라도 당장에 굽히고 들어오리라.

그러나 그렇게까지 하고 싶지 않은 것은 간밤의 모습이 자꾸만 떠오르는 탓일까. 자신을 협박하는 거냐고 묻던 모습이 지워지질 않아서.

"조찬 후 시간을 내실 수 있는지 여쭈어라."

레온하르트는 짧게 명령했다. 하인은 허리를 깊게 숙이고 방을 나갔다.

레온하르트는 하인이 가져온 소셋물에 손을 담갔다. 하룻밤 새 초췌해진 얼굴이 투명한 물 안쪽에 비쳐 보였다.

그 사람은 어떤 얼굴을 하고 있을까.

만나면 무슨 말부터 꺼내야 할까.

답이 나오지 않는 물음이었지만, 어떻게든 그녀를 다시 만나야 한다는 것만큼은 자명했다. 사려 깊은 사람이니, 분명 차분하게 설명하면 어떻게든 이해해 주리라.

'그런다고 전처럼 굴진 않겠지만.'

당연한 사실이 괜히 씁쓸해지는 건 그 짧은 시간 보았던 모습이 익숙해진 탓일까. 발그레한 뺨과 부드럽게 휘어진 눈이, 들뜬 목소리가 아직도 선명해서.

* * *

하인이 레온하르트의 부름에 응했을 당시, 테네르는 막 조슈아와 아침 식사를 끝낸 참이었다. 그녀는 식사를 마치자마자 조슈아를 안아 들고 에리히를 찾았다. 에리히는 테네르의 얼굴을 보곤 작게 인상을 썼지만, 불평 한마디 없이 정원으로 향했다.

추위를 많이 타는 테네르와 달리 조슈아는 겨울을 좋아하는 아이였다. 특히 걷게 된 후로는 팔다리를 휘저으며 언 땅 위를 아장아장 걷곤 했다. 행여 미끄러져 다치지는 않을까 걱정이 되기도 했지만, 두툼하게 입힌 옷 때문에 넘어져도 다치지 않았다. 오히려 아이는 넘어지는 것도 재미있는 듯 까르르 웃으며 다시 일어나곤 했다.

"잠은 제대로 잤어?"

에리히는 아이가 마른 나뭇가지를 집는 것을 보며 물었다. 정원에는 물줄기가 흐를 수 있도록 파인 홈이 있었는데, 아직 어린 조슈아는 그것이 경계선이라도 된 듯 넘어가지 않았다. 테네르는 아이가 시야에서 벗어나지 않는 것을 확인하곤 입을 열었다.

"네."

"이게 오라비한테 거짓말은. 네 꼴 좀 봐라."

에리히의 타박에 테네르는 민망한 듯 웃었다.

그러잖아도 아침에 일어나니 눈가가 붉어진 것이 신경 쓰이던 참이었다. 혹 사용인들이 간밤 울었던 것을 알아챌까 봐 밤새 아이를 본 척하기도 했다.

"각방 썼다며?"

"……."

"거, 제대로 싸웠나 보네."

에리히가 작게 중얼거렸다. 테네르는 고개를 돌려 그의 시선을 피했다.

"어떻게 감히 황제 폐하와 싸울 수 있겠어요."

"그분은 황제 폐하고 넌 황후 폐한데, 같은 폐하끼리 좀 싸울 수도 있지, 뭐."

"전 폐후인걸요."

테네르는 벤치 등받이에 몸을 기대었다. 부은 눈꺼풀이 평소보다 무겁게 느껴지는 것 같았다.

"다 거짓말이었대요."

테네르가 조용히 입을 열자 에리히가 그녀를 돌아보았다. 조슈아는 몇 걸음 떨어진 곳에 쪼그리고 앉아 마른 나뭇잎과 작은 돌멩이를 만지작거리고 있었다. 행여 돌멩이를 집어삼키기라도 할까 봐 테네르는 아이에게서 눈을 떼지 않았다.

"절 사랑한다는 말도, 그래서 찾아왔다는 말도 전부……."

테네르는 간밤의 일들을 차분하게 늘어놓았다. 레온하르트를 찾으러 정원에 갔던 일, 그리고 그곳에서 들었던 이야기까지. 말을 이어 갈수록 에리히의 얼굴이 시시각각으로 굳어졌다.

"……그런 사람일 줄은 몰랐는데."

"제가 바보 같았죠. 조금만 생각했다면 금방 알았을 텐데, 괜히 들떠서."

"작정하고 속이는데 어떻게 안 속아."

평소엔 호구니 뭐니 해도, 막상 이럴 때는 편을 들어 주는 걸 보니 오라비는 오라비였다. 테네르는 작게 웃고는 입을 열었다.

"……폐하께 거짓말했어요."

그 말에 에리히가 무슨 소리냐는 듯 그녀를 보았다. 테네르는 조금 뜸을 들이다가 말했다.

"조슈아가 폐하의 아이가 아니라고 했어요. 제도에 가지 않겠다고요. 황손을 데려가기 위해 절 속인 사람에게 조슈아를 순순히 넘겨주고 싶지 않아서."

"……안 갈 거야?"

"가야겠죠."

테네르는 소리 없이 웃었다. 말도 안 되는 고집이라는 건 스스로도 잘 알고 있었다. 레온하르트는 황실의 피를 이은 조슈아를 절대 놓아주지 않을 테니까. 사랑을 바라지 말라던 사람이 답지도 않은 사랑을 흉내 낸 것만 보아도 그랬다.

"폐하도 알고 계실 거예요. 그냥 화가 나서 한 말이라는 거. 언제까지 받아 주실지는 모르겠지만……."

아마 당분간은 어떻게든 자신을 달래려고 들 것이다. 정말로 사랑하는 거라고 계속 우길지도 모르고, 어쩌면 지금껏 거짓말해서 미안하다고 말할지도 몰랐다.

그러나 계속 고집을 부리게 된다면 그냥 넘어가지는 않으리라. 아마 조슈아의 미래나 가문의 면책을 가지고 회유할 테고, 끝까지 통하지 않는다면 정말로 아이만 빼앗아 황궁에 데려가 버릴지도 몰랐다. 그가 만약 한 줌 온정도 없는 사람이라면 후환을 없애기 위해 자신과 오라비를 어떻게든 처리할지도 모를 일이었다.

그러니 잠깐이라도 이런 식으로 화낼 수 있는 것을 다행이라 여겨야 할까. 아니면 화내는 것조차 그의 자비에 기대야만 하는 것에 비참해해야 할까. 씁쓸하게 웃는 테네르의 귓가에 오라비의 목소리가 들려왔다.

"다시 도망갈래?"

테네르는 놀라 오라비를 돌아보았다. 동그래진 눈을 보며 에리히가 어깨를 으쓱했다.

"한 번 해 봤잖아. 두 번은 못 하겠냐?"

"말도 안 되는 거 아시잖아요. 조시도 그렇고, 오라버니도⋯⋯."

"너는 어떻게 하고 싶은데?"

테네르는 잠깐 말이 없었다. 어떻게 하고 싶냐니, 그만큼 부질없는 질문이 어디에 있을까. 답은 이미 정해져 있었고 거기에서 벗어나는 순간 오답이 될 게 분명한데.

"전 제가 사랑하는 사람들이 행복했으면 좋겠어요."

한참 동안 흙장난을 하던 조슈아가 자리에서 일어났다. 두툼한 엄지 장갑을 낀 손에 잘게 부서진 낙엽과 흙이 묻어 있었지만 아랑곳하지 않았다. 어린아이라서인지, 작은 마을에서 나고 자란 탓인지는 알 수 없었다.

"조시를 위해선 황궁으로 가는 게 맞아요. 더 늦기 전에."

"조시는 아직 어려. 뭐가 더 좋은지 판단할 나이도 아니고."

"하지만⋯⋯ 우린 알잖아요."

나직한 목소리에 에리히의 입술이 굳게 다물렸다. 테네르는 잠시 침묵하다가 입을 열었다.

"도망자의 아이로 숨어 사는 것보단, 황자로서 황궁에서 사는 게 훨씬 좋을 거예요. 안전하기도 할 거고."

소박하지만 평화로운 삶이란 평화가 보장되는 이들의 이야기였다. 에리히의 말대로 도망치게 된다면 평생 동안 황제를, 그리고 세작을 보냈던 이를 피해 살아야 했다.

그럴 바에는 황궁에서 사는 편이 나았다. 다행스럽게도 레온하르트는 자신을 다시 황후로 들이려 하고 있었고, 그녀의 회임을 막고 세작을 보내려고 했던 자가 누구인지 짐작하는 듯했으니, 그의 심기를 거스르지 않는다면 모두가 평온하게 살 수 있을 터였다.

"그러니 폐하의 인내가 바닥나기 전에 숙이고 들어가는 편이 현명할 거예요. 괜한 고집 부리지 말고요."

사실상 도망친 폐후를 벌하지 않은 것만으로도 큰 자비가 아닌가. 위계나 협박이 아닌 사탕발림으로 데려가려 한 것만으로도 큰 아량을 베푼 것이 아닌가.

테네르는 그렇게 생각하려고 했다. 애초에 황손을 데리고 도망친 것부터가 헛된 욕심이라고. 두려움과 질투에 눈이 멀어 그의 곁을 떠났지만, 사실 이렇게 될 수밖에 없었던 거라고. 그러니 서운함도, 배신감도 하루빨리 갈무리하고 그가 원하는 대로 굴어야만 했다.

"……정말 괜찮은 거야?"

"괜찮지 않을 게 뭐가 있겠어요. 괜찮지 않다고 해서 할 수 있는 일도 없을 텐데."

"……."

"괜찮아야죠."

바람은 차가웠지만 따뜻한 옷 덕분에 그리 춥지는 않았다. 테네르는 벤치 등받이에 등을 기댄 채 멍하니 조슈아의 모습을 보았다. 차가운 바람 사이로 햇볕이 내리쬐자 괜스레 졸음이 쏟아졌다. 눈꺼풀이 유달리 묵직했다.

"……테네르."

테네르의 눈이 천천히 감기자, 에리히가 그녀를 불렀다.

"잘 거면 방에 가서 자. 밖에서 자면 감기 걸린다."

"……."

테네르는 잠깐 눈을 떴지만, 밤새 제대로 자지 못해서인지 이내 다시 꾸벅꾸벅 졸기 시작했다. 그녀의 머리가 에리히의 어깨로 툭 떨어졌다.

"황후라는 게 아무 데서나 자는 거 봐, 아주. 네가 신생아야?"

"……."

"그래, 자라, 자. 감기 걸려도 난 모른다."

에리히는 부은 눈이 감긴 것을 보며 한숨을 내쉬었다. 혼자서 놀고 있던 조슈아가 아장아장 벤치 쪽으로 다가왔다.

"엄마?"

"네 엄마 잔다."

"코오."

"그래. 코오 잔다. 네가 좀 깨워 봐."

조슈아는 테네르를 빤히 보더니 까르르 웃으며 발을 옮겼다. 흙이 묻은 작은 손이 그녀의 무릎을 서툴게 토닥거리기 시작했다. 에리히가 그 꼴을 보며 헛웃음을 뱉었다.

"야, 깨우라니까 누가 재우래?"

"에헤헤."

"웃는 거 봐라. 지 엄마 판박이야."

조슈아는 테네르의 무릎을 토닥거리다 혼자 넘어져 엉덩방아를 찧었다. 그러고는 테네르의 치맛자락을 붙잡고 몇 번 당겼다. 도무지 재우려는 건지 깨우려는 건지 알 수 없을 지경이었다.

"야, 조시. 깨우려면 제대로 깨워야 할 거 아냐. '엄마 일어나세요', 해 봐."

"코오. 코오오."

"뭐야. 이젠 또 재워? 그럼 자장가라도……."

에리히는 킬킬거리며 조카에게 손짓했다. 묵직한 목소리가 들린 것은 그 순간이었다.

"……지금 뭐 하는 건가."

에리히는 천천히 고개를 들었다. 눈앞에 있는 것은 황제 레온하르트였다. 늘 잔잔한 웃음을 머금고 있던 금안이 차갑게 식었고, 호선을 그리던 입매는 일자로 굳어 있었다. 그의 시선이 에리히를 향하다가 다시 테네르 쪽을 향했다.

"……일어나, 테네르."

"으응······."

에리히는 얼른 잠든 테네르를 흔들어 깨웠다. 테네르는 졸린 눈을 부비며 그의 어깨에서 머리를 떼어 냈지만, 여전히 눈은 감겨 있었다. 에리히는 그녀가 고꾸라지지 않는 것을 확인하곤 자리에서 일어나 예를 갖추었다.

"에리히 에반, 제국의 주인이신 황제 폐하를 뵙습니다."

"뭐 하는 거냐고 물었네, 에반 경."

찬 바람이 부는 양 냉랭한 목소리였다. 에리히는 여전히 비몽사몽 한 테네르를 흘깃 보며 얼른 입을 열었다.

"간밤에 잠을 설친 모양입니다. 피로한 듯하여 그대로 두었······."

"아빠아!"

조슈아가 얼른 레온하르트의 다리를 껴안았다. 간밤 만나지 못했던 아빠를 만난 것이 퍽 기쁜 모양이었다. 레온하르트는 표정을 조금 누그러뜨리고는 허리를 굽혀 아이를 안아 들었다.

"아빠, 아빠아."

"······그래, 조시."

레온하르트는 아이의 이마에 입을 맞추었다. 까르르 웃음소리가 들리자, 테네르의 눈꺼풀이 작게 움찔거렸다. 느릿하게 고개를 든 테네르는 눈앞에 서 있는 레온하르트는 보고 놀라 몸을 크게 들썩였다.

"아······."

"일어나셨습니까."

테네르는 얼른 자리에서 일어났다. 레온하르트는 엉망으로 부은 눈을 보고는 작게 입술을 물었다.

"조찬이 끝나면 뵙고자 했는데, 하인과 길이 엇갈렸던 모양입니다. 산책을 나오셨다고 하여 나왔습니다."

"······송구합니다, 폐하."

테네르는 공손히 대답했다. 레온하르트는 말이 없었다. 아비에게 안겨 있던 아이가 테네르를 보곤 엄마 엄마 하며 웃었다. 조슈아가 그에게 안겨 있는 것을 보자 그녀의 얼굴에 옅은 불안이 들어찼다.

"……폐하."

"…….."

"아이를, 제게……."

테네르가 조심스레 손을 뻗자 레온하르트의 미간에 가느다란 주름이 생겼다. 그의 잇새에서 짧은 한숨이 번졌다.

"……빼앗아 가지 않습니다."

"…….."

"그저…… 그대와 이야기를 좀 하고 싶어서 왔습니다."

레온하르트는 조슈아의 이마에 다시금 입을 맞추곤 순순히 테네르에게 넘겨주었다. 테네르는 아이를 안고서야 겨우 안심한 듯 긴장한 기색을 거두었다.

"간밤의 일에 대해 이야기하고픈데, 시간을 내어 주실 수 있습니까?"

레온하르트는 최대한 부드러운 목소리로 말했다. 그러나 테네르는 대답 없이 아이를 꼭 안을 뿐이었다. 아직 그를 어떻게 대해야 할지 가늠이 되지 않았기 때문이었다.

"……테네르."

"동생이 몸이 그리 좋지 않은 모양입니다, 폐하."

그들의 모습을 지켜보던 에리히가 입을 열었다. 레온하르트는 입매를 굳히고는 그를 돌아보았다.

"급한 일이 아니라면 추후에 이야기하셔도 좋을 듯합니다."

에리히의 태도는 지극히 공손했지만, 시선은 그렇지 않았다. 황제를 대하기에는 지나치게 불순한 시선이었다. 레온하르트는 그의 말을 무시하고는 다시 테네르를 보았다. 아이는 레온하르트를 보며 여전히 아빠 아빠 했다.

"……폐하."

긴 침묵 끝에 테네르가 입을 열었다. 윗사람을 대하는 듯 조심스러운 목소리였다. 그 모습이 레온하르트의 신경을 긁는 것도 모르고.

"아이와 함께…… 방으로 돌아가도 될까요."

"……."

"폐하."

테네르는 레온하르트의 허락을 기다리며 그 자리에 서 있었다. 레온하르트는 테네르의 부은 눈과 파리한 안색을 찬찬히 살폈다. 각방을 쓰겠다고 나갔으면 잠이나 편히 잘 것이지, 밤새 울기라도 한 것일까.

"……공작에게 의사를 부르라 말하겠습니다."

한참을 침묵하던 레온하르트가 간신히 입을 열었다. 테네르는 고개를 저었다.

"아닙니다, 폐하. 잠을 제대로 자지 못한 것뿐이니, 쉬고 나면 괜찮아질 것 같습니다."

잠을 자지 못하게 한 원흉이 자신이라는 것은 부정할 수 없는 사실이었다. 레온하르트는 무슨 말이든 더 덧붙이고 싶어 입을 열었지만, 지금의 그녀가 자신과 말을 섞고 싶어 하지 않는 것은 자명했다.

"알겠습니다. 푹 쉬세요."

"감사합니다, 폐하."

테네르는 무릎을 굽혀 인사하곤 몸을 돌렸다. 아이가 에리히와 레온하르트를 향해 손을 흔들었다.

한참 동안 테네르의 뒷모습을 바라보던 레온하르트는 그녀가 더 보이지 않게 된 다음에야 고개를 돌렸다. 한결 누그러졌던 표정이 에리히를 향하는 순간 다시 차갑게 굳었다.

"에반 경. 그대는……."

레온하르트는 에리히를 보며 입을 열었다 닫았다.

사실 그에게 크게 할 말이 있는 것은 아니었다. 단지 테네르가 산책을 나왔다는 말에 정원으로 내려왔고, 에리히의 어깨에 기댄 채 잠든 그녀를 발견했을 뿐이었다.

간밤에는 금방이라도 울음을 터뜨릴 것 같은 표정으로 자신을 보던 테네르는 제법 평온하게 잠들어 있었다. 따사롭게 내리쬐는 햇빛 아래 나란히 앉아 있는 두 사람, 그리고 어미의 다리를 껴안고 있는 아이의 모습까지. 그 평화로운 광경이 왜 그토록 불쾌하게 느껴졌는지 레온하르트는 알 수 없었다.

"황후와 제법 친한 모양이군."

레온하르트가 꺼낸 말은 고작 그거였다. 당연하게도 에리히는 의아한 듯 미간을 좁혔다.

"오누이 간에 친하지 않을 이유가 있겠습니까."

그는 꼬투리를 잡히지 않으려는 듯 정중했지만, 목소리는 테네르나 조슈아를 대할 때와는 달리 딱딱하기 그지없었다. 레온하르트는 잠시 입을 다물었다가 다시 말했다.

"후작가에서는 그리 친하지 않았다고 들어서 말이네."

레온하르트는 테네르가 저택에 있던 시절 좋은 대우를 받지 못한 걸 알고 있었다. 에리히는 그녀와 그리 사이가 나쁘지 않았던 모양이지만, 그렇다고 제대로 된 방패막이 되어 주지도 못한 듯했다.

"그런데도 작위도 마다하고 도망친 것을 보니, 내가 잘못 알고 있었던 건가 해서."

그런 주제에 아이를 품은 테네르를 부추겨 도망치게 한 자였다. 비록 테네르는 그런 식으로 말한 적이 없지만, 혹여 제 오라비에게 벌을 줄까 봐 불안해하던 모습만 보아도 확신할 수 있었다. 설령 그녀 스스로 도주를 택했다고 하더라도 오라비로서 말리지 못한 것은 사실이 아닌가. 레온하르트는 못마땅한 기색을 숨기지 않고 그를 보았다.

"……부족한 오라비라, 폐위된 후에라도 잘 보살피려 했습니다."

에리히는 빈정대는 말에도 공손히 머리를 조아렸다. 그는 저택에 있던 시절 테네르를 보호해 주지 못한 것을 변명하지 않았다. 양순한 꼴을 보고 있자니 어쩐지 제 쪽이 좀스러워진 기분이었다. 레온하르트는 부러 입꼬리를 올리며 호의적으로 말했다.

"이제 황후께서도 제자리로 돌아가실 거고, 에반 후작가 또한 면책될 테니……. 경도 본인의 삶을 찾아야 하지 않겠나?"

"……송구합니다, 폐하. 폐하의 말씀을 이해하지 못했습니다."

"그대도 슬슬 가정을 꾸리는 게 좋지 않을까 하는데."

마음에 들지 않는다고 내치거나 벌할 수는 없었다. 그는 테네르의 오라비였고, 지금껏 그녀를 지켜 온 사람이기도 했으니. 거기다 그에게 어떤 불이익이라도 주려고 한다면 테네르가 가만히 있지만은 않을 것이다.

그러니 가문을 면책하고 적당한 영애를 골라 짝지어 주는 것이 그가 생각하는 최선의 방법이었다. 결혼을 하여 가정을 꾸리게 되면 지금처럼 동생에게 온 신경을 쏟을 수 없을 테니까.

"아무리 아낀다고 해도 동생이 그대의 전부가 될 수는 없지 않겠나. 그러니 그대도……."

"제 동생도 본인의 행복보다는 아이의 행복을 택하겠다는데, 오라비 된 몸으로 나 몰라라 할 수 있겠습니까."

들려온 목소리는 흠잡을 데 없이 공손했다. 그러나 그 내용에 레온하르트는 한쪽 눈썹을 추켜세웠다.

"……무슨 의미인가?"

"제 동생도 조슈아를 위해 가고 싶지도 않은 황궁에 가려고 하는데, 저라도 곁에서 힘이 되어야지요."

에리히라고 레온하르트가 마냥 마음에 드는 것만은 아니었다. 반역자의 자식들에게 최대한의 편의를 봐준 것은 분명 고마운 일이었지만, 결혼하자마자 동생에게 사랑을 바라지 말라고 한 남자가 마음에 찰 리가 없었다.

그나마 테네르가 그에 대한 마음이 깊은 듯해 좋게 생각하려 했으나, 그 마음조차도 이용하려고 들지 않았던가.

"폐하를 탓할 생각은 없습니다. 황제 폐하로서 황실의 대를 잇는 게 무엇보다 중요하다는 것도, 새 황후를 들이는 것보다는 황자의 친모를 다시 황후로 삼는 게 낫다는 것도 십분 이해하고 있습니다. 다만 제 동생은……."

에리히는 말끝을 흐렸다. 레온하르트는 생략된 말속에 담긴 것들이 무엇인지 알고 있었다.

지난밤, 테네르는 레온하르트에게 자신을 기만했다고 말했다. 자신의 마음을 이용하려 들었다고 말했다. 그냥 아이를 데리러 왔다고 솔직히 말하기만 했어도 따랐을 거라고.

"폐하께서 어떤 말씀을 하셔도 이해하던 아이가 이런 식으로 나오는 걸 보니, 오라비의 입장에선 폐하가 원망스럽지 않을 수 없습니다."

"……."

레온하르트는 입술을 짓씹었다. 원망 어린 목소리가 아직도 귓가에 선명했다. 그가 무겁게 입을 열었다.

"내가 어떻게 해야 하는 건가."

믿든 말든 끝까지 진짜 사랑이라고 우겨야 할까. 아니면 지금이라도 솔직히 털어놓고 사과하는 게 좋을까. 레온하르트는 아직 무엇도 결정하지 못했다. 끝까지 거짓말한다면 더욱 실망할 테고, 사랑하지 않는다고 잘라 말한다면 분명 슬퍼할 테니.

어떤 말을 늘어놓는다고 해도 테네르는 이전처럼 굴지 않을 것이다. 그걸 알고 있기에 레온하르트는 테네르를 만나 어떻게 이야기해야 할지 쉬이 결정할 수가 없었다. 혹 다른 방법이 있지는 않을까. 그녀의 마음을 돌릴 방법은 없을까. 답도 없는 고민을 반복하는 꼴이란.

"아무것도 하실 필요 없습니다."

에리히가 입을 열었다. 레온하르트는 무슨 소리냐는 듯 그를 보았다.

"아무것도 하지 않으셔도 그 애는 폐하의 뜻대로 황궁에 갈 겁니다. 본인 마음이야 어떻든, 조슈아 또한 순순히 황손으로 인정할 거고요."

"……."

"다만 이전처럼 폐하를 사랑하지는 않을 겁니다. 물론 폐하께서는 그쪽이 더 편하실지도 모르지만."

빈정거리듯 덧붙인 에리히는 할 말이 끝났다는 듯 정중히 허리를 굽혔다. 레온하르트는 두 사람이 앉아 있던 벤치를 잠깐 보다가 몸을 돌렸다.

* * *

저녁 식사가 끝난 후 레온하르트는 다시 한번 테네르를 찾았다. 그러나 들려오는 대답은 아침과 다를 바 없었다. 몸이 좋지 않아 뵙기가 어렵다는 이야기였다.

사실 정말로 병에 걸린 거라면 아이부터 떼어 놓을 테니, 결국은 그를 보고 싶지 않다는 의미와 다를 바 없었다.

"송구합니다, 폐하. 황후께서 오시리란 생각은 미처 하지 못했습니다."

간밤의 일을 전해 들은 사무엘 트라벨은 난처한 얼굴로 고개를 숙였다. 그러나 정작 그런 소리를 했던 것은 레온하르트 자신이었던지라 마냥 조부를 탓할 수는 없었다.

"조부님의 말씀은 안중에도 없던 것을요."

"……."

"아직은 대화하고 싶지 않은 모양이니, 시간을 드리는 게 맞지 않을까 싶습니다. 아이를 위해서라도 계속 고집을 부리진 않으실 테니."

레온하르트는 쓸쓸하게 웃으며 말했다. 사무엘은 피곤해 보이는 얼굴을 보며 무겁게 입술을 떼었다.

"너무 시간을 끌지는 마십시오, 폐하."

갑작스러운 조언에 레온하르트는 무슨 말이냐는 듯 외조부를 보았다. 사무엘은 어려운 말을 하려는 듯 조금 머뭇거렸다.

"폐하께서도 아시겠지만, 파트로나는 넓디넓은 북쪽 숲을 떠돌아다니던 이들입니다. 그들은 한곳에 오래 머물지 않고, 어딘가에 정착하는가 싶다가도 금방 이동하지요."

"……."

"회임한 채로 말을 타거나 갓난아이를 데리고 떠돌아다니는 것은 아주 어려운 일입니다. 그러니 그런 이들에게 아이의 존재는 짐 덩어리에 가깝습니다."

사무엘은 파트로나를 비롯한 떠돌이 민족들에 관하여 간단하게 설명했다. 그들은 피임과 낙태, 영아 살해를 통해 이동하기에 적합한 인구수를 조정했다. 제도에서와 달리 그들에게 모성애나 부성애와 같은 감정은 번거로운 애물단지일 뿐이었다.

"황후 폐하의 모친 또한 그러지 않았습니까. 그분을 데려가는 것보다는 후작 저택에 두고 홀로 도망치는 것을 택했지요. 도마뱀이 꼬리를 자르고 도망치는 것처럼."

'그 계집은 분명 제 어미처럼 도망칠 것이다. 은혜도, 모성도 모르는 그년, 제 자식 버리고 달아난 그년처럼……!'

트라벨 공작의 말에 오래전 들었던 저주가 다시금 재생되었다. 터질 듯 붉어진 얼굴과 벌겋게 충혈된 두 눈, 목에는 핏발이 서고 입에서는 침이 튀었었지. 루드비히 에반, 그자의 목소리가.

"……황후께서 황자를 두고 도망칠 수도 있다는 말씀이십니까?"

"핏줄을 운운하려는 것은 아닙니다. 다만 그분을 계속 곁에 두려고 하신다면 그 부분도 고려하셔야 한다는 의미입니다."

레온하르트는 무어라 대꾸하려다 입을 다물었다.

아이를 빼앗길까 봐 제도에서 도망친 사람이었다. 간밤 아이가 황손이 아니라 우기다가도 아이의 미래나 안전을 운운하자 작게 움츠러들던 사람이기도 했다. 그런 사람이 아이를 두고 도망치는 것을 택할 리 없었다. 지금도 아이를 빼앗길까 봐 걱정이라도 되는 듯 꼭 안고 다니는 사람이 아닌가.

"……그럴 리 없습니다."

"……."

"그럴 사람이 아닙니다."

그것은 확신일까, 아니면 그저 바람일까. 레온하르트는 알 수 없었다. 아이를 데려가기 위해 그녀를 황후로 들이는 거면서, 왜 그녀가 아이를 두고 떠날지도 모른다는 말에 괜히 초조해지는 건지.

'*영애를 다시 황후에 올릴 좋은 핑계를 찾으신 것 같아서요.*'

정곡을 찌르는 목소리가 들려오는 듯했지만, 레온하르트는 고개를 저었다. 그럴 리 없었다. 그는 단지 후계가 필요할 뿐이며, 테네르를 끝내 데려가려는 것은 그 후계를 위해서일 뿐이었다. 그 사람을 곁에 두고 싶어서가 아니라…….

"폐하."

사무엘의 부름에 상념이 뚝 끊어졌다. 레온하르트는 고개를 들었다.

"간밤 그런 말씀을 드렸던 것은, 그저 다른 이들의 눈을 신경 쓰시란 의미였습니다. 황제 폐하께서 황후 폐하를 아끼고 사랑하시는 게 무슨 문제가 되겠습니까."

"……."

"다른 이들 앞에선 황후 폐하의 위신을 세워 줄 정도로만 대하시란 뜻이지, 무감정한 사람이 되셔야 한다는 게 아닙니다."

사무엘의 목소리는 어린 손주를 대하듯 다정했다.

"조부님, 나는……."

"짐승도 곁에 두면 정이 붙는 법입니다. 하물며 부부간에는 오죽할까요."

짧은 침묵이 맴돌았다. 사무엘은 여전히 정중했고, 또한 차분했다. 온기 어린 시선을 견디지 못한 것은 레온하르트 쪽이었다.

"그런 게 아닙니다."

"……."

"조부님이 생각하는 그런 게 아닙니다."

"그렇습니까."

사무엘은 더는 덧붙이지 않고 말을 마쳤다. 레온하르트는 꼭 하지 말라는 짓을 기어코 하고 만 어린아이가 된 것만 같았다. 주절주절 변명을 늘어놓고 싶었지만, 그 꼴이 우스워질 것을 알기에 결국은 입을 다물고야 말았다.

* * *

그 후로도 레온하르트는 종종 테네르를 찾았다. 테네르는 매번 몸이 좋지 않다며 거절했다. 마침 단유로 젖몸살이 심하게 와 사흘을 앓아누웠으니 아주 거짓말은 아니었다.

입맛이 없어 먹은 게 없는데도 내내 멀미를 하듯 울렁거렸고, 젖이 단단하게 차오른 가슴은 조금만 스쳐도 아팠다 이틀째 되는 날은 갑자기 열이 올라 의사를 부르기도 했다.

몸이야 고되었지만, 끙끙 앓는 와중에도 테네르는 당장 레온하르트를 만나지 않아도 되는 핑계가 생겨 조금은 안도했다. 그를 마주하는 것도, 그와 그날 일에 관하여 이야기를 나누는 것도 까마득히 어렵기만 했으니.

"황후 폐하, 황제 폐하께서 뵙기를 청하십니다."

트라벨 공작이 내어 준 하녀가 공손히 머리를 조아렸다.

"아직 몸이 좋지 않으시다면 무리하실 필요 없으니 편히 말씀해 달라고 하셨습니다."

"……그래."

앓아누운 동안 레온하르트가 종종 왔다 간 것은 알고 있었다. 자신이 들어가면 불편해할 거라 여긴 건지 상태만 묻고는 문 앞에서 돌아갔던 것도.

사실 마음 같아선 몸이 좋아진 지금도 계속 환자 행세를 해 만남을 피하고 싶기는 했다. 그러나 언제까지고 피할 수는 없는 노릇이었다. 시찰도 마무리되었는데 자신 때문에 제도로 돌아가는 것이 미뤄지고 있지 않은가.

"오늘은 뵐 수 있을 것 같구나."

테네르가 대답하자, 하녀는 만면에 화색을 띠었다. 그간 매번 거절의 의사를 전하는 것이 눈치가 보였던 모양이었다.

"예, 그럼 폐하를 모셔 오도록 하겠습니다."

"……아니."

테네르는 얼른 밖으로 나가려는 하녀를 붙잡았다.

"계속 방 안에만 있던 게 답답해서…… 밖에서 뵈어도 될지 여쭈어 주겠니?"

"예, 알겠습니다!"

하녀는 얼른 대답하곤 혹 명령을 거둘세라 냉큼 밖으로 나가 버렸다. 테네르는 닫힌 문을 흘깃 보고는 몸을 일으켰다.

그래. 이대로만 있을 수는 없겠지.

슬픔도 원망도 시간이 지날수록 희석되었다. 얼마든지 좋게 생각할 수 있는 일이었다. 그는 자신을 위해 그랬던 게 아닌가. 바라지 말라고 한 사랑을 기어코 원하고 만 자신을 탓하지 않고 맞춰 주려고 했던 게 아닌가.

스스로를 탓하는 것은 오래된 습관이었다. 어릴 때부터 그래 왔으니 새삼 어려울 것도 없었다. 아비가 제게 윽박지를 때도, 손찌검할 때도, 나이 든 백작에게 팔아넘기겠다 위협할 때도 그를 원망해 본 적 없지 않은가.

'……원망할 엄두도 나지 않을 만큼 무서웠던 거지만.'

테네르는 자조하듯 웃었다. 결국은 그가 아비만큼 두렵지 않았으니 원망이나마 할 수 있었던 거였다. 그가 아비처럼 자신을 때리고 위협했더라면 입도 벙긋하지 못했을 거면서.

그러니 이제라도 주제에 맞게 굴면 되는 일이었다. 그는 너그러운 사람이니, 지금이라도 그날 일에 관하여 용서를 구한다면 크게 문제 삼지는 않으리라.

테네르는 하녀를 불러 단장을 돕게 했다. 장식이 많지 않지만, 재질이 매끈한 단정한 드레스를 입었고, 화장 또한 아름답게 꾸미기보다는 예의에 어긋나지 않을 정도로 가볍게 해 줄 것을 요구했다.

"폐하께선 준비가 끝나셨니?"

"예, 황후 폐하. 온실에서 기다리고 계십니다."

열이 내린 지 얼마 지나지 않았으니 정원에서 산책을 하는 건 무리라 생각하는 모양이었다. 익숙한 배려에 테네르는 작게 웃었다.

추위를 많이 타는 자신을 위해 겨울용 외투를 몇 벌이나 사들이던 사람이었다. 그는 예나 지금이나 한결같은 사람이니, 자신만 욕심을 부리지 않으면 되는 일이었다.

테네르는 조슈아에게 외투를 마저 입히고 몸을 일으켰다. 아이는 복도를 지나다니는 사용인들을 향해 속없이 웃으며 손을 흔들었다.

* * *

공작 성의 온실은 가벼운 산책이나 티타임을 즐길 수 있을 정도로 큰 규모였다. 한쪽에는 알록달록한 꽃들이, 한쪽에는 겨울에 보기 힘든 채소와 과일이 자리했다. 차를 마실 수 있는 야외 테이블 위에는 설익은 포도가 주렁주렁 열려 있었다.

테네르는 조슈아의 손을 잡고 온실에 발을 들였다. 앉아 있던 레온하르트가 얼른 자리에서 일어나는 것이 눈에 들어왔다.

"테네르."

"……폐하를 뵙습니다."

테네르는 얼른 무릎을 굽혀 인사했다. 눈이 휘둥그레진 채 온실을 둘러보던 조슈아는 멀찍이 서 있는 레온하르트를 보곤 까르르 웃었다.

"아빠!"

이러나저러나, 조슈아는 아빠를 참 좋아하는 아이였다. 에리히는 '아빠'가

'삼촌'보다 발음하기 쉬워서 그런 거라고 우겨댔지만, 만날 때마다 눈을 크게 뜨고 아비를 관찰하는 걸 보면 꼭 그것 때문만은 아닌 것 같았다.

"그래, 조시."

레온하르트는 퍽 자연스레 조슈아를 품에 안았다. 그는 아이의 볼에다 입을 맞추곤 고개를 들었다.

"몸은…… 좀 괜찮으십니까?"

"걱정해 주신 덕에 많이 나았습니다. 괜히 저 때문에 출발이 늦어져 송구스럽습니다."

테네르는 여전히 공손하게 말했다. 레온하르트는 어쩐지 착잡한 얼굴로 그녀를 보았다.

"괜찮아지셨다면 다행입니다."

레온하르트는 테네르에게 조심스레 손을 내밀었다. 조금은 긴장한 기색이었다. 테네르는 잠깐 망설였지만 이내 그의 손에 손을 포개었다. 그의 손은 예나 지금이나 다를 바 없이 크고 따뜻했다.

테네르가 테이블에 앉고 얼마 지나지 않아 사용인들이 트레이를 끌고 왔다. 따끈한 차와 스콘, 싱그러운 냄새를 풍기는 과일들이 테이블 위에 올라왔다. 레온하르트는 사용인들이 온실을 나가고 난 뒤에야 입을 열었다.

"……야위셨습니다."

"계속 속이 좋지 않아서요. 그러는 폐하께서도……."

테네르는 말끝을 흐렸다. 그 또한 어지간히 신경을 쓰고 있었던 건지, 멀끔하던 얼굴이 어쩐지 수척해진 것만 같았다.

이런 모습을 좋아했었다. 사랑을 바라지 말라던 냉정한 말과는 달리 지극히 따뜻하고 인간적인 모습을. 사랑을 고백했을 때 약속을 지키지 못한 것을 탓하는 대신 그 마음을 받아 주지 못해 미안해하던 모습을.

"저 때문에…… 그런 건가요."

"내가 그대를 아프게 했을까 봐 걱정했습니다."

"……."

"그러니 그대 탓이 아니라 오롯이 내 잘못입니다."

테네르는 그의 말이 진심이라고 생각했다. 그는 황궁에 있을 때부터 그녀가 무리하거나 아프지 않을까 늘 걱정하던 사람이었으니.

레온하르트의 무릎에 앉은 조슈아는 작은 스콘을 우물거리다 몸을 돌렸다. 그리고는 먹던 스콘을 꼭 쥐고 레온하르트에게 내밀었다.

"아빠, 이거."

"……내게 주는 거니?"

조슈아를 데려온 것은 잘한 선택이었다. 아이는 조금은 어색하던 분위기를 부드럽게 풀어 주었다. 레온하르트 또한 같은 생각인지 아이의 머리를 쓰다듬으며 스콘을 작게 한입 베어 물었다. 조슈아는 줄어든 스콘과 입을 작게 우물거리는 아비의 모습을 번갈아 보았다.

"고맙구나, 조……."

"으이잉……."

조슈아를 칭찬하려던 레온하르트는 돌연 들려온 소리에 놀라 눈을 끔뻑였다. 언제나처럼 까르르 웃을 거라 생각했던 아이가 왜인지 잔뜩 울상을 짓고 있었다.

"조시?"

"엄마아……."

조슈아는 급기야 눈에 눈물을 그렁그렁 매단 채 엄마를 찾았다. 테네르 또한 놀라 아이를 안고 얼렀다.

"왜 그러니? 아빠 드시라고 드린 게 아니야?"

졸지에 아이를 울려 버린 레온하르트는 당혹감을 숨기지 못하고 테네르를 보았다. 테네르는 자신도 모르겠다는 듯 고개를 젓고는 아이의 엉덩이를 가볍게 토닥거렸다.

"뭐냐고 여쭤본 거니? 아니면…… 그냥 보여 드린 거니?"

테네르가 조슈아에게 이것저것 물었지만, 아이는 그저 서러운 듯 어미에게 안겨 울 뿐이었다. 아이의 서러움은 어른으로선 이해 못 할 구석이 많았기에, 테네르는 이해하는 것을 포기하고 그저 달래는 것에 집중했다.

"내가…… 너무 많이 먹었습니까?"

레온하르트가 민망한 얼굴로 물었다. 어른의 입장에서는 갚아먹은 수준이었지만 아이에게는 다른가 싶어서였다. 테네르는 손으로는 여전히 아이를 다독이며 그를 보았다.

"잘 모르겠습니다. 아이는 기억력이 짧다는데, 자기가 드시라고 드려 놓곤 잊어버린 건지……. 나눠 주면 자기 몫이 줄어든다는 걸 이해하지 못했던 건지……."

"종종 나눠 주지 않았습니까?"

"그게……. 저나 오라버니는 매번 먹는 시늉만 해서……."

뭐가 되었건, 아이가 먹으란다고 정말로 먹은 게 잘못이라는 의미였다. 레온하르트는 어쩐지 큰 죄를 지은 심정으로 조슈아의 시선을 끌 만한 다른 것을 찾았다. 설익은 포도를 한 송이 따 흔들자, 조슈아는 훌쩍거리면서도 달랑거리는 포도 알을 붙잡았다.

"이건 포도란다, 조시. 포도."

"……포도."

다행스럽게도 알알이 흔들리는 것이 아이의 시선을 잡아끈 모양이었다. 아이가 손을 뻗자, 테네르와 레온하르트가 동시에 안도의 한숨을 내쉬곤 고개를 들었다. 눈이 마주치자 누가 먼저랄 것도 없이 민망한 웃음이 터져 나왔다. 잔잔한 웃음소리가 따스한 온실 속에 번졌다.

"내가 배워야 할 게 많습니다."

"저도 모르는 게 많은걸요."

테네르는 조슈아가 포도 알을 뜯는 것을 도우며 말했다. 신 포도를 입에 넣은 아이가 얼굴을 찡그리며 뱉는 것을 보곤 또 웃었다. 일부러 포도 알을 입에 넣곤 시다는 듯 얼굴을 찡그려 아이를 웃게 하기도 했다.

레온하르트는 자리에 앉은 채 그 모습을 보았다. 온실에는 햇볕이 잘 들었고, 무성한 나뭇가지 사이로 비치는 빛이 테네르와 조슈아를 비추고 있었다. 같은 하늘에서 내리는 빛인데, 왜 한 사람만 비추는 것 같은지.

"……테네르."

레온하르트는 기시감을 느끼며 입을 열었다. 이런 장면을 언젠가 본 적이 있었다. 수많은 영애들 중 하필이면 그녀에게 첫 춤을 청하던 순간이. 화려하게 치장한 사람들 속 유독 그녀가 눈에 들어오던 순간이.

"……미안합니다."

예기치 못한 말이었는지 테네르가 눈을 동그랗게 뜨고 그를 보았다. 눈이 마주쳤지만, 레온하르트는 그녀의 얼굴을 오래 보지 못했다.

"그대에게 상처를 주려던 건 아니었습니다."

"……."

"그대의 마음에 화답하지 못했던 게 내내 마음에 걸렸습니다. 내가 그대의 마음을 받아 주었다면 그대가…… 그렇게 도망치지는 않았을 거라 생각했습니다."

테네르는 대답이 없었다. 그녀는 그저 포도를 뜯는 데에 열중한 아이를 쓰다듬을 뿐이었다.

"뒤늦게라도 그대를 달래 주고 싶었습니다. 황명으로 데려가는 것보다는…… 그대가 원하는 것을 들어주고 싶었습니다."

"아이가 있다는 건…… 어떻게 알게 되셨나요?"

테네르는 불쾌한 기색 없이 입을 열었다. 꼭 오늘의 날씨를 묻는 듯한 목소리였다. 레온하르트는 조금 망설이다 입을 열었다.

"하녀가 끝내 입을 열지 않던 게 수상쩍어 그대를 진단한 의사를 추궁했습니다. 원래는 회임한 걸 내게 말할 예정이라고 하셨다고요."

"……."

"테네르."

레온하르트는 조심스럽게 테네르의 손을 잡았다. 테네르는 잡힌 손을 흘 긋 보았지만 단지 그뿐이었다.

"내가 그대를 많이 아낍니다."

"……."

"그대는 좋은 사람이고, 좋은 황후고, 또 내 아이를 낳아 준 사람입니다. 내게 황후가 그대뿐이란 말은 결코 거짓이 아닙니다."

조슈아는 뜯어낸 포도 알을 자랑하듯 흔들더니 미련 없이 바닥에 던져 버렸다. 단단한 알갱이가 바닥에 튕겨 올라갔다가 구르는 것을 유심히 관찰하기도 했다. 테네르는 아이를 보았고, 레온하르트는 그런 테네르를 보았다. 가지런히 다물려 있던 테네르의 입술이 천천히 움직였다.

"폐하께선…… 좋은 분이십니다."

"……."

"정말 나쁜 사람은 큰 잘못을 해도 새삼스럽지 않은데, 좋은 사람들은 사소한 실수를 해도 크게 느껴지지요. 제가 잠깐이나마 폐하께 화가 났던 건……. 폐하께서 그만큼 좋은 분이기 때문입니다."

테네르의 목소리에는 분노도, 악의도 없었다. 그녀는 그가 알던 모습 그대로 차분하고 잔잔했다.

"그간 베풀어 주신 은혜에 비하면 아주 작은 실수라는 것을 알고 있습니다. 폐하께 절 아프게 하실 의도가 없었다는 것도, 오히려 제 마음을 헤아려 주시려 했던 것도요. 제가 말도 안 되는 고집을 부렸는데도 벌하지 않고 이렇게…… 손을 내밀어 주셔서 감사합니다."

"내가 어떻게 그대를 벌하겠습니까."

"늘 이렇게 말씀하는 분이었죠."

테네르는 작게 웃었다. 맞닿은 손끝이 간질거리는 것은 저 웃음 때문일까. 가슴 한구석이 괜스레 울렁거렸다.

"저야말로 그날 괜한 말씀을 드려 폐하의 마음에 짐을 안겨 드렸습니다."

테네르가 다시금 입을 열었다.

"처음부터 사랑을 바라지 말라고 말씀하셨는데 제가 헛된 욕심을 부렸지요. 그 덕에 조시를 낳을 수 있었던 거지만……."

애정이 담뿍 담긴 시선이 아이를 향했다. 다시 만난 후 한동안 보아 왔던 시선이었다. 딱딱한 예의나 미사여구 없이 다가와 안기고, 얼굴을 붉히면서도 입을 맞추고, 다정한 목소리로 제 이름을 부르던 그 모습. 테네르는 아이의 뜻 모를 말을 몇 마디 받아 주다가 고개를 들었다.

"이젠 괜찮습니다, 폐하."

레온하르트는 괜찮다는 말이 어쩐지 실감이 나질 않았다. 화를 내는 것도, 며칠 전처럼 고집을 부리는 것도 아닌데, 괜한 불안감이 뒤늦게서야 등줄기를 타고 스멀스멀 올라왔다.

뭐가 괜찮다는 건가.

왜 이렇게 순순히.

"폐하께선 늘 한결같은 분이었고, 제국과 황실을 가장 중요하게 여기시는 것을 알고 있습니다. 저 또한 이제는 폐하의 뜻에 따라 삿된 욕심을 버릴 테니, 앞으로는 예전처럼 편히 대해 주시면 됩니다."

차분한 목소리에는 어떠한 분노도, 슬픔도 느껴지지 않았다. 욕심을 버리겠다니. 이전처럼 대하라니. 그게 무슨 소리인가.

"이해가 되질 않습니다."

레온하르트는 작게 입을 열었다. 테네르는 그를 보며 차분히 웃었다.

"앞으로는 폐하를 사랑하지도, 폐하께 사랑을 바라지도 않겠습니다. 그러니 걱정 마시고……."

"테네르."

레온하르트는 다급히 테네르를 불렀다. 테네르는 잠시 말을 멈추었다. 태연한 얼굴에 괜스레 숨이 막혔다.

저런 말을, 저렇게 아무렇지도 않게……

'다만 이전처럼 폐하를 사랑하지는 않을 겁니다.'

당연한 일이라고 생각했다.

사랑한다고 거짓말한 자신을 계속 사랑하는 것부터가 말도 안 되지 않나. 그러니 그녀가 자신에게 화를 내거나 원망을 쏟아 내는 것쯤 충분히 각오하고 있었다.

하지만 아무렇지도 않게 저런 말을 뱉는 걸 보자 안도감보다는 짙은 불안이 일었다. 혹 빈정대는 것일까. 차마 황제인 자신에게 화낼 수가 없어 저런 식으로 구는 것일까.

"내게 화가 나셨습니까?"

레온하르트의 물음에 테네르는 조금 놀란 얼굴이었다.

"화가…… 난 것 같나요?"

어리둥절한 표정에 말문이 막혔다. 잠깐 고민하는 듯하던 테네르는 이내 무언가 깨달은 듯 입을 열었다.

"다른 의미가 있는 게 아니라, 폐하의 뜻에 따르려는 것뿐입니다. 폐하의 말씀대로, 조슈아에게도 그게 좋을 테니까요."

"……."

"아이를 위해서라도 제가 황궁에 가야 한다는 걸 알고 있습니다. 그날과 같은 이야기도 다시는 꺼내지 않겠습니다. 그저 폐하께 누가 되지 않으려는 거니, 제가 다른 생각을 품었을까 염려하지 않으셔도 됩니다."

테네르는 차근차근 설명했지만, 레온하르트는 이상하게도 안심이 되지 않았다.

사랑하지도, 사랑을 바라지도 않겠다고 하지 않나. 조슈아가 그의 아이임을 순순히 인정하고, 아이를 위해서 황궁에 가겠다고. 모든 것을 그의 뜻에 맞춰 주고 있는데 왜 전혀 기껍지 않은지.

"그대는…… 그래도 괜찮단 말입니까?"

"예, 폐하."

테네르는 천천히 고개를 끄덕였다. 레온하르트는 그 표정에서 거짓을 찾으려고 했다. 그것이 걱정인지 바람인지도 모른 채로.

"그대가 바라는 건 아무것도 이루지 않아도 괜찮다고요?"

말을 뱉으면서도 괜스레 속이 턱턱 막혔다. 테네르의 고개가 한쪽으로 기울었다. 그러다 살풋 웃었다.

"그럼 그날 말씀드렸던 대로 아이와 함께 보내 주실 건가요?"

"……."

테네르는 대답하지 못하는 레온하르트를 보며 부드럽게 웃었다. 따뜻한 온실에 내리쬐는 햇살이 그녀의 밀 색 머리카락과 속눈썹을 반짝일 정도로 비춰 주었다.

그때도 이렇게 입술이 마르고 목이 탔던가. 별것 아닌 웃음소리가 시선을 잡아끌고, 수많은 영애들 중 유독 그녀가 눈에 들어오던 순간에도.

곧이어 테네르가 화제를 돌렸지만, 갈증은 당최 사라지지 않았다. 무언가 잘못되어 가는 듯한 불안감 또한 마찬가지였다.

06

제도로 돌아가는 마차에는 네 사람이 탔다. 공작 성으로 갈 때에는 '오붓한 시간 보내시라'며 굳이 다른 마차를 타던 에리히가 이번에는 같은 마차에 오른 탓이었다.

넓디넓은 황실 마차는 아이가 포함된 네 사람 정도는 거뜬히 탈 만큼 넓었지만, 어쩐지 불편한 공기가 맴도는 것은 어쩔 수 없었다.

"너 괜찮은 거 맞아? 괜히 무리하는 거 아니지?"

"정말 괜찮아요."

앙즈 부인이 미리 챙겨 준 찻잎 덕인지, 하녀가 차갑게 해서 가져온 양배추 덕인지, 가슴의 열감은 완전히 가라앉았고 울렁거림도 덩달아 멎었다. 이제는 입맛도 제법 돌아 식사량이 다시 늘기도 했다. 그런데도 에리히는 괜히 유난을 떨었다. 레온하르트가 테네르에게 말을 걸 때면 언제 그랬냐는 듯 입을 꾹 다물었지만.

황제를 대하는 것치고는 다소 불손한 태도였지만, 레온하르트는 에리히의 태도를 모른 척해 주었다. 간간이 테네르가 나무라듯 오라비를 부를 뿐이었다.

"돌아가는 길에는 축제를 볼 수도 있을 겁니다."

"벌써 그럴 시기가 되었네요. 조시가 좋아할 것 같습니다."

마음에 들지 않는 티를 잔뜩 내고 있는 오라비와 달리, 테네르는 정말로 이전과 다를 바 없이 레온하르트를 대했다. 공작 성에 있을 때는 아이를 안은 채 그와 나들이를 가기도 했고, 만찬의 초대에도 기꺼이 응했다.

시도 때도 없이 가져다주던 선물이나 사랑의 속삭임이 사라진 것을 제외하곤 달라진 것 하나 없는 일상이었다. 테네르는 레온하르트에게 종종 조슈아를 안겨 주기도 했고, 황궁에 돌아간 이후에 관하여 말을 걸기도 했다. 그럴 때마다 레온하르트는 새삼스럽게도 안도했고, 동시에 저도 모르게 테네르의 눈치를 살폈다.

"……그럼 일정을 맞춰 볼까요. 제도로 갈수록 날씨도 제법 풀릴 테니, 이 참에……."

"이야. 조시, 저거 봐!"

에리히가 창밖을 내다보며 소리쳤다. 테네르와 레온하르트 또한 덩달아 옆을 돌아보았다.

"저거 봐. 하늘은 파랗고 구름은 하얗다, 그치?"

"……."

"저 황량한 벌판을 봐, 조시. 정말이지 아무것도 없네!"

"……이참에 잠시 둘러보고 가는 것도,"

"저기 사람들 보여? 아직 땅이 얼어서 밭갈이는 못 하나 보네. 밭갈이는 언제 하는지는 물어보지 마라. 나도 모르니까."

에리히는 조슈아를 꼭 안은 채 아무 말이나 나오는 대로 내뱉고 있었다. 어쩐지 두 사람이 대화를 나누려고 들 때마다 주절거리는 것으로 보아 목적이야 뻔했다.

"예, 폐하. 그럼 기사들은……."

"저 드높은 산을 봐, 조시. 저런 데에 사는 맹수들을 네 엄마가 한 방에 아작을 내는 거 아니냐. 그러니 네가 잘해야겠어, 못 해야겠어?"

에리히는 조슈아의 몸을 양옆으로 흔들며 짐짓 으르렁거렸다. 그러나 아이는 까르르 웃는 대신 끄응 하며 얼굴을 찡그렸다.

"……단쭈."

'단쭈'는 아직 '삼촌'을 잘 발음하지 못하는 조슈아가 에리히를 부르는 말이었다. 아직 정확한 발음은 아니었지만, 이래 봬도 '까뚜'에서 나름대로 발전한 모양새였다.

삼촌의 시선을 끈 조슈아는 작은 손을 번쩍 들어 자신의 엉덩이를 팡팡 두드렸다. 에리히의 얼굴이 조금 일그러졌다.

"……쌌나?"

"으응."

조슈아가 고개를 끄덕이자, 뒤늦게서야 마차 안에 냄새가 번지기 시작했다. 테네르와 에리히는 얼른 창문을 열었고, 레온하르트는 마부에게 이른 휴식을 명령했다.

마차가 멈추고 얼마 지나지 않아 기사들이 기저귀를 갈 만한 임시 막사를 만들었다. 조슈아는 찝찝한지 얼굴을 조금 찡그렸지만 울지는 않았다. 테네르는 짐 가방에서 새 기저귀와 수건, 깨끗한 물이 든 물병을 꺼내어 시종에게 건넨 후, 에리히 쪽으로 고개를 돌렸다.

"……오라버니."

"……."

"잠깐…… 따로 이야기를 나눌 수 있을까요?"

언제나 그렇듯 온화한 목소리였지만 찔리는 게 있는 입장에서는 달리 느껴지는 목소리였다. 에리히는 뒷목을 긁으며 그녀의 뒤를 따랐다.

테네르가 도착한 곳은 마차와 멀리 떨어지지 않은 나무 밑이었다. 기사들의 눈에서 아주 벗어나지는 않되 사적인 대화가 들리지 않을 거리이기도 했다.

"……내가 뭘 어쨌다고."

에리히는 테네르가 멈춰 서자마자 작게 투덜거렸다. 그러나 그녀가 고개를 돌리자 어쩐지 뜨끔한 듯 입을 다물었다.

"의도하신 거…… 아닌가요?"

"뭐가."

"폐하께서 말을 꺼내실 때마다 일부러 큰 소리를 내셨잖아요. 하늘이 파랗다느니, 구름이 하얗다느니……."

"아니, 없는 말을 한 것도 아니잖아? 하늘이 하얗고 구름이 파랗다고 한 것도 아니고."

"오라버니."

볼멘소리를 늘어놓던 에리히는 테네르의 부름에 다시금 입을 다물었다. 그의 입술이 삐죽삐죽 튀어나왔다. 테네르가 한숨을 내쉬며 달래듯 웃었다.

"……예의가 아니잖아요."

"……."

"폐하께서 그냥 넘어가 주신다고 해도, 계속 그러면 무안하실 거예요. 그러니까……."

"아, 네가 계속 호구처럼 구니까 그러는 거잖아!"

에리히가 빽 소리를 질렀다. 테네르는 갑작스러운 큰 소리에 놀라 눈을 끔뻑였다. 에리히는 그녀를 빤히 보며 씨근덕거렸다.

"네가 이제는, 어? 화도 안 내고 고분고분하게 구는 게 속 터져서 그런다, 왜."

그런 일이 있었으면서 아무 일 없었다는 듯 하하 호호 이야기를 주고받는 걸 보니 에리히는 그야말로 속에서 천불이 날 지경이었다. 하다못해 두 사람 사이에 불편한 침묵이라도 있다면 고소하기라도 할 텐데, 두 사람 모두 이전과 다를 바 없이 구는 것이 답답하기 그지없었다.

"차라리 폐하 애 아니라고 끝까지 박박 우기면 속이라도 시원하지, 너는 어떻게 된 애가…….”

“폐하께서 사과해 주셨어요. 그리 큰일도 아니었고요.”

“야, 너 솔직히 말해. 아직 폐하 좋아하냐?”

에리히가 이마를 감싸 쥐며 물었다. 테네르는 조금 어색하게 웃었다.

“폐하가 아직도 좋아 죽겠어서 그런 거면 그냥 솔직히 말해. 내가 어디서 사랑의 묘약이라도 구해서 폐하께 먹이거나, 정 떼는 약 같은 거 어떻게든 구해서 너한테 몰래 먹일 거니까.”

“그런 거 아니에요. 저도 자존심이 있는걸요.”

테네르가 소심하게 반박했으나 에리히는 코웃음 칠 뿐이었다.

“아니, 자존심이 있는 애가 그래? 아이고, 사과해 주셔서 감사합니다, 하고 홀라당 넘어가는 게?”

이번에는 테네르 쪽에서 말문이 막혔다. 에리히는 한숨을 푹 내쉬었다.

“내가 너를 진작에 한스 같은 애랑 재혼시켰어야 했는데. 적어도 걔는 진심이기라도 했지.”

에리히는 테네르를 볼 때마다 얼굴을 붉게 물들이던 마을 청년을 떠올리며 말했다. 조금 멍청하긴 했지만 귀염상의 외모에 살림도 야무지게 하는 듯하고, 또 테네르를 제법 좋아하는 기색이 아니던가. 테네르에게는 한참 부족한 신랑감이라 여기던 이가 지금에 와서는 제법 진실된 사람으로 느껴졌다. 그러나 정작 테네르는 미간을 가늘게 좁혔다.

“저…… 제 취향은…… 중요하지 않은 건가요?”

“뭐라고?”

제 동생의 입에서 이런 말이 나올 줄은 몰랐던지라, 에리히는 눈이 휘둥그레졌다. 테네르는 조금 민망하게 웃으며 볼을 긁었다.

“전 사랑만 받으면 누구든 상관없는 게 아닌데…….”

“어……. 어, 그래…….”

누구보다도 잘 알고 있다고 생각한 동생인데, 이럴 때마다 에리히는 당혹감을 숨길 수 없었다. 어차피 무엇을 해도 자신을 미워할 사람이라며 아비를 끊어 내는 걸 보았을 때부터 그랬다.

"너 은근히 단호하단 말이야."

"그런가요?"

"그래. 취향. 취향이란 말이지……."

에리히가 턱을 만지작거리며 중얼거렸다.

* * *

레온하르트는 팔짱을 낀 채 시종을 지켜보고 있었다. 아이는 아빠를 보곤 팔을 휘저으며 방긋방긋 웃었다.

시종은 제법 능숙하게 조슈아의 기저귀를 풀어내고 물수건으로 닦아 내었다. 간간이 레온하르트 쪽을 힐긋거리기도 했다.

"폐하. 냄새가 날 텐데……."

"괜찮네."

레온하르트는 새 기저귀를 손수 건네주며 말했다. 오래 사용한 흔적이 있는 천 기저귀는 깨끗하게 세탁되어 있었다. 처음에는 전부 새것으로 바꾸려 했지만, 마을 사람들끼리 품앗이를 한 물건이라 테네르에겐 제법 추억으로 남은 모양이었다.

물론 다시 황후가 되어야 할 그녀가 마을에서의 일들을 즐거운 듯 되새길 때마다 기분이 썩 좋지만은 않았다. 그러나 그렇다고 그녀가 좋아하는 것들을 없애고 싶지도 않았다. 이러나저러나 결국은 자신을 따라 황궁으로 돌아가는 사람이니, 사소한 것들에 괜한 꼬투리를 잡고 싶지 않은 마음이었다.

"……잘하는군."

레온하르트는 퍽 능숙하게 손을 놀리는 시종을 보며 말했다. 시종이 하하 웃었다.

"사실 부인에게 등짝을 맞아 가며 배웠습니다. 이렇게 폐하께 칭찬을 받은 걸 알면 부인도 무척 기뻐할 겁니다."

"나도 알려 주겠나?"

"……예?"

레온하르트의 물음에 시종은 기저귀를 고정시키다 말고 황송한 듯 머리를 조아렸다.

"폐, 폐하께서 하실 만한 일은 아닙니다."

"황후께서는 계속해 오시던 일이지."

"하지만……."

"명색이 아빈데, 방법은 알아야 하지 않겠나."

레온하르트는 퍽 부드럽게 말했다. 시종은 조금 고민하는 듯했지만 이내 끼워 넣었던 천을 조심스레 빼내어 펼쳤다.

"그럼 폐하, 이쪽에 기저귀를 깔고, 패드를 먼저……."

조슈아는 기껏 다 여며 놓은 기저귀를 다시 풀었는데도 눈을 말똥말똥하게 뜬 채 얌전히 누워 있었다. 기저귀를 갈고 나면 산뜻해지는 것을 아는 듯 까르르 웃기도 했다. 자신을 이토록 닮은 아이가 세상에 존재한다는 것이 여전히 신기하기만 했다.

레온하르트는 시종의 말에 따라 천 귀퉁이를 한데 모았다. 간간이 아이와 눈을 마주치기도 했다.

물론 이런 걸 안다고 해도 매번 직접 하지는 않을 것이다. 다만 시종에게 말한 대로 방법 정도는 알아 두고 싶었다. 그리고 조금 더 솔직히 말하자면…….

'……에반 경에게 지고 싶지 않은 마음이 더 크지.'

그러니까, 겁도 없이 자신을 견제하던 에리히 에반을 저도 모르게 신경 쓰고 있던 것이다.

아이는 자신을 꽤 좋아했지만, 그것은 아비에 대한 애정보다는 새로운 사람에 대한 호기심에 가까웠다. 아무래도 지금의 조슈아에게 더 아빠에 가까운 사람은 자신이 아닌 에리히일 것 같아서……

'역시 결혼을 주선해야겠군.'

황제 된 사람이 중매쟁이로 나서는 것도 참 격 떨어지는 일이었지만, 그를 테네르의 곁에서 치우기 위해선 그 방법이 최선이었다. 누가 봐도 괜찮은 영애를 들이민다면 차마 거절하지는 못할 테고, 오라비를 각별히 생각하는 테네르도 기뻐하면 기뻐했지, 싫어하지는 않을 것이다.

레온하르트는 시종이 말하는 대로 조슈아의 기저귀를 채운 후 상체를 바로 세웠다. 아예 바지까지 손수 입히고 나자 시종은 어쩐지 뿌듯한 얼굴이었다.

"황후 폐하께서 아신다면 분명 감동하실 겁니다."

"……."

사용인들은 여전히 레온하르트가 테네르에게 푹 빠진 줄 아는 모양이었다. 처음 테네르가 방을 따로 쓰기 시작할 때는 혹 부부 싸움이라도 한 게 아닌가 하는 말이 있었지만, 두 사람의 태도가 전과 다를 바 없이 평화로우니 이제는 조금 다른 이야기가 돌았다.

황제는 황후가 폐위된 후에도 잊지 못할 만큼 그녀를 사랑하지만, 마음씨 착하고 현명한 황후는 그가 선대의 전철을 밟지 않도록 선을 긋고 있는 거라고.

의도한 적은 없었지만, 테네르를 위해선 잘된 일이긴 했다. 레온하르트는 그녀가 하루빨리 이전의 위치를 찾기를 바라고 있었으니.

레온하르트가 마차로 돌아오고 얼마 지나지 않아 에리히와 테네르 또한 돌아왔다. 눈이 마주치자 테네르는 조금 어색하게 웃었고, 에리히는 고개를 숙이는 척 눈길을 피했다. 필시 아까의 일로 이야기를 나누었던 건지 그의 얼굴에는 불만이 가득해 보였다.

"다시 출발해도 되겠습니까?"

"예, 폐하. 충분히 쉬었습니다."

"에반 경은?"

고개를 돌려 묻자, 에리히는 왜 자신에게 말을 거냐는 듯한 표정을 지으면서도 마지못해 고개를 끄덕였다.

"예, 폐하."

"그럼 가지."

레온하르트는 마부에게 출발을 명령했다.

어린아이가 동행하고 있었기에 이동 속도는 상당히 더딘 편이었다. 덕분에 출발할 때와는 달리 제법 느긋한 순행길이었다. 조슈아는 창밖을 구경하며 간식을 먹곤 얌전히 잠들었다.

레온하르트는 아이의 등을 다독이며 테네르를 보았다. 테네르는 작은 손가방에서 바늘과 실을 꺼내 수를 놓고 있었다.

"……어지럽진 않으십니까?"

"마부가 운전이 능숙하여 괜찮습니다."

테네르는 웃으며 대답했다. 그 웃음을 볼 때마다 레온하르트는 새삼스레 안도했고, 한편으로는 조금 허전한 기분이 들기도 했다. 아마 자신의 사랑을 믿고 있던 그녀가 어떻게 웃었는지 기억하기 때문이리라.

"……폐하."

그를 부른 것은 다름 아닌 에리히였다. 레온하르트는 의아한 얼굴로 그를 돌아보았다.

"테네르가 황궁에 가면…… 무엇을 해 주실 겁니까?"

들려온 물음은 의외의 것이었다. 자신을 꺼리는 기색을 숨기지 않던 사람이라 무언가를 요구하려는 듯한 모습이 다소 의아했다. 합의된 이야기는 아니었는지 테네르가 놀란 얼굴로 오라비를 붙잡았다.

"오라버니, 그런 이야기는……."

"황후는 황제의 옆에 서는 사람이니, 응당 그에 맞는 대우를 할 것이네. 혹 후작가에서 원하는 것이 있나?"

거기까지 말한 레온하르트는 자연스럽게 에리히의 결혼 이야기를 꺼내려 했다. 예전보다 결혼 시기가 늦어진 덕에 미혼의 영애들 중에는 에리히와 나이가 비슷한 자들도 있었으니.

"후작가는 괜찮습니다. 다만……."

에리히는 고개를 저으며 슬쩍 테네르를 보았다.

"정부는 몇 명까지 허락하실 건지 여쭙습니다."

그 말에 부지런히 움직이던 테네르의 손이 그 자리에 멈추었다. 레온하르트 또한 아이를 다독이던 손을 멈추었다.

"……정부?"

"예, 폐하. 건강한 후계도 태어났겠다, 폐하께서 허락해 주신다면 테네르의 취향에 맞는 정부를 들여도 문제가 없는 줄 압니다."

"오라버니, 무슨 말씀을……."

테네르는 황급히 자수틀에 바늘을 끼워 넣은 채 입을 열었다. 그러나 에리히의 시선은 레온하르트를 향하고 있을 뿐이었다.

"폐하께서는 테네르에게 연인이 되어 주실 수 없지 않습니까. 하지만 아직 젊고 건강한 동생이 독수공방하는 꼴은 도저히 보기 힘들 것 같아서요."

"……."

레온하르트는 말문이 막혔다. 정부를 두어도 되느냐 허락을 구해도 어처구니없을 판에, 몇 명까지 허락할 거냐고? 에리히는 당황한 기색은 안중에도 없이 말을 이었다.

"제가 알기로, 가장 많은 정부를 들였던 황후는 약 열두 명의 미남자를 곁에 두었다고 하던데……. 황실의 품위를 지키기 위해선 최대 일곱 명 정도로 제한을 두는 것이 좋지 않을까 합니다."

"무슨 말씀이세요, 오라버니. 전 딱히 그럴 생각은……."

"물론 테네르의 취향에 맞는 자들로 직접 골라 주셔도 좋고요."

에리히가 잘라 말하자, 테네르는 당황한 듯 입을 뻐끔거렸다. 아무 말도 하지 못하는 것은 레온하르트 또한 마찬가지였다.

사실상 에리히의 말이 아주 틀린 것은 아니었다. 그의 말대로 선대에는 약 열두 명의 정부를 들인 황후가 있었고, 자신 또한 테네르가 황궁에 있을 당시 첫 아이를 낳고 나면 정부를 들여도 된다고 말했던 전적이 있었으니.

그러나 막상 이런 소리를 듣자 그러라는 대답이 쉬이 떨어지지 않았다. 자신이 연인이 되어 줄 수 없으니 다른 이라도 내어 주는 게 좋다는 걸 알면서도.

"취향이라뇨. 저는……."

"왜. 너도 취향 있다면서. 한스 같은 애들은 취향 아니라고."

"그건 그런 의미가……."

테네르는 얼굴이 빨개진 채로 손사래를 쳤다. 그러거나 말거나 에리히는 레온하르트를 돌아보며 재차 물었다.

"몇 명까지 허락하실 겁니까?"

"……."

그는 반드시 대답을 듣겠다는 듯 레온하르트에게서 눈을 떼지 않았다. 어쩔 줄 몰라 하는 것은 테네르 쪽이었다.

"폐하, 저는 그럴 생각이 없으니 개의치 마시고……."

"마음이야 언제든 달라질 수 있는 법입니다. 지금은 이렇게 손사래를 치더라도 언제 마음 가는 이가 생길지 모르는 거고요. 미리 허락을 받아야 테네르도 마음 편히 새로운 사람을 만날 수 있지 않겠습니까?"

"……글쎄."

레온하르트는 간신히 입을 열었다.

"아직은 이르지 않겠나? 식도 올리지 않았는데 벌써 정부라니."

"그렇습니까? 식도 올리지 않았는데 같은 방부터 쓰시기에 그런 건 신경 쓰시지 않는 줄 알았는데."

에리히가 빈정거렸다. 테네르는 레온하르트의 눈치를 살피며 오라비의 옷 깃을 잡아당겼다.

"그만하세요, 오라버니."

"왜, 이참에 확실히 해야지. 너도 혼자 궁상떨지 말고 잘생긴 놈 만나서 연애도 하고 그래. 그래야 폐하께서도 부담스럽지 않으실 테니까."

"그런 게……."

"야, 솔직히 너 잘생긴 거 좋아하잖아. 제임스만 해도……."

귀에 익은 이름에 레온하르트의 눈썹이 작게 꿈틀거렸다.

제임스 폴은 원래 황궁에 있다가 북부에 파견된 관리였다. 가까이 갈 때마다 이상하게 좋은 향기가 나는 남자이기도 했다. 하지만 잘생겼다는 말을 들을 정도로 수려한 외모는 아니었을 텐데.

"제임스가 잘생긴 건 맞지만……. 그게 전부는 아니에요."

테네르의 대답은 더욱 가관이었다. 레온하르트는 어안이 벙벙하여 그녀를 보았다. 함께 시찰을 나갔을 때 인사를 주고받기야 했지만, 늘 자신의 곁에 있었기에 사적으로 친해졌을 시간은 없었다.

'어느 틈에…….'

언제 이름을 부를 만큼 스스럼없는 사이가 되었단 말인가. 레온하르트는 저도 모르게 그를 처음 만났을 때 그녀의 반응을 되새겼다. 그의 인사를 받아 주며 조금은 쑥스럽게 웃었던가. 그간 대수롭지 않게 넘겼던 일들이 새삼 달리 느껴졌다.

"……어쨌거나 잘생겨서 눈이 갔다며?"

에리히는 레온하르트의 반응은 안중에도 없이 발개진 얼굴의 동생을 놀리기 바빴다. 레온하르트는 한참을 고민하다가 테네르 쪽으로 고개를 돌렸다.

"폴 경이 마음에 드십니까?"

"……예?"

테네르의 눈이 동그래졌다. 레온하르트는 마른침을 삼키곤 둘러대었다.

"그는 유능한 인재이긴 하지만, 황후의 격에 맞는 상대가 아닙니다."

"폐하, 그게 아니라……."

"더구나 폴 경은 북부에서 해야 할 일이 있어 제도에서 만나기는 어려우실 겁니다."

레온하르트는 지극히 이성적이고 합리적으로 말했다. 사실상 제임스 폴은 아카데미 설립이 마무리되는 즉시 황궁으로 돌아올 예정이었지만, 생각해 보니 기왕이면 설립을 맡은 이가 계속 북부에 머물며 운영을 돕게 하는 것이 더 효율적이지 않나 싶어서였다.

그러니까, 테네르가 정부를 들이는 것이 못마땅해서 그런 게 아니라.

"저, 폐하."

테네르가 어쩐지 조심스럽게 입을 열었다. 우물쭈물하는 모양새에 어쩐지 속이 갑갑했다. 무슨 말을 하려고 그러는 것인가. 혹 그를 제도에 데려가는 것을 허락해 달라고? 그가 취향에 맞으니 정부로 들이게 해 달라고?

"지금 이야기하는 제임스는…… 마을에서 타고 다니던 말입니다."

작게 들려온 목소리에 어지럽게 뒤엉키던 생각들이 일제히 멈추었다. 레온하르트는 눈을 들어 테네르를 보았다.

"말……이요?"

"예, 폐하. 북부에서는 말에게 사람의 이름을 붙여 주면 오래 산다는 속설이 있어서……."

테네르가 어물어물 말끝을 흐렸다. 레온하르트는 그제야 제임스를 처음 만났을 때 테네르의 웃음이 다소 어색했다는 것을 기억해 냈다.

"아이에게 부끄러운 어미가 될 생각은 없으니 신경 쓰지 않으셔도 됩니다."

테네르는 아비의 품에 잠든 아이를 보며 부드럽게 말했다. 정부를 들일 생각이 없다는 말이었다. 조슈아를 운운하는 말에 이번에는 에리히마저 입을 다물었다. 그러나 꾹 다물린 입이 삐죽거리는 것은 어쩔 수 없었다.

"……그렇습니까."

정략결혼으로 맺어진 부부가 각자 정부를 두고 사는 것은 드문 일이 아니었다. 자신 또한 자신의 핏줄과 관련된 일이 아니었다면 어미와 살바토르 공작이 어떤 사이였든 그러려니 넘겼을 테니.

그러나 테네르의 말을 구태여 부정하고 싶지 않은 것은 자신의 아이에게 어떤 충격도 주고 싶지 않은 부성애의 일종인가, 아니면⋯⋯.

"그 제임스라는 말은, 그렇게 잘생겼습니까?"

레온하르트가 적당히 화제를 돌리자, 테네르는 지체 없이 고개를 끄덕였다.

"예, 폐하."

퍽 단호하게까지 느껴지는 대답이었다. 이쯤 되니 그 말이 도대체 어떻게 생겼기에 이런 말이 나오나 싶을 지경이었다. 뚱한 얼굴로 있던 에리히가 입을 열었다.

"숲에 살던 야생마인데, 다리를 다친 것을 치료해 주고 데려왔습니다. 테네르를 유독 잘 따랐고요. 가끔 아빌라에 데려가면 웃돈을 줄 테니 팔라고 하는 이들이 있었을 정도로 잘생긴 말입니다."

"아끼는 말이라면 황궁에 데려가도 될 것을요."

레온하르트가 말하자, 테네르는 조금 머뭇거렸다.

"혈통 없는 말이라⋯⋯. 황실에는 어울리지 않습니다. 거기다 활동량이 많아 황궁을 갑갑해할 테니, 그 아이 또한 북부에서 지내는 걸 더 좋아할 거고요."

양순하기 그지없는 대답이었다. 그러나 레온하르트는 그녀의 목소리에 담긴 일말의 아쉬움을 놓치지 않았다.

그러니까, 황궁으로 돌아간 후에는 북부에 미련을 두지 않고 황후로서의 삶에 충실하겠다는 의미였다. 활이나 사냥복 정도야 어딘가에 잘 보관해 두고 잊어버릴 수 있으니 추억 삼아 가져가더라도, 말은 꾸준히 돌보고 신경 써 줘야 할 테니.

"⋯⋯데려가셔도 좋습니다."

테네르는 조금 놀란 얼굴로 그를 보았다. 이 정도도 해 주지 못할 거라 생각한 것일까. 어쩐지 조금은 서운한 마음이었다.

"그대가 아끼는 말인데 혈통이 무슨 상관이겠습니까. 황궁을 불편해한다면 관리할 이를 새로 뽑아 돌보게 해도 될 겁니다."

"그런⋯⋯."

"데려오라 하겠습니다."

레온하르트는 테네르의 대답을 기다리지 않고 창문을 열었다. 테네르는 그가 보좌관에게 북부에서 말을 데려오라 명령할 때까지 말리지 않았다.

"감사합니다, 폐하."

"별말씀을요."

레온하르트는 테네르의 입가에 피어난 미소를 보며 함께 웃었다. 두 사람을 보던 에리히는 얼굴을 찡그린 채 고개를 확 돌렸다.

* * *

황제 일행을 태운 황실 마차는 때로는 고급스러운 호텔에, 때로는 황족이 사용하기엔 다소 허름한 여관에 멈추었다.

잠자리가 매일 바뀌자 조슈아는 종종 잠투정을 부렸다. 그래 봤자 품에 안은 채 복도를 몇 번 오가면 금방 잠들곤 했지만, 일주일쯤 지나자 눕히기만 해도 눈을 뜨고 칭얼거리기도 했다.

테네르는 조슈아를 안아 든 채 천천히 발을 옮겼다. 등을 다독이고, 입을 맞추고, 자장가를 불러 주자 아이는 어미의 어깨에 머리를 기댄 채 금방 잠이 들었다.

"⋯⋯늦은 시간에 고생이 많아요, 모렐 경, 휘슬러 경."

패리얼 모렐과 알렌 휘슬러는 레온하르트가 붙여 준 호위 기사들이었다. 어쩌면 감시일지도 모른다는 생각이 들긴 했지만, 도망칠 생각은 없기에 그리 불편하지는 않았다. 패리얼과 알렌은 황손을 안은 폐후를 보며 정중히 허리를 굽혔다.

"호위 기사로서 응당 해야 할 일입니다."

"황후 폐하야말로 피곤하실 텐데, 어서 들어가서 쉬십시오. 밖은 저희가 지키겠습니다."

"그렇게 말해 주니 고맙네요."

테네르는 웃으며 대답했다. 일정한 시간마다 교대한다고는 하지만, 밤을 새워 문밖에 서 있는 것은 쉬운 일이 아니었다. 그러나 한 번 습격당한 일이 있는 이상 호위를 그만두고 편히 쉬라고 말할 수도 없었다. 황궁에 돌아가면 포상을 해야겠지. 생각하던 찰나였다.

"테네르."

문득 들려온 목소리에 테네르의 발이 멈추었다. 기사들이 목소리가 들려온 방향을 보고 일제히 허리를 굽혔다.

"황제 폐하를 뵙습니다."

테네르는 천천히 고개를 돌렸다. 레온하르트가 그녀에게 성큼성큼 다가왔다.

"오늘도 잠을 못 주무십니까."

"폐하야말로 고단하실 텐데 어서 주무시지 않으시고요."

테네르는 걱정스러운 표정을 보며 말했다.

이러나저러나, 자다 깬 아이를 재우기 위해 늦게서야 잠든다는 말에 밤마다 그녀를 찾아오는 남자였다. 한결같은 모습을 볼 때마다 테네르는 오히려 불같은 사랑보다 이쪽이 나을지도 모른다는 생각을 했다. 거세게 타오르는 사랑은 뜨겁더라도 언젠가는 재가 되어 까맣게 식어 버리겠지만, 자신을 사랑하지도 않으면서 걱정해 주고 생각해 주는 그는 언제까지나 이런 모습일 것만 같아서.

"……잠깐 걸을까요."

레온하르트는 손을 내밀며 말했다. 테네르는 잠든 아이를 스스럼없이 그에게 넘겨주었다. 기사들 또한 익숙하게 그들에게서 떨어진 채 걸었다.

벌써 겨울이 지나가려는 것인지, 제도를 향하는 동안 추운 날씨가 조금은 풀린 듯했다. 그래 봤자 어린아이를 안고 바깥에서 산책하기는 추워 빈 복도를 걸을 뿐이었지만.

"혹 유모로 생각해 둔 이가 있으십니까?"

레온하르트가 나직하게 물었다. 미리 생각해 둔 이가 있다면 날이 밝는 대로 전언을 보내어 이곳으로 부르겠다는 의미였다. 테네르는 제도에 있던 시절 가깝게 지내던 영애들을 떠올렸지만 이내 고개를 저었다.

"잘 모르겠습니다. 믿을 만한 사람이 있을지……."

그나마 황후가 되기 전 가까이 지냈던 소피아 클로디를 생각했지만, 그녀는 제도에 있기보다는 자유롭게 여행을 다니는 것을 좋아했다. 아이를 믿고 맡길 성정은 아니었다.

"자주 만나던 이들이 있지 않았습니까? 뒤페라크 영애나 오베론 영애 같은."

"그 사람들은 살바토르 영애의 친우들이라서요."

테네르는 조금 씁쓸하게 대답했다. 제니스 뒤페라크나 달리아 오베론은 알레이나의 절친한 친우들이었다. 그런 그들이 왜 자신에게 호의를 보였는지는 알 수 없으나, 알레이나가 돌아온 지금도 그러리라곤 확신할 수 없지 않나.

"좋은 사람들이지만, 지금으로선 안심하고 맡길 만한 사람인지 확신이 서지 않습니다."

"……."

"어차피 황궁에 돌아가면 이렇게 아이와 내내 붙어 있진 못할 테니까요. 워낙 속 썩인 적 없는 순한 아이라, 이렇게 잠을 재우는 것도 좋은 경험이고 추억이라 여기고 있으니 걱정하지 않으셔도 됩니다."

만약 지금도 그의 사랑을 믿고 있었다면, 테네르는 분명 이참에 당신과 함께 산책할 수 있는 것도 기쁘다고 했을 것이다. 아니, 그에게 속고 있다는 걸 눈치채지 못했다면 지금도 그와 함께 방을 쓰고 있었겠지.

이제는 그가 자신을 사랑할 일은 없으리란 걸 받아들일 만도 한데, 테네르는 아직도 그날의 일을 곱씹었다. 그날 레온하르트를 찾으러 가지 않았으면, 그래서 그 대화를 듣지 못했으면, 그럼 자신은 아직도 달콤한 꿈속에 머무르고 있을 거란 생각이 들어서.

"조슈아를…… 내가 돌보는 건 어떻습니까?"

레온하르트의 말에 테네르는 고개를 들었다. 걱정스러운 얼굴이 코앞에 있었다.

"내키지 않는다면 어쩔 수 없지만, 매번 그대 혼자서 조시를 돌보지 않습니까."

"폐하께서 하실 일은 아닙니다. 거기다……."

테네르가 말을 멈추고는 그의 품에 안긴 조슈아를 보았다.

"지금도 폐하께서 아이를 봐 주고 계신걸요."

테네르가 아이를 돌보느라 늦게 잠드는 것을 알게 된 후, 레온하르트는 매일 밤마다 복도를 거닐며 그녀를 기다렸다. 처음에는 우연인 줄 알았으나, 다음 날도 다다음 날도 마주치게 되자 그녀를 위해 일부러 나오는 것임을 알 수 있었다.

마주친 다음 하는 일은 그리 많지 않았다. 레온하르트는 테네르 대신 아이를 품에 안았고, 아이가 깨어나 칭얼거릴 때면 다독여 재우기도 했다.

아이가 잠든 다음에는 테네르와 함께 나란히 걸었다. 여행길이 고되지는 않은지, 잠자리는 편한지, 필요한 것은 없는지를 물었고, 간간이 그간의 일들이나 앞으로의 일들에 대해 이야기를 나누곤 했다. 그러다 아이가 깊게 잠든 것 같으면 테네르가 머무는 방까지 데려다준 후 제 방으로 돌아가는 식이었다.

"정 힘에 부친다면 오라버니께 부탁드리겠습니다. 그러니 너무 걱정 마세요."

테네르는 웃으며 말했다. 그러나 그 이름이 들린 순간 레온하르트의 미간이 보일 듯 말 듯 찌푸려진 것은 알지 못했다.

"조슈아는 내 아이이지 않습니까."

"……폐하?"

묵직하게 들려오는 목소리에 테네르는 고개를 들었다. 레온하르트는 그녀와 눈이 마주치자 그제야 입꼬리를 조금 올렸다.

"에반 경 또한 유모가 아니니, 아비인 내게 맡기셔야 하지 않겠습니까."

늘 그래 왔듯 부드러운 목소리였다. 테네르는 입을 다물고 그의 안색을 살폈다. 레온하르트는 아이의 등을 다독이고 있었다. 어떠한 불쾌감도 보이지 않는 차분한 모습이었다.

"화가…… 나셨나요?"

조심스러운 물음에 레온하르트의 손이 멈추었다. 테네르는 얼른 입을 열었다.

"그저 폐하께서 고단하실 것이 걱정되어 드린 말씀일 뿐입니다. 오라버니는 조슈아가 태어났을 때부터 함께 돌봐 왔으니 아이를 보는 것에 좀 더 익숙하기도 하고요."

"……."

"조슈아는 폐하의 아이입니다. 그것을 부정하려던 것은 아니었습니다."

테네르는 지극히 공손하게 말했다. 원하는 답을 들었으나 기분이 여전히 가라앉아 있는 것이 이상했다. 부인의 오라비를 내내 신경 쓰던 치졸함을 들킨 것이 부끄러워서인지, 내내 공손해 마지않는 저 태도 때문인지.

"……화나지 않았습니다."

레온하르트는 테네르를 안심시키려는 듯 말했다. 그러나 테네르는 여전히 양순한 모습 그대로였다.

"그냥……. 조금 신경이 쓰였던 것뿐입니다. 나보다 그대의 오라비가 조시와 더 오랜 시간 함께 지냈을 거란 생각에."

"아아……."

레온하르트는 솔직하게 이야기했다. 그리고 테네르가 다시 사과하기 전 입을 열었다.

"그리고 살바토르 영애의 친우들이 그대에게 악감정을 가진 건 아닐 겁니다."

"예?"

"살바토르 영애는 그대가 싫지 않다고 했습니다. 황후가 될 생각도 없고요."

레온하르트의 말에 테네르는 조금 의아한 낯이었다. 하지만 이어지는 말은 없었다. 그러니 테네르가 할 수 있는 말은.

"……그런가요."

정도밖에 없었다.

두 사람은 조슈아가 깊게 잠들 때까지 천천히 걸었다. 그러다 테네르의 방 앞에 멈추었다.

"아마 내일은 헤일 자작 성에 도착할 수 있을 겁니다. 조시가 잠자리가 자주 바뀌는 것을 힘들어하는 모양이니, 그곳에서 한 주 정도 머물까 합니다."

"알겠습니다, 폐하."

테네르는 선선히 고개를 끄덕였다. 레온하르트는 그녀의 손등에 가볍게 입을 맞추곤 조슈아를 건네주었다.

"좋은 꿈 꾸세요, 테네르."

"폐하께서도요."

늘 그래 왔듯 평화로운 작별이었다. 가벼운 손등 키스 정도야 연인이 아니라도 할 수 있는 일이었고, 기사들 앞에서는 이 정도 친밀감쯤 보여 주는 편이 좋았다.

테네르는 문 앞을 지키고 선 기사들에게 눈인사하곤 방으로 들어갔다. 조슈아는 깊게 잠들었는지 침대에 누여도 깨지 않았다.

"헤일 자작⋯⋯."

중얼거림이 나직하게 번졌다. 그리 달가운 이름은 아니었다. 헤일 자작가의 로라 헤일 때문이었다. 황후가 되기 전, 레온하르트가 돌연 제게 첫 춤을 권하자 자신을 노려보던 사람.

황후가 된 후엔 언제 그랬냐는 듯 알랑거리기야 했지만, 테네르는 그녀가 자신을 좋아하지 않는 것을 알고 있었다. 제게 찾아와 자수를 좋아한다며 웃었던 것은 일종의 아첨일 뿐, 황후의 자리를 꿰찬 자신을 미워하고 있다는 것도.

"괜찮겠지."

테네르는 잠든 조슈아를 빤히 보다가 이불을 목 끝까지 덮어 주었다. 쌔근쌔근 소리가 사랑스러웠다.

"잘 자렴, 조시."

그래, 괜찮을 것이다. 레온하르트는 분명 자신과 조슈아를 지켜 줄 테고, 자신 또한 아이를 품에서 떼어 놓지 않을 테니까.

* * *

헤일 자작 영지에 도착한 것은 다음 날 오후였다. 자작 일가는 헐레벌떡 황제를 맞이했다.

"황제 폐하께서 이런 누추한 곳을 찾아 주시니 영광입니다. 폐하께서 오신다는 소식에 연회와 만찬을 준비했으니 부디 편안히, 그리고 오래 머물러 주십시오."

자작은 두 손을 맞잡은 채 지극히 정중하게 허리를 굽혔다. 테네르는 레온하르트의 옆에 나란히 선 채 그들을 둘러보았다.

헤일 자작 성은 황궁이나 트라벨 공작 성에 비해 턱없이 작았지만, 그 구성원은 너무도 많았다. 구불구불한 금발에 희끗한 흰머리가 보이는 자작과 그 부인, 후계인 소자작과 그 일가, 두 명의 헤일 영식과 다섯 명의 헤일 영애까지. 그중 로라 헤일은 자매들 중 가장 화려하게 치장한 채였다.

"자작은…… 자식을 참 많이 두었군. 총 여덟인가?"

"출가한 아들 하나에 딸아이가 셋 더 있으니, 모두 열두 명입니다, 폐하."

헤일 자작은 어쩐지 우쭐한 얼굴로 말했다. 자식이 열두 명이라는 말에 테네르와 에리히의 눈이 휘둥그레졌다.

"……사람이야?"

에리히는 테네르의 귀에만 들리도록 작게 중얼거렸다. 테네르 또한 열두 명의 아이를 낳았다는 것에 놀란 것은 마찬가지였다. 테네르는 자작 부인 쪽으로 고개를 돌렸다.

"부인이 고생이 많았네요."

"고생은요. 후계를 많이 낳는 건 안주인으로서의 덕목인걸요."

부인의 시선이 자신의 딸들을 스쳤다.

"아마 제 딸애들도 절 닮아서 아이를 잘 낳을 겁니다. 손 귀한 가문에 출가시키면 큰 도움이 될 듯한데……."

"사람 참 주책은. 자, 자, 날이 추운데 어서 안으로 들어오십시오. 편히 쉬실 방을 마련해 두었습니다."

자작이 호호 웃는 부인을 타박하며 그들을 성으로 안내했다. 테네르는 호기심 어린 눈으로 주위를 둘러보는 조슈아를 안아 들었다. 그리고 고개를 든 순간, 자신을 주시하고 있던 로라 헤일을 보고야 말았다.

"……."

"……."

두 사람의 시선이 서로를 향했다. 이상한 기색을 느꼈는지 레온하르트가 그녀를 돌아보았다.

"테네르?"

레온하르트는 테네르의 시선이 향하는 곳을 보았다. 그의 고개가 돌아가자 로라는 언제 그랬냐는 듯 부드럽게 웃었다.

"폐하, 에반 영애. 후작님."

그녀의 목소리는 반가운 사람을 반기듯 밝았다. 다가오는 걸음걸이가 경쾌했다.

"오랜만에 뵈어요. 그간 어떻게 지내셨나요? 후작저에서 사라지셨다는 말을 듣고 얼마나 놀랐던지요."

로라는 조슈아만 아니었다면 당장이라도 테네르의 손을 움켜쥘 정도로 친한 체했다. 그러나 테네르는 그녀가 자신을 황후가 아닌 에반 영애라 칭하는 것을 금방 알아챘다.

"오랜만이네, 헤일 영애. 황후께서는 황자를 손수 돌보느라 피곤하신 듯하니, 머물 방을 먼저 안내해 주겠나?"

그녀의 호칭을 정정한 것은 레온하르트 쪽이었다. 불쾌감이라곤 보이지 않는 부드러운 태도였지만, 그 의미를 알아들은 로라는 순간적으로 표정을 굳혔다. 그러나 그것도 잠깐, 그녀는 이내 언제 그랬냐는 듯 해사하게 웃었다.

"어머나, 황후 폐하를 오랜만에 뵈어 너무 들떴나 보네요. 어서 들어오세요. 제가 안내할게요."

로라는 테네르에게 안긴 조슈아를 흘깃 보고는 말했다. 레온하르트는 자작이, 에리히는 소자작인 맏아들이 안내하는 모양이었다. 테네르는 선선히 고개를 끄덕이고는 그녀와 나란히 걸었다.

의도한 것인지 아닌지는 모르지만, 테네르의 방과 레온하르트의 방은 거의 끝과 끝에 자리해 있었다. 테네르는 레온하르트와 에리히에게 인사한 후 그들과 반대 방향을 향해 걸었다. 곁에서 재잘대던 로라는 레온하르트가 없어지자 언제 그랬냐는 듯 입을 다물었다.

"……헤일 영애는 계속 영지에 있었던가요?"

긴 침묵 끝에 테네르가 입을 열었다. 그간 그녀에게 큰 관심이 없어 잘은 모르지만, 당연히 제도에 있으리라 여긴 로라가 영지에 와 있는 것이 조금은 의아하기도 했다.

"참견하셔야 할 이야기인가요?"

되묻는 목소리는 조금 날카로웠다. 뒤따라 걷던 하녀들이 놀란 듯 숨을 들이마시는 소리가 들렸다. 테네르는 잠시 입을 다물었다가 이내 대답했다.

"그다지요."

"……."

"민감한 질문이었다면 사과할게요."

테네르는 불쾌한 기색 없이 말했다. 로라는 할 말이 없어진 듯 입을 꾹 다물고 고개를 돌렸다. 그들의 발걸음이 방문 앞에서 멈추었다.

"이 방을 사용하시면 돼요. 아기 침대도 따로 두었으니, 그리 불편하진 않으실 거예요."

"고마워요, 헤일 영애."

테네르는 호의적으로 말했지만, 로라는 여전히 표정이 좋지 않았다. 테네르가 막 방에 발을 들인 순간이었다.

"폐하께서…… 영애를 황후라고 부르시더군요."

"네."

테네르는 선선히 고개를 끄덕였다. 레온하르트는 그녀를 부를 때는 여전히 이름을 불렀지만, 다른 이들에게 칭할 때는 황후라 말했다. 그에 맞는 대우를 하라는 의미였다. 로라는 그것이 꽤나 못마땅한 듯했다.

"아직 정식으로 황후가 되신 건, 아니지 않나요?"

로라는 뚱한 얼굴로 말했다. 테네르는 아이를 꼭 안은 채 그녀의 표정을 살폈다.

"그게 싫으신가요?"

"폐하께서 그렇게 부르시더라도 영애가 말리셔야 하는 것 아닌가요? 제대로 식을 올리지도 않았는데 왜 벌써…….”

"영애.”

테네르가 나직이 부르자, 로라는 다시금 입을 다물었다. 그녀의 시선이 레온하르트를 꼭 닮은 아이에게 가닿았다. 테네르는 그 눈에 낭패감이 어리는 것을 놓치지 않았다.

'폐하를 노리고 있었구나.'

테네르는 레온하르트가 자신에게 첫 춤을 신청했을 때를 기억했다. 볼이 발개진 채 재잘거리던 로라의 표정이 일그러지던 것도 마찬가지였다.

아마 자신이 폐위되고 알레이나가 돌아왔는데도 레온하르트가 계속 황후를 들이지 않는 것을 기회라고 여겼던 것이리라. 그리고 자신이 황손을 안은 채 레온하르트의 곁에 서 있었으니…….

'심정이야 이해하지만.'

돌연 나타난 자신을 방해꾼으로 여기는 심정이야 알겠지만, 그렇다고 당하고 있을 수만은 없었다. 이런 일은 앞으로도 일어날 테고, 황후로서 조슈아의 어미로서 약한 모습을 보일 수는 없지 않은가. 테네르는 베아트리스에게 수도 없이 배워 온 것들을 생각하며 입을 열었다.

"듣는 귀가 많은데, 지금 하는 말이 폐하께 전달되어도 괜찮은 건가요?”

차분한 물음에 로라는 화들짝 놀라 뒤를 돌아보았다. 황실의 호위 기사가 문을 지키고 서 있는 것을 발견한 그녀는 더듬더듬 변명했다.

"거, 걱정이 되어서 그런 거예요. 전 그저…… 뒷말이 나올 수도 있을 것 같아서, 황제 폐하와 영애가 걱정되는 마음에…….”

"걱정해 줘서 고마워요, 헤일 영애.”

아이는 눈을 말똥말똥하게 뜨고 로라를 보았다. 테네르는 그런 아이에게 부드럽게 웃어 주고는 고개를 들었다.

"하지만 폐하의 결정에 참견하는 것보단, 폐하의 말씀에 따르는 것이 도리가 아닐까요? 그쪽이 괜한 오해의 소지가 없을 것 같은데."

황궁에 있을 당시에는 그녀에게 대놓고 시비를 거는 이가 거의 없었다. 황제와 태후의 총애를 동시에 받는 황후를 감히 건드릴 이가 없기 때문이었다. 이런 식으로 말해 본 것도 아비에게 했던 게 고작이었다.

그렇다 보니 이제 와서 이런 식으로 구는 것이 스스로 어색하게 느껴지는 건 어쩔 수 없었다. 아이를 지키기 위해서라도 얕보여선 안 된다는 것을 알고는 있었지만, 어쩐지 베아트리스를 흉내 내는 것만 같아 조금은 민망하기도 했다.

"……무례를 용서하세요, 황후 폐하."

다행스럽게도, 로라는 테네르가 더 민망해지기 전에 허리를 굽혀 사과했다. 의외로 빨리 수그러드는 것이 조금은 의아했다.

* * *

식사 시간이 되자 테네르는 레온하르트와 함께 만찬장으로 내려왔다. 크지 않은 다이닝 룸은 열두 명이나 되는 헤일 자작가의 일원들이 모이자 금방 가득 찼다. 헤일 자작은 손을 비비며 굽실거렸다.

"워낙 작은 영지라 지내기에 평안하실지 모르겠습니다. 방도 너무 작은 것은 아닌지……."

"갑작스레 찾아온 건 이쪽이니, 이토록 융숭한 대접에 고마울 따름이네."

사실상 융숭이라기보다는 비굴에 가까운 태도였다. 레온하르트는 이런 태도를 그리 좋아하지는 않았다. 보기에는 어떨지 몰라도, 알고 보면 꿍꿍이를 지닌 경우가 많았으니.

레온하르트는 모른 척 조슈아를 아이용 의자에 앉혔다. 아이용 의자는 다른 의자보다 높았지만, 의자에 붙어 있는 작은 식탁이 아이가 버둥거리다 떨어지는 것을 막아 주었다.

"황자가 아직 어려 여러모로 걱정이 많았는데, 아이들이 쓸 만한 물건이 많아서 다행이네요."

테네르는 사용인들에게 조슈아의 의자를 자신의 옆자리에 옮기도록 했다. 가장 상석에 앉은 레온하르트와의 사이였다. 엄마와 아빠의 사이에 앉은 아이는 기분이 좋은 듯 방긋방긋 웃었다. 아니, 다른 사람들의 눈을 피해 자신에게 우스꽝스러운 표정을 지어 주는 삼촌 때문일지도 몰랐다. 에리히는 혀를 날름거리며 에베베 하다가 레온하르트와 눈이 마주치자 얼른 고개를 돌렸다.

"워낙 많은 아이들의 손을 탄 물건이라 황자 전하께서 사용하시기엔 남루한 것을요."

"그런 말 마세요, 부인. 그만큼 많은 추억이 담긴 소중한 것들일 텐데."

떨떠름하던 로라의 반응과는 달리, 헤일 자작가의 대우는 기대 이상이었다. 조슈아의 몸집에 맞는 아기 침대는 물론, 사용하던 장난감이나 동화책, 자그마한 식기까지 준비되어 있었다.

테네르는 아이의 턱받이가 잘 매어졌는지 확인하고 고개를 돌렸다.

"로라 헤일 영애는 아직 오지 않았나요?"

"아, 로라는…… 아마 오고 있을 겁니다."

헤일 자작이 대답했다. 그리고 때마침 문이 열렸다.

"늦어서 죄송해요."

낭랑한 목소리로 말한 로라가 사뿐사뿐한 걸음걸이로 걸어 들어왔다. 테네르의 눈이 크게 뜨였다.

드레스를 갈아입은 로라 헤일은 그 어느 때보다도 화려하게 치장한 채였다. 그녀가 발을 옮길 때마다 몇 겹으로 겹쳐 풍성하게 만든 치맛자락이 하늘늘하게 나부꼈고, 화려한 액세서리가 샹들리에의 불빛에 반짝거렸다. 가녀린 목덜미와 쇄골이 선명하게 드러나도록 깊게 파인 네크라인에, 길게 늘어뜨린 머리를 장식한 꽃 장식까지.

만찬 또한 사교 모임의 일종이니, 파티에서처럼 화려한 이브닝드레스를 입는 것은 그리 이상한 일이 아니었다. 그러나 여행객들을 맞이할 때는 호화로운 드레스를 입기보다는 상대방에 맞추어 다소 단정하고 수수한 옷차림을 하기 마련이었다. 거기다 테네르는 혹시라도 아이가 다칠까 봐 반지 하나 끼지 않았기에, 일개 자작 영애가 황후보다도 화려하게 단장한 꼴이었다.

"……미친 거 아냐?"

"오라버니."

에리히가 작게 중얼거리자, 테네르는 그를 말리려는 듯 테이블 아래로 그의 손을 붙잡았다. 레온하르트의 눈길이 그들을 스쳤다가 로라에게 가닿았다.

"드레스가 참 아름답군. 꼭 연회장에 온 것처럼."

"감사합니다, 폐하."

빈정거리는 말임을 모르는 것인지, 혹은 모르는 척하는 것인지, 로라는 수줍게 웃으며 말했다. 그 꼴을 보던 에리히가 기어코 입을 열었다.

"거참, 누가 황후인지 모르겠네."

혼잣말 같은 중얼거림이었지만 당연하게도 들으라고 하는 소리였다. 로라는 멈칫했지만 못 들은 척 고개를 돌렸고, 자작이 허허 웃으며 입을 열었다.

"황후 폐하께서 황자 전하를 돌보느라 바쁘시니, 저희 딸아이가 황후 폐하를 대신하여 황제 폐하께 즐거움을 드리려는 것 아니겠습니까."

"뭐라고요?"

에리히가 발끈하여 그를 돌아보았다.

"이것 보세요, 자작. 지금 무슨 개소리를……."

"에반 경."

레온하르트가 경고하듯 읊조리자 에리히의 입이 다물렸다.

차분하고 온화한 동생과 달리 말투가 곱지만은 않은 사람이었다. 거기다 북부에서 잠깐이나마 살았던 것이 귀족다운 어법을 잊게 만든 모양이었다.

레온하르트는 잠깐 그를 보다가 자작 쪽으로 시선을 옮겼다.

"내게 즐거움을 주려는 건 고맙지만, 헤일 영애가 열심히 단장하는 것이 나와 무슨 상관인지 모르겠군."

"……예?"

냉정한 어투에 헤일 자작은 못 들을 이야기라도 들은 듯 눈을 휘둥그레 떴다. 레온하르트는 빙그레 웃었다.

"내 생각엔, 오히려 자작이 직접 입는 편이 더 재미날 것 같은데."

그 말에 짧은 침묵이 내려앉았다. 레온하르트는 저도 모르게 테네르를 흘 긋 돌아보았다. 이런 식으로 말할 줄은 몰랐던 듯 동그래진 눈을 깜빡이는 것이 눈에 들어왔다.

그리고 눈이 마주친 순간 그녀가 옛 생각이라도 떠올랐는지 짧은 웃음을 터뜨렸다. 누구도 입을 떼지 않는 정적 속이었기에 유달리 크게 느껴지는 웃음이었다.

테네르는 실례라는 것을 알았는지 얼른 입가에서 손을 떼고는 표정을 갈 무리했다. 휘어져 있던 눈에 민망함이 스쳐 지나가는 것이 어쩐지…….

'……무슨 생각을.'

불현듯 정신을 차린 레온하르트는 여전히 굳어 있는 헤일 자작가의 일원들을 둘러보았다. 긴장한 낯들을 보며 뒤늦게 입꼬리를 올렸다.

"웃자고 한 말인데, 어째 웃어 주는 게 황후밖에 없군."

"아……."

장난스레 던진 말에 고장 난 듯 얼어 있던 자작이 짧은 탄식을 뱉었다. 그러나 그것도 잠깐, 이내 요란스럽게 웃음을 터뜨렸다.

"푸, 푸하하하!"

그의 웃음이 신호라도 된 듯 자작가의 일원들이 일제히 웃음을 터뜨렸다. 넓지 않은 다이닝 룸이 웃음소리로 가득 찼다. 몇몇은 테이블을 두드리며 웃었고, 몇몇은 자작에게 어울리는 드레스가 무엇일지 이야기하기도 했다. 그 모습에 에리히가 작게 혀를 찼다.

"이야, 역시 권력의 힘이란……."

"오라버니."

"나도 저택으로 돌아가면 이런 거 해 봐야지."

"뭘요?"

"'사과가 웃으면 풋사과' 같은 거 할 거야. 안 웃으면 감봉."

에리히가 소곤거리자, 테네르는 말도 안 되는 소리를 한다며 그의 팔을 가볍게 쳤다. 레온하르트는 그들을 흘깃 보고는 고개를 돌렸다.

한참을 웃어 대던 자작은 아직 만찬 음식을 내어 오지 않은 것을 알고 집사를 불렀다. 이윽고 트레이를 끌고 온 사용인들이 착석한 이들의 앞에 음식을 내놓았다.

저녁 만찬은 공작 성만큼은 아니었지만 제법 화려하게 차려졌다. 신선한 잎채소가 아삭하게 씹히는 샐러드는 상큼한 드레싱이 입맛을 돋웠고, 연녹색 완두콩 수프는 곁들인 생크림과 어우러져 고소한 맛이 좋았다. 다진 고기를 넣은 빵은 짭조름한 양념이 배어 있어 희미하게 남은 누린내를 잡아 주었다.

"누추한 곳인지라 혹여나 음식이 입맛에 맞지 않으실까 걱정입니다."

자작은 아니라는 말을 바라는 것처럼 말했다. 레온하르트는 그의 말에 대답하는 대신 테네르를 돌아보았다.

"테네르, 그대의 입엔 어떻습니까?"

화려하게 단장한 로라 헤일의 모습, 그리고 그것을 눈요깃감으로 삼으라는 식의 말만으로도 자작의 의중은 충분히 짐작할 수 있었다.

'정부로 들이라는 거로군.'

어쩌면 테네르와 같은 방을 쓰지 않는 것을 보며 무언가 눈치채기라도 한 것일까. 분명 테네르가 황궁에 있을 때부터 그녀를 지나치게 아낀다는 말이 돌았을 텐데.

레온하르트는 테네르의 안색을 살폈다. 아마 그녀 또한 헤일 자작의 뜻을 눈치챘을 것이다. 혹 신경 쓰고 있지는 않을까. 혹 로라 헤일을 정부로 들일까 봐 불안해하지는 않을까. 걱정인지 바람인지 모를 감정을 가슴속에 꾹 눌러 두었다.

"보기에도, 먹기에도 훌륭한 음식들입니다. 폐하께서 드시기엔 어떠신가요?"

하지만 테네르는 아무렇지도 않은 듯 되물을 뿐이었다. 차분한 얼굴에는 어떤 불안과 초조도, 일말의 질투조차도 보이지 않았다. 그 모습에 괜스레 입 안이 마르는 것은 왜인지.

"……그대의 입에 맞다면 나도 좋습니다."

자작 일가에게 들으라는 듯 하는 말이었다. 자신은 여전히 황후를 아끼고 사랑하니, 그쪽 딸을 정부로 들일 생각이 전혀 없다고. 그러니 헛된 기대를 품지 말라고.

자작은 표정을 숨기는 데에 서투른 사람이었다. 레온하르트는 낭패감이 어린 얼굴을 보고는 다시 테네르를 보았다. 눈이 마주치자 테네르는 늘 그래 왔듯 온순하게 웃고는 아이를 돌아보았다.

아직 식기를 쓰지 못하는 조슈아는 한 손에는 스푼을 든 채 다른 한 손으로 음식을 집어 먹고 있었다. 입가며 턱받이는 엉망으로 지저분해진 지 오래였다.

"맛있니?"

"으응."

테네르는 아이의 볼을 닦아 주며 물었다. 조슈아 또한 따로 준비된 음식이 입에 맞는지 기분이 꽤 좋아 보였다.

"식사부터 하세요, 테네르."

"예, 폐하."

테네르는 아이의 얼굴을 마저 닦아 준 후 다시 식기를 들었다. 메인 요리 는 껍질이 바삭하게 구워진 오리 스테이크에 샛노란 호박 퓨레가 더해졌다. 에리히가 걱정스러운 얼굴로 테네르를 돌아보았다. 닭 잡는 광경을 본 후론 닭고기를 못 먹겠다던 그녀를 기억하기 때문이었다.

"……너 괜찮냐?"

"그럼요."

하지만 에리히의 걱정과 달리 테네르는 아무렇지도 않았다. 같은 조류이긴 하지만 닭도 아니었고, 살코기를 먹기 좋게 잘라 형태도 보이지 않으니.

테네르가 태연하게 대답하자 에리히는 안심한 듯 고개를 끄덕이곤 다시 식기를 움직였다.

접시에 부딪힌 식기가 간간이 달그락 소리를 냈다. 레온하르트의 시선이 그들에게 가닿았다.

'아까부터 무슨 이야기를……'

도대체 무슨 비밀스러운 이야기를 하기에 둘이서만 저렇게 속살거린단 말인가. 레온하르트는 에리히가 테네르의 귓가에 입을 가져갈 때마다 고개를 돌려 그들을 주시했다. 테네르의 표정이 변할 때마다 그의 눈썹이 작게 꿈틀거렸다.

"황후 폐하께서는 후작과 정말로 사이가 좋으신 듯합니다."

레온하르트의 상념을 깬 것은 헤일 자작의 목소리였다. 헤일 영애 중 한 명이 동의한다는 듯 고개를 끄덕였다.

"그러게 말이에요. 전 오라버니가 말 거는 것도 싫던데."

"뭐라고?"

"큰 소리로 말하지 말아 주실래요? 숨결이 닿아서 불쾌하거든요."

영애가 투덜거리자 만찬장에 또다시 잔잔한 웃음이 번졌다. 자작 부인이 입을 열었다.

"그러고 보니 두 분은 그간 어떻게 지내셨던 건가요? 그동안 북부에서 지내셨다고 들었는데."

특별할 것 없는 물음이었지만, 원래 구설이란 무심결에 한 대답에서 번져 나가기 마련이었다. 노동을 전처럼 천시하지는 않는다고 하더라도 황후가 고된 삶을 '살았다'고 하는 것은 격에 떨어질 테고, 이복 오라비와 둘이서 아이를 키우며 살았다는 것도 괜한 오해의 소지가 있었다.

짧게 고민하던 테네르는 입을 열었다.

"어머니를 찾아갔습니다. 북부에 계신다고 들어서……. 혹시라도 뵐 수 있을까 하고요."

테네르의 어미 타샤가 파트로나인 것도, 그녀가 딸을 두고 도망쳤다는 것도 단연 잘 알려진 사실이었다. 테네르가 황후가 된 후에는 감히 입을 놀리는 이가 없었지만.

"아, 그러셨군요······."

감히 황후의 치부를 운운할 이는 없었으니, 어미를 만났는지 여부에 대해 물어 오지는 않았다. 북부에서의 이야기 또한 흐지부지 넘기게 될 듯했다. 테네르는 로라 헤일 쪽을 힐끔 보았다. 꽃처럼 앉아 있던 로라는 테네르와 눈이 마주치자 어쩔 줄 모르고 시선을 피했다.

'······기억하는구나.'

테네르는 오래전 파티장에서의 일을 떠올렸다. 그러나 새삼 다른 생각이 든 것은 아니었다. 앙갚음을 하고 싶었다면 폐위되기 전에 진작 하지 않았겠나.

분위기가 가라앉자, 자작은 허둥지둥 화제를 돌렸다. 이윽고 후식으로 과일을 곁들인 휘낭시에가 나왔다. 포크를 내려놓을 때까지 간간이 레온하르트의 시선이 느껴졌다.

* * *

북부의 작은 마을에서 나고 자란 청년, 한스는 페르단의 한 여관에 와 있었다. 황후의 말, 제임스를 데려오라는 황제의 명령 때문이었다.

그러잖아도 성질 더러운 말을 돌보기가 버거웠던 참이었다. 잘생긴 말은 얼굴값을 한다는 게 사실인지, 제임스는 한스의 집에 간 후에도 내내 상전처럼 굴었다. 기껏 가져다준 여물은 쳐다보지도 않았고, 바람이나 쐬게 해 주려고 고삐를 잡아끌면 사납게 투레질했다. 등에 태워 주기는커녕 제 주인 떠난 것에 화가 나기라도 한 듯 내내 뚱한 태도라 가까이 가는 것조차 조심스럽지 않던가.

"황후께서 정말로 저 말을 타고 다니셨단 말인가?"

한스를 데리러 온 관리 또한 어지간해선 말을 듣지 않는 제임스를 보며 혀를 내둘렀다. 한스가 얼른 고개를 끄덕였다.

"아, 그렇다니까요. 저래 보여도 타샤…… 아니, 황후 폐하 말씀에는 껌뻑 죽지 뭡니까. 눈빛이 달라져요, 눈빛이."

"호오."

"쟤가 지금 절 태워 주는 것만으로도 얼마나 기적 같은 일인데요. 가까이 가기만 해도 그렇게 투레질하더니, 그분에게 간다니까 바로 얌전해지지 않습니까. 저거 사실 말 아닐지도 몰라요."

황실 관리라는 말에 겁을 먹었던 게 언제인지, 한스는 제법 태연하게 너스레를 떨었다. 관리 또한 이제 갓 스물이 된 어린 청년이 퍽 귀여운 듯 낮게 웃고는 자리에서 일어났다.

"손을 좀 씻고 오겠네."

"예? 아아, 예."

곧 식사가 나올 시간이었다. 제도 사람들은 깔끔을 떤다는 게 괜히 나온 말이 아닌 건지, 식사 전에 손부터 씻는 모양이었다.

'타샤랑 엘도 그랬었는데…….'

하는 짓이 유난스럽다는 생각이야 했지만, 설마하니 황후와 후작이었을 줄이야.

'진작 알았으면 쳐다보지도 않았지.'

그저 평범한 과부인 줄 알았는데, 졸지에 폐후에게 치근덕거린 꼴이 되어 버렸으니 한스는 불안을 감출 수가 없었다. 행여 황제에게 해코지당할 수도 있으니, 제임스만 전해 주고는 눈도 마주치지 말고 돌아와야지. 그가 결심하던 순간이었다.

딸랑!

경쾌한 소리를 내며 도어 벨이 울렸다. 그리고 웅성거리는 소리가 들려왔다. 한스는 고개를 들었다.

출입문으로 들어온 것은 한 무리의 사냥꾼들이었다. 두툼한 털옷을 입은 그들은 하나같이 부드러운 밀 색 머리에 사냥꾼이라기엔 작은 몸집을 가지고 있었다.

"사냥감을 좀 팔고 싶은데."

중년의 여자가 말하자, 다른 이들이 사냥감을 실은 수레를 끌고 왔다. 여관 바닥이 진흙으로 더러워졌지만 아무도 신경 쓰지 않았다. 주인의 눈이 휘둥그레졌다.

"저, 전부 당신들이 직접 잡은 건가?"

"바쁘니까 값부터 먼저 쳐 줘."

여자의 목소리는 냉랭했다. 좀 더 발품을 팔면 여관보다 더 비싼 값을 받을 수 있을 텐데, 급히 갈 곳이 있는 모양이었다.

"이봐, 타샤. 너무 그러지 마. 아직 급한 것도 아니니까."

'타샤?'

익숙한 이름에 한스는 귀를 쫑긋거렸다. 그러나 그 이름의 주인은 그가 아는 사람이 아니라 중년의 여자였다.

'별일이네.'

한스는 멀거니 카운터 쪽을 바라보았다. 그러나 이내 종업원이 음식을 내오자 입맛을 다시며 포크를 들었다.

* * *

긴 식사가 끝난 후에는 이미 날이 어둑해져 있었다. 조슈아는 맛있는 음식을 배불리 먹고 기분이 좋은 듯했다. 테네르는 아이의 손을 잡고 발을 옮겼다. 에리히가 그녀의 뒤를 따랐다.

"테……."

"테네르."

들려온 목소리는 레온하르트의 것이었다. 조슈아는 얼른 아빠의 무릎을 끌어안았다. 레온하르트는 한 손으로 아이를 안아 들곤 테네르를 돌아보았다.

"괜찮으십니까?"

"네?"

괜찮고 말고 할 일이 있던가. 테네르는 조금 어리둥절했지만, 레온하르트는 어쩐지 초조한 낯이었다.

"뭐가…… 말씀이신가요?"

"……."

조심스레 되묻자, 레온하르트는 도리어 말문이 막힌 듯 입을 꾹 다물었다. 그 꼴을 보던 에리히는 입을 삐쭉이곤 먼저 방으로 돌아갔다. 테네르는 그를 붙잡으려 했지만, 레온하르트가 조금 더 빨랐다.

"잠깐……. 방에서 이야기를 좀 할 수 있을까요."

머뭇거리는 모양새가 답지 않았다. 테네르는 천천히 고개를 끄덕였다.

작은 성이라도 응접실과 정원이 마련되어 있었지만, 사적인 이야기를 나누기에는 침실만 한 곳이 없었다. 아직 식은 올리지 않았어도 부부이기에 서로의 침실에는 거리낌 없이 오갈 수 있었다.

하녀에게 간단한 허브차를 가져오게 한 테네르는 아이와 놀아 주고 있는 레온하르트를 보았다. 아이를 번쩍번쩍 들어 올리며 놀아 주는 그는 퍽 즐거워 보였다.

'아이를 좋아하셨던가…….'

그가 조슈아를 진심으로 아끼는 것은 한눈에 봐도 알 수 있었다. 아무리 귀한 황손이라고 해도 황제가 직접 시간을 내어 놀아 주는 것은 흔하지 않았다. 거기다 얼마 전에는 아이의 기저귀까지 직접 갈아 주겠다고 나서지 않았던가.

레온하르트는 아이가 할 만한 놀이를 시범 보이기도 했고, 무릎에 앉혀 놓고 짧은 동화책을 읽어 주기도 했다. 테네르는 그가 얇은 책을 덮을 때쯤 슬쩍 입을 열었다.

"폐하. 하실 말씀이라는 게……."

"아아."

레온하르트는 그제야 고개를 들었다. 조슈아는 아비의 무릎에서 내려오자 데굴데굴 굴러가는 고무공에 관심을 가졌다. 아장아장 걸어가는 아이를 보던 그는 이내 테네르 쪽을 돌아보았다. 이야기를 하고 싶어서 들어왔으면서, 막상 할 말이 뭐냐고 물어 오니 괜히 말문이 막혔다.

원래는 로라 헤일에 대해서 이야기하려고 했다. 정부를 들일 생각 없으니 걱정 말라고 이야기하려고도 했다. 하지만 로라가 어떤 옷을 입어도 태연하기만 하던 그녀를 떠올리자 쉬이 말을 꺼내기가 어려웠다.

"에반 경과는…… 무슨 이야기를 하셨습니까?"

이런 걸 물으려던 게 아니었는데. 레온하르트는 말을 뱉은 순간 조금 후회했지만, 질문을 무르지는 않았다.

"시답잖은 농담일 뿐이었습니다."

테네르는 별일 아니라는 듯 대답했다. 하지만 몇 번이고 속살거리지 않았나. 정확히 말하자면 에리히 쪽에서 일방적으로 속삭인 거지만, 테네르 또한 스스럼없이 그의 팔을 때리며 웃었으면서.

제게는 그런 식으로 군 적 없다는 유치한 심보였다. 맞는 걸 좋아하는 것도 아니면서 그 모습이 자꾸만 신경이 쓰이던 이유는 무엇인지.

대답 없는 레온하르트를 보며 테네르는 그 내용을 말해야 하나 망설이는 듯했다. 그녀가 작게 입을 열었다.

"사과가 웃으면 풋사과라고……."

"……."

"폐하께서 농을 하셨을 때 분위기가 좋아진 것이 보기 좋았던 모양입니다. 오라버니도 저택에 돌아가면 그렇게 아랫사람들을 편안하게 대해 주실 거라고 하셨습니다."

차분한 대답이었지만, 어쩐지 오라비를 필사적으로 포장해 주는 듯한 느낌이었다. 레온하르트 또한 그녀의 대답이 완전히 진실이 아니라는 것 정도는 알았다. 아마 모욕적인 마음을 감추고 뒤늦게서야 웃음을 터뜨리던 자작과 그 일가를 빈정거리던 말이겠지.

"그리고요."

"예?"

"그뿐이 아니지 않습니까."

말을 뱉으면서도 스스로가 조금은 치졸해 보이기도 했지만, 레온하르트는 초조한 마음으로 테네르가 대답하기만을 기다렸다. 테네르는 조금 당황한 듯했지만 이내 입을 열었다.

"북부에 있을 때, 닭 잡는 것을 본 후론 닭고기를 잘 먹지 못하게 되어서요. 메인 메뉴로 오리가 나온 것이 괜찮은지 물으셨습니다."

테네르의 대답은 레온하르트에게 두 가지의 충격을 안겨 주었다. 하나는 에리히가 알고 있던 것을 자신이 전혀 모르고 있었다는 것이며, 다른 하나는 이 여린 사람이 도축을 직접 봤다는 사실이었다. 레온하르트는 한동안 침묵하다가 입을 열었다.

"……괜찮으십니까?"

"괜찮습니다. 사실 닭고기도 살코기만 있으면 잘 먹는데, 오라버니가 괜히 걱정이 많으셔서요."

테네르는 웃으며 대답했지만, 레온하르트는 말이 없었다. 혹 자신이 알지 못하는 다른 것은 없을까. 좋아하지 않는 건. 싫어하는 건. 무서워하는 거나 불쾌해하는 건.

"폐하."

먼저 입을 연 것은 테네르 쪽이었다.

"제가 오라버니와 가까이 지내는 것이 신경 쓰이시나요?"

정곡을 찌르는 말에 작게 벌어졌던 입술이 딱 다물렸다. 테네르는 레온하르트의 표정을 보곤 조금 머뭇거렸다.

"혹 이상한 소문이라도 도는 걸까요? 제가 거기까진 생각이 미치지 못해서……."

북부에서 무엇을 하고 지냈냐는 자작 부인의 물음에 테네르는 자신과 오라비가 함께 도망쳤던 것이 어떻게 비칠지를 생각해야 했다. 이성 간에 붙어만 있어도 지저분한 추문을 만들어 내고자 하는 이들은 많았으니까.

설마 남매에게조차 그런 잣대를 들이대는 이들이 있을까 싶었지만, 원래 악의를 가진 이들은 상식을 생각하지 않는 법이었다.

"별일은 아닙니다."

레온하르트는 차분하게 대답했다. 그런 식의 의혹이 전혀 없었던 것은 아니었다. 폐후가 이복 오라비와 눈이 맞아 사랑의 도피라도 한 게 아니냐는 이야기였다.

그러나 소문의 진원지를 찾아 엄벌한 데다, 자신을 꼭 닮은 조슈아를 본다면 물밑에서 오가는 이야기도 금방 자취를 감출 것이다. 찝찝한 것은 그저…….

"거리를 두라고 하시면 그렇게 하겠습니다."

"……."

"하지만 폐하, 오라버니는 제 하나뿐인 친정 식구고, 지금껏 저를 안전하게 지켜 주던 분입니다. 저택에 있을 때도 오라버니 덕에 아버지의 화를 가라앉힐 수 있었고요. 쓸데없는 오해가 생기지 않도록 처신을 바로 할 테니……."

그러니까, 당신을 도왔던 것이 왜 하필 그자인 건가. 말 한마디 곱게 하지 않는 오라비를 왜 그리도 아끼나.

하고픈 말은 많았지만, 레온하르트는 불쾌감을 억누르려는 듯 입꼬리를 올렸다.

"그저 궁금해서 물은 것뿐입니다."

그저 피해 의식일 뿐이다. 하마터면 이복 누이를 황후로 들일 뻔한 것이 기억에 남아 애먼 사람을 닦달하는 것뿐이다. 레온하르트는 복잡한 마음을 갈무리하며 이어 말했다.

"그대의 말대로 하나뿐인 오라비 아닙니까. 남매간에 우애가 좋은 거야 흉이 될 일도 아니고요."

그 말에 테네르의 입가에 보일 듯 말 듯 한 미소가 번졌다. 어지러이 뒤엉키던 감정들이 고작 저 웃음 하나에 가라앉는 것이 우스웠다.

"배려에 감사드립니다, 폐하."

"당연한 일을요. 그보단……."

레온하르트는 조심스레 입을 열었다.

"로라 헤일 영애와…… 무슨 일이 있었습니까?"

그래, 원래 하려던 이야기는 바로 이것이었다. 로라 헤일이 눈에 뻔히 보이는 수작질을 한 것에 대해 묻기 위해서.

"별일은 아닙니다."

테네르는 고무공을 들고 달려온 아이를 쓰다듬으며 대답했다. 별일이 아니라는 건, 일이 있긴 했다는 의미였다. 레온하르트가 말없이 쳐다보자, 테네르는 조금 민망한 듯 웃었다.

* * *

그러니까 7년 전, 선황이 아직 살아 있고 알레이나가 황태자 레온하르트의 약혼녀이던 시절이었다.

열아홉의 테네르는 언제나처럼 아비의 명령에 따라 알레이나에게 말을 붙일 기회를 노리고 있었다. 눈에 띄지 않는 것을 좋아하는 차분한 성정의 테네르는 언제나 중심에 서 있는 알레이나가 어려웠으나, 아비의 불호령이 두려웠기에 늘 그녀에게 억지로 말을 걸곤 했다.

미래의 황후라 불린 알레이나와 친분을 다지려고 하는 이들은 많았다. 알레이나 또한 그런 식으로 자신에게 접근하는 이들을 굳이 밀어내지 않았다. 거기다 테네르는 후작 영애이니만큼 남들보다 한두 마디쯤 더 어울려 주는 편이었다.

그러나 그녀의 무리 중 하나였던 로라 헤일은 테네르를 그리 좋아하지 않았다.

"또 오셨네요, 에반 영애. 오늘은 어쩐 일이세요?"

시골 영지에서 상경한 로라는 알레이나의 비위를 잘 맞추어 그녀의 무리에 들어갔지만, 새로이 알레이나에게 접근하는 이들에게 트집을 잡아 대곤 했다. 아무리 예비 황후의 무리에 들어가 의기양양해졌다고 하더라도 후작가의 영애를 굳이 들쑤시지는 않을 텐데, 로라는 테네르를 찍어 누르고 싶어 안달이 난 얼굴이었다.

"살바토르 영애와 이야기를 나누고 싶어서요."

테네르는 모른 척 대답했다. 로라가 픽 웃음을 흘렸다. 명백한 비웃음이었다. 익숙한 일이었으니 그리 화가 나지는 않았다.

"어쩌죠? 살바토르 영애는 좀 바쁜데."

"그런가요? 그럼 다음에……."

테네르는 어색하게 웃고는 자리를 뜨려고 했다. 아비 덕에 이런 시선이 익숙하기야 했지만, 그렇다고 달가운 것도 아니었으니.

"참, 에반 영애."

로라는 몸을 돌리려는 테네르를 불러 세웠다.

"얼마 전에 들은 이야긴데, 에반 영애의 어머니가 파트로나라면서요?"

발랄한 목소리에 테네르의 발이 그 자리에 멈추었다. 로라는 천진하게 웃고 있었지만, 그 의도를 모르지는 않았다.

숲을 떠나 에반 후작의 후처가 된 파트로나. 끝내는 사교계에 적응하지 못하고 도망친 사람. 그런 이를 어미로 둔 것을 조롱하려는 의미였다. 그나마 다행인 점은, 아비와 달리 '천한 핏줄'이라 노골적으로 말하지는 않는다는 사실일까.

테네르는 묵묵히 고개를 끄덕였다.

"맞아요."

"세상에나."

로라는 정말로 그럴 줄은 몰랐다는 듯 눈을 동그랗게 뜨고 입을 가렸다. 주변의 시선이 느껴졌다.

"어머나, 후작께선 정말 로맨티시스트세요."

"그런가요?"

"그럼요. 전 에반 영애의 어머니가 정말 부러운걸요. 저도 가진 게 아무것도 없더라도 절 있는 그대로 사랑해 주는 사람을 만나고 싶네요."

제법 해사한 웃음이었지만 작위도, 재산도 없는 파트로나인 어미를 비웃는 말임을 모를 리 없었다. 거기다 후작 부인이 아닌 '영애의 어머니'라고 굳이 말하는 것은 그녀가 다시 숲으로 돌아간 것을 조롱하려는 의미이기도 했다.

테네르는 고개를 들어 주위를 살폈다. 몇몇은 떨떠름한 얼굴로 그녀의 눈치를 보았고, 또 몇몇은 알레이나의 반응을 살피는 듯했다. 다른 이와 대화를 나누던 알레이나가 이쪽을 빤히 보는 것이 느껴졌다.

도망가고 싶다.

테네르는 눈을 질끈 감았다. 그녀는 눈에 띄는 것을 좋아하지 않았다. 그 것이 싸움이나 갈등 같은 종류라면 더욱 그랬다. 혹 아비가 이 광경을 보게 되면 어쩌나. 그랬다간 저택에 돌아가는 즉시 또 고함을 질러 댈 텐데.

"……헤일 영애의 바람이 이루어지길 바라요."

짧은 고민 끝에 테네르는 입을 열었다. 누가 시비를 걸어 오든, 맞받아치지 않으면 싸움이 되지는 않을 테다. 테네르는 어서 대화를 마무리하고 눈에 띄지 않는 자리로 가 쉬고 싶었다.

"영애도 분명 좋은 분을 부군으로 맞으실 거예요."

익숙한 웃음을 짓자, 로라는 오히려 조금 당황한 듯했다. 받아칠 말을 찾듯 입술을 몇 번 우물거리던 그녀는 결국 '고마워요' 하고 대화를 마무리했다.

테네르는 안심하고 몸을 돌리려 했다. 갑작스레 들려온 목소리만 아니라면 그랬을 것이다.

"그럼 에반 영애도 활 쏘는 걸 좋아하나요?"

돌연 말을 걸어온 것은 다름 아닌 알레이나 살바토르였다. 화려하게 물결치는 붉은 머리에 진녹색 눈이 선명했다.

"파트로나는 다들 명궁이라고 하던데요."

알레이나가 제게 먼저 말을 걸었다는 사실에 당황하던 테네르는 이내 그것이 호의임을 깨달았다. 활 이야기를 굳이 꺼낸 것은 테네르의 모친이나 파트로나에 대해 부정적으로 말할 생각이 없다는 의미이기도 했다.

"그리 능숙하진 않지만…… 좋아하는 편이에요."

"그럼 같이 사냥하러 갈래요?"

대뜸 묻는 말에 테네르는 놀란 눈을 끔뻑였고, 로라는 얼굴을 일그러뜨렸다. 테네르가 더듬더듬 되물었다.

"사냥……을요?"

"물론, 영애가 바쁘지 않다면요."

알레이나는 부채로 입을 가린 채 눈을 휘어 웃었다. 테네르는 아비를 생각했다. 활을 들 때마다 천한 피를 티 내지 말라고 윽박지르던 모습을.

그러나 그는 그녀가 알레이나와 친해지길 바라고 있었으니, 아마 심하게 나무라지는 않을 터였다.

"초대해 주셔서 감사해요. 사냥은 해 본 적이 없어서 도움이 될지는 모르겠네요."

"어렵게 생각하지 마세요. 그저 여흥인걸요."

테네르가 고개를 끄덕이자, 알레이나는 활짝 웃었다. 테네르는 그제야 긴장을 조금 풀었다.

* * *

테네르는 너무 사소한 일을 고자질한 것처럼 민망한 표정이었다. 그러나 레온하르트는 한동안 말이 없었다. 어째 알레이나가 그리 친하지도 않은 테네르를 사냥에 초대했다기에 의아했는데, 그래서였나.

"그때 헤일 영애가 절 싫어한다는 걸 알게 되기도 했고, 또 폐하께서 제게 춤을 청하셨을 때……. 절 노려본 적이 있습니다. 황후가 된 다음엔 그런 일이 없었기에 묻어 두는 편이 나을 것 같아서 따로 말씀드리지 않았지만……. 아무래도 영애가 폐하를 마음에 두고 있는 것 같습니다."

"……."

"정부로 들이시길 바라는 눈치이던데요."

레온하르트 또한 대강 눈치챈 사실이었다. 아마 로라 헤일뿐 아니라 헤일 자작가 전체가 그런 속셈을 품고 있었으리라.

"그대의 생각은 어떻습니까?"

테네르의 생각이 어떻든 정부를 들일 생각은 없었다. 하지만 굳이 묻는 것은 듣고픈 대답이 있어서일까.

"제가 참견할 일은 아닌걸요."

그러나 테네르는 레온하르트가 원하는 대답을 해 주지 않았다. 그 사실에 어쩐지 울컥하는 것은 왜인지.

"그대가 없던 2년간, 나는 어떤 여자도 품은 적이 없습니다."

"……."

"물론 그대를 만나기 전도 마찬가지고요."

레온하르트의 말은 한 치의 거짓도 없는 진실이었다. 그는 테네르 외의 여자와 깊은 관계를 가진 적이 없으며, 앞으로도 그럴 생각이었다.

묻지도 않은 이야기를 줄줄이 늘어놓는 꼴이라는 걸 알고 있었지만, 그는 조금 조마조마한 마음으로 그녀의 반응을 살폈다.

"마음 써 주셔서 감사합니다, 폐하."

테네르가 부드럽게 웃었다. 그 웃음에 레온하르트는 안도했고, 한편으로는 그것이 진심인지 아닌지 신경을 곤두세웠다. 그러나 테네르는 여전히 차분할 뿐이었다.

"……그럼 난 이만 돌아가겠습니다."

"예, 폐하."

계속 이곳에 있다간 멍청한 말만 지껄이게 될 것 같았다. 레온하르트가 자리에서 일어나자, 테네르도 그를 배웅하기 위해 몸을 일으켰다. 그들이 함께 문으로 향하려던 순간이었다.

"아빠!"

고무공을 굴리고 잡으며 놀던 조슈아가 레온하르트에게 우다다 달려왔다. 사실 달린다고 말하기에는 지나치게 뒤뚱거렸지만.

"아빠한테 인사해야지, 조시."

테네르가 손을 흔드는 시늉을 하자, 조슈아는 얼른 레온하르트의 바지를 붙잡았다. 지금까지 혼자 놀고 있었으면서 막상 아빠가 가는 듯하니 아쉬운 모양이었다.

"조시, 아빠 이제 주무시러 가셔야 해."

"으이잉."

테네르가 말렸지만, 조슈아는 꼭 쥔 바지 자락을 놓지 않았다. 테네르가 몸을 굽혀 아이의 손을 잡아 떼어 냈다.

"아빠는 내일도 뵐 수 있으니까……."

"테네르."

머리 위에서 들려오는 목소리에 테네르는 고개를 들었다. 조슈아는 그 틈을 타 다시 레온하르트의 무릎을 껴안았다. 테네르는 어쩐지 레온하르트가 무슨 말을 할지 알 것만 같았다.

"그냥…… 내가 자고 가는 건 어떻습니까?"

"……."

"조시가 원하지 않습니까."

레온하르트는 얼른 조시를 안아 들었다. 제 목을 끌어안은 아이의 이마에 두어 차례 입을 맞추기도 했다. 까르르 웃음소리가 들려왔다.

아이를 많이 길러 낸 곳이라 그런지 자작 성의 사용인은 지적하지 않아도 씻기기 좋은 온도를 맞추었다. 어린 하녀는 자그마한 욕조에 물을 받아 조슈아를 담갔다. 욕조 위에는 고무로 만든 오리 모형이 둥둥 떠다니고 있었다.

"아빠. 이거. 이거."

아이가 까르르 웃으며 물장구를 쳤다. 하녀가 그 모습을 보며 함께 웃었다.

"황자 전하, 이건 오리예요. 오리."

"오이."

"오리."

"오디?"

"오리. 꽥꽥 하고 울어요. 이렇게 물 위를 둥둥 떠다니죠."

"두두."

"맞아요. 이렇게 둥둥."

하녀가 오리 모형을 받아 다시 욕조에 띄우자, 조슈아는 손뼉을 치며 좋아했다. 테네르는 아직 어려 보이는 하녀가 아이를 잘 돌보는 것이 조금 신기했다.

"동생이 있니?"

"예?"

테네르가 말을 걸어올 줄은 몰랐던 듯, 하녀는 화들짝 놀란 얼굴이었다.

그러나 그것도 잠깐, 얼른 표정을 갈무리하고 예의를 갖추었다.

"아, 아닙니다, 황후 폐하."

"아이를 돌보는 것에 능숙해 보여서."

"워낙 많은 아가씨와 도련님을 보살펴왔으니까요. 사실 저보다는 플레어 아가씨나 로라 아가씨가 더 능숙하실 거예요. 동생분들을 키우다시피 하셨거든요."

하녀는 기쁜 듯 볼을 발갛게 물들인 채 조잘조잘 이야기했다.

"유모가 직접 돌보지 않고?"

"무, 물론 프렌시아 부인은 훌륭한 유모이시지만, 워낙 돌봐야 할 분이 많아서……. 다들 함께 돌봤어요."

"……그렇구나."

하기야 출가한 이들을 포함해 열두 남매에다 소자작까지 벌써 아이를 둘이나 두었다고 하니 유모 혼자서는 버거울 만도 했다. 테네르는 고개를 끄덕이고는 하녀가 아이의 몸을 부드러운 해면으로 문지르는 것을 묵묵히 지켜보았다.

"부아. 부부부."

"우리 황자 전하께서 기분이 좋으신가 봐요. 계속 웃으시네요."

"네가 잘 돌봐 주니 그런 모양이야."

테네르의 칭찬에 하녀는 어쩔 줄 몰라 하며 아이를 씻기는 데에 열중했다. 다 씻긴 후에는 능숙하게 닦아 낸 다음 보습제를 바르며 마사지까지 해 주었다.

테네르와 레온하르트는 즐거워 보이는 아이를 보며 웃었고, 간간이 서로를 보며 웃기도 했다.

* * *

로라 헤일은 침대에 앉아 있었다. 바닥에는 만찬 때 입었던 분홍색 드레스가 아무렇게나 구겨져 있었고, 반짝이는 목걸이와 귀걸이 또한 침대 위에 널 브러져 있었다.

"……짜증 나."

베개를 몇 번이나 집어 던졌지만, 만찬에서의 일들이 도통 지워지질 않 았다.

"누군 입고 싶어서 입은 줄 아나."

한때 젊고 잘생긴 미혼의 황제를 흠모한 적 있는 건 사실이지만, 어쨌거나 지금은 아이까지 있는 유부남이었다. 가족들의 성화만 아니었다면 그렇게 속 보이는 짓은 하지 않았을 텐데.

'드레스가 참 아름답군. 꼭 연회장에 온 것처럼.'

악의라곤 없어 보이는 부드러운 낯이었지만 빈정대는 말임을 모를 리 없 었다. 그러나 딸인 자신을 황제의 눈요깃감으로 내놓았다는 말에 가장 불쾌 한 것이 누구겠느냔 말이다.

당황한 황후와 역정을 내던 젊은 후작, 그리고 자신이 단장하는 것이 제 즐거움과 무슨 상관이냐 묻던 황제까지. 로라는 그야말로 창피하고 분해서 돌아 버릴 지경이었다. 거기다 폐후는……

'어머니를 찾아갔습니다. 북부에 계신다고 들어서……'

오라비와 어떻게 지냈냐는 물음에 왜 갑자기 어미의 이야기를 꺼낸단 말 인가. 그 말을 한 후 자신을 본 건 옛일을 담아 두고 있다는 의미가 아닌가. 로라는 불안감에 손톱을 잘근잘근 물었다.

"아가씨, 소자작님 오셨습니다."

문밖에서 들려오는 목소리에 로라의 얼굴이 대번에 굳었다. 문은 늘 그래 왔듯 오라비인 소자작 녹턴의 손에 허락도 없이 열렸다.

"……오셨어요?"

"방 꼴 하곤……"

녹턴은 바닥에 널브러진 드레스를 보며 혀를 찼다.

"이게 얼마짜리 드레스인 줄 알아?"

녹턴이 언성을 높였다. 하지만 로라도 지지는 않았다.

"그러게 안 통할 거라고 했잖아요!"

폐후가 수수한 행색이니 이 기회에 화려하게 치장하여 황제의 마음을 사로잡으라며 닦달한 게 녹턴이었다. 그런 주제에 황제가 농담 같지도 않은 농담을 던졌을 때 요란하게 웃음을 터뜨리던 이이기도 했다.

"폐후가 아이를 낳았어요. 누가 봐도 황제 폐하의 아이잖아요. 황제 폐하께서도 폐후를 황후라 부르시고요. 그런데 어떻게……."

"그래. 애가 있으니까 폐후가 황후가 되는 거잖아, 멍청아."

녹턴은 그것도 모르냐는 듯 말했다. 로라가 눈썹을 일그러뜨렸다.

"반역자의 딸도 황제 폐하의 아이를 가졌다는 이유로 다시 황후가 되는데, 까짓것 너도 하나 가지면 정부 자리쯤은 주시겠지."

"……."

"너도 알잖아? 미혼의 정부는 궁도 하나 하사받는 거. 이름만 정부지, 폐하의 두 번째 부인이나 다름없다고."

"아이는 혼자 생기나요? 폐하께선 그럴 생각 없으세요. 폐후 쳐다보는 것만 봐도 아시잖아요."

로라가 쏘아붙였지만, 녹턴은 혀를 찰 뿐이었다.

"남잔 여자랑 달라, 로라."

"그게 무슨……"

"남자는 말이야, 사랑과 욕정이 별개인 생물이거든."

"……."

"쉽게 말하자면, 사랑하지 않는 여자와도 얼마든지 아이를 만들 수 있다는 거지."

녹턴은 그것이 자랑거리라도 되는 양 콧대를 세웠다.

"폐하라고 다를 것 같아? 마침 방도 따로 쓰고 있으니 좋은 기회잖아.

아무리 폐하라고 해도 젊은 영애가 밤중에 침실로 찾아가면 그냥 두지는 않을걸."

"폐후나 에반 후작가에서 가만히 있겠어요?"

로라가 자신 없는 목소리로 물었다. 녹턴이 코웃음 쳤다.

"그럼 어쩔 건데?"

"……."

"지금 에반 후작가는 반역자의 가문이고, 승계도 할 수 없어. 아마 조만간 면책이야 하겠지만, 2년이나 공백이 있었는데 그 힘이 예전 같겠어? 지금 같은 기회는 좀처럼 없을 거란 말이지."

그러니까, 에반 후작이 귀족 사회에서 다시 힘을 가지기 전에 황제의 정부가 되어 입지를 다지라는 의미였다.

"네게 지금껏 들인 투자금을 회수할 방법은 많아. 황제의 정부가 되는 건 너도 좋고 우리도 좋은 방법이지만 네가 정 싫다면……. 어쩔 수 없이 네 잘난 미모가 시들기 전에 최대한 비싼 값을 주는 가문을 찾는 수밖에."

"그런 게……."

"최소한 노력하는 모습이라도 보이라는 거야, 로라. 그동안 사교 파티며 뭐며 뻔질나게 드나들면서 배운 게 있을 거 아냐."

녹턴은 짐짓 다정하게 웃으며 로라의 머리를 쓰다듬었다. 그가 방을 나간 다음에도 로라는 한참 동안 고개를 들지 못했다.

* * *

한미한 자작가에서 신분 상승의 꿈을 꾸는 것은 드문 일이 아니었다. 그 욕심이 유독 예쁘장한 외모를 가진 딸에게 향하는 것도 마찬가지였다.

로라 헤일은 부모의 아름다운 점만 빼닮은 딸이었다. 아비를 닮은 꿀 같은 금발에 고운 피부, 어미를 닮은 크고 새치름한 눈매와 오밀조밀하게 박힌 이목구비까지.

아름다운 외모만 있으면 잘난 남자에게 선택될 수 있다고 믿던 자작 부부는 로라를 보며 기대를 감추지 못했다.

"네 고모도 고작 자작 영애였지만 잉그리드 백작의 눈에 들어 백작 부인이 되었단다. 넌 네 고모보다도 훨씬 예쁘니 분명 훨씬 좋은 남자를 만날 수 있을 거야."

부모도 친척도 한결같이 말했지만, 정작 그녀를 귀부인처럼 기를 수 있는 건 아니었다. 로라는 하나뿐인 유모를 도와 동생들을 돌보거나, 여느 시골 영지의 영애들처럼 농번기가 되면 단출한 옷을 입고 손에 흙을 묻혀야 했다.

그러나 부모의 기대와 사용인들의 아부, 남매들의 동경과 질시 속에서 로라는 꿈을 꾸었다. 제도에 가게 되면 이 구질구질한 삶은 벗어던지고 동화 속 백마 탄 왕자님 같은 남자를 만나 행복하게 살 수 있으리라고.

열일곱 살이 되자, 로라는 부모의 전폭적인 지원을 받아 제도에서 데뷔탕트를 치렀다. 그러나 소녀의 부푼 꿈은 현실의 벽 앞에서 와르르 무너지고 말았다.

"헤일 자작가요? 거기 이런 사랑스러운 영애가 있었다니."

"우리, 여기서 이럴 게 아니라 자리를 옮길까요? 발코니가 빈 것 같은데."

영지에서 가장 아름답던 그녀는 제도에서는 그저 조금 예쁘장한 영애 중 하나일 뿐이었다. 거기다 시골에서 온 순진한 영애를 꾀어 하룻밤을 보내 보려는 이들은 어쩜 그렇게 많던지.

"다들 절 멍청이로 알아요, 고모님. 결혼할 생각도 없으면서 입바른 소리 몇 마디면 넘어갈 줄 아나 봐요."

"그럼 멍청하지. 네 부모를 꼭 닮아서."

로라의 고모인 잉그리드 백작 부인은 투덜거리는 로라를 보며 혀를 찼다.

"네 아버지는 내가 얼굴 하나로 잉그리드 백작 부인이 되었다고 생각하지만, 우리 백작님도 그리 바보는 아니란다. 내가 가문이 뒤떨어지더라도 백작가에 도움이 될 거라 계산했으니 날 곁에 두는 거지. 혹시 아니? 네가 부인으로서 쓸모 있는 존재가 되면 우리 백작님 같은 사람이 나타날지."

부인은 로라에게 결혼 상대를 물색하기 전 젊은 귀부인이나 고위 귀족 영애들과 먼저 친분을 다지라고 조언했다. 그들은 결코 허섭스레기 같은 남자들과 어울리지 않는다고도 덧붙였다.

"원래 사람은 끼리끼리 놀기 마련이거든. 가서 재롱이라도 부리며 환심을 사 보렴. 가끔은 선심 쓰듯 괜찮은 신사를 소개해 주기도 한단다. 본인이 가지기에는 수준이 떨어지지만, 남에게 주기는 아까운 남자 말이야. 그런 사람들도 지금 네 수준에는 과분할걸."

로라는 고민했지만 결국 고개를 끄덕였다.

그녀의 타겟이 된 이는 단연 예비 황후라 불리는 알레이나 살바토르였다. 공작가의 외동딸이니 설령 약혼이 어그러지더라도 차기 공작이 될 것 아닌가.

로라는 그녀가 좋아하는 것들을 찾았다. 오페라와 펜싱, 자주 찾는 보석상과 살롱, 좋아하는 여행지나 날씨, 공작저의 정원에서 피우는 꽃의 종류까지 달달 외운 후 그녀가 참여하는 모든 파티에 발을 들였다.

"나흘 후에 티 파티를 하려고 하는데, 헤일 영애도 와 주시겠어요?"

그 말을 들었을 때 얼마나 기뻤던가. 가난한 시골 영애가 예비 황후에게 알랑거린다며 비웃던 이들은 그녀가 알레이나의 티 파티에 초대되었다는 사실만으로 순식간에 태도를 달리했다. 제게 관심도 두지 않던 멀쩡한 영식들이 말을 걸어오기도 했다.

그러나 목표한 것을 반쯤 이루었는데도 마음은 편하지 않았다. 호화로운 삶을 살아온 고위 귀족 영애들과 농번기마다 손에 흙을 묻히던 자신이 어울리지 않는 건 둘째 문제였다. 자신처럼 알레이나에게 알랑거리는 영애들을 볼 때마다 로라는 제 자리를 빼앗길까 봐 불안을 감추기 어려웠다.

그리고 그런 그녀를 가장 거슬리게 한 것은 다름 아닌 테네르 에반이었다.

"또 오셨네요, 에반 영애."

로라가 테네르를 특별히 좋아하지 않는 것에는 두 가지 이유가 있었다. 첫째는 그녀가 신분상 후작 영애이기 때문이었고, 둘째는 알레이나의 태도 때문이었다.

알레이나는 테네르와 오래 말을 섞지 않았다. 딱히 모욕이나 핀잔을 주는 건 아니었지만, 단지 묻는 말에 대꾸만 할 뿐 대화를 이어 갈 의지는 없는 듯했다. 그러나 정작 어색함을 이기지 못한 테네르가 다른 곳으로 가면 그쪽을 힐끔거리기도 했다.

'싫어하는 건 아닌 것 같은데.'

로라가 아는 알레이나는 눈 밖에 난 사람과 상종하지 않았다. 말을 걸어도 딴청을 부리거나 외면하는 것도 서슴지 않았다. 그런데 유독 테네르의 말은 꼬박꼬박 받아 주지 않나.

그러니 로라는 테네르가 알레이나에게 다가오는 것이 싫었다. 어차피 후작 영애라 가만히 있어도 좋은 혼처가 생길 텐데, 이쪽을 기웃거리지 말고 성정 맞는 얌전한 사람들과 어울리면 될 것 아닌가.

"얼마 전에 들은 이야긴데, 에반 영애의 어머니가 파트로나라면서요?"

로라는 비웃듯 쏘아붙였다. 그녀는 테네르가 당장 꼬리를 말고 도망치기를 바랐다. 성질 더러운 로라 헤일이 버티고 있으니, 다시는 이쪽을 기웃거리지 않기를.

그러나 그녀의 바람을 무너뜨린 것은 다름 아닌 알레이나였다.

"그럼 에반 영애도 활 쏘는 걸 좋아하나요?"

그렇게 물은 알레이나는 아예 테네르를 사냥에 초대하기까지 했다. 무언가 잘못되었다는 것을 깨달았지만 이미 늦은 다음이었다. 로라는 자신을 향하는 친우들의 눈빛이 싸늘하다는 것을 알아챘다.

"……이게 뭐 하는 짓이에요?"

"아, 알레이나. 당신도 알잖아요. 저 사람은 목적이 있어서 접근하는 거예요. 순수한 의도로 온 게 아니라."

"그건 그쪽도 마찬가지잖아."

로라의 항변에 알레이나는 작게 코웃음 쳤다. 경멸의 시선이 그녀를 향했다.

"몰랐을 거라고 생각해요? 그쪽도 어차피 내게 원하는 게 있어서 접근한 거잖아요."

"……."

"오죽하면 저러겠나 싶어서 받아 줬더니……. 일곱 살짜리 꼬마들이나 할 소리 지껄이는 거 부끄럽지 않아요? 아니, 헤일 자작가가 그 정도 수준이라 그런 건가?"

빈정대는 말에 낯이 절로 붉어졌다. 알레이나의 목소리를 들은 이들이 자신을 힐끔거리는 것이 여실히 느껴졌다.

"난 지금껏 단 한 번도 영애의 출신이나 형편에 대해 운운한 적 없는데, 지금 보니 그게 실수였던 것 같기도 하네요."

"제, 제가 실수했어요, 알레이나. 정말 미안해요."

"지금 누구에게 사과하는 거예요?"

알레이나는 어처구니없다는 듯 언성을 높였다. 그녀는 정말로 화가 난 것만 같았다. 로라는 입을 뻐끔거렸지만 아무 말도 하지 못했다. 한참 동안 로라를 노려보던 알레이나는 그대로 몸을 돌려 쌩하니 가 버렸다.

로라 헤일은 알레이나 살바토르에게 내쳐졌다. 간신히 쌓은 인맥도, 자신을 바라보던 이들의 시선도 모조리 원점으로 돌아가고야 말았다.

모든 일이 어그러졌다는 것은 금방 알 수 있었다. 알레이나는 선황의 임종과 함께 종적을 감추었고, 로라 헤일은 변명 한마디 하지 못하고 고립되었다. 황후를 찾던 파티에서 마지막 희망을 안고 황제에게 접근했지만, 정작 황후의 자리를 차지한 것은 테네르였다.

"버러지 같은 계집애. 드레스값만 낭비했잖아."

가족들은 영지로 돌아온 로라를 따스히 맞아 주지 않았다. 도박으로 가산을 탕진한 녹턴이 가장 그랬다.

"차라리 값 떨어지기 전에 조금이라도 일찍 돌아오지 그랬어?"

모욕적인 말에도 로라는 대구하지 못했다. 몇 년 동안 제도에서 허송세월한 자신 때문에 가족들이 적지 않은 돈을 썼다는 걸 알기 때문이었다. 가족들은 최대한 비싼 값을 받을 수 있는 혼처를 물색했고, 로라는 행여 그들의 심기를 거스르지 않도록 얌전히 지낼 뿐이었다.

가족들이 다시 자신을 찾은 건 얼마 전의 일이었다. 아버지와 어머니, 오라비는 웬일로 눈을 빛내고 있었다. 꼭 자신을 제도에 보내기 전과 같은 표정이었다. 그리고 그들이 순행을 갔던 황제가 폐후와 함께 헤일 영지에 온다는 소식을 전했을 때, 로라는 그들이 또다시 헛된 꿈을 꾸고 있는 걸 알아채고야 말았다.

"폐하를 유혹해 봐."

"하지만 폐후가 황손을……."

"그게 황손인지 폐하를 닮은 놈 씨인지 어떻게 알고? 안 된다는 말만 하지 말고 시도라도 해 보란 말이야."

레온하르트가 제게 관심이 없다는 것은 그의 곁을 맴돌았던 자신이 가장 잘 알았다. 거기다 그가 지극히 아끼고 사랑한다고 알려져 있던 폐후를 다시 데려가는데, 자신이 낄 자리가 어디에 있단 말인가.

멍청하고 욕심 많은 오라비는 헛소리를 하고 있지만, 로라는 가능성 없는 일에 더는 시간을 허비하고 싶지 않았다.

'붙을 거라면 차라리…….'

로라는 구겨진 드레스를 움켜잡았다. 꼭 깨문 입술이 하얗게 질려 있었다.

* * *

밤공기가 차가웠다. 조금은 풀린 듯하던 날씨가 다시 추워진 탓이었다. 낡은 성은 난방 또한 난로에 불을 때는 구식이라 이불을 덮고 있는데도 한기가 찾아왔다.

테네르는 천천히 몸을 일으켰다. 이불 속을 벗어나자 몸이 부르르 떨렸지만, 머리맡에 둔 숄을 걸치고 잠든 아이에게 다가갔다.

조슈아가 추위를 많이 타지 않는 건 다행스러운 일이었다. 그래도 혹 감기에라도 걸릴까 걱정되는 건 마찬가지라, 테네르는 졸린 눈을 끔뻑거리면서도 난로를 아이 쪽으로 밀어 주고 모포도 두 겹 더 덮어 주었다.

"우웅."

통통한 볼을 쓰다듬자 조슈아는 기분이 좋은 듯 고롱거렸다. 테네르는 아이를 잠시 보다가 길게 하품을 했다. 다시금 잠이 쏟아졌다.

테네르는 비척비척 걸어 이불 속을 파고들었다. 원래는 숄을 먼저 벗어야겠지만, 날이 추우니 이불 속에 들어가 꾸물꾸물 벗었다. 누웠던 자리에 온기가 가셨을까. 테네르는 좀 더 따뜻한 자리를 찾으려는 듯 침대를 더듬었다.

"……테네르?"

나직한 목소리가 꿈결처럼 들려왔다. 부스럭거리는 소리가 났지만, 추위에 정신이 팔려 잘 들리지 않았다. 테네르의 손에 무언가 단단한 것이 잡혔다. 두텁고 따뜻한, 익숙한 온기였다.

"추우십니까?"

다시금 들려온 목소리에 테네르는 눈을 반쯤 감은 채 고개를 끄덕였다. 그러자 기다렸다는 듯 어깨를 감싸는 것이 있었다.

"……주무세요."

따뜻하고 너른 품이 몸을 감싸고, 커다란 손바닥이 등을 부드럽게 쓰다듬었다. 익숙한 목소리와 체향, 온기와 손길. 기분 좋은 것들이 긴장한 몸을 풀어 주었다.

테네르는 대답도 하지 않고 그대로 잠들었다. 꼭 꿈을 꾸는 것만 같았다.

등을 쓰다듬는 손길도 점점 느릿해졌다.

* * *

아침에 눈을 떴을 때 맨몸을 보는 것이 도대체 얼마 만인가. 눈을 뜬 테네르는 익숙한 살결을 보고 숨을 크게 들이마셨다. 그녀의 눈앞에 있는 것은 근육으로 다져진 탄탄한 가슴팍이었다.

'이게 무슨……'

아침잠이 많아 아침이면 언제나 비몽사몽 하던 그녀였지만, 일어나자마자 보이는 풍경에 잠은 달아난 지 오래였다.

이게 뭔가. 어떻게 된 일인가.

혼란을 담은 눈을 들자 곤히 잠든 얼굴이 보였다. 반듯한 눈썹 아래 지그시 감긴 눈은 미동조차 없었다.

'그냥…… 내가 자고 가는 건 어떻습니까?'

어제의 기억이 되살아난 것은 그 순간이었다. 조슈아가 방으로 돌아가려는 아비를 붙잡았고, 레온하르트는 아이가 원하니 여기에서 자도 되느냐 물었고, 그리고 자신은…….

"……"

테네르는 얼른 입을 다물었다. 지난 새벽의 기억이 떠오른 탓이었다. 유난히 추운 날씨 때문에 잠에서 깼던 것도, 아이에게 모포를 덮어 주고 다시 자리에 누웠던 것도, 그리고 잠이 덜 깬 채 온기를 찾았던 것도.

'내가……'

가슴에 닿을 듯 말 듯 밀착된 얼굴이 확 달아올랐다. 그녀의 손은 레온하르트의 옷깃을 파고들어 맨 등을 감싸 안고 있었다. 그러니까, 춥다고 안긴 것도 모자라 아예 맨살에다 손을 대고 있다는 의미였다.

부끄러움은 길었지만, 판단은 빨랐다. 테네르는 조심스레 그의 등에서 손을 떼었다. 천천히 팔을 거두어 그의 품 안에서 빠져나가려고 했다. 아마 그 순간 그가 자신의 몸을 바짝 당겨 안지 않았다면 분명 그랬을 것이다.

"폐하……?"

"……테네르."

잠긴 목소리가 귓가를 간질였다. 테네르는 숨을 크게 들이마시곤 다시금 고개를 들었다. 몸을 움직이자 안은 그의 팔이 그녀를 더욱 가까이 당겼다. 쿵, 쿵. 밀착한 몸에서 심장 소리가 들릴 것만 같았다.

"테네르……."

"폐하, 자, 잠깐만……."

테네르가 몸을 비틀자, 레온하르트는 그대로 그녀의 이마에다 입을 맞추었다. 테네르는 그를 밀어내지도 당기지도 못하고 그 자리에 굳어 있을 뿐이었다.

'잠드신 건가……?'

미동이 없는 걸 보니 아무래도 그런 모양이었다. 테네르는 낑낑거리며 고개를 들었다. 아까는 가슴이 눈앞에 있더니 이번에는 얼굴이었다. 코끝이 닿을 듯 말 듯 한 거리라 테네르는 눈을 어디에 둬야 할지 모를 지경이었다.

"폐하."

"……."

"폐하……."

작게 속삭였지만, 레온하르트는 여전히 미동이 없었다. 제법 깊게 잠든 모양이었다. 테네르는 잠든 얼굴을 보며 조금 머뭇거렸다.

"……레온."

그저 충동일 뿐이었다. 아무리 불러도 반응이 없으니, 조금 다르게 불러 보려고. 어쩌면 이것이 미련일지도 모르지만…….

감겨 있던 눈이 번쩍 뜨인 것은 그 순간이었다. 눈앞에 보이는 선명한 금안에 테네르는 다시금 당황했다. 놀란 것은 그 또한 마찬가지인지, 마주친 두 눈이 서로를 보며 천천히 깜빡거렸다.

"……테네르?"

어리둥절한 표정이던 레온하르트는 이내 자신이 테네르를 끌어안고 있다는 것을 뒤늦게 깨달은 모양이었다. 묵직한 팔이 황급히 거두어졌다. 테네르 또한 얼른 그의 몸에서 손을 떼어 낼 수 있었다.

"내가……."

"송구합니다, 폐하. 간밤에 날이 추워서…… 저도 모르게 폐하께 안겼던 모양이에요."

테네르가 얼른 사과했지만, 레온하르트는 혼란스러운 얼굴로 제 입술을 만지작거릴 뿐이었다. 테네르 또한 황제를 난로 취급한 것이 민망하긴 마찬가지라 두 사람은 한동안 입을 꾹 다문 채 서로의 눈치를 살폈다.

"아니……. 아닙니다."

먼저 입을 연 것은 레온하르트 쪽이었다. 그는 아무렇지도 않은 척 난로 쪽을 돌아보았다.

"그대가 추위를 많이 탄다고 미리 이야기했는데, 날이 갑자기 추워져서 연료가 충분하지 않았던 모양입니다. 조시는……."

"간밤에 모포를 더 덮어 주었습니다."

테네르는 바닥에 떨어진 숄을 주워 얼른 어깨에 걸쳤다. 잠든 아이에게 향하는 발걸음이 다급했다. 그것이 아이에 대한 걱정 때문인지, 민망함 때문인지는 알 수 없었지만.

"어젯밤에는 폐하께서 놀아 주신 덕에 조시도 깊게 잠들었습니다. 잠투정도 없었고요."

급하게 말을 돌리는 것이 티가 날 테지만, 레온하르트는 딱히 지적하지 않았다. 그저 혼자 얼굴을 몇 번 쓸어내리다가 그녀 쪽으로 다가올 뿐이었다.

"……테네르."

"예, 폐하."

어쩐지 눈을 마주치기가 민망했기에, 테네르는 여전히 아이를 보며 대답했다. 레온하르트는 그녀의 곁에 선 채 열없이 볼을 긁었다.

"혹시 내가……."

똑똑.

노크 소리가 들린 것은 그 순간이었다. 무엇을 물으려고 했던 것인지, 레온하르트는 얼른 입을 다물고 고개를 돌렸다.

문을 열고 들어온 것은 자작가의 하녀였다.

"황후 폐하, 손님이 오셨습니다."

"내 손님이?"

테네르는 조금 의아한 얼굴이었다. 어차피 곧 제도로 돌아갈 예정이라 이곳까지 자신을 찾아올 사람이 없기 때문이었다.

"누가 찾아온 거니?"

"우선 맞이할 준비를 하죠."

대답한 것은 하녀가 아닌 레온하르트 쪽이었다. 테네르는 영문을 알 수가 없었지만, 그가 무언가 알고 있는 표정이었기에 순순히 고개를 끄덕였다. 이마에 닿았던 온기가 아직도 선명했다.

* * *

테네르와 레온하르트가 아침 단장을 끝내자, 조슈아 또한 어느덧 잠에서 깨어 침대 난간을 붙잡고 낑낑거렸다.

레온하르트는 조슈아를 번쩍 안아 비행을 몇 번 시켜 주고는 바닥에 내려 주었다. 물론 한 가지 놀이에 꽂히면 질리도록 계속해야만 직성이 풀리는 아이는 또 해 달라고 졸라 대었지만.

"폐하, 팔이 아프실 텐데……."

"조시가 좋아하지 않습니까."

레온하르트는 복도를 걷는 내내 아이를 높이 들었다 내렸다 하며 장단을 맞춰 주었다. 아이의 웃음소리가 명랑하게도 들려왔다.

그들이 도착한 곳은 응접실이 아닌 현관 쪽이었다. 테네르는 조금 의아했으나, 레온하르트는 퍽 자연스럽게 그녀를 밖으로 안내했다. 그리고 열린 문틈 사이로 보이는 낯익은 인영에 그녀의 입에서 짧은 탄성이 터져 나왔다.

"……한스?"

"화, 화, 화, 황후 폐하를 뵙습니다!"

잔뜩 얼어붙은 채 서 있던 한스가 허리를 깊게 숙였다. 그의 옆에는 익숙한 말이 서 있었다. 북부에 있을 때면 언제나 그녀와 함께해 주던 말이.

"제임스!"

테네르는 얼른 조슈아를 안고 제임스에게 달려갔다. 말은 주인을 알아본 듯 콧김을 뿜고는 얼른 그녀에게 머리를 비비적거렸다. 조슈아는 갈기가 뺨을 스치는 게 간지러운지 까르르 웃었다.

"제티. 제티이."

"직접 데려온 거예요?"

테네르는 제임스의 까맣고 구불구불한 갈기를 쓰다듬으며 물었다. 그녀가 말을 걸자 한스는 눈에 띄게 긴장하여 몸을 바로 세웠다.

"예. 화, 화, 황제 폐하의 명령을 받고 왔습니다. 제임스를 화, 황궁에…… 데려간다고 하셔서……."

묻는 말에 대답하는 내내 한스는 고개를 조아린 채 레온하르트를 흘깃거렸다. 왜 성군이라 불리는 황제를 저토록 두려워하는 것일까, 테네르는 조금 의아했다.

그러나 정작 레온하르트는 그 이유를 어느 정도 짐작하고 있었다. 테네르를 찾으러 갔던 날, 그의 목에 검을 들이대며 그녀의 행방을 말하라 겁박한 걸 기억하기 때문이었다.

"한스라고 했나?"

레온하르트는 퍽 호의적으로 말했다. 그는 헤일 영지에 오기 전 테네르와 에리히가 주고받던 대화 또한 똑똑히 기억하고 있었다. 한스라는 이름도, 그가 테네르의 취향에 전혀 맞지 않는다는 것도.

거기다 그는 앳된 얼굴에 몸집도 작은 편이라 사내라기보다는 소년에 가까운 모양새였다. 그러니 날을 세워 경계하기보다는 여유로운 아량을 베푸는 모습을 보이고 싶은 마음이었다.

"먼 길 오느라 고생했네."

"아, 아, 아닙니다. 황제 폐하의 명령을 받잡을 수 있어 여, 여, 여, 영광입니다!"

한스는 기사들이 하듯 양팔을 몸에 바짝 붙인 채 소리쳤다. 물론 기사라고 하기에는 너무도 어설픈 모습이었지만.

레온하르트는 그에게 친절하게 웃어 주고는 고개를 돌렸다. 그의 시선이 닿은 곳은 검은 갈기가 풍성하게 구불거리는 아름다운 흑마였다.

'잘생겼다더니…….'

레온하르트는 말의 모습을 낱낱이 훑었다. 번쩍이는 검은 피부에 윤기가 흐르는 풍성한 갈기, 길게 뻗은 튼실한 다리와 목, 곧은 종아리로 물결치며 내려오는 말총까지.

좋은 혈통으로 보전된 황실의 말들과 비견해도 지지 않을 정도로 잘생긴 말이었다. 아니, 사람의 손을 탄 지 오래되지 않은 말은 특유의 야생성이 아직 남아 있어 더욱 용맹스러워 보이기까지 했다. 거기다 저 우수에 찬 눈빛은 도대체 뭐란 말인가.

사내 대 사내로서 둘 중 하나를 경계해야 한다면 한스라는 소년보다는 저 튼실하고 늠름한 말을 고르리라. 테네르가 애정 어린 눈길로 쓰다듬어 주는 것이 어느 쪽인지만 봐도 그랬다.

"잘생겼지요?"

한참 동안 말을 쓰다듬고 안아 주던 테네르가 웃으며 물었다. 레온하르트는 고개를 끄덕이곤 손을 뻗었다. 그러나 얌전하던 말은 낯선 손길이 다가오자 거부하듯 투레질했다. 테네르가 그를 달랬다.

"괜찮아, 제임스."

눈을 맞추며 쓰다듬고, 곧은 콧잔등에 입을 맞추고. 레온하르트는 말을 향하는 애정 어린 시선을 보았다. 언젠가는 제게도 닿았던 눈길이었다. 지금도 자신과 테네르는 결코 사이가 나쁘지 않았으나, 아마 그녀는 다시는 자신을 저렇게 보지 않을 터였다.

이쪽은 마음을 주지 않으면서 저쪽이 마음을 접었다 하여 아쉬워할 수는 없었다. 그러나 당연한 일이라 되뇌면서도 자꾸만 옛일을 떠올리게 되는 것은 어쩔 수 없었다.

그때였다면 각방을 쓸 일도 없었을 텐데. 아침에 서로를 부둥켜안고 있었다고 한들 그리 놀라 손을 떼어 내지도 않았을 텐데.

"이제 괜찮습니다, 폐하."

한참 동안 말을 달래던 테네르가 마침내 입을 열었다. 쓰다듬어도 된다는 의미였다. 말은 어느덧 순한 양처럼 얌전해져 있었다. 레온하르트는 손을 뻗어 부드러운 윤기가 흐르는 갈기를 쓰다듬었다.

"여기까지 데려오느라 정말 고생 많았어요, 한스. 제임스가 말은 잘 듣던가요?"

"항상 그렇죠, 뭐. 타샤 앞에서만 얌전 떠는……. 아, 아니. 화, 황후 폐하요. 황후 폐하."

어색하게 뒷목을 긁던 한스는 레온하르트와 눈이 마주치자 얼른 호칭을 정정했다. 테네르 또한 그가 자신에게 깍듯이 경칭하는 것을 말리지는 않았다.

"고마워요, 한스. 마을은 좀 어때요? 새 파수꾼은 왔나요?"

"예, 예. 물론 타……. 아니, 황후 폐하만 한 실력은 아니지만, 두 사람이나 보내 주셔서 촌장님도 퍽 든든해하십니다."

"고마운 일이네요. 아 참, 이렇게 서 있을 게 아니라 들어가서 이야기할까요?"

"아, 아닙니다! 전 이만 돌아가야 할 것 같아서……."

한스가 여전히 레온하르트의 눈치를 살피며 말끝을 흐렸다. 테네르는 고개를 갸우뚱했고, 지켜보던 레온하르트가 입을 열었다.

"이른 아침부터 와 주었는데, 이대로 돌아가기는 피곤하지 않겠나? 들어가서 차라도 한 잔 마시며 쉬다 가게."

"예, 예?"

"그래요, 한스. 먼 길 와 주었는데, 이렇게 가면 나도 마음이 불편할 것 같아요."

한스는 난처한 얼굴이었지만, 테네르까지 그렇게 말하자 결국은 고개를 끄덕였다. 하녀가 그들을 응접실로 안내했다.

* * *

레온하르트는 헤일 자작과 함께 영지를 둘러보기로 했기에 먼저 자리를 비웠다. 아마 편하게 이야기를 나누라는 배려이기도 하리라.

테네르는 오라비를 부른 후 하녀에게 차를 내어 오게 했다. 한스는 레온하르트가 자리를 비우자 그제야 안심한 기색이었다.

"그렇게 긴장할 것 없어요. 폐하께선 무고한 이들을 벌하신 적 없는걸요."

"그게, 저도 알고는 있지만……."

"야, 너 예전에 테네르한테 찝쩍거렸던 거 찔려서 그러지?"

에리히가 낄낄거리며 물었다. 한스는 차마 부정하지 못하고 고개를 푹 숙였다.

"죄송……. 죄송합니다……."

물론 레온하르트가 제게 검을 들이댔던 기억 때문에 움츠러들었던 것도 사실이긴 했다. 그러나 한스를 더욱 겁먹게 만든 것은 다름 아닌 지난날의 제 행적 때문이었다.

도축이 무서우면 제게 기대라며 치근덕거리질 않았나, 고기를 가져다주며 말 한마디라도 더 섞으려 갖은 생색을 내지는 않았나. 설마 그녀가 폐후이리라곤 꿈에도 생각지 못했기에 한 행동이었다.

혹 황제가 그 사실을 알게 되면 어쩌나, 질투가 심했다던 선대의 어떤 황제처럼 감히 황후를 눈독 들였던 자신을 단두대에 올리지는 않을까. 레온하르트와 눈이 마주칠 때마다 한스는 꼭 사형을 목전에 둔 사형수가 된 것만 같았다.

"나도 폐후라는 걸 말하지 않았는걸요. 폐하께는 말씀드리지 않았으니 너무 신경 쓰지 마세요."

테네르가 상냥하게 웃으며 말했다. 한스는 그야말로 감격한 얼굴이었다. 어차피 자신을 사랑하는 사람도 아니니 알게 되더라도 그리 신경 쓰지는 않을 텐데. 겁먹은 모양새가 참 안쓰럽기도 했다.

"마을 사람들은 잘 지내나요? 오는 데 별일은 없었고요?"

"그럼요. 새 파수꾼들도 다들 좋은 분들이고, 또 황제 폐하께서 지금껏 황후 폐하를 보호해 주었다며 포상금도 하사하신걸요. 거기다 우리 로잔나가 이번에 새끼를 두 마리나 낳아서 겹경사예요."

긴장이 풀리자 한스는 신이 나서 마을 이야기를 늘어놓았다. 트라벨 공작이 낡은 집들을 수리해 주기로 한 것, 이참에 트라벨 영지로 들어가는 것을 논의 중이라는 것, 어느 집은 며칠 전 밭갈이를 했고, 누가 누구와 정분이 난 기색이라는 말까지 길게 이어졌다.

"제임스가 처음에는 안 태워 주겠다고 그렇게 투레질을 하더니, 타샤한테 간다고 달래니까 귀신같이 알아듣고 얌전해지더라고요. 말인지 사람인지 원."

"정말 고생 많았어요."

"여관에서는 별일 없었고? 탐내는 사람들 꽤 있었을 텐데."

"있다마다요. 그래도 황실 관리께서 황제 폐하께 진상할 말이라고 하신 뒤로는 다들 입맛만 다시던걸요. 아 참, 그리고 보니 여관에서 신기한 사람들을 봤는데."

작게 키득거리던 한스는 문득 생각난 듯 테네르를 돌아보았다.

"아침을 먹으려는데, 관리가 화장실에 간 사이에 갑자기 사냥꾼 무리가 우르르 들어오더라고요."

"사냥꾼 무리요?"

"우락부락한 산적처럼 생긴 것도 아니고, 남자고 여자고 하나같이 뽀얗고 여리여리하던데요. 사냥감을 산더미같이 가져와서 파는 걸 보니 급전이 필요해 보였어요. 거기다 여관 주인이 그걸 다 사더라고요. 죄다 잔 상처가 하나도 없는 상등품이라고."

"굉장하네요."

테네르는 작게 감탄했다.

짐승을 괴롭히는 걸 좋아하는 악질적인 사람이 아닌 이상, 사냥꾼들은 대개 사냥감의 급소를 노리기 마련이었다. 그래야 가죽의 손상을 최소화하여 비싼 값에 팔 수 있기 때문이었다.

그러나 급소를 노리는 것과 실제로 그렇게 사냥할 수 있는지는 별개의 문제였다. 한스의 말이 사실이라면 분명 꽤 실력 있는 사냥꾼들이리라.

"나이가 많은 사람들이었나요?"

"나이대는 다양해 보였어요. 노인들도 있고. 근데 대부분 머리 색이 황후 폐하랑 비슷하더라고요. 거기다 누가 타샤라고 하기에 처음엔 황후 폐하가 마중이라도 오신 줄 알았어요."

"……뭐라고요?"

테네르가 놀라 되물었다. 갑작스럽게 높아진 언성에 한스는 영문을 모르고 눈을 끔뻑거렸다. 에리히 또한 당황한 표정이라, 한스는 자신이 무언가 잘못 말했나 싶었다.

"왜, 왜 그러시는……."

"자세히 말해 봐."

에리히가 찻잔을 거칠게 내려놓으며 다그쳤다. 한스는 어리둥절한 채로 입을 뻐끔거렸다.

"자세히 말할 만한 게……. 그냥 예닐곱 정도가 갑자기 들어와서 물건만 팔고 나갔어요. 급하게 가는 것 같던데."

"어느 여관인데? 어느 마을! 어디로 갔는데?"

"페, 페르단이고, 여관 이름은 '춤추는 고양이'였나……. 어디로 갔는지는 저도 몰라요."

에리히의 추궁에도 한스는 겁을 먹은 듯 도리질할 뿐이었다. 에리히는 짜증스럽게 머리를 헝클어뜨렸다.

"내가 너 눈치 없는 건 진작 알았지만……. 야, 이 멍청아!"

"예, 예?"

"척 보면 모르겠냐? 실력 있는 사냥꾼 무리에 얘랑 머리 색도 비슷하고, 거기다 얘 어머니랑 같은 이름 쓰는 사람까지 있잖아! 그럼 당연히……."

"타, 타샤가 황후 폐하의 어머니 이름이었어요?"

"너는 그걸 이제 알았냐?"

에리히가 흥분하여 언성을 높였다. 그러나 한스의 입장에서는 억울할 뿐이었다. 황후의 어머니이건 뭐건, 남의 어머니 이름을 자신이 왜 알아야 한단 말인가. 북부의 작은 마을에 살던 그로서는 황후의 어머니가 파트로나라는 것만 간신히 알고 있었을 뿐이었다.

"아니, 그걸 알았으면 황후 폐하가 마을에서 타샤라는 이름 썼을 때부터 의심했겠죠……."

"이, 이……."

에리히는 답답하다는 듯 가슴을 퍽퍽 쳤지만, 차마 한스의 말에 반박하지는 못했다. 그래도 그때 붙잡았으면 지금 만날 수 있을 것 아닌가. 하다 못해 조금이라도 눈치챘다면 함께 있던 관리에게 말해 행선지를 추적할 수라도 있지 않나. 내내 찾던 사람을 눈앞에서 놓친 것이 아까워 돌아 버릴 지경이었다.

에리히는 고성을 간신히 삼키고 테네르를 돌아보았다. 테네르는 조슈아를 꼭 껴안은 채 멍청한 얼굴로 그 자리에 앉아 있을 뿐이었다. 조슈아 또한 큰 소리에 놀란 건지 눈을 휘둥그레 뜨고 있었다.

"너무 걱정하지 마, 테네르. 폐하께 말씀드리면 어떻게든 추적할 수 있을 테니까. 한스, 너 뭐라도 더 기억나는 거 없어?"

"기, 기억나는 게……. 토, 토끼가 네 마리였나? 사슴 두 마리에, 여우가 세 마리, 곰도 한 마리 있었고, 늑대랑 멧돼지도……. 그리고 전부 시세의 반 값 수준이었다고……."

"아, 누가 그딴 거 물어봤냐고!"

에리히가 입에서 불이라도 뿜을 것처럼 소리쳤다. 테네르가 정신을 차리고 그의 팔을 붙잡았다.

"괜찮아요, 오라버니. 굳이 찾을 필요는……."

"뭔 개소리야. 너 어머니 찾겠다고 북부까지 갔으면서!"

"쉬이. 조시 놀라요, 오라버니."

테네르가 입술에 검지를 가져다 대자, 에리히는 얼른 입을 다물었다. 조슈아는 테네르의 품에 매달린 채 에리히를 힐끔거리고 있었다. 한스가 그의 눈치를 보다가 입을 열었다.

"그런데 후작님, 타샤가 황후 폐하의 어머니 이름이었다면……. 그럼 엘은 무슨 의미가 있던 겁니까?"

"……."

이 와중에 얼빠진 질문을 하는 꼴이라니. 에리히는 잠깐이라도 저 멍청한 남자와 테네르를 결혼시켰어야 했다고 생각한 자신을 후려치고 싶은 심정이었다.

"……아무 의미 없으니까 넌 입 좀 다물어."

그 말에 한스는 그제야 입을 다물었다. 에리히는 착잡한 얼굴로 머리를 흩트렸다. 문가에 누가 숨어 있는지도 모른 채였다.

* * *

"……폐후의 어머니라고?"

녹턴이 되물었다. 하녀는 얼른 고개를 끄덕였다.

"네, 분명 그렇게 말했어요. 이름도 같은 데다 닮기까지 했다고요. 거기다 사냥꾼 무리라고 했으니 파트로나일 가능성이 클 것 같아요."

"어디서 봤다는데?"

"페르단에서요. '춤추는 고양이'라는 여관에서 봤다는데, 어디로 갔는지는 모른대요."

참새처럼 종알거리는 하녀는 응접실에서 차 시중을 들던 이였다. 차를 따른 후 문가에 몸을 숨겨 이야기를 엿들은 그녀는 자신이 들은 이야기를 녹턴과 로라에게 전달하고 있었다. 로라는 얼굴을 굳혔고, 녹턴은 무언가 꿍꿍이라도 있는 사람처럼 제 턱을 만지작거렸다.

"……곧 추적하겠군."

"저, 그게……."

하녀가 얼른 말했다.

"찾지 않으려는 모양이더라고요."

"뭐라고? 제 어미 찾아서 북부까지 갔다면서 왜?"

"그건 저도 잘……. 이미 시간이 많이 지체되어서 폐하께 누가 될 것 같다고 하던데요."

"어디로 갔는지 알아봐. 되도록 빨리."

입을 연 것은 로라였다. 녹턴이 그녀를 흘깃 보았다.

"왜, 폐후의 약점이라도 잡게?"

"……글쎄요."

글쎄, 폐후의 어미가 파트로나인 것은 널리 알려져 있으니 그녀의 존재가 약점이 되긴 할까. 로라는 속내를 감춘 채 무표정하게 앉아 있을 뿐이었다.

'건드렸다가 무슨 꼴을 당하라고.'

로라 헤일은 이제 부푼 꿈을 안고 사교계에 발을 들였던 철없는 열일곱 소녀가 아니었다. 어떤 식으로든 폐후나 황손을 공격하려 든다면 황제가, 그리고 에반 후작이 가만히 있지 않으리란 걸 알고 있었다.

에반 영애 시절은 물론, 황후가 된 후로도 자신을 적대하던 로라를 사적으로 벌하거나 골탕 먹인 적 없는 사람이었다. 복위를 앞두고 헤일 영지에 머무르는 동안도 먼저 건드리지 않으면 아무 일 없는 것처럼 굴어 주는 사람.

그러니 쓸데없이 그녀를 적으로 돌리기보다는 아예 그녀의 편으로 돌아서는 것이 낫지 않겠나. 퍽 너그러운 사람이니 의외로 순순히 받아 줄지도 모를 일이었다.

"뇌물이라도 바치려고요."

"왜, 설마 폐후에게 널 폐하의 정부로 들여 달라고 청이라도 하게?"

녹턴이 빈정거리듯 물었지만, 로라는 대답하지 않았다. 창밖으로 정원을 거니는 테네르의 모습이 보였다. 즐거워 보이는 얼굴에 로라는 작게 입술을 깨물었다.

07

모처럼의 승마였다.

한스에게는 태워 주지 않겠다며 투레질했다던 제임스는 테네르가 제 위에 타려고 하자 환영하듯 등을 낮춰 주기까지 했다. 그 모습에 한스는 제법 상처받은 표정을 지었고, 에리히는 조슈아에게 또 이상한 농담을 속삭이는 모양이었다.

테네르는 외투를 단단히 여미고 한참을 달리다가 돌아왔다. 호위 기사들은 성안이 답답할 테니 성 밖을 함께 달리는 건 어떠냐 물었지만, 그건 다음으로 미루었다.

"왜, 내가 조시 잡아먹을까 봐 멀리 못 가겠냐?"

"맞아요."

테네르는 작게 웃으며 에리히에게서 조슈아를 받아 들었다. 조슈아는 테네르를 따라 말의 콧등을 쓰다듬으며 제티, 제티, 불렀다.

"우리 조시도 말이 생기면 좋을 텐데."

"벌써? 그래도 다섯 살은 되어야지."

귀족가에서는 보통 아이가 열 살, 이르면 다섯 살쯤 되면 좋은 품종의 망아지를 선물로 주었다. 본격적인 승마라기보다는 놀이에 가까웠지만, 어릴 때부터 말과 가까이 지내며 정을 붙이기 위해서였다.

"조시는 제 아이잖아요. 승마도 분명 빨리 배울 거예요."

"너도 참 팔불출이란 말이야."

오라비의 타박에 테네르는 민망한 듯 웃었다. 찬바람을 맞은 양쪽 뺨이 붉었다. 에리히는 그 꼴을 보다가 입을 열었다.

"……그래도 알아보는 게 좋지 않겠어?"

주어를 말하지는 않았지만, 테네르는 그가 무엇을 말하는 건지 알고 있었다.

"어머니가 아닐지도 모르잖아요."

"확인이라도 해 봐야지. 그렇게 찾았으면서. 폐하께 말씀드리면 분명 도와주실 거야."

이러나저러나, 에리히는 레온하르트가 그리 박한 사람이 아니라는 것에 동의했다. 동생의 마음을 기만한 거야 영 마음에 들지 않았지만, 사랑을 빼놓고 본다면 늘 테네르를 부족함 없이 대하는 이상적인 신랑감이었다.

그러니 분명 어미를 찾은 것 같다고 말한다면 당장 사람을 풀어 알아 오게 할 것이다. 그럼 이번에야말로 타샤를 만나게 될지도 모르지 않나.

하지만 테네르는 괜찮다는 듯 고개를 저었다.

"사실…… 북부에 있는 동안 계속 생각했거든요."

"뭘?"

"어머니가 지금까지 절 찾으신 적이 한 번도 없다는 거요."

차분한 목소리에 에리히는 입을 다물었다. 테네르는 천천히 말의 갈기를 쓰다듬었다.

파트로나의 피가 섞인 후작 영애가 황후의 자리에까지 올랐다는 것은 제법 큰 이슈였다. 제도의 소식이 늦은 마을 사람들조차 그녀의 즉위와 폐위에 대해 알고 있을 만큼. 그러니 어미 또한 그것을 몰랐을 리 없었다.

"전 어머니의 행방을 몰랐지만, 어머니는 알고 계셨을 텐데, 한 번도 찾지 않으신 건……. 절 만나고 싶지 않다는 의미가 아닐까 하는 생각이 들었어요."

"야, 그건……."

"괜히 불편하게 하고 싶지 않아요. 잘 지내시는 듯하니 그걸로 다행이죠."

에리히는 그녀의 말에 반박하고 싶은 듯 입을 뻐끔거렸지만, 결국은 아무 말도 하지 못했다. 그 또한 테네르의 생각에 일리가 있다고 생각하기 때문이었다.

만약 루드비히 에반이 두려워 찾아오지 않은 거라면, 그가 죽은 후에라도 찾아올 수 있는 것 아닌가. 테네르는 아비가 처형된 뒤로도 일 년 동안 황후의 자리에서 버텼는데.

"폐하께 말씀드리면 분명 어머닐 찾아 주려고 하실 거예요. 괜히 신경 쓰게 하고 싶지도 않고, 아랫사람들을 번거롭게 하고 싶지도 않고요. 이렇게라도 소식을 들었으니 만족하려고요."

"……."

"전 조시만 있으면 돼요, 오라버니."

테네르는 아이의 볼에다 입을 맞추었다. 조슈아는 그녀를 따라 입술을 내밀고 입 맞추는 시늉을 했다. 부리처럼 톡 튀어나온 입술이 사랑스러웠다.

* * *

정보 길드에서 연락이 온 것은 다음 날 오후였다. 하녀의 보고를 받은 로라는 짧은 한숨을 내쉬고는 테네르의 방으로 향했다. 헛수고가 아닌가 하는 생각이 들긴 했지만, 아무것도 하지 않는 것보다는 나으리라.

자작과 함께 시찰을 간 레온하르트는 아직 돌아오지 않았다. 오라비는 황제의 침실에 숨어 들어가라고 했지만, 그가 다시 테네르의 방에 머물게 되었으니 시도하는 것부터 불가능해졌다. 로라로서는 다행스러운 일이었다.

'처음부터 성공하지도 못할 계획이었어. 암살자로 몰리지나 않으면 다행이지.'

로라는 레온하르트가 제게 이성적으로 전혀 관심이 없다는 것을 알고 있었다. 그가 눈에 담은 사람은 테네르밖에 없다는 것도. 그녀는 불가능한 일에 매달리기보다는 조금이라도 가능성 있는 쪽에 판돈을 걸기로 했다.

로라는 테네르의 방 앞에 섰다. 방을 지키고 선 호위들이 테네르에게 그녀의 방문을 알렸다. 갑작스러운 방문이었지만 테네르는 제법 순순히 문을 열어 주었다.

"어서 와요, 헤일 영애."

"황후 폐하를 뵙습니다."

처음에야 다시 만난 테네르가 못마땅하여 불순하게 대했지만, 목적이 정해진 이상 그녀의 심기를 거스를 수는 없었다. 로라는 얼른 공손히 인사하며 예의를 갖추었다. 아이가 장난감을 꼭 쥔 채로 그녀를 보며 눈을 동그랗게 떴다.

"황자 전하도, 안녕하세요."

"바아."

방긋 웃으며 인사하자 아이는 그녀를 따라 눈을 휘어 웃었다.

레온하르트를 꼭 닮은 금안에 검은 머리를 가진 아이였다. 처음 보았을 때는 자작 일가 모두가 말문을 잃었을 정도로 황제를 빼닮은 아이.

"어쩐 일인가요?"

"……그게."

로라는 말을 하다 말고 다시금 아이를 흘깃 보았다. 조슈아는 여전히 호기심 어린 눈으로 그녀를 관찰하고 있었다.

"황후 폐하께…… 사죄를 드리려고 왔습니다."

로라는 눈을 질끈 감고 꼿꼿하던 허리를 굽혔다. 테네르의 표정을 확인하고 싶었지만, 머리를 한껏 조아리고 있어 볼 수가 없었다.

"무엇을요?"

되묻는 목소리가 지극히 차분했다. 로라는 무엇부터 말해야 할지 몰라 조금 머뭇거렸다.

"제가 황후 폐하께…… 그간 불순하게 굴었던 것을요."

"난 지금껏 헤일 영애에게 화낸 적이 없는데……. 언제를 말하는 건가요?"

담담한 목소리였지만, 로라는 테네르가 자신의 무례를 모두 기억하고 있다는 것을 알아챘다. 전부 잊었다든가 나쁜 의도를 알아채지 못했다든가 하는 게 아니라, 그저 대응하지 않았을 뿐이란 것을.

"용서해 주세요, 황후 폐하!"

로라는 얼른 무릎을 꿇었다. 바닥에 세게 부딪힌 무릎에 찌르르하게 통증이 번졌지만, 아랑곳하지 않고 바닥에 이마를 가져다 대었다.

"철없던 시절 황후 폐하를 시기하여 해서는 안 될 말을 했습니다. 그것도 모자라 개인적인 고민에 정신이 팔려 영지를 방문해 주신 황후 폐하를 불순하게 대했고, 만찬에서는 상황에 맞지 않는 차림을 하여 심기를 어지럽혔습니다."

잘못을 낱낱이 고하는 목소리가 비굴하게도 흘러나왔다. 테네르는 대답이 없었다. 긴 적막 속에서 자그마한 발소리가 아장아장 들려왔다. 그리고 고사리 같은 손이 그녀의 어깨를 서툴게 두드렸다.

"안 돼, 조시."

"으이잉."

테네르는 아이를 만류하고는 얼른 안아 들었다. 칭얼거리는 목소리가 로라의 머리 위에서 들려왔다.

"우선 일어나세요, 헤일 영애. 아이에게 보일 모습은 아닌 것 같으니."

그 말에 로라는 쭈뼛쭈뼛 고개를 들었다. 어미의 품에 안겨 자신을 보던 황자가 까르르 웃으며 손뼉을 쳤다. 아무것도 모르는 해맑은 모습에 괜한 수치심이 짙어졌다.

테네르는 무언가 생각에 잠긴 듯한 얼굴이었다. 미워하는 이를 보는 표정은 아니었기에 조금은 안심했고, 한편으로는 이 사람이 누군가에게 악의를 품거나 화를 내는 일이 있긴 할까 싶기도 했다.

"옷을 입는 거야 영애의 자유이니 말을 보탤 일은 아닌 것 같고, 철없던 시절 한 말이라면…… 내 어머니에 대한 이야기를 말하는 건가요?"

짧은 침묵 끝에 테네르가 입을 열었지만, 로라는 대답하지 못했다. 긍정의 의미였다. 짧은 한숨이 들려왔다.

"이렇게 찾아와 무릎 꿇을 만큼 큰 잘못이라고 생각하진 않아요. 영애. 영애도 그렇지 않나요?"

"……예?"

다정한 목소리에 얼핏 안심하던 로라는 뒤이어 들려오는 말에 당황하여 고개를 들었다. 테네르는 아이를 꼭 안은 채로 차분히 말을 이었다.

"영애가 정말로 내게 잘못했다고 생각한다면 내가 황궁에 있었을 때 진작 사과했을 거라고 생각해요. 몇 년이나 지난 지금에서야 이렇게 찾아올 게 아니라. 내가 제도를 떠나 있었기에 사과하지 못한 거라면…… 내가 영지에 처음 왔을 때 그런 태도를 보이진 않았겠죠."

아이를 쓰다듬는 손길도, 목소리도 시종일관 부드러웠다. 그러나 테네르의 말을 듣는 내내 로라의 손끝은 점점 뻣뻣하게 굳어 갔다. 잠시 침묵하던 테네르가 다시금 입을 열었다.

"날 찾아온 진짜 목적이 뭔가요?"

"……."

"방금 말한 '개인적인 고민'과 관련이 있는 건가요?"

영지에 왔을 때부터 불순한 태도를 보이던 그녀가 갑자기 태세를 전환한 것에는 자신이 모르는 속사정이 있는 게 아니냐는 이야기였다.

"화, 황후 폐하."

"미안하지만, 마음에도 없는 사과는 그리 좋아하지 않아요. 과거의 일에 연연할 생각은 없으니, 내게 원하는 게 있다면 그냥 이야기하세요. 황후로서

해야 할 일에 사감을 섞지는 않을 테니까요."

황후로서 귀족 영애의 어려움을 모른 척할 수는 없으니, 적어도 무시하지는 않겠다는 의미였다. 그러나 반대로 말하자면 그것은 의무적인 부분 외에는 도울 생각이 없다는 의미이기도 했다.

불안한 와중에도 부부끼리 꼭 닮았다는 생각이 드는 것이 우스웠다. 레온하르트의 주위를 맴돌았던 로라는 그의 다정이 일종의 의무감에서 비롯된 것임을 알고 있었다. 유한 듯하지만 지나치게 가까이 다가가려 하면 선을 긋지 않았던가.

그러나 로라는 자신이 매달릴 것이 이 사람밖에 없음을 알고 있었다.

"절…… 황후 폐하의 시녀로 삼아 주세요."

로라는 토해 내듯 내뱉었다. 테네르는 놀란 듯 한쪽 눈썹을 추켜세웠다.

말도 안 되는 소리라는 건 로라 스스로도 알고 있었다. 다른 것도 아니고, 어릴 때 헤어진 어미를 운운하며 모욕하던 이를 측근으로 두고 싶을 리 없지 않나. 그러니 떨떠름한 반응도 어느 정도 예상했다.

"고맙지만, 내 주위 사람들은 가급적 믿을 만한 사람들로 꾸리고 싶어요. 시녀가 되고 싶은 거라면 황궁에 돌아가 혹 시녀를 구하는 귀족가가 있는지 알아볼게요."

테네르는 타협하듯 말했지만, 부모와 오라비가 그것을 허락할 리 없었다. 황후의 명령으로 황실 시녀가 되는 거라면 몰라도, 다른 귀족가의 시녀로 들어갈 바에는 더 나이가 들기 전에 비싼 값을 주는 가문에 팔아넘기는 것을 더 큰 이익이라 생각하리라.

"저를 곁에 두시면 분명 도움이 될 거예요!"

로라는 다급히 소리쳤다.

"황후 폐하의 수족이 되겠습니다. 절대, 절대 후회하지 않으실 거예요. 제가 다시 한번 황후 폐하께 불순하게 군다면 언제든 내치셔도 좋아요. 제발 한 번만 다시 생각해 주세요."

"난 지금껏 영애의 도움이 필요했던 적이 없어요. 앞으로도 마찬가지일 거고요."

"하지만 살바토르 영애가 돌아왔잖아요!"

무심히 말하던 테네르였지만, 로라의 마지막 외침에는 조금 멈칫했다. 로라는 그 순간을 놓치지 않았다.

"황후 폐하께서 부재하신 동안 그 여자가 황제 폐하와 얼마나 자주 독대했는데요! 폐하와 다시 약혼할 거라는 소문도 다 그 여자가 퍼뜨린 거라고요!"

로라는 알레이나 살바토르가 테네르를 미워할 거라고 철석같이 믿고 있었다. 미래의 황후로서 나고 자란 사람이었다. 이전에는 얌전한 후작 영애를 불쌍히 여겨 받아 주려 했을지 몰라도, 결론적으로 자신의 자리를 빼앗아 간 테네르를 가만히 둘 리 없었다.

"전 그 일이 있기 전까진 살바토르 영애와 가깝게 지냈어요. 그러니 분명, 분명 언젠가는 쓸모가 있을 거예요."

거기까지 말했을 때, 테네르가 이마를 짚으며 한숨을 내쉬는 것이 눈에 들어왔다. 가지런한 눈썹 사이에 보일 듯 말 듯 한 주름이 생긴 것도 마찬가지였다.

"살바토르 영애가 날 어떻게 생각하는지는 몰라요. 하지만 영애가 날 미워하고, 내 어머니를 운운하며 모욕하려 했던 건 분명한 사실이죠."

"……."

"경계해야 할지 말지도 모를 상대를 견제하기 위해 날 미워하는 사람을 곁에 두라는 말인가요?"

"저 정말로 반성했어요. 그때는 제가 너무 어려서……!"

"헤일 영애."

로라가 황급히 항변했지만, 테네르는 그녀의 말을 듣지 않았다.

"이만 쉬고 싶어서요. 다른 할 말이 없다면 나가 주겠어요?"

직설적인 축객령이었다. 생각보다 훨씬 단호한 거부에 로라는 어찌할 바를 모르고 그 자리에 서 있었다. 테네르 또한 그녀가 나가기를 기다리는 듯 시선을 거두지 않았다.

로라는 선택해야 했다. 지금 이 방에서 나갈지, 아니면 당장 쓸모를 증명할지.

"……파트로나의 행방을 알고 있어요."

"뭐……."

테네르의 눈빛이 바뀐 것은 그 순간이었다. 로라는 직감했다. 여러 사정으로 찾지 않는 걸 결정했다지만, 사실은 어미에 대한 미련이 남아 있는 것이다.

"알바레로 가고 있어요. 배도 한 척 구해 놓은 모양이에요. 빠르면 이틀 뒤에, 늦어도 사흘 뒤에는 떠날 거예요."

"지금 그 말을……."

"믿을 만한 정보 길드에서 알아낸 이야기예요. 아마 지금 출발하면 충분히 도착할 수 있을 거예요."

"헤일 영애."

"폐하께서 황후 폐하가 어머니를 만나는 걸 원하지 않는 건가요? 하지만 배를 구한 건 제국을 떠나겠다는 의미라고요. 어쩌면 이번이 마지막일지도……."

"로라 헤일!"

높아진 언성에 로라의 어깨가 흠칫 떨렸다. 로라는 고개를 들었다. 습관적인 미소가 사라진 얼굴이 전에 없이 서늘했다.

"미안하지만, 지금 영애를 시녀로 삼지 말아야 할 이유가 하나 더 생긴 것 같은데요."

"……."

"이 방에서 나가 달라고 분명히 말했어요. 날 황후로 여긴다면 지금 행동이 얼마나 큰 무례인지 알지 않나요?"

"엄마. 엄마아."

엄마의 불쾌감을 알아챈 아이가 불안한 듯 입을 열었다. 눈이 마주치자 분

465

위기를 풀어 보려는 듯 방긋방긋 웃기도 했다. 테네르는 아이를 보며 작게 미소했지만, 로라를 본 순간 다시금 얼굴을 굳혔다.

"결정하세요. 영애가 직접 나갈지, 아니면 근위대에게 끌려 나갈지. 물론 근위대의 행동은 황제 폐하께 고스란히 전달될 테니, 부디 영애를 위해서도, 자작가를 위해서도 현명한 선택 하길 바라요."

테네르는 언제 언성을 높였냐는 듯 차분했지만, 그것이 마지막 경고임을 모르지는 않았다. 물러나야 할 때였다.

"……알겠습니다. 혹시 생각이 바뀐다면 불러 주세요."

로라는 무릎을 굽혀 인사했다. 테네르는 대답 없이 문을 닫았다.

* * *

테네르는 로라가 방을 나가자마자 침대에 털썩 주저앉았다.

부쩍 혼자 놀기를 좋아하는 조슈아는 엄마의 울적한 모습이 눈에 밟히는지 그녀의 무릎에 매달려 왔다. 조막만 한 손으로 볼을 쓰다듬고, 작은 입술로 어미를 흉내 내듯 서툴게 입을 맞추기도 했다. 어설픈 위로였지만 괜히 웃음이 나왔다.

"괜찮아, 조시. 그냥 피곤해서 그래."

테네르는 아이를 다독이며 말했다. 조슈아는 테네르의 표정을 확인하고는 다시 방긋 웃으며 안겼다. 테네르는 아이를 안은 그대로 침대에 털썩 드러누웠다.

"갑자기 소리 질러서 놀랐지?"

몸을 이리저리 뒤척이며 장난쳐 주자, 아이는 언제 불안해했냐는 듯 웃음을 터뜨렸다. 테네르는 아이가 마음껏 안겨 있게 한 후 장난감으로 주의를 끌어 주었다. 침대에 엎드린 채 아이가 노는 것을 보고 있자니 뒤늦은 피로감이 몰려왔다.

'……피곤한 사람이야.'

테네르에게 로라 헤일은 그런 사람이었다. 구태여 미워하지는 않지만, 그렇다고 굳이 가까이하고 싶지도 않은 사람. 지금에 와서 지난 일을 사과하겠다며 무릎을 꿇은 것도, 이미 결정한 일을 들먹이며 자신을 흔들려고 드는 것도 그랬다.

'파트로나의 행방을 알고 있어요!'

그게 다 무슨 소용이란 말인가. 황후였던 시절에도, 폐후가 된 다음에도, 레온하르트와 함께 황궁으로 돌아가는 지금도 자신을 찾아온 적 없는 사람이었다. 아니, 어쩌면 몇 년 전 북부를 떠났던 것부터가 황후가 된 자신이 파트로나를 찾을까 봐 그랬던 것은 아닐까.

그것은 북부에 자리를 잡은 후 줄곧 해 오던 생각이었다. 타샤가 조금이라도 자신을 만날 생각이 있었다면 분명 진작 만날 수 있었을 거라고.

'알바레로 가고 있어요. 배도 한 척 구해 놓은 모양이에요.'

좋게 생각한다면, 그러잖아도 아비의 반역으로 위태로워졌던 자신에게 피해를 주고 싶지 않은 마음일지도 몰랐다. 반역자의 딸인 데다 결혼한 지 몇 년이 되도록 회임하지 못한 석녀로 알려져 있었으니, 천한 핏줄이라고 알려진 어미마저 등장한다면 자신이 곤란해질까 봐.

그러나 끝내 그렇게는 생각하고 싶지 않은 건 결국 자신을 두고 떠난 어미에 대한 원망인 것일까. 어머니 자신도 견디기 힘들어 도망친 그곳에 제 배로 낳은 딸을 두고 간 것이 미워서. 어쩔 수 없었다고, 다 이해한다고 되뇌어도 사실은 자신도 데려가 주기를 바랐기 때문에.

"엄마아. 이거. 두두."

장난감을 조물거리며 혼자 놀던 조슈아가 오리 모형을 들고 달려왔다. 하녀가 오리를 보고 '둥둥 떠다닌다'라고 해서인지, 조슈아는 오리를 보고 두두라고 불렀다. 테네르가 웃으며 말했다.

"그건 오리란다, 조시. 오리."

"오리."

원래 이름을 물어보려고 했던 건지, 조슈아는 고개를 끄덕이곤 볼일이 끝났다는 듯 다시 쌩하니 달려갔다. 아마 에리히였다면 매정하다며 투덜댔을 테고, 레온하르트라면 조금 당황한 듯 테네르를 돌아보곤 웃었겠지.

아이를 낳고 나면 부모의 마음을 이해할 수 있게 된다는데, 테네르는 조슈아를 볼 때마다 오히려 제 부모를 이해할 수 없었다. 어떻게 제 자식을 때리고 윽박지를 수 있단 말인가. 어떻게 그런 곳에 아이를 두고 혼자 떠날 수가 있단 말인가. 세상 모든 좋은 것들만 주고 싶은 아이에게.

'……다 지난 일이야.'

이제 와서 돌이킬 수도, 그리 돌이키고 싶지도 않은 일들이었다. 자신을 그리워하지도, 사랑하지도 않는 어미를 미련하게 사랑할 생각 없었다. 아비에게도 그렇게 하지 않았던가. 자신이 무엇을 하건 미워할 사람이라는 걸 알았으니 결국은 단호히 끊어 내지 않았나.

그러니 어미에게도 마찬가지였다. 그 사람이 제국을 떠나든, 다시는 만날 수 없게 되든, 이참에 없는 셈 치면 그만이었다. 새삼스럽게 미련을 두지 않고.

* * *

시찰에서 돌아온 레온하르트는 테네르를 보자마자 로라가 찾아온 일에 관해 물었다. 이렇게 빨리 보고를 받은 거로 보아 미리 명령을 했던 건지, 혹은 황제가 황후를 지극히 사랑한다고 여기는 기사들이 알아서 보고를 올린 것인지는 알 수 없었다.

사실 어느 쪽이든 중요한 이야기는 아니었다. 가장 중요한 건 그가 자신을 신경 써 주고 있고, 그로 인하여 자신과 조슈아의 입지가 굳건해질 거라는 사실이었다.

"신경 쓰지 않으셔도 됩니다. 얼마 전 말씀 드렸던 그 일에 관하여 사과하러 왔을 뿐입니다."

"이제 와서요?"

레온하르트 또한 로라가 몇 년 전의 일을 이제야 사과하는 것이 의아한 모양이었다.

"그대가 황궁에 있을 때도 한 적 없는 사과를 이제야 한단 말입니까?"

"폐하께서 정부를 들이실 생각이 없어 보여 불안했던 듯합니다. 따로 알아보니, 구혼서를 보내온 가문이 몇 군데 있었던 모양이에요. 그런데……."

헤일 자작 영지에 있었으니, 로라 헤일에 대해 알아보는 것은 그리 어렵지 않았다. 자작가의 사용인들은 테네르와 눈만 마주쳐도 바짝 긴장했으나, 웃으며 말을 걸면 조금 들뜬 얼굴로 묻는 말에 순순히 대답해 주곤 했다.

낮 동안 알아본 바에 따르면, 로라 헤일에게 들어온 구혼서는 다섯 장이었다. 스물다섯의 나이에 외모도 제법 아름다웠으니 당연한 일이었다. 그러나 구혼서의 발송인들은 하나같이 멀쩡하다고 할 남자들은 아니었다.

다섯 중 작위가 있는 쪽은 세 명이었는데, 가장 어린 자는 서른여덟, 가장 나이 든 자는 일흔이 넘는 나이였다. 로라와 나이가 비슷한 이들은 작위가 없을 뿐 아니라 지나치게 방탕하거나 정신이 온전치 못한 이들이었다.

"모두 재산은 많지만, 영애가 내켜 하지 않을 상대였습니다. 결혼을 피하고자 황궁 시녀가 되려는 듯했어요."

어미에 대한 이야기는 구태여 꺼내지 않았다. 어차피 가지 않기로 결정했으니 괜한 말을 꺼내어 신경 쓰게 하고 싶지 않았다.

그것은 일종의 결심이기도 했다. 제게는 미련이 남지 않았다고, 그러니 로라 헤일이 어떤 말을 했건 흔들리지 않을 거라고.

"받아들이셨습니까?"

"살바토르 영애를 견제하기에는 자신이 필요할 거라고 말하더군요. 하지만 이전에 폐하께서 해 주신 말씀도 있고, 무엇보다 저와는 성정이 잘 맞지 않는 듯하여 거절했습니다. 시녀는 가장 가까이 있는 사람이니 되도록 믿을 만한 사람들로 꾸리고 싶어서요."

테네르가 로라의 말을 무시할 수 있었던 것은 이전에 레온하르트가 해 준 말 때문이었다. 알레이나 살바토르는 테네르를 싫어하지 않고, 황후가 될 생각도 없다고 했으니까. 비록 레온하르트가 자신을 사랑하지는 않지만, 그렇다고 자신을 해코지하려는 이를 좌시할 사람도 아니기에 테네르는 그의 말을 믿기로 했다.

"잘하셨습니다. 물론 시녀를 들이는 거야 그대가 판단할 일이겠지만, 혹 영애가 다시 청하더라도 마음이 약해지지 않았으면 합니다."

레온하르트가 부드럽게 당부했다. 자신을 도대체 얼마나 무른 사람으로 보는 것인가 싶긴 했지만, 테네르는 순순히 고개를 끄덕였다.

"알겠습니다, 폐하."

테네르가 대답하자, 레온하르트는 며칠 뒤 있을 연회에 대해 이야기하기 시작했다. 테네르는 쓸데없는 일들을 잊으려고 애쓰며 그의 말에 귀를 기울였다.

그러나 아무리 떨쳐 내려 해도 수없이 많은 상념들이 당최 지워지질 않았다. 윽박지르던 아비, 맞서 싸우던 어머니, 자신을 안아 주던 따스한 품과 다정한 손길, 흐리게 기억나는 자장가와 천한 핏줄이라는 조롱, 심기를 거스를 때면 어김없이 날아들던 커다랗고 두려운 손, 어미를 빼닮았다는 핀잔과 고함.

'살바토르 영애가 황후가 되기 전에 어떻게든 친분을 만들어 보란 말이다!'
'날 사람으로 보긴 하는 거야?'
'왜, 너도 네 어미처럼 도망갈 테냐? 네까짓 게 어딜 갈 수 있다고!'
'난 고작 당신의 장식품이 아니란 말이야!'

죽은 아비의 목소리가, 떠나간 어미의 목소리가 그녀의 귓가에 끊임없이 맴돌았다. 테네르는 되뇌었다.

나라면 그러지 않았을 거야.

나라면 내 아이를 두고 도망가지 않았을 거야.

최소한 데려가려고 했을 거야. 그렇게 무책임하게 버려두고 가는 게 아니라.

그러나 좋을 대로 탓한다고 해도 변명하는 사람은 없었다. 사과도, 변명도, 너도 내 입장이라면 달랐을 거란 반박조차 없었다.

테네르는 그것이 조금은 답답했고, 한편으로는 조금 서글프게 느껴지기도 했다.

* * *

아침에 먼저 눈을 뜨는 것은 대개 레온하르트 쪽이었다. 원래 잠이 그리 많지 않은 그는 시종이 깨우지 않아도 일찍 일어나는 편이었고, 반대로 테네르는 대체로 일어나는 시간도 늦고 눈을 뜬 다음에도 침대에서 오래 꾸물거리는 편이었다.

잠든 이를 깨우는 것도, 그대로 두고 가는 것도 내키지 않기에 레온하르트는 언제나 그녀가 일어날 때까지 기다리곤 했다. 가끔은 침대에 누운 채로 책을 읽고, 미리 가져다 둔 서류를 검토하고, 또 가끔은 그녀가 눈을 뜰 때까지 가만히 지켜보고.

레온하르트는 제 옆자리에 얌전히 누워 있는 테네르를 보았다. 혹 오늘도 눈을 뜨면 안겨 있는 게 아닐까 했지만, 그녀는 제자리에 얌전히 누워 있었다.

'날이 풀리긴 했나.'

전날에 비해 포근한 날씨 때문일까. 아니면 연료를 꽉 채워 둔 난로 때문일까. 오늘은 온기가 그리 필요하지 않은 모양이었다. 그것이 조금은…… 허전한가.

레온하르트는 흐트러진 머리카락을 만지작거리며 잠든 얼굴을 멍하니 보았다. 고요히 들려오는 숨소리를 들었고, 숨을 내쉴 때마다 가슴이 부풀었다 꺼지는 것을 보았다. 그녀가 제 옆에 누워 있다는 것이 어쩐지 꿈을 꾸는 것처럼 느껴졌다.

2년이 지났어도 잠든 모습은 달라진 게 없었다. 손끝이 조금 거칠어진 것을 제외하면 그랬다. 가지런한 숨소리도, 곤히 잠든 얼굴도, 목부터 발끝까지 이불을 둘둘 말고 있는 것도 마찬가지였다.

"……으응."

손끝이 볼을 스치자, 테네르는 간지러운 듯 작게 뒤척였다. 레온하르트는 불에 덴 듯 놀라 얼른 손을 떼어 냈다. 그러나 감긴 눈이 뜨이지 않는 걸 보곤 어쩐지 안심하며 다시금 손을 뻗었다. 부드러운 머리카락과 가지런히 자리한 눈썹, 눈꺼풀 아래로 내리깔린 기다란 속눈썹과 조각한 듯 반듯한 코, 그리고 저 입술. 사랑을 말하고, 제게 입 맞춰 오던 저…….

손끝이 도톰한 입술을 조심스레 쓸었다. 마지막으로 입을 맞췄던 게 언제였던가. 쑥스러운 듯 웃으며 안겨 왔던 것은.

'……언제였든 무슨 상관이라고.'

레온하르트는 작게 자조했다. 짐승도 아니고, 사랑하지도 않는 사람을 보며 무슨 생각을 하는 거란 말인가. 건강한 후계까지 생긴 지금은 입맞춤도, 그 이상의 것들도 무의미할 뿐인데.

그러나 한편으로는 지금 입을 맞추려 든다면 그녀가 어떻게 반응할지 궁금하기도 했다. 테네르는 지금껏 그를 한 번도 거절한 적이 없었으니까. 사랑도 없고 목적도 없는 입맞춤조차 순순히 받아들일지. 그리고 만약 받아들인다면 그 의미는 무엇일지.

"……폐하?"

돌연 들려온 목소리에 레온하르트는 당황하여 손을 거두었다. 부스스 눈을 뜬 테네르가 졸린 눈을 비비고 있었다.

"조시는……."

"아직 자고 있습니다."

레온하르트는 살짝 벌어진 입술을 보며 대답했다. 테네르는 길게 하품을 하곤 반쯤 감긴 눈을 깜빡거렸다. 잠을 깨려는 것처럼 눈을 부릅뜨다가도 이내 흐물흐물 풀어져서 당장이라도 다시 베개에 얼굴을 묻을 것 같기도 했다.

"어제 일찍 주무셨으면서요."

"……그러게요."

테네르가 멋쩍은 듯 웃었다. 조슈아와 한 방을 쓰다 보니 레온하르트도 테네르도 자연히 조슈아와 비슷한 시간에 잠자리에 들었다. 그런데도 자신만 늦게 일어나는 것이 민망한 모양이었다.

"어제 승마를 하셨다더니 피곤하셨던 모양입니다."

"네에."

어린애처럼 말꼬리를 길게 늘이는 것이 참 우습기도 했다. 레온하르트는 흘러내린 머리카락을 귀 뒤로 넘겨 주고는 몸을 일으켰다.

"좀 더 주무세요. 난 자작과 시찰을 마저 가야 할 듯하여."

"저도 준비하겠습니다. 황후 된 몸으로 누워만 있을 수는 없는걸요."

테네르는 비척비척 몸을 일으켰다. 목소리는 여전히 잠에 취한 듯 느릿했다.

"아직 복위하지 않으셨으니, 황궁에 들어가기 전까지는 무리하지 않으셔도 됩니다."

"하지만 폐하께선…… 복위도 하지 않은 저를 황후로 대하고 계시잖아요."

"난 황제라 이 정도쯤 내 멋대로 해도 됩니다."

"……네?"

농담을 던지자 얼빠진 목소리가 돌아왔다. 레온하르트는 작게 웃고는 그녀의 어깨를 붙잡아 다시 침대에 눕혔다.

"폐하……?"

"날씨도 제법 풀렸으니 오늘은 조시를 데리고 가겠습니다. 간밤에 선잠을 주무시는 것 같던데, 낮잠이라도 더 주무십시오."

아이는 자신이 돌볼 테니 오늘은 방에서 편히 쉬라는 의미였다. 테네르는 쉬이 대답하지 못하고 머뭇거렸다. 어째 미덥지 않다는 의미 같아 헛웃음이 나왔다.

"조시를 빼앗아 가기라도 할까 봐 그러십니까? 아니면 내가 아직 어설퍼서 불안하신 겁니까?"

"아, 아닙니다. 그저 시찰에 방해가 될까 봐……."

"어차피 나중에는 해야 할 일입니다. 일찍부터 배워 두면 조시에게도 도움이 될 겁니다."

한 살배기 아이가 오늘 일을 기억할 리는 없었지만, 레온하르트는 뻔뻔하게 웃으며 말했다. 테네르 또한 그것을 말하고 싶은지 입을 우물거렸다. 그러나 그가 일어나는 게 더 빨랐다.

"조슈아 또한 어엿한 황손이니 분명 큰 도움이 될 겁니다."

그 말에는 테네르조차 작게 웃고 말았다. 그녀는 알겠다는 듯 이불을 끌어안고 말했다.

"……간식 너무 많이 주시면 안 돼요. 세 시쯤엔 낮잠도 재우셔야 하고."

"알겠습니다. 그대도 혹여 끼니 거르지 마시고요."

레온하르트는 테네르의 이불을 목까지 덮어 준 후 방을 나갔다. 얼마 지나지 않아 시종이 들어와 아이의 외출 준비를 도왔다. 테네르는 그 모습을 지켜보다가 천천히 눈을 감았다.

* * *

물건이 깨어지는 소리는 익숙했다. 아비와 어미의 고함 소리도 마찬가지였다. 천한 핏줄, 쓸모없는 계집, 잘하는 것 하나 없이 밥만 축내는 식충이, 멍청하고 미련하고 덜떨어진 것.

루드비히는 타샤에게 윽박질렀고, 타샤 또한 지지만은 않았다.

'이럴 거면 청혼은 왜 한 건데? 내가 숲에서 자란 거 모르고 결혼했어? 애초에 당신이 원하는 대로 귀족적이고 우아한 영애랑 결혼했으면 됐잖아!'

'네가 입고 있는 드레스가 얼마짜린 줄 알아? 지금 끼고 있는 목걸이는 또

어떻고! 그깟 숲에서는 상상도 못 할 것들을 누리게 해 주는 걸 고마운 줄 알아야지, 지금 어디다 대고 말대꾸야?'

'누가 이딴 거 사 달래? 그렇게 좋으면 당신이나 입든가. 나도 이따위 옷 불편해서 싫어!'

'이게 진짜……!'

'왜, 또 때리게? 뭐가 귀족의 교양이고 품위야? 할 말 없으면 손부터 올리는 주제에!'

고함 소리가 들려올 때면 유모는 얼른 테네르를 방으로 데려갔다. 운이 나쁘면 손찌검하는 소리를 듣기도 했다.

'아휴, 아가씨 놀라셨죠? 그냥 얌전히 죄송하다고 하면 될 일을 꼭 이렇게…….'

유모는 테네르가 읽을 동화책을 꺼내주며 중얼거렸다.

'후작가에 들어온 지 몇 년인데 어쩜 아직도 입이 저리 험한지……. 아가씨는 후작님이 혼내시거든 꼭 그냥 죄송하다고 하세요. 아셨죠?'

'근데 유모, 아버지가 먼저 나쁘게 말하셨잖아.'

'쉿. 이렇게 말대답하면 안 된다고 했죠? 다 아가씨를 위해서 하는 말이에요. 저렇게 사납게 대들면 한두 마디로 끝날 이야기도 꼭 싸움으로 번진다니까요. 지금 마님 때문에 저택 분위기가 안 좋아져서 다들 불편해하잖아요.'

유모는 아비의 고함 소리가 들릴 때마다 테네르의 귀를 막아 주는 다정한 사람이었지만, 말대꾸를 그리 좋아하지는 않았다. 저택의 분위기가 가라앉을 때마다 그녀는 테네르를 붙잡고 투덜거리곤 했다.

'아버지가 어머니 또 때리면 어떻게 해?'

'매번 저렇게 바락바락 대드는 거 보면 그렇게 아프진 않은가 봐요. 후작님 마음이 안 좋으실 테니까, 이따 조용해지면 가서 위로도 해 드리고 애교도 부리고 그러세요.'

'……무서운데.'

'원래 딸은 그래야 하는 거예요. 마님이 못 하시는 거니 아가씨가 예쁜 짓 하며 후작님 마음을 풀어 드려야죠. 아셨죠?'

어린 테네르는 유모의 말을 잘 들었다. 그녀는 밖에 다녀온 유모가 신호를 주면 아비에게로 쪼르르 달려갔다. 무서운 얼굴을 한 아버지의 목을 끌어안고 뺨에다 입을 맞추고, 직접 그린 그림이나 서툴게 수놓은 자수를 선보이기도 했다.

그중 루드비히가 가장 기뻐하는 것은 테네르가 '귀족적인' 행동을 할 때였다. 예법 선생에게 배운 인사를 선보일 때, 머리에 올린 두꺼운 책을 떨어뜨리지 않고 사뿐사뿐 걸을 때, 좋아하는 과자가 있어도 먼저 손을 뻗지 않고 점잔을 떠는 모습을 보였을 때. 그럴 때면 루드비히는 어린 딸이 어미보다 낫다며 타샤에게 빈정거리곤 했다.

그 말을 들을 때 타샤가 어떤 표정이었는지는 잘 기억나지 않았다. 어쩌면 기억하고 싶지 않은 것일까.

'테네르, 내 아가.'

타샤는 루드비히에게는 늘 언성을 높였지만, 그리 까탈스러운 사람은 아니었다. 테네르에게도, 에리히에게도, 사용인들에게도 퍽 다정하고 친절했다. 테네르는 어미가 아비에게도 다정히 굴었으면 했지만, 어쩐지 그런 말을 하면 안 될 것 같아 입을 다물곤 했다.

'어머니 괜찮아요?'

작은 손을 뻗어 다친 곳을 만지면 타샤는 종종 울컥하는 얼굴이었지만, 금방 표정을 갈무리하고 테네르에게 입을 맞춰 주었다.

'그럼. 괜찮고말고.'

정말로 괜찮은지는 알 수 없었지만, 테네르는 아비에게 했던 것처럼 어미에게 가 안겼다.

'옛날이야기 해 주세요.'

테네르는 자신의 어머니가 무엇을 좋아하는지 알고 있었다. 그녀는 숲에서 살았던 이야기를 하면 언제나 눈이 반짝거리곤 했다.

애마인 프레드릭을 처음 만났을 때의 이야기, 프레드릭이 처음 등을 내어 줬을 때의 이야기, 첫 사냥과 그것을 축하해 주던 가족들, 붉게 타오르던 모닥불과 그 주위를 돌며 춤추던 파트로나, 왁자지껄한 노랫소리.

타샤가 해 주는 이야기는 언제나 동화 같았다. 테네르는 그녀의 품에 꼭 안긴 채 온갖 낭만적인 것들을 상상했다. 말을 타고 숲을 누비는 엄마. 사냥감을 잡아 가져가는 엄마. 가족들과 친구들과 함께 춤추며 노래하는 엄마. 그 이야기 속에서 엄마는 언제나 주인공이었다.

'난 파트로나 중에서도 활을 가장 잘 쐈단다. 그러니 네 아버지를 늑대에게서 구할 수 있었지.'

'근데 왜 지금은 활을 안 쏴요?'

'여기선 식량을 직접 구할 필요가 없거든. 거기다…….'

타샤는 말끝을 흐렸다. 그녀는 끝내 말하지 않았지만, 그것이 아비의 압박이라는 것은 묻지 않아도 알 수 있었다.

'어머니는 다시 숲으로 가고 싶어요?'

'우리 아기를 두고 어딜 가겠니.'

'나 아기 아닌데. 어린이인데.'

투정을 부리며 말하면 타샤는 웃으며 테네르를 꼭 안아 주었다. 그 품이 얼마나 따뜻했는지, 어미에게서 어떤 냄새가 났는지도 지금은 가물가물했다. 그것이 아쉬운가. 혹은…… 그리운가.

* * *

테네르가 눈을 뜬 것은 점심시간이 다 되어서였다. 빈방에는 아이의 목소리가 들리지 않았다. 이런 적막이 도대체 얼마 만인가. 아이가 자신을 찾지는 않을지, 위험한 물건을 만지지는 않을지 아무것도 신경 쓰지 않아도 되는 시간은.

'*지금 출발하면 충분히 도착할 수 있을 거예요.*'

로라의 말이 떠오른 것은 그 순간이었다. 아니, 간밤부터 이러지 않았나. 조금만 방심하면 쓸데없는 생각들이 줄줄이 떠올라서.

'*빠르면 이틀 뒤에, 늦어도 사흘 뒤에는 떠날 거예요.*'

테네르는 저도 모르게 시계를 흘깃 보았다. 벌써 하룻밤이 지났으니, 아마도 내일이나 모레쯤 떠날 거라는 의미였다.

헤일 영지에서 알바레까지는 얼마나 걸리던가. 테네르는 비어 있는 아기 침대를 멍하니 보면서 거리를 가늠했다.

'그리 먼 거리는 아니지만…….'

그녀가 기억하기로, 헤일 영지와 알바레의 사이에는 숲이 있었다. 숲을 둘러서 간다면 꼬박 이틀은 걸릴 테고, 그렇다고 가로질러 가자니 지형에 무지한 게 문제였다.

'어쩌면 이번이 마지막일지도…….'

그런데도 그 목소리가 지워지지 않는 것은 아직까지 제시간에 도착할 가능성이 있기 때문이었다. 기사들을 보내기에는 늦을지 몰라도, 숲에서 나고 자란 제임스를 데려간다면 내일까지는 충분히 도착할 수 있으리라.

'조슈아는…… 말을 타기는 이르고.'

"황후 폐하, 혹 불편한 점이 있으신지요?"

문득 들려온 목소리에 테네르는 화들짝 놀라 고개를 들었다. 하녀가 걱정스러운 표정으로 그녀를 보고 있었다.

"안색이 계속 좋지 않으셔서요. 혹시 몸이 불편하신 건 아닌지……."

"아아."

제법 심각한 표정을 짓고 있던 모양이었다. 테네르는 얼른 입꼬리를 올렸다.

"간밤에 잠을 설쳐 피곤한 것뿐이란다. 걱정해 주어 고맙구나."

"폐하께서 자작님께 황후 폐하를 잘 모시라고 명령하셨습니다. 필요한 게 있으시면 무엇이든 말씀해 주셔요."

"그래."

엷게 미소를 지으며 대답하자, 하녀는 겨우 안심한 표정이었다. 테네르는 다시 포크를 들고는 비어 있는 아기 침대를 보았다.

"아이가 곁에 없어서 허전한 모양이야."

사냥을 갈 때야 어쩔 수 없이 오라비에게 아이를 맡기고 갔지만, 길어 봤자 반나절 정도였다. 거기다 몸이 아플 때를 제외하곤 꼭 요람을 침대 옆에 두고 자지 않았던가.

"아마 금방 익숙해지실 거예요."

하녀가 웃으며 말했다.

"작은 마님도 그러셨거든요. 도련님을 따로 재우기 시작할 때 많이 불안해하셨어요."

"처음부터 유모에게 맡기진 않은 모양이구나."

"유모가 프렌시아 부인 한 사람뿐이라서……. 젖을 먹이는 동안은 작은 마님이 직접 돌보셨어요."

귀족이라고 해서 모두가 부유하게 살아가는 것은 아니었다. 유모는 가정교사를 들이기 전까지 아이의 생활부터 교육까지를 책임지고 돌봐 주는 존재였고, 자연히 그 몸값 또한 다른 사용인들보다 높기 마련이었다.

그러니 이런 가난한 시골 영지의 경우 아이가 여럿이라도 유모를 한 사람만 구하거나, 드물게는 아예 가정교사를 들일 나이가 될 때까지 친모가 직접 돌보는 경우도 있었다.

'딴에는 눈치도 보였겠지.'

유모는 일이 고된 만큼 가족 내에서 제법 큰 권력을 가졌다. 우선은 영주부부가 아이를 믿고 맡길 만큼 신뢰한다는 점이 그랬고, 장차 작위를 물려받을 후계와도 긴밀한 관계라는 점 또한 유모에게 힘을 실어 주곤 했다. 거기다 열두 남매를 키워 왔다니, 소자작 부인이 지레 유모의 눈치를 보거나 유모가 소자작 부인에게 텃세를 부리는 것일지도.

'내 유모도 그랬었는데.'

어린 시절에는 미처 몰랐지만, 지금 와서 생각해 보면 유모가 타샤를 대하는 것은 사용인이 후작 부인을 대하는 태도가 아니었다. 에리히의 유모로서 후작 저택에서 지내 왔던 베로니카 부인은 돌연 후처로 저택에 들어온 타샤가 곱게 보이지 않았으리라.

'어쩜, 이렇게 어린 아가씨를 두고 도망을 간담. 어머니라고 부르지도 마세요, 아가씨. 그 여자는 모성애도 없나 봐요.'

'전 그 여자랑은 달라요. 계속 아가씨랑 도련님 곁에 있을 거예요.'

어미가 도망쳤다는 이야기를 전하면서 유모는 자못 고소한 표정을 지었다. 어떻게 그럴 수 있냐는 말을 몇 번이고 내뱉었지만, 간간이 핏줄을 속일 수는 없다는 이야기를 내뱉기도 했다.

'아무리 화려한 드레스를 입히고 보석으로 치장하면 뭐 해요. 태생이 천한 것을. 후작님이 괜히 윽박지르셨던 게 아니라니까.'

'짐승도 자기 새끼는 챙기는데, 어떻게 엄마라는 사람이 그럴 수가 있담. 우리 후작님 상심이 크실 테니 위로라도 해 드려야지.'

늘 테네르에게 아비에게 아양을 떨라고 말하던 유모는 테네르를 방에 혼자 두고 후작을 찾아갔었다. 테네르가 아비를 보러 가겠다고 말하자 그녀는 단호하게 고개를 저었다.

'그 여자 때문에 화가 나셨을 텐데, 그 여자랑 똑 닮은 아가씰 보면 더 기분이 나쁘실 거예요. 유모가 다 알아서 할 테니까, 방에서 기다리세요. 착하게 계시면 사탕을 가져다드릴게요.'

그리고 그날 유모는 꽤 오랜 시간이 지나서야 다시 방에 들어왔다. 밤이 늦었으니 사탕은 줄 수 없다는 말과 함께였다. 그 일을 기억하고 있는 것은 사탕을 받지 못해 서운해서 그런 걸까. 혹은 그날 유모가 늦은 진짜 이유를 어린 나이에도 짐작한 탓일까.

'쓸데없는 생각을……'

테네르는 포크질을 멈추고 고개를 저었다. 유모와 아비가 어떤 관계였든 지금 와서 생각할 일은 아니었다. 유모가 사생아를 낳은 것도 아니고, 어차피 둘 다 이 세상에 없는 사람들이 아닌가. 자신을 버리고 떠난 어미에게 미련 두지 않겠다고 결심했으면서, 왜 자꾸만 지난 일을 되새기나.

'로라 헤일이 거짓말을 한 걸지도 모르잖아.'

그래, 애초에 파트로나의 행방을 그녀가 알고 있던 것부터가 수상쩍은 일이었다. 어쩌면 자신을 제거하려는 함정일지도 모른다. 자신이 없어지면 황후가 될지도 모른다는 헛된 꿈을 꾸고 있을지도. 애초에 제 어미를 가지고 저를 모욕하려 들었던 자의 말을 믿는 것부터가 말도 안 되지 않나.

그러나 머리로는 그렇게 생각하면서도 자꾸만 시계를 흘깃거리게 되는 것은 어쩔 수 없었다. 만에 하나 그녀의 말이 사실이라면, 이번 기회를 놓치게 되면 파트로나의 소식조차 다시 듣기 어려울 테니까.

쓸데없는 상념이 자꾸만 얼기설기 얽혔다. 지금 다녀온다면 마지막으로 얼굴이라도 볼 수 있지 않나. 혹 만나지 못하더라도 다시는 볼 수 없다는 것을 받아들일 수라도 있지 않을까. 망설이던 테네르는 이내 초조하게 입을 열었다.

"로라 헤일 영애를 불러 주겠니?"

충동적으로 내뱉은 말이었다. 만나서 뭘 어쩌자는 것인가. 자조하면서도 테네르는 그 말을 거두지 않았다. 그녀의 시선이 벽에 세워진 활에 가닿았다.

* * *

폐후가 자신을 찾는다는 소식에 로라는 얼른 자리에서 일어났다. 손에는 준비해 둔 지도와 통행증이 함께였다.

'안 올 줄 알았더니……'

고성까지 지르며 내쫓기에 영락없이 실패라 생각했는데, 죽으란 법은 없는 모양이었다.

말을 가져온 남자가 봤다는 이들이 파트로나라는 것은 이미 정보 길드를 통해 확인했다. 늦지 않게 도착한다면 분명 만날 테고, 그럼 어느 정도는 신뢰를 얻을 수 있을지도 몰랐다. 황궁 시녀로 들여 주지는 않더라도 제 혼사에 대해 부모나 오라비에게 한마디쯤 해 줄 수도 있지 않나.

로라는 바짝 긴장한 채로 문 앞에 섰다. 문을 지키고 선 기사들이 그녀의 방문을 알렸다. 사용인도 아닌 근위대가 서 있는 걸 보니 도둑이 제 발 저린 것처럼 긴장이 되었다.

'괜찮을 거야. 괜찮을 거야.'

로라가 스스로에게 되뇌는 사이 문이 천천히 열렸다. 옷을 갖춰 입은 테네르가 그녀를 기다리고 있었다.

"황후 폐하를 뵙습니다."

로라는 공손히 인사했다. 테네르는 가볍게 눈인사하며 그녀를 맞이했다. 그녀가 방에 발을 들이고, 문이 닫힌 순간이었다.

"어, 엄마야!"

털썩, 소리와 함께 세상이 뒤집혔다. 테네르가 로라를 침대로 밀어 버린 탓이었다.

"이, 이게 무슨…… 헉!"

당황하여 입을 뻐끔거리던 로라는 돌연 목에 와 닿는 화살에 놀라 숨을 들이마셨다. 그림자가 진 보얀 얼굴에 선명하게 빛나는 자안이 그녀를 주시했다.

"화, 황후 폐하……."

"난 지금껏 사냥을 하며 단 한 번도 급소를 빗겨 간 적이 없어요. 무엇이든 단번에 숨통을 끊었죠."

차가운 목소리가 머리 위에서 들려왔다. 로라는 제 위에 올라탄 여자를 밀어내려 버둥거렸지만 어림없었다.

"그러니 일부러 급소를 빗겨서 쏠 수 있다는 것도 알아 두도록 하세요. 숨통을 끊지 않고 최대한 오랫동안 고통에 몸부림치며 죽어 가게 할 수도 있다는 말이에요."

날카롭게 벼려진 화살촉이 목에 닿을 듯 말 듯 했다. 서늘한 감촉이 닿은 때마다 등골에 오싹하게 소름이 돋았다. 로라는 겁을 집어먹은 채 울먹거렸다.

"왜, 왜 이러시는 거예요……."

"경고하는 거예요, 만약 당신이 어떤 목적으로 수작을 부린 거라면 무사하지 못할 거라고."

"……."

"만약 내가 없는 사이 내 아이의 털끝 하나라도 다치게 했다간, 차라리 얌전히 블라체 자작의 후처가 되는 게 나았을 거라 생각하게 될 거예요. 그쪽은 최소한 사지라도 멀쩡할 테니까."

블라체 자작은 로라의 구혼자 중 하나였다. 그자를 알고 있다는 사실에 로라의 눈이 커졌다.

"그, 그 사람은 어떻게……."

"그러는 당신은 파트로나가 근방에 있다는 걸 어떻게 알았나요? 알바레는 헤일 영지의 관할도 아닌데."

"……."

"솔직하게 말해 줘요."

테네르가 나직하게 말했다. 그것이 경고라는 것을 모를 만큼 멍청하지는 않았다. 로라는 다급히 입을 열었다.

"드, 들었어요. 황후 폐하의 말을 가져온 사람이…… 페르단의 여관에서 파트로나를 봤다고."

"헤일 자작가가 황후와 그 손님의 대화를 엿들을 정도로 무례하고 몰염치

483

한 줄은 미처 몰랐네요."

테네르는 빈정거리듯 말했지만, 오히려 조금 안심한 기색이기도 했다. 그녀가 다시금 입을 연 것은 로라가 의아함을 느끼기도 전이었다.

"당신에게 구혼한 이들에 대해 알아낸 건 그보다 훨씬 정당한 방법으로 알게 된 거니 걱정 마요, 영애."

"저, 정말로 황후 폐하를 도우려고 한 거예요…….. 북부에 가셨던 것도 어머니를 찾으려고 간 거라고 하셨잖아요."

로라가 울먹이며 말했지만, 테네르는 믿는 기색이 아니었다. 자신을 적대하던 이가 돌연 돕겠다고 나서니 당연한 일이기도 했다.

"당신이 한 말이 사실이든 아니든 상관없어요. 당신이 어떤 수작을 부려도 무사히 돌아올 자신이 있거든요."

화살의 쇠촉이 로라의 목을 톡톡 두드렸다. 로라는 숫제 울 것 같은 얼굴로 정신없이 고개를 끄덕였다. 테네르는 그제야 몸을 일으켰다.

"말해 봐요, 헤일 영애. 당신이 알고 있는 것, 알아낸 것 전부요."

얼굴을 덮고 있던 그림자가 거두어지자 로라는 간신히 일어났다. 그녀가 벌벌 떨며 지도를 꺼낼 때까지 테네르는 손에서 화살을 놓지 않았다.

* * *

사실상 가난한 영지에서 황족을 접대하는 것은 큰 부담이었다. 식사부터 잠자리, 의복과 사용인들 하나하나를 영주 부부조차 잘 쓰지 않는 최고급으로 준비하기 때문이었다. 덕분에 황족이 머무는 시간만큼 지출이 크게 늘어나기 마련이었지만, 돈은 돈대로 썼는데도 황족이 만족할 수준이 아니라는 사실에 늘 불안해하곤 했다.

그렇기에 어지간한 안하무인이 아니라면 작은 영지에 방문할 때는 그들의 대접보다 훨씬 큰 것들을 대가로 내어놓기 마련이었다. 작게는 영지 내의 빈민들에게 구호물자를 내어 준다든가, 크게는 저수지나 수로, 도로를 건설하는 데에 도움을 주기도 했다.

"용수원이 부족한 듯한데."

레온하르트는 조슈아의 엉덩이를 가볍게 두드리며 말했다. 헤일 자작이 머리를 조아렸다.

"예, 폐하. 하천이 많은 지역은 아니라 가뭄이나 홍수가 있을 때마다 큰 곤란을 겪고 있습니다. 저수지를 증설해야 하는데 예산이 부족하여……."

"알겠네."

레온하르트는 고개를 끄덕였다. 품에 안긴 아이는 아비의 옷깃을 잡아당기며 호기심 어린 얼굴로 이곳저곳을 손가락질했다.

"아빠. 이거. 이거. 물."

"그래, 조시. 이건 하천이란다. 영지민들이 생활할 때나 농사를 지을 때 쓰지. 자작의 말대로 강이나 하천이 부족하면 저수지를 지어 그 역할을 하게 한단다."

영지를 시찰하며 한 살배기 아이를 데리고 나온 거로도 모자라, 레온하르트는 어린 황자가 알아들을 리 없는 말을 일일이 설명해 주었다. 그런 다음에는 자작을 돌아보며 이렇게 묻는 것이었다.

"황자가 내 말을 알아들은 것 같은가?"

아직 문장을 완성할 수도 없는 어린아이가 알아들을 리가 있나 싶지만, 레온하르트가 정직한 대답을 원하는 게 아니라는 것 정도는 자작도 알고 있었다.

"물론입니다, 폐하. 황자 전하께서 이토록 영특하고 영민하시니, 장차 제국을 이끌어 가는 데에 부족함이 없으실 듯합니다."

손을 비비며 아부하면 레온하르트는 퍽 만족한 얼굴로 발을 옮겼다. 그가 말도 제대로 알아듣지 못하는 아이를 시찰에 데리고 오고 아부를 유도하는 것은 아직 어린 조슈아를 후계로 확정하였다는 의미였다. 미래의 황제가 이곳에 있으니 다시는 허튼 생각 하지 말라는 뜻이기도 했다.

다행스럽게도 황제의 의도를 알아차린 자작은 그에게 열심히 장단을 맞춰 주고 있었다. 그에게 굽실거리는 것은 물론, 어린 황자의 비위를 맞추기 위해 온갖 신기한 물건과 간식거리를 가져다주었다.

"황자 전하, 이건 도넛입니다. 제빵사가 실력이 아주 좋아 제 아이들도 종 종 먹지요."

자작이 동그란 구멍이 뚫린 도넛을 건네자, 조슈아는 눈을 동그랗게 뜨고 는 제 얼굴만 한 것에 손을 뻗었다. 그러나 레온하르트가 만류했다.

"너무 크지 않나? 간식을 많이 먹이면 황후께 혼이 나니 적당히 주게."

"예? 아, 예, 예……."

자작은 얼른 고개를 끄덕이며 도넛을 반으로 갈랐다. 레온하르트를 흘깃 보더니 반으로 자른 것을 한 번 더 자르기도 했다. 눈치를 보는 꼴을 보아하 니 황후가 누구를 혼내는 것이냐 물어보고 싶지만 참는 듯했다.

'이쯤 했으면 더 수작을 부리지는 않겠지.'

황자를 낳은 황후가 버젓이 있는데도 제 딸을 들이밀려고 하던 것은, 황제 는 두렵지만 황후는 그리 두렵지 않다는 의미였다. 그렇다면 주제 파악을 시 켜 주어야 하지 않겠나.

아마 황후에게 혼나는 이가 자작 자신인지 황자인지 황제인지 머릿속으로 열심히 가늠하고 있으리라. 레온하르트는 그에게 답을 알려 줄 생각이 없었 다. 그는 그저 성으로 돌아가 이 이야기를 해 주었을 때 테네르의 반응을 상 상할 뿐이었다.

'……제법 놀라겠지.'

아마 눈이 동그래져선 입술을 뻐끔거리다 왜 그랬냐고 묻겠지. 어쩌면 황 제가 황후에게 잡혀 산다는 식으로 이해하면 어떡하냐고 물을지도 모른다. 의도했다고 답하면 늘 그래 왔듯 아주 조심스럽게, 황실의 품위나 체통을 운 운할 테고.

그래도 끝까지 뻔뻔스레 굴면 더 나무라지는 않으리라. 아마 트라벨 영지에 있던 때였다면 눈을 가늘게 뜨며 다시 그러지 않겠다는 약속이라도 받아 냈겠지만.

분명 제 곁을 떠나지 않겠다는 사람인데도 그때의 모습을 자꾸만 떠올리게 되는 이유가 무엇일까. 레온하르트는 간간이 생각했다. 끝내 원하는 것을 주지 않는다는 죄책감일까. 혹은 그녀가 자신을 떠나려 할지도 모른다는 불안일까. 아이 때문에 곁에 남아 있지만, 황궁에 가지 않고 어딘가로 가 버리고 싶어 할지도 모른다는 생각이 들어서.

'······아니.'

정말로 아이 하나 때문에 제 곁에 남았다면, 이렇게 조슈아를 제게 맡기지도 않았을 테다. 그토록 소중한 아이를 맡긴 것은 그만큼 자신을 믿는다는 의미가 아닌가. 그러니 그날 아침에도 제 이름을 불러 준 것이 아닌가.

레온하르트는 도넛 조각을 두 손으로 답삭 받아 든 조슈아를 보았다. 입을 와앙 벌려 베어 무는데도 줄어드는 것은 손톱만큼인 게 우스웠다.

"폐하."

갑작스러운 부름에 레온하르트는 고개를 돌렸다. 보좌관이 그에게 다가와 공손히 허리를 굽혔다.

"에반 후작이 뵙기를 청합니다."

"후작이?"

테네르도 아니고 에리히가 찾아왔다는 말에 레온하르트는 의아한 표정을 지었다. 그는 자신을 그리 좋아하지 않아 사적으로 찾는 일이 거의 없기 때문이었다.

"무슨 일로?"

"황후 폐하와 관련된 일이라고 하셨습니다."

그 말에 레온하르트는 가볍게 미간을 좁혔다. 혹 몸이 안 좋은가? 전날 승마를 하며 무리했다든가, 실수로 낙마를 했다든가. 후작이 직접 왔다면 보통 일은 아니리라.

"어서 불러오라."

레온하르트의 명령에 보좌관은 허리를 깊게 숙이며 에리히를 데려왔다. 에리히는 그에게 공손히 인사했다. 조슈아가 그에게 손을 휘저었다.

"에리히 에반, 제국의 주인이신 황제 폐하를 뵙습니다."

"황후께 무슨 일이라도 있는 건가?"

레온하르트는 에리히의 인사조차 받아 주지 않고 물었다. 표정이 왜 저리 좋지 않단 말인가. 꼭 정말로 그녀에게 무슨 일이 있는 것처럼.

"테네르가 잠시 자리를 비웠습니다."

"……뭐?"

"파트로나의 행방을 발견했습니다. 시간이 촉박해 말씀드릴 시간이 없어 제게 전언을 부탁했습니다."

명료한 말이었지만 레온하르트는 그의 말을 쉬이 알아듣지 못했다.

갑자기 어디로 갔다고? 누구를 만나러? 제게는 한마디 언질조차 없이?

'황후 폐하의 모친 또한 그러지 않았습니까. 그분을 데려가는 것보다는 후작 저택에 두고 홀로 도망치는 것을 택했지요. 도마뱀이 꼬리를 자르고 도망치는 것처럼.'

그저 흘려들었던 말이 귓전에 울렸다. 레온하르트는 믿을 수 없다는 듯 중얼거렸다.

"왜……."

"미리 말씀드리지 못해 죄송하다고, 최대한 빨리 돌아오겠다고 했습니다."

에리히는 퍽 차분하게 말했지만, 레온하르트의 귀에는 들어오지 않았다. 분명 어디에도 가지 않겠다고 말하지 않았던가. 어떻게 아이를 떼어 놓자마자 기다렸다는 듯 가 버린단 말인가.

불안감에 심장이 쿵쾅거렸다.

"황후께서…… 허락도 구하지 않고 자리를 비우셨단 말인가?"

"어릴 때 헤어지고는 지금껏 만나지 못했던 친모입니다, 폐하. 이십 년 만에 친어머니를 만날 기회가 생겨 잠시 자리를 비웠을 뿐입니다."

"호위는, 몇 명이나 데려갔나?"

레온하르트는 쓸데없는 생각을 거두려고 했다. 그래, 그의 말대로 이십 년 만이었다. 그렇게 오랜 시간 동안 만나지 못한 모친을 만날 기회가 생겼다면 열 일 제쳐 두고 달려가는 것이 당연했다. 거기다 이렇게 오라비를 통해 전언을 전하지 않나. 실력 있는 호위를 몇 붙여 두었으니 벌써 불안해할 것 없었다.

그러나 에리히는 그가 안심할 만한 대답을 주지 않았다.

"숲을 가로질러서 갈 예정이라 인원이 많아지면 속도가 더뎌진다고 했습니다. 그래서……."

"호위 하나 데려가지 않는 걸 허락했단 말인가!"

레온하르트는 참지 못하고 언성을 높이고야 말았다. 아무리 짧은 거리라고 해도 황후가 될 사람이었다. 군사 훈련 한 번 받아 보지 않은 사람을 단신으로 보냈단 말인가.

"어떻게 오라비라는 자가……!"

"테네르가 활을 가져갔습니다. 위험한 일은 없을 테니 염려 마십시오."

"그걸 말이라고 하는 건가!"

태연하게 말하는 꼴을 이해할 수가 없었다. 파트로나의 딸이라 할지라도 여자 혼자의 몸이었다. 활이야 언제든 손에서 떼어 놓을 수 있는 무기였고, 행여 습격을 당한다면 빼앗길 가능성도 충분하지 않은가.

아이가 칭얼거렸지만, 미뤄 두었던 불안감이 다시금 스멀스멀 피어올랐다. 혹 정말로 도망친 것은 아닌가. 이 자가 동생의 도주를 돕기 위해 거짓말을 하고 있는 것은 아닌가.

'그 계집은 분명 제 어미처럼 도망칠 것이다. 은혜도 모성도 모르는 그년, 제 자식 버리고 달아난 그년처럼……!'

돌연 떠나 버린 그녀를 찾아 헤맸던 것이 꼬박 2년이었다. 향이 날아간 사셔를 부질없이 움켜잡으며 옛 기억들을 끊임없이 돌이켰던 것이. 왜 도망쳤을까. 내가 무엇을 잘못했을까. 도망친 이를 원망하고, 순순히 도망치게 둔 자신을 원망하고, 이렇게 했으면 달랐을까 저렇게 했으면 달랐을까 끊임없는 상념 속에서 보낸 나날.

그리고 이제야 간신히 그녀를 찾았는데. 제 사랑이 거짓임을 알고도 떠나지 않는 그녀를 보며 간신히 안도했는데, 그런데 왜 또 이토록 어처구니없게 사라져 버린단 말인가.

"서둘러 기사들을 보내어 황후 폐하를 모셔오겠습니다, 폐하."

헤일 자작이 기회를 틈타 머리를 조아렸다. 레온하르트는 대답하지 않았다.

"폐하……?"

"어디로 가신 건가."

레온하르트는 에리히를 보며 물었다. 에리히는 제게 손을 뻗는 아이를 흘깃 보았다.

"알바레에서 배를 탄다고 했습니다. 정확한 위치는……."

"내가 다녀오겠네."

레온하르트는 에리히에게 조슈아를 안겨 주며 말했다. 에리히는 당황한 듯 아이를 받아 들었다. 자작이 그를 만류하려는 듯했지만, 그가 말에 올라타는 것이 더 빨랐다.

"황자를 부탁하지, 에반 경."

에리히가 레온하르트를 마음에 들어 하지 않는 만큼, 레온하르트 또한 에리히가 그리 마음에 들지만은 않았다. 그러나 아이를 맡기기에 이만한 자가 없다는 것 정도는 알고 있었다.

"……알겠습니다, 폐하."

에리히는 스스럼없이 고개를 끄덕였다. 아이는 말에 올라탄 아비를 보며 눈을 동그랗게 뜨더니 배시시 웃었다.

"아빠, 바바."

아이가 손을 흔들자, 딱딱하게 굳었던 표정이 조금 풀렸다. 레온하르트는 손을 뻗어 조슈아의 머리를 쓰다듬었다. 그리고 이내 말을 달리기 시작했다. 에리히의 시선이 그의 뒷모습을 한참 좇았다.

* * *

살바토르 공작저에는 내내 흉흉한 분위기가 감돌았다. 북부로 시찰을 갔던 황제가 폐후를 만나 다시 황궁에 데려간다는 소식 때문이었다. 거기다 폐후가 황손을 낳아 기르고 있다는 소문까지 돌고 있기에 사용인들 모두 주인의 눈치를 살폈다.

더 큰 문제는, 오늘 공작의 마차가 큰 사고를 겪을 뻔했다는 거였다. 공작이 마차의 움직임이 이상한 것을 지적하지 않았다면 아마 지금쯤 마차가 박살이 났을지도 모를 일이었다. 또한, 공작도 마차에 깔려 목숨을 장담하기 어려웠을 테고.

"소, 송구합니다, 각하. 저, 저는 분명 잘 점검하였는데……."

"그래. 그랬겠지. 하지만 그렇다면 이게 누구의 책임이란 말인가?"

살바토르 공작은 노여운 기색이 없었다. 그러나 그가 이 일을 쉬이 넘어가지 않으리라는 것은 너무도 자명했다.

"난 집사를 통해 자네에게 매달 착실하게 봉급을 주고 있네. 외출이 잦은 달은 자네가 할 일도 많을 테니, 성과금도 충분히 지급하라고 했지. 그건 내가 자네를 특별히 예뻐해서가 아니라 공작가의 마차 관리인으로서 책임을 다하라는 말이네. 바로 이런 일이 벌어지지 않도록 말이야."

공작은 마차 바퀴를 발로 툭툭 건드리며 말했다. 관리인의 얼굴이 하얗게 질렸다.

"다, 다시는 이런 일 없도록 하겠습니다. 부디 한 번만 용서해 주십시오, 각하!"

관리인은 얼른 무릎을 꿇고 바닥에 머리를 찧었다. 이마에 흙이 까슬하게 닿았지만 아랑곳지 않았다. 공작이 그를 내려다보며 입을 열었다.

"신기한 일이지 않은가? 황제 폐하께서 지극히 아끼던 폐후가 폐위된 다음에야 아이를 낳고, 폐하께서 누구의 씨인지도 모를 아이를 황손으로 삼아 제도로 돌아오시는 동안 누군가 내 마차에 장난질을 쳐 놓다니."

"가, 각하……."

"누구의 사주인가?"

단순히 마차의 관리를 소홀히 한 것과 공작을 해코지하기 위해 마차에 직접 손을 댄 것은 차원이 다른 문제였다. 공작가의 수장을 해하려 했다는 누명에 관리인은 흙바닥에 머리를 비비며 읍소했다.

"어, 억울합니다, 각하. 저는 정말 아닙니다. 미, 믿어 주십시오!"

"순순히 말한다면 참작해 주겠네."

"아, 아닙니다! 마차의 관리를 소홀히 한 벌은 달게 받겠습니다. 하지만 결코 일부러 그런 것은……. 가, 각하!"

살바토르 공작이 턱짓하자, 어느덧 다가온 기사들이 관리인을 붙잡았다. 그는 자신이 어디로 끌려가는지 알아챈 듯 비명을 지르며 발버둥 쳤다. 공작은 그의 뒷모습을 흘깃 보고는 몸을 돌렸다.

"형님."

아이작 살바토르를 불러 세운 것은 그의 동생인 칼리언 스튜어트였다. 어머니의 작위와 성을 물려받은 그는 평소에는 영지에서 살고 있었으나, 종종 이렇게 형의 집에 방문하여 머물곤 했다.

나이 차이가 꽤 있어서인지, 꼭 닮은 외모 때문인지, 아이작과 칼리언은 어릴 때부터 꽤 사이가 좋았다. 칼리언은 어릴 때부터 형인 아이작을 잘 따랐고, 아이작 또한 기꺼이 스튜어트 자작위를 양보할 정도로 그를 아꼈다.

"별일이라고 여기까지 왔구나."

"형님이 다치실 뻔하지 않았습니까."

"나이도 먹을 만큼 먹은 녀석이 유난은."

아이작은 고개를 설레설레 흔들었지만, 그리 기분 나쁜 기색은 아니었다. 칼리언이 조심스레 입을 열었다.

"……황제의 짓입니까?"

"심증은 있지만, 물증이 없구나. 우선 저자를 추궁하기야 하겠지만."

확신할 수는 없다는 의미였다. 칼리언은 이해가 가지 않는다는 듯 미간을 좁혔다.

"아무리 그래도 과하지 않습니까. 제국의 공작을 해치려 하다니……."

칼리언은 알레이나가 예비 황후로 살아왔다는 것도, 그런 딸을 위해 아이작이 계속 황제에게 압력을 넣고 있다는 것도 알고 있었다. 그러니 폐후를 다시 황후로 맞아들이려는 황제가 알레이나를 황후로 들이라고 압박하는 아이작을 해치려고 드는 거라고.

"이해는 하고 있다. 폐하께서 폐후를 오죽 아끼셨나."

"황후를 들이는 일에 있어 조금이라도 거슬리게 하면 처단하겠다는 의미가 아닙니까. 이러면 선대와 다를 게 뭐가 있단 말입니까."

"목소리를 낮추거라, 칼리언."

나직한 경고에 칼리언은 입을 다물었다. 만약 형의 말이 사실이라면 공작저 내부에 황제의 사람이 있을지도 모를 일이었다. 공작가의 마차에 장난질을 한 사람이 더한 짓을 못 할까.

"……죄송합니다, 형님."

"선황께서는 선대의 모습을 눈으로 보아 왔지만, 지금의 폐하는 아니지 않으냐. 그러니 사사로운 감정을 선황 폐하만큼 경계하지 못하는 것도 당연하지."

"아무리 그래도……."

"피를 속이는 게 그리 쉬울까."

차분한 목소리였지만, 황제 레온하르트가 사랑에 미쳐 있던 조부의 성정을 이어받았다는 의미였다. 칼리언은 작게 입술을 깨물었다.

"알레이나는…… 아직 황후가 되려고 하는 겁니까?"

"폐하와 약혼까지 했던 아이다. 황후가 되는 것이 인생의 목표나 마찬가지였는데, 그리 쉽게 포기하겠나."

"제가 설득해 보겠습니다. 황후가 되지 않는다고 하더라도 어차피 공작위를 물려받을 거 아닙니까. 거기다 저 또한 알레이나에게 작위를 물려줄 생각이니, 잘 이야기하면 설득할 수 있을지도 모릅니다."

"자작위는 네 자식에게 물려줘야지."

아이작이 퍽 인자하게 웃으며 말했다. 이러나저러나 사이좋은 형제라, 아이작은 칼리언이 마흔을 훌쩍 넘긴 지금까지 자식을 보기는커녕 결혼조차 하지 않은 것을 늘 염려하고 있었다. 그러나 칼리언은 고개를 저었다.

"제가 알레이나를 얼마나 아끼는지 아시지 않습니까. 그 아이가 제 딸이나 마찬가지인 것을요."

"아마 네 자식 낳으면 그 소리는 쏙 들어갈 게다."

형으로서는 걱정되는 말이지만, 아이작은 퍽 기분 좋게 웃었다. 그는 칼리언의 등을 가볍게 두드렸다.

"어쨌거나, 너무 걱정하진 말거라. 여차하면 공작 영지로 내려가 숨어 지내는 것도 방법이 아니겠느냐. 지금껏 눈에 거슬리게 굴었으니 한동안 조용히 지내면 폐하께서도 화가 풀리시겠지."

굳은 얼굴을 보며 아이작은 여전히 사람 좋게 웃었다. 그러나 당연하게도 그 속내까지 그렇지는 않았다.

황제가 폐후를 만났다. 아마 그는 자신이 폐후와 황손을 죽이려 든 것을 알고 있을 테다. 그러나 정식으로 그에 대한 죄를 묻는다면 그의 태생을 폭로할지도 모르니 사고를 위장해 죽이려 한 거겠지.

'배은망덕한 것.'

감히 친아비를 죽이려 하다니, 이런 패륜이 어디 있단 말인가. 자신이 아니었다면 태어나지도 못했을 거면서.

'선수를 쳐야겠군.'

아마 황궁의 경계를 대폭 강화할 테니, 폐후가 황궁으로 들어오게 된다면 손을 쓰기가 곤란해진다. 그러니 황제가 제도로 돌아오기 전에 어떻게든 손을 써야만 한다. 어차피 그는 제게 공식적으로 죄를 묻기 곤란한 처지가 아닌가.

'헤일 영지에 있다고 했던가.'

헤일 자작은 가진 것에 비해 욕심과 허영이 강한 남자였다. 아마 황제가 방문했다는 이유로 무리해서 연회를 열 테고, 그때쯤 경계가 허술해질 테니…….

'감히 아비를 해치려 한 벌은 받아야겠지.'

* * *

"……괜찮니, 제임스?"

테네르는 제임스에게 물을 먹이며 물었다. 북부에서 헤일 영지까지 온 지 얼마 되지도 않았는데 또다시 하루를 꼬박 달리게 했으니, 체력 좋은 제임스도 제법 지치는 모양이었다.

만약을 대비해 활과 화살을 가져왔지만, 목적지의 절반 넘게 달리는 동안 그것을 쓸 일은 일어나지 않았다. 테네르는 조금 안심하면서도 주위를 살피는 일을 게을리하지 않았다. 잠을 제대로 자지 못해 몸이 무거운데도 정신은 기이할 정도로 또렷했다.

"조금만 더 가자, 응?"

로라 헤일이 내어 준 지도에는 알바레로 가는 지름길이 표시되어 있었다. 상인들이 주로 오가는 길이라고 했다. 한시라도 빨리 물건을 나르려고 만든 길일까. 뭐가 되었건 테네르로서는 다행스러운 일이었다.

사람들이 오가는 길이라서인지 지형은 생각보다 험하지 않았다. 이럴 줄 알았으면 호위들을 데려올 걸 그랬다 싶기도 했다.

'오라버니가 잘 말씀해 주셔야 할 텐데…….'

로라 헤일을 만난 직후, 테네르는 오라비를 만나 타샤를 만나러 가겠다는 의사를 밝혔다. 에리히는 조금 놀란 듯했지만, 테네르의 손에 활이 들린 것을 확인하곤 늘 그래 왔듯 스스럼없이 고개를 끄덕였다. 폐하께는 자신이 말할 테니 걱정 말라고 하면서.

그러나 레온하르트는 테네르를 마냥 여리게만 보는 사람이었다. 어미를 찾아가는 것은 어쩔 수 없다고 생각하더라도 혼자 떠난 것은 분명 걱정하고 있을 테다. 어쩌면 제게 붙였던 호위들을 나무라고 있을지도 몰랐다. 그저 가벼운 산책을 나서는 줄 알았을 호위들은 자신이 사라진 것에 누구보다도 당황하고 있으리라.

미안한 마음이야 있었지만, 이제 와서 어쩔 수 있는 일도 아니었다. 우선 빨리 어미를 만나고 돌아가는 것이 더 낫지 않겠나.

'……정말로 만날 수 있을지는 모르겠지만.'

어쩌면 만날 수 없을지도 모른다고 생각하면서도 이렇게 가려는 것은 도 대체 무슨 심보일까. 결국, 이렇게 쫓아갈 거면서 가지 않겠다 버텼던 것은.

테네르는 제임스를 몇 번 쓰다듬고는 다시 올라탔다. 밤의 숲은 어두웠 지만 환한 달빛이 그녀의 눈앞을 비춰 주고 있었다.

* * *

낯선 땅을 찾아다니는 사람들이 있었다. 언제나 한 번도 가지 않은 생소한 땅을 밟으며 영원한 이방인으로 살아가는 사람들.

어디에도 소속되지 않은 그들은 누구에게도 보호받지 않는 대신 누구보다 도 큰 자유를 누렸고, 또 그만큼 큰 위험을 감당하곤 했다.

"곧 출발해야 해, 타샤. 아마 밤에는 비가 올 거야."

"그래?"

타샤는 고개를 들어 하늘을 보았다. 날이 조금 풀린 듯하더니 겨울비가 내리려는 모양이었다. 그러나 그녀는 선착장에 도착한 배를 흘깃 볼 뿐 여전히 멍하니 서 있을 뿐이었다. 토토가 그녀의 어깨를 툭 쳤다.

"왜, 막상 가려니 아쉬워?"

"……글쎄."

"이제 와서 전남편이 그립기라도 하나?"

"그 새끼 얘기 꺼내면 머리를 쏴 버린다고 분명 말했을 텐데."

타샤는 무심하게 말했지만, 시선은 여전히 백사장 쪽을 향하고 있었다. 키득거리던 토토가 입을 열었다.

"아니면, 그냥 정착하고 싶어? 드디어 나이가 든 건가?"

"파트로나의 발이 완전히 멈추는 건 무덤을 찾았을 때뿐이야."

타샤는 짧게 대꾸했다. 토토가 픽 웃음을 흘렸다.

숲을 유랑하는 파트로나가 한곳에 정착하는 것은 보통 두 가지 경우였다. 첫째로는 크게 다치거나 아이를 가지게 되어 몸이 회복될 때까지 일시적으로 정착하는 경우였고, 둘째로는 나이가 들어 죽음을 맞이할 장소를 찾는 경우였다.

물론 사랑에 미쳐 한 남자에게 정착했다가 돌아온 타샤는 예외적인 경우였지만.

"……두고 온 딸애 생각이라도 나?"

토토가 물었다. 타샤는 부정하지 않았다. 짧은 한숨 소리가 들려왔다.

"그쪽은 황후잖아. 황제랑 같이 돌아간다고 하지 않았어?"

"……황궁에 돌아가는 걸 바랐다면 애초에 도망쳐서 살지도 않았겠지."

타샤는 간단하게 대답했다. 그녀의 시선은 여전히 황량한 백사장에 머물러 있었다. 그 꼴을 지켜보던 토토는 말없이 배로 들어가더니 타샤의 목도리를 가져다주었다.

"이거라도 두르고 있어. 추위도 많이 타면서."

"섬세하기도 해라. 조금만 더 잘생겼어도 사랑했을 텐데."

"마음에도 없는 소리는."

토토는 킬킬 웃으면서도 타샤에게 손수 목도리를 둘러 주었다. 그녀가 고개를 돌릴 때마다 짧게 자른 밀 색 머리가 두툼한 목도리 위를 스쳤다. 퍽 뿌듯한 얼굴로 타샤를 보던 토토가 말을 데려왔다.

"난 다른 애들이랑 뱃멀미약이나 좀 사 올 테니 궁상 적당히 떨고 얼른 들어가."

"멀미약을 여태 안 사 왔어? 하여간 칠칠치 못하긴."

"넌 어째 마흔이 훌쩍 넘어도 눈치가 없냐. 너 마음 정리할 시간 주려고 깜빡한 척하는 거야."

토토는 능청맞게 웃으며 타샤에게 약봉지를 흔들어 보였다. 배려해 준 거라며 생색내는 꼴이 참 멋없기도 했다.

타샤는 동료들과 말을 타고 마을로 향하는 토토를 보았다. 루드비히 에반을 만나기 전부터, 그와 결혼하여 아이를 낳고 혼자서 돌아온 다음에도 언제나 한결같은 남자였다. 차라리 그를 사랑했더라면 그렇게 몇 년을 허비하지는 않았을까.

그러나 부질없는 상상이었다. 상대가 누가 되었건 어차피 식고 나면 아무것도 아니게 될 감정일 뿐이었으니.

도대체 그깟 사랑이 뭐라고 그토록 미련하게 굴었던가. 지금 생각해 보면 참 우스운 일이었다. 아니라는 걸 알면서도 환상처럼 남은 달콤함을 그토록 그리워했던 것.

'이럴 거면 왜 데려온 거야?'

언젠가 그렇게 물은 적이 있었다. 이해가 되지 않았기 때문이었다. 제게 다디단 사랑을 속삭이던 남자가 자신을 애물단지처럼 보는 것도, 자신을 사랑했단 것조차 잊어버린 사람처럼 고함을 지르며 빈정거리던 것도, 간간이 낯선 여자의 향기를 풍기며 들어오는 것도 마찬가지였다.

'네가 이렇게까지 쓸모없을 줄은 몰랐으니까.'

루드비히의 목소리는 차가웠다. 언제부터인가 그는 자신을 볼 때마다 골칫거리를 보는 것처럼 인상을 썼다. 웃는 얼굴을 본 것이 언제였던가. 그가 제게 화내지 않고 말을 걸었던 것은 언제였나.

처음에는 이해하려 하고, 그다음에는 설득하려 했었다. 주변의 시선에 그도 지쳤겠지. 내가 좀 더 노력하면 되겠지. 아이를 가지면 달라지겠지.

그가 원하는 대로 후작 부인으로서의 삶에 충실하고자 노력하던 시절도 있었고, 실제로 그의 태도가 다시 유해진 적도 있었다. 그러나 그것은 타샤가 살바토르 공작 부인과 작게나마 친분을 다진 대가일 뿐이었다. 그녀가 아이를 낳다가 죽은 후로, 그리고 그녀의 죽음에 관련되었다는 소문 때문에 사교계에서 다시금 고립된 후로는 손찌검마저 이어졌으니.

함께 소리를 지르며 저항한다고 해서 지치지 않는 건 아니었다. 커다란 감옥 같은 저택도, 루드비히와 사이가 멀어질수록 자신을 아니꼽게 바라보는 사용인들도, 매일 트집 잡을 거리를 찾듯 눈을 부라리는 루드비히를 보는 것도 마찬가지였다.

'난 말을 잘 타, 루드비히. 약초도 제법 잘 알고, 어머닐 닮아서 활도 잘 쏘지. 아마 파트로나 중에서도 내가 제일 잘 쏠 거야.'

제국의 후작과 아름다운 이방인의 결혼은 여느 동화 속 사랑 이야기와도 같았다. 그러나 화려한 결말 후에 이어지는 현실이 이토록 비참할 줄은 누가 알았을까.

가식적이고 영악한 귀족들과 달리 꾸밈없고 순수한 모습이 좋다고 해 놓고, 지금은 다른 귀족들과 섞이지 못한다며 멍청하고 천박하다고 했다. 자유롭게 말을 타고 활을 드는 모습이 활기차 보여서 좋다고 해 놓고, 지금은 천한 핏줄을 티 내지 말라고 했다.

한순간의 열망에 눈이 멀어 파트로나를 후작 부인으로 삼은 남자는 제 사랑이 현실 앞에서 버티지 못한다는 것을 뒤늦게 깨달아 버린 모양이었다. 타샤는 그의 사랑이 그토록 얄팍하다는 것을 믿고 싶지 않았다. 그가 날 선 말들을 내뱉어도, 제게 손을 들어도, 언젠가는 예전처럼 돌아오리란 어리석은 기대라도 품고 있었던 걸까.

'그럼 그 빌어먹을 숲으로 돌아가든가.'

루드비히는 코웃음 치며 말했다. 그는 타샤가 절대로 돌아가지 않을 거라고 믿었다. 동화 같은 사랑을 이룰 수 있으리라 믿고 가족도 친구들도 버리고 이곳으로 온 사람이었다. 거기다 제도의 문물에 조금씩이나마 익숙해졌을 테니, 그 야만적이고 지저분한 곳이 마음에 찰 리가 있나.

그러나 타샤는 지쳐 있었다. 하잘것없는 자존심을 세우기에도, 언제 돌아올지 모르는 그의 사랑을 믿기에도.

'그래. 돌아갈게, 루드비히.'

'……뭐라고?'

'날 영원히 사랑하겠다고, 행복하게 해 주겠다고 했잖아. 당신은 두 가지 모두 지키지 못했어. 앞으로도 지킬 생각 없는 것 같고.'

그 말에 루드비히의 얼굴이 붉으락푸르락해졌다. 그 꼴을 보며 조금은 희망을 품었던 것도 같았다. 지금이라도 자신이 잘못했다고 말한다면, 사랑한다고 말한다면, 그럼 마지막으로 한 번만 더 믿어 볼 거라 생각했던 것 같기도 했다.

'떠난다고 하면, 내가 무릎 꿇고 매달리기라도 할 것 같아?'

그러나 씨근덕거리며 윽박지르는 루드비히를 보자 타샤는 새삼스레 알 수 있었다. 그는 다시는 이전처럼 자신을 사랑해 주지 않을 거라고. 설령 그에게 일말의 사랑이 남아 있을지언정, 그는 결국 사랑보다 제 자존심이 중요한 남자라고.

'나도 지쳤어. 이제 그만하고 돌아갈래.'

무기력한 목소리에 루드비히는 입을 꾹 다물고 타샤를 노려보았다. 타샤가 막 짐을 꾸리기 위해 몸을 돌리려던 순간이었다.

'갈 거면 테네르는 두고 가. 그 애는 내 거니까.'

'뭐라고?'

'이미 에반 후작가에 이름을 올린 아이야. 네까짓 게 데려가게 둘 수는 없지.'

루드비히가 빈정거렸다. 타샤의 얼굴이 확 일그러졌다.

'내가 낳았어. 내가 품고 내가 낳았다고. 당신이 뭔데 내 아이를…….'

'살구씨를 심어서 자란 건 살구라고 하고, 사과 씨를 심어서 자란 건 사과라고 하지. 누가 거기다 땅 이름을 붙여?'

'당신에게는 에리히가 있잖아! 후계도 있으면서 왜 테네르까지…….'

'테네르도 내 씨를 받아서 태어난 거니 당연히 내 거지.'

루드비히는 자식에 대한 애착이 그리 강한 편은 아니었다. 어린 자식들이 와서 애교를 부리면 그때만 잠깐 귀여워할 뿐, 조금이라도 마음에 들지 않는 행동을 하면 곧바로 눈을 부라리곤 했다.

그런 남자가 아이의 소유권을 주장하는 이유야 뻔했다. 타샤가 절대로 아이를 두고 가지 못하리라 믿기 때문이었다. 루드비히가 입꼬리를 비죽 올렸다.

'그러니까 허튼 생각 말고 고분고분하게 좀 굴란 말이야. 알아들어?'

'……개새끼.'

타샤는 작게 중얼거렸지만, 루드비히가 테네르를 순순히 내어 주지 않는다면 어찌할 방법이 없는 것도 사실이었다. 그가 끝까지 아이에 대한 권리를 주장한다면 결국은 양육권을 두고 지난한 분쟁을 해야 할 테고, 법이란 원래 귀족 놈들에게 빌어먹게도 유리했으니까.

그녀가 더는 아무 말도 하지 않자, 루드비히는 비웃듯 입꼬리를 올리며 그녀를 스쳐 지나갔다. 낯선 향수 냄새가 역했다.

타샤가 저택을 떠나지 않자 루드비히는 더욱 의기양양해졌다. 왜 돌아가지 않느냐고, 얼른 자리를 비워 줘야 후작 부인에 어울리는 다른 여자를 후처로 들이지 않겠느냐며 빈정거리기도 했다.

그런 말을 듣고도 한동안 버텼던 것 같다. 자신이 떠나지 않으면 그가 먼저 이별을 고하지는 않으리라는 생각 때문이었다. 파트로나인 자신을 후처로 들이며 희대의 로맨티시스트라는 조롱 섞인 말을 들어 온 사람이었다. 이제 와서 자신과 헤어지게 된다면 생겨날 더한 비웃음을 감내하고 싶지 않으리라. 거기다 그는 이제 사생아조차 낳을 수 없는 몸이니, 설령 다른 여자가 생긴대도 본처인 자신을 밀어내지는 못할 테다.

이렇게 살기 위해 가족들도 친구들도 버리고 그를 따라온 것일까. 그런 생각이 들 때마다 타샤는 딸아이를 보며 마음을 달랬다. 여섯 살 생일을 앞둔 아이는 어미의 기분이 좋지 않을 때마다 귀신같이 알아채고 안기곤 했다.

'옛날이야기 해 주세요.'

테네르는 어미가 무엇을 가장 좋아하고 그리워하는지 알고 있는 듯했다. 타샤는 언제나 부모 눈치를 보는 딸이 안쓰러웠고, 늘 아이가 듣기 좋은 동화 같은 이야기만 해 주곤 했다.

그러나 그날은 이야깃거리가 생각나지 않아서였을까. 혹은 말도 안 되는 상상이라도 했던 것일까. 타샤는 곧 여섯 살이 되는 아이에게 평소와는 다른 이야기를 해 주었다.

'파트로나는 첫 사냥에 성공하면 잡은 짐승의 피를 마신단다. 그리고 자른 고기를 나누어 먹지. 직접 잡은 사냥감의 피와 고기를 먹고 나면 그때서야 한 사람의 사냥꾼으로 인정받는 거야.'

그 말을 했을 때 그 어린아이의 표정이 어땠는지 타샤는 똑똑히 기억했다. 그녀는 제 가슴에 안기는 아이를 다독이며 이어 말했다.

'내가 잡은 건 큰 사슴이었단다. 아주 빠르고 건강했지. 그 사슴의 피가 어떤 맛이었냐면……'

'엄마야.'

테네르는 우는 소리를 내며 그녀의 품을 더욱 파고들었다. 타샤는 아이를 안은 팔에 힘을 주었다.

'무섭니?'

타샤의 물음에 테네르는 얼른 고개를 끄덕였다. 그리고 작게 입을 열었다.

'······사슴이 아팠을 것 같아요.'

파트로나라면 보이지 않을 반응이었다. 보통의 어린 파트로나는 이런 이야기를 하면 첫 사냥에 대한 기대감을 가지거나, 자신은 더 큰 사냥감을 잡을 수 있다고 우기거나, 맛이 없으면 어떡하냐고 묻기 마련이었으니.

테네르는 제도의 아이였다. 태어날 때부터 에반 후작 영애로 태어나, 앞으로도 그렇게 자라날 아이. 그런 아이를 두고 무슨 말도 안 되는 상상을 한 것인지.

'착하기도 하지, 우리 아가.'

'나 아가 아닌데. 어린이인데.'

뾰로통한 목소리가 들려왔다. 마냥 착하고 순하기만 한 아이가 이상한 데서 자존심을 세우는 모습이 조금 우스웠다. 그래, 그래, 하며 어르자 테네르는 배시시 웃으며 고개를 들었다.

'그래서 어떻게 됐어요?'

'무섭다면서. 계속 들으려고?'

당연히 이쯤에서 이야기를 멈추려던 타샤는 딸아이의 물음이 의아했다. 테네르는 고개를 끄덕이곤 무언가 쑥스러운 듯 몸을 꼬았다.

'그래도 어머니가 좋은 게 좋아서.'

그 말에 타샤의 손길이 멈추었다. 그녀의 시선이 딸아이를 향했다.

'내가 지금 좋아 보이니?'

옛일들을 그리워하는 것이 아이에게도 티가 났을까. 타샤는 제 눈치를 살피는 아이에게 조금 미안했고, 동시에 속내를 알아준 것에 조금은 울컥했다.

'으응. 그리고 있잖아요, 어머니.'

테네르는 무언가 할 말이 있는 듯 작은 입술을 오물거렸다. 조막만 한 손이 어미의 옷깃을 붙잡았다.

'아버지가 화내실 때…… 잘못했다고 하면 안 때려요.'

'……뭐?'

'같이 화내면 안 되고, 죄송하다고 해야 해요. 그래야 더 화 안 내세요.'

걸음마를 하듯 더듬거리는 말이었다. 타샤는 헛웃음을 삼켰다.

아무것도 모르는 아이가 잘못이라고 생각하는 건 아니었다. 아이는 주위에서 들은 이야기를 할 뿐이었으니. 그저 어미가 매 맞는 것이 안쓰러워하는 말이 아닌가. 유모도, 다른 사용인들도 죄다 아비 편만 들고 있으니 이렇게 제게 와 안기는 것만으로도 기특하고 고마운 일이 아닌가.

그걸 알면서도 타샤는 아이의 말을 흘려듣지 못했다. 여섯 살도 되지 않은 아이의 말이 비수가 될 만큼 약해져 있어서인지, 혹은 아이에게 그런 모습을 보였던 게 새삼 수치스러워서인지, 그것도 아니면 정말로 이곳에 제 편이 아무도 없다는 것을 실감해서인지.

'너도 내가 잘못한 거라고 생각하니? 나만 입 닥치고 고분고분하게 굴면 된다고 생각하는 거니?'

타샤는 토해 내듯 물었다. 아이에게 할 말이 아니라는 것 정도는 알고 있었다. 그녀는 어미였고, 제 가슴께에도 닿지 않는 작은 아이의 말에 상처받을 하등의 이유가 없었다. 그걸 알면서도 타샤는 테네르의 대답을 기다렸다. 작은 입술이 우물쭈물 움직였다.

'그건 아닌데…….'

고작 이런 말에 안도하는 제 꼴이 지독히도 우습고 한심했다. 그래도 너만은 내 편을 들어 주는구나. 너만은 내 말을 들어 주는구나. 다섯 살 아이의 말이 구원이라도 되는 양 매달리는 꼴이 더욱 그랬다.

'그런데 왜 그런 말을 하니. 왜 너까지…….'

그날 자신이 어떤 표정을 지었는지 타샤는 기억나지 않았다. 단지 자신의 얼굴을 본 테네르가 익숙하게 눈치를 살피고, 잘못했다고 말하던 것밖에는. 아이에게 겁을 주며 간신히 숨통을 트는 제 모습이 역했다는 것밖에는.

* * *

오랫동안 묻어 둔 기억이 불현듯 떠오를 때가 있었다. 잊어버린 줄 알았던, 혹은 잊고 싶었던 일들은 언제나 예고도 없이 툭 튀어나오곤 했다.

날씨는 제법 풀렸는데도 고삐를 쥔 손끝이 뻣뻣하게 굳어 있었다. 테네르는 달리던 말을 멈추었다. 가쁜 숨을 몰아쉬자 어깨와 가슴이 크게 오르락내리락했다.

'내가…….'

자신이 그런 말을 했었다. 일부러 성인식 이야기를 하며 저를 떠보던 어미에게 그렇게 말을 했었다. 아비가 화를 내도 맞서 싸우지 말라고, 굽히고 용서를 구하라고 했었다. 그러면 아비가 더는 어미를 때리지 않을 거라고 생각했었다.

혹 착각은 아닌가. 너무 오래전 일이라, 다른 기억과 섞여 버려서 착각한 것은 아닌가. 부정하려고 할수록 흐릿하던 기억은 더욱 선명해지기만 했다. 울음을 참던 어미의 얼굴도, 그 모습에 덜컥 겁이 나 무엇을 잘못했는지도 모르고 용서를 구하던 자신도.

그 일이 있고 얼마 지나지 않아 타샤는 저택을 떠났다. 수면향으로 저택 사람들을 재워 두고, 오랫동안 달리지 못한 애마를 데리고 가 버렸다. 그것은 루드비히 에반을 더는 견디지 못했기 때문일까, 아니면…….

'나 때문에…….'

흐린 하늘 아래로 멀찍이 푸른 바다가 보였다. 테네르는 여전히 그 자리에 멈춰 있었다.

이대로 가도 되는 걸까. 정말로 내가 싫어서 떠난 거면 어쩌나. 날 보는 것조차 지긋지긋해서 찾아오지 않았던 거라면.

레온하르트에게 말도 하지 않고 무작정 달려온 것이 거짓말인 것만 같았다. 이제 와서 망설이는 것이 무슨 소용인가 싶으면서도, 지금이라도 모두 포기하고 돌아가는 것이 좋지 않을까 싶기도 했다. 그녀가 막 결정을 내리려던 순간이었다.

"키나?"

문득 들려온 목소리에 테네르는 고개를 돌렸다. 키나라는 사람을 찾은 남자는 테네르가 고개를 돌리자 눈에 띄게 당황한 얼굴이었다.

"누구……?"

당황한 것은 테네르 또한 마찬가지였다. 남자와 그 주위 사람들의 외모 때문이었다.

자신과 똑같은 밀 색 머리에 보랏빛의 눈. 남녀노소를 불문하고 가늘고 호리호리한 몸집에 활을 메고 있는 모습.

얼굴의 모양새는 모두 달랐지만, 그들이 누구인지는 묻지 않아도 알 수 있었다. 거기다 말 또한 제임스와 비슷한 구불구불한 갈기의 흑마가 아닌가.

"……파트로나인가요?"

테네르가 물었다. 그녀에게 말을 걸었던 남자는 제 동료들을 흘깃 보더니 고개를 끄덕였다. 누군가 비명을 지르듯 말했다.

"세상에, 타샤 딸 아니야?"

"뭐라고?"

여자의 말에 파트로나 무리는 서로를 보며 웅성거리기 시작했다. 그리고 무리에서 튀어나온 중년의 여자 하나가 얼른 테네르 쪽으로 가까이 다가왔다. 테네르는 말고삐를 꼭 잡은 채로 당황한 눈을 끔뻑일 뿐이었다.

"정말이네. 타샤 젊을 때랑 똑같이 생겼는데?"

"어디 봐. 응?"

나이 든 이들은 테네르에게 달려들어 그녀의 얼굴을 살폈고, 젊은이들은 그녀를 힐끔거리며 저들끼리 수군댔다. 테네르는 그저 얼떨떨할 뿐이었다.

"타샤 만나러 온 거지?"

"네, 네?"

"야, 타샤 딸이면 황후 폐하 아냐? 예의를 갖춰야지."

"나, 난 그런 거 잘 모르는데? 어떻게 하는 거야."

"그 왜 있잖아, 치마 이렇게 들어 올리면서. 지엄하신 황후 폐하를 뵙사옵나이다, 하고."

"그건 20년 전에 아스핀 왕국에서 하던 인사야."

파트로나들은 황후를 어떻게 대해야 할지 모르는 듯 허둥거렸다. 테네르 또한 유랑 민족에게 엄격한 예법을 요구할 만큼 융통성 없는 사람은 아니었다.

"괜찮으니 편히 말씀하세요."

원래라면 테네르 쪽에서 하대를 해야 옳겠지만, 황후로서 온 것도 아닌데 어미의 동료들에게 그렇게 하고 싶지는 않았다. 테네르의 말에 파트로나들은 저들끼리 눈치를 살폈다. 그리고 얼른 테네르의 손을 붙잡았다.

"그렇게 말해 주면 우리야 고맙죠. 잘 왔어요. 타샤가 말은 안 해도 얼마나 보고 싶어 했는데요."

"딱 맞춰서 왔네. 우리 곧 출발해야 하는데."

"얼른 가요, 응?"

타샤가 자신을 보고 싶어 했다고? 우습게도 그 말을 들은 순간 불쑥 의심이 머리를 들었다. 혹 로라 헤일의 사주를 받은 사람들은 아닌가. 파트로나를 닮은 이들을 사주해 긴장을 풀게 하고, 듣고픈 말을 듣게 하고, 얼떨떨한 사이 이대로 어디론가 납치하려는 것은 아닌가 하고.

그러나 그야말로 말도 안 되는 망상일 뿐이었다. 단 며칠 만에 비슷한 외모의 사기꾼들을 모을 수는 없지 않은가. 테네르는 활에서 손을 떼지 않고 고개를 끄덕였다. 테네르에게 타샤라 외쳤던 여자가 그녀를 흘깃 보고는 화살을 빼 들었다.

여자는 망설임 없이 시위에 오늬를 걸었다. 그리고 당기는 손을 따라 활시위가 팽팽해지던 순간이었다.

두 개의 화살이 허공을 향해 날아갔다. 그리고 하늘을 날던 새 두 마리가 그대로 땅에 떨어졌다. 갑작스러운 행동에 테네르는 다시금 놀랐고, 여자는 장난스레 어깨를 으쓱했다.

"이제 좀 믿겠어요?"

테네르가 고개를 끄덕이자 여자는 새가 떨어진 곳으로 말을 달렸다. 다른 이들은 아무렇지도 않은 듯 테네르에게 말을 걸며 선착장으로 향했다.

* * *

부둣가에는 이미 배가 떠 있었다. 아예 다른 대륙으로 가려는 건지, 배는 제법 컸다.

"……왜 떠나는 건가요?"

테네르가 물었다. 남자가 대답했다.

"우린 원래 낯선 땅을 찾아다녀요. 한 번도 가 보지 못한 곳, 새로운 곳을요. 어쩔 수 없는 경우엔 잠깐 정착하긴 하지만……."

"여행에 큰 의미가 있어야 하는 건 아니잖아요?"

키득거리는 웃음소리가 파도 소리에 섞여 들려왔다. 테네르는 커다란 배를 물끄러미 보았다.

"오, 타샤 저기 나와 있었네."

"아직 안 들어갔어? 추울 텐데."

들려오는 목소리에 테네르는 고개를 돌렸다. 하얀 목도리를 두른 여자가 멀찍이서 말을 달리고 있었다. 그녀가 점점 가까이 다가올수록 테네르는 꿈을 꾸듯 설렜고, 한편으로는 지금이라도 도망가고 싶기도 했다.

그러나 점처럼 보이던 여자는 테네르가 마음을 결정할 때까지 기다려 주지 않았다. 말발굽이 백사장을 박찰수록 여자의 형태가 점점 뚜렷해졌다.

"……어머니."

자그마치 20년이 넘도록 만나지 못한 사람이었지만, 테네르는 한눈에 그녀가 제 어미임을 알아보았다. 다른 이들의 말대로 자신과 꼭 닮은 사람이기 때문이었다. 자신이 나이가 들게 되면 저런 얼굴이 될 거란 확신이 들 정도로.

"오랜만이구나, 테네르."

그리고 그것은 상대도 마찬가지인 모양이었다. 타샤 또한 그녀를 부르는 데에 망설임이 없었다.

그러나 단지 그뿐이었다. 그간의 그리움도, 원망도 토해 내지 않는 담백한 만남. 그저 서로를 바라볼 뿐, 눈물겨운 재회도, 유난스러운 반가움도 없었다.

"……잘 지내셨어요?"

먼저 입을 연 것은 테네르 쪽이었다. 타샤가 고개를 끄덕였다.

"그래. 넌 잘 지냈니?"

"네, 어머니."

만나기만 하면 온갖 이야기를 쏟아 낼 것만 같았는데, 막상 어미를 만나니 도통 말문이 트이지 않았다. 침묵하는 모녀를 보던 파트로나들이 자리를 피해 주려는 듯 우르르 다른 곳으로 몰려갔다. 타샤는 그들의 뒷모습을 흘깃 보고는 다시 테네르 쪽으로 고개를 돌렸다.

"너도 같이 가겠니?"

"……."

꼭 산책을 가자는 것처럼 여상한 물음이었다. 테네르는 천천히 고개를 저었다.

"아이가 있어서, 곧 돌아가 봐야 해요."

"그래. 아이를 낳았다고, 풍문으로 전해 들었단다."

차분한 목소리가 그간의 추측을 확인시켜 주는 것 같기도 했다. 어머니가 제 소식을 알고 있었다고, 그런데도 한 번도 찾아오지 않은 거라고. 그것이 조금은 서운했고, 또한 안타까웠다. 타샤가 입을 열었다.

"몸은 괜찮니?"

퍽 다정한 물음이었다. 이런 말을 한 번쯤 듣고 싶었을까. 테네르는 작게 입꼬리를 올렸다.

"그렇게 아픈 건 난생처음이었어요, 어머니."

어미를 만났답시고 뒤늦은 어리광이라도 부리고 싶은 건지, 전에 없이 우는소리가 나왔다. 타샤가 천천히 손을 뻗어 그녀의 머리를 쓰다듬었다.

"그래, 고생이 많았구나."

"제도로 돌아가는 길인데, 어머니도 같이 가실래요?"

테네르는 제 머리를 쓰다듬던 손을 꼭 움켜잡았다. 이런 말을 하려고 온 것은 아니었다. 그러나 꼭 한 번쯤 해 보고 싶었던 말이기도 했다.

"그 사람은 죽었어요. 후작저에 계셔도 되고, 황궁으로 같이 가셔도 되고, 원하시면 따로 집을 구해 드릴게요."

거절당할 것을 알면서도 하는 권유였다. 말을 뱉으면서도 테네르는 타샤가 어떤 대답을 할지 알고 있었다. 타샤는 빙그레 웃었다.

"내 집은 세상이고, 지붕은 하늘이란다. 난 더는 작은 방 안에 머물고 싶지 않아."

예상했던 대답이기에 그리 서운하지는 않았다. 테네르는 묵묵히 고개를 끄덕였다. 타샤가 그녀를 물끄러미 보았다.

"내가 밉진 않니?"

"미웠어요."

테네르는 솔직하게 말했다. 밉지 않았을 리 없었다. 타샤가 떠나고 나자 테네르는 그녀가 겪은 일들을 고스란히 물려받아야 했으니. 이런 곳에 자신을 버려두고 간 어미가 원망스럽지 않을 리가 없었다.

그러나 막상 어미를 만나고 나니 그간의 미움도 원망도 눈 녹듯 사라지는 것은 왜일까.

어쩌면 이렇게 될 것을 예상하고 있었을지도 몰랐다. 이런 상황이 싫어서 오지 않으려 했던 것이다. 그간의 외로움이, 그리움이, 원망이 어미의 얼굴을 본 순간 허무하게 사라져 버릴 것이 싫어서.

"그곳에 계속 있다간 내가 말라죽을 것 같았단다."

타샤가 작게 입을 열었다.

"넌 그곳에서 나고 자랐으니 괜찮을 거라 생각했어."

저 목소리에 담긴 것은 죄책감일까, 회한일까. 테네르는 내리깔린 눈을 보며 작게 웃었다.

"알아요, 어머니."

"……."

"그런 이야기 하려고 온 거 아니에요."

그럼 결국 무슨 이야기를 하러 온 것일까. 테네르는 사냥복을 입은 어미를 보았다. 짧게 잘린 밀 색 머리가 흰 목도리 위에서 팔랑거렸다. 낡은 활과 손끝의 상처, 굳은살, 건강해 보이는 혈색까지.

타샤는 퍽 행복해 보였다. 후작 저택에 있을 때보다 훨씬.

"그냥 저도 아이를 낳았다고, 잘 지내고 있다고, 그 말씀을 드리고 싶었어요."

타샤는 대답 없이 테네르를 물끄러미 보았다. 그리고 메고 있던 목도리를 벗었다. 서늘하던 목에 온기가 와 닿았다.

"행복하렴, 테네르."

"……."

"널 버리고 떠난 나도 행복한데, 넌 나보다 훨씬 잘 살아야 하지 않겠니."

담담한 목소리였다. 테네르는 천천히 고개를 끄덕였다.

"안녕히 가세요, 어머니. 건강하시고요."

"그래."

작별은 만남만큼이나 짧고 담백했다. 타샤는 미련 없이 뒤돌았다. 테네르는 목에 둘린 목도리를 만지작거렸다.

"……널 사랑하지 않은 적은 없었단다."

그 말에 테네르는 몸을 굳혔다. 그러나 타샤는 그녀의 대답을 기다려 주지 않고 그대로 배를 향해 달려갔다. 테네르는 그녀가 배에 올라타는 모습을 멍하니 바라보다가 몸을 돌렸다. 말을 오래 달려 왔더니 뒤늦게 허리가 끊어질 듯 욱신거렸다.

"미안, 제임스. 힘들었지? 조금만 쉬었다 가자."

테네르는 얼른 말에서 내렸다. 제임스는 그녀에게 콧등을 비비적거렸다. 테네르는 말의 목을 꼭 안은 채 천천히 갈기를 쓰다듬었다. 그녀가 고삐를 꼭 움켜쥔 채 발을 옮기던 순간이었다.

부우우.

뱃고동이 울렸다. 배가 출발하려는 모양이었다. 테네르는 그 모습을 오랫동안 바라보았다. 등 뒤에서 말발굽 소리가 들렸다. 기사들이 왔을까. 테네르는 천천히 고개를 돌렸다. 그리고 자신을 찾아온 이를 보았다.

"……폐하."

* * *

'무엇도 너를 흔들게 두지 마라.'

경고하는 듯한 음성이 귓전을 울렸다. 레온하르트는 정신없이 말을 달렸다. 헤일 자작이 야심 차게 준비한 연회도, 남은 시찰도 생각나지 않았다. 그의 머릿속을 차지한 것은 오로지 한 사람뿐이었다.

길게 늘어뜨린 밀 색 머리, 졸음을 참지 못해 반쯤 감긴 눈, 침대 위에서 꾸물대던 손가락, 잠긴 채 느릿하게 이어지던 목소리, 민망한 웃음.

마지막으로 본 모습을 떠올렸고, 그다음에는 아무것도 모른 채 웃던 얼굴을 떠올렸다. 제 사랑을 고스란히 믿을 때 그녀가 어떤 표정을 지었던가. 어떤 근심도, 걱정도 없이 자신을 믿으며 스스럼없이 아이를 안겨 주던 때는. 먼저 다가와 안기고 입을 맞추며 볼을 붉히던 때는.

'이젠 아무 데도 안 갈게요.'

분명 그렇게 말하지 않았나. 말도 없이 가 버려 미안하다고, 이제는 제 곁을 떠나지 않겠다고 하지 않았나.

레온하르트는 말을 달리는 내내 과거의 일들을 되새겼다. 새로운 황후를 맞이하기 위해 열었던 파티에서 제게 쭈뼛쭈뼛 다가오던 모습. 그래 놓고는 말 한마디 걸지 못하고 주위의 영애들에게 붙잡혀 있던 사람.

충동적으로 말을 걸었을 때 동그래진 눈을 잊을 수 없었다. 웃음기 어린 얼굴에 긴장감이 차오르고, 그러면서도 짐짓 침착하게 제 어깨에 손을 올린 채 스텝을 밟던 것도.

평가하는 시선으로 그녀를 보면서, 황후로서 큰 결함이 없다는 생각에 조금은 안도했던가. 첫 춤이 끝나고 직접 수놓은 손수건을 받으며 아비에게 손수건을 줬던 어머니를 떠올렸던가. 그다음, 황후가 되기를 바라는 다른 영애들을 상대하며 무슨 생각을 했더라.

테네르.

테네르 에반.

작게 웃음을 터뜨리던 모습이 지극히 선명했다. 그런 표정을 지을 줄 아는 사람이었구나. 그렇게도 웃을 줄 아는 사람이었구나. 새삼스러운 깨달음에 그 이름을 몇 번이고 되뇌었다.

누구의 이름을 넣어도 상관없을 구혼서에다 그녀의 이름을 써넣으면서도, 어떤 상대에게 주어도 상관없을 선물을 보내면서도, 그는 수없이 그 웃음을 떠올렸다. 목소리를, 온기를, 손수건을 건네던 어색한 표정을 떠올렸다.

사랑을 바라지 말라고 말했던 것은 일종의 불안이었을까.

자신이 하필이면 그녀를 황후로 들인 이유를 어렴풋이 짐작하고 있었던 것인가. 긴장한 기색이 역력한 모습을 보면서도 제 불안 잠재우는 것이 더 중요했나. 죽은 후에도 제 주위를 떠도는 아비에게 변명이라도 하고 싶었나.

'욕심이 없는 사람을 바랐습니다.'

'내게 사랑을 요구하지 마세요.'

그런 말을 해서는 안 되었다. 믿을 것이라곤 자신뿐이던 그녀에게, 낯선 황궁이 불안하고 두려웠을 그녀에게 그런 식으로 말해서는 안 되었다. 첫날 밤을 치른 다음 날 방에 혼자 내버려 두고 가는 게 아니었다.

손을 잡고 다독여 줄 수도 있지 않았나. 갑작스러운 청혼에 놀랐을 그녀를 달래고, 청혼을 받아 주어 고맙다고 말할 수도 있지 않았나. 내 곁에 와 주었으니 함께 잘 살아 보자고 말할 수도 있지 않았나. 넓디넓은 황궁을 직접 안내해 주며 이곳이 이제 우리의 집이라고 일러 줄 수도 있지 않았나.

매정히 대하진 않을 거라고? 곤란한 일이 있으면 돕겠다고? 선심 쓰듯 던진 말로 알량한 죄책감이라도 씻어 내고 싶었을까. 욕심부리지 말라며, 사랑조차 바라지 말라며 모진 말로 겁을 줬으면서 끝내 그녀에게 나쁜 사람으로 보이고 싶진 않았던 건지.

비겁고 기만이었다. 죽은 아비처럼 모질게 굴 자신도 없는 주제에 그 말 거역하지도 못해서, 제 마음 들여다볼 생각조차 하지 않았다. 하루에도 수십 번씩 찾아오는 갈증이 무엇인지 알고 있으면서도, 제 시선이 어디를 향하고 있는 건지 알고 있으면서도, 제 눈 가리면 못 찾을 줄 아는 어린애처럼 눈을 감고 귀를 막았다. 이건 사랑이 아니라고, 그저 친밀한 이에게 느끼는 우애이며 제 아이를 낳아 준 이에 대한 부채감이라고, 자신을 향한 마음에 화답해 주지 못한 미안함일 뿐이라고 수없이 되뇌며.

왜 지금껏 그깟 말에 귀를 기울였을까. 휘둘리지 말라 말하면서 도리어 자신을 휘두르는 목소리였다. 첫날밤을 맞이한 신부에게 사랑을 바라지 말라고 말하게 하고, 거짓 사랑이라며 제 마음을 부정해 또다시 그녀에게 상처를 주게 만든 목소리였다. 그것이 떨쳐 내어야 할 망령이 아니면 무엇이란 말인가.

가슴속에 꾹꾹 눌러 담기만 했던 사랑을 어떻게든 내뱉고 싶었을 뿐이었다.

제 마음 알아채는 순간 그녀를 밀어내라 명령할 아비가 두려워 부정했을 뿐이었다.

모두 황손을 데려가기 위해서라고, 황실의 후계를 위해서라고 수없이 되뇌며, 입으로는 내내 뱉고 싶었던 말을 내뱉었다. 이 사랑은 거짓일 뿐이라고 되뇌고 또 되뇌었으나, 그것이 정말로 거짓이었단 말인가.

'영애를 다시 황후에 올릴 좋은 핑계를 찾으신 것 같아서요.'

그래, 모든 것은 그저 핑계일 뿐이었다.

그녀에게 사랑한다고 말해 주고 싶어서, 제 사랑에 그녀가 볼을 붉히며 기뻐하는 걸 보고 싶어서, 그녀가 아직도 자신을 사랑한다는 것을 자꾸만 확인하고 싶어서. 인정할 용기도 없는 주제에 그 달콤함을 놓고 싶지도 않아서 제 마음을 기만하고 그녀를 기만했었다.

애초에 아이만을 원하는 거였다면 진작 다른 이를 황후로 들여도 되었는데. 그녀와 아이를 찾지 못할 가능성을 염두에 두고 진작 새로운 후계를 낳는 데에 열중했어야 했는데. 그걸 내심 알면서도 그녀만을 찾아다녔던 이유를 왜 자신만 모르고…….

'……절대로.'

이번에는 절대로 놓치지 않을 것이다. 그때와 같은 멍청한 실수를 다시는 반복하지 않을 테다. 레온하르트는 이를 악물었다. 지친 말이 속도를 늦출 때마다 말 허리를 걷어차기를 반복했다. 아이를 버릴 사람이 아니라는 걸 알면서도 조바심에 숨이 막혔다.

혹시 그 말이 거짓이면 어쩌나. 어미와 함께 어딘가로 떠나 버리면 어쩌

나. 혹 가는 길에 습격이라도 받았다면. 목적지에 가까워질수록 불안감이 목을 콱 조여 오는 듯했다.

백사장이 보인 것은 하루가 꼬박 지나서였다. 먹지도, 자지도 않았는데도 배가 고프지도, 잠이 오지도 않았다. 그는 그저 그곳에 있어야 할 사람을 찾을 뿐이었다.

멀찍이 보이는 선착장에 그리 크지 않은 배가 한 척 떠 있었다. 출발을 알리는 뱃고동이 크게 울려 왔다. 떠나는 배를 본 순간, 레온하르트는 고삐를 바투 쥐고 다시금 박차를 가했다. 지워지지 않는 불안에 눈앞이 흐렸다.

"테네르!"

커다란 외침은 뱃고동 소리에 묻힐 뿐이었다. 백사장 위에 물방울이 투둑투둑 떨어져 색이 짙어지고 있었다. 비가 오려는 모양이었다. 레온하르트는 항구를 떠나는 배를 향해 달려갔다. 아니, 달려가려 했다. 그의 눈앞에 선명히 보이는 낯익은 인영이 아니었더라면.

"테네르."

테네르는 거짓말처럼 그 자리에 서 있었다. 손에는 말고삐를 꼭 쥐고, 목에는 처음 보는 목도리를 두른 채였다. 그리운 이를 떠나보내듯 처연히 선 채로, 떠나는 배를 그저 바라보고만 있었다.

"……테네르."

레온하르트는 그 뒷모습을 바라보며 그녀의 이름을 읊었다. 그러나 테네르는 그의 목소리가 들리지 않는 듯했다.

지금 무슨 생각을 하고 있을까. 혹 저 배에 타지 않은 걸 후회하고 있나. 지금이라도 따라가고 싶다고 생각하면 어쩌나. 조금이라도 내 곁을 떠나고 싶다고 생각한다면.

말에서 내린 레온하르트는 고삐를 꼭 쥔 채 그녀에게 다가갔다. 발을 옮길 때마다 그녀가 한 걸음씩 가까워졌다.

이 마음은 도대체 언제부터였나. 당신이 내 곁을 떠날까 봐 안달복달하고,

정신을 차리고 보면 당신을 바라보고 있던 것은.

당신이 아이를 품은 채 도망쳤다는 걸 알았을 때부터인가. 그날 밤 내게 사랑한다고 고백했을 때부터인가. 혹은 어미가 죽고 난 후 품을 내어 주었을 때부터인가. 언젠가 내 앞에서 편안히 웃는 당신을 보며 안도했을 때부터인가.

말발굽 소리가 들린 탓일까, 멀어져 가는 배를 바라보던 테네르가 천천히 고개를 돌렸다. 추위에 희게 질린 얼굴이 눈에 들어왔다. 금방이라도 울음을 터뜨릴 것 같은 얼굴이었다.

"⋯⋯폐하."

그리고 그녀와 눈이 마주친 순간, 그녀가 작은 목소리로 자신을 부른 순간, 레온하르트는 그제야 깨달았다.

당신의 웃음을 처음 본 순간부터, 그 많은 사람들 중 당신만이 눈에 들어온 그 순간부터 내 사랑은 이미 예정되어 있었다고. 당신을 바라보고 당신과 함께하던, 당신을 그리워하던 그 모든 시간이 결국은 사랑이었다고.

"어떻게 여길⋯⋯."

처연히 젖은 눈에 당혹감이 어렸다. 테네르가 믿을 수 없다는 듯 그를 바라보고 있었다. 레온하르트는 그대로 그녀에게 다가갔다. 어깨를 끌어당기자 아무런 저항 없이 안겨 오는 것은 무슨 의미일까.

흐린 하늘에서 빗방울이 떨어지고 있었다. 레온하르트는 그녀를 안은 팔에 힘을 주었다. 떠나지 않은 것이든, 그러지 못한 것이든 상관없었다. 그녀는 바로 이곳에 있었고, 그는 그녀를 다시는 놓치지 않을 테니.

* * *

테네르는 천천히 눈을 끔뻑거렸다. 큰 몸이 자신을 숨 막힐 정도로 안아 오고 있었다. 그가 숨을 내쉴 때마다 가슴이 크게 들썩거리며 몸을 꽉 조여 왔다.

"아무 데도 가지 않겠다고 하지 않으셨습니까."

"……."

"내 곁에 있겠다고, 그렇게 말했으면서……."

머리 위에서 들려오는 목소리가 전에 없이 절박했다. 테네르는 멍하니 고개를 들었다. 가느다란 물줄기가 그의 볼을 타고 흘러내렸다. 흠칫 놀라 입을 열자 그녀의 볼에도 물방울이 톡 떨어졌다.

'비가…….'

하늘에서 빗방울이 떨어지고 있었다. 그러나 레온하르트는 꼭 안은 팔을 풀어 주지 않았다. 말없이 온 것에 화가 난 것일까. 어떻게 여기까지 왔을까. 테네르는 조금 머뭇거리다 입을 열었다.

"호위를 보내시지 않고요."

"……지금 하실 말씀이 그것뿐입니까."

잠긴 목소리가 흘러나왔다. 언성을 높이지는 않았지만, 그의 심기가 평온치 않다는 것은 목소리만 들어도 알 수 있었다.

"송구합니다, 폐하. 오지 않으려 했는데……."

"……."

"이번이 아니면 다시는 뵐 수 없을 것 같아서…… 마음이 급했습니다."

"호위라도 데려가셨어야지요."

"……."

"그런 말을 들었다고 언질이라도 하셨어야지요."

모친의 소식을 들었다고 미리 말했다면 기사들을 보내어 데려오게 하든 호위와 함께 만나게 하든 했을 것 아닌가. 그 말에 테네르는 고개를 숙였다.

"……제가 잘못했습니다."

작게 말했지만, 레온하르트는 대답이 없었다. 그저 안은 팔에 힘을 줄 뿐이었다. 테네르는 그의 품에 얼굴을 묻은 채 말했다.

"벌하신다면 달게 받겠습니다. 다시는 이런 일 없도록……."

"누가 그대를 벌한다고."

"……."

"내가 어떻게 그대를 벌하겠습니까."

익숙한 말이었다. 황손을 회임한 몸으로 도망친 것을 알았을 때도 그는 같은 말을 했었다. 꼭 테네르 자신이 특별한 사람이기라도 한 듯이.

사랑하지도 않는다면서 왜 자꾸만 자신을 이렇게 대하는 것일까. 호위를 보내 데려오게 하면 될 것을 왜 직접 온 것이며, 왜 사랑하지도 않는 자신을 이렇게 안아 주는 것인가. 왜 하필이면 온기가 필요한 순간마다 이렇게…….

"……어머니께 인사를 드렸어요."

"……."

"같이 가자고도 말씀드렸는데……."

빗줄기가 점점 거세지고 있었다. 그의 얼굴에서 흘러내리는 물줄기가 꼭 눈물처럼 보였다. 어쩐지 그가 대신 울어 주는 것만 같아, 아니라는 것을 알면서도 울컥 울음이 솟구쳤다.

테네르는 레온하르트의 등을 마주 안았다. 옷깃을 움켜쥔 손이 덜덜 떨렸다. 울음소리가 빗소리에 묻히는 것이 다행인 듯싶었다.

08 (1)

늦겨울의 비는 차가웠다.

테네르가 한바탕 울음을 쏟아 낸 후, 두 사람은 비를 피할 곳을 찾았다. 사람도, 말도 지친 상태라 무리해서 마을을 찾기보다는 빈 동굴이나 산장을 찾는 것이 우선이었다.

인적이 없는 곳은 아니라서인지, 다행스럽게도 빈 오두막집을 금방 발견할 수 있었다. 문 대신 뚫린 벽을 천막으로 가려 놓은 모양새를 보니 집이라기보다는 축사에 가까운 모양새이긴 했지만, 여행객들이 머물다 간 흔적이 남아 있었다.

"오늘은 이곳에서 자고 내일 출발하는 게 좋겠습니다."

레온하르트가 기둥에 말을 묶으며 말했다. 테네르 또한 제임스를 그의 말 옆에 묶어 두며 주위를 살폈다.

축사나 다름없다고 여겼던 오두막의 안쪽에는 낡은 침대와 벽난로, 허름한 가구와 녹슨 식기가 마련되어 있었다. 그리고 가축을 묶어 놓는 기둥과의 사이에 가벽을 세워 두어 생활공간을 간신히 분리한 모양이었다.

"……아직도 이런 집이 있네요."

황궁에서 나고 자란 레온하르트는 물론, 2년간 민가에서 지내 온 테네르 또한 이런 집을 실제로 본 것은 처음이었다. 기껏해야 과거의 건축양식을 다룬 책에서나 잠깐 봤을까.

이러나저러나 황제와 황후라기에는 무던한 사람들이었다. 호기심 어린 눈으로 집 안을 살피던 두 사람은 불평 없이 불을 피울 장작과 불쏘시개를 먼저 찾았다.

다행스럽게도 벽난로 근처에 작은 성냥갑이 놓여 있었다. 테네르가 마른 나뭇가지와 건초를 가져오자, 레온하르트가 퍽 능숙하게 불을 붙였다. 벽난로에서 불이 타오르자 작은 집 안에 간신히 훈기가 도는 듯했다.

"옷이 많이 젖었습니다, 테네르."

꽤 오랫동안 비를 맞았던 탓에 두 사람 모두 물에 빠진 생쥐 꼴이었다. 특히 안겨 있던 테네르보다 안아 주는 쪽이던 레온하르트 쪽이 더했다. 어쩐지 민망한 마음에 테네르는 물을 먹은 머리카락만 비틀어 짜낼 뿐이었다.

"송구합니다. 괜히 저 때문에."

"비가 오는 게 어떻게 그대 탓이겠습니까. 불을 피웠으니 우선 옷부터 벗어서 주세요."

"……옷을요?"

바닥에 물기가 뚝뚝 떨어지는 것을 보던 테네르가 흠칫 놀라 되물었다. 레온하르트는 동그래진 눈을 보곤 작게 웃었다.

"달리 입을 옷은 없는 듯하니, 젖은 것만 벗어서 주시면 됩니다."

물에 빠진 게 아니라 비를 맞은 것뿐이라, 다행히 속옷까지 벗을 필요는 없을 듯했다. 테네르는 젖은 목도리와 라이딩 코트를 벗었다. 드레스 위에 입게 되어 있는 라이딩 코트는 바닥에 닿을 것처럼 길었지만, 여느 가운처럼 트임이 있어 치마가 반쯤 드러나 있었다.

테네르는 젖은 드레스를 살피다가 슬그머니 고개를 들었다. 레온하르트 또한 외투와 조끼를 벗고 젖은 머리를 털어 내고 있었다. 하얀 셔츠가 상체에 드문드문 달라붙어 있는 것이 눈에 들어왔다. 아마 자신을 안고 있었던 탓에 더 젖었으리라.

저렇게 젖은 게 제 탓이라는 걸 알면서도 굴곡진 몸에 눈길이 가는 것은 어쩔 수 없었다. 역삼각형을 그리는 널찍한 등허리도, 팔을 움직일 때마다 불룩하게 솟았다가 가라앉기를 반복하는 모양 좋은 근육도, 처음 보는 것도 아니면서 자꾸만 시선을 잡아끌었다.

"……계속 보고 계실 겁니까?"

"예, 예?"

"보셔도 괜찮습니다만, 젖은 옷을 계속 입고 있다간 감기에 걸릴 겁니다."

여상히 말한 레온하르트는 셔츠 단추를 하나씩 풀기 시작했다. 곧게 뻗은 쇄골이 보이자, 테네르는 얼른 고개를 돌렸다.

4년이나 부부로 살아왔으니 벗은 몸 정도야 새삼스러운 것도 아닌데. 이렇게 마주하는 것이 우습게도 민망했다. 부탁해야 할 일이 있어 더욱 그랬다.

"저……. 폐하."

사락사락 옷자락이 스치는 소리가 가라앉을 때쯤에야 테네르는 입을 열었다. 상의를 벗은 레온하르트가 무슨 일이냐는 듯 그녀를 돌아보았다. 테네르는 맨몸을 보지 않으며 애쓰며 조심스레 말했다.

"옷을 벗기가 어려워서 그런데, 혹시 도움을 주실 수 있으신가요?"

코르셋으로 허리를 숨도 쉬지 못할 만큼 조이는 유행은 지나갔다고 하나, 아직까지도 상류층의 미덕은 약간의 불편함이라고 했다. 아랫사람의 시중을 받아야만 입고 벗을 수 있는 옷은 노동하지 않는 귀한 신분의 상징이기도 했다.

앞쪽에 단추가 있어 스스로 입었다 벗을 수 있는 라이딩 코트와 달리 드레스나 속옷은 등 뒤에 단추나 매듭을 지어 입는 형식이었다. 평소라면 조금 시간이 걸리더라도 손을 등 뒤로 돌려 풀었겠지만, 오래 말을 달려 근육통이 생긴 데다 추위로 몸이 얼어 영 마뜩잖았다.

테네르의 부탁에 레온하르트는 멈칫했지만, 이내 스스럼없이 그녀에게 다가왔다. 테네르는 그에게 등을 돌린 채 서 있었다. 비에 젖은 구두가 마른 바닥에 부딪히는 소리가 점점 가까워지자 심장 소리가 덩달아 커지는 것 같았다.

"……."

"……."

이윽고 긴장한 손끝이 등에 닿았다. 큰 손이 느리고 조심스럽게 단추를 풀어내었다. 벌어진 옷 틈새로 찬 공기가 들어와 몸이 떨렸다.

"……내가 무심했습니다."

오랜 침묵 속에서 레온하르트가 나직이 입을 열었다.

"그대가 황궁에 있을 때 진작 찾았어야 했는데."

타사에 대한 이야기였다. 어미를 그리워하는 줄 알았다면 온 제국을 뒤져서라도 찾아냈을 텐데. 이렇게 혼자서 뒤늦게 만나게 하는 것이 아니라.

"제가 말씀드리지 않은걸요."

테네르는 퍽 홀가분한 목소리로 대꾸했다. 한바탕 울어서인지 눈물은 더이상 나지 않았다.

"황궁에서는 태후께서 꼭 어머니 같아서……. 어머닐 찾아야 한다는 생각이 들지 않았습니다."

베아트리스와 함께 있을 때면 테네르는 꼭 여섯 살 어린애가 된 것 같았다. 작은 것 하나 해내도 칭찬해 주고, 실수한 게 있어도 나무라지 않고 다독여 주고, 가끔은 정말 어린애에게 하는 것처럼 사탕을 입에 넣어 주기도 하고.

어쩌면 어머니가 그리운 것이 아니라 그저 그 역할을 해 줄 이가 필요했던 것뿐이었을까. 황궁에서는 제 어미를 찾을 생각조차 하지 않았던 것이 떠올라 테네르는 작게 자조했다.

"오라버니가 북부에 가자고 말한 다음에야 뒤늦게 어머니를 기억할 정도였으니, 폐하께서 미안해하실 일은 아닙니다."

"에반 경이 권한 게 아니라고 하셨으면서요."

"……폐하께서도 알면서 모른 척해 주신 거잖아요."

테네르가 웃으며 대꾸하자, 레온하르트는 부정하지 않고 입꼬리를 올렸다. 툭, 툭, 단추가 풀리는 소리만 조용히 들려왔다.

"여섯 살 생일이 지나서였어요. 어머니가 떠나셨던 게."

테네르가 입을 연 것은 빡빡한 단추가 절반쯤 풀려졌을 때였다.

"독한 수면향을 피워 저택 사람들을 재워 두고 떠나셨지요. 제 방에는 연기가 늦게 들어와 어머니가 떠나시는 모습을 볼 수 있었습니다."

타닥, 타닥, 벽난로에서 불이 타오르고 있었다. 테네르는 잠시 말을 멈추었다.

"창밖으로 어머니가 보였는데, 말을 탄 모습이 얼마나 멋지고 홀가분해 보이던지요."

툭, 툭, 단추가 모두 풀리고 벌어진 옷 사이로 흰 슈미즈가 드러났다. 테네르는 숨을 크게 들이마시곤 입을 열었다.

"다녀오시라고 말했습니다. 그렇게 말하면 영영 떠나지는 않으실 거라고 생각했던 건지."

어쩌면 어린 나이에도 어미가 무엇을 결심했는지 직감했던 것일까. 다녀오라 말하면 볼일을 끝내고 제게 돌아올 것만 같아서. 떼쓰는 것을 배우지 못한 아이는 마지막까지 어미를 붙잡지 못했다.

물을 먹어 묵직해진 드레스가 발치로 툭 떨어졌다. 페티코트를 고정한 끈마저 풀자 무릎을 살짝 가리는 슈미즈 차림이 되었다. 테네르는 젖은 옷을 가볍게 털어 벽난로 근처에 걸어 두었다.

"그래도 이렇게 인사를 드리고 나니 홀가분하네요. 진작 폐하께 말씀드렸다면 더 빨리 끝낼 수 있었을 텐……."

테네르는 말을 잇지 못했다. 어느새 다가온 레온하르트가 자신을 껴안아 온 탓이었다. 얇은 슈미즈 한 장을 사이에 두고 느껴지는 단단한 몸에 테네르는 당황하며 숨을 크게 들이마셨다.

"폐하?"

"……날 떠나려는 건 줄 알았습니다."

귓가에 들려오는 목소리가 묵직했다. 타닥, 타닥, 벽난로에서 모닥불이 타오르고 있었다. 목덜미에 닿는 숨결이 조금은 간지러웠다. 테네르는 당황했지만, 안심시키듯 그의 팔을 부드럽게 쓰다듬었다.

"아이를 두고 제가 어디를 가겠나요."

"그 이유뿐입니까?"

차분한 대답에도 레온하르트의 목소리는 평소와 달리 느껴졌다. 초조하달까. 여유가 없는 것처럼 보인달까. 그 이유를 테네르는 알 수 없었다.

"테네르."

"……."

"테네르."

레온하르트는 테네르를 끌어안은 채 몇 번이고 그녀의 이름을 불렀다. 하고 싶은 말이 있는 것처럼.

"……이젠 떠나지 마십시오."

강인한 팔이 그녀를 옭아매듯 조여 왔다. 테네르가 답답함에 몸을 비틀었지만, 레온하르트는 그녀를 놓아주지 않았다.

"내가, 무엇이든 할 테니까……."

"폐하."

"그대가 원하는 건 뭐든 해 드리겠습니다. 그러니…… 다시는 이러지 마세요."

귓가에 들려오는 목소리가 퍽 애절했다. 테네르는 조심스레 그의 팔을 붙잡았다.

"저 때문에 많이 놀라셨지요."

"……."

"앞으론 급한 일이 생기더라도 폐하께 허락을 구하는 것을 우선으로 하겠습니다. 황후로서 적절히 처신하지 못하여 아랫사람들을 곤란하게 한 점 또한…… 깊이 반성하고 있습니다."

차근차근 이야기했지만, 레온하르트는 미동이 없었다. 목덜미에 닿는 숨결이 뜨거웠다. 테네르는 레온하르트 쪽으로 고개를 돌렸다. 그리고 자신을 바라보던 시선을 마주하고야 말았다.

"……테네르."

테네르는 제 어깨에 머리를 기댄 이를 보며 숨을 삼켰다. 깊게 가라앉은 금안이 자신을 빤히 보고 있었다. 늘 그래 왔듯 평온한 시선이었지만, 이상하게도 저 눈빛이 어딘가 달리 느껴졌다. 벽난로의 불빛이 붉게 일렁이는 탓일까. 입술이 닿을 듯 말 듯 가까워져서일까. 왜 이렇게.

"입을 맞춰도 될까요."

속삭이는 목소리가 지극히 달았다. 테네르는 대답조차 하지 못하고 그를 보았다. 레온하르트는 허락을 기다리듯 그녀를 바라보고 있었다. 테네르는 조금 머뭇거리다 고개를 끄덕였다.

"……폐하께서 원하신다면 얼마든지요."

허락의 말을 뱉었지만, 레온하르트는 곧바로 다가오지 않았다. 눈을 감아야 하나. 혹은 먼저 다가가야 하나. 고민하려던 찰나 그가 다시 입을 열었다.

"그대는, 원하지 않습니까?"

"싫었던 적은 없습니다. 지금도…… 마찬가지고요."

테네르의 말은 사실이었다. 그녀는 레온하르트와 몸을 맞대는 것을 싫어한 적이 없었다. 그를 사랑하기 전에도 마찬가지였다. 정략혼에서 사랑이란 침실에서조차 불필요한 감정이었으니까. 더군다나 레온하르트는 후사를 위한 의무적인 합방에도 그녀를 아프게 한 적 없으니, 테네르는 그와 키스하는 것은 물론 그 이상도 싫었던 적이 없었다.

테네르의 대답에 레온하르트는 천천히 손을 들었다. 덜 마른 머리를 쓸어 넘기고 볼을 감싸자 테네르는 미동 없이 그를 보았다. 그녀의 옅은 자안이 천천히 감겼다. 승낙의 의미였다.

이런 곳에서도 괜찮을까. 판단보다는 몸이 움직이는 것이 더 빨랐다. 레온하르트는 얼른 몸을 굽혀 그녀에게 입을 맞추었다. 보드라운 입술을 뭉개듯 누르고, 모처럼의 숨결을 삼켰다. 깊게 이어지는 입맞춤이 오랜 갈증을 달래 주는 듯했다.

'다만 이전처럼 폐하를 사랑하지는 않을 겁니다.'

그럴 리 없었다. 이렇게 싫은 기색 없이 입을 맞추고 있지 않은가. 거절은 커녕 이맛살조차 찌푸리지 않는데. 허리를 당겨 안아도, 몸을 밀착해도 밀어내는 시늉조차 하지 않는데.

부드러운 가슴이 명치를 뭉근하게 누르자 아랫도리가 순식간에 뻐근해졌다. 레온하르트는 그녀를 꽉 껴안은 채 입맞춤을 이어 갔다. 허락의 말이 사랑의 증명인 듯하여 마음이 놓였다. 앞으론 자신을 사랑하지도, 제게서 사랑을 기대하지도 않겠다고 했지만, 사람의 마음이라는 게 그토록 한 번에 뒤집히는 게 아니지 않은가.

그날 이후 티를 내지 않았을 뿐, 테네르는 여전히 자신을 사랑하고 있었다. 그리고 레온하르트는 이제 진심으로 그녀의 마음에 화답할 수 있었다. 제 아비인지 아닌지도 모를 이의 망령 같은 목소리를 떨쳐 버리고, 그녀와 아이와 함께 황궁으로 돌아가 식지 않는 사랑을 주고받으리라. 당신이 아직도 나를 사랑하기만 한다면.

"테네르."

한참이 지나서야 레온하르트는 입술을 떼어 냈다. 거칠어진 숨소리에 가슴이 울렁거렸다. 보얗던 얼굴이 붉어진 것이 그저 모닥불의 열기 때문은 아니었으면 했다.

"……테네르."

잠시 떨어졌던 입술이 다시금 겹쳐졌다. 테네르가 천천히 그의 목을 끌어안았다. 입술이 거리낌 없이 벌어지며 혀가 부드럽게 얽혀 왔다. 그녀가 제게 호응해 올 때마다 레온하르트는 입맞춤을 처음 하는 소년이 된 것처럼 가슴이 벅차올랐다. 불안은 확신이 되고, 확신은 기쁨이 되었다. 당신은 아직 나를 사랑한다. 그리고 나 또한 이전부터 당신을……

레온하르트는 테네르의 목덜미에 얼굴을 묻었다. 맨살에 숨결이 닿자 테네르는 몸을 움찔했지만 단지 그뿐이었다. 그의 손이 슈미즈를 끌어 내렸다. 드러난 어깨와 가슴에 입을 맞추자 테네르가 옅게 신음했다. 벅차오르는 고양감을 느끼며 레온하르트는 고개를 들었다.

"테네르."

"예, 폐하."

"다시 이름을 불러 주세요."

"……"

생각지 못한 말이었는지 테네르는 잠깐 입을 다물었다. 내키지 않은가. 혹 내가 착각하는 건가. 불안감이 머리를 치켜들려던 순간이었다.

"레온."

"……"

"레온하르트."

부드러운 손길이 머리카락 사이를 파고들었다. 다디단 목소리가 귓전을 울렸다. 고작 그것만으로도 심장이 두방망이질했다. 레온하르트는 고개를 들었다. 입술과 볼, 이마와 눈꺼풀, 귓불과 목덜미에 허겁지겁 입을 맞추었다.

"테네르, 테네르."

다급한 목소리에 화답하는 손길이 있었다. 레온하르트는 얼른 그녀를 안아 들었다. 사람 한 명이 간신히 누울 수 있는 낡은 침대는 테네르가 눕자 큰 소리로 삐걱거렸다. 가벽 너머에서 말들의 투레질 소리가 간간이 들려왔다.

레온하르트는 침대에 누운 테네르를 보며 마른침을 삼켰다. 덜 마른 머리 아래 붉어진 볼, 물기에 젖은 입술과 선연히 드러난 목, 오롯이 자신만을 담고 있는 저 눈. 자신에게 더할 나위 없는 충만감을 내어 주고, 동시에 지워지지 않는 갈증을 안겨 주는 사람. 그리고 레온하르트는 어떻게 해야 이 목마름이 해소될지 알고 있었다.

"사랑합니다."

오랫동안 묵혀 두었던 말을 내뱉자 갑갑하던 가슴 한구석이 그제야 뚫린 것만 같았다. 테네르는 미동이 없었다. 레온하르트는 그녀의 손을 깍지 껴 잡았다. 도망치지 못하게 하려는 듯 손가락을 얽었다.

"사랑합니다, 테네르."

레온하르트는 재차 말했다. 그러나 테네르는 여전히 대답이 없었다. 상기되었던 얼굴이 굳은 건 그 순간이었다. 레온하르트의 손길이 덩달아 굳었다.

"테네……."

"폐하."

레온하르트는 자신을 부르는 호칭이 다시 바뀐 것을 놓치지 않았다. 자신과 같은 열기를 띠었던 눈은 어느덧 차갑게 식어 있었다. 그러나 그것도 잠깐, 테네르는 그의 눈을 마주 보며 조심스레 입꼬리를 올렸다.

"……이러지 않기로 하셨잖아요."

조금은 어색한 웃음이었다. 약한 이들이 으레 짓는 웃음이기도 했다. 테네르는 조심스레 그의 가슴을 밀어냈다. 저항이라기에는 지극히 미미한 힘이었지만, 그것만으로도 레온하르트는 떠밀리듯 뒤로 밀려났다. 테네르가 천천히 몸을 일으키곤 가슴까지 내려간 옷을 추슬렀다.

"이러지 않으셔도 황궁으로 돌아갈 테니, 이런 식으로 맞춰 주실 필요 없습니다."

퍽 다정한 목소리였다. 그러나 그 안에 짙게 들어찬 불신을 알아채지 못할 리가. 레온하르트는 그것을 부정하려 황급히 입을 열었다.

"그런 게 아닙니다. 난 정말로……."

"그럼 제가 연기가 부족했나요."

"……."

"제가 아랫사람들 앞에서 어설프게 굴어서 그러시는 건가요. 그것도 아니라면……."

테네르는 레온하르트를 보지 않으려는 듯 눈을 내리깔았다. 잠시 침묵하던 그녀가 입을 열었다.

"……그날 밤이 퍽 마음에 드셨나요."

"……."

"교태를 좋아하시는 줄은……. 미처 몰랐는데요."

레온하르트의 얼굴이 확 일그러졌다. 빈정대는 말을 믿을 수 없었다. 불과 몇 분 전까지만 해도 제 목을 끌어안고 입 맞추던 사람이 하는 말이었다. 사랑한다는 말에 세상을 다 가진 것처럼 해사하게 웃던 사람이 왜…….

"내가 그토록…… 무도한 사람으로 보였습니까?"

"나쁘게 생각하는 건 아닙니다. 사랑과 욕정이 한 몸이 아니라는 것은 알고 있으며, 저 또한 폐하와 밤을 보내는 것이 싫었던 적은 없는걸요."

"……."

"그날 밤 폐하께 부담을 드렸던 것이 죄스러웠는데……. 마음에 차셨던 거라면 오히려 다행스러울 뿐입니다."

시종일관 온순하고 고분고분한 태도였다. 그 말에 일순 모욕감을 느끼는 자신이 이상한가 싶을 정도로.

"내가 그대를 사랑한다는 게, 그토록 못 믿을 말입니까?"

또 말없이 떠나는 것을 막기 위해서? 사용인들 앞에서 자연스럽게 굴라고? 그날 밤처럼 제게 매달려 오기를 바라서?

줄줄이 읊어 대는 말들에 헛웃음이 나왔다. 그리고 테네르는 눈을 내리깐 채 대답했다.

"전 그저 그런 일을 다시 겪고 싶지 않을 뿐입니다."

이미 한 번 제 마음을 기만한 남자였다. 황자를 데려가기 위해 찾아왔으면서 아이의 존재조차 모른 척 제게 사랑을 속삭이던 남자였다. 그리고 그것을 들켰을 때는 뭐라고 했던가.

'……황궁에서 자라야 할 아이를 고작 사생아로 키우시겠다고요.'

아이를 위해서도, 오라비를 위해서도 순순히 그를 따르는 게 낫다고 판단했지만, 그렇다고 해서 똑같은 말에 재차 속아 넘어갈 만큼 자존심이 없는 건 아니었다.

차라리 미리 허락을 구하지 않고 어미를 찾아온 것에 벌을 주거나 사용인들 앞에서 좀 더 친밀하게 굴라고 한다면 나을 테다. 침대에서 점잔 떨지 말고 그날처럼 굴라고 한다면 그것도 그럭저럭 맞춰 줄 수 있었다.

그러나 그녀는 다시 그런 일을 겪고 싶지 않았다. 제 마음을 기만당했다는 사실에 느끼던 실망과 좌절을, 그때의 수치심을 다시 경험하고 싶지 않았다. 이미 한번 속아 넘어갔으면서 그가 속삭이는 사랑에 또다시 넘어가는 머저리가 되고 싶지 않았다.

테네르의 대답에 레온하르트는 멍청한 얼굴로 그녀를 보았다. 그러나 그것도 잠깐, 그는 와작 얼굴을 일그러뜨렸다. 거칠어진 손을 붙잡는 손길이 다급했다.

"내가 잘못했습니다, 테네르."

"……."

"내가 아둔하여 그게 사랑이라곤 미처 생각지 못했습니다. 내가……."

정말로 진심이기라도 한 듯 절박한 목소리였다. 그녀의 마음을 조금이라도 흔들려는 것처럼.

"이제야 내가 그대를 사랑한다는 걸 알게 되었는데…….."

넘어가면 안 된다. 저 목소리를, 저 표정을 진심이라 믿어서는 안 된다. 그는 그때도 진심인 것처럼 굴지 않았던가. 한 치의 의심도 하지 못하도록 애정 어린 눈으로 자신을 보지 않았던가.

"갑자기 제게 왜 이러시는 건가요."

"……."

"무엇이든 폐하의 말씀을 따르고 있지 않나요. 조시도 황손으로 인정했고, 저 또한 황후로서 행동하고 있었는데……. 제가 더 해야 할 일이 있다면 얼마든지 따를 텐데 왜 또 그런 말씀을 하시는 건지…….."

큰 손이 옷깃을 다시금 움켜잡았다. 꼭 쥔 주먹으로 옷자락이 말려 들어갔다. 그의 머리가 어깨 위로 툭 떨어졌다.

"내가 그대를 겁박하여 그러십니까."

"……."

"내가 조시를, 후작가의 면책을 가지고 그대를 협박하여."

아이를 데리고 마을로 가겠다던 말에 눈에 뒤집혀 내뱉은 말이 잘못이었을까. 간신히 되찾은 그녀를 다시 놓칠지도 모른다는 생각에 답지 않게 감정적으로 굴었던 것이.

입 안이 마르고 목구멍이 갑갑했다. 제게 웃어 주었던 것도, 거절하지 않은 것도, 목을 끌어안고 호응했던 것도 그저 제 겁박에 굴복한 것뿐이었다고. 자신을 안도하게 한 모든 것들이 사랑에서 비롯된 게 아니었다고.

"폐하의 말씀대로 황궁에서 자라야 할 아이입니다. 설령 사생아로서 후작저에서 기른다고 할지라도 후작가가 면책되지 않는다면 작위조차 물려받지 못할 테고요. 폐하께선…… 제가 감정이 앞서 경솔히 구는 것을 말려 주신 것뿐입니다."

빈정거림이라곤 느껴지지 않는 담백한 목소리였다. 그러나 온순한 얼굴은 그를 더욱 막막하게 할 뿐이었다. 차라리 화를 내는 거라면 나을까. 왜 이제

와 그런 말을 하는 거냐며 소리를 지른다면 몇 번이고 사과하고 달래어 마음을 돌릴 수 있을까.

그러나 그녀가 화내는 것조차 받아 주지 않은 것이 자신이었다. 처음으로 제게 화를 내고 고집을 부리는 그녀에게 아이와 오라비를 운운하며 찍어 누르지 않았던가. 양껏 쏟아 낼 시간조차 주지 않고 현실부터 생각하게 만들지 않았나.

"날 용서해 주면 안 되겠습니까."

그렇게 몰아붙여 놓고 그녀가 제 사과를 받아 준 것에 안심했었다. 겁박하여 입을 다물게 했으면서 그 겁박으로 어쩔 수 없이 제 손을 잡았으리라곤 생각지 못했다. 그녀가 자신을 피하던 며칠 동안 혼자서 무슨 생각을 했을지, 왜 그토록 순순히 받아 준 건지는 궁금해하지도 않고. 그저 눈앞에 보이는 것만을 믿고 안도하고…….

"날 때려도 좋고, 화를 내도 좋으니……. 한 번만 더 날 믿어 주면 안 될까요."

"……."

"그대를 속이려는 게 아닙니다. 내 이름을 걸고 맹세할 수 있습니다. 난 정말로 그대를……."

"그럼 증명해 주실 수 있나요?"

반가운 목소리가 들린 것은 그 순간이었다. 레온하르트는 반색하며 고개를 들었다. 단정하게 뜨인 눈이 그 자리에 있었다.

"물론입니다."

레온하르트는 얼른 대답했다. 그녀가 제게 원하는 것이 있다는 게 반갑게만 느껴졌다. 그는 에브게니아의 황제였고, 그녀에게 무엇이든 줄 수 있는 사람이었다. 그러나 그녀가 입을 연 순간, 그의 얼굴은 대번 굳고야 말았다.

"그날 말씀드렸던 걸 들어주실 수 있나요?"

'그날 말했던 것'이라면, 단연 조슈아는 자신의 사생아일 뿐이니 원래 있던 곳으로 돌려보내 달라는 이야기였다. 희게 질린 얼굴을 보며 테네르가 덧붙였다.

"전 폐하께서 어떤 말씀을 하시든……. 후계를 위해 그러시는 거란 생각

533

을 지울 수 없을 것 같습니다."

"……."

"그러니 정말로 저를 사랑해서 그런 말씀을 하시는 거라면……. 제가 조시를 황자로 인정하건, 후작가에서 키우건, 혹은 다시 마을에서 기르겠다고 하건, 전적으로 제 뜻에 따라 주실 수 있나요?"

짧은 침묵이 맴돌았다. 그녀의 말이 쉬이 와닿지 않았다. 아마 생각할 시간이 좀 더 주어진대도 마찬가지였으리라.

조슈아를 어디에서 키우겠다고?

우습게도, 그 말을 듣고 가장 먼저 든 생각은 자식을 빼앗길지도 모른다는 아비로서의 위기감이 아니었다. 그럼 그녀는, 아이를 떼어 놓고 제 곁에 있겠다는 건가. 그게 아니면…….

"지금…… 아이를 데리고 날 떠나겠다는 말씀이십니까?"

짧은 침묵이 맴돌았다. 테네르는 그의 말을 부정하지 않았다. 레온하르트는 막막한 얼굴로 그녀를 보았다. 저 얼굴에 미움도, 원망도 없다는 것이 이토록 초조하게 느껴질 수가 없었다.

"……못 합니다."

"……."

"난 못 합니다. 어떻게 그대를 다시 보내라고. 어떻게 그런 말을……."

"폐하."

"차라리 내가 밉다고 하지 그러십니까. 내가 미워서, 그래서 날 아프게 하려고 하는 말이라고."

상상만으로도 숨이 턱턱 막히는 듯했다. 제 사랑을 믿게 하고 싶다면 제 곁을 떠나게 해 달라니. 어떻게 이렇게 잔인할 수가 있단 말인가.

혹 마음이 식은 것인가. 제게 정이 떨어져 이제는 곁에 있고 싶지도 않은 것인가. 그래서 떠나게 해 달라 말하는 것인가. 이제는 내가 지긋지긋해서.

"……알겠습니다."

테네르가 차분히 대꾸했다.

"들어주지 않으셔도 괜찮습니다."

그녀는 담담한 얼굴로 고개를 숙였다. 꼭 그의 대답을 예상하고 있었던 것처럼.

"제가 폐하의 사랑을 믿지 못한대도 조슈아의 어미임은 달라지지 않습니다. 아이의 어미로서, 황후로서 책임을 다할 테니 부디 노여워하지 말아 주세요."

시종일관 공손한 태도에 레온하르트는 말문이 막혔다. 처음부터 거절을 위해 꺼낸 말이나. 제 말을 믿지 않을 핑계를 대기 위해서…….

타닥, 타닥, 모닥불이 타오르는 소리가 들려왔다. 가타부타 말도 없이 그녀를 바라보던 레온하르트는 천천히 몸을 일으켰다.

"……승마를 오래해 피곤하실 테니, 오늘은 이만 쉬시는 게 좋겠습니다."

혹 푹 자고 일어나면 다른 대답을 들을 수 있으리란 기대일까. 혹은 그녀의 거절을 더는 듣고 싶지 않아 어떻게든 도망치려는 마음일까.

"예, 폐하. 그럼…….'

테네르는 얼른 침대에서 일어나려고 했다. 그러나 레온하르트는 그녀의 어깨를 붙잡고 다시 앉혔다.

"일어나실 것 없습니다. 여기서 주무세요."

"하지만 폐하께서는요."

"모포가 넉넉하게 있으니 깔고 자면 됩니다. 뭣하면 저기서 자도 되고요."

레온하르트는 벽 쪽에 쌓여 있는 짚단을 가리키며 말했다. 테네르가 말도 안 된다는 듯 고개를 저었다.

"안 됩니다, 폐하. 차라리 제가…….'

"말도 없이 사라진 벌을 받겠다고 하지 않으셨습니까."

레온하르트는 천천히 입꼬리를 올렸다. 사랑한다고 말해 놓곤 제 심정을 되갚아 주고 싶기라도 했던 것일까. 차분하던 얼굴에 당혹감이 어린 모습을 보니 조금은 통쾌하기도 했다. 그가 낡은 침대를 툭툭 쳤다.

"오늘 밤엔 여기서 주무십시오."

"폐하."

"마음이 불편하신 듯하니 제법 괜찮은 벌이 아니겠습니까."

그 말이 틀리진 않은 듯, 테네르는 영 곤란한 얼굴이었다. 레온하르트는 그녀가 다른 말을 꺼내기도 전에 몸을 돌렸다. 빗소리가 잦아들고 있었다.

* * *

낡은 베개에서는 먼지 냄새가 났다.

테네르는 침대에 누워 멍하니 벽난로를 바라보았다. 불빛이 닿는 부분은 뜨겁고 그렇지 않은 부분은 추웠지만, 겹쳐 덮은 모포 덕에 그럭저럭 견딜 만했다.

'추우실 텐데……'

한 사람이 간신히 누울 수 있는 작은 침대는 조금만 뒤척거려도 삐걱삐걱 소리가 났다. 덕분에 몸을 일으킬 때마다 자신을 보고 있는 레온하르트와 눈이 마주치곤 했다.

"춥진…… 않으신가요?"

"……."

"많이 불편하실 텐데, 지금이라도……."

걱정스레 묻자, 레온하르트는 피로가 묻은 얼굴로 빙그레 웃었다.

"벌을 받는 분이 불평이 참 많으십니다."

"……."

"내 잠을 방해하고 싶은 게 아니라면 다른 말 말고 주무십시오."

그 말에 테네르는 결국 다시 자리에 누웠다. 그러나 어떻게 편히 잠들 수가 있단 말인가.

'괜한 말을 했나……'

들어주리라 생각하고 꺼낸 말은 아니었다. 제국의 황제인 그가 유일한 황손을 포기할 리 없기 때문이었다. 더군다나 이미 자신과 조슈아를 황후와 황자라고 칭하고 있는지라, 그 말을 번복하기도 어려운 상황이리라.

'······알고는 있지만.'

그저 그에게 더는 흔들리고 싶지 않을 뿐이었다. 이미 한 번 속았으면서 이번에는 진실일지도 모른다고 믿고픈 제 모습을 인정하고 싶지 않아서.

사랑하지도 않는 자신과 이런 짓을 하려는 게 미안해서 그러나. 또 도망칠까 봐 사랑한다는 말로 묶어 두려는 것인가. 하잘것없는 자존심을 지키려는 양 그의 말을 부정하며 되뇌었다.

어차피 진심일 리 없으니 쓸데없는 기대하지 말라고. 마지못해 내어 주는 사랑을 기다렸다는 듯 허겁지겁 받아먹는 꼴을 보일 생각이냐고. 그랬다가 또 그가 자신을 속인 걸 알게 된다면, 그땐 어떻게 견딜 거냐고.

그러나 시간이 지날수록 후회가 되는 건 어쩔 수 없었다. 차라리 믿는 척했어야 했나. 괜한 자존심 세우다 그의 심기를 거스르게 되는 건 아닐까. 아이를 위해서라도 그에게 밉보여선 안 될 텐데.

생각해야 할 게 너무도 많았지만, 아무것도 생각하고 싶지 않았다. 그저 피곤했고, 어서 쉬고 싶을 뿐이었다.

레온하르트가 몸을 일으킨 것은 테네르가 잠들고 한참이 지나서였다. 그는 벽난로에 마른 장작을 더 밀어 넣고는 침대 옆에 자리를 잡고 앉았다.

"테네르."

오래 말을 달려 피곤했던 건지, 테네르는 깊게 잠들어 있었다. 불빛이 그녀의 얼굴에 일렁거렸다. 레온하르트는 잠든 얼굴을 한참 동안 살폈다.

"······테네르."

손을 뻗어 볼을 만지작거리자 입술이 작게 오물거렸다. 요 작은 입술이 그를 들뜨게 하고, 기대하게 하고, 또 실망하게 했다.

이해가 되지 않는 건 아니었다. 이미 아이를 데려가기 위해 거짓 사랑을 속삭인 전적이 있으니, 이번에도 거짓일지 모른다고 경계하는 것도 무리는 아니었다.

그러나 머리로 이해하는 것과 마음이 서운한 것은 별개의 문제였다. 몸을 택할 것인지 마음을 택할 것인지 묻는 게 아닌가. 사랑을 증명하고 싶으면 보내 달라니. 늦은 깨달음에 대한 벌이라기엔 가혹하지 않은가.

'들어줄 리가.'

그런 요구를 들어줄 리 없었다. 황가의 대를 이어야 하는 자신이 제 핏줄을 사사로운 감정으로 포기할 수는 없었다. 설령 아이를 포기한다고 하더라도 테네르 또한 아이와 함께 떠난다면 무슨 의미란 말인가.

다시 사랑하게 만들면 될 것 아닌가.

설령 마음이 식어 제 곁을 떠나고 싶어 한대도, 자신을 다시 사랑하게 만들면 되지 않겠나. 제 곁을 떠날 생각조차 하지 못하도록, 그녀 스스로 그 요구를 거두도록 하면 되지 않나.

레온하르트는 벽에 기댄 채 테네르를 보았다. 곤히 잠든 얼굴에는 미동조차 없었다. 억지스러운 웃음도 마찬가지였다.

"내가 곁에 없는 걸 생각조차 하지 못하게 만들 겁니다."

레온하르트는 다짐하듯 말했다.

"조시를 위해서든, 그대 자신을 위해서든, 내 곁을 떠날 생각은 하지도 못하도록……."

테네르는 여전히 대답이 없었다. 벽난로를 등지고 있어 그림자가 진 얼굴에 깊게 가라앉은 금안이 선명했다.

"내가 그렇게 만들 겁니다, 테네르."

"……."

"그러니까……."

레온하르트는 흐트러진 밀 색 머리카락을 그러쥐어 입을 맞추었다. 그리고 그대로 벽에 머리를 기대었다. 곤히 잠든 얼굴에서 눈을 뗄 수가 없었다. 밤이 깊어 가고 있었다.

* * *

잠깐 눈을 감았다고 생각했는데 어느덧 잠이 든 모양이었다. 그 또한 급하게 말을 달려 온 것은 마찬가지였으니 피로가 쌓인 건 당연했다.

눈을 뜬 레온하르트가 가장 처음 본 것은 몸에 덧덮인 몇 겹의 모포였다. 테네르가 덮어 준 듯했다. 잠도 많은 사람이 벌써 일어난 것인가. 그는 뻐근한 어깨를 움직이며 몸을 돌렸다. 그러나 정작 침대에 앉아 있어야 할 테네르는 보이지 않았다.

"……테네르?"

레온하르트는 뒤늦게 자리에서 벌떡 일어났다. 그녀가 누워 있어야 할 침대는 텅 비어 있었고, 난롯불에 말려 둔 옷과 한쪽에 세워 둔 활조차 보이지 않았다. 심장이 덜컹 내려앉는 듯했다.

"테네르!"

큰 소리로 외쳤지만, 대답은 어디에서도 들려오지 않았다. 레온하르트는 황급히 옷을 껴입고 검을 챙겼다. 침대에는 아직 온기가 남아 있으니 멀리 가지는 못했을 테다.

'또 어디를……'

아이의 어미로서, 그리고 황후로서 책임을 다하겠다고 하지 않았던가. 그런데 또 어디로 가 버렸단 말인가.

혹 처음부터 돌아올 생각은 없었던 건가. 불현듯 그런 생각이 들었다. 어미를 만난다는 것은 핑계일 뿐, 처음부터 도망치려 했던 건 아닌가. 자신이 찾아오자 따라오는 척했지만 결국 도망갈 기회를 노리고 있었던 게 아닌가.

억측이라 생각하려 해도 한 번 생긴 불안은 지워지질 않았다. 누가 놓칠 줄 알고. 다시 떠나보낼 줄 알고. 레온하르트는 입구를 가린 천막을 확' 들추었다.

"꺅!"

비명 소리를 들은 다음에야 레온하르트는 정신이 번쩍 들었다. 그는 놀라 뒷걸음질 치는 테네르를 얼른 붙잡았다. 테네르는 다행히 뒤로 나둥그라지지는 않았지만, 그녀의 품에 있던 열매 몇 개는 그대로 바닥에 굴러떨어졌다.

"폐하?"

테네르는 놀란 듯 눈을 휘둥그레 뜨고 그를 보았다. 비가 그치고 눈이 왔던 건지 바깥은 흰 눈으로 가득 덮여 있었다. 레온하르트가 그녀의 옷깃을 꽉 움켜잡았다.

"말도 없이 또 어디로 가셨던 겁니까."

겁을 주려던 건 아니었는데, 낮게 가라앉은 목소리가 목을 긁듯 흘러나왔다. 분명 앞으론 이런 일 없을 거라고 말하지 않았던가. 그가 얼굴을 굳히자 테네르는 곤란한 듯 고개를 돌렸다.

"……화장을 고치고 왔습니다."

화장을 고친다든가, 손을 씻는다든가, 옷을 정리한다든가 하는 말은 화장실에 다녀온다는 의미의 귀족식 은어였다. 조심스러운 목소리에 그제야 맥이 풀렸다.

"그럼 활은 왜……."

"혹시나 위험한 일이 있을까 봐요. 그리고……."

테네르는 바닥에 떨어진 과일을 주웠다. 자세히 보니, 혼자서 드레스의 단추를 제대로 여미지도 못한 듯 옷이 헐렁해 보였다. 찬 바람을 막을 용도로만 대충 걸치고 다녀온 모양이었다.

"돌아오는 길에 린네니 열매가 달려 있기에 몇 개 가져왔습니다. 맛이 좋은 열매는 아니지만 시장하실 테니 이거라도 드시는 게 좋을 것 같아서요."

린네니 열매는 겨울에 북부에서 열리는 울퉁불퉁한 과일이었다. 딱딱한 껍데기에 씨가 유달리 많고, 과육 또한 쓰지도 달지도 않은 슴슴한 맛이라 귀족들은 잘 먹지 않는 과일이기도 했다.

그러나 2년간 북부에서 지내 온 테네르는 이 못생긴 과일이 여행자들이나 평민들에게 제법 인기가 있다는 것을 알고 있었다. 아주 맛 좋은 과일은 아니었지만, 식량이 부족한 겨울에 열리는 데다 빠르게 포만감을 주다 보니 배를 채우기에는 제격이었다.

"영지를 너무 오래 비웠습니다, 폐하. 어서 돌아가는 게 좋을 듯해요. 아이도 기다릴 테고……."

테네르는 도망칠 생각은 추호도 없는 사람처럼 말했다. 두고 온 아이를 걱정하는 모습에서는 한 치의 거짓도 찾아볼 수 없었다. 레온하르트는 고개를 끄덕이고는 단단한 열매를 반으로 갈랐다. 부드러운 과육에서는 정말 아무 맛도 나지 않았다.

* * *

테네르와 레온하르트가 자작 영지를 떠난 후, 가장 고생하는 것은 단연 아이를 떠맡게 된 에리히였다. 평소에도 조카를 자식처럼 보살폈기에 별일 없으리라 생각했지만, 처음으로 어미와 오랫동안 떨어진 아이는 불안을 숨기지 못했다.

아무 일 없다는 듯 삼촌과 놀다가도 불현듯 엄마를 부르며 엉엉 울어 댔다. 울음을 시작하고 나면 누가 달래도 듣지를 않았고, 울다 지쳐 잠들어도 눈만 뜨면 또 울었다.

거기다 자작가에서는 로라를 황제의 정부로 들이는 게 틀렸다고 생각한 건지, 이제는 스무 살짜리 영애를 단장시켜 에리히에게 들이밀었다. 겁먹은 얼굴조차 숨기지 못하는 어린애에게 막말을 할 수도 없는지라 그는 아이를 핑계로 방에 틀어박혀 있을 뿐이었다.

"잠 좀 자자, 제발……."

그러나 방에 틀어박혀 있는 게 능사는 아니었다. 하루 종일 아이와 붙어 있다 보니 시간이 지날수록 울음소리 때문에 노이로제에 걸릴 지경이었다.

"엄마. 엄마아."

"오고 있어, 지금. 너 울음 그치면 금방 올 거야."

"엄마아. 으엉, 엄마."

"자고 일어나면 올 거야. 응? 너 계속 울기만 하면 미워서 오겠냐?"

그 말을 알아듣기라도 한 건지, 조슈아는 악을 쓰며 엉엉 울기 시작했다. 에리히가 얼른 아이를 안아 다독였다.

"아오, 진짜……. 내가 잘못했다. 지금 오고 있대. 응? 너 자고 일어나면 온다니까? 조시 너, 네 엄마 못 믿어? 네 엄마 곰도 잡은 사람이야. 나는 새도 떨어뜨리고, 늑대 무리도……. 응? 제발 좀 자라. 너도 자고 나도 자고……."

물론 엄마가 없어 불안한 아이에게 삼촌의 눈 밑에 짙게 내려온 다크서클은 알 바가 아니었다. 조슈아는 경기하듯 울었다. 엄마. 엄마. 이제는 눈물조차 흘리지 않고 악을 썼다.

"조시, 우리 산책 갈까? 응?"

아이의 울음을 잠깐이라도 그치게 하려면 다른 흥밋거리를 들이밀어야 했다. 맛있는 간식이나 새로운 장난감, 자그마한 벌레, 차갑고 폭신한 눈 같은. 마침 눈이 소복하게 쌓여 있었으니 정원을 산책하는 건 괜찮은 선택이었다.

에리히는 아이에게 간신히 외투를 입힌 후 뒤뜰로 나갔다. 난간에 쌓인 눈을 통통한 볼에 문지르자, 조슈아는 화들짝 놀라 울음을 뚝 그치고 눈을 동그랗게 떴다.

"차갑지? 눈이야, 눈. 너 좋아하는 거."

"……누운."

아이가 입술을 쭉 내밀고 발음하자, 에리히는 안도하며 소매로 볼을 닦아 주었다. 눈물과 콧물이 옷에 함께 묻어났지만, 기저귀를 갈다가 얼굴에 소변도 맞아 본 입장에선 별일도 아니었다.

"어머, 후작님 아니세요?"

낯선 목소리가 들려온 것을 바로 그때였다. 에리히는 고개를 돌렸다. 하녀복을 입은 젊은 여자가 생긋 웃으며 인사했다.

"황자 전하와 산책을 가시나 봐요."

"방 안을 답답해하시는 것 같아서. 넌 못 보던 하녀인데?"

"휴가 중이라 잠시 고향에 다녀오느라 인사가 늦었습니다."

인사를 하는 모양새가 자작 성에서도 제법 교육을 잘 받은 하녀인 모양이었다. 에리히는 괜찮다는 듯 고개를 끄덕거렸다. 하녀가 아이를 흘깃 보며 입을 열었다.

"아가씨나 도련님들께 안내를 부탁하시지 않고요."

"몇 번 와 봤는데 뭘."

간단하게 대답했지만, 사실 굳이 동행을 부탁하지 않은 데에는 불편함이 더 컸다. 동생의 남편에게 딸을 들이밀던 자들이었다. 그런 주제에 행여 황후의 친정에도 어떻게 비빌 수 있을까 눈치 보는 꼬락서니가 곱게 보일 리 없었다. 고작 스무 살짜리 어린 영애를 단장시켜 제 앞에 들이밀던 모양새만 봐도 그랬다.

그들은 동생의 남편에게 수작을 부리는 걸 자신이 아니꼽게 바라보리란 생각조차 하지 않는 듯했다. 혹은 어리고 예쁘장한 영애가 유혹해 오면 홀라당 넘어가서 아무것도 신경 쓰지 않는 머저리로 보거나. 아마 주위의 비웃음에도 파트로나를 후처로 삼은 제 아비를 기억하기 때문이리라.

'그 사람이 저택에서 어떤 취급을 받았는지 알면 그러지 못할 텐데.'

아니, 어쩌면 상관없는 걸지도 모른다. 애초에 그들의 목적은 딸의 행복이 아니었으니.

뭐가 되었건 자작가 사람들과 더 엮이고픈 마음은 없었다.

개인적인 불쾌감을 차치하고서라도, 에반 후작가는 황후의 친정이자 황자의 외가로서 그들의 든든한 버팀목이 되어야만 했다. 아마 테네르는 그런 건 신경 쓰지 말고 사랑하는 사람을 만나라고 하겠지만, 그는 죽은 아비처럼 굴고 싶지 않았다. 황실에 기생하려 드는 것이 아니라 후작가에 도움이 될 만한 괜찮은 가문의 여식을 부인으로 맞아들여야 했다.

"혹시…… 실례가 되지 않는다면 제가 안내해 드려도 될까요?"

생각에 잠긴 얼굴을 보며 하녀가 살갑게 말을 붙였다. 방글방글 웃는 모양새에 에리히는 작게 이마를 찡그렸다.

"미리 말해 두겠는데, 난 하녀랑 연애 안 한다."

"……네?"

"하녀랑 연애할 생각 없으니까 혹시나 이상한 수작 부리지 말라고."

"아아……."

하녀는 당황한 얼굴로 눈을 깜빡였다. 그러다 조심스레 입을 열었다.

"전…… 유부녀인데요."

"……뭐?"

"아이도 둘이나 있고요. 쌍둥이로요."

"……."

"많이 피로하신 듯하여 도움을 드리려고 한 건데……."

사심이라곤 보이지 않는 목소리에 에리히는 머쓱해지고야 말았다. 그가 고개를 돌리고 작게 헛기침하자, 한동안 조용하던 조슈아가 다시금 엄마를 찾으며 칭얼거리기 시작했다.

"이래 보여도 쌍둥이 엄마라 약소하게나마 도움을 드릴 수 있을 것 같은데, 허락하신다면 동행하겠습니다."

지극히 호의적인 표정이었다. 두 아이의 엄마라는 말에 에리히 또한 경계를 풀었다. 그가 고개를 끄덕이자 하녀는 그의 곁에서 천천히 발을 옮겼다.

* * *

'이제 폐하는 글렀네. 쓸모없는 로라 헤일.'

로라는 홀로 침대에 웅크리고 있었다. 오라비의 차가운 목소리가 귓가에 선했다.

'폐후를 어미에게 보냈다기에 그사이 폐하께 엉겨들기라도 하려는 줄 알았더니, 폐하도 그 뒤를 따라가셨다고? 네가 쓸데없는 짓을 하는 바람에 남은 시찰도, 연회도 다 망쳤잖아.'

파트로나의 행방을 찾을 때는 아무 말도 하지 않았던 주제에, 일이 틀어지면 남 탓을 하는 버릇은 여전했다.

그러나 머리끝까지 화가 난 오라비를 상대하는 것은 아비에게 자신을 소자작으로 삼아 달라고 조르는 것만큼이나 어리석은 짓이었다.

'이제 황제 폐하는 글렀고, 에반 후작이라도 노리든가 해야지. 넌 이미 밉보였을 테니 딜런에게 말해야겠군. 그동안 방해하지 말고 방에서 근신하도록 해. 심심하면 블라체 자작에게 연서라도 쓰든가.'

황후와 황제가 나란히 자작 영지를 비운 사흘 동안 로라는 방 밖으로 나가지 못했다. 아침에는 하녀들이 소셋물과 갈아입을 옷을 넣어 주고 끼니때가 되면 식사를 가져다주었지만 단지 그뿐이었다. 설렁줄을 당겨도 말동무해 줄이 하나 오지 않았다.

'황후만 돌아오면…….'

로라는 손톱을 잘근잘근 물었다. 그래도 황후가 무사히 어미를 만나고 돌아오기만 한다면 방법이 없지는 않으리라. 시녀로 삼아 주지는 않더라도 제 처지를 딱하게 여기고 한마디 해 줄 수는 있지 않나. 그런다고 해서 녹턴이 자신을 팔아넘기는 걸 포기하진 않겠지만, 잠깐이나마 시간을 벌 수는 있을 터였다.

로라는 어깨에 숄을 걸치고 창가로 다가갔다. 그녀의 방은 후원이 가장 잘 보이는 위치였다. 창문까지 막아 두지 않은 것은 근신 중인 그녀에 대한 배려가 아니었다. 오히려 바깥에서 사람들이 노니는 것을 구경하며 제 처지를 실감하라는 의미였다.

"어라……?"

로라의 눈에 황손을 안고 있는 후작과 하녀가 들어온 것은 얼마 지나지 않아서였다. 도란도란 이야기를 나누며 걸어가는 것이 퍽 정다워 보였다.

"……뭐야. 하녀랑 연애해?"

이럴 줄 알았으면 처음부터 저쪽을 노릴 걸 그랬나. 만찬 때 요란한 드레스만 입지 않았어도 가능성이 없진 않을 텐데.

백마 탄 왕자님 같은 사람을 만나는 건 진작 포기했다고 하나, 젊은 남자를 보면 꼬실 가치가 있는지 살피는 버릇은 여전했다. 로라는 창가에 기대어 습관처럼 그를 하나하나 재어 봤다.

'키는 그리 크지 않지만, 얼굴은 멀끔하고, 미혼의 젊은 후작에……. 황후가 황손을 낳았으니 가문도 면책될 거고. 나이 차이가 크긴 하지만 그 정도야 뭐…….'

그러나 이런저런 것들을 따진대도 그가 자신을 싫어한다는 걸 모르진 않았다. 싫어하는 사람을 좋아하게 되는 건 로맨스 소설에서는 흔한 일이라지만, 현실과 소설을 구분할 나이는 지나지 않나.

"뭐가 됐든, 오라버니가 저 꼴 보면 가만히 있지는 않을 텐데."

로라는 조만간 저 하녀가 무언가 트집 잡혀 쫓겨나리라 직감했다. 퇴직금이나 추천장을 못 받는 건 당연하고, 매질이나 당하지 않으면 다행일까.

'그래도 후작 눈에 들면 살길이야 있겠지만.'

누군지도 모를 하녀가 걱정이 되어서일까, 혹은 자신이 이루지 못한 것을 고작 하녀가 이룰지 모른다는 사실에 질투가 나서일까. 로라는 입을 삐죽이며 그들을 보았다.

"고개 좀 돌려 봐. 얼마나 예쁜지 보게."

이 와중에 가장 궁금한 건 하녀의 외모였다. 도대체 얼마나 예쁘기에 후작을 홀렸을까. 아니, 후작 정도 홀리려면 도대체 얼마나 예뻐야 하는 걸까. 그리고 하녀가 천천히 고개를 돌린 순간이었다.

"······어?"

로라의 눈이 휘둥그레졌다. 그것은 하녀가 제 예상보다 예쁘지 않아서도, 생각보다 나이가 있어 보여서도 아니었다.

'누구야, 저 사람?'

그 하녀가 처음 보는 얼굴이기 때문이었다.

헤일 자작가는 사용인을 많이 고용할 만큼 부유하지 않았다. 게다가 새로운 하녀를 들일 형편이 되는 것도 아니었다. 그러니 로라가 모르는 하녀가 있을 리 만무했다.

로라는 얼른 침대로 달려가 설렁줄을 당겼다. 그러나 아무도 없는 것인지, 오라비의 눈치를 보고 있는 것인지, 아무도 문을 두드리지 않았다. 문고리를 몇 번 돌려 보았으나 밖에서 잠긴 문은 열리지 않았다.

"이런······."

로라는 다시 창문으로 달려갔다. 불길한 예감에 가슴이 쿵쿵 뛰었다.

'습격이 있었다고 했는데.'

황후가 황자를 사용인들에게 완전히 맡기지 않는 건 습격으로 인한 불안 때문이라고 했다. 황궁에 들어가기 전까지는 직접 돌보고, 잠깐 사용인들에게 맡기더라도 꼭 옆에 붙어서 지켜본다고.

그리고 로라는 제 가문의 사용인들에게 큰 신뢰가 없었다. 노동 강도에 비해 봉급이 적어 불만을 품고 있다는 것도, 충성심을 지닌 이가 많지 않다는 것도 잘 알고 있었다. 수상한 사람이 돈 몇 푼 쥐여 주면 주인을 배신할 이들이 얼마나 많을까.

반쯤은 불안이었고, 반쯤은 기대였다. 혹 정말로 자신이 걱정하는 상황이라면, 누군가 황자를 노리고 있는 거라면, 혹 자신이 위기에 처한 황자를 구해 내게 된다면.

'변방의 남작위라도 하나 받을 수 있는 거 아냐?'

로라는 마른침을 꿀꺽 삼키고 창밖을 내다보았다. 성벽은 울퉁불퉁했고,

벽돌을 잡고 내려가면 충분히 가능할 것 같았다. 물론 벽을 타 본 적은 없지만, 남자 형제들이 근신 처분을 받았을 때 몰래 빠져나오는 모습은 몇 번 보지 않았던가.

'겨우 2층이야.'

혹 실수로 떨어진다고 해도 크게 다치지는 않으리라.

빠르게 결심을 마친 로라는 치마 가랑이 쪽을 묶어 바지처럼 만든 후 주머니에 금화를 조금 챙겼다. 혹 벽을 타고 내려가는 걸 사용인들에게 들키게 되었을 때를 대비한 입막음용이었다.

그녀는 얼른 창틀 위로 올라갔다. 숨을 크게 들이마시고 찬 바람이 부는 외벽 쪽으로 조심스레 발을 내밀었다. 스타킹을 신은 발에 차가운 벽돌이 닿았다.

발이 바닥에 닿을 때까진 오랜 시간이 걸리지 않았다. 벽이 울퉁불퉁하고 천장이 낮기 때문에 가능한 일이었다. 곧장 후작과 수상한 하녀의 뒤를 쫓으려던 로라는 제 손에 무기가 하나도 없음을 불현듯 깨달았다.

'기사들에게 가 봐야 하나?'

그러나 기사들에게 가는 사이 일이 터지면 어떻게 하나. 망설이던 로라의 눈에 문득 들어온 것이 있었다.

"삽……?"

정원사가 두고 간 모양이었다. 로라는 마른침을 꿀꺽 삼키고는 주위의 눈치를 살폈다. 그리고는 천천히 그것을 뽑아 들었다.

* * *

레온하르트와 테네르는 나란히 달렸다. 테네르는 간밤의 일은 없던 일인 양 부지런히 말을 몰기 바빴다.

"……피곤하지 않으십니까?"

레온하르트가 물었다. 테네르가 화들짝 놀라 그를 돌아보았다.

"송구합니다, 폐하. 제가 거기까지는 생각이 미치지 못해서……. 잠깐 쉬었다 갈까요?"

"아니, 난 괜찮습니다."

레온하르트는 얼른 고개를 저었다. 피로감이 없는 건 아니었지만 못 버틸 정도는 아니었다. 다만 아무리 승마에 능숙하대도 밤낮없이 달린 그녀가 무리를 하는 게 아닌가 싶을 뿐이었다.

"저, 그럼 폐하. 혹시 좀 더 속도를 내도 될까요? 조시가 기다릴 것 같아서……."

지금껏 이렇게 오래 떨어졌던 적이 없으니, 테네르로서는 걱정이 될 수밖에 없었다. 아이 이야기가 나오자 걱정스레 테네르를 보던 레온하르트 또한 천천히 고개를 끄덕였다. 테네르는 얼른 박차를 가하여 앞으로 나갔다. 제임스는 지친 기색도 없이 거세게 내달렸다.

헝클어진 머리가 머리 끈 사이로 삐져나와 세차게 펄럭거렸다. 얼굴은 찬바람을 맞아 잔뜩 붉어진 채였다. 그 모습을 뒤쫓아 가며 레온하르트는 문득 북부에서의 그녀를 떠올렸다.

북부에서 그녀는 어땠을까. 허름하고 편한 사냥복을 입고 활을 든 모습은 어떨까. 말을 타고 숲을 누비며 그녀는 행복했을까. 자유로웠을까. 지금 내 곁에 있는 것보다 그곳에 있는 게 행복한 걸까.

'……무슨.'

정말이지 쓸데없는 생각을 하고 있었다. 그런 게 뭐가 중요하단 말인가. 황후 된 사람에게 흙냄새 나는 옷을 입힐까. 그 허름한 마을에 살라며 보내버릴까. 곁에 두기로 한 이상 이런 생각조차 부질없는데.

두 사람은 한참을 달렸다. 그러나 자작 성까지 얼마 남지 않았을 때, 두 사람 모두 당황한 얼굴로 그 자리에 멈춰 서고 말았다. 멀찍이 보이는 한 무리의 기사들 때문이었다.

"……근위대?"

깃발을 확인한 레온하르트가 얼굴을 굳혔다. 황제를 발견한 근위대장이 기사들을 멈춰 세웠다. 그 또한 레온하르트 못지않게 당황한 표정이었다.

"그대들이 왜 이곳에 있는 건가?"

"폐하께서 습격을 받으셨다는 보고를 전해 들어 지원을 가는 참입니다. 한데……."

"그런 일 없네. 누구의 보고인가?"

"벤칠리 경입니다."

근위대장의 부름에 기사 벤칠리가 앞으로 나섰다.

"자작가의 제이콥이라는 자가 전언을 전했습니다. 급박한 상황이라고……."

"성에는 몇 명이 남았나?"

레온하르트가 근위대장을 돌아보았다. 그가 죄지은 사람처럼 고개를 숙였다.

"……황자 전하를 호위하기 위해 셋을 남겨 두었습니다."

"자작 성의 기사들은?"

"송구합니다, 폐하. 보고받은 바가 없습니다."

근위대장은 얼굴을 일그러뜨렸다.

황제와 황후가 예기치 못한 습격을 받았다. 황실의 존속이 위태로우니 근위대는 즉각 지원하라. 그 말에 근위대장은 황자를 호위할 최소한의 인원만 남겨 둔 채 황제 부부를 구하러 왔다. 그러나 습격은 어디에도 없었으니, 그것이 근위대가 성을 비우게 하려는 수작임을 알아채지 못할 리 없었다.

그들의 대화에 테네르의 얼굴이 시시각각 하얗게 질렸다. 상황을 파악한 그녀는 누가 말릴 새도 없이 그대로 내달렸다.

"테네르!"

등 뒤에서 레온하르트의 목소리가 들려왔지만, 그녀의 머릿속에는 오로지 한 가지 생각뿐이었다. 아이가. 제 아이가…….

"우선 성으로 돌아간다. 이 일의 책임은 추후에 묻겠다."

레온하르트는 차갑게 일갈하고는 곧바로 그녀를 뒤쫓았다. 근위대가 황급히 그들의 뒤를 따랐다.

* * *

"황자 전하는 제가 안을게요, 후작님. 많이 피곤하실 텐데."

"……그럴래?"

그래도 북부에서 힘쓰는 일을 많이 했으니 체력이 부족하단 생각은 한 적 없는데, 며칠 동안 울어 젖히는 아이를 돌보는 건 쉽지가 않았다. 거의 사흘 밤을 새우다시피 했기에 에리히는 죽을 맛이었다.

"으앙, 으아앙, 엄마아."

퍽 반갑게 아이를 넘겼으나, 하녀에게 안긴 조슈아는 오히려 더 큰소리로 울음을 터뜨렸다. 하녀가 당황하여 아이를 달랬다.

"어머, 왜 이렇게 우실까. 괜찮아요, 황자 전하."

"엄마. 엄마아."

조슈아는 좀처럼 울음을 그치지 않았다. 에리히는 그 꼴을 보다가 결국 아이를 빼앗아 안았다. 조슈아는 얼른 삼촌의 목을 끌어안았다.

"너…… 좀 이상한데."

"……네?"

에리히의 말에 하녀는 놀라 되물었다. 그의 시선이 그녀를 위아래로 훑었다.

"쌍둥이 엄마라기엔 애 보는 게 영 어설프잖아. 하녀 일 하면서 집에 유모를 둘 리도 없고."

"아아……. 그게요, 후작님."

하녀는 어색하게 웃으며 주위를 살폈다. 인기척이 없는 것을 확인한 후 소매에 손을 집어넣었다. 그녀가 막 단검을 빼내려던 순간이었다.

"솔직히 말해. 너 집에서 애 잘 안 보지?"

"……네?"

"남편이 돌보나? 하기야 일하면서 애 키울 시간이 어디 있겠느냐마는."

예기치 못한 말에 하녀는 얼른 검을 놓고 표정을 갈무리했다. 에리히는 아무것도 모른 채 투덜거렸다.

"야, 그래도 보통 애 낳으면 휴가도 넉넉히 주고 근무시간도 줄여 주지 않냐? 제도에선 대부분 그러는데. 애랑 친해질 시간은 줘야 할 거 아냐."

"아아, 여기서는…… 평소랑 같아요."

"악덕 고용주네. 그렇게 보이긴 했어."

에리히가 킬킬거리곤 길게 하품했다. 손으로는 조슈아의 등과 엉덩이를 열심히 다독이면서였다. 졸음이 뚝뚝 떨어지는 얼굴은 누가 당장 습격을 해 온대도 당해 내지 못할 듯 나른하기만 했다.

하녀는 그에게서 한 발자국 떨어져 걸었다. 에리히는 기지개를 켜고는 그녀를 돌아보았다.

"야, 근데 쌍둥이면 일란성이냐, 이란성이……."

에리히의 얼굴이 대번에 굳었다. 하녀의 손에 들린 검을 보았기 때문이었다. 예기치 못한 상황에 에리히는 얼른 아이를 감싼 채 뒷걸음질 쳤다.

"……뭐야."

"알잖아요?"

하녀가, 아니 검을 든 여자가 웃으며 되물었다. 그녀의 모습을 본 에리히가 짧게 헛웃음을 뱉었다.

"애 엄마래서 방심했네."

"다들 그러죠."

여자는 작게 키득거렸다. 에리히는 허리춤에서 검을 찾았다. 그러나 그가 검을 뽑아 드는 것보다 여자가 검을 휘두르는 게 더 빨랐다. 에리히가 아이를 감싸고 눈을 질끈 감은 순간이었다.

"야, 이 호로 새끼야아아악!"

어디선가 들려온 커다란 목소리에 에리히는 고개를 번쩍 들었다. 그리고 그는 보고야 말았다. 온몸이 흙투성이가 된 영애가 제 쪽으로 돌진해 오는 것을. 그리고 손에 쥔 삽으로 세작의 머리통을 망설임 없이 후려치는 것을.

깡!

요란한 소리와 함께 하녀복을 입은 살수가 그대로 나가떨어졌다. 뒤돌아보지 않았다면 옆머리만 얻어맞았을 것을, 큰 소리에 놀라 뒤돌아보는 바람에 얼굴을 정통으로 맞은 모양이었다.

"여, 영애……?"

에리히가 얼빠진 얼굴로 말했다. 쓰러진 세작을 보며 씨근덕거리던 로라는 흠칫 놀라 뒤로 물러났다. 세작의 머리에서 흐르는 피가 흰 눈밭을 붉게 물들이는 걸 본 탓이었다.

"피, 피가……."

"……."

"주…… 죽은 거예요?"

그럼 그 기세로 달려들면서 피 한 방울 안 날 거라 생각했나. 에리히는 조슈아의 눈을 가린 채 쓰러진 세작을 발로 툭툭 쳤다. 그녀가 정신을 차리지 못하고 작게 신음했다.

"안 죽었습니다. 그나저나 여긴 어떻게 온 겁니까?"

"바, 방에서 봤는데, 처음 보는 하녀가 있어서……. 칼 들고 있는 걸 보고 놀라서……."

"……."

"화, 황자 전하 다치게 하면 죽인 댔단 말이에요. 내가 시킨 거 아닌데……."

"알았으니까 일단 진정하고, 꼴은 왜 그렇습니까? 어디 광산에서 석회석이라도 캐다가 왔어요?"

에리히의 말에 로라는 그제야 제 모습을 모았다. 가랑이 쪽을 묶어 둔 드레스는 회색 흙먼지가 가득 묻어 있었고, 신발을 신지 않은 발과 손에도 지저분한 가루가 잔뜩 묻어 있었다. 거기다 로라 자신의 눈에는 보이지 않았지만, 벽에서 뛰어내릴 때 왼쪽 뺨이 긁혀 상처까지 나 있었다.

"오, 오라버니가 근신하라고 방문을 잠가서……. 벼, 벽 타고…….."

"……일단 정문 쪽에 근위대가 있을 테니, 이 자를 추궁하라고 하겠습니다. 일단 집사나 하녀장부터 불러 주고, 의사한테 먼저 가 보세요."

"……의사요? 황자 전하 어디 다치셨어요?"

로라가 화들짝 놀라 물었다. 에리히가 제 볼을 톡톡 쳤다.

"그쪽 볼에 상처 났잖습니까."

"네?"

로라는 명청한 얼굴로 제 볼을 만지작거렸다. 그리고 지저분한 손끝에 피가 묻은 걸 확인한 순간, 그녀의 얼굴이 경악으로 물들었다.

"내, 내 얼굴……. 얼굴이…….."

"그냥 조금 긁힌 거라 흉터가 남진 않을 겁니다. 걱정 말고…….."

"나, 나는……. 어, 얼굴밖에 없댔는데…….."

로라의 목소리에 울먹임이 섞여 들었다. 에리히에게 안겨 있던 아이는 울먹이는 어른을 보며 또다시 눈물을 그렁그렁 매달았다. 가만히 내버려 두면 양쪽 모두 울음을 터뜨릴 기세라, 에리히는 황급히 아이를 다독이며 짜증스레 내뱉었다.

"아, 얼굴밖에 없으면 시체거나 괴물이지, 그게 사람입니까? 팔다리 다 멀쩡하게 붙어 있으니 쓸데없는 소리 하지 마십시오."

"나, 나 할 줄 아는 거 아무것도 없단 말이에요."

"없긴 뭐가 없습니까? 벽도 잘 타고 삽질도 잘하면서. 아까 들어 보니 욕도 잘하더만."

에리히는 대충 중얼거리곤 몸을 굽혀 쓰러진 세작의 상태를 자세히 살폈다. 여자는 여전히 정신을 차리지 못했다.

"아주 한 방에 때려잡으셨네. 누가 보낸 건진 몰라도, 폐하께서 돌아오시면⋯⋯."

"후, 후작님⋯⋯."

"아, 안 죽었다니까. 그리고 죽으면 뭐 어떻습니까?"

"그게⋯⋯. 그게 아니라요⋯⋯."

덜덜 떨리는 목소리에 에리히는 고개를 들었다. 그리고 자신들에게 다가오는 낯선 이들을 본 순간, 안심한 듯 풀렸던 얼굴이 다시금 굳었다.

"⋯⋯망했네."

그래도 검을 들 시간은 있어서 다행일까. 에리히는 제게 매달리는 아이를 로라에게 건네며 다가오는 이들을 주시했다.

"달리기는 잘합니까?"

로라는 울 것 같은 얼굴로 조슈아를 받아 들었다. 분위기가 심상치 않다는 것을 깨달았는지, 칭얼대던 아이도 얌전히 로라에게 안겨 낯선 이들을 힐끔거렸다.

"나도 그리 훌륭한 기사는 아니라 시간 끄는 게 고작이겠지만."

"⋯⋯."

"근위대에게 가십시오."

에리히가 복면 쓴 이들에게 검을 겨누며 말했다. 그러나 들려오는 목소리는 없었다. 그가 고개를 돌리자, 로라는 이미 아이를 안고 저 멀리 달아난 뒤였다.

"⋯⋯허 참."

거, 눈치 빠른 거 하난 마음에 드네. 에리히는 작게 중얼거리곤 검을 들어 올렸다.

* * *

로라는 계속 달렸다. 후작이 제게 뭐라고 했는지는 기억조차 나지 않았다.

그저 아이를 지켜야 한다는 생각뿐이었다.

물론 남의 아이를 아끼고 사랑하는 마음 때문은 아니었다. 황자를 다치게 한다면 죽이겠던 황후의 위협과 아이를 지켜 내면 얻어질 이득을 생각할 뿐이었다.

"허억, 헉……."

숨이 턱까지 차오르고 발바닥이 쓰라렸다. 그렇게 돈 아끼지 말고 사용인 좀 더 뽑지. 연회 같은 거 벌일 돈으로 순찰이라도 강화할 것이지. 기사들은 대체 어디에 있고 근위대는 도대체 뭘 하고 있는 거람. 지금 같은 심정이라면 아비나 오라비 멱살이라도 잡아챌 수 있을 것 같았다. 물론 여기서 죽지 않는다는 가정하에.

"거기 누구 없어?"

로라는 젖 먹던 힘을 다해 외쳤다.

"근위대! 아버지! 어머니! 녹턴, 이 개새끼야아! 누구든 좀 나와 보라고!"

"아, 아가씨……?"

빨랫감을 들고 있던 하녀 하나가 눈을 동그랗게 뜨고 그녀를 돌아보았다. 로라의 얼굴에 화색이 돌았다.

"아가씨, 근신 중이신데 왜 밖에…… 이게 무슨 꼴이에요……. 화, 황자 전하는 왜……?"

"기사들이랑 근위대 불러, 어서! 침입자가……!"

로라는 말을 잇지 못했다. 하녀의 등에 꽂힌 검 때문이었다. 제 앞에서 맥없이 쓰러지는 하녀를 보며 로라는 비명조차 지르지 못하고 숨을 삼켰다.

"미, 미쳤……."

"아이를 넘겨, 아가씨."

아이는 맹렬하게 울어 댔다. 로라는 황자를 꼭 껴안은 채 뒷걸음질 쳤다.

"이 하녀 꼴 나고 싶은 건 아니겠지? 애만 순순히 넘기면 아가씨 목숨은 살려 주지."

"시, 싫어!"

어차피 황자를 빼앗기면 폐후가 자신을 가만히 두지 않을 터였다. 이러나 저러나 죽을 거, 살아남았을 때의 이득이 더 큰 쪽을 택하는 게 당연하지 않은가.

'목숨 바쳐서 황자를 지키는데 변방의 남작위가 뭐야. 나 같음 백작위도 주겠다.'

애써 희망적인 생각을 하려고 했지만, 빠져나갈 구멍은 보이지 않았다. 고래고래 고함을 질렀는데도 아무도 나타나지 않은 건 필시 그런 이유가 있어서이리라. 성을 지켜야 하는 이들이 자신이 방에 갇힌 사이 모조리 자리를 비웠거나, 혹은 침입자들에게 매수되었거나, 혹은 모두 당해 버렸거나.

로라는 숫제 울 것 같은 얼굴로 아이를 감싸 안았다. 이럴 때 백마 탄 왕자님 같은 게 나타나야 하는 것 아닌가. 위기의 순간 등장해서 여주인공을 구해 줘야 하는 것 아닌가.

그러나 백마 탄 왕자는 사랑에 눈먼 머저리를 찾는 자에게는 나타나지 않는 법이었다. 로라는 주인공이 되기에는 너무도 속물적이었으니까.

"……애새끼랑 같이 죽겠다면 어쩔 수 없지."

남자는 혀를 차고는 검을 들어 올렸다. 로라는 아이를 감싸 안은 채 눈을 질끈 감았다.

* * *

"테네르!"

레온하르트는 다급히 테네르의 뒤를 쫓았다. 그러나 성에 들어설 때까지도 테네르는 그를 돌아보지 않았다.

"위험합니다. 근위대와 함께……!"

테네르는 그의 말을 듣지 않았다. 그저 오늬를 시위에 끼울 뿐이었다. 팽

팽히 당겨진 시위가 망설임 없이 놓아졌다. 검을 든 이가 그 자리에 맥없이 쓰러졌다.

"조슈아!"

테네르는 쓰러진 이는 아랑곳하지 않고 소리쳤다.

"오라버니!"

아이와 오라비를 찾기 위해 정신없이 달리면서도 손으로는 화살을 꺼내 들었다. 그러나 대답은 어디에서도 들려오지 않았다. 그녀의 두 번째 화살이 세작의 가슴 한가운데에 정확하게 꽂혔다.

"테네르, 내가 하겠습니다. 그대는 안전한 곳에서……."

테네르는 그제야 레온하르트를 돌아보았다. 그리고 그녀의 얼굴을 본 순간, 레온하르트는 저도 모르게 짧게 숨을 참았다.

"제 아입니다."

"……."

"제 아이라고요."

울분을 간신히 눌러 참는 목소리였다. 그는 테네르가 이런 표정을 짓는 걸 본 적이 없었다. 황궁에 있을 때는 물론, 제게 처음으로 화를 내던 그날도 마찬가지였다. 아마 황명으로도 말릴 수 없으리라. 직감이 그의 입을 막았다.

그녀가 다시 시위를 당기자, 레온하르트는 그제야 정신을 차리고 근위대를 돌아보았다.

"황후를 엄호하라!"

황제의 명령에 근위대가 테네르 쪽으로 달려왔다. 레온하르트는 검을 뽑아 들었다. 멀찍이서 비명 소리가 들려왔다.

* * *

작위를 지닌 모든 귀족은 기사였다.

에리히 또한 소자작으로서 어릴 때부터 검술과 승마를 단련해 왔으나, 그간 검을 들 일이 없어 실력이 녹슨지라 눈앞의 세작들을 상대할 자신은 없었다.

"……어디서 왔냐?"

"물론 헤일 자작께서 보내셨지."

"자작가에 뒤집어씌우시겠다?"

에리히는 코웃음 치며 검을 바투 쥐었다. 대화를 하든, 도발을 하든, 어떻게든 시간을 끌어야 했다. 로라가 조슈아와 함께 무사히 도망칠 시간을.

'설마 이놈들이 끝이 아닌 건 아니겠지.'

로라를 보낸 다음에야 불안감이 일었지만, 설마하니 근위대가 머무는 곳에 세작들이 있을 리 만무했다. 나무가 많은 후원이야 몸을 숨기기 좋다고 하더라도 정문 쪽은 트여있지 않은가.

"근위대! 아버지! 어머니! 녹턴, 이 개새끼야! 누구든 좀 나와 보라고!"

멀찍이서 귀에 익은 목소리가 들려왔다. 아이 울음소리가 들리지 않는 걸 보니 꽤 멀리까지 갔을 텐데 목청이 참 크기도 했다. 동시에 멀리까지 가는 동안 근위대 하나 만나지 못했다는 사실에 괜한 불안감이 일기도 했다.

"진짜라니까? 우리가 왜 아가씨를 그냥 보냈겠어."

"아, 그게 아가씨였어? 난 무슨 비렁뱅이인 줄 알았는데."

"우리 아가씨, 연기도 잘하시지."

키득키득 웃음소리가 조롱하듯 들려왔다. 에리히의 가슴이 철렁 내려앉았다. 그래, 한두 명쯤은 로라를 뒤쫓아 갈 수도 있는 일이었다. 그런데도 전부 제게만 붙어 있다는 건…….

'……이 새끼들이 끝이 아니라고?'

그럼 조슈아는? 그 여자는? 에리히는 당황한 낯을 감추며 입을 열었다.

"니들, 이거 반역인 건 알지? 감히 황자 전하를 노리다니."

"반역자의 아들이 반역 운운하니 우습군. 거기다 그 애새끼, 아직 정식 황자도 아니잖아?"

"우리의 주인이신 헤일 자작께서 그러시던데. 그 애새끼랑 폐후를 없애면 아가씨가 황후가 될 수 있다고."

살수들이 빈정거렸다. 모든 일을 황후의 자리를 노린 헤일 자작이 저지른 것으로 만들겠다는 의미였다.

'웃기는 소리 하네. 이 코딱지만 한 영지에 그럴 돈이 어디 있다고.'

에리히는 내심 코웃음 쳤다. 그러나 살수들은 그가 믿든 믿지 않든 크게 신경 쓰지 않는 듯했다. 에리히는 다가오는 이들을 향해 검을 휘둘렀다. 그러나 네 명의 세작들을 혼자서 당해 낼 리 만무했다.

근위대가 올 때까지 버티겠다는 결심이 무색하도록 짧은 저항이었다. 어쩌면 버티는 것이 소용없다는 생각 때문일지도 몰랐다. 찢어진 외투 사이로 피가 솟구쳤다. 눈앞이 흐리고 머리가 어찔했다.

쿵. 그의 몸이 차가운 눈밭 위로 쓰러졌다. 머리 위에서 웃음소리가 들려왔다. 이제는 끝을 내겠다는 듯 누군가 검을 높게 들어 올렸다. 어디선가 말 발굽 소리가 들려오는 것 같았다.

〈다음 권에 계속〉